VICTORIA AVEYARD

GLÄSERNES SCHWERT

Aus dem Englischen von
Birgit Schmitz

CARLSEN

Außerdem von Victoria Aveyard im Carlsen Verlag:
Die rote Königin – Band 1
Goldener Käfig – Band 3
Der Gesang der Königin
Rotes Netz

MIX
Papier aus verantwortungsvollen Quellen
FSC® C083411
FSC www.fsc.org

Veröffentlicht im Carlsen Verlag
August 2018
Überarbeitete Fassung

Published by arrangement with Victoria Aveyard
Originalverlag: HarperTeen, an imprint of HarperCollins Publishers, New York
Originaltitel: »Glass Sword«

Umschlagbilder: Trevillion Images © Susan Fox; shutterstock © Eugene Sergeev
Karte © 2015 by Victoria Aveyard. Illustriert von Amanda Persky.

Umschlaggestaltung: formlabor
Corporate Design Taschenbuch: bell étage
Satz: Pinkuin Satz und Datentechnik, Berlin
ISBN 978-3-551-31710-0

FÜR MEINE GROSSELTERN, HIER UND DORT.

WO IHR SEID, IST MEIN ZUHAUSE.

NORTA
& DIE UMLIEGENDEN LÄNDER

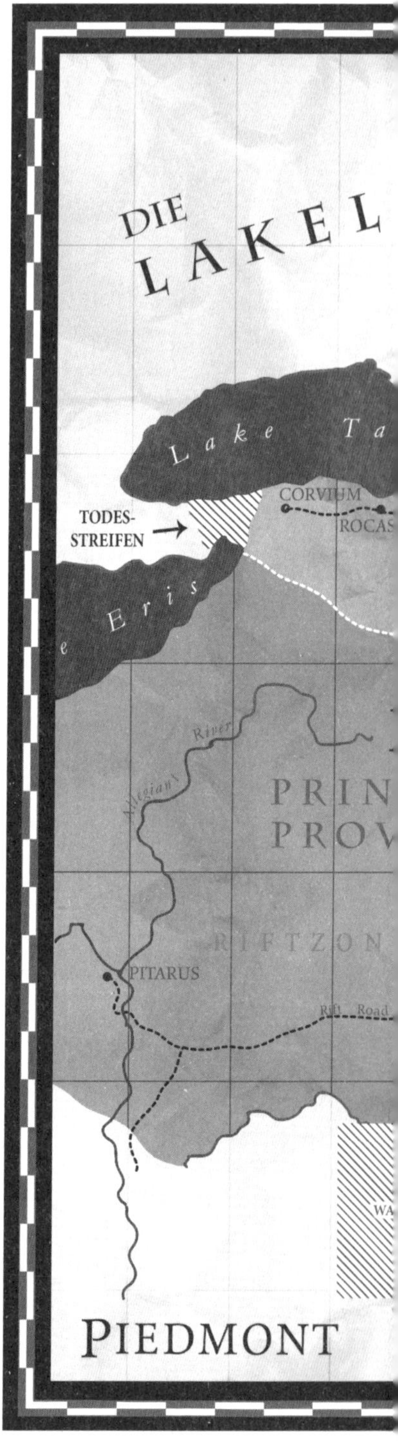

NDS
Lake Redbone
REGENTEN-PROVINZ
Queen's Lake
WOODS
Carrol River
COAST
LENCASSER
ADERONACK
KÖNIGS-PROVINZ
CANCORDA
MARSH
Regent River
SIRACAS
Iron Road
SUMMERTON
STILTS
WESTLAKES
Capital River
Royal Road
HARBOR BAY
ORIENPRATIS
BEACON
Port Road
ORTA
River
Prince River
March River
HAVEN
ARCHEON
NAERCEY
BAHRN-INSELN
DELPHIE
DELPHIE
Meer

1

Der Lappen, den Farley mir gibt, ist zwar sauber, aber er riecht trotzdem nach Blut. Doch ich zucke nicht zurück. Meine Kleider sind ohnehin von oben bis unten voller Blut. Das rote ist natürlich meins, das silberne stammt von vielen anderen. Von Evangelina, Ptolemus, dem Nymphen-Lord – von all denen, die mich in der Arena töten wollten. Auch Cals Blut dürfte dabei sein. Es ist in Strömen aus den unzähligen Schnittwunden und Verletzungen geflossen, die unsere Möchtegern-Henker ihm beigebracht haben. Jetzt sitzt Cal mir gegenüber und starrt auf seine Füße, während seine Blessuren den langen und langsamen Prozess der natürlichen Heilung beginnen. Ich betrachte einen der vielen Schnitte an meinem Arm, die wahrscheinlich von Evangelina stammen. Er ist noch frisch und tief genug, um eine Narbe zu hinterlassen. In gewisser Weise freut mich das, denn diese Verletzung wird nicht wie durch Zauberkraft von den kalten Händen eines Heilers zum Verschwinden gebracht werden. Cal und ich befinden uns jetzt nicht mehr in der Welt der Silbernen, in der man wohlverdiente Narben einfach ausradiert. Wir sind entkommen. Ich zumindest. Cals Ketten zeigen deutlich, dass er unser Gefangener ist.

Farley stupst mich überraschend sanft an. »Verbirg dein Gesicht, Blitzwerferin. Denn genau danach suchen sie.«

Ausnahmsweise tue ich, was man mir sagt. Auch die anderen ziehen rote Tücher über ihre Nasen und Münder. Nur Cals Gesicht ist noch unverhüllt, aber nicht lange. Er leistet keinen Widerstand, als Farley ihm ein Tuch umbindet, mit dem er aussieht wie einer von uns.

Wenn es nur so wäre.

Ein elektrisches Surren versetzt mein Blut in Wallung und erinnert mich daran, dass wir in der rasenden, quietschenden Tunnelbahn sitzen. Sie trägt uns unaufhaltsam vorwärts, in eine Stadt, die einmal ein Zufluchtsort war. Die Bahn fliegt über uralte Schienen, genauso schnell, wie sich ein Huscher über freies Gelände bewegt. Ich lausche auf das schabende Metall, spüre es tief in meinen Knochen, ein dumpfes Pochen. Meine Wut, die *Stärke*, die ich in der Arena bewiesen habe, sind wie eine ferne Erinnerung, zurück bleiben nichts als Schmerz und Angst. Was in Cal vorgehen muss, kann ich nur erahnen. Er hat alles verloren, *alles*, was ihm jemals etwas bedeutet hat. Einen Vater, einen Bruder und ein Königreich. Wie er es schafft, Haltung zu bewahren und – vom Schaukeln des Zuges abgesehen – still dazusitzen, ist mir schleierhaft.

Warum wir es so eilig haben, braucht mir niemand zu erklären. Dass Farley und die anderen Mitglieder der Scharlachroten Garde bis aufs Äußerste angespannt sind, ist mir Erklärung genug. *Wir sind weiterhin auf der Flucht.*

Maven hat diese Strecke auch schon einmal zurückgelegt. Und er wird es wieder tun. Diesmal mit der gesammelten Wucht seiner Soldaten, seiner Mutter und seiner neuen Krone. Gestern war er ein Prinz, heute ist er König. Ich habe geglaubt, er wäre mein Freund, mein Verlobter, jetzt weiß ich es besser. Jetzt hasse und fürchte ich ihn. Um die Macht an sich zu reißen, hat er bei der Ermordung seines Vaters mitgeholfen und das Verbrechen dann seinem Bruder in die Schuhe geschoben. Maven weiß, dass die Strahlenbelastung, die angeblich rings um die Ruinenstadt herrscht, bloß eine Lüge ist – ein Trick –, und er weiß auch, dass unsere Bahn genau dorthin unterwegs ist. Der Zufluchtsort, den Farley geschaffen hat, ist nicht mehr sicher, nicht für uns. *Nicht für dich.* Vielleicht rasen wir bereits in eine Falle.

Jemand legt einen Arm um mich. *Shade.* Er spürt mein Unbehagen. Ich kann immer noch nicht glauben, dass mein Bruder hier ist, dass er lebt und – was das Verrückteste von allem ist – dass er so ist wie ich. Rot und silbern – und stärker als beide.

»Ich werde nicht zulassen, dass sie dich noch mal in ihre Gewalt bringen«, murmelt er so leise, dass ich es kaum verstehen kann. Die Scharlachrote Garde gestattet ihren Mitgliedern wohl keine Loyalitäten jenseits der eigenen Sache, nicht einmal der Familie gegenüber. »Das verspreche ich dir.«

Seine Gegenwart ist tröstlich, denn sie trägt mich in die Vergangenheit zurück. In die Zeit vor seiner Einberufung, zu einem regnerischen Frühling, in dem wir noch so tun konnten, als wären wir Kinder. In dem es nichts gab außer dem Matsch, dem Dorf und unserer dummen Angewohnheit, keinen Gedanken an die Zukunft zu verschwenden. Doch jetzt denke ich an nichts anderes mehr und frage mich, auf welch düsteren Pfad meine Taten uns geführt haben.

»Was machen wir denn jetzt?« Die Frage ist an Farley gerichtet, aber mein Blick fällt auf Kilorn. Er steht neben ihr, ein pflichtbewusster Gardist mit zusammengebissenen Zähnen und blutigen Verbänden. Kaum zu glauben, dass er vor nicht allzu langer Zeit ein Fischerlehrling war. Er wirkt hier in meinen Augen genauso fehl am Platz wie Shade, wie ein Geist aus der Vergangenheit.

»Es gibt immer einen Ort, an den man fliehen kann«, erwidert Farley. Ihre Aufmerksamkeit gilt jedoch Cal.

Sie erwartet, dass er kämpft, sich widersetzt, aber er tut nichts dergleichen.

»Pass gut auf sie auf«, sagt Farley zu Shade, als sie sich ihm nach einem langen Moment wieder zuwendet. Mein Bruder nickt, und plötzlich fühlt seine Hand sich schwer an auf meiner Schulter. »Wir können es uns nicht leisten, sie zu verlieren.«

Ich bin kein General oder Stratege, aber es ist klar, was sie meint. Ich bin die kleine Blitzwerferin. Die Leute kennen meinen Namen, mein Gesicht und sie wissen, wozu ich im Stande bin. Ich bin wertvoll, ich bin stark, und Maven wird alles tun, um mich von einem Gegenschlag abzuhalten. Ich habe keine Ahnung, wie Shade mich vor dem abartigen neuen König beschützen will, auch wenn mein Bruder so ist wie ich, auch wenn er schneller ist als alles, was ich je gesehen habe. Aber obwohl es ein Wunder wäre, wenn es ihm gelänge, muss ich daran glauben. Schließlich habe ich schon einiges erlebt, was eigentlich unmöglich war. Da ist eine weitere geglückte Flucht keine große Sache.

Das metallische Schaben und Klacken von Gewehren hallt durch die Bahn; die Gardisten machen sich bereit zum Aufbruch. Kilorn bewegt sich, so dass er genau über mir steht. Er schwankt leicht und hält das umgehängte Gewehr fest umklammert. Sanft schaut er auf mich herab, versucht dabei zu grinsen, um mich aufzumuntern. Aber seine grünen Augen sind ernst und voller Furcht.

Cal sitzt im Gegensatz dazu ruhig, fast friedlich da. Obwohl er am meisten zu befürchten hat – er liegt in Ketten, ist von Feinden umgeben, wird vom eigenen Bruder gejagt –, sieht er gelassen aus. Doch das überrascht mich nicht. Er ist Soldat. Krieg ist etwas, worauf er sich versteht, und wir befinden uns jetzt definitiv im Krieg.

»Ihr wollt hoffentlich nicht kämpfen«, sagt er. Es ist das erste Mal seit einer Weile, dass er den Mund aufmacht. Auch wenn sein Blick auf mir ruht, zielen seine Worte auf Farley. »Ich kann nur hoffen, dass ihr vorhabt, die Beine in die Hand zu nehmen.«

»Spar dir deinen Atem, Silberner.« Farley strafft die Schultern. »Ich weiß schon, was zu tun ist.«

»Er aber auch«, platze ich unwillkürlich heraus und ernte einen wütenden Blick von ihr. Doch ich bin schon mit Schlimmerem fertiggeworden und verziehe keine Miene. »Cal kennt ihre Taktik und weiß, was sie tun werden, um uns zu stoppen. Wir sollten ihn und sein Wissen für unsere Zwecke einsetzen.«

Wie fühlt es sich an, manipuliert zu werden? Das hat Cal mich in der Zelle unter der Knochenarena gefragt, und damals wäre ich am liebsten gestorben. Jetzt versetzt mir die Erinnerung daran nur noch einen leichten Stich.

Farley sagt gar nichts, und das genügt Cal schon.

»Sie werden mit Snapdragons anrücken«, erklärt er finster.

Kilorn lacht laut auf. »Was soll das sein?«

»Kampfjets«, antwortet Cal mit einem verächtlichen Funkeln in den Augen. »Silberner Rumpf, orangefarbene Tragflächen. Sie werden von nur einem Piloten gesteuert und sind leicht zu manövrieren, perfekt für den Angriff auf eine Stadt. Jeder Snapdragon ist mit vier Raketen bestückt. Multipliziert mit einem Geschwader macht das achtundvierzig Raketen, vor denen ihr euch in Sicherheit bringen müsst. Die leichten Waffen nicht mitgerechnet. Seid ihr darauf vorbereitet?«

Schweigen macht sich breit. *Nein, sind wir nicht.*

»Aber die Dragons sind noch unsere kleinste Sorge. Die werden nur über uns kreisen und sicherstellen, dass wir einen bestimmten Radius nicht verlassen, bis die Bodentruppen eintreffen.«

Er senkt den Blick und denkt nach. Bestimmt fragt er sich, was er tun würde, wenn er auf der anderen Seite stünde. Wenn er an Mavens Stelle auf dem Thron säße. »Sie werden uns umzingeln und ihre Bedingungen nennen. Mare und ich im Austausch dafür, dass sie euch ziehen lassen.«

Schon wieder ein Opfer. Ich sauge langsam die Luft ein. Heute Morgen noch oder gestern, bevor dieser ganze Wahnsinn begann, hätte ich mich aus freien Stücken hingegeben, nur um Kilorn und meinen Bruder zu retten. Aber jetzt … jetzt weiß ich, dass ich besondere Gaben besitze. Und dass es noch andere gibt, die ich beschützen muss. Jetzt bin ich unverzichtbar.

»Darauf können wir uns nicht einlassen«, sage ich. Eine bittere Wahrheit. Kilorns Blick ruht schwer auf mir, doch ich schaue nicht hoch. Ich ertrage es nicht, dass er mich verurteilt.

Cal ist nicht so harsch. Er nickt, um zu signalisieren, dass er mir zustimmt. »Der König erwartet auch gar nicht, dass wir darauf eingehen«, erwidert er. »Zuerst sorgen sie mit ihren Raketen dafür, dass die Ruinen über uns einstürzen, dann bringen ihre Truppen diejenigen zur Strecke, die überlebt haben. Das wird ein einziges Massaker.«

Farley hält an ihrem Stolz fest, selbst jetzt, wo sie in die Enge getrieben ist. »Und was schlägst du vor?«, fragt sie und beugt sich über ihn. Ihre Worte triefen von Verachtung. »Die bedingungslose Kapitulation?«

Über Cals Gesicht huscht ein Ausdruck von Abscheu. »Maven wird euch trotzdem töten. Ob in einer Zelle oder auf dem Schlachtfeld. Er wird keinen von uns am Leben lassen.«

»Dann sterben wir doch besser im Kampf.« Kilorns Stimme klingt fest, aber seine Finger zittern. Auch wenn mein Freund – wie alle anderen Rebellen – bereit ist, für die gerechte Sache bis zum Äußersten zu gehen, hat er trotzdem Angst. Er ist noch so jung, nicht älter als achtzehn. Er hat noch zu viel, wofür es sich zu leben lohnt, und zu wenig Grund zum Sterben.

Cal verzieht nach Kilorns trotzig-entschlossener Parole das Gesicht, sagt aber nichts mehr. Er weiß, dass niemandem damit geholfen ist, wenn er uns unseren bevorstehenden Tod noch drastischer ausmalt.

Farley winkt mit einer wegwerfenden Geste, die beiden gilt, ab. Mein Bruder wirkt ebenso entschlossen wie sie.

Sie wissen etwas, das wir nicht wissen; etwas, worüber sie noch nicht sprechen wollen. Maven hat uns alle gelehrt, dass blindes Vertrauen einen hohen Preis hat.

»Wir sind nicht die, die heute sterben«, ist alles, was Farley sagt. Dann marschiert sie zur Spitze des Zuges. Ihre Stiefel knallen über den Metallboden, jeder Schritt ein Hammerschlag sturer Entschlossenheit.

Noch vor allen anderen spüre ich, dass die Bahn an Tempo verliert. Der Stromfluss wird schwächer, als wir in eine unterirdische Station einfahren. Ich habe keine Ahnung, was uns draußen am Himmel erwartet. Weißer Nebel oder Kampfjets mit orangefarbenen Tragflächen? Die anderen scheint es nicht zu kümmern, sie verlassen die Tunnelbahn zielstrebig. In ihrer stummen Entschiedenheit sehen die bewaffneten und maskierten Gardisten wie echte Soldaten aus, doch ich weiß es besser. Dem, was uns erwartet, sind sie in keiner Hinsicht gewachsen.

»Mach dich bereit«, wispert Cal mir ins Ohr und mich überläuft ein Schauer. Seine Stimme erinnert mich an längst vergangene Zeiten, an einen Tanz im fahlen Licht des Mondes. »Denk daran, wie stark du bist.«

Kilorn drängt sich mit der Schulter zwischen uns, bevor ich Cal sagen kann, dass ich fest auf meine Stärke und meine Fähigkeit baue. Die Elektrizität in meinen Adern ist wahrscheinlich das Einzige auf der Welt, in das ich noch Vertrauen setze.

Ich möchte an die Scharlachrote Garde glauben und vor allem an Shade und Kilorn, aber ich gestatte es mir nicht; nicht nach dem Chaos, in das mein Vertrauen, mein *blindes* Vertrauen Maven gegenüber uns gestürzt hat. Auf Cal zu setzen, verbietet sich von selbst. Er ist ein Gefangener, ein Silberner, der Feind, der uns verraten würde, wenn er die Möglichkeit hätte, wenn es einen Ort gäbe, an den er fliehen könnte – und trotzdem fühle ich mich zu ihm hingezogen. Trotzdem erinnere ich mich an den besorgten Jungen, der mir eine Silbermünze geschenkt hat, als ich noch ein Nichts war. Er hat meine Zukunft verändert – und seine eigene zerstört.

Und doch verbindet uns etwas; es ist eine unbehagliche Allianz, die durch Blut und Verrat geschmiedet wurde. Wir sind geeint – gegen Maven, gegen alle, die uns betrogen haben, gegen die Welt, die im Begriff steht, sich selbst zu zerreißen.

Stille empfängt uns. Über den Ruinen von Naercey liegen schwere graue Nebelschwaden; der Himmel hängt so tief, dass ich ihn berühren könnte. Es ist kalt. Der Herbst hat Einzug gehalten, die Jahreszeit der Veränderung und des Todes. Noch ist über uns nichts zu sehen, keine Kampfjets, die Zerstörung auf eine bereits zerstörte

Stadt herabregnen lassen. Farley gibt ein flottes Tempo vor, während sie uns von den Gleisen zu der verlassenen alten Prachtstraße führt. Die Verwüstung wirkt wie ein gähnender Schlund; es sieht hier noch trister und zerklüfteter aus, als ich es in Erinnerung habe.

Wir marschieren nach Osten, auf das nebelverhangene Hafengebiet zu. Am Straßenrand ragen bedrohlich die hohen, halb eingestürzten Gebäude auf. Ihre Fenster sind wie Augen, die uns beobachten. Überall in diesen zerstörten Räumen und dunklen Gewölben könnten Silberne stecken, die darauf lauern, der Scharlachroten Garde ein Ende zu bereiten. Maven könnte mich zwingen, dabei zuzusehen, wie er einen Rebellen nach dem anderen niederstreckt. Mir würde er den Luxus eines sauberen, schnellen Todes nicht gönnen. *Oder schlimmer noch*, denke ich. *Er würde mich überhaupt nicht sterben lassen.*

Bei dem Gedanken gefriert mir das Blut in den Adern, als würde mich ein silberner Frierer berühren. So schamlos Maven mich auch belogen hat – zumindest einen kleinen Teil seines Herzens kenne ich. Ich habe nicht vergessen, wie er mit zitternden Händen durch die Gitterstäbe meiner Zelle nach mir gegriffen hat. Und ich habe mir auch den Namen gemerkt, den er mit sich herumträgt; den Namen, der mich daran erinnert, dass in seiner Brust ein Herz schlägt. *Er hieß Thomas, und ich habe ihn sterben sehen.* Er konnte diesen Jungen nicht retten. Aber mich kann er retten, auf seine eigene perverse Art.

Nein. Diese Genugtuung gönne ich ihm niemals. Lieber sterbe ich.

Aber trotz allem kriege ich den verlorenen und vergessenen Prinzen nicht aus dem Kopf, als der er mir erschienen war. Den Schatten der Flamme. Ich wünschte, dieser Mensch wäre real. Ich wünschte, er würde noch anderswo existieren als nur in meiner Erinnerung.

Die Ruinen von Naercey werfen ein seltsames Echo zurück. Es

ist unheilvoll still hier. Und mit einem Mal begreife ich auch, warum das so ist. *Die Flüchtlinge sind nicht mehr da.* Die Frau, die Berge von Asche zusammengefegt hat; die Kinder, die sich in der Kanalisation versteckt hielten; die Schatten meiner roten Brüder und Schwestern – sie alle haben anderswo Zuflucht gesucht. Außer uns gibt es hier niemanden mehr.

»Du kannst von Farley halten, was du willst, aber glaub mir, dumm ist sie nicht«, sagt Shade und beantwortet damit meine Frage, bevor ich sie stellen kann. »Noch gestern Abend, nachdem sie aus Archeon entkommen war, hat sie den Befehl zur Evakuierung erteilt. Sie ging davon aus, dass du oder Maven unter Folter reden würden.«

Sie hat sich geirrt. Maven brauchte man gar nicht zu foltern. Er hat sämtliche Informationen und alles, woran er sich erinnern konnte, freiwillig preisgegeben. Er hat seine Mutter in seinem Kopf herumspionieren lassen. Die Tunnelbahn, die geheime Stadt, *die Liste.* All das hat er an sie verraten, so wie er es immer getan hat.

In unserem Rücken erstreckt sich die Reihe der Kämpfer der Scharlachroten Garde, ein ungeordneter Haufen bewaffneter Männer und Frauen. Kilorn marschiert direkt hinter mir und lässt dabei wachsam die Blicke schweifen, während Farley uns anführt. Zwei kräftige Soldaten halten Cals Arme umklammert und sorgen dafür, dass er in ihrer Nähe bleibt. Mit den roten Tüchern sehen sie bedrohlich aus. Aber wir sind so wenige, vielleicht dreißig, und alle sind verwundet. So wenige haben überlebt.

»Wir sind nicht genug, um diese Rebellion am Laufen zu halten, selbst wenn wir ein weiteres Mal davonkommen«, flüstere ich meinem Bruder zu. Der Nebel in der Luft dämpft meine Stimme, aber er versteht mich.

Seine Mundwinkel zucken, als würde er sich ein Lächeln verkneifen. »Mach dir mal keine Sorgen.«

Bevor ich nachhaken kann, was er damit meint, bleibt der Soldat vor uns abrupt stehen. Und er ist nicht der Einzige. Farley an der Spitze reckt eine Faust hoch und schaut wütend in den schiefergrauen Himmel. Wir anderen tun es ihr nach; wir suchen etwas, das wir nicht sehen können. Nur Cal hält den Blick gesenkt. Er weiß bereits, wie unser Verhängnis aussieht.

Ein fernes, unmenschliches Heulen dringt aus dem Nebel zu uns her. Es kreist über unseren Köpfen, klingt mechanisch und monoton. Und es bleibt nicht allein. Zwölf pfeilförmige Schatten rasen über den Himmel, deren orangefarbene Tragflächen mal zwischen den Wolken hervorblitzen, mal dahinter verschwinden. Noch nie habe ich Kampfjets aus der Nähe und ohne den Schutz der Nacht gesehen. Deshalb fällt mir unwillkürlich die Kinnlade herunter, als sie in Sicht kommen. Farley brüllt irgendwelche Befehle, aber ich höre sie nicht. Dazu starre ich viel zu gebannt in den Himmel und beobachte, wie der geflügelte Tod dort oben seine Kreise zieht. Wie Cals Motorrad haben auch diese Fluggeräte aus gebogenem Stahl und Glas etwas Schönes. Ich vermute, dass bei ihrer Konstruktion Magnetoren die Hände im Spiel hatten – wie sonst könnte Metall *fliegen*? Unterhalb der Tragflächen sprühen blau gefärbte Triebwerke Funken, das untrügliche Anzeichen für Elektrizität. Ich spüre sie kaum, eher wie einen Atemhauch auf der Haut, und die Flieger sind zu weit entfernt, als dass ich etwas bewirken könnte. Ich kann sie nur mit den Augen – und voller Abscheu – verfolgen.

Laut surrend umrunden sie die Insel von Naercey, ohne dabei auch nur einmal aus dem perfekten Kreis auszuscheren, in dem sie fliegen. Fast bin ich versucht so zu tun, als wären sie harmlos, nichts als neugierige Vögel, die gekommen sind, um die letzten Überreste einer Rebellion in Augenschein zu nehmen. Dann saust plötzlich ein Geschoss aus grauem Metall über unsere Köpfe hinweg. Es zieht einen Rauchschweif hinter sich her und bewegt sich fast zu schnell, als dass man mit den Augen folgen könnte. Es verschwindet in dem kaputten Fenster eines halb zerfallenen Gebäudes am oberen Ende der Straße und den Bruchteil einer Sekunde später wird das gesamte Stockwerk von einer rot-orangen Explosion erschüttert. Tausend Jahre alte Träger zerbersten wie Zahnstocher, während das Bauwerk in sich zusammensackt. Dann neigt es sich zur Seite und kippt mit irreal wirkender Langsamkeit auf die Straße, wo es uns den Weg versperrt. Ich spüre das dumpfe Krachen in meinen Knochen. Eine Wolke aus Rauch und Staub rollt auf uns zu, aber ich gehe nicht in Deckung. Es braucht längst mehr als das, um mich in Angst zu versetzen.

Cal bleibt wie ich inmitten des grau-braunen Schleiers aufrecht stehen, während seine Wächter sich wegducken. Unsere Blicke treffen sich einen Moment lang, dann sacken seine Schultern nach unten – das einzige Zeichen der Niederlage, das er mich sehen lässt.

Farley packt eine Gardistin in ihrer Nähe und hilft ihr hoch. »Zerstreut euch!«, schreit sie, zeigt dabei auf die kleinen Nebenstraßen rechts und links. »Nach Norden! Zu den Tunneln!« Dann gibt sie ihren Leutnanten Anweisungen, wohin sie laufen sollen. »Shade, zum Park!« Mein Bruder nickt; er weiß offenbar, was sie meint. Die nächste Rakete schlägt schlingernd in ein nahe gelegenes Gebäude ein und übertönt Farley. Aber es ist unschwer zu erkennen, was sie ruft.

Lauft.

Ein Teil von mir möchte sich dem Angriff stellen, möchte stehen bleiben und kämpfen. Mein violett-weißer Blitz gibt sicherlich eine gute Zielscheibe ab und könnte die Kampfjets von der fliehenden Garde ablenken. Vielleicht nehme ich sogar ein oder zwei der Flieger mit in den Tod. Aber das darf nicht passieren. Ich bin wertvoller als der Rest, als rote Tücher vor dem Gesicht und blutgetränkte Verbände. Shade und ich müssen überleben – wenn nicht für die Sache, dann für die anderen. Für die vielen Hundert anderen von der Liste derer, die so sind wie wir, die sterben werden, wenn wir scheitern.

Shade weiß das ebenso gut wie ich. Er hakt sich bei mir unter und hält mich so fest, dass es wehtut. Es ist beinahe zu einfach, im Gleichschritt mit ihm zu laufen und mich von der breiten Straße weg in ein grau-grünes Dickicht wild wuchernder Pflanzen ziehen zu lassen. Das Grün wird immer üppiger, je tiefer wir eindringen, die Bäume sind ineinander verwachsen und knorrig wie deformierte Finger. Tausendjährige Verwahrlosung hat dieses Waldstück in einen toten Dschungel verwandelt. Er schirmt uns vor dem Himmel ab, bis wir nur noch hören können, dass die kreisenden Flieger näher und näher rücken. Kilorn ist die ganze Zeit dicht hinter uns. Einen Moment lang kann ich so tun, als wären wir zu Hause und würden auf der Suche nach ein bisschen Spaß und Ärger durch Stilts streifen. Wie es aussieht, finden wir inzwischen nur noch Ärger.

Als Shade irgendwann schlitternd zum Stehen kommt, schaue ich mich vorsichtig um. Kilorn stoppt neben uns und zielt mit seinem Gewehr sinnlos in den Himmel. Hinter ihm folgt niemand mehr. Ich kann nicht einmal mehr die Straße sehen oder rote Tücher, die in Ruinen Zuflucht suchen.

Mein Bruder schaut grimmig durch die Zweige nach oben und wartet darauf, dass die Kampfjets weiterziehen.

»Wohin wollen wir eigentlich?«, frage ich ihn atemlos.

Kilorn antwortet an seiner Stelle. »Erst zum Fluss«, sagt er. »Dann aufs Meer raus. Kannst du uns hinbringen?«, fügt er hinzu und wirft einen Blick auf Shades Hände, als könnte man von ihnen seine Fähigkeit ablesen. Doch Shades Stärke ist, ebenso wie meine, gut verborgen und bleibt unsichtbar, bis er beschließt, sie zu enthüllen.

Mein Bruder schüttelt den Kopf. »Nein, nicht alle auf einmal. Das ist zu weit. Außerdem laufe ich lieber, um Kräfte zu sparen.« Sein Blick verdüstert sich. »Bis wir sie dringender brauchen.«

Ich nicke zustimmend. Ich weiß nur zu gut, wie es ist, wenn man sich mit seiner Fähigkeit völlig verausgabt hat, wenn man müde bis auf die Knochen ist und sich kaum noch bewegen kann, von kämpfen ganz zu schweigen.

»Und wo bringen sie Cal hin?«

Kilorn verzieht das Gesicht bei dieser Frage. »Das interessiert mich nicht im Geringsten.«

»Das sollte es aber«, feuere ich zurück, doch meine Stimme zittert, denn ich habe Zweifel. *Nein, es sollte ihn nicht interessieren. Und mich ebenso wenig. Wenn der Prinz weg ist, lass ihn gehen.* »Er kann uns helfen, hier rauszukommen. Er kann *mit* uns kämpfen.«

»Der haut doch ab oder bringt uns um bei der erstbesten Gelegenheit, die sich ihm bietet«, faucht Kilorn und reißt sich das Tuch vom Gesicht, damit ich seine Wut sehe.

Vor meinem geistigen Auge erscheint Cals Feuer. Es verbrennt alles, was sich ihm in den Weg stellt, egal ob Metall oder Fleisch. »Er hätte dich schon längst umbringen können.« Das ist keine Übertreibung und Kilorn weiß es, das zeigt sich in seinem Gesicht.

»Irgendwie dachte ich immer, ab einem gewissen Alter hört ihr auf mit dieser Streiterei«, sagt Shade und stellt sich zwischen uns. »Wie dumm von mir.«

Kilorn presst eine Entschuldigung hervor, aber meine Gedanken sind schon wieder bei den Jets. Ich erspüre deren elektrischen Puls mit meinem eigenen, die Verbindung wird mit jeder Sekunde schwächer. »Sie fliegen von uns weg. Wenn wir loswollen, sollten wir es jetzt tun.«

Shade und Kilorn schauen mich merkwürdig an, ziehen aber nicht in Zweifel, was ich sage. »Hier entlang«, befiehlt mein Bruder und zeigt in den Dschungel. Ein beinahe unsichtbarer Pfad schlängelt sich durch die Bäume, Stein und Asphalt sind zu sehen, wo die Erde weggefegt wurde. Shade hakt sich erneut bei mir unter, während Kilorn mit zügigem Tempo vorausstürmt.

Über den immer enger werdenden Pfad hängen Zweige, die uns ins Gesicht schlagen, bis es schließlich nicht mehr möglich ist, nebeneinander herzulaufen. Doch anstatt loszulassen, drückt Shade mich sogar noch fester an sich. Dann merke ich, dass es gar nicht Shade ist, der diesen starken Druck ausübt. Es ist die Luft, die *Welt*. In einer schwarzen Wahnsinnssekunde komprimiert sich alles um uns herum, und plötzlich stehen wir außerhalb des Dickichts und sehen, wie Kilorn hinter uns aus dem grauen Wäldchen kommt.

»Aber er war doch eben noch vor uns«, murmele ich und blicke zwischen Shade und dem Grün hin und her. Wir treten in die Mitte der Straße, Rauchschwaden ziehen über den Himmel. »Du –«

Shade grinst, was angesichts der heulenden Kampfjets in der Ferne ziemlich unpassend ist. »Sagen wir, ich bin … gesprungen. Solange du dich an mir festhältst, kann ich dich mitnehmen«, erklärt er, bevor er uns eilig in die nächste Seitenstraße zieht.

Die Erkenntnis, soeben *teleportiert* worden zu sein, lässt mein Herz derart heftig schlagen, dass ich beinahe vergessen kann, in welcher Gefahr wir sind.

Aber die Jets erinnern mich schon allzu bald wieder daran. Nördlich von uns schlägt ein weiteres Geschoss ein und bringt ein Gebäude mit dem Getöse eines Erdbebens zum Einsturz. Wieder wälzt sich eine Welle von Staub auf uns zu und hüllt uns in eine weitere Schicht Grau. Rauch und Feuer sind mir inzwischen so vertraut, dass ich den Geruch in der Luft kaum noch wahrnehme, selbst als Ascheflocken wie Schnee auf uns herabfallen. Man sieht unsere Fußabdrücke in dem grauen Belag. Vielleicht sind es die letzten Spuren, die wir hinterlassen.

Shade kennt unser Ziel und weiß, wie man dort hinkommt. Kilorn hält trotz seines schweren Gewehrs problemlos mit. Inzwischen sind wir in einem Halbkreis zur Prachtstraße zurückgekehrt. Von Osten her bahnt sich das Tageslicht einen Weg zurück durch Staub und Dreck und bringt einen Hauch salzige Meeresluft mit. Im Westen liegt das erste eingestürzte Gebäude wie ein gefallener Riese über der Straße und blockiert die Rückkehr zur Tunnelbahn. Rings um uns her ragen zerbrochenes Glas, die Stahlskelette der Häuser und merkwürdige, ehemals weiße Wandabschnitte empor – es ist ein Palast aus Ruinen.

Was war das wohl vorher?, frage ich mich. *Julian wüsste es.* Allein an seinen Namen zu denken, tut schon weh, und ich schiebe das Gefühl beiseite.

Ein paar andere rote Tücher flitzen durch die von Asche graue Luft, und ich halte nach einer vertrauten Silhouette Ausschau. Doch Cal ist nirgends zu sehen, und ich bekomme schreckliche Angst.

»Ich gehe nicht ohne ihn von hier weg!«

Shade braucht gar nicht erst zu fragen, wen ich meine. Er weiß es auch so.

»Der Prinz begleitet uns. Darauf gebe ich dir mein Wort.«

»Auf dein Wort kann ich nicht vertrauen.« Meine Reaktion versetzt mir selbst einen Stich ins Herz.

Shade war Soldat. Sein bisheriges Leben war alles andere als leicht und er weiß, was Schmerz bedeutet. Dennoch trifft ihn meine Antwort schwer. Das kann ich ihm ansehen.

Ich entschuldige mich später bei ihm, sage ich mir.

Wenn es ein Später gibt.

Die nächste Rakete segelt über unsere Köpfe hinweg und schlägt ein paar Straßen weiter ein. Doch der ferne Krach der Explosion übertönt nicht das durchdringende und noch beängstigendere Geräusch, das sich ringsum erhebt.

Die rhythmischen Schritte von tausend Marschierenden.

2

Die Luft hängt so voll Asche, dass uns ein paar Sekunden Zeit bleiben, um unseren nahenden Untergang ins Auge zu fassen. Von Norden her werden die Silhouetten der Soldaten dunkler, bewegen sich über die Straße auf uns zu. Ihre Waffen kann ich noch nicht erkennen, aber eine Armee von Silbernen braucht keine Waffen, um zu töten.

Andere Gardisten ergreifen die Flucht und sprinten so schnell sie können die Prachtstraße hinunter. Fürs Erste sieht es so aus, als könnten sie entkommen, doch wohin? Vor ihnen liegen nur noch der Fluss und das Meer. Es gibt kein Ziel, kein Versteck für sie. Die Armee marschiert langsam, mit seltsam schlurfenden Schritten. Ich blinzele angestrengt durch den Staub und versuche irgendetwas zu erkennen. Dann begreife ich, was los ist, was Maven getan hat. Vor lauter Entsetzen versprühe ich Funken, und Shade und Kilorn springen einen Schritt zurück.

»Mare!«, ruft Shade halb überrascht, halb wütend. Kilorn starrt mich nur an, während ich um Fassung ringe.

Meine Hand schließt sich um seinen Arm, aber er verzieht keine Miene. Meine Funken haben sich bereits verflüchtigt – er weiß, dass ich ihm nicht wehtun werde. »Sieh nur!«, rufe ich und zeige nach Norden.

Wir wussten, dass Soldaten im Anmarsch waren. Cal hat es uns gesagt. Er hat uns vorgewarnt, dass Maven den Kampfjets eine Legion folgen lassen würde. Aber *das* konnte nicht einmal Cal vorhersehen. Nur so ein kranker Mensch wie Maven konnte auf diese albtraumhafte Idee kommen.

Die Gestalten in der ersten Reihe sind nicht in dunkelgraue Uniformen gekleidet wie Cals perfekt ausgebildete Silber-Soldaten. Und sie sind auch gar keine Soldaten. Nein, das sind Diener mit roten Livreen, roten Halstüchern, roten Tuniken, roten Hosen und roten Schuhen. Sie haben so viel Rot an sich, dass es auch ihr Blut sein könnte. Und um die Fußgelenke tragen sie eiserne Ketten, die rasselnd über den Boden schleifen. Dieses schreckliche Geräusch trifft mich wie ein Schlag, es übertönt die Kampfjets und Raketen und auch die schroffen Befehle der Silber-Offiziere, die sich hinter dieser Wand aus Roten verstecken. Ich höre nichts anderes mehr als diese Ketten.

Kilorn schäumt vor Wut. Mit finsterer Miene tritt er vor und legt an, doch das Gewehr zittert in seiner Hand. Die Armee ist noch am anderen Ende der Straße und damit selbst ohne ihren menschlichen Schutzschild zu weit weg für einen präzisen Schuss. Der so noch unmöglicher wird.

»Wir müssen weiter«, knurrt Shade. Seine Augen funkeln vor Zorn, doch er weiß, was wir tun und was wir ignorieren müssen, um am Leben zu bleiben. »Kilorn, komm jetzt, sonst lassen wir dich hier zurück.«

Die Worte meines Bruders reißen mich aus meiner Schockstarre. In der Hoffnung, die Ketten zu übertönen, packe ich Kilorns Arm und flüstere ihm etwas ins Ohr.

»Kilorn.« Das ist der beschwörende Ton, in dem ich auf Ma eingeredet habe, wenn einer meiner Brüder in den Krieg zog, wenn Pa einen Erstickungsanfall hatte, wenn unsere Welt wieder einmal zerbrach. »Wir können nichts für sie tun, Kilorn.«

»Das ist nicht wahr«, presst er durch seine Zähne und schaut dann über die Schulter zu mir hin. »Du *musst* irgendwas tun. Du kannst sie retten –«

Zu meiner ewigen Schande schüttele ich den Kopf. »Nein, kann ich nicht.«

Wir laufen weiter. Und Kilorn folgt uns.

Noch mehr Bomben explodieren; mit jeder Sekunde, die vergeht, kommen sie näher. Ich habe ein solches Klingeln in den Ohren, dass ich kaum noch etwas anderes höre. Stahl und Glas schwanken wie Schilfrohr im Wind, verbiegen sich und brechen schließlich, so dass ein schneidend scharfer Regen auf uns niedergeht. Schon bald ist es zu gefährlich, um weiterzulaufen, und Shade hält mich fest an der Hand. Dann packt er auch Kilorn und wir springen alle drei zusammen von dort weg, während die Welt um uns zerfällt. Mir dreht sich der Magen um, jedes Mal wenn die Dunkelheit einsetzt, und auch jedes Mal wenn die einstürzende Stadt wieder näher rückt. Asche und Betonstaub behindern die Sicht und erschweren das Atmen. Ein Hagel aus Glasscherben fügt mir kleine Schnittwunden im Gesicht und an den Händen zu und zerfetzt meine Kleider. Kilorn sieht noch schlimmer aus als ich. Seine Verbände färben sich rot von frischem Blut, aber er hält durch und achtet sorgsam darauf, uns nicht zu verlieren. Shade lockert seinen Griff keine Sekunde lang, aber er wird allmählich müde und von Sprung zu Sprung blasser. Ich helfe uns, indem ich die Granatsplitter, vor denen uns auch Shade nicht schützen kann, mit meinen Funken abwehre. Aber wir sind nicht genug, nicht einmal uns selbst können wir retten.

»Wie weit noch?« Meine Stimme klingt leise, wird von immer neuen Wellen der Zerstörung übertönt. Wegen der Staubschleier in der Luft kann ich nur wenige Meter weit sehen. Aber ich *spüre* etwas. Und zwar spüre ich Tragflächen, Motoren, *Elektrizität*; sie kreist heulend über meinem Kopf, kommt immer näher und näher. Wir könnten genauso gut Mäuse sein, die darauf warten, dass Adler herabstoßen, um uns vom Boden zu pflücken.

Shade bremst abrupt ab und schaut sich mit seinen honigfarbenen Augen sorgenvoll um. Eine schreckliche Sekunde lang fürchte ich, er könnte sich verirrt haben. »Wartet«, sagt er; er weiß etwas, das wir nicht wissen.

Sein Blick wandert nach oben, an dem Skelett eines einst prächtigen Gebäudes empor. Es ist gigantisch groß, höher als die höchste Spitze des Sonnenschlosses und breiter als der pompöse Cäsarplatz in Archeon. Mich überläuft ein Schauder, als mir klar wird, was ich sehe: Das Gebäude ist in Bewegung. Auf Trägern, die nach Jahrhunderten der Verwahrlosung instabil geworden sind, schwankt es vor und zurück, hin und her. Während wir zuschauen, neigt es sich schließlich zur Seite und sackt nach unten wie ein alter Mann, der sich in einen Sessel setzt. Erst ganz langsam, dann immer schneller und schneller fällt es überall um uns herum.

»Haltet euch an mir fest!«, schreit Shade über das laute Getöse hinweg und überprüft seinen Griff. Er schlingt den Arm um meine Schultern und drückt mich so fest an sich, dass ich es kaum aushalte. Ich warte auf unseren nächsten Sprung, auf das unangenehme Gefühl, aber dazu kommt es nicht mehr. Stattdessen ertönt ein vertrauteres Geräusch.

Schüsse.

Diesmal rettet mir nicht Shades Fähigkeit das Leben, sondern sein Körper. Eine für mich bestimmte Kugel dringt in seinen Oberarm ein, eine zweite streift sein Bein und reißt dabei eine tiefe Wunde. Er brüllt vor Schmerz und fällt beinahe auf die geborstene Erde unter uns. Selbst durch seinen Körper hindurch spüre ich den Schuss noch, aber ich habe keine Zeit für Schmerzen. Weitere Kugeln schwirren durch die Luft, zu schnell und zu zahlreich, um sie abzuwehren. Wir können nur weglaufen, vor dem einstürzenden Gebäude und vor der anrückenden Armee. Dass der verbogene Stahl zwischen uns und die Legion fällt, macht es uns leichter. Zumindest *sollte* es das. Die Schwerkraft und das Feuer lassen das Haus zwar einstürzen, aber die Kraft von Magnetoren verhindert, dass uns die Trümmer abschirmen. Als ich zurückblicke, sehe ich sie: Ungefähr ein Dutzend Magnetoren mit silbernen Haaren und schwarzer Rüstung fegen jeden herabfallenden Stahlträger beiseite. Ich bin zu weit weg, um ihre Gesichter erkennen zu können, aber das Haus Samos ist mir vertraut genug. Evangelina und Ptolemus führen ihre Familie an. Gemeinsam räumen sie die Straße, damit die Legion weiter vordringen kann. Damit sie zu Ende bringen, was sie begonnen haben, und uns alle töten.

Hätte Cal Ptolemus in der Arena doch nur vernichtet; wäre ich Evangelina doch nur mit derselben Freundlichkeit begegnet wie sie mir. Dann hätten wir vielleicht eine Chance. Aber dass wir ihnen gegenüber gnädig waren, kommt uns jetzt teuer zu stehen, kostet uns vielleicht sogar unser Leben.

Wir haben die Rollen getauscht, jetzt stütze ich meinen Bruder, so gut ich kann, während Kilorn ihn zu einem noch rauchenden Bombentrichter schleppt. Erleichtert dem Kugelhagel für einen Moment zu entkommen, springen wir hinein. Aber die Ruhepause währt nicht lange.

Kilorn keucht, auf seiner Stirn stehen Schweißperlen. Er zerrreißt seinen Ärmel und verbindet damit Shades Bein. Blitzschnell ist der Lappen von Blut durchtränkt. »Kannst du springen, Shade?«

Mein Bruder konzentriert sich, spürt nicht den Schmerzen nach, sondern seiner Kraft. Ich kenne das nur zu gut. Dann schüttelt er langsam den Kopf, seine Miene verfinstert sich. »Nein, noch geht es nicht.«

Kilorn flucht leise. »Und was sollen wir jetzt machen?«

Es dauert eine Sekunde, bis ich begreife, dass er mich fragt und nicht meinen älteren Bruder. Nicht den Soldaten, der sich mit Schlachten besser auskennt als wir beide zusammen. Aber er fragt auch nicht wirklich mich. Nicht Mare Barrow aus Stilts, die Lügnerin, die Diebin, seine Freundin. In diesem Moment wendet sich Kilorn an die andere in mir, die, zu der ich in den Sälen eines Palastes und im Sand einer Arena geworden bin.

Er fragt die Blitzwerferin.

»Mare, was machen wir jetzt?«

»Ihr lasst mich hier zurück, das macht ihr!«, knurrt Shade durch zusammengebissene Zähne, bevor ich etwas sagen kann. »Lauft zum Fluss, dort trefft ihr auf Farley. Ich springe zu euch, sobald ich kann.«

»Lüge eine Lügnerin nicht an«, sage ich und muss mich zusammenreißen, um nicht zu zittern. Ich habe meinen Bruder gerade erst zurückbekommen; er ist ein Geist, der aus dem Totenreich erwacht ist. Und ich werde ihn nicht wieder dorthin entgleiten lassen, um keinen Preis der Welt. »Wenn, dann entkommen wir alle zusammen von hier. *Alle drei.*«

Die marschierende Legion lässt die Erde erbeben. Ein flüchtiger Blick über den Rand des Kraters sagt mir, dass sie keine hundert

Meter mehr entfernt sind, und sie kommen schnell näher. Durch die roten Reihen hindurch kann ich die Silbernen sehen, ihre dunkelgrauen Uniformen. Einige tragen Rüstungen in den Farben ihrer Häuser. Blau leuchtet mir entgegen, Gelb, Schwarz, Braun und noch mehr. Nymphen, Kopflenker, Gleiter und Starkarme, die mächtigsten Kämpfer, die die Silbernen aufzubieten haben. Sie halten Cal für den Mörder des Königs und mich für eine Terroristin, und sie werden die ganze Stadt zerstören, um uns zu vernichten.

Cal.

Nur mein blutender Bruder und Kilorns atemloses Keuchen halten mich davon ab, aus dem Krater zu springen. Ich muss ihn finden, ich *muss.* Wenn nicht um meinetwillen, dann um der Sache willen, damit unser Rückzug gelingen kann. Er ist so viel wert wie hundert Soldaten. Er ist ein goldener Schutzschild. Aber wahrscheinlich ist er schon weg, geflohen, hat seine Fesseln geschmolzen und ist auf und davon, als die Stadt einzustürzen begann.

Nein, Cal würde sich nicht einfach so davonmachen. Niemals würde er vor dieser Armee, vor Maven oder vor mir weglaufen. Hoffentlich irre ich mich nicht. Hoffentlich ist er nicht tot.

»Hilf ihm hoch, Kilorn.« Lady Blonos hat mir im Sonnenschloss beigebracht, wie eine Prinzessin zu sprechen. Mit schneidender Stimme, gebieterisch, keinen Widerspruch duldend.

Kilorn gehorcht, aber Shade bringt es tatsächlich fertig zu protestieren: »Ich halte euch nur auf.«

»Dafür kannst du dich hinterher entschuldigen«, erwidere ich, während ich nach seinem Arm greife. Aber ich achte kaum auf ihn und Kilorn, da ich auf etwas anderes konzentriert bin. »Los jetzt, bewegt euch!«

»Mare, wenn du glaubst, wir würden dich hier zurück–«

Mit Funken in den Händen und Entschlossenheit im Herzen drehe ich mich zu Kilorn um. Ihm bleiben die Worte im Hals stecken, als er hinter mir die mit jeder Sekunde näher kommende Armee erblickt. Man hört lautes Kratzen von Metall über Stein, während Kopflenker und Magnetoren weiter Trümmerteile von der Straße schaffen und so den Weg zu uns freiräumen.

»*Lauft!*«

Wieder gehorcht er und Shade bleibt nichts anderes übrig, als neben ihm herzuhumpeln und mich zurückzulassen. Während sie aus dem Krater kraxeln und nach Westen hasten, bewege ich mich mit langsamen Schritten gen Osten. Die Armee wird stoppen, wenn ich mich ihr in den Weg stelle. Sie muss.

Nach einer beängstigenden Sekunde werden die Roten langsamer und halten schließlich mit klirrenden Ketten an. Die Silbernen hinter ihnen balancieren schwarze Gewehre auf ihren Schultern, als wögen sie nichts. Die Kriegsfahrzeuge, schwere Maschinen mit dicken Reifen, kommen irgendwo hinter den Soldaten quietschend zum Stehen. Ich spüre, wie ihr Strom durch meine Adern surrt.

Die Armee ist jetzt so dicht vor mir, dass ich die Befehle der Offiziere verstehen kann: »Die Blitzwerferin!« – »Richtet die Reihe aus und geht in Position!« – »Legt an!« – »Nicht schießen!«

Das Schlimmste kommt zuletzt. In der nun plötzlich stillen Straße höre ich Ptolemus' Stimme. Sie klingt wie immer wütend und hasserfüllt.

»Macht Platz für den König!«, ruft er.

Ich taumele zurück. Ich habe Mavens Armeen erwartet, aber nicht Maven selbst. Er ist kein Soldat, wie sein Bruder, und er führt sonst nie eine Armee an. Aber da ist er, stolziert mit Ptolemus und Evangelina auf den Fersen durch die sich teilenden Reihen. Als er hinter den Roten hervortritt, geben beinahe meine Knie nach. Er trägt eine glänzende schwarze Rüstung und einen blutroten Umhang. Irgendwie wirkt er größer als heute Morgen. Die Flammenkrone seines Vaters sitzt noch immer auf seinem Kopf, obwohl sie auf einem Schlachtfeld nichts verloren hat. Vermutlich will er der Welt zeigen, was er mit seinen Lügen gewonnen hat, was für eine Kostbarkeit er sich unter den Nagel gerissen hat. Selbst aus der Ferne spüre ich die Hitze seines wütenden Blicks, seines brennenden Zorns. Sie versengt mich innen und außen.

Nur das Pfeifen der Jets über unseren Köpfen ist zu hören; es ist das einzige Geräusch auf der Welt.

»Ich sehe, du bist so mutig wie eh und je«, sagt Maven. Seine Stimme trägt bis ans Ende der Prachtstraße, hallt von den Ruinen wider und verhöhnt mich. »Und noch genauso dumm.«

Aber wie in der Arena verberge ich meine Wut und meine Angst, gönne ihm diese Genugtuung nicht.

»Du solltest kleine Schweigerin heißen.« Er lacht kalt und seine Armee stimmt in dieses Lachen ein. Die Roten bleiben still, ihre Blicke sind starr auf den Boden gerichtet. Sie möchten das, was gleich passieren wird, nicht sehen. »Nun, kleine Schweigerin, sag deinen Verbrecherfreunden, dass es aus ist. Sie sind umstellt. Ruf sie her, dann schenke ich ihnen einen guten Tod.«

Selbst wenn ich könnte, würde ich einen solchen Befehl niemals ausgeben. »Sie sind schon weg.«

Lüge einen Lügner nicht an. Und Maven ist der größte Lügner von allen.

Dennoch wirkt er verunsichert. Die Scharlachrote Garde ist schon so häufig entwischt, auf dem Cäsarplatz, in Archeon. Vielleicht entkommt sie auch jetzt wieder. Was für eine Blamage das wäre. Was für ein katastrophaler Start in seine Regentschaft.

»Und der Verräter?«, fragt er in schärferem Ton, und Evangelina rückt zu ihm auf. Ihr silbernes Haar glänzt wie die Klinge eines Rasiermessers, heller als ihre vergoldete Rüstung. Doch Maven bewegt sich, schiebt sie weg, wie eine Katze es mit einem Spielzeug tun würde. »Was ist mit meinem elenden Bruder, dem ›gefallenen Prinzen‹?«

Darauf bekommt er keine Antwort von mir, denn ich habe keine.

Maven lacht erneut und diesmal trifft mich sein Lachen mitten ins Herz. »Hat er dich auch im Stich gelassen? Ist er abgehauen? Der Feigling bringt unseren Vater um und versucht mir meine Krone zu rauben, nur um sich dann davonzuschleichen und zu verstecken?« Er empört sich oder tut vielmehr vor seinen Adeligen und Soldaten so. Für sie muss er den tragischen Sohn spielen, einen König, der nie für den Thron bestimmt war und der nichts anderes will, als dem Toten Gerechtigkeit widerfahren zu lassen.

Ich hebe herausfordernd das Kinn. »Glaubst du wirklich, Cal würde so etwas tun?«

Maven ist alles andere als einfältig. Er ist böse, aber nicht dumm, und er kennt seinen Bruder besser als jeder andere. Cal ist kein Feigling und wird es niemals sein. Daran ändern auch Mavens Lügen nichts. Mavens Augen verraten, was in seinem Herzen vorgeht, und er blickt nervös in die Gassen und Straßen, die von diesem zerstörten Boulevard wegführen. In jeder davon könnte Cal sich verstecken, bereit loszuschlagen. Selbst ich könnte eine Falle sein, der Köder, um den Betrüger herauszulocken, den ich einst meinen Verlobten und

Freund nannte. Als Maven den Kopf dreht, verrutscht die Krone, die zu groß für seinen Schädel ist. Sogar das Metall weiß, dass es nicht rechtmäßig ihm gehört.

»Ich glaube, du stehst allein da, Mare«, sagt er leise. Trotz allem, was er mir angetan hat, erschaudere ich, als er meinen Namen sagt, und denke an vergangene Zeiten. Früher hat er ihn voller Liebenswürdigkeit und Zuneigung ausgesprochen. Jetzt klingt es wie ein Fluch. »Deine Freunde sind weg. Du hast verloren. Und du bist eine Abscheulichkeit, die Einzige deiner erbärmlichen Art. Dich von dieser Welt zu entfernen, ist ein Akt der Gnade.«

Noch mehr Lügen, und wir wissen es beide. Ich erwidere sein kaltes Lachen. Ganz kurz sieht es wieder so aus, als wären wir Freunde. Aber nichts könnte weiter von der Wahrheit entfernt sein.

Ein Kampfjet rast vorbei. Seine Tragflächen streifen beinahe die Spitze einer der Ruinen hinter uns. Er ist so nah. *Zu nah.* Ich spüre sein elektrisches Herz, seine surrenden Triebwerke, die ihn irgendwie in der Luft halten. Ich baue eine Verbindung zu ihnen auf und tue das, was ich schon so oft getan habe. Was ich schon mit Leuchten und Kameras, mit Kabeln und Stromkreisen gemacht habe, seit ich zur Blitzwerferin geworden bin: Ich greife auf diese Triebwerke zu und *schalte sie aus.*

Der Jet sackt ab und trudelt einen Moment lang mit der Spitze nach unten durch die Luft. Seine ursprüngliche Flugbahn sollte ihn hoch über die Prachtstraße und die Legion führen, zum Schutz des Königs. Jetzt rast er über die Reihen der Roten hinweg auf Hunderte Silberne zu und stürzt kopfüber in die Menge. Die Magnetoren aus dem Haus Samos und die Kopflenker reagieren nicht schnell genug, um den Jet abzufangen, bevor er sich in die Straße hineinbohrt. Asphaltbrocken und menschliche Körper fliegen durch die Luft. Der laute Knall, mit dem er explodiert, wirft mich fast um und drückt mich weiter nach hinten. Das Ganze ist so ohrenbetäubend und schmerzhaft, dass ich die Orientierung verliere. *Keine Zeit für Schmerzen*, sagt mein Kopf. Ich verschwende keinen weiteren Blick an das Chaos, das einmal Mavens Armee war. Ich laufe bereits, und mein Blitz ist bei mir.

Violette und weiße Funken schirmen meinen Rücken ab, schützen mich vor den Huschern, die mich einholen wollen. Einige von ihnen kollidieren bei dem Versuch, zu mir durchzudringen, mit meinem Blitz und sinken als Häufchen aus verbranntem Fleisch und zuckenden Knochen zu Boden. Ich bin dankbar, dass ich ihre Gesichter nicht sehen kann, denn bestimmt würden sie mich bis in meine Träume verfolgen. Als Nächstes fallen Schüsse, doch mein Zickzack-Sprint macht es schwer, mich zu treffen, und die wenigen Kugeln, die mir nahe kommen, zerschmelzen zischend an meinem Schild. So hätte es mir damals bei der Königinnenkür auch ergehen müssen; ich hätte mit einem Zischen verglühen müssen, als ich von oben in das Netz aus Strom gefallen bin. Es kommt mir vor, als wäre das Ewigkeiten her. Über mir kreisen erneut heulend Kampfjets, diesmal jedoch sorgsam auf einen Sicherheitsabstand bedacht. Ihre Raketen sind nicht so zurückhaltend.

Die Ruinen von Naercey gibt es seit Tausenden von Jahren, aber diesen Tag werden sie nicht überstehen. Gebäude und Straßen zerbersten unter dem doppelten Ansturm von silbernen Fähigkeiten und Raketen. Jede nur mögliche Art der Zerstörung wird eingesetzt. Die Magnetoren verdrehen und zerbrechen Stahlträger, während Kopflenker und Starkarme Trümmer durch die aschgraue Luft schleudern. Aus den Abflüssen sickert das Wasser, weil Nymphen die Stadt zu fluten versuchen, um auch noch die letzten in den Tunneln versteckten Gardisten herauszuspülen. Ein von den Windsäern der Armee angefachter Sturm heult in Orkanstärke. Die Böen wirbeln so viel Wasser und Dreck durch die Luft, dass mir die Augen brennen und ich kaum noch etwas sehe. Und als die Explosionen der Berster zugleich den Boden unter mir erbeben lassen, verliere ich fast die Orientierung und stolpere. Ich bin keine, die so leicht stürzt, aber jetzt rutsche ich mit dem Gesicht über den Asphalt und hinterlasse eine Spur aus Blut. Der hohe, durchdringende Schrei eines Heulers bringt mich erneut zu Fall. Ich muss mir die Ohren zuhalten und Blut tropft zwischen meinen Fingern hindurch. Aber ich sollte dem Heuler, der mich niedergestreckt hat, wohl dankbar sein. Noch im Fallen spüre ich, wie eine Rakete so dicht über mich hinwegzischt, dass sie die Luft um mich herum in Schwingung versetzt.

Sie schlägt viel zu nahe ein, die Hitze drückt gegen meinen hastig wiederhergestellten Blitzschild. Ich frage mich kurz, ob ich wohl ohne Augenbrauen sterben werde, aber die Hitze verändert sich nicht. Sie ist unangenehm, aber auszuhalten. Und dann ziehen mich starke, schmerzhaft fest zupackende Hände wieder auf die Füße. Blonde Haare glänzen im Feuerschein. In dem beißenden Sturm kann ich gerade so ihr Gesicht erkennen: *Farley*. Ihre Waffe ist weg, ihre Kleider sind zerfetzt und ihre Muskeln zittern, aber sie hält mich weiter aufrecht.

Hinter ihr sehe ich eine große, vertraute Gestalt, die sich dunkel vom grellen Licht der Explosion abhebt. Mit einer einzigen ausgestreckten Hand hält er ihre Wucht von uns fern. Seine Handschellen sind verschwunden, geschmolzen oder weggeworfen. Als er sich umdreht, breitet sein Feuer sich aus. Die Flammen recken sich züngelnd gen Himmel und über die zerstörte Straße, doch nicht zu uns. Cal weiß genau, was er tut. Er lenkt die Feuersbrunst um uns herum wie Wasser um einen Felsen. So wie schon in der Arena errichtet er quer über die breite Straße eine flackernde Wand, die uns vor seinem Bruder und dessen Legion schützt. Nur dass seine Flammen jetzt, angefacht durch den Sauerstoff und seine Wut, noch stärker sind. Sie schlagen haushoch und sind so heiß, dass ihr Zentrum sich gespenstisch blau färbt.

Weitere Raketen fallen, aber Cal hält auch ihre Wucht in Schach und benutzt ihr Feuer, um seine eigenen Kräfte anzufachen. Es hat fast etwas Majestätisches, wie seine langen Arme ausholen und kreisen und mit stetem Rhythmus die Zerstörung in Schutz verwandeln.

Farley versucht mich mit Gewalt wegzuziehen. Im Schutz der Flammen schaue ich zum Fluss, knapp hundert Meter von uns entfernt. Und davor sehe ich die schemenhaften Gestalten von Kilorn und meinem Bruder, die der versprochenen Sicherheit entgegenhumpeln.

»Komm jetzt, Mare!«, ruft Farley wütend und zerrt an meinem verletzten und geschwächten Körper.

Einen kurzen Moment lang lasse ich mich von ihr mitziehen. Ich kann vor Schmerzen nicht klar denken. Aber ein Blick zurück genügt, und ich begreife, was sie tut, wozu sie *mich* zu bringen versucht.

»Ich gehe nicht ohne ihn!«, schreie ich zum zweiten Mal an diesem Tag.

»Er kommt ganz gut allein klar«, sagt sie. In ihren blauen Augen spiegelt sich die Feuersbrunst.

Früher habe ich das auch gedacht. Dass Silberne unbesiegbar

seien, auf der Erde wandelnde Götter, zu stark, um sie zu zerstören. Aber erst heute Morgen habe ich drei von ihnen getötet: den Rhambos-Starkarm, den Nymph Lord Osanos und Arven. Und durch mein Blitzgewitter vielleicht sogar noch mehr. Mal davon abgesehen, dass sie auch Cal und mich fast umgebracht hätten. Wir mussten uns in dieser Arena gegenseitig das Leben retten. Dasselbe müssen wir auch jetzt tun.

Farley ist größer als ich, kräftiger und stärker, aber ich bin flinker, selbst in angeschlagenem Zustand und halb taub. Ein kurzer Tritt aus dem Fußgelenk, ein gut getimter Schubs und sie stolpert nach hinten und lässt mich los. Sofort drehe ich mich um und erspüre mit gespreizten Händen das, was ich brauche. In Naercey gibt es viel weniger Elektrizität als in Archeon oder sogar Stilts, aber ich muss auch keine fremden Stromquellen mehr anzapfen. Ich liefere ihn mir selbst.

Der erste Schwall Nymphen-Wasser klatscht mit der Kraft einer Flutwelle gegen das Feuer. Das meiste davon verdampft innerhalb von Sekunden, aber der Rest fällt auf die Feuerwand und löscht die großen Flammen. Ich antworte mit meiner Elektrizität, ziele damit auf die sich auftürmenden, in der Luft brechenden Wellen. Dahinter drängen die Silber-Legionen mit aller Macht auf uns zu. Wenigstens wurden die angeketteten Roten in die hinteren Reihen verbannt. Das ist Mavens Werk. Er will nicht, dass sie den Angriff verlangsamen.

Doch nun müssen seine Soldaten gegen meinen Blitz anrennen, in dessen Schutz Cals Flammen erneut aus der Glut hochschlagen.

»Zieh dich langsam zurück«, sagt Cal und zeigt mit der offenen Hand hinter uns. Ich passe mich seinen vorsichtigen Schritten an, ohne das heranstürmende Unheil aus den Augen zu lassen. Wir arbeiten zusammen, wechseln uns ab und schützen uns gegenseitig, während wir langsam zurückweichen. Wenn sein Feuer schwächer wird, lasse ich meinen Blitz aufflackern und umgekehrt. Gemeinsam haben wir eine Chance.

Er dirigiert mich mit kurzen, gemurmelten Befehlen, sagt mir, wann ich mich zurückbewegen soll, wann den Blitzschild hochziehen und wann ihn wieder sinken lassen. Er sieht erschöpfter aus denn je. Unter seiner blassen Haut zeichnen sich die Adern blauschwarz ab und um seine Augen liegen graue Ringe. Mir ist klar, dass ich noch schlimmer aussehen muss. Aber das von ihm vorgegebene Tempo sorgt dafür, dass wir unsere Kräfte nicht völlig verausgaben, dass wir es immer wieder schaffen, rechtzeitig kleine Reserven zu mobilisieren.

»Nur noch ein kleines Stück«, ruft Farley von hinten. Aber sie läuft nicht weg. Sie bleibt bei uns, obwohl sie nur normale menschliche Kräfte besitzt. *Sie hat mehr Mut, als ich ihr zugetraut habe.*

»Ein kleines Stück wohin?«, frage ich durch zusammengebissene Zähne, während ich ein weiteres Netz aus Elektrizität auswerfe. Trotz Cals Kommandos werde ich langsamer, und prompt durchbricht ein Trümmerteil unseren Schutzwall. Es fliegt ein paar Meter weit, stürzt dann zu Boden und zerfällt zu Staub. Uns läuft die Zeit davon.

Aber Maven geht es nicht anders.

Ich kann den Fluss riechen und das dahinterliegende Meer. Die frische, salzige Brise ist verlockend, auch wenn ich keine Ahnung habe, was nun folgt. Ich weiß nur, dass Farley und Shade glauben, dass das Wasser uns aus Mavens Fängen retten wird. Als ich einen Blick hinter mich werfe, sehe ich nur die Prachtstraße, die plötzlich abbricht und in Wasser übergeht. Dort steht Farley und wartet auf uns, ihre kurzen Haare wehen im glutheißen Wind. Ihre Lippen formen das Wort *Springt*, bevor sie sich vom Rand der kaputten Straße stürzt und verschwindet.

Was ist das bloß immer mit ihr und diesen Abgründen, die sich plötzlich auftun?

»Wir sollen springen«, rufe ich Cal zu, als ich mich gerade noch rechtzeitig umdrehe, um seine Feuerwand zu ersetzen.

Ein Ächzen signalisiert seine Zustimmung; zum Sprechen ist er zu angestrengt. Wie mein Blitz werden auch seine Flammen langsam schwächer. Inzwischen können wir die Soldaten auf der anderen Seite sehen. Die flimmernde Hitze des Feuers verzerrt ihre Gesichter, verwandelt Augen in brennende Kohle, Münder in grinsende Mäuler voller Reißzähne und Männer in Dämonen.

Einer von ihnen tritt vor an die Feuerwand, so dicht, dass er eigentlich verbrennen müsste. Doch ihm passiert nichts. Stattdessen teilt er die Flammen wie einen Vorhang.

Das kann nur einer sein.

Maven schüttelt glühende Funken von seinem albernen Umhang und lässt die Seide verbrennen, aber seine Rüstung hält stand. Er besitzt sogar die Unverfrorenheit zu grinsen.

Irgendwie findet Cal trotzdem die Stärke, sich abzuwenden. Anstatt seinen Bruder mit bloßen Händen in Stücke zu reißen, packt er mein Handgelenk mit glühend heißen Fingern und wir rennen gemeinsam los, ohne uns darum zu kümmern, was in unserem Rücken passiert. Maven ist uns in keiner Hinsicht gewachsen, und das weiß er auch. Statt uns anzugreifen, schreit er. Trotz der Krone und trotz all des Blutes, das an seinen Händen klebt, ist er noch immer so jung.

»Ja, lauf nur, Mörder! Lauf, Blitzwerferin! Lauft schnell und weit!«

Sein Gelächter hallt von den einstürzenden Ruinen wider und verfolgt mich. »Es gibt keinen Ort, an dem ich euch nicht finde!«

Während wir rennen, nehme ich vage wahr, dass mein Blitz endgültig versiegt. Da auch Cals Flammen verlöschen, sind wir der feindlichen Legion schutzlos ausgeliefert. Aber genau das ist der Moment, in dem wir springen, in dem wir durch die Luft auf das Wasser drei Meter unter uns zustürzen.

Als wir landen, ertönt kein lautes Platschen, sondern ein hohler metallischer Klang. Ich rolle instinktiv ab, um mir nicht die Knöchel zu brechen, spüre aber dennoch einen stechenden Schmerz. *Was ist das?* Farley erwartet uns schon. Sie steht knietief in dem kalten Fluss, neben einer zylindrischen Metallröhre mit oben offener Klappe. Farley klettert ohne ein Wort hinein und verschwindet irgendwo in der Tiefe. Wir haben keine Zeit, zu diskutieren oder Fragen zu stellen, und folgen ihr blindlings.

Wenigstens ist Cal so schlau, die Klappe hinter uns zuzumachen und so nicht nur den Fluss, sondern auch den Krieg auszusperren. Ein lautes Druckluftzischen verrät uns, dass die Röhre sich wasserdicht verschließt. Aber lange wird uns das auch nicht helfen. Vor der Legion sind wir dadurch nicht geschützt.

»Noch ein Tunnel?«, frage ich atemlos, während ich zu Farley herumwirbele. Die Bewegung lässt mich Sternchen sehen, meine Beine zittern und ich muss mich anlehnen.

Farley stützt mich, wie sie es schon oben auf der Straße getan hat. »Nein, das hier ist kein Tunnel«, antwortet sie mit einem geheimnisvollen Grinsen.

Dann spüre ich es. Es ist wie eine Batterie, die irgendwo surrt, nur größer. Stärker. Es pulsiert überall um uns herum und durch den merkwürdigen schmalen Gang, in dem blinkende Schalter und gedämpfte gelbliche Lichter vor meinen Augen verschwimmen. Undeutlich, wie purpurrote Schatten, nehme ich darin rote Tücher wahr, hinter denen sich die Gesichter von Gardisten verbergen. Dann erbebt der Gang mit einem Ächzen, neigt sich und sinkt. *In die Tiefe.*

»Ein Boot. Ein Unterwasser-Boot«, sagt Cal. Seine Stimme klingt weit weg, zittrig und schwach. Genauso wie ich mich fühle.

Keiner von uns beiden schafft mehr als ein paar Schritte, dann sacken wir zusammen und rutschen an den gewölbten Wänden zu Boden.

3

In den letzten Tagen bin ich in einer Gefängniszelle aufgewacht und in einer Tunnelbahn. Jetzt erwache ich in einem Unterwasser-Boot. Wo werde ich morgen die Augen aufschlagen?

Allmählich glaube ich, dass all das ein Traum war oder eine Halluzination oder Schlimmeres. Aber kann man in Träumen müde sein? Denn das bin ich definitiv. Ich bin vollkommen ausgelaugt, jeder Knochen, jeder Muskel und jede Nervenfaser schmerzt. Und mein Herz ist eine einzige blutende Wunde, zerrissen von meinem Verrat und meinem Scheitern. Als ich die Augen öffne und graue Wände in einem beengten Raum sehe, stürzt alles, was ich am liebsten vergessen würde, wieder auf mich ein. Es ist, als wäre Königin Elara in meinem Kopf und würde mich zwingen, meine schlimmsten Erinnerungen erneut zu durchleben. Sosehr ich mich auch bemühe, ich kann sie nicht abstellen.

Meine stummen Zofen wurden hingerichtet, obwohl sie sich keines anderen Verbrechens schuldig gemacht haben, als meine Haut anzumalen. Tristan, aufgespießt wie ein Schwein. Walsh. Sie war so alt wie mein Bruder, eine Dienerin aus Stilts, meine Freundin – *eine von uns*. Und sie starb einen grausigen Tod von eigener Hand, um die Garde zu schützen, unsere Sache und mich. In den Tunneln unter dem Cäsarplatz sind sogar noch mehr Gardisten gestorben. Cals Soldaten haben sie getötet – und unser törichter Plan. Die Erinnerung an dieses vergossene rote Blut schmerzt, aber auch der Gedanke an das

Silber-Blut lässt mich nicht kalt. Lucas, ein Freund, ein Beschützer, ein Silberner mit einem guten Herzen, hingerichtet wegen dem, wozu Julian und ich ihn gezwungen haben. Lady Blonos, enthauptet, weil sie mir beigebracht hat, wie man richtig sitzt. Oberst Macanthos, Reynald Iral, Belicos Lerolan. Für die Sache geopfert. Ich muss fast würgen, als mir Lerolans vierjährige Zwillinge einfallen; sie starben bei der Explosion, die auf die Schießerei im Schloss folgte. Maven hat mir erzählt, es sei ein Unfall gewesen, ausgelöst durch eine beschädigte Gasleitung, aber inzwischen weiß ich es besser. Er ist viel zu bösartig, als dass das ein zufälliges Zusammentreffen gewesen sein kann. Ich bezweifle, dass er irgendeinen Skrupel hatte, noch ein paar Menschen mehr zu opfern, nur um die Welt davon zu überzeugen, dass die Garde eine Bande von Monstern ist. Er wird auch Julian töten, und Sara. Wahrscheinlich sind die beiden schon tot. Eine unerträgliche Vorstellung. Meine Gedanken kehren zurück zu Maven, zu seinen kalten blauen Augen und dem Moment, in dem ich begriffen habe, dass sich hinter seinem charmanten Lächeln ein Ungeheuer verbirgt.

Das Etagenbett, auf dem ich liege, ist hart, die Decken sind dünn, es gibt kein nennenswertes Kissen, aber ein Teil von mir möchte trotzdem einfach liegen bleiben. Schon kehrt mein Kopfweh zurück und pocht zusammen mit dem elektrischen Puls dieses Wunderbootes. Eine klare Ansage – auch hier werde ich keinen Frieden finden. Noch nicht, dazu ist zu viel zu tun. *Die Liste. Die Namen. Ich muss sie finden. Ich muss sie vor Maven und seiner Mutter schützen.* Hitze steigt in mir auf und lässt mich erröten, als mir Julians Büchlein mit all den Geheimnissen wieder einfällt, die er so mühsam zusammengetragen hat. Ein Verzeichnis all derer, die so sind wie ich, die dieselbe merkwürdige Mutation in sich tragen, welche uns trotz unseres roten Blutes Silber-Fähigkeiten verleiht. Diese Liste ist Julians Vermächtnis. Und meins.

Ich schwinge meine Beine über die Pritschenkante und knalle fast mit dem Kopf gegen das Bett über mir. Auf dem Fußboden erspähe ich einen Stapel Kleider. Eine schwarze Hose, die zu lang ist, ein dunkelrotes Shirt mit fast durchgescheuerten Ellbogen sowie Stiefel ohne Schuhriemen. Kein Vergleich mit den feinen Kleidern, die ich seinerzeit in einer Zelle der Silbernen gefunden habe, aber auf meiner Haut fühlen sie sich gut und richtig an.

Kaum habe ich mir das Shirt über den Kopf gezogen, wird meine Kabinentür mit den dicken eisernen Angeln aufgestoßen. Davor steht erwartungsvoll Kilorn, sein Grinsen wirkt angestrengt und grimmig. Da er mich viele Sommer hindurch mehr oder minder bekleidet gesehen hat, braucht er eigentlich nicht verlegen zu sein, aber seine Wangen laufen trotzdem rot an.

»Normalerweise schläfst du nicht so lange«, sagt er, und ich höre die Sorge, die mitschwingt.

Ich versuche sie zu ignorieren und stelle mich auf meine wackligen Beine. »War offenbar nötig.« In meinem Ohr ist ein seltsames Pfeifen, penetrant, aber nicht schmerzhaft. Um es loszuwerden, schüttele ich den Kopf wie ein nasser Hund.

»Das ist bestimmt von dem Heuler-Schrei.« Kilorn kommt zu mir und nimmt meinen Kopf sanft zwischen seine schwieligen Hände. Mit einem entnervten Seufzer füge ich mich in die Untersuchung. Er dreht meinen Kopf und betrachtet prüfend meine Ohren, die vor wer weiß wie langer Zeit geblutet haben. »Du hast Glück, dass der Schrei dich nicht direkt getroffen hat.«

»Ich hab eine Menge, aber Glück gehört, glaube ich, nicht dazu.«

»Du lebst, Mare«, widerspricht er heftig und schiebt mich weg. »Das ist mehr, als viele andere von sich behaupten können.« Sein wütender Blick katapultiert mich zurück nach Naercey, zu dem Moment, in dem ich meinem Bruder gesagt habe, dass ich auf sein Wort nicht vertrauen kann. Tief in meinem Herzen weiß ich, dass es immer noch so ist.

»Tut mir leid«, murmele ich schnell. Natürlich weiß ich, dass andere ihr Leben gelassen haben, für die Sache und für mich. Aber auch ich bin gestorben. Mare aus Stilts starb an dem Tag, an dem sie auf einen Blitzschild fiel. Mareena, die lange verschollene Prinzessin, starb in der Knochenarena. Welche neue Person in der Tunnelbahn die Augen aufgeschlagen hat, weiß ich nicht. Ich weiß nur, wer ich war und was ich verloren habe und dass dies alles eine Last ist, die mich fast erdrückt.

»Erzählst du mir, wohin wir fahren, oder ist das auch ein Geheimnis?« Ich bemühe mich, nicht bitter zu klingen, versage dabei aber kläglich.

Doch Kilorn ist höflich genug, es zu überhören. Er lehnt sich an die Tür. »Wir haben Naercey vor fünf Stunden verlassen und fahren in nordöstliche Richtung. Das ist alles, was ich weiß, ehrlich.«

»Und das stört dich überhaupt nicht?«

Er zuckt nur die Achseln. »Was lässt dich glauben, dass die Oberen mir trauen, oder dir, wenn wir schon dabei sind? Du weißt doch besser als jeder andere, wie dumm wir waren und welch hohen Preis wir dafür gezahlt haben.« Die Erinnerung daran versetzt mir erneut einen Stich. »Du hast selbst gesagt, dass du nicht mal Shade vertrauen kannst. In nächster Zeit wird wohl niemand mit irgendwem Geheimnisse teilen.«

Der Seitenhieb schmerzt weniger als erwartet. »Wie geht es ihm?«

Kilorn weist mit dem Kinn auf den Gang hinaus. »Farley hat für die Verletzten eine hübsche kleine Krankenstation eingerichtet. Shade geht es besser als den anderen. Er flucht zwar viel, aber ihm geht es definitiv besser.« Seine grünen Augen verfinstern sich, und er wendet den Blick ab. »Sein Bein …«

Ich halte erschrocken die Luft an. »Hat die Wunde sich infiziert?« Zu Hause in Stilts war eine Entzündung so schlimm wie ein abgetrennter Arm. Wir hatten nicht viele Heilmittel und sobald sich eine Entzündung gebildet hatte, konnte man nur amputieren in der Hoffnung, dass man dem Fieber und den schwarz gewordenen Adern zuvorkam.

Zu meiner Erleichterung schüttelt Kilorn den Kopf. »Nein, Farley hat ihn ordentlich mit Medikamenten vollgestopft, und die Silbernen kämpfen mit sauberen Kugeln. Was echt großzügig von ihnen ist.« Er stößt ein ironisches Lachen aus und erwartet, dass ich mit einstimme. Aber mich überläuft stattdessen ein Schauder. Die Luft ist so kalt hier unten. »Aber er wird auf jeden Fall eine Zeit lang humpeln.«

»Bringst du mich zu ihm oder muss ich den Weg selbst finden?«

Er lacht erneut auf und bietet mir seinen Arm an. Verblüfft stelle ich fest, dass ich tatsächlich seine Hilfe brauche. Naercey und die Knochenarena haben ihren Tribut gefordert.

Tauchboot. So nennt Kilorn das seltsame Unterwassergefährt. Wie es unterhalb der Wasseroberfläche segeln kann, verstehen wir beide nicht, aber ich bin sicher, dass Cal es herausfinden wird. Er ist der Nächste auf meiner Liste. Sobald ich mich vergewissert habe, dass mein Bruder noch atmet, werde ich ihn suchen gehen. Ich erinnere mich, dass Cal – wie ich – kaum noch bei sich war, als wir entkommen sind. Aber Farley hat ihn garantiert nicht in der Krankenstation untergebracht, nicht wenn er dort von lauter verletzten Gardisten umgeben wäre. Das würde zu viel böses Blut geben, und niemand möchte ein Inferno in einer versiegelten Metallröhre entfachen.

Der Schrei des Heulers klingt mir noch immer im Ohr, als schwaches Fiepen, das ich zu ignorieren versuche. Und mit jedem Schritt entdecke ich neue Schmerzen und Verletzungen an mir. Kilorn bemerkt mein Zucken, verlangsamt sein Tempo und gestattet mir, mich auf seinen Arm zu stützen. Seine eigenen Verletzungen, tiefe Schnitte, die unter einer Lage von frischen Verbänden verborgen sind, ignoriert er einfach. Er hatte schon immer geschundene Hände voller Blutergüsse und Schnittwunden von den Angelhaken und Tauen, aber das waren vertraute Blessuren. Sie bedeuteten, dass er in Sicherheit war, in einer Ausbildung und damit von der Einberufung befreit. Wäre sein Lehrmeister nicht gestorben, wären kleine Narben heute seine einzige Sorge.

Früher hätte mich dieser Gedanke traurig gemacht. Jetzt empfinde ich nichts als Wut.

Der Hauptgang des Tauchbootes ist lang und schmal und durch mehrere schwere Metalltüren unterteilt, die sich mit Druckluft versiegeln lassen. So können im Notfall einzelne Bereiche abgeriegelt werden, um zu verhindern, dass das gesamte Gefährt geflutet wird und sinkt. Trotzdem beruhigen mich diese Türen kein bisschen. Der Gedanke, dass ich, eingeschlossen in einen feuchten Sarg, auf dem Boden des Meeres sterben könnte, lässt mich nicht los. Selbst Kilorn scheint sich unbehaglich zu fühlen, und er ist auf dem Wasser groß geworden. Die schwachen, in die Decke eingelassenen Leuchten werfen merkwürdige Schatten auf sein Gesicht. Er sieht plötzlich alt und abgespannt aus.

Den anderen Gardisten scheint das alles wenig auszumachen, sie kommen und gehen mit großer Zielstrebigkeit. Ihre roten Halstücher und Schals sind jetzt heruntergezogen und ich schaue in Gesichter, aus denen grimmige Entschlossenheit spricht. Sie tragen Krankenakten und Tabletts mit medizinischem Bedarfsmaterial, Verbänden oder Essen durch den Gang, manchmal auch eine Waffe. Sie sind stets in Eile und ins Gespräch vertieft. Aber wenn sie mich sehen, bleiben sie abrupt stehen und drücken sich mit dem Rücken an die Wand, um mir so viel Platz wie möglich zu machen. Die Kühneren unter ihnen sehen mir in die Augen, während ich an ihnen vorbeihumpele, aber die meisten schauen auf ihre Füße.

Ein paar scheinen sogar Angst zu haben.

Vor mir.

Ich möchte ihnen Danke sagen, möchte irgendwie zum Ausdruck bringen, wie tief ich bei jedem Mann und jeder Frau auf diesem seltsamen Schiff in der Schuld stehe. *Danke für euren Einsatz*, entschlüpft es mir fast, doch ich presse die Kiefer aufeinander, um es zurückzuhalten. *Danke für Ihren Einsatz* – so steht es in den Briefen, aus denen man erfährt, dass das eigene Kind in einem sinnlosen Krieg gefallen ist. Wie viele Eltern habe ich über diese Worte weinen sehen? Wie viele weitere werden diesen Brief erhalten, wenn wegen der sogenannten Maßnahmen noch jüngere Kinder an die Front geschickt werden?

Keine, sage ich mir selbst. *Farley hat bestimmt einen Plan, um das zu verhindern, so wie wir auch eine Möglichkeit finden werden, die Namen auf der Liste aufzuspüren – die anderen, die so sind wie ich. Wir werden etwas unternehmen. Wir* müssen *etwas unternehmen.*

Die an der Wand lehnenden Gardisten murmeln sich etwas zu, als ich vorbeikomme. Selbst die, die mich nicht anschauen können, flüstern es sich gegenseitig zu, ohne sich darum zu scheren, ob ich es höre oder nicht. Offenbar betrachten sie das, was sie sagen, als Kompliment.

»Die Blitzwerferin«, hallt es mir von den metallenen Wänden entgegen. Ich fühle mich davon umzingelt und bedrängt wie von Elaras elenden Einflüsterungen, die durch meinen Kopf geistern. *Kleine Blitzwerferin. So hat sie mich genannt, so haben* sie *mich genannt.*

Nein. Nein, das stimmt nicht.

Trotz meiner Schmerzen richte ich mich gerade auf, damit ich so groß bin, wie es nur geht.

Ich bin nicht mehr klein.

Das Getuschel folgt uns auf dem ganzen Weg bis zur Krankenstation, wo zwei Gardisten vor der geschlossenen Tür Wache halten. Auch die Leiter bewachen sie, ein schweres Teil aus Metall, das zur Decke hochführt. Zu dem einzigen Ein- und Ausstieg aus diesem langsamen Geschoss von einem Boot. Eine der Wachen hat dunkelrotes Haar, genau wie Tristan, aber er ist nicht annähernd so groß. Der andere hat eine Figur wie ein Schrank, haselnussbraune Haut, schräg stehende Augen, ein breites Kreuz und riesige Hände, die eher zu einem Starkarm passen würden. Sie neigen die Köpfe, als sie mich sehen, aber zu meiner Erleichterung haben sie nicht viel mehr als einen kurzen Blick für mich übrig. Stattdessen wenden sie ihre Aufmerksamkeit Kilorn zu und grinsen ihn an, als wären sie Schulfreunde.

»So schnell zurück, Warren?« Der Rothaarige kichert und wackelt anzüglich mit den Augenbrauen. »Lenas Schicht ist schon zu Ende.«

Lena? Kilorn erstarrt neben mir, sagt aber nichts, was sein Unbehagen verraten würde, und stimmt in ihr Gelächter ein. Doch ich kenne ihn besser als alle anderen, jedenfalls gut genug, um zu sehen, wie angestrengt sein Lachen ist. Unfassbar, dass er seine Zeit mit *Flirten* verbracht hat, während ich bewusstlos war und Shade schwer verletzt auf der Krankenstation liegt.

»Der Junge hat genug anderes zu tun, als hübschen Krankenschwestern nachzustellen«, sagt der Schrank. Seine tiefe Stimme hallt durch den Gang, wahrscheinlich bis zum Quartier von dieser Lena. »Farley dreht noch ihre Runde, falls ihr sie sucht«, fügt er hinzu und weist mit einem Daumen auf die Tür.

»Und mein Bruder?«, frage ich, während ich mich von Kilorn losmache. Meine Knie drohen zwar nachzugeben, aber ich bleibe stehen. »Shade Barrow?«

Ihr Grinsen weicht einem ernsteren Gesichtsausdruck. Es ist fast so, als wäre ich wieder am Silber-Hof. Der Schranktyp wendet sich der Tür zu und dreht an dem großen Verriegelungsrad, damit er mich nicht anschauen muss. »Er erholt sich gut, Miss, äh, Mylady.«

Mein Magen zieht sich zusammen, als ich diesen Titel höre. Ich dachte, solche Dinge lägen hinter mir.

»Bitte nennt mich Mare.«

»Natürlich«, erwidert er, klingt aber nicht besonders überzeugend. Obwohl wir beide der Scharlachroten Garde angehören und für dieselbe Sache kämpfen, sind wir nicht gleich. Dieser Mann und viele andere werden mich niemals mit meinem Rufnamen ansprechen, ganz egal, wie sehr ich es mir auch wünsche.

Mit einem winzigen Nicken öffnet er die Tür, und dahinter kommt ein breiter, aber niedriger Raum zum Vorschein, in dem lauter Etagenbetten stehen. Früher war dies ein Schlafraum, jetzt sind die Betten voll mit Patienten und durch den Gang dazwischen eilen Männer und Frauen in weißen Kitteln. Viele von ihnen haben rote Blutspritzer auf den Kleidern, und sie sind zu sehr damit beschäftigt, gebrochene Beine zu richten oder Medikamente zu verabreichen, um wahrzunehmen, dass ich in ihrer Mitte herumhumpele.

Kilorns Hand ist immer in der Nähe meiner Taille, bereit mich aufzufangen, falls ich ihn wieder brauche. Aber ich stütze mich lieber an den Etagenbetten ab. Wenn mich schon alle anstarren, kann ich auch versuchen, allein zu gehen.

Shade lehnt mit dem Oberkörper an der gewölbten Metallwand, dazwischen nur ein einzelnes dünnes Kissen. Das kann unmöglich bequem sein, aber seine Augen sind geschlossen und sein Brustkorb hebt und senkt sich im entspannten Rhythmus eines Schlafenden. Seine Schulter ist bandagiert und sein Bein ruht in einer provisorisch an der Decke des Etagenbetts angebrachten Schlinge, also hat er mit Sicherheit eine ganze Menge Schmerzmittel bekommen. Ihn so schwer verwundet dort liegen zu sehen, ist schockierend und schwer erträglich, auch wenn ich ihn noch gestern für tot hielt.

»Wir lassen ihn besser schlafen«, murmele ich vor mich hin, ohne eine Antwort zu erwarten.

»Oh, ja, bitte«, sagt Shade mit geschlossenen Augen. Aber sein Mund verzieht sich zu dem vertrauten verschmitzten Grinsen. Obwohl er so übel zugerichtet ist, muss ich lachen.

Das ist ein Trick, den ich von zu Hause kenne. Shade hat früher gern so getan, als würde er den Unterricht verschlafen, und auch die Tuscheleien zwischen unseren Eltern hat er auf diese Weise belauscht. Ich muss schmunzeln bei der Erinnerung daran, wie viele kleine Geheimnisse Shade auf diese Art in Erfahrung gebracht hat. Mag sein, dass ich eine geborene Diebin bin, aber Shade ist der geborene Spion. Kein Wunder, dass er in der Scharlachroten Garde gelandet ist.

»Na, belauschst du die Krankenschwestern?« Mein Knie knackt, als ich mich behutsam auf den Rand seiner Pritsche setze und aufpasse, dass ich ihn nicht anremple. »Hast du in Erfahrung bringen können, wie viele Verbände sie gehamstert haben?«

Statt über meinen Scherz zu lachen, schlägt Shade die Augen auf und winkt Kilorn und mich näher heran. »Die Krankenschwestern wissen mehr, als man denkt«, sagt er. Sein Blick zuckt ans andere Ende des Raums.

Als ich mich umdrehe, erblicke ich Farley; sie hat sich über eine belegte Pritsche gebeugt. Die Frau darauf ist nicht bei Bewusstsein, wahrscheinlich betäubt, und Farley prüft konzentriert ihren Puls. In diesem Licht ist die Narbe in ihrem Gesicht sehr auffällig. Sie zieht eine Seite ihres Mundes leicht nach unten, was ihr ein mürrisches Aussehen verleiht. An einer Stelle ist sie aufgeplatzt und wurde hastig wieder zugenäht. Das einzige Rot, das Farley im Augenblick trägt, sind die Blutspuren auf ihrer weißen Schwesternkluft und die notdürftig abgewaschenen Schlieren, die sich bis zu ihren Ellbogen ziehen. Ein anderer Pfleger steht dicht neben ihr, sein Kittel ist sauber und er flüstert ihr eilig etwas ins Ohr. Sie nickt hin und wieder, obwohl ihre Miene vor Wut erstarrt.

»Was hast du gehört?«, fragt Kilorn und stellt sich so hin, dass sein Körper Shade vollständig verdeckt. Für andere muss es so aussehen, als würden wir Shades Verbände zurechtziehen.

»Wir sind auf dem Weg zu einem anderen Stützpunkt, einem, der abseits der Küste liegt. Und außerhalb von Norta.«

Ich versuche, mir Julians alte Karte ins Gedächtnis zu rufen, aber viel mehr als der Küstenverlauf ist nicht haftengeblieben. »Auf einer Insel?«

Shade nickt. »Wird Tuck genannt. Groß kann sie nicht sein, denn die Silbernen haben dort nicht mal einen Sicherheitsposten. Was bedeutet, dass sie so gut wie vergessen ist.«

Ich bekomme ein flaues Gefühl im Magen. Die Aussicht, isoliert auf einer Insel zu sein, ohne jede Fluchtmöglichkeit, ängstigt mich noch mehr als dieses Tauchboot. »Aber sie wissen, dass sie existiert. Das genügt.«

»Farley wirkte ziemlich zuversichtlich, was diesen Stützpunkt angeht.«

Kilorn schnaubt. »Naercey hat sie ja auch für sicher gehalten.«

»Dass wir Naercey verloren haben, war nicht ihr Fehler«, sage ich. *Sondern meiner.*

»Maven hat alle reingelegt, Mare«, gibt Kilorn zurück und stupst mich an. »Er hat mich getäuscht, dich *und* Farley. Wir sind ihm alle auf den Leim gegangen.«

Da seine Mutter hinter ihm stand, unsere Gedanken gelesen und Mavens Verhalten genau auf unsere Hoffnungen abgestimmt hat, ist es kein Wunder, dass er uns alle täuschen konnte. Und jetzt ist er König. Jetzt wird er unsere ganze Welt täuschen – und beherrschen. *Was für eine Welt das sein wird, mit einem Monster auf dem Thron, das von seiner Mutter an der Leine geführt wird.*

Doch ich schiebe solche Gedanken beiseite. Sie können warten. »Hat Farley sonst noch irgendwas gesagt? Was ist mit der Liste? Die hat sie doch noch, oder?«

Shade schaut über meine Schulter und spricht bewusst leise: »Ja, hat sie, aber sie macht sich mehr Sorgen wegen der *anderen*, denen wir auf Tuck begegnen werden. Unsere Eltern sind übrigens auch dort.« Mich durchströmt ein warmes, belebendes Glücksgefühl. Als er das zarte, aber aufrichtige Lächeln auf meinem Gesicht sieht, hellt sich Shades Miene auf und er nimmt meine Hand. »Gisa wird auch da sein und die groben Klötze, die wir Brüder nennen.«

Eine riesige Anspannung, die mir gar nicht bewusst war, fällt von mir ab, aber schon bald tritt eine neue an ihre Stelle. Ich umklammere seine Hand fester und ziehe fragend eine Augenbraue hoch. »Welche *anderen* denn? Wer ist das? Wie kann das sein?« Nach dem Massaker unter dem Cäsarplatz und der Evakuierung von Naercey hätte ich nicht gedacht, dass es noch andere gibt.

Doch Kilorn und Shade teilen meine Verwunderung nicht und tauschen stattdessen verstohlene Blicke aus. Wieder einmal tappe ich im Dunkeln und das gefällt mir ganz und gar nicht. Aber diesmal sind es mein eigener Bruder und mein bester Freund, die Geheimnisse vor mir haben, keine böse Königin und kein intriganter Prinz.

Das schmerzt noch mehr. Ich schaue wütend zwischen den beiden hin und her, bis sie begreifen, dass ich hier bei ihnen sitze und auf Antworten warte.

Kilorn knirscht mit den Zähnen und besitzt wenigstens den Anstand, mich entschuldigend anzusehen, während er auf Shade zeigt. *Und damit von sich abzulenken versucht.* »Du weißt mehr als ich.«

»Die Garde lässt sich nicht gern in die Karten sehen, und zu Recht.« Shade setzt sich vorsichtig ein kleines bisschen aufrechter hin. Dabei stößt er ein Zischen aus und hält sich die verletzte Schulter, winkt aber ab, noch bevor ich ihm helfen kann. »Wir wollen nach außen klein, schwer angeschlagen und desorganisiert wirken.«

Mir entfährt ein verächtliches Schnauben und ich betrachte seine

Verbände. »Na, prima, dann machst du deine Sache auf jeden Fall schon mal hervorragend.«

»Spar dir deine Bosheiten, Mare«, fährt Shade mich an und klingt dabei wie unsere Mutter. »Ich will dir doch nur klarmachen, dass die Dinge nicht so schlecht stehen, wie es aussieht. Naercey war nicht unser einziger Stützpunkt, und Farley ist nicht unsere einzige Anführerin. In Wahrheit gehört sie nicht mal zum Oberkommando. Sie hat nur den Rang eines Hauptmanns. Es gibt andere neben ihr – und noch mehr, die *über* ihr stehen.«

Nach der Art, wie sie ihre Soldaten herumkommandiert, hätte ich Farley für eine Kaiserin gehalten. Als ich wieder zu ihr hinschaue, erneuert sie gerade einen Verband und kanzelt dabei die Pflegerin ab, die die Wunde ursprünglich versorgt hat. Aber ich kann die Worte meines Bruders nicht einfach ignorieren. Er weiß über die Scharlachrote Garde weitaus besser Bescheid als ich, und ich bin geneigt, ihm zu glauben. Diese Organisation ist weitaus größer als das, was ich hier sehe. Das ist ermutigend – und es macht mir Angst.

»Die Silbernen glauben, dass sie uns zwei Schritte voraus sind, aber sie wissen nicht mal, mit wem sie es tun haben«, fährt Shade im Brustton der Überzeugung fort. »Wir wirken schwach, weil wir es so wollen.«

Ich wende mich schnell wieder zu ihm. »Sie wirken schwach, weil sie es *sind*. Weil Maven euch reingelegt hat. Er hat euch eine Falle gestellt, euch abgeschlachtet und euch aus eurem eigenen Haus verjagt. Wollt ihr mir etwa weismachen, dass das Teil eines Plans war?«

»Mare –«, murmelt Kilorn und lehnt seine Schulter an meine, um mich zu beruhigen. Aber ich rücke von ihm ab. Er muss das hier auch hören.

»Es ist mir egal, wie viele geheime Tunnel und Boote und Stützpunkte ihr habt. Ihr könnt nicht gegen ihn gewinnen, nicht so.« Bei der Erinnerung an Maven schießen mir plötzlich Tränen in die Augen; dabei dachte ich, ich könnte keine mehr vergießen. Es ist schwer, den Maven zu vergessen, der er war. *Nein*. Der zu sein er vorgab. Den liebenswürdigen, vergessenen Jungen. Den Schatten der Flamme.

»Und was schlägst du also vor, Blitzwerferin?«

Farleys Stimme fährt durch mich hindurch wie ein Stromschlag, wie meine Gabe, und versetzt alle meine Nerven in Alarmbereitschaft. Einen kurzen Moment lang starre ich auf meine Hände, die in Shades Laken verkrallt sind. Vielleicht geht sie ja wieder, wenn ich mich nicht umdrehe. Vielleicht lässt sie mich dann in Ruhe.

Sei nicht albern, Mare Barrow.

»Feuer muss man mit Feuer bekämpfen«, sage ich, während ich mich aufrichte. Früher hat ihre Körpergröße mich eingeschüchtert. Jetzt fühlt es sich schon ganz normal und vertraut an, wütend zu ihr hochzuschauen.

»Soll das eine Art Silber-Scherz sein?«, fragt sie höhnisch und verschränkt die Arme vor der Brust.

»Sehe ich so aus, als würde ich scherzen?«

Sie antwortet nicht, und das ist Antwort genug. Ihr Schweigen macht mir bewusst, dass es im ganzen Raum still geworden ist. Selbst die Verwundeten unterdrücken ihre Schmerzen, um zuzusehen, wie die Blitzwerferin ihren Hauptmann herausfordert.

»Ihr bemüht euch also schwach zu wirken, um dann mit Macht zuzuschlagen, ja? Nun, *sie* tun alles, um als die Stärkeren dazustehen, um unbesiegbar zu wirken. Aber ich habe in der Arena bewiesen, dass sie es nicht sind.« *Noch mal, lauter, damit alle es hören können.*

Ich schlage den entschiedenen, kräftigen Ton an, den Lady Blonos mir beigebracht hat. »Sie sind *nicht* unbesiegbar.«

Farley ist nicht dumm; ihr fällt es leicht, meinem Gedankengang zu folgen. »Du bist stärker als sie«, konstatiert sie nüchtern. Ihr Blick wandert zu Shade, der angespannt auf seiner Pritsche liegt. »Und du bist nicht die Einzige.«

Ich nicke und bin froh, dass sie bereits weiß, worauf ich hinauswill. »Hunderte von Namen, Hunderte von Roten mit Silber-Fähigkeiten. Hunderte, die stärker, schneller, besser sind als sie und in deren Adern Blut fließt, das so rot ist wie Morgendämmerung.« Mir stockt der Atem vor Aufregung darüber, dass bald eine neue Zeit anbrechen könnte. »Maven wird versuchen, sie umzubringen, aber wenn wir sie zuerst finden, könnten sie –«

»Die schlagkräftigste Armee bilden, die diese Welt je gesehen hat.« Farleys Augen funkeln bei diesem Gedanken. »Eine Armee von Neublütern.«

Als sie lächelt, spannt sich ihre Narbe und droht erneut aufzuplatzen. Aber ihr Grinsen wird noch breiter; die Schmerzen sind ihr egal.

Mir aber ganz sicher nicht. Und daran wird sich vermutlich auch nichts ändern.

4

Farley ist nicht so groß wie Kilorn, aber sie geht schneller, zielstrebiger und daher ist es schwieriger, mit ihr Schritt zu halten. Ich muss fast laufen, um mitzukommen, während sie durch den Gang des Tauchboots eilt. Wie zuvor springen die Gardisten, die uns begegnen, aus dem Weg, aber zusätzlich salutieren sie Farley, indem sie die Hände auf die Brust legen oder die Finger an die Stirn. Ich muss schon sagen: Farley gibt eine beeindruckende Figur ab. Sie trägt ihre Narben und Wunden wie Schmuck. Das Blut auf ihrem Kittel scheint sie nicht zu stören, denn sie wischt geistesabwesend mit den Händen darüber. Etwas davon stammt auch von Shade. Sie hat ihm, ohne eine Miene zu verziehen, die Kugel aus der Schulter geholt.

»Wir haben ihn nicht eingesperrt, wenn es das ist, was du denkst«, sagt sie leichthin, als wäre ein Gespräch über Cals Gefangennahme zwangloses Geplauder.

Aber ich bin nicht so dumm, diesen Köder zu schlucken, nicht mehr. Sie horcht mich aus, testet meine Reaktion, meine *Loyalität*. Doch ich bin nicht mehr das Mädchen, welches sie um Hilfe angefleht hat. Mich kann man nicht mehr so leicht durchschauen. Ich habe auf einer Rasierklinge balanciert und mich am Hof von einer Lüge zur nächsten gehangelt, um nicht aufzufliegen. Daher kann ich es mühelos auch jetzt tun und meine Gedanken tief in mir verschließen.

Also lache ich und klebe mir das Lächeln ins Gesicht, das ich an Elaras Hof perfektioniert habe. »Das weiß ich doch. Schließlich sehe ich ja, dass hier nichts eingeschmolzen wurde«, erwidere ich und zeige auf die metallenen Wände.

Ich beobachte sie, während sie meine Worte einzuschätzen versucht. Sie verzieht keine Miene, dennoch sehe ich Erstaunen in ihren Augen aufflackern. Erstaunen und *Neugier.*

Ich habe nicht vergessen, wie sie Cal in der Bahn behandelt hat – die Handschellen, die bewaffneten Wachen und ihre Verachtung. Er hat das alles über sich ergehen lassen wie ein getretener Hund. Nach dem Verrat seines Bruders und der Ermordung seines Vaters hatte er nicht mehr die Kraft, sich zu wehren. Was ich ihm nicht verübeln kann. Aber Farley kennt weder sein Herz noch seine Stärke, so wie ich sie kenne. Sie weiß nicht, wie gefährlich er wirklich ist. *Und auch nicht, wie gefährlich* ich *bin.* Selbst jetzt, trotz meiner vielen Verletzungen, spüre ich tief in mir diese Kraft, die nach der Elektrizität greifen will, die durch dieses Tauchboot pulsiert. Ich könnte es unter meine Kontrolle bringen, wenn ich wollte. Ich könnte das gesamte Gefährt einfach ausschalten und uns alle versenken. Diese todbringende Vorstellung lässt mich erröten; es ist mir unangenehm, dass ich solche Gedanken hege. Aber zugleich sind sie auch ein Trost. Ich bin die gefährlichste Waffe in einem Boot voller Krieger, und sie scheinen nichts davon zu wissen.

Wir wirken schwach, weil wir es so wollen. Als Shade das gesagt hat, meinte er die Garde, deren Motive er mir erklären wollte. Doch inzwischen frage ich mich, ob das Ganze nicht auch eine versteckte Botschaft war. So wie die Worte in seinem Brief, vor so langer Zeit.

Cals Kabine liegt am anderen Ende des Tauchboots, fernab von dem Trubel im Rest des Schiffs. Die Tür liegt gut versteckt hinter ein paar verschlungenen Rohren und leeren Kisten, die Namensstempel diverser Städte tragen: *Archeon, Haven, Corvium, Harbor Bay, Delphie* und selbst *Belleum* im südlichen gelegenen Piedmont. Was in diesen Kisten transportiert wurde, kann ich nicht sagen, aber die Namen dieser Silber-Städte zu lesen, versetzt mir einen Stich. *Diebesgut.* Farley bemerkt, dass ich die Kisten anstarre, lässt sich aber nicht dazu herab, mir ihre Herkunft zu erklären. Trotz unserer vagen Übereinkunft, was die »Neublüter«, wie sie sie nennt, anbelangt, gehöre ich noch immer nicht zu ihren Vertrauten. Und ich nehme an, dass das mit Cal zusammenhängt.

Was immer für den Antrieb dieses Schiffes sorgt – mein Gefühl sagt, es ist ein riesiger Generator –, rumpelt unter meinen Füßen. Die Vibrationen sind so stark, dass ich sie in meinen Knochen spüre. Ich rümpfe verächtlich die Nase. Mag sein, dass Farley Cal nicht eingesperrt hat, aber besonders freundlich geht sie nicht mit ihm um. Ich frage mich, ob Cal bei all dem Lärm und dem Geruckel überhaupt ein Auge zugekriegt hat.

»Ich nehme an, einen besseren Ort ließ sich für ihn nicht finden?«, frage ich mit einem wütenden Blick auf diese vollgestopfte Ecke des Schiffes.

Sie zuckt die Achseln und schlägt mit der offenen Hand gegen die Tür. »Der Prinz hat sich nicht beklagt.«

Ich hätte gern noch Zeit gehabt, mich zu sammeln. Doch das Radschloss dreht sich sofort laut klackend und mit hoher Geschwindigkeit. Die eisernen Angeln ächzen und quietschen, als Cal die Tür aufzieht.

Es überrascht mich nicht, dass er aufrecht steht und seine Schmerzen ignoriert. Er hat sich ein Leben lang auf das Dasein als Krieger vorbereitet, darum ist er an Schnittwunden und Blutergüsse gewöhnt. Doch die Narben auf seiner Seele weiß er nicht so gut zu verbergen. Er weicht meinem Blick aus und konzentriert sich ganz auf Farley, die das gebrochene Herz des Prinzen nicht wahrnimmt oder der es vielmehr egal ist. Meine eigenen Wunden erscheinen mir plötzlich ein bisschen weniger schlimm.

»Hauptmann Farley«, sagt er, als hätte sie ihn beim Mittagessen gestört. Er tut verärgert, um seinen Schmerz zu verbergen.

Aber Farley lässt sich das nicht gefallen. Sie wirft ihre kurzen Haare zurück, rümpft die Nase und macht sogar Anstalten, die Tür zu schließen. »Ach, Sie wollten keinen Besuch? Wie unhöflich von mir.«

Ich bin froh, dass ich Kilorn nicht erlaubt habe mitzukommen. Er wäre noch unfreundlicher zu Cal, den er schon seit ihrem ersten Zusammentreffen damals in Stilts nicht ausstehen kann.

»Farley«, presse ich durch zusammengebissene Zähne und strecke die Hand aus, um die Tür aufzuhalten. Belustigt – und verächtlich – registriere ich, dass sie zurückzuckt, um nicht von mir berührt zu werden. Dann wird sie tiefrot vor Scham über sich selbst und ihre Angst. Auch wenn sie nach außen hin tough wirkt, ist sie nicht anders als ihre Soldaten. Auch sie fürchtet die Blitzwerferin. »Ich glaube, wir kommen jetzt ohne dich klar.«

Ich sehe ein Zucken in ihrem Gesicht, einen Anflug von Verärgerung, über sich selbst und auch über mich. Aber sie nickt, offensichtlich froh, dass sie nicht länger neben mir stehen muss. Nach einem letzten, giftigen Blick auf Cal dreht sie sich um und verschwindet. Die Befehle, die sie brüllt, hallen laut, aber unverständlich durch den Gang.

Cal und ich starren ihr nach, dann auf die Wände, dann auf den Fußboden, dann auf unsere Füße aus Angst, uns in die Augen zu sehen. Aus Furcht, uns an die letzten Tage zu erinnern. Das letzte Mal, als wir uns über eine Türschwelle hinweg angesehen haben, folgten erst ein paar Tanzstunden und dann ein verstohlener Kuss. Das könnte genauso gut in einem anderen Leben gewesen sein. *Weil es das auch war. Er hat mit Mareena getanzt, und Mareena ist tot.*

Aber ihre Erinnerungen haben überlebt. Als ich an ihm vorbeigehe und meine Schulter einen starken Arm streift, weiß ich wieder, wie er sich angefühlt hat, wie er roch und schmeckte. Nach Hitze, Holzfeuer und Sonnenaufgang. Doch jetzt nicht mehr. Cal riecht nach Blut, seine Haut ist eiskalt, und ich sage mir, dass ich ihn nie wieder schmecken möchte.

»Haben sie dich gut behandelt?« Ich ergreife als Erste das Wort und wähle ein unverfängliches Thema. Ein Blick durch seine kleine, aber saubere Kabine ist eigentlich Antwort genug, aber mir geht es darum, das Schweigen zu brechen.

»Ja«, sagt er. Er steht noch immer an der offenen Tür. Unsicher, ob er sie schließen soll oder nicht.

Mein Blick landet auf einem Stück Wandverkleidung, das aufgebrochen wurde und hinter dem ein Gewirr aus Kabeln und Schaltern zum Vorschein kommt. Über mein Gesicht huscht unwillkürlich ein Lächeln. Cal kann das Herumbasteln nicht lassen.

»Findest du das klug? Ein falsches Kabel und …«

Er antwortet mit einem schwachen, aber dennoch tröstlichen Lächeln. »An solchen Sachen fummele ich schon mein halbes Leben lang rum. Keine Sorge, ich weiß, was ich tue.«

Über die Doppeldeutigkeit seiner Worte gehen wir beide einfach hinweg.

Schließlich entscheidet er sich dafür, die Tür zu schließen, verriegelt sie aber nicht. Dann stützt er sich auf der Suche nach Halt mit gespreizten Fingern an der Metallwand ab. Das Flammenzünder-Armband funkelt an seinem Handgelenk, helles Silber vor mattem, strengem Grau. Als er meinen Blick bemerkt, zieht er seinen blutverschmierten Ärmel herunter. Ich vermute mal, dass niemand daran gedacht hat, ihm Kleider zum Wechseln zu bringen.

»Ich glaube, solange ich mich nicht blickenlasse, wird sich auch keiner daran stören, dass ich hier bin«, sagt er und fingert an der offenen Stelle in der Wand herum. »Ist doch ganz nett hier.« Aber der Scherz klingt hohl.

»Wenn es das ist, was du willst, sorge ich dafür, dass es so bleibt«, sage ich. In Wahrheit habe ich keine Ahnung, was Cal gerade will. *Außer Rache. Der einen Sache, die uns immer noch eint.*

Er zieht leicht belustigt eine Augenbraue hoch. »Ach, hat die Blitzwerferin hier jetzt das Sagen?« Aber er lässt mir keine Chance, auf diese Stichelei zu antworten, und schließt den Abstand zwischen uns mit einem einzigen großen Schritt. »Ich hab eher das Gefühl, dass du genauso in die Enge getrieben bist wie ich.« Er kneift die Augen zusammen. »Du scheinst es nur noch nicht begriffen zu haben.«

Ich laufe rot an vor Wut – und vor Verlegenheit. »In die Enge getrieben? Ich bin nicht diejenige, die sich in einem Kabuff versteckt.«

»Nein, dazu bist du zu sehr damit beschäftigt, dich vorführen zu lassen.« Er lehnt sich zu mir und die vertraute Hitze zwischen uns kehrt zurück. »*Mal wieder.*«

Ein Teil von mir möchte ihm eine runterhauen. »Mein Bruder würde *niemals* –«

»Ich dachte auch, mein Bruder würde *niemals*. Du siehst ja, wo uns das hingeführt hat!«, brüllt er und breitet mit einem Ruck die

Arme aus. Seine Fingerspitzen stoßen gegen die Wände, kratzen an dem Gefängnis, in dem er sich wiedergefunden hat. *Das Gefängnis, in das ich ihn gesteckt habe.* Und er hat mich mit eingesperrt, ob er es weiß oder nicht.

Von seinem Körper geht jetzt gleißende Hitze aus und ich muss ein wenig zurückweichen. Das entgeht ihm nicht, und er fällt in sich zusammen, lässt seinen Blick und seine Arme sinken. »Tut mir leid«, sagt er zerknirscht und streicht sich eine schwarze Locke aus der Stirn.

»Entschuldige dich nie wieder bei mir. Das verdiene ich nicht.«

Er wirft mir einen Seitenblick zu. Seine Augen sind groß und dunkel, aber er sagt nichts.

Seufzend lehne ich mich an die gegenüberliegende Wand. Der Abstand klafft wie ein offenes Maul zwischen uns. »Was weißt du über einen Ort namens Tuck?«

Dankbar für den Themenwechsel, reißt er sich zusammen und schlüpft wieder in die Rolle des Prinzen. Auch ohne eine Krone wirkt er majestätisch, wie er dasteht mit perfekter Haltung und hinter dem Rücken gefalteten Händen. »Tuck?«, wiederholt er und zieht die dichten, dunklen Brauen zusammen. Dazwischen bildet sich eine Falte. Je länger sein Schweigen andauert, desto besser fühle ich mich. Wenn er die Insel nicht kennt, dann werden auch nur wenige andere sie kennen. »Ist das der Ort, zu dem wir unterwegs sind?«

»Ja.« *Glaube ich.* Dann durchfährt mich ein eisiger Gedanke, als mir wieder einfällt, was Julian mir gesagt hat und was der Hof und die Arena mich gelehrt haben. *Jeder kann jeden verraten.* »Zumindest hat Shade das behauptet.«

Cal ist so nett, meine Unsicherheit nicht mit Sticheleien zu kommentieren. »Das ist eine Insel, wenn ich mich nicht täusche«, sagt er schließlich. »Eine von mehreren fernab der Küste. Sie gehört nicht mehr zum Hoheitsgebiet von Norta. Dort gibt es nichts, was eine Besiedelung oder einen Stützpunkt rechtfertigen würde, nicht mal als Verteidigungsposten. Da draußen gibt es nichts außer dem offenen Meer.«

Ich kann ein wenig aufatmen. Also werden wir dort vorläufig in Sicherheit sein. »Gut, gut.«

»Dein Bruder ist wie du.« Das ist keine Frage. »Anders.«

»Ja, stimmt.« Was soll ich sonst sagen?

»Geht es ihm gut? Ich erinnere mich, dass er verletzt war.«

Auch ohne Armee ist Cal immer noch ein General, der sich um die Soldaten und die Verwundeten sorgt. »Ihm geht's gut, danke. Er hat ein paar Kugeln abbekommen, die für mich bestimmt waren, aber er erholt sich.«

Bei der Erwähnung von Kugeln gleitet Cals Blick über mich. Endlich gestattet er sich, mich richtig anzuschauen. Sein Blick verharrt auf meinem verschrammten Gesicht und dem getrockneten Blut um meine Ohren. »Und du?«

»Ich hab schon Schlimmeres erlebt.«

»Stimmt, das haben wir.«

Wir verfallen in Schweigen; keiner wagt es weiterzureden. Aber wir starren uns weiter an. Plötzlich ist seine Anwesenheit schwer zu ertragen. Und doch möchte ich nicht gehen.

Das Tauchboot ist anderer Auffassung.

Der Generator unter meinen Füßen erbebt und der dröhnende Puls verändert seinen Rhythmus. »Wir sind fast da«, murmele ich, während ich spüre, wie Elektrizität in andere Teile unseres Gefährts fließt und sie insgesamt langsam abnimmt.

Cal spürt es noch nicht, das kann er gar nicht, aber er stellt meine Aussage nicht in Frage. Er weiß aus erster Hand, wozu ich fähig bin, weiß es besser als jeder andere auf diesem Boot. Besser als meine eigene Familie. Bislang zumindest. Ma, Pa, Gisa, die Jungs, sie alle warten auf der Insel auf mich. Ich werde sie bald sehen. Sie sind hier. *In Sicherheit.*

Aber wie lange wir zusammen sein können, das weiß ich nicht. Denn ich werde nicht auf dieser Insel bleiben können, nicht, wenn ich etwas für die Neublüter tun will. Ich werde zurück nach Norta fahren, mit wem oder was auch immer Farley mir zur Verfügung stellt, und versuchen sie zu finden. Das erscheint mir schon jetzt unmöglich. Ich möchte nicht mal darüber nachdenken. Und doch arbeitet mein Gehirn auf Hochtouren, um einen Plan zu schmieden.

Über unseren Köpfen schrillt ein Alarm und gleichzeitig fängt ein gelbes Licht über Cals Tür an zu flackern. »Beeindruckend«, höre ich ihn murmeln; einen Moment lang ist er von der großartigen Maschine abgelenkt, in der wir feststecken. Ich bezweifle nicht, dass er sie gern näher erkunden würde, aber hier ist kein Platz für den wissbegierigen Prinzen. Für den Jungen, der sich in Bauanleitungen vergraben und Motorräder komplett selbst zusammengeschraubt hat, gibt es in dieser Welt keinen Ort. *Ich habe ihn umgebracht, so wie ich Mareena umgebracht habe.*

Trotz Cals technischer Begabung und meines besonderen Gespürs für Elektrizität haben wir keine Ahnung, was nun bevorsteht. Als das Tauchboot in Schräglage geht und mit der Nase voraus aus den Tiefen des Meeres auftaucht, kippt der ganze Raum. Das geschieht so überraschend, dass wir beide das Gleichgewicht verlieren und erst gegen die Wand und dann aufeinander prallen. Der Stoß, den unsere

Verletzungen dabei abbekommen, lässt uns beide aufstöhnen. Cals Nähe zu spüren, tut mehr weh als alles andere. Die Erinnerung ist wie ein tiefer Stich, und ich bewege mich hastig von ihm weg.

Mit verzerrtem Gesicht reibe ich über einen meiner vielen blauen Flecken. »Wo ist Sara Skonos, wenn man sie braucht?«, frage ich grummelnd und wünsche mir die Hautheilerin herbei, die uns gesund machen könnte. Mit einer Berührung würde sie die Schmerzen verscheuchen und wir wären wieder bereit für den Kampf.

Über Cals Gesicht huscht ein schmerzlicher Ausdruck, doch nicht wegen seiner Verletzungen. *Gut gemacht, Mare. Ganz toll, dass du die Frau erwähnst, die wusste, dass seine Mutter von der Königin ermordet wurde. Die Frau, der niemand geglaubt hat.* »Tut mir leid, ich wollte nicht –«

Er winkt ab und drückt sich an die Wand, um einen festen Stand zu finden. »Schon gut. Sie ist –« Die Worte kommen stockend. »Ich habe selbst entschieden, ihr nicht zuzuhören. Ich *wollte* ihr nicht zuhören. Es war meine eigene Schuld.«

Ich habe Sara Skonos nur ein einziges Mal getroffen – als Evangelina beim Training um ein Haar dafür gesorgt hätte, dass ich als Rote entlarvt werde. Julian hat damals nach ihr geschickt – Julian, der sie *liebte* – und zugesehen, während sie mein blutiges Gesicht und meinen verletzten Rücken heilte. Ihre Augen waren traurig, ihre Wangen hohl und sie hatte keine Zunge. Die war ihr genommen worden wegen der Anschuldigung gegen die Königin, wegen einer Wahrheit, die ihr niemand glauben wollte. *Elara hat Cals Mutter Coriane, die Einsinger-Königin, auf dem Gewissen. Sie war Julians Schwester und Saras beste Freundin. Aber niemanden hat es gekümmert. Es war so viel einfacher wegzuschauen.*

Auch Maven war damals dabei, und er hat Sara abgrundtief gehasst. Jetzt weiß ich, dass das ein Riss in seiner glatten Fassade war, dass es gezeigt hat, wer er unter den einstudierten Worten und dem sanften Lächeln wirklich war. Wie Cal habe ich die Wahrheit nicht erkannt, obwohl ich ihr so nah war.

Plötzlich sind die Metallwände und der Lärm und das Knacken in meinen Ohren zu viel für mich.

»Ich muss aus diesem Ding raus.«

Trotz der Schieflage des Raums und trotz des Klingelns in meinen Ohren wissen meine Füße, was sie zu tun haben. Sie haben weder den Matsch in Stilts vergessen noch die Nächte in den dunklen Gassen oder die Hindernisläufe beim Training im Schloss. Ich reiße die Tür auf und ringe nach Atem wie eine Ertrinkende. Doch die abgestandene, gefilterte Luft in diesem Tauchboot verschafft mir keine Erleichterung. Ich brauche den Geruch von Bäumen, Wasser, Frühlingsregen, selbst Sommerhitze oder Winterschnee wären mir lieber. Irgendetwas, das mich an die Welt außerhalb dieser luftleeren Blechdose erinnert.

Cal lässt mir einen Vorsprung, bevor er mir folgt, mit schweren, langsamen Schritten. Er versucht nicht, zu mir aufzuschließen, er lässt mir Raum. Wenn Kilorn das doch bloß auch täte.

Er kommt mir von der anderen Seite des Gangs entgegen und hangelt sich an Griffen und Radschlössern entlang, um sich durch das schräg liegende Gefährt nach unten zu bewegen. Als sein Blick auf Cal fällt, verschwindet sein Lächeln. Doch seine Miene verfinstert sich nicht, er zeigt einfach kalte Gleichgültigkeit. Vermutlich glaubt er, dass er den Prinzen mehr trifft, wenn er ihn ignoriert, als durch offene Feindseligkeit. Aber vielleicht will Kilorn einen menschlichen

Flammenwerfer auf so engem Raum einfach nur nicht auf die Probe stellen.

»Wir tauchen auf«, sagt er, als er bei mir ist.

Ich halte mich an dem nächstgelegenen Gitter fest. »Was du nicht sagst.«

Kilorn lehnt sich grinsend an die Wand vor mir und stellt seine Füße rechts und links von meinen auf. Eine eindeutige Kampfansage. Ich spüre Cals Hitze hinter mir, doch auch der Prinz entscheidet sich offenbar für die Rolle des Gleichgültigen und sagt nichts.

Was auch immer hier gespielt wird – ich spiele nicht mit. Davon hab ich endgültig genug. »Wie geht's denn Wie-hieß-sie-noch-gleich? Lena?«

Der Name trifft Kilorn wie eine Ohrfeige. Sein Grinsen erschlafft. »Gut, nehme ich an.«

»Das ist gut, Kilorn.« Ich tätschele ihm freundschaftlich, aber herablassend die Schulter. Meine Taktik hat Erfolg. »Wir sollten dringend Freundschaft schließen.«

Das Tauchboot pendelt sich wieder in der Waagerechten ein, aber keiner von uns gerät ins Stolpern. Nicht einmal Cal, obwohl er weder meine leichtfüßige Geschicklichkeit hat noch das, was Kilorn seinen »Seemannsgang« nennt. Cal ist angespannt, das kann ich spüren, und er wartet darauf, dass ich die Führung übernehme. Der Gedanke, dass ein Prinz mir den Vortritt lässt, sollte mich zum Lachen reizen, aber ich bin zu erschöpft, um etwas anderes zu tun, als weiterzugehen.

Also tue ich genau das. Mit Cal und Kilorn im Schlepptau gehe ich den Gang entlang zu dem Pulk von Gardisten bei der Leiter, über die wir ursprünglich hereingeklettert sind. Die Verwundeten verlassen das Boot zuerst. Auf provisorische Bahren geschnallt, werden sie hinaus in die Nacht gehoben. Farley beaufsichtigt das Ganze. Ihr Kittel ist inzwischen noch blutverschmierter. Sie gibt ein grimmiges Bild ab, wie sie dasteht und Verbände stramm zieht, eine Glasspritze zwischen den Zähnen. Ein paar Schwerverletzte bekommen Schmerzmittel verabreicht, bevor sie durch die schmale Röhre nach oben transportiert werden. Shade ist der Letzte von den Verwundeten; er stützt sich schwer auf die beiden Gardisten, die Kilorn wegen der Pflegerin aufgezogen haben. Ich würde mich am liebsten zu ihm durchquetschen, aber das Gedränge ist zu groß, und für heute habe ich genug Aufmerksamkeit erregt. Da er noch immer zu schwach zum Teleportieren ist, muss er auf einem Bein herumhumpeln, und als Farley ihn auf einer Bahre festbindet, läuft er vor Zorn rot an. Ich kann nicht hören, was sie zu ihm sagt, aber es beruhigt ihn ein wenig. Er winkt sogar ab, als sie ihm eine Spritze gegen die Schmerzen setzen will, und beißt stattdessen die Zähne zusammen, während er die Leiter hochgehievt wird. Sobald Shade sicher oben ist, geht alles viel schneller. Ein Gardist nach dem anderen steigt die Leiter hoch, und so leert sich der Gang allmählich. Viele von ihnen sind Pfleger, Männer und Frauen in weißen Kitteln, die mal mehr, mal weniger blutverschmiert sind.

Ich verschwende keine Zeit darauf, höflich zu tun und andere vorzulassen, wie eine Dame es getan hätte. Am Ende landen wir schließlich alle am selben Ort. Als die Menge sich ein wenig gelichtet hat und die Leiter vor mir in Sicht kommt, zögere ich daher keine Sekunde. Cal folgt direkt hinter mir. Unser beider Anblick öffnet sofort eine Gasse, als würde die Menge der Wartenden mit einem Messer zerteilt. Sie weichen schnell zurück, um uns Platz zu machen, einige geraten sogar ins Stolpern. Nur Farley, die sich mit einer Hand an der

Leiter festhält, rührt sich nicht vom Fleck. Überrascht nehme ich zur Kenntnis, dass sie Cal und mir sogar zunickt. Uns *beiden.*

Das hätte mir eine erste Warnung sein sollen.

Meine Muskeln brennen, als ich die Leiter erklimme. Sie haben sich noch nicht erholt von Naercey, der Arena und meiner Haft. Über unseren Köpfen ist ein seltsames Heulen zu hören, aber das schreckt mich nicht im Geringsten. Ich muss so schnell es geht aus diesem Tauchboot raus.

Ich werfe einen letzten Blick über Farley hinweg in die Krankenstation. Dort sind noch mehr Verletzte; sie liegen reglos unter ihren Decken. *Nein, sie sind nicht verletzt*, begreife ich dann. *Sie sind tot.*

Als ich höher steige, höre ich den Wind, und Wasser tropft von oben herab. Kein Grund zur Sorge, denke ich, bis ich oben ankomme und den Kopf ins Freie, in die Dunkelheit hinausstrecke. Draußen heult ein derart starker Sturm, dass der Regen beinahe waagerecht fällt und die Röhre und die Leiter kaum erreicht. Er brennt in meinem verschrammten Gesicht und durchnässt mich in Sekundenschnelle. *Herbststürme.* Aber ich kann mich nicht erinnern, schon einmal einen so brutalen Sturm erlebt zu haben. Er bläst förmlich durch mich hindurch, füllt meinen Mund mit Regenwasser und beißender salziger Gischt. Glücklicherweise ist das Boot fest an einem Anleger vertäut, den ich kaum sehen kann, und hält den unruhigen grauen Wellen stand.

»Hier entlang!«, schreit mir eine vertraute Stimme ins Ohr und führt mich von der Leiter auf den Rumpf des Bootes, der schlüpfrig ist von Regen und Meerwasser. Ich kann den Soldaten, der mich leitet, in der Dunkelheit kaum sehen, doch seine kräftige Gestalt und seine Stimme sind unverkennbar.

»Bree!« Ich spüre die Schwielen in seiner Hand, als ich sie ergreife. Mein Bruder geht langsam und setzt seine Schritte mit Bedacht, er ist mein Rettungsanker auf dem Weg vom Tauchboot aufs Dock, das aus rostzerfressenem Metall besteht. Aber es führt an Land, und das ist alles, was für mich zählt. Land und *Wärme*, eine willkommene Atempause nach den kalten Tiefen des Meeres und meiner Erinnerungen.

Cal hilft niemand aus dem Tauchboot, aber er kommt auch allein zurecht. Er ist erneut sorgsam darauf bedacht, Abstand zu halten, und geht respektvoll einige Schritte hinter uns. Ich bin sicher, dass er seine erste Begegnung mit Bree in Stilts noch nicht vergessen hat, bei der mein Bruder alles andere als höflich zu ihm war. In Wahrheit hat sich damals keiner der Barrows für Cal interessiert, außer meiner Mutter und vielleicht Gisa. Aber da wussten sie auch noch nicht, wen sie vor sich hatten. Das dürfte ein bemerkenswertes Wiedersehen werden.

Der Sturm macht es schwer, irgendetwas von Tuck zu erkennen, außer dass die Insel klein und von Dünen und hohem Gras bedeckt ist, das ebenso heftig aufgepeitscht wird wie die Wellen. Ein Blitz draußen auf dem Wasser erhellt einen Augenblick lang die Nacht und zeigt uns den vor uns liegenden Weg. Jetzt, wo wir die Enge des Bootes hinter uns gelassen haben, kann ich sehen, dass wir weniger als dreißig Leute sind, die Verwundeten mitgezählt. Wir gehen auf zwei niedrige Betonbauten zu, dort wo das Dock endet und das Land beginnt. Auf dem sanft ansteigenden Hügel über uns erkenne ich ein paar Gebäude, die wie Bunker oder Baracken aussehen. Aber was dahinterliegt, kann ich nicht sagen. Der nächste Blitz, der diesmal näher einschlägt, lässt meine Nerven freudig erbeben. Bree hält mein Zittern für ein Zeichen, dass ich friere, und legt einen schweren Arm um meine Schultern. Sein Gewicht erschwert mir das Gehen, aber ich protestiere nicht.

Ich kann es kaum erwarten, das Ende des Docks zu erreichen. Bald werde ich festen Boden unter den Füßen haben, im Trockenen und Warmen sein, und nach viel zu langer Zeit endlich wieder mit den Barrows vereint. Diese Aussicht genügt, um mich das Chaos hier draußen im Regen durchstehen zu lassen. Pfleger laden die Verletzten auf die Transportfläche eines alten Gefährts, wo sie durch wasserdichte Planen vor dem Regen geschützt sind. Es ist sicher gestohlen, wie alles andere auch. Die beiden Gebäude entpuppen sich als Hangars; durch die weit geöffneten Tore sehe ich weitere Gefährte im Innern. Am Anleger sind sogar einige Boote festgemacht, die auf den grauen Wellen schaukeln. All diese Dinge passen nicht zueinander – antiquiert wirkende Gefährte in verschiedenen Größen und schlanke neue Boote, von denen einige silbern und schwarz gestrichen sind und eins grün. Bestimmt ebenfalls gestohlen oder gekapert oder beides. An einem Boot erkenne ich die Farben der Marine von Norta, Dunkelgrau und Blau. Offenbar ist Tuck wie eine sehr viel größere Version von Will Whistles altem Wagen – vollgestellt mit allerlei Diebes- und Handelsgütern.

Das Gefährt mit den Verletzten knattert davon und kämpft sich durch den Regen den sandigen Weg hoch, bevor wir es erreichen. Nur Brees Entspanntheit hindert mich daran, schneller zu gehen. Er macht sich anscheinend keine Sorgen wegen Shade oder dem, was da oben auf dem Hügel auf uns wartet, also versuche ich, es auch nicht zu tun.

Cal ist aber wohl anderer Meinung. Er beschleunigt nun doch seine Schritte, um neben mir laufen zu können. Vielleicht ist es der

Sturm oder die Dunkelheit oder einfach sein silbernes Blut, die ihn blass und ängstlich aussehen lassen. »Das hier kann nicht lange gut gehen«, murmelt er so leise, dass nur ich es hören kann.

»Was war das, Prinz?«, poltert Bree los. Ich knuffe ihn in die Seite, doch außer dass mir jetzt mein Ellbogen wehtut, passiert nichts. »Na, wir werden es ja bald erfahren.«

Sein Tonfall ist noch schlimmer als seine Worte. Er klingt kalt und brutal, so ganz anders als der lustige Bruder, den ich kannte. Die Garde hat auch ihn verändert. »Wovon redest du, Bree?«

Cal weiß es bereits. Er bleibt wie angewurzelt stehen und schaut mich an. Der Wind zerzaust seine Haare, klebt sie an seine Stirn. In seinen bronzefarbenen Augen steht Angst, und mir dreht sich der Magen um, als ich es sehe. *Nicht schon wieder,* flehe ich. *Bitte sag mir, dass ich nicht schon wieder in eine Falle getappt bin.*

Die Tore eines der Hangars hinter ihm öffnen sich auf seltsam lautlose Art. Dann marschieren unzählige Soldaten im Gleichschritt heraus, straff organisiert wie eine Silber-Legion. Sie haben ihre Gewehre im Anschlag, ihre Augen funkeln hell. Ihr Anführer könnte genauso gut ein Frierer sein. Seine Haare sind fast weißblond und er hat eine eisige Ausstrahlung. Doch sein Blut ist rot, wie meins. Eins seiner Augen hat einen rötlichen Schleier; offenbar blutet es von innen.

»Was geht hier vor, Bree?«, fahre ich meinen Bruder wütend an. Statt einer Antwort nimmt er meine Hände unsanft in seine. Er hält sie fest, nutzt seine körperliche Überlegenheit, um zu verhindern, dass ich mich losreiße. Wenn er jemand anders wäre, würde ich ihm einen kräftigen Stromschlag verpassen. Aber er ist mein Bruder. Ich kann ihm das nicht antun und werde es auch nicht.

»*Lass mich los*, Bree!«

»Wir werden ihm nichts tun«, sagt er und wiederholt es noch mehrmals. »Wir werden ihm nichts tun, das verspreche ich dir.«

Dieser Käfig ist also nicht für mich bestimmt. Aber das besänftigt mich ganz und gar nicht. Vielmehr macht es mich noch wütender und verzweifelter.

Als ich einen Blick zurückwerfe, stehen Cals Handgelenke in Flammen. Mit ausgestreckten Armen erwartet er den Mann mit dem blutigen Auge. »Und jetzt?«, knurrt er herausfordernd und klingt eher wie ein Tier denn ein Mensch. *Ein in die Enge getriebenes Tier.*

Das sind zu viele Waffen, selbst für Cal. Sie werden ihn erschießen, wenn es sein muss. Vielleicht ist es sogar das, was sie wollen. Vielleicht suchen sie einen Vorwand, um den gefallenen Prinzen zu töten. Ein Teil von mir, ein großer Teil von mir sogar, weiß, dass sie es zu Recht tun würden. Cal hat Jagd gemacht auf die Scharlachrote Garde, er hatte maßgeblichen Anteil an Tristans Tod, an Walshs Selbstmord und an Farleys Folterung. Soldaten haben auf seinen Befehl hin getötet und einen großen Teil von Farleys Rebellentruppe ausgelöscht. Und wer weiß, wie viele rote Soldaten er zum Sterben an die Front geschickt hat, um mit ihrem Leben ein paar Quadratmeilen Land zu erobern. Er ist der Sache nicht verpflichtet, er stellt eine Gefahr für die Scharlachrote Garde dar.

Doch er ist eine Waffe, ebenso wie ich. Und zwar eine, die wir zu unserem Vorteil einsetzen können, für die Neublüter und gegen Maven. Er ist eine Fackel, die helfen kann, die Dunkelheit zu vertreiben.

»Er hat keine Chance gegen sie alle, Mare.« Das ist Kilorn. Er wählt den denkbar schlechtesten Moment, um sich wieder an mich anzupirschen. Er flüstert mir ins Ohr, benimmt sich, als könnte seine

Nähe mich beeinflussen. »Er bezahlt mit seinem Leben, wenn er's versucht.«

Die Logik seiner Worte ist bezwingend.

»Auf die Knie, Tiberias!«, befiehlt der Mann mit dem blutigen Auge und geht kühnen Schrittes auf den mit Flammen bewaffneten Prinzen zu. Von dessen Feuer steigt Dampf auf, als ob der Sturm versuchte, es zu löschen. »Hände hinter den Kopf!«

Cal tut weder das eine noch das andere, doch er zuckt zusammen, als er seinen Geburtsnamen hört. Obwohl er weiß, dass dieser Kampf verloren ist, bleibt er aufrecht stehen, stark und stolz. Früher hätte er sich vielleicht ergeben und versucht, seine Haut zu retten. Jetzt hält er seine Haut für wertlos. Nur ich scheine anderer Meinung zu sein.

»Cal, tu, was er dir sagt.«

Der Wind trägt meine Worte weiter, so dass alle auf dem Hangar mich hören können. Ich fürchte fast, sie hören auch mein Herz, das wie eine Trommel in meiner Brust schlägt.

Langsam und widerstrebend, wie eine Statue, die zu Staub zerfällt, sinkt Cal auf die Knie und sein Feuer erlischt. Dasselbe hat er gestern getan, als er sich neben die Leiche seines enthaupteten Vaters kniete.

Der Mann mit dem blutigen Auge grinst so breit, dass man seine geraden Zähne funkeln sieht. Er genießt es, über Cal zu stehen, schwelgt geradezu in dem Anblick des Prinzen zu seinen Füßen. Kostet die *Macht* aus, die ihm das verleiht.

Aber ich bin die Blitzwerferin, und er hat keine Ahnung, was wahre Macht ist.

5

Ich will ihre armseligen Ausreden nicht hören. Kilorn und Bree versuchen mich davon zu überzeugen, dass es so das Beste ist, sie zählen mir nacheinander alle Argumente auf, die man ihnen souffliert hat. *Er ist gefährlich, sogar für dich.* Aber ich weiß besser als sie alle, dass Cal mir niemals wehtun würde. Selbst als er Grund dazu gehabt hätte, brauchte ich ihn nicht zu fürchten. *Er ist einer von ihnen. Wir können ihm nicht trauen.* Nachdem Maven Cals Vermächtnis und seinen Ruf gründlich ruiniert hat, hat Cal nichts und niemanden mehr außer uns, auch wenn er sich weigert es anzuerkennen. *Er ist wertvoll. Ein General, ein Prinz von Norta und der meistgesuchte Mann des Königreichs.* Dieses Argument gibt mir zu denken, es weckt eine tiefsitzende Angst in mir. Wenn der Mann mit dem blutigen Auge beschließt, Cal als Druckmittel gegen Maven einzusetzen, ihn zum Tausch anzubieten oder ihn zu opfern, werde ich alles in die Waagschale werfen müssen, um ihn daran zu hindern. Meinen ganzen Einfluss, meine ganze *Kraft* – und ich weiß nicht, ob das ausreichen wird.

Darum nicke ich langsam, als wäre ich einverstanden. Ich tue so, als wäre ich die Ruhe selbst. Als wäre ich *schwach.* Denn ich hatte Recht. Shade hat mich vorhin gewarnt. Er hat wieder einmal als Erster gewusst, dass sich das Blatt wenden würde. Cal ist geballte Macht, ist zu Fleisch und Blut gewordenes Feuer, etwas, das gefürchtet und besiegt werden muss. Und ich bin der Blitz. Was werden sie mit mir machen, wenn ich nicht mitspiele?

Noch bin ich nicht im nächsten Gefängnis gelandet, aber ich kann schon hören, wie sich der Schlüssel im Schloss dreht, um mich erneut wegzusperren. Glücklicherweise habe ich inzwischen Erfahrung mit so etwas.

Der Mann mit dem blutigen Auge und seine Soldaten führen Cal in den Hangar. Sie sind nicht so dumm zu versuchen, ihm die Hände zu fesseln. Aber sie halten die Waffen und die Blicke fest auf ihn gerichtet und bleiben dabei sorgsam auf Distanz. Ich kann nur mit großen Augen und versiegelten Lippen zusehen, wie die Tore des Hangars sich schließen und uns trennen. Sie werden ihn nicht töten – es sei denn, er liefert ihnen einen Grund dazu. Ich kann nur hoffen, dass Cal sich benimmt.

»Fasst ihn nicht zu hart an«, flüstere ich und lehne mich wärmesuchend an Bree, der sich selbst in dem kalten Herbstregen wie ein Ofen anfühlt. Lange Jahre des Kampfes an der Front im Norden haben ihn immun gegen Nässe und Kälte gemacht. Ich muss an Pas alten Spruch denken. *Der Krieg lässt einen nie mehr los.* Jetzt weiß ich das aus erster Hand, auch wenn mein Krieg ein anderer ist.

Bree tut so, als würde er mich nicht hören, und führt mich eilig von den Docks weg. Kilorn folgt so dicht hinter uns, dass er mir mit seinen Stiefeln ein- oder zweimal in die Hacken tritt. Ich widerstehe dem Drang, ihm einen Schlag zu verpassen, und konzentriere mich darauf, die hölzernen Stufen zu erklimmen, die zu den Baracken auf dem Hügel führen. Die Stufen sind abgewetzt, ausgetreten von zahllosen Füßen. *Wie viele waren es, die hier bereits entlanggekommen sind?*, frage ich mich. *Wie viele sind es jetzt?*

Zu viele, wird mir klar, als wir die Hügelkuppe erreichen und die Insel überschauen können. Vor unseren Augen erstreckt sich eine

Militärbasis, die größer ist, als ich erwartet hatte. Die Baracken, die man von unten sah, gehören zu mindestens einem Dutzend, die sich zu beiden Seiten eines lang gezogenen betonierten Platzes aufreihen. Er ist ganz flach und, im Gegensatz zu den Stufen oder den Docks, in einem guten Zustand. In seiner Mitte verläuft eine schnurgerade weiße Linie, die sich bis weit in die stürmische Nacht erstreckt. Wohin sie führt, kann ich nicht sagen, aber das werde ich sicherlich noch herausfinden. Die ganze Insel ist wie in Stille getaucht, so als wäre sie wegen des Sturms vorübergehend erstarrt. Morgen, wenn der Regen aufhört und die Dunkelheit sich lichtet, werde ich die Basis dann wohl in all ihrer Pracht sehen – und endlich verstehen, mit welchen Leuten ich es hier zu tun habe. Offenbar habe ich die schlechte Angewohnheit entwickelt, Dinge zu unterschätzen, vor allem wenn es dabei um die Scharlachrote Garde geht.

Wie schon bei Naercey steckt hinter Tuck weitaus mehr, als es den Anschein hat.

Die Kälte, die mich auf dem Boot und im Regen befallen hat, verlässt mich auch nicht, als ich in die Baracke geführt werde, über der mit schwarzer Farbe »3« steht. Mir ist kalt bis auf die Knochen, bis ins Herz, so kalt, dass selbst die Aussicht auf ein Wiedersehen mit meiner Familie die Eisschicht um mich herum kaum durchdringt. Aber um meiner Eltern willen darf ich es nicht zeigen. Zumindest das bin ich ihnen schuldig. Sie sollen glauben, dass es mir gut geht, dass mein Geist ungebrochen ist, unberührt von Cals Gefangennahme und den Torturen, die ich im Palast und in der Arena durchgemacht habe. Und die Gardisten sollen glauben, dass ich auf ihrer Seite stehe.

Aber tue ich das denn nicht? Habe ich nicht einen Eid auf Farley und die Scharlachrote Garde geschworen?

Wie ich glauben sie an das Ende der Regentschaft der Silbernen und der Versklavung der Roten. Sie haben Soldaten geopfert *für* mich, *wegen* mir. Sie sind meine Verbündeten, meine Geschwister, meine Kampfgenossen – aber der Mann mit dem blutigen Auge gibt mir zu denken. Er ist nicht Farley. Sie mag schroff und hartnäckig sein, aber wir haben jetzt ein gemeinsames Ziel. Sie weiß, was ich durchgemacht habe. Mit ihr kann man vernünftig reden. Ich bezweifle jedoch, dass der Mann mit dem blutigen Auge vernünftigen Argumenten zugänglich ist.

Kilorn ist seltsam still. Dieses Schweigen ist äußerst untypisch für uns. Normalerweise sticheln wir permanent, necken uns gegenseitig oder – in Kilorns Fall – reden dummes Zeug. Es ist nicht unsere Art, ruhig nebeneinanderzusitzen, aber jetzt haben wir uns nichts zu sagen. Er hat gewusst, was sie mit Cal vorhatten, und war einverstanden damit. Schlimmer noch, er hat mir nichts davon gesagt. Wenn mir nicht so kalt wäre, würde ich mich über ihn ärgern. Aber die Kälte dämpft meine Gefühle.

Bree merkt gar nicht, dass wir uns anders verhalten als sonst, aber wie auch? Abgesehen davon, dass mein ältester Bruder auf sympathische Art tölpelhaft ist, musste er von zu Hause fort, als ich noch ein schlaksiges dreizehnjähriges Mädchen war. Damals habe ich nicht aus Not, sondern zum Spaß geklaut und war auch noch nicht so grausam wie jetzt. Bree hat fast fünf Jahre meines Lebens verpasst, er kennt mich nicht so, wie ich jetzt bin. Andererseits hat sich mein Leben in den letzten beiden Monaten stärker verändert als je zuvor. Und während dieser Zeit waren nur zwei Menschen an meiner Seite. Der eine sitzt nun in einer Zelle und der andere trägt eine Krone aus Blut. Kilorn würde sie als meine Feinde bezeichnen.

Komisch. Meine Feinde kennen mich am besten, und meine Familie weiß fast nichts von mir.

Im Innern der Baracke ist es wunderbar trocken, und ich bin umgeben vom Surren der Lichter und Kabel, die unter der Decke verlaufen. Die dicken Betonwände verwandeln den Gang vor mir in ein Labyrinth ohne Wegweiser. Alle Türen sind geschlossen, stahlgrau und unauffällig, doch ein paar zeigen Anzeichen für das Leben, das dahinter stattfindet: Strandhafer, der zur Zierde um eine Klinke gewickelt ist, eine kaputte Halskette, die über einem Eingang hängt, und Ähnliches. An diesem Ort halten sich nicht nur furchterregende Soldaten auf, sondern auch die Flüchtlinge aus Naercey und von wer weiß woher. Natürlich sind Gardisten und andere Rote vom Festland geflohen, nachdem die aus meinem Mund verkündeten Maßnahmen in Kraft getreten sind. Wie hätten sie auch bleiben können, bedroht von Einberufung und Exekution? *Doch wie haben sie es geschafft, von dort zu fliehen? Wie sind sie hierhergekommen?*

Wieder eine Frage für meine ständig wachsende Liste.

Trotz der Ablenkungen präge ich mir genau ein, wo mein Bruder entlanggeht, wann er abbiegt und in welche Richtung. Hier rechts und ein, zwei, drei Ecken später an der Tür, in die »Prärie« eingeritzt ist, links. Zwischenzeitlich frage ich mich, ob er absichtlich einen Umweg macht, aber für so etwas ist Bree nicht gewieft genug. Ich sollte wohl dankbar dafür sein. Shade hätte kein Problem damit, mich an der Nase herumzuführen, Bree aber schon. Er ist schiere Kraft, ein sich langsam bewegender Muskelbrocken, dem man leicht ausweichen kann. Aber er ist auch Gardist, er wurde aus einer Armee befreit, um gleich in die nächste zu wechseln. Und wenn ich bedenke, wie er mich auf dem Dock festgehalten hat, ist ihm jenseits der

Scharlachroten Garde offenbar nichts mehr heilig. Mit Tramy wird es wohl das Gleiche sein; er hat sich schon immer gern an unseren älteren Bruder gehängt, meist um ihm zu folgen, manchmal auch, um ihm den Weg zu weisen. Nur Shade besitzt die Besonnenheit, immer die Augen offen zu halten und zu sehen, was das Schicksal für uns *Neublüter* bereithält.

Die Tür vor uns steht offen, voller Erwartung. Bree braucht mir nicht erst zu sagen, dass dort unsere Familie untergebracht ist, denn um die Klinke ist ein purpurrotes Stück Stoff gewickelt, an den Rändern ausgefranst und unbeholfen bestickt. Was da quer über das Tuch verläuft, ist weder ein Symbol der Roten noch der Silbernen, sondern *mein eigenes*: ein gezackter Fadenblitz. Eine Kombination aus den Farben des Hauses Titanos, meine Tarnung am Königshof, und dem Blitz, der in mir entspringt, mein Schutzschild.

Als wir näher kommen, höre ich Räder hinter der Tür quietschen, und ein warmes Gefühl durchflutet mich. Das Geräusch, das der Rollstuhl meines Vaters macht, würde ich überall erkennen.

Bree klopft nicht an. Er weiß, dass noch alle wach sind und auf mich warten.

Die Schlafkabine ist geräumiger als die im Tauchboot, aber trotzdem klein und vollgestopft. Wenigstens kann man sich darin bewegen, und genug Betten für die Barrows gibt es auch. Vorn in der Nähe des Eingangs ist sogar noch Platz für einen kleinen Wohnbereich. Das einzige Fenster, hoch oben an der hinteren Wand, ist wegen des Regens fest verschlossen. Der Himmel wird schon etwas heller, die Morgendämmerung ist bald da.

Ja, das ist sie, denke ich, während ich die überwältigende Menge von Rottönen in diesem Raum auf mich wirken lasse. Halstücher,

Decken, Lappen, Fahnen, Banner, jede Oberfläche und jede Wand ist mit etwas Rotem bedeckt. Ich hätte es wissen müssen. Früher hat meine Schwester Kleider für die Silbernen genäht; jetzt stellt Gisa in mühevoller Handarbeit Fahnen für die Scharlachrote Garde her und schmückt alles, was sie finden kann, mit der zerrissenen Sonne, dem Emblem des Widerstands. Allerdings nicht annähernd so kunstfertig wie früher. Die Muster sind einfach, die einzelnen Stiche unregelmäßig. Ihre Verletzung, an der ich schuld bin, lässt nichts anderes zu.

Gisa sitzt wie erstarrt an dem kleinen Metalltisch, eine Nadel in der langsam abheilenden, klauenähnlichen Hand. Einen Moment lang schaut sie mich einfach nur an, wie die anderen auch, Ma, Pa, Tramy. Sie sehen mich, aber sie wissen nicht, wer dieses Mädchen ist, das vor ihnen steht. Bei unserer letzten Begegnung hatte ich mich nicht unter Kontrolle. Ich saß in der Falle, war schwach und verwirrt. Jetzt trage ich schwer an meinen Verletzungen und an dem Verrat, der an mir begangen wurde. Aber ich weiß inzwischen, was ich bin und was ich zu tun habe.

Aus mir ist mehr geworden, als wir alle uns je hätten träumen lassen. Das macht mir Angst.

»Mare«, sagt meine Mutter schließlich kaum hörbar. Ihre Lippen zittern, als sie meinen Namen ausspricht.

Wie damals in Stilts, als meine Funken unser Zuhause fast zerstört hätten, ist sie die Erste, die auf mich zukommt. Nach einer Umarmung, die nicht annähernd lang genug dauert, zieht sie mich zu einem leeren Stuhl.

»Setz dich, *Kleines*, setz dich«, sagt sie, ihre Hände beben. *Kleines.* So hat mich seit Jahren niemand mehr genannt. Verrückt, dass das ausgerechnet jetzt wieder passiert, wo ich alles andere als ein Kind bin.

Ihre Hände fliegen über meine neuen Kleider, tasten nach den Wunden darunter, als könnte sie durch den Stoff hindurchsehen. »Du bist verletzt«, murmelt sie kopfschüttelnd. »Ich kann nicht glauben, dass sie dir erlaubt haben zu Fuß zu gehen, nach – nun, nach allem, was passiert ist.«

Ich bin insgeheim froh, dass sie weder Naercey erwähnt noch die Arena oder das, was davor war. Ich glaube nicht, dass ich stark genug wäre, das alles in der Erinnerung noch mal zu durchleben. Jedenfalls nicht so bald.

Pa gluckst düster. »Sie kann tun und lassen, was sie will. Von *erlauben* kann gar keine Rede sein.« Er setzt sich in seinem Rollstuhl zurecht und mir fällt auf, dass er ganz schön grau geworden ist. Auch dünner, er wirkt sehr schmal in dem vertrauten Gefährt. »Genau wie bei Shade.«

Shade ist ein gemeinsamer Nenner zwischen uns, und es fällt mir leichter, über ihn zu sprechen. »Habt ihr ihn gesehen?«, frage ich, während ich mich auf dem kalten Metallstuhl niederlasse und entspanne. Es fühlt sich gut an zu sitzen.

Tramy erhebt sich von seinem Bett und stößt mit dem Kopf fast an die Decke. »Ich geh jetzt zur Krankenstation. Wollte mich nur vergewissern, dass du –«

Gesund und wohlbehalten gehören nicht länger zu meinem Wortschatz.

»– lebst.«

Ich kann nur nicken. Würde ich den Mund aufmachen, könnte es passieren, dass ich ihnen von allem erzähle. Von dem Schmerz, von der Kälte, von dem Prinzen, der mich verraten hat, dem Prinzen, der mich gerettet hat, und von den Menschen, die ich getötet habe. Und auch wenn sie das vielleicht schon wissen, kann ich mich nicht dazu überwinden zuzugeben, was ich getan habe. Und dann zu sehen, dass sie enttäuscht von mir sind, angewidert, dass sie sich vor mir *fürchten*. Das wäre mehr, als ich heute Abend verkraften könnte.

Bree schließt sich Tramy an und klopft mir ungeschickt auf den Rücken, bevor er mit unserem Bruder den Raum verlässt. Kilorn bleibt. Er lehnt noch immer schweigend an der Wand, als wollte er darin verschwinden.

»Bist du hungrig?«, fragt Ma und wendet sich dem winzigen Schrank zu. »Wir haben ein paar Essensrationen aufgehoben, wenn du etwas möchtest.«

Obwohl ich schon gar nicht mehr weiß, wann ich zuletzt etwas gegessen habe, schüttele ich den Kopf. Meine Erschöpfung macht es schwer, an etwas anderes zu denken als an Schlaf.

Gisa bemerkt es. Sie kneift ihre hellen Augen zu und schiebt sich eine dicke Haarsträhne in der Farbe unseres Blutes aus dem Gesicht. »Du solltest dich hinlegen«, sagt sie mit solcher Entschiedenheit, dass ich mich frage, wer hier wirklich die ältere Schwester ist. »Lass sie schlafen.«

»Natürlich, du hast Recht.« Wieder nimmt mich Ma an der Hand, zieht mich vom Stuhl und zu einem Bett, auf dem mehr Kissen liegen als auf den anderen. Geschäftig schlägt sie die dünne Decke zurück und sorgt dafür, dass ich es mir bequem mache. Ich habe gerade noch die Kraft, ihren Anweisungen zu folgen, und lasse mich von ihr zudecken, wie sie es noch nie zuvor gemacht hat. »So ist es gut, Kleines, schlaf jetzt.«

Kleines.

Hier und jetzt befinde ich mich in größerer Sicherheit als während der ganzen letzten Tage, bin umgeben von den Menschen, die ich am meisten liebe. Und doch war mir noch nie so sehr zum Heulen zu Mute. Um ihretwillen halte ich mich zurück. Ich rolle mich zusammen und weine leise und unbemerkt in mich hinein.

Trotz der hellen Lichter über mir und des leisen Getuschels dauert es nicht lange, bis ich einnicke. Ich höre Kilorns tiefe Stimme. Jetzt, wo er mich nicht mehr einbeziehen muss, spricht er wieder.

»Lasst sie nicht aus den Augen«, ist das Letzte, was ich höre, bevor ich in Dunkelheit versinke.

Irgendwann später, zwischen Schlafen und Wachen, nimmt Pa meine Hand. Nicht um mich zu wecken, nur um sie zu halten. Einen Moment lang glaube ich, er sei ein Traum und dass ich wieder in der Zelle unterhalb der Knochenarena bin. Dass die Flucht, die Arena, die Hinrichtungen ein Albtraum waren, den ich bald erneut durchleben muss. Aber seine Hand ist warm, knotig, vertraut, und ich schließe meine Finger darum. Er ist echt.

»Ich weiß, was es heißt, jemanden zu töten«, flüstert er. Sein Blick ist in die Ferne gerichtet, seine Augen sind zwei Lichtpunkte in der schwarzen Dunkelheit unseres Zimmers. Seine Stimme ist anders als sonst, so wie auch er selbst in diesem Moment anders ist – die Verkörperung eines Soldaten, eines Mannes, der zu lange im Hexenkessel des Krieges überleben musste. »Ich weiß, was das mit einem macht.«

Ich will etwas sagen. Ich versuche es ernsthaft.

Aber stattdessen lasse ich ihn los und drifte davon.

Am nächsten Morgen weckt mich der durchdringende Geruch salziger Luft. Irgendwer hat das Fenster geöffnet und kühle Herbstluft und helles Sonnenlicht hereingelassen. Der Sturm ist vorüber. Bevor ich die Augen aufschlage, versuche ich so zu tun, als ob. Das hier ist meine Pritsche, die Brise kommt vom Fluss her, und die einzige Entscheidung, die ich treffen muss, ist die, ob ich in die Schule gehe oder nicht. Doch das Spiel hält keinen Trost mehr für mich bereit. Selbst wenn ich könnte, würde ich in dieses Leben nicht mehr zurückkehren, auch wenn es leichter war als mein jetziges.

Ich habe eine Aufgabe zu erfüllen. Ich muss mich um Julians Liste kümmern und damit beginnen dieses riesige Unterfangen vorzubereiten. Und wenn ich Cal dafür an meiner Seite brauche, wie könnten sie mir das verweigern? Wer kann meine Forderung ablehnen, wenn es darum geht, so viele vor Mavens Schlinge zu retten?

Irgendetwas sagt mir, dass der Mann mit dem blutigen Auge derjenige sein könnte, aber ich schiebe den Gedanken beiseite.

Gisa hat sich auf dem Bett gegenüber niedergelassen. Sie zupft mit ihrer gesunden Hand Fäden aus einem schwarzen Stück Stoff und macht sich nicht die Mühe, zu mir herzusehen, während ich mich recke, bis meine Knochen knacken.

»Guten Morgen, *Kleines*«, sagt sie, ihr süffisantes Grinsen kaum verbergend.

Dafür kriegt sie ein Kissen ins Gesicht. »Fang besser gar nicht erst an«, murre ich, insgeheim froh über ihren Scherz. Wenn Kilorn mich doch auch nur so necken würde und wieder ein bisschen mehr wie der Fischerjunge wäre, den ich kannte.

»Alle anderen sind in der Kantine. Es gibt Frühstück.«

»Wo ist die Krankenstation?«, frage ich, als mir Shade wieder einfällt. Und Farley. Im Augenblick ist sie wohl die beste Verbündete, die ich hier habe.

»Du solltest was essen, Mare«, sagt Gisa scharf und setzt sich auf. »Ganz im Ernst.«

Die Sorge in ihrem Blick lässt mich innehalten. Wenn Gisa so um mich bemüht ist, muss ich schlimmer aussehen, als ich dachte. »Wo ist dann also die Kantine?«

Sie erhebt sich murrend und wirft ihre Handarbeit aufs Bett. »Wusste ich doch, dass ich jetzt die Babysitterin spielen darf«, grummelt sie und klingt dabei sehr nach unserer Mutter, wenn sie aufgebracht ist.

Diesmal weicht sie dem Kissen geschickt aus.

Heute erscheint mir der Weg durch das Labyrinth der Baracke nicht mehr ganz so lang. Zumindest kann ich mich an alles erinnern und hake in meinem Kopf die Türen ab, an denen wir vorbeikommen. Einige sind offen und geben den Blick frei in leere Schlafräume oder in Zimmer mit herumsitzenden Roten. Beides erklärt, wofür Baracke drei da ist; sie scheint das Gebäude zu sein, in dem »Familien« untergebracht sind. Die Leute hier wirken nicht wie Soldaten der Garde, und ich bezweifle, dass viele von ihnen jemals gekämpft haben. Ich sehe Hinweise auf Kinder und sogar Babys, die mit ihren Familien geflohen oder nach Tuck gebracht worden sind. Besonders ein Raum quillt über von altem oder kaputtem Spielzeug; die Wände sind in einem kränklich wirkenden Gelb gestrichen worden, um dem Beton ein freundlicheres Aussehen zu verleihen. An der Tür steht nichts, aber ich begreife auch so, für wen dieser Raum bestimmt ist. *Waisen*. Ich wende schnell den Blick ab von dem Zimmer für lebende Gespenster.

Unter der Decke verlaufen Kabel und führen einen langsamen, aber stetigen Stromfluss mit sich. Auf welchem Weg die Insel mit Energie versorgt wird, weiß ich nicht, aber das tiefe Surren ist ein Trost; es erinnert mich daran, wer ich bin. Das kann mir wenigstens niemand wegnehmen, hier nicht, wo ich weit, weit weg bin von der *Stille* des nun toten Arven. Gestern in der Arena hat er mich fast umgebracht, indem er meine Fähigkeit mit Hilfe von seiner blockiert hat und mich so wieder in das rote Mädchen zurückverwandelte, das nichts besitzt als den Dreck unter seinen Fingernägeln. In der Arena hatte ich kaum Zeit, mich vor so einer Zukunft zu fürchten, aber jetzt verfolgt mich die Vorstellung. Meine Fähigkeit ist mein kostbarster Besitz, auch wenn sie mich von allen anderen trennt. Aber für Macht, für meine *eigene* Macht ist das ein Preis, den ich zu zahlen bereit bin.

»Wie fühlt sich das eigentlich an?«, fragt Gisa, deren Blick meinem zur Decke gefolgt ist. Sie konzentriert sich auf die Kabel und versucht zu spüren, was ich spüre, doch vergeblich. »Die Elektrizität?«

Ich weiß nicht, was ich ihr sagen soll. Julian könnte es ganz leicht erklären, er könnte detailliert und unterhaltsam über die Geschichte der Fähigkeiten berichten und darüber, wie sie ursprünglich entstanden sind. Aber Maven hat mir erst gestern eröffnet, dass meinem alten Lehrer die Flucht nicht gelungen ist. Er wurde gefangen genommen. Und wie ich Maven kenne, von Elara ganz zu schweigen, ist Julian jetzt höchstwahrscheinlich tot. Vermutlich wurde er hingerichtet, weil er mir geholfen hat. Und wegen eines Verbrechens, das vor langer Zeit begangen wurde; weil er der Bruder des Mädchens war, das der alte König einst aufrichtig geliebt hat.

»Wie Macht«, sage ich schließlich, während ich die Tür nach

draußen aufstoße. Meeresluft schlägt mir entgegen und spielt mit meinen verknoteten Haaren. »Und Stärke.«

Das sind Worte der Silbernen, aber sie sind trotzdem wahr.

Gisa lässt sich eigentlich nicht so leicht abspeisen. Doch sie sagt nichts. Sie begreift, dass ich solche Fragen nicht beantworten will.

Im Tageslicht wirkt Tuck weniger bedrohlich und zugleich viel bedrohlicher als nachts. Das helle Sonnenlicht wärmt die Herbstluft, und hinter der Kaserne weicht der Strandhafer einem kargen Wäldchen. Die Bäume, die hier wachsen, sind kein Vergleich zu den Eichen und Kiefern zu Hause, aber besser als nichts. Gisa führt uns durch das geschäftige Treiben auf dem betonierten Platz. Gardisten mit roten Schärpen entladen Transporter und stapeln die Art Kisten aufeinander, die ich schon auf dem Tauchboot gesehen habe. Ich verlangsame meine Schritte in der Hoffnung, einen Blick auf den Inhalt zu erhaschen, doch fremde Soldaten in neuen Uniformen lassen mich stutzen. Sie sind blau gekleidet. Es ist nicht die leuchtende Farbe des Hauses Osanos, sondern ein kaltes, dunkles Blau, und es kommt mir irgendwie bekannt vor, aber ich kann es nicht einordnen. Diese Leute sehen aus wie Farley, groß und blass, und ihre hellblonden Haare sind fast ganz abgeschoren. *Ausländisch*, denke ich. Sie stehen mit Gewehren vor dem Frachtgut und bewachen die Kisten.

Aber vor wem müssen sie sie beschützen?

»Schau sie nicht an«, murmelt Gisa, packt mich am Ärmel und zerrt mich weiter. Sie hat es offenbar eilig, von diesen blauen Soldaten wegzukommen.

»Warum denn nicht? Wer sind diese Leute?«

Sie schüttelt den Kopf und zieht mich weiter. »Nicht hier.«

Natürlich würde ich am liebsten stehen bleiben und die Soldaten fixieren, bis sie begreifen, wer und was ich bin. Aber das ist ein dummer, kindischer Drang. Ich muss meine Fassade aufrechterhalten und weiter das arme, gebrochene Mädchen geben. Also lasse ich mich von Gisa wegführen.

»Das sind die Männer vom Oberst«, flüstert sie, sobald wir außer Hörweite sind. »Sie sind mit ihm aus dem Norden gekommen.«

Aus dem Norden. »Lakelander?«, frage ich und lasse beinahe den Mund offen stehen vor Verblüffung. Sie nickt stoisch.

Plötzlich ergeben die Uniformen in der Farbe eines kalten Sees Sinn. Das sind Soldaten einer anderen Armee, eines *anderen Königs*, und doch sind sie hier, bei uns. Norta führt seit einem Jahrhundert Krieg gegen die Lakelander; dabei geht es um Land, Nahrungsmittel und Ruhm. Die Könige des Feuers gegen die Könige des Winters, und dazwischen sowohl rotes als auch silbernes Blut. Doch die Morgendämmerung kommt, wie es aussieht, für sie alle.

»Der Oberst ist ein Lakelander. Nach dem, was in Archeon passiert ist« – sie verzieht schmerzlich das Gesicht, obwohl sie nicht einmal die Hälfte meines Martyriums kennt –, »ist er gekommen, um ›den Karren aus dem Dreck zu ziehen‹, wie Tramy es ausgedrückt hat.«

Irgendetwas stimmt hier nicht, irgendetwas irritiert mich. »Wer ist dieser Oberst, Gisa?«

Es dauert einen Moment, bis ich begreife, dass wir bei der Kantine angekommen sind, einem Gebäude, das ebenso flach ist wie die Baracken. Hinter den Türen hört man den Lärm der frühstückenden Leute, aber wir gehen nicht hinein. Obwohl mir der Magen knurrt, als ich das Essen rieche, warte ich erst Gisas Antwort ab.

»Der Mann mit dem blutigen Auge«, sagt sie schließlich und deutet auf ihr eigenes Gesicht. »Er hat den Befehl übernommen.«

Oberkommando. Dieses Wort hat Shade im Tauchboot geflüstert, aber ich habe mir nicht viel dabei gedacht. Ob er das gemeint hat? Wollte er mich vor dem Oberst warnen? So wie dieser gestern Nacht mit Cal umgesprungen ist, muss ich davon ausgehen. Es ist nicht gerade beruhigend zu wissen, dass ein Mann wie er auf dieser Insel das Sagen hat.

»Also ist Farley arbeitslos.«

Sie zuckt die Achseln. »Hauptmann Farley ist gescheitert. Das hat ihm nicht gefallen.«

Dann hasst er mich bestimmt.

Gisa streckt ihre kleine Hand nach der Tür aus. Die andere ist besser geheilt, als ich dachte. Nur ihr vierter und fünfter Finger sind merkwürdig verdreht und nach innen gekrümmt. Verwachsene Knochen als Strafe dafür, dass sie ihrer Schwester vertraut hat.

»Wo haben sie Cal hingebracht, Gisa?«, frage ich so leise, dass ich fürchte, sie hört meine Worte gar nicht. Aber ihre Hand verharrt auf der Klinke.

»Gestern Abend, als du im Bett warst, haben sie über ihn gesprochen. Kilorn wusste nichts davon, aber Tramy, der ist hingegangen. Er wollte zusehen.«

Ihre Worte versetzen mir einen Stich ins Herz. »Zusehen? Bei *was?*«

»Er hat gesagt, vorläufig wollten sie ihm nur Fragen stellen. Nichts, was wehtut.«

Meine Miene verfinstert sich. Ich kann mir viele Fragen vorstellen, die Cal mehr wehtun würden als eine Verletzung. »Wo ist er?«, frage ich erneut und diesmal klingt meine Stimme fordernd, wie die einer Silber-Prinzessin.

»In Baracke eins«, flüstert sie. »Ich hab gehört, wie sie Baracke eins gesagt haben.«

Während sie die Tür zur Kantine aufzieht, lasse ich meinen Blick über die Baracken schweifen, die in einer Reihe bis zu dem Wäldchen verlaufen. Ihre Nummern sind gut zu erkennen, da sie mit schwarzer Farbe auf den sonnengebleichten Beton gemalt sind: *2, 3, 4* …

Plötzlich überläuft mich ein Schauer.

Es gibt keine Baracke eins.

6

Das Essen besteht zum größten Teil aus fadem grauem Haferbrei und Wasser, das nach irgendwelchen chemischen Zusätzen schmeckt. Nur der Fisch ist gut: fangfrischer Kabeljau aus dem Meer. Er schmeckt nach Salz und nach See, genau wie die Luft. Kilorn bestaunt den Fisch und fragt sich, was für eine Art Netz die Garde wohl benutzt. *Wir zappeln im Netz, du Idiot*, möchte ich schreien, doch solche Worte sind in der Kantine fehl am Platz. Auch hier drinnen sind Lakelander; ihre dunkelblauen Kleider verleihen ihnen etwas Stoisches. Während die Gardisten in den roten Uniformen zusammen mit den anderen Flüchtlingen essen, setzen die Lakelander sich gar nicht hin, sondern streifen die ganze Zeit umher. Sie erinnern mich an Wachleute, und mich durchströmt ein bekanntes, unangenehmes Gefühl. Tuck ist nicht so viel anders als Archeon. Unterschiedliche Gruppen konkurrieren um die Vorherrschaft, und ich stehe dazwischen. Vielleicht hält Kilorn, mein Freund, mein ältester Freund, das nicht für gefährlich. Oder schlimmer noch: Er begreift, dass es so ist, aber es ist ihm egal.

Ich schweige hartnäckig, öffne den Mund nur für den nächsten Bissen Fisch. Sie halten mich genau im Blick, wie es ihnen aufgetragen wurde. Ma, Pa, Kilorn und Gisa. Sie alle tun so, als würden sie mich nicht anstarren, aber ich erwische sie immer wieder dabei. Die Jungs sind nicht da, sie harren weiter an Shades Krankenbett aus. Genau wie ich haben sie ihn für tot gehalten und versuchen jetzt, die verlorene Zeit nachzuholen.

»Wie seid ihr eigentlich hergekommen?« Die Worte kleben mir am Gaumen, doch ich zwinge mich, sie auszusprechen. Es ist besser, wenn ich die Fragen stelle, bevor sie damit anfangen.

»Boot«, antwortet Pa barsch, während er einen Löffel Haferbrei schlürft. Dann fängt er an zu kichern, weil er das lustig findet. Ihm zuliebe lächele ich über den Scherz.

Ma stupst ihn an und schnalzt verärgert mit der Zunge. »Du weißt, was sie meint, Daniel.«

»Ich bin ja nicht blöd«, grummelt er und schiebt sich den nächsten Löffel in den Mund. »Vor zwei Tagen gegen Mitternacht stand Shade plötzlich vor unserer Tür. Und das meine ich wörtlich. Plötzlich stand er da, wie aus dem Nichts.« Er schnipst mit den Fingern. »Du weißt, wovon ich spreche, oder?«

»Ja.«

»Wir hätten beinahe einen Herzinfarkt bekommen, wie er da so aus dem Nichts auftauchte und, na ja, eben am Leben war.«

»Kann ich mir denken«, murmele ich und erinnere mich, wie es war, als wir uns wiederbegegnet sind. Ich habe gedacht, wir wären beide tot und an irgendeinem Ort weit weg von all dem Wahnsinn. Aber wie ich hatte Shade sich einfach nur in jemand – in *etwas* – anderes verwandelt, um zu überleben.

Pa ist jetzt buchstäblich in Fahrt gekommen. Während er weiterredet, gestikuliert er so wild, dass sein Rollstuhl auf quietschenden Rädern vor und zurück schaukelt. »Als eure Mutter dann irgendwann aufgehört hat wegen ihm zu weinen, hat er sich an die Arbeit gemacht und irgendwelchen nutzlosen Kram in eine Tasche geschmissen. Die Fahne vom Vordach, die Bilder, deine Kiste mit Briefen. Ergab alles keinen rechten Sinn, aber wenn der Sohn von den Toten aufersteht, stellt man ihm nicht viele Fragen. Und als er dann sagte, wir müssten auf der Stelle gehen, war mir klar, dass das kein Scherz ist. Also sind wir aufgebrochen.«

»Und was war mit der Ausgangssperre?« Die Maßnahmen stehen mir noch gestochen scharf vor Augen, sind wie Nadeln in meiner Haut. Wie könnte ich sie auch je vergessen? »Das hätte euch das Leben kosten können!«

»Wir hatten doch Shade und sein … sein …« Pa sucht nach dem richtigen Wort und fuchtelt erneut mit den Händen.

Gisa verdreht die Augen. Ihr geht das Getue unseres Vaters auf die Nerven. »Er nennt es Springen, schon vergessen?«

»Genau, das ist es!« Er nickt. »Shade ist mit uns an den Patrouillen vorbei in den Wald gesprungen. Von da aus sind wir dann zum Fluss und auf ein Boot. Frachtgut darf nachts ja immer noch befördert werden, weshalb wir am Ende wer weiß wie lange in einer Kiste mit Äpfeln gesessen haben.«

»*Faulen* Äpfeln«, fügt Ma hinzu und verzieht bei der Erinnerung daran das Gesicht. Gisa kichert. Pa lächelt fast. Einen Moment lang ist der graue Haferbrei Mas ungenießbarer Eintopf, die Betonwände verwandeln sich in ungehobeltes Holz und wir sind wieder bei den Barrows am Abendbrottisch. Wir sind zu Hause, und ich bin einfach nur Mare.

Ich lasse die Sekunden verstreichen und höre lächelnd zu. Ma redet über irgendwelche Nichtigkeiten, so dass ich nichts sagen muss und in Ruhe und Frieden essen kann. Sie verscheucht sogar die neugierigen Blicke anderer in dieser Kantine, indem sie jedem, der mich anstarrt, ihrerseits böse Blicke zuwirft – Blicke, die ich aus erster Hand kenne. Auch Gisa übernimmt ihren Part, indem sie Kilorn mit Neuigkeiten aus Stilts ablenkt. Er lauscht interessiert, und sie beißt sich vor Freude über seine Aufmerksamkeit auf die Unterlippe. Offenbar schwärmt sie noch immer für ihn. Bleibt nur noch Pa, der mit Hingabe seine zweite Schüssel Haferbrei löffelt. Während er mich über den Rand seiner Schüssel hinweg anstarrt, sehe ich etwas von dem Mann, der er mal war, aufblitzen: groß und stark, ein stolzer Soldat; eine Person, an die ich mich kaum noch erinnern kann, weil sie so anders war als der Mensch, der er jetzt ist. Doch ebenso wie ich, wie Shade, wie die Garde ist auch Pa nicht so angeschlagen und ahnungslos, wie es scheint. Trotz seines Rollstuhls, des fehlenden Beins und des klickenden Apparats in seiner Brust hat er mehr Schlachten gesehen und länger überlebt als die meisten. Das Bein hat er nur drei Monate vor seiner endgültigen Entlassung verloren, nach fast zwanzig Jahren Wehrdienst. Wie viele halten schon so lange durch?

Wir wirken schwach, weil wir es so wollen. Vielleicht sind das gar nicht Shades Worte, sondern die unseres Vaters. Während ich meine Stärke gerade erst entdeckt habe, hat er seine seit der Rückkehr aus dem Krieg immer versteckt. Ich erinnere mich, was er letzte Nacht, halb verdeckt von Träumen, zu mir gesagt hat. *Ich weiß, was es heißt, jemanden zu töten.* Daran hab ich nicht den geringsten Zweifel.

Seltsamerweise ist es das Essen, das mich an Maven erinnert. Nicht der Geschmack, aber der Akt des Essens an sich. Meine letzte Mahlzeit habe ich an seiner Seite eingenommen, im Palast seines Vaters. Wir haben aus Kristallgläsern getrunken und meine Gabel hatte einen Griff aus Perlmutt. Wir waren von Dienern umgeben und doch sehr allein. Wir durften nicht über die bevorstehende Nacht reden, aber ich habe ihm verstohlene Blicke zugeworfen und gehofft, dass ich nicht die Nerven verliere. Er hat mir so viel Kraft gegeben in diesem Moment.

Ich hatte geglaubt, Cal würde sich für mich und für meine Revolution entscheiden. Ich habe geglaubt, Maven wäre mein Retter, ein Geschenk des Himmels. Ich habe an das geglaubt, wobei er uns helfen konnte.

»Morgen wird es besser sein«, hat er mit einem Lächeln gesagt. Seine Augen waren so blau, so voll von einer anderen Art von Feuer. Einer hungrigen Flamme, klar und seltsam kalt, mit einer Spur von Angst. Ich habe gedacht, wir hätten zusammen Angst, um unsere Sache, umeinander. Aber ich habe mich so getäuscht.

An jenem Abend habe ich ihm mit aller Entschlossenheit, die ich aufbringen konnte, nachgesprochen: »Morgen wird es besser sein.«

Ich habe ihm geglaubt.

Langsam schiebe ich den Teller mit dem Fisch von mir weg, und er kratzt über die Tischplatte. *Genug.*

Das Geräusch weckt Kilorns Aufmerksamkeit wie ein Alarmzeichen, und er dreht sich wieder zu mir.

»Schon fertig?«, fragt er, während er mein halb aufgegessenes Frühstück beäugt.

Statt einer Antwort erhebe ich mich vom Tisch, und sofort springt auch er auf, wie ein Hund, der auf Kommando gehorcht. *Jedoch nicht auf meins.* »Können wir zur Krankenstation gehen?«

Können, wir. Diese Worte sind sorgfältig gewählt, ein Nebelschleier, um ihn vergessen zu machen, wer und was ich jetzt bin.

Er nickt grinsend. »Shade geht es sekündlich besser. Hey, ihr Barrows, wollen wir einen kleinen Ausflug machen?«, fügt er mit Blick auf die Menschen hinzu, die für ihn so etwas wie eine Familie sind.

Meine Augen weiten sich. Ich muss mit Shade sprechen, um herauszufinden, wo Cal ist und was der Oberst mit ihm vorhat. Sosehr ich meine Familie auch vermisst habe, sie ist mir dabei nur im Weg. Zum Glück begreift Pa sofort. Seine Hand verschwindet schnell unter dem Tisch. So bremst er Ma, bevor sie den Mund aufmachen kann, ganz ohne Worte. Sie setzt ein entschuldigendes Lächeln auf, das ihre Augen nicht erreicht. »Wir kommen lieber später nach«, sagt sie. »Ich glaube, es wird Zeit für einen Batteriewechsel, oder?«

»Mist«, grummelt Pa laut und lässt den Löffel in seine Schüssel mit dem Fraß fallen.

Gisas Blick fliegt zu mir und sie sieht, was ich jetzt brauche: *Zeit, Raum und eine Gelegenheit, dieses Chaos zu entwirren und etwas zu unternehmen.* »Ich muss noch ein paar Banner ausbessern«, sagt sie seufzend. »Ihr verschleißt die Dinger ganz schön schnell.«

Kilorn lacht über diesen kleinen Seitenhieb und setzt ein schiefes Grinsen auf, wie er es schon tausendfach getan hat. »Wie ihr wollt. Hier entlang, Mare.«

So erniedrigend es auch sein mag, ich lasse mich von ihm durch die Kantine führen. Dabei gebe ich bewusst ein klägliches Bild ab, indem ich humpele und die Augen niederschlage. Ich bekämpfe den Drang, alle anzustarren, die mich beobachten, die Gardisten, die Lakelander, selbst die Flüchtlinge. Die Erfahrungen, die ich am Hof des toten Königs gemacht habe, helfen mir auch auf dieser Militärbasis, wo ich wieder einmal nicht zeigen darf, wer ich wirklich bin. Bei Hofe musste ich so tun, als wäre ich eine unbeirrbare, unerschrockene Silberne, ein Ausbund an Stärke und Macht namens Mareena. Aber dieses Mädchen säße jetzt neben Cal, eingesperrt in der nicht vorhandenen Baracke eins. Also muss ich wieder eine Rote sein, die

Blitzwerferin, die gefallen ist. Ein Mädchen namens Mare Barrow, dem niemand mit Angst oder Misstrauen begegnen muss, ein Mädchen, das auf einen roten Jungen angewiesen und nicht allzu selbstbewusst ist. Pas und Shades Warnung war mehr als deutlich.

»Macht dir das Bein immer noch zu schaffen?«

Ich bin so darauf konzentriert, bewusst zu humpeln, dass ich Kilorns Sorge kaum wahrnehme. »Nein, das ist nichts«, antworte ich schließlich und presse meine Lippen fest aufeinander, als müsste ich den Schmerz unterdrücken. »Hab schon Schlimmeres erlebt.«

»Da fällt mir doch sofort dein Sprung von Ernie Wicks Terrasse ein.« Kilorns Augen funkeln bei der Erinnerung daran.

Ich hab mir an jenem Tag das Bein gebrochen und musste monatelang mit einem Gipsverband herumlaufen, der uns die Hälfte unserer Ersparnisse gekostet hat. »Das war aber nicht meine Schuld.«

»Du hast es doch freiwillig getan.«

»Irgendjemand hat behauptet, ich würde mich nicht *trauen*.«

»Wer würde denn so etwas behaupten?«

Er stößt laut lachend die Doppeltür auf. Der Gang dahinter besteht größtenteils aus Beton und gehört offensichtlich zu einem neuen Anbau. Die Farbe ist stellenweise noch nass. Und die Lichter an der Decke flackern. *Schlechte Verkabelung*, weiß ich sofort und spüre die Stellen, wo die Elektrizität nicht richtig fließen kann. Nur eine Leitung ist vollständig intakt; sie verläuft nach links den Gang hinunter. Aber zu meinem Leidwesen biegt Kilorn nach rechts ab.

»Und wo geht es da hin?«, frage ich, in die entgegengesetzte Richtung zeigend.

»Keine Ahnung«, antwortet er, und ich spüre, dass es die Wahrheit ist.

Die Krankenstation von Tuck ist nicht ganz so trostlos wie die auf dem Tauchboot. Die schmalen hohen Fenster sind weit geöffnet und fluten den Raum mit frischer Luft und Sonnenschein. Weiße Kittel bewegen sich zwischen den Patienten hin und her, deren Verbände zum Glück frei von rotem Blut sind. Leise Unterhaltungen und hier und da ein trockenes Husten oder ein Niesen erfüllen den Raum. Kein Schmerzensschrei und keine knackenden Gelenke stören die gedämpfte Geräuschkulisse. Hier stirbt niemand. *Oder sie sind einfach schon gestorben.*

Shade zu finden, ist nicht weiter schwer, und diesmal tut er auch nicht so, als würde er schlafen. Sein Bein ruht noch immer in einer Schlinge, die allerdings professioneller aussieht. Seine Schulter ist frisch verbunden. Er hat sich nach rechts gedreht und schaut mit unbeweglicher Miene jemanden an, der in dem Bett neben ihm liegt. Mit wem er spricht, kann ich nicht sagen. Das Bett ist nach zwei Seiten hin von Vorhängen abgeschirmt, so dass die Person vor dem Rest der Station verborgen bleibt. Während wir uns ihm nähern, bewegt Shades Mund sich schnell; er flüstert Worte, die ich nicht erkennen kann.

Als er mich erblickt, hört er sofort auf zu sprechen, und es fühlt sich an wie Verrat.

»Du hast unsere Raubeine knapp verpasst«, ruft er und rückt ein Stück, damit ich mich aufs Bett setzen kann. Ein Pfleger kommt, um zu helfen, doch Shade schickt ihn wieder weg.

Raubeine ist sein alter Spitzname für unsere Brüder. Shade war als Junge klein und schmächtig und Bree hat ihn oft verprügelt. Tramy war nicht ganz so grob, aber er machte Bree immer alles nach. Irgendwann war Shade dann schlau und schnell genug, um den beiden zu entwischen, und hat mir beigebracht, dasselbe zu tun. Ich bezweifle nicht, dass er sie weggeschickt hat, damit er in Ruhe mit mir reden kann – und mit demjenigen, der sich hinter dem Vorhang befindet.

»Gut, sie gehen mir nämlich schon wieder ganz schön auf die Nerven«, erwidere ich freundlich lächelnd.

Für Außenstehende wirken wir einfach wie Geschwister, die sich gegenseitig aufziehen. Aber Shade weiß es besser, sein Blick verdunkelt sich, als ich am Fuß seines Bettes ankomme. Er bemerkt mein künstliches Humpeln und nickt kaum merklich. Ich tue es ihm nach. *Ich hab deine Botschaft verstanden, Shade, klar und deutlich.*

Bevor ich ihn auch nur ansatzweise nach Cal fragen kann, schneidet mir eine andere Stimme das Wort ab. Ich beiße die Zähne zusammen, als ich sie höre, und versuche ruhig zu bleiben.

»Na, wie gefällt dir Tuck, Blitzwerferin?«, fragt Farley aus dem abgeschirmten Bett neben Shade. Sie schwingt ihre Beine über die Kante, so dass sie mich ansehen kann, und krallt ihre Hände in die Bettdecke. Sie verzieht ihr hübsches, von der Narbe gezeichnetes Gesicht, offenbar hat sie Schmerzen.

Ihrer Frage auszuweichen, ist nicht schwer. »Ich bin noch unentschieden.«

»Und der Oberst? Was hältst du von dem?«, fährt sie deutlich leiser fort. Ihre Miene ist undurchdringlich. Ich kann nicht sagen, was sie von mir hören will. Also zucke ich die Achseln und mache mir stattdessen an Shades Decke zu schaffen.

Die Andeutung eines Lächelns umspielt ihre Lippen. »Er macht einem gleich klar, woran man bei ihm ist. Muss mit jedem Atemzug beweisen, dass er das Sagen hat, vor allem neben Leuten wie euch beiden.«

Ich bin im Handumdrehen um Shades Bett herum und baue mich zwischen Farley und meinem Bruder auf. In meiner Verzweiflung vergesse ich zu humpeln. »Ist das der Grund, warum er Cal eingesperrt hat?«, frage ich scharf. »Weil er schwach wirken könnte, wenn er einen Kämpfer wie ihn frei hier herumlaufen lässt?«

Sie senkt den Blick, als würde sie sich schämen. »Nein«, murmelt sie. Es klingt wie eine Entschuldigung, aber wofür, das weiß ich noch nicht. »Das ist nicht der Grund, warum er den Prinzen eingesperrt hat.«

Ich bekomme Angst. »Warum dann? Was hat er denn getan?«

Aber sie hat keine Gelegenheit mehr, mir zu antworten.

Plötzlich senkt sich eine merkwürdige Stille über die Krankenstation, über die Pfleger, mein Herz und Farleys Worte. Wegen ihrer Vorhänge können wir die Tür nicht sehen, aber ich höre das zielstrebige Stampfen von Stiefelschritten. Niemand sagt etwas, nur ein paar Soldaten salutieren in ihren Betten, während sich die Stiefel nähern. Ich sehe sie durch einen Spalt zwischen Vorhang und Fußboden. Sie sind aus schwarzem Leder, mit feuchtem Sand bedeckt und kommen schnell in unsere Richtung. Selbst Farley durchläuft ein Zittern bei dem Anblick und sie krallt wieder ihre Nägel in die Bettdecke. Kilorn tritt näher an mich heran und verdeckt mich halb mit seinem großen Körper, während Shade sich aufrecht hinzusetzen versucht.

Auch wenn das hier eine Krankenstation voller verwundeter Roter und sogenannter Verbündeter ist, habe ich das Bedürfnis, meinen Blitz bereitzuhalten. In meinem Blut flackert Elektrizität auf, so dass ich jederzeit darauf zugreifen kann, falls sich sie brauche.

Der Oberst kommt um den Vorhang herum, sein rotes Auge starr und wütend. Zu meinem Erstaunen landet sein Blick auf Farley, nicht auf mir. Seine Begleiter, den Uniformen nach Lakelander, wirken wie eine blasse, grimmige Version meines Bruders Bree. Muskelbepackt, baumlang und folgsam flankieren sie den Oberst mit geübten Bewegungen und beziehen an den Fußenden von Shades und Farleys Betten Stellung. Der Oberst steht zwischen ihnen, so dass Kilorn und ich eingekeilt sind. *Um zu beweisen, wer hier das Sagen hat.*

»Verstecken Sie sich, Frau Hauptmann?«, fragt der Oberst und greift nach dem Vorhang um Farleys Bett. Sie bebt vor Zorn über diese Bezeichnung und die Unterstellung. Als er den Kopf schüttelt und laut mit der Zunge schnalzt, zuckt sie sichtlich zusammen. »Sie sind klug genug zu wissen, dass Zuhörer Sie nicht schützen.«

»Ich hab alles versucht, worum Sie mich gebeten haben. Sowohl die schwierigen als auch die unmöglichen Dinge«, feuert sie zurück. Ihre Hände liegen zitternd auf der Decke, aber es ist Wut, nicht Angst. »Sie haben mir hundert Soldaten überlassen, um Norta zu Fall zu bringen, ein ganzes Land. Was haben Sie erwartet, Oberst?«

»Ich habe erwartet, dass Sie mit mehr als sechsundzwanzig von ihnen zurückkommen«, lautet die harte Antwort. »Ich habe erwartet, dass Sie klüger sind als ein siebzehnjähriges *Prinzchen.* Ich habe erwartet, dass Sie Ihre Soldaten schützen, und nicht, dass Sie sie den silbernen Wölfen zum Fraß vorwerfen. – Ich habe sehr viel mehr von dir erwartet, Diana, sehr viel mehr, als du geliefert hast.«

Diana. Damit versetzt er ihr den tödlichen Schlag. *Ihr richtiger Name.*

Ihr wütendes Zittern verwandelt sich in Scham, die Farley auf eine leere Hülle reduziert. Sie starrt auf ihre Füße und den Boden darunter. Ich kenne ihren Blick sehr gut, es ist der Blick einer zerbrochenen Seele. Wenn du sprichst, wenn du dich bewegst, fällst du in dich zusammen. Sie bröckelt bereits, ist schwer angeschlagen durch den Auftritt des Obersts, durch seine Worte und die Tatsache, dass er ihren Vornamen ausgesprochen hat.

»*Ich* habe sie dazu überredet, Oberst.«

Ein Teil von mir wünscht sich, meine Stimme würde zittern, damit dieser Mann glaubt, dass ich Angst vor ihm habe. Doch ich habe Schlimmerem gegenübergestanden als einem Soldaten mit einem blutigen Auge und einer herrischen Art. Weitaus Schlimmerem.

Ich schiebe Kilorn sanft zur Seite und bewege mich nach vorn.

»Ich habe mich für Maven und seinen Plan verbürgt. Wenn ich nicht gewesen wäre, würden Ihre Männer und Frauen noch leben. Ihr Blut klebt an meinen Händen, nicht an ihren.«

Zu meiner Verblüffung gluckst er nur, als er mein Bekenntnis hört. »Es dreht sich nicht alles um Sie, Miss Barrow. Die Welt steht und fällt nicht, nur weil Sie es befehlen.«

Das habe ich auch nicht gemeint. Es klingt dumm, selbst in meinem eigenen Kopf.

»Diese Fehler hat sie selbst begangen und niemand sonst«, fährt er fort und wendet sich wieder Farley zu. »Ich entziehe dir hiermit das Kommando, Diana. Hast du vor, diese Entscheidung anzuzweifeln?«

Einen kurzen, angespannten Moment lang sieht es so aus, als würde sie es wagen. Dann senkt sie jedoch den Kopf und den Blick. »Nein, Oberst.«

»Deine beste Entscheidung seit Wochen«, blafft er und wendet sich zum Gehen.

Aber sie ist noch nicht fertig. Sie schaut wieder hoch. »Und was wird jetzt aus meiner Mission?«

»Mission? Welche Mission?« Der Oberst wirkt eher fasziniert als wütend. Sein gesundes Auge schnellt hin und her. »Ich habe keinerlei Kenntnis von neuen Befehlen.«

Farley wendet ihren Blick wieder mir zu, und ich spüre eine seltsame Verbundenheit zwischen uns. Selbst jetzt, wo sie am Boden ist, kämpft sie weiter. »Miss Barrow hat einen interessanten Vorschlag unterbreitet, dem ich nachzugehen beabsichtige. Ich denke, das Oberkommando wird mir beipflichten.«

Ich lasse mich fast dazu hinreißen, Farley anzugrinsen, weil sie einem solchen Kontrahenten gegenüber diese Erklärung abgibt.

»Und was ist das für ein Vorschlag?«, fragt der Oberst und dreht sich mit breiter Brust zu mir. Jetzt ist er mir so nah, dass ich deutlich das Blut erkennen kann, das sich in seinem Auge gesammelt hat. Es bewegt sich so langsam wie Wolken im Wind.

»Mir wurde eine Namensliste übergeben. Von Roten, die so sind wie mein Bruder und ich, mit derselben Mutation geboren, die unsere … Fähigkeiten erst möglich macht.« Ich muss ihn überzeugen, ich *muss.* »Sie können ausfindig gemacht, beschützt und *trainiert* werden. Rote wie wir alle, aber so stark wie Silberne und in der Lage, ihnen in direktem, offenem Kampf gegenüberzutreten. Vielleicht sogar stark genug, um den Krieg zu entscheiden.« Ich atme zitternd ein, weil ich an Maven denken muss. »Der König weiß von dieser Liste und er wird diese Roten mit Sicherheit umbringen, wenn wir sie nicht vor ihm finden. Eine derart starke Waffe wird er nicht einfach leben lassen.«

Der Oberst schweigt einen Moment, die Muskeln in seinem Kiefer arbeiten, während er nachdenkt. Er spielt sogar nervös an einer dünnen Halskette herum, die unter seinem Kragen versteckt ist. Ich erspähe goldene Kettenglieder zwischen seinen Fingern, eine Kostbarkeit, die kein Soldat tragen würde. Ich frage mich, wem er sie gestohlen hat.

»Und wer hat Ihnen diese Liste überlassen?«, fragt er schließlich. Seine Stimme klingt ruhig und seine Miene ist undurchdringlich. Trotz seiner brutalen Art versteht er sich erstaunlich gut darauf, seine Gedanken zu verbergen.

»Julian Jacos.« Mir treten Tränen in die Augen, als ich den Namen nenne, aber ich werde sie nicht vergießen.

»Ein Silberner«, sagt der Oberst höhnisch.

»Ja, aber einer, der mit uns sympathisiert«, blaffe ich ihn an, empört über seinen Ton. »Er wurde dafür verhaftet, dass er Hauptmann Farley, Kilorn Warren und Ann Walsh aus der Gewalt der Silbernen gerettet hat. Er hat der Scharlachroten Garde geholfen, er hat *unsere* Partei ergriffen. Und dafür wahrscheinlich mit dem Leben bezahlt.«

Der Oberst wippt auf seinen Fersen, seine Miene ist nach wie vor finster. »Oh, Ihr Julian lebt.«

»Er lebt noch?« Mir stockt der Atem. »Aber Maven hat gesagt, er würde ihn umbringen …«

»Seltsam, nicht wahr? Dass König Maven so einen Verräter verschont?« Er genießt meine Überraschung. »So wie ich das sehe, war Ihr Julian nie auf Ihrer Seite. Er hat Ihnen die Liste gegeben, damit Sie sie an uns weiterreichen, auf dass die Garde eine aussichtslose Suche startet, die nur wieder in einer neuen Falle endet.«

Jeder kann jeden verraten. Aber ich weigere mich zu glauben, dass Julian das getan hat. Ich kenne ihn gut genug, um zu wissen, wem seine wahre Loyalität gilt. Nämlich mir, Sara und jedem, der sich der Königin entgegenstellt, die seine Schwester umgebracht hat, und dem König, der seinen Neffen zerstört hat.

»Und selbst wenn diese Liste etwas taugt und die Namen zu anderen …« – er sucht nach dem richtigen Wort, gibt sich aber keine Mühe, nett zu sein – »… *Gestalten* wie Sie führt, was dann? Sollen wir uns mit den schlimmsten Agenten des Landes anlegen, mit Jägern, die stärker und schneller sind als wir, um sie zu finden? Sollen wir versuchen, für die wenigen, die wir vielleicht retten, eine Art Massenflucht zu organisieren? Gründen wir die Mare-und-Shade-Barrow-Schule für merkwürdige Gestalten und verbringen Jahre damit, sie fit für den Kampf zu machen? Sollen wir für *sie* alles andere ignorieren, all das Leid, die Kindersoldaten, die Hinrichtungen?« Er schüttelt den Kopf und seine kräftige Nackenmuskulatur gerät in Bewegung. »Dieser Krieg wird vorbei und wir werden lange tot sein, bevor wir mit Ihrem Vorschlag auch nur einen Zentimeter Boden wettmachen.« Er wirft Farley einen hitzigen Blick zu. »Der Rest des Oberkommandos wird dasselbe sagen, Diana. Wenn du dich also nicht wieder zum Narren machen willst, schlage ich vor, dass du die Sache auf sich beruhen lässt.«

Jedes seiner Worte fühlt sich an wie ein Hammerschlag, der mich kleinmacht. In einigen Punkten hat er sicher Recht. Maven wird seine besten Leute aussenden, um die, die auf der Liste stehen, zu jagen und zu töten, und wir haben sicherlich eine schwierige Aufgabe vor uns. Aber wenn es eine Chance gibt, weitere Soldaten wie Shade und mich zu finden, ist es das dann nicht wert?

Ich mache den Mund auf, um genau das zu sagen, doch er hält eine Hand hoch. »Ich will nichts weiter davon hören, Miss Barrow. Und bevor Sie mich anfeinden, weil ich versuche, Sie aufzuhalten, denken Sie an Ihren Eid. Sie haben sich der Scharlachroten Garde verpflichtet und nicht Ihren eigennützigen Plänen.« Er zeigt auf den

Raum mit den Soldaten, die alle verwundet wurden, weil sie für mich gekämpft haben. »Und wenn diese Gesichter nicht ausreichen, Sie davon abzuhalten, aus der Reihe zu tanzen, dann denken Sie an Ihren Freund und die Lage, in der er sich befindet.«

Cal. »Sie *wagen* es nicht, ihm etwas anzutun.«

Sein blutiges Auge verfinstert sich; die Wut lässt purpurrotes Blut darin herumwirbeln.

»Um meine Leute zu schützen, mit Sicherheit.« Seine Mundwinkel heben sich leicht und lassen ein selbstgefälliges Grinsen erkennen. »Genauso, wie Sie es getan haben. Machen Sie sich nichts vor, Miss Barrow. Sie haben andere für Ihre persönlichen Zwecke eingespannt und leiden lassen, allen voran den Prinzen.«

Einen Moment lang fühlt es sich an, als wären meine eigenen Augen blutunterlaufen, denn vor lauter Wut sehe ich nur noch Rot. Funken rasen zu meinen Fingerspitzen und tanzen direkt unter meiner Haut, doch ich balle die Fäuste, um sie zurückzuhalten. Als ich wieder klar sehe, ist das Flackern der Lichter über unseren Köpfen das einzige sichtbare Zeichen meines Zorns. Und der Oberst ist bereits gegangen, um uns allein und wütend zurückzulassen.

»Entspann dich, Blitzwerferin«, murmelt Farley so sanft, wie ich sie noch nie habe reden hören. »So schlecht steht es gar nicht.«

»Nicht?«, presse ich durch zusammengebissene Zähne. Ich möchte nichts lieber tun, als zu explodieren, mein wahres Ich zum Vorschein kommen zu lassen und diesen schwachen Menschen zu zeigen, mit wem genau sie es zu tun haben. Aber das würde mir im besten Fall eine Gefängniszelle und im schlimmsten eine Kugel einbringen. Und ich müsste in dem traurigen Wissen sterben, dass der Oberst Recht hat. Ich habe schon so viel Schaden angerichtet, und immer habe ich dabei die Menschen in Mitleidenschaft gezogen, die mir am nächsten stehen. *Damit das passiert, was ich für das Richtige hielt,* sage ich mir. *Damit sich alles zum Besseren wendet.*

Anstatt mich zu bemitleiden, lehnt Farley sich zurück und beobachtet, wie ich vor Wut schäume. Das verlegene Mädchen von vorhin ist irritierend schnell verschwunden. *Noch eine Maske.* Ihre Hand wandert zu ihrem Hals und zieht eine Goldkette heraus, die aussieht wie die des Obersts. Aber ich komme nicht mehr dazu, mich über diese Verbindung zu wundern, weil etwas an ihrer Kette baumelt. Ein eiserner Schlüssel mit einem Bart. Ich brauche nicht zu fragen, wo das passende Schloss dazu ist. *Baracke eins.*

Auf ihrem Gesicht breitet sich ein träges Grinsen aus und sie wirft mir den Schlüssel zu.

»Du wirst sehen: Ich bin bemerkenswert gut darin, Befehle zu erteilen, aber extrem schlecht darin, welche zu befolgen.«

7

Kilorn grummelt den ganzen Weg von der Krankenstation zu dem betonierten Platz vor den Baracken. Er trödelt sogar und zwingt mich, seinetwegen langsamer zu gehen. Ich versuche ihn zu ignorieren, um Cals willen, um der Sache willen, aber als ich zum dritten Mal das Wort *hirnverbrannt* höre, bleibe ich abrupt stehen.

Er prallt gegen meinen Rücken. »Tut mir leid«, sagt er, klingt dabei aber nicht die Spur reuevoll.

»Nein, *mir* tut es leid«, fahre ich ihn an und wirble zu ihm herum. Ein Teil der Wut, die der Oberst in mir entfacht hat, bricht sich jetzt Bahn und meine Wangen werden heiß. »Mir tut es leid, dass du nicht mal *zwei Minuten* aufhören kannst, so ein Dummkopf zu sein. Sonst würdest du nämlich begreifen, was genau hier gerade los ist.«

Ich erwarte, dass er zurückschreit und es zu dem üblichen Schlagabtausch zwischen uns kommt. Doch stattdessen hält er die Luft an, macht einen Schritt zurück und ringt um Fassung.

»Du glaubst also, dass ich dumm bin?«, sagt er und sieht aus wie ein in die Enge getriebenes Tier. »Bitte, Mare, dann gib mir Nachhilfe. Klär mich auf.«

Ich kann mich kaum zurückhalten. Aber der Platz ist zu hellhörig und außerdem voller Soldaten des Obersts, voller Gardisten und Flüchtlinge. Auch wenn hier keine Flüsterer sind, die meine Gedanken lesen können, und keine Kameras, die mich auf Schritt und Tritt beobachten, werde ich jetzt nicht nachlässig werden. Kilorn folgt meinem Blick zu einer Truppe von Gardisten, die in ein paar Metern Entfernung an uns vorbeitraben.

»Glaubst du etwa, die würden dich ausspionieren?«, fragt er höhnisch. Dann senkt er die Stimme zu einem herausfordernden Flüstern, und ich möchte ihm am liebsten eine verpassen: »Komm schon, Mare! Wir stehen hier doch alle auf der gleichen Seite.«

»Tun wir das?«, frage ich nachdenklich. »Du hast doch gehört, als was der Oberst mich bezeichnet hat. Als *merkwürdige Gestalt*.«

Kilorn läuft rot an. »Das hat er nicht so gemeint.«

»Ach, so gut kennst du den Mann also?«

Zum Glück weiß er darauf nichts zu erwidern.

»Er sieht mich an, als wäre ich der Feind, als wäre ich eine Art *Bombe*, die jeden Moment hochgehen kann.«

»Aber so …«, beginnt Kilorn und zögert dann, als wäre er sich seiner Worte nicht sicher. »So ganz unrecht hat er ja auch nicht, oder?«

Ich drehe mich so schnell um, dass mein Stiefel eine schwarze Spur auf dem Beton hinterlässt. Wenn ich könnte, würde ich auch auf Kilorns Gesicht Spuren hinterlassen und ihm so sein Geschwätz vergelten.

»Hey, komm schon«, ruft er hinter mir her und holt mich mit wenigen schnellen Schritten ein. Aber ich laufe weiter und er folgt mir. »Bleib stehen, Mare. Das war nicht so gemeint …«

»Du *bist* dumm, Kilorn Warren«, rufe ich über die Schulter und bin froh, dass Baracke drei vor mir auftaucht, wo ich vor ihm in Sicherheit bin. »Dumm und blind und grausam.«

»Na, mit dir ist es auch nicht gerade ein Vergnügen!«, kommt es grollend zurück. Endlich klingt er wie der Streithammel, den ich kenne. Als ich nicht antworte und auf die Barackentür zusprinten will, hält er mich am Oberarm fest.

Ich versuche mich loszuwinden, aber Kilorn kennt alle meine Tricks. Er zieht mich von der Tür weg und in die dunkle Gasse zwischen Baracke drei und vier. »Lass mich los!«, fordere ich empört. Ich höre, wie in meinem kühlen, königlichen Ton ein bisschen von Mareena zum Leben erwacht.

»Da ist es wieder«, knurrt er und zeigt mit dem Finger auf mich. »Da ist *sie* wieder.«

Ich verpasse ihm einen kräftigen Schubs und befreie mich so aus seinem Griff.

Er seufzt verärgert und fährt sich mit der Hand durch sein hellblondes Haar, bis es ihm vom Kopf absteht.

»Ich weiß, dass du eine Menge durchgemacht hast. Das wissen wir alle. Was du tun musstest, um bei *denen* am Leben zu bleiben, während du uns gleichzeitig geholfen und herausgefunden hast, was du bist. Ich hab keine Ahnung, wie du das geschafft hast. Aber es hat dich verändert.«

Wie einfühlsam, Kilorn.

»Dass Maven dich verraten hat, heißt noch lange nicht, dass du jetzt keinem mehr vertrauen kannst.« Er senkt den Blick und fingert an seinen Händen herum. »Insbesondere mir. Ich bin nicht einfach irgendein Pfeiler, hinter dem du dich verstecken kannst, ich bin dein Freund, und ich werde dir helfen, wie und womit ich kann. Bitte, vertrau mir.«

Ich wünschte, ich könnte es.

»Werd endlich erwachsen, Kilorn«, entfährt es mir stattdessen so scharf, dass er zusammenzuckt. »Du hättest mir sagen müssen, was sie vorhatten. Aber du hast mich zu einer Komplizin gemacht, hast mich gezwungen zuzusehen, wie sie Cal mit vorgehaltenen Waffen abführen. Und jetzt sagst du mir, ich soll dir vertrauen? Wo du mit diesen Leuten unter einer Decke steckst, die nur darauf warten, einen Vorwand zu finden, *mich* einzusperren? Für wie dumm hältst du *mich* eigentlich?«

Eine Sekunde lang kommt die verletzliche Seite zum Vorschein, die er so krampfhaft hinter seiner Lässigkeit verbirgt. Das ist der Junge, der unter unserem Haus geweint und verzweifelt auf die Wand eingeschlagen hat. Der Junge, der sich der Einberufung in die Armee entziehen wollte. Ich habe versucht, ihn davor zu bewahren, und ihn dadurch nur noch mehr in Gefahr, in die Nähe der Scharlachroten Garde und des Untergangs gebracht.

»Verstehe«, sagt er schließlich und tritt ein paar Schritte zurück. »Das ergibt Sinn«, fügt er achselzuckend hinzu. »Ich bin ja nur der Fischerjunge. Verglichen mit dir bin ich nichts, stimmt's? Verglichen mit Shade. Und *ihm*.«

»Kilorn Warren!« Ich schimpfe mit ihm, wie ich mit einem Kind schimpfen würde, wie seine Mutter es getan hat, bevor sie ihn im Stich ließ. Sie hat ihn immer angeschrien, wenn er sich die Knie aufgeschlagen oder eine unpassende Bemerkung gemacht hat. Ich weiß nicht mehr viel von ihr, aber an ihre Stimme erinnere ich mich und an den vernichtenden, enttäuschten Blick, mit dem sie nur ihren Sohn angeschaut hat. »Du weißt, dass das nicht wahr ist.«

Meine Worte sind ein leises, bedrohliches Knurren, das keinen Widerspruch duldet. Er strafft die Schultern und ballt die Fäuste. »Beweise es mir.«

Darauf weiß ich nichts zu erwidern. Ich habe keine Ahnung, was er von mir will, und jetzt bin ich diejenige, der die Worte fehlen. »Tut mir leid«, würge ich hervor, und diesmal meine ich es ernst. »Tut mir leid, dass ich so –«

Eine warme Hand auf meinem Arm lässt mich verstummen. Er steht dicht neben mir, so nah, dass ich ihn riechen kann. Glücklicherweise ist der Geruch nach Blut verschwunden, jetzt nehme ich Salz wahr. *Er war schwimmen.*

»Du brauchst dich nicht für das zu entschuldigen, was sie mit dir gemacht haben«, murmelt er. »Niemals.«

»Ich … ich finde nicht, dass du dumm bist.«

»Das ist wahrscheinlich das Netteste, was du je zu mir gesagt hast«, bemerkt er nach einem langen Schweigen amüsiert. Dann setzt er ein Grinsen auf und wechselt das Thema. »Du hast einen Plan, nehme ich an?«

»Hilfst du mir dabei?«

Er zieht die Schultern hoch, breitet die Arme aus und zeigt auf das, was uns umgibt. »Viel anderes gibt's ja hier nicht zu tun für einen Fischerjungen.«

Ich schubse ihn erneut und ernte diesmal ein aufrichtiges Lächeln von ihm. Doch das währt nicht lange.

Zusammen mit dem Schlüssel hat Farley mir auch eine detaillierte Wegbeschreibung zu Baracke eins gegeben. Wie auf dem Festland hat die Scharlachrote Garde auch hier eine Vorliebe für Tunnel, und Cals Gefängnis liegt, natürlich, unter der Erde. Genauer gesagt unter Wasser. *Das perfekte Gefängnis für einen Flammenkämpfer wie Cal.* Unter dem Dock gelegen, im Meer versteckt, von blauen Wellen und den blau Uniformierten des Obersts bewacht. Dieser unterirdische

Ort dient nicht nur als Inselgefängnis, sondern auch als Waffenlager, als Unterkunft für die Lakelander und als Hauptquartier des Obersts. Haupteingang ist ein Tunnel, der von den Hangars am Strand hinführt, aber Farley hat mir versichert, dass es noch einen anderen Zugang gibt. *Könnte sein, dass du nass wirst,* hat sie mich mit einem schiefen Grinsen gewarnt.

Mich beunruhigt die Aussicht, ins Meer springen zu müssen, auch wenn wir nah am Strand sind. Kilorn wirkt dagegen irritierend gelassen. Wahrscheinlich freut er sich sogar, dass ihm seine langen Jahre auf dem Fluss jetzt zugutekommen.

Der Schutz durch das Meer lässt die sonst so wachsame Garde nachlässig werden, und auch die Lakelander verlieren im Laufe des Tages ihre nervöse Anspannung. Die Soldaten konzentrieren sich mehr auf die Frachtverladung und die Hangars als auf ihre Patrouillengänge. Die wenigen, die noch auf ihrem Posten sind und mit geschulterten Gewehren langsam über den Platz gehen, bleiben dabei häufig stehen, um sich zu unterhalten.

Ich beobachte sie, während ich so tue, als würde ich Ma und Gisa zuhören, die bei der Arbeit miteinander plaudern. Zusammen mit anderen Flüchtlingen holen sie Decken und Kleidungsstücke aus nicht markierten Kisten und sortieren sie auf unterschiedliche Stapel. Ich soll eigentlich auch helfen, aber mein Fokus liegt ganz klar anderswo. Bree und Tramy sind wieder bei Shade in der Krankenstation, aber Pa sitzt mit uns hier draußen. Er kann nicht mit auspacken, grummelt aber trotzdem die ganze Zeit herum und erteilt Anweisungen. Dabei hat er noch nie in seinem Leben Kleider gefaltet.

Ein- oder zweimal fängt er meinen Blick auf, bemerkt meine

nervös zuckenden Finger und wie ich zu den Soldaten hinschiele. Er weiß anscheinend immer, was ich vorhabe, auch jetzt. Er rollt sogar aus meinem Blickfeld, damit ich bessere Sicht auf den Platz habe. Zum Dank nicke ich ihm stumm zu.

Die Patrouillen erinnern mich an die Silber-Wachleute zu Hause in Stilts in der Zeit vor der Königinnenkür und vor den Maßnahmen. Sie waren faul, hatten es sich bequem gemacht in unserem ruhigen Dorf, wo es selten einmal ein Zeichen der Auflehnung gab. Doch sie haben sich getäuscht. Jene Männer und Frauen waren blind für meine Diebstähle, für den Schwarzhandel im Dorf, für Will Whistle und die heimlichen Umtriebe der Scharlachroten Garde. Die Wachtposten hier auf dem Platz sind auch blind, zu meinem Vorteil.

Sie bemerken nicht, dass ich sie beobachte, und auch Kilorn fällt ihnen nicht auf, der mit einem Tablett voller Fischeintopf kommt. Meine Familie stürzt sich dankbar auf das Essen, allen voran Gisa. Als Kilorn nicht hinsieht, dreht sie ihre Haare und lässt sie wie einen rubinroten Wasserfall über ihre Schulter fallen.

»Frisch gefangen?«, fragt sie und zeigt auf die Schüssel.

Er rümpft die Nase über die graue Fischmasse. »Nicht von mir, Gee. Cully hätte so was wie das hier niemals verkauft. Außer an die Ratten vielleicht.«

Wir alle lachen, wobei ich aus Gewohnheit eine halbe Sekunde später anfange. Gisa ist ausnahmsweise einmal weniger damenhaft als ich und kichert fröhlich und ausgelassen. Früher habe ich sie um ihre geschickte, perfekte Art beneidet. Jetzt wünschte ich, ich wäre nicht so wohldressiert und könnte meine aufgezwungene Höflichkeit ebenso leicht ablegen wie sie.

Während wir das Mittagessen hinunterwürgen, kippt Pa seinen

Eintopf heimlich weg, als er sich unbeobachtet fühlt. Kein Wunder, dass er immer dünner wird. Bevor ich mit ihm schimpfen kann – oder, schlimmer noch, bevor Ma das übernimmt –, fährt er mit der Hand über eine Decke und betastet den Stoff.

»Die sind aus Piedmont. Reine Baumwolle. Teuer«, murmelt er, als er merkt, dass ich neben ihm stehe. Selbst am Hof der Silbernen galt Baumwolle aus Piedmont als etwas sehr Besonderes. Dort war sie eine gängige Alternative zu Seide und für hochrangige Wachleute, Königswächter und Militäruniformen reserviert. Ich erinnere mich, dass auch Lucas eine Uniform aus Piedmont-Baumwolle trug, bis zu dem Moment, in dem er starb. Erst jetzt wird mir klar, dass ich ihn nie in etwas anderem als in Uniform gesehen habe. Ich kann es mir nicht einmal vorstellen. Und sein Gesicht verblasst bereits in meiner Erinnerung. Es sind erst wenige Tage vergangen, und schon vergesse ich ihn, einen Mann, den ich in den Tod geschickt habe.

»Diebesgut?«, frage ich mich laut, während ich über die Decke streiche, um mich abzulenken.

Pa setzt seine Untersuchung fort und fährt mit der Hand an einer der Kisten entlang: stabile, breite Holzlatten, die mit frischer weißer Farbe gestrichen sind. Die einzige Besonderheit ist ein gestempeltes dunkelgrünes Dreieck, das kleiner ist als meine Hand. Ich habe keine Ahnung, wofür es steht.

»Oder Spenden«, antwortet Pa.

Er braucht nichts weiter zu sagen, ich weiß, dass wir dasselbe denken. Wenn hier auf dieser Insel Lakelander bei uns sind, dann kann die Scharlachrote Garde ohne weiteres überall Freunde haben, in verschiedenen Ländern und Königreichen. *Wir wirken schwach, weil wir es so wollen.*

Pa nimmt schnell und leise meine Hand – eine diskrete Geste, die ich ihm so gar nicht zugetraut hätte. »Sei vorsichtig, mein Mädchen.«

Doch während er Angst zu haben scheint, schöpfe ich Hoffnung. Die Scharlachrote Garde hat tiefere Wurzeln, als mir klar war, verzweigter, als irgendein Silberner vermuten würde. Und der Oberst ist nur einer von hundert Anführern, so wie Farley. Er steht definitiv nicht auf meiner Seite, aber er ist ein Gegner, den ich besiegen kann. Schließlich ist er kein König. Von denen hatte ich ja auch schon mehr als genug.

Wie Pa schütte ich meinen Eintopf in einen Spalt im Beton. »Ich bin fertig«, sage ich dann, und Kilorn springt sofort auf. Das war unser Stichwort.

Wir brechen auf, um Shade zu besuchen. Zumindest sagen wird das, damit die, die in der Nähe sind, es hören. Meine Familie weiß es besser, sogar Ma ist eingeweiht. Sie wirft mir eine Kusshand zu, als ich gehe, und ich drücke meine Hand aufs Herz.

Mit hochgestelltem Kragen sehe ich aus wie alle anderen Flüchtlinge, und Kilorn kennt hier ohnehin niemand. Die Soldaten beachten uns gar nicht. Es ist ganz leicht, über den betonierten Platz zu spazieren und dann weiter der dicken weißen Linie zu folgen, weg von den Docks und vom Strand.

Im Licht der Mittagssonne sehe ich, dass sich der Betonstreifen bis zu einer Kette von sanft ansteigenden Hügeln erstreckt. Er wirkt wie eine breite Straße, die ins Nichts zielt. Die aufgemalte Linie führt immer weiter geradeaus, doch eine dünnere, schon stärker verwitterte Linie zweigt im rechten Winkel davon ab. Sie endet bei einem Gebäude, das hinter der letzten Baracke steht und alles überragt, was sonst noch auf der Insel ist. Es sieht aus wie eine größere Version der Hangars am Strand, so breit und hoch, dass sechs aufeinandergestapelte Gefährte darin Platz hätten. Da ich weiß, dass die Garde vor Diebstahl nicht zurückschreckt, frage ich mich unwillkürlich, was sich wohl darin verbirgt. Aber die Türen sind fest verschlossen und vor dem Gebäude stehen bewaffnete Lakelander und unterhalten sich. Also werde ich meine Neugier zügeln müssen und vielleicht nie erfahren, was sich da drinnen versteckt.

Kilorn und ich biegen rechts ab und gehen auf die Lücke zwischen den Baracken acht und neun zu. Die hohen Fenster beider Gebäude sind dunkel. Noch stehen sie leer, warten darauf, mehr Soldaten, mehr Flüchtlinge oder, schlimmer noch, mehr Waisenkinder aufzunehmen. Mich überläuft ein Schauer, als wir den schattigen Durchgang passieren.

Der Strand ist nicht schwer zu erreichen. Wir befinden uns schließlich auf einer Insel. Und während der Stützpunkt voll erschlossen und ausgebaut ist, besteht der Rest von Tuck ausschließlich aus Dünen, Hügeln, die mit hohem Gras bewachsen sind, und dem einen oder anderen Baumgrüppchen. Da es hier keine Tiere gibt, die groß genug sind, um Trampelpfade zu hinterlassen, führen nicht einmal Wege durch das Gras. So verschwinden wir einfach zwischen den hohen Halmen, die sich im Wind wiegen, und schlängeln uns bis zum Strand durch. Das Dock ist jetzt noch ein paar Hundert Meter entfernt. Es sieht aus wie ein in die Wellen hinausragendes, breites Messer. Aus der Distanz sind die dort patrouillierenden Lakelander nur dunkelblaue Flecken, die sich hin und her bewegen. Die meisten von ihnen haben den Frachter im Blick, der gerade auf der anderen Seite des Docks anlegt. Beim Anblick des riesigen Schiffes, das offenkundig unter roter Fahne fährt, klappt mir der Mund auf. Kilorn ist mehr bei der Sache.

»Perfekte Tarnung«, sagt er, während er die Schuhe auszieht. Ich folge seinem Beispiel und streife meine schnürsenkellosen Stiefel und meine verschlissenen Socken ab. Als Kilorn sich sein Hemd über den Kopf zieht und seine schlanken, vom Netze-Einholen gestählten Muskeln enthüllt, bin ich allerdings nicht so geneigt, es ihm nachzutun, denn ich habe keine Lust, halb nackt durch einen geheimen Bunker zu laufen.

Er legt mit einer umständlichen Bewegung sein Hemd über seine Schuhe. »Ich nehme mal nicht an, dass das hier eine Befreiungsaktion werden soll, oder?« *Wie könnte es das sein? Wir können hier doch nirgends hin.*

»Nein, ich will ihn nur sehen. Ihm von Julian erzählen und ihn wissenlassen, was vor sich geht.«

Kilorn verzieht das Gesicht, nickt aber. »Also schnell rein und schnell wieder aus. Das dürfte eigentlich nicht allzu schwer sein, zumal sie nicht damit rechnen werden, dass jemand von der Meerseite her einsteigt.«

Er streckt sich und schüttelt seine Füße und Hände, um sich aufs Schwimmen vorzubereiten. Währenddessen geht er noch einmal Farleys Instruktionen durch, die sie uns im Flüsterton gegeben hat. Der Bunker hat einen Moonpool, eine Öffnung am Boden, über die man direkt aus dem Wasser in ein Forschungslabor gelangt. Früher wurde von dort aus das Leben im Meer erkundet, jetzt dient der Raum als Quartier für den Oberst, das er tagsüber jedoch so gut wie nie betritt. Es ist von innen verriegelt, aber leicht zu öffnen, und in den Gängen dahinter findet man sich gut zurecht. Um diese Tageszeit sind die

Unterkünfte leer, der Durchgang von den Docks ist fest verschlossen und es werden sich nur sehr wenige Wachen drinnen aufhalten. Kilorn und ich haben als Kinder schon Schlimmeres durchgestanden, als wir für meinen Vater eine Kiste mit Batterien aus einem Sicherheitsposten gestohlen haben.

»Versuch, möglichst kein Wasser aufspritzen zu lassen«, sagt Kilorn noch, bevor er in die Brandung watet. Er bekommt eine Gänsehaut von dem herbstkalten Meerwasser, aber es scheint ihm nichts auszumachen. Mir dagegen schon. Mir klappern die Zähne, als ich bis zur Hüfte im Wasser stehe. Mit einem letzten Blick zum Dock tauche ich in die Wellen ein, und die Kälte kriecht mir bis in die Knochen.

Kilorn bewegt sich mühelos durchs Wasser. Er schwimmt wie ein Frosch und macht dabei so gut wie keine Geräusche. Ich versuche seine Bewegungen nachzuahmen und bleibe dicht neben ihm, während wir weiter hinausschwimmen. Das Wasser schärft meinen Sinn für die Elektrizität, so dass es mir noch leichter fällt, die Leitung zu erspüren, die vom Strand wegführt. Wenn ich wollte, könnte ich mit der Hand den Weg nachzeichnen, den der Strom von den Docks durch das Wasser bis zu Baracke eins nimmt. Dorthin führt Kilorn uns jetzt, indem er zunächst diagonal und dann parallel zum Strand schwimmt, den Kopf immer dicht über den Wellen. Sein Vorgehen ist geschickt, denn es sorgt dafür, dass wir durch die vor Anker liegenden gestohlenen Boote abgeschirmt werden. Ein- oder zweimal berührt er unter Wasser meinen Arm und gibt mir Anweisungen, indem er ihn leicht drückt. Halt, weiter, langsam, schnell. Dabei hält er den Blick fest auf das Dock vor uns gerichtet. Glücklicherweise wird der Frachter nun entladen, was die Aufmerksamkeit sämtlicher

Soldaten auf sich zieht, die unsere Köpfe vielleicht in den Wellen erspähen könnten. Die Fracht besteht aus weiteren weißen Kisten, auf die das grüne Dreieck gestempelt ist. *Noch mehr Kleider?*

Nein, begreife ich, als eine Kiste umstürzt und sich Waffen auf den Anleger ergießen. Gewehre und Pistolen inklusive Munition, pro Kiste bestimmt ein ganzes Dutzend. Sie glänzen im Sonnenschein, brandneu. Noch ein Geschenk an die Scharlachrote Garde, noch ein Beweis für weitreichende Verflechtungen, von denen ich nichts geahnt habe.

Dieses Wissen beflügelt mich und lässt mich schneller schwimmen, obwohl meine Muskeln schmerzen. Ich überhole sogar Kilorn und ducke mich schon bald unter den Anleger, wo ich endlich vor sämtlichen Augen verborgen bin. Kilorn folgt dicht hinter mir.

»Der Bunker ist genau unter uns.« Sein Flüstern wird von dem Metall des Docks über uns und dem Wasser um uns herum zurückgeworfen. »Ich kann ihn gerade so mit den Zehen spüren.«

Ich muss fast lachen, als ich sehe, wie Kilorn sich streckt und vor Konzentration die Augenbrauen zusammenzieht, während er mit einem Fuß die versteckte Baracke eins abtastet. »Was ist denn so lustig?«, fragt er.

»Du bist einfach ein ziemlich nützlicher Kerl«, erwidere ich mit einem verschmitzten Grinsen. Es fühlt sich gut an, mit ihm zusammen unterwegs zu sein und wieder ein gemeinsames Ziel zu verfolgen. Auch wenn wir diesmal in einen Bunker einbrechen und nicht in irgendein nachlässig verschlossenes Haus.

»Hier«, sagt er schließlich, bevor sein Kopf unter Wasser verschwindet. Dann kommt er wieder hoch und breitet die Arme aus, um nicht unterzugehen. »Die Kante.«

Jetzt kommt der schwierige Teil: das Tauchen durch erstickende, endlos erscheinende Dunkelheit.

Kilorn sieht mir meine Angst an. »Halt dich einfach an meinem Bein fest, mehr brauchst du nicht zu tun.«

Ich schaffe kaum ein Nicken. »Gut.« *Der Moonpool ist auf der Unterseite des Bunkers, nur etwa sieben Meter unter der Wasseroberfläche. Das ist gar nichts,* hatte Farley gesagt. *Ich finde, es sieht nach einer ganzen Menge aus,* denke ich, während ich in das schwarze Wasser unter mir schaue. »Maven wird schrecklich enttäuscht sein, wenn das Meer mich umbringt, bevor er es tun kann.«

Jeder andere hätte diesen Scherz geschmacklos gefunden, aber Kilorn kichert leise, und seine Zähne blitzen auf. »So gern ich den König auch ärgern möchte«, sagt er seufzend. »Das mit dem Ertrinken lassen wir lieber sein, okay?«

Er zwinkert mir zu und taucht ab. Ich halte mich an seinem Fuß fest.

Das Salz brennt mir in den Augen, aber es ist nicht so dunkel hier unten, wie ich befürchtet habe. Von der Seite einfallendes Sonnenlicht hellt den Schatten auf, den das Dock über uns wirft. Kilorn bringt uns schnell voran, indem er sich an der Seitenwand der Baracke hinabhangelt. Das Licht der Sonne sprenkelt seinen Rücken und lässt ihn wie ein Meerestier aussehen. Ich konzentriere mich auf meine Beinarbeit und darauf, mich nirgends zu verheddern. *Das sind mehr als sieben Meter,* beschwert sich mein Verstand, als der Sauerstoff allmählich knapp wird.

Ich atme langsam aus und lasse die Luftblasen an meinem Gesicht entlang zur Wasseroberfläche hochsteigen. Auch Kilorns Atemluft zieht an mir vorbei, sie ist der einzige Beweis dafür, dass er sich anstrengen muss. Als er die untere Kante erreicht hat, spüre ich, wie seine Muskeln sich anspannen. Seine Beine schlagen kraftvoll aus und bringen uns so unter den Bunker. Plötzlich frage ich mich, ob der Moonpool wohl eine Klappe hat und ob diese verschlossen ist. Das wäre ein schöner Spaß.

Nur einen Moment später verschwindet Kilorn durch eine Öffnung nach oben und zieht mich mit. Als Nächstes spüre ich stickige, aber mehr als willkommene Luft im Gesicht und sauge sie tief und gierig ein.

Kilorn sitzt bereits am Rand des Pools, lässt die Beine im Wasser baumeln und grinst mich an. »Du würdest nicht mal einen Morgen als Fischerlehrling durchhalten«, sagt er kopfschüttelnd. »Das war *nichts* verglichen mit dem, wozu der alte Cully mich früher gezwungen hat.«

»Ja, streu nur Salz in meine Wunden«, erwidere ich trocken, während ich mich in die Räumlichkeiten des Obersts hochstemme.

Es ist kalt hier drinnen, außerdem ist der Raum nur schwach beleuchtet und erschreckend aufgeräumt. Alte Apparaturen sind ordentlich an die rechte Wand geschoben, wo sie verstauben, während sich auf der linken Seite ein langer Tisch erstreckt. Darauf liegen dicht an dicht penibel aufgereihte Stapel von Ordnern und Akten, die alles dominieren. Zuerst sehe ich nicht einmal eine Schlafgelegenheit, aber dann bemerke ich unter dem Tisch eine schmale Liege, die man hervorziehen kann. Der Oberst schläft offensichtlich nicht besonders viel.

Kilorn war schon immer ein Sklave seiner Neugier, und das ist auch jetzt so. Triefnass läuft er zum Tisch, um ihn näher zu erkunden.

»Fass nichts an«, zische ich, während ich meine Ärmel und meine Hosenbeine auswringe. »Wenn du nur einen Tropfen auf diesen Unterlagen hinterlässt, wird er wissen, dass jemand hier war.«

Er nickt und zieht die bereits ausgestreckte Hand zurück. »Das hier solltest du dir ansehen«, sagt er in einem scharfen Ton.

Ich trete sofort neben ihn und befürchte das Schlimmste. »Was?«

Vorsichtig zeigt er auf den einzigen Gegenstand, der die Wände des Raums schmückt, eine ältere Fotografie, die unter der Feuchtigkeit gelitten hat. Aber man erkennt die darauf Abgebildeten noch. Vier Leute, alle blond, posieren mit ernsten, aber offenen Mienen. Der Oberst ist dabei, kaum zu erkennen ohne sein blutiges Auge. Er hat den Arm um eine große, gut gebaute Frau gelegt, seine andere Hand ruht auf der Schulter eines jungen Mädchens. Sowohl die Frau als auch das Mädchen tragen schmutzige Kleider. Wenn die Goldkettchen nicht wären, die ihnen um den Hals hängen, würde man sie für Bauern halten. Schweigend hole ich die hauchfeine goldene Kette aus der Hosentasche und vergleiche sie mit dem Schmuck auf dem Foto. Bis auf den Schlüssel, der daran baumelt und nicht dazu passt, sind die Kettchen identisch. Kilorn nimmt mir den Schlüssel vorsichtig aus der Hand und starrt ihn prüfend und erstaunt an.

Die vierte Gestalt auf dem Bild, ein etwas älteres Mädchen mit langem goldblondem Zopf, liefert die Erklärung. Sie steht neben dem Oberst und grinst zufrieden in die Kamera. Sie sieht so jung aus, so anders ohne die kurzen Haare und die Narben. *Farley.*

»Sie ist seine Tochter«, sagt Kilorn laut. Mehr bekommt er nicht heraus.

Ich widerstehe dem Drang, das Bild zu berühren, um mich zu vergewissern, dass es echt ist. Wenn man bedenkt, wie der Oberst

Farley in der Krankenstation behandelt hat, erscheint es vollkommen unmöglich, dass er ihr Vater ist. Aber er hat sie Diana genannt. Er kannte ihren richtigen Namen. *Und sie haben diese Ketten; eine von der Schwester, eine von der Ehefrau.*

»Komm«, murmele ich und ziehe Kilorn weg. »Das braucht uns jetzt nicht zu interessieren.«

»Warum hat sie denn nichts gesagt?« Sein Ton verrät mir, dass er sich betrogen fühlt. So wie ich mich schon seit Tagen.

»Ich weiß es nicht.«

Ich ziehe ihn mit mir zur Tür. *Links die Treppe hinunter, unten dann rechts und wieder links.*

Die Tür schwingt an frisch geölten Angeln lautlos auf. Dahinter kommt ein leerer Gang zum Vorschein, der denen auf dem Tauchboot ähnelt. Er ist schmal und sauber, die Wände sind aus Metall und unter der Decke verlaufen Leitungen. Strom fließt über unseren Köpfen, pulsiert durch ein verzweigtes Netzwerk, das vom Strand bis hierher führt und die Leuchten und Maschinen versorgt.

Wie Farley prophezeit hat, ist hier niemand, der uns aufhält. Ich nehme an, als Tochter des Obersts weiß sie das aus erster Hand. Leise und vorsichtig befolgen wir ihre Anweisungen Schritt für Schritt. Ich fühle mich an die Gefängniszellen unter dem Sonnenschloss erinnert, wo Julian und ich eine Schwadron schwarz maskierter Königswächter außer Gefecht gesetzt haben, um Kilorn, Farley und die todgeweihte Walsh zu befreien. Es kommt mir vor, als wäre das alles unendlich lange her, obwohl seitdem erst wenige Tage vergangen sind. *Eine Woche, es ist nur eine Woche.*

Wenn ich daran denke, wo ich wohl sein werde, wenn wieder sieben Tage vergangen sind, überläuft mich ein Schauer.

Schließlich kommen wir zu einem kürzeren Gang, einer Sackgasse mit drei Türen auf der linken und drei auf der rechten Seite und mit genauso vielen Sichtfenstern dazwischen. All diese Fenster liegen im Dunkeln, nur das ganz am Ende ist erleuchtet. Es flackert leicht, und das Licht, das hindurchfällt, ist kalt und weiß. Ich zucke zusammen, als Cals Faust gegen die Scheibe schlägt, und erwarte, dass das Glas unter seinen Fingerknöcheln zerbricht, doch es hält stand. Jedes *Bumm, Bumm* seiner Faust hallt dumpf nach, und an der Scheibe klebt silbernes Blut.

Er hört uns kommen und glaubt, es wäre jemand von *ihnen*.

Als ich mich vor das Fenster stelle, hat er mit der blutenden Faust bereits zum nächsten Schlag ausgeholt, hält aber mitten in der Bewegung inne. Das Flammenzünder-Armband rutscht an seinem geschwollenen Handgelenk herab. Das wenigstens ist ein Trost. Sie wussten nicht genug, um ihm seine wichtigste Waffe wegzunehmen. Aber warum ist er dann überhaupt noch eingesperrt? Warum hat er das Fenster nicht einfach eingeschmolzen und sich befreit?

Einen einzigen, flammend heißen Moment lang treffen sich unsere Blicke, und ich würde mich nicht wundern, wenn wir das Glas damit zum Bersten brächten. Dicke silberne Tropfen laufen an der Scheibe herab und vermischen sich mit bereits trockenen Blutflecken. Er macht das offenbar schon eine ganze Weile, schlägt sich blutig bei dem Versuch, hier herauszukommen – oder wenigstens einen kleinen Teil seiner Wut abzureagieren.

»Die Tür ist abgeschlossen«, sagt er. Seine Stimme klingt gedämpft.

»Was du nicht sagst«, erwidere ich grinsend.

Kilorn hält neben mir den Schlüssel hoch.

Cal zuckt zusammen, als würde er Kilorn jetzt erst bemerken, und lächelt dankbar, doch Kilorn erwidert diese Geste nicht. Er schaut ihm nicht einmal in die Augen.

Ich höre Stimmen irgendwo im Gang. Und Schritte. Sie hallen merkwürdig in diesem Bunker und sie kommen näher.

»Sie wissen, dass wir hier sind«, zischt Kilorn mit einem Blick über die Schulter und steckt schnell den Schlüssel ins Schloss. Doch er lässt sich nicht drehen. Ich werfe mich gegen die kalte Eisentür, die nicht nachgibt.

Kilorn packt den Schlüssel fester und versucht es erneut. Diesmal höre ich ein Klicken. Die Tür schwingt nach innen auf, als der erste Soldat um die Ecke biegt, aber ich denke nur an Cal.

Prinzen machen mich anscheinend blind für Gefahr.

Der unsichtbare Vorhang fällt in dem Moment, als Kilorn mich in die Zelle schubst. Ein vertrautes Gefühl, aber irgendwie kann ich es nicht einordnen. Ich habe das schon einmal erlebt, ganz bestimmt, aber wo? Mir bleibt keine Zeit zum Grübeln. Cal stößt einen erstickten Schrei aus und stürzt mit ausgestreckten Armen vorwärts. Nicht zu mir oder zum Fenster. Sondern zur Tür, die mit einem Ruck geschlossen wird.

Das Klicken des Schlosses hallt durch meinen Kopf. Immer und immer wieder.

»Was ist los?«, frage ich in die abgestandene Luft hinein. Aber Kilorns Gesicht auf der anderen Seite des Fensters ist Antwort genug. Er hält den Schlüssel in der geballten Faust und sein Gesicht verzieht sich zu einer Mischung aus Verzweiflung und Wut.

Tut mir leid, formen seine Lippen, als der erste Lakelander-Soldat am Fenster erscheint. Dann tauchen weitere Soldaten auf und in ihrer Mitte der Oberst. Sein zufriedenes Grinsen erinnert an das seiner Tochter auf dem Foto, und allmählich begreife ich, was hier gespielt wird. Der Oberst hat sogar die Dreistigkeit zu lachen.

Cal wirft sich vergeblich mit der Schulter gegen die schwere Eisentür. Er ignoriert den Schmerz und verflucht stattdessen Kilorn, mich, diesen Ort und sich selbst. Aber ich höre nur Julians Stimme in meinem Kopf.

Jeder kann jeden verraten.

Ohne nachzudenken, beschwöre ich meinen Blitz herauf. Meine Funken werden mich befreien und das Lachen des Obersts in Schreie verwandeln.

Doch es passiert nichts. Absolut nichts.

Wie in den Zellen, wie in der Arena.

»Stiller-Stein«, sagt Cal, lehnt sich an die Tür und zeigt mit seiner blutigen Hand in die hinteren Ecken des Bodens und der Decke. »Sie haben Stiller-Stein.«

Damit du schwach bist. Damit du bist wie sie.

Jetzt bin ich es, die wütend mit den Fäusten auf die Scheibe einschlägt, auf Kilorns Kopf. Doch ich treffe nur Glas, keine Haut, und nur meine Fingerknöchel knacken krachend und nicht sein blöder Schädel. Trotz der Wand zwischen uns zuckt er zurück.

Er kann mich kaum anschauen. Er zittert, als der Oberst eine Hand auf seine Schulter legt und ihm etwas ins Ohr flüstert. Kilorn kann nur zusehen, während ich schreie, ein wildes frustriertes Gebrüll von mir gebe, und mein Blut sich an der Scheibe zu dem von Cal gesellt.

Rotes Blut, das durch silbernes läuft und sich mit ihm zu etwas Dunklerem verbindet.

8

Die Beine des Metallstuhls kratzen über den Fußboden. Es ist das einzige Geräusch in der quadratischen Zelle. Den anderen Stuhl lasse ich da, wo er liegt, umgekippt und verbogen, nachdem er an die Wand geschlagen wurde. Cal hat ganz schön getobt, bevor ich herkam, und beide Stühle und den jetzt verbeulten Tisch durch den Raum geschleudert. Direkt unterhalb des Fensters klafft ein Riss in der Wand, wo die Ecke des Tisches aufgetroffen ist. Ich werfe nicht mit Möbeln. Statt meine Energie zu verschwenden, setze ich mich in die Mitte der Zelle. Cal läuft vor dem Fenster auf und ab und erinnert dabei mehr an ein Tier als an einen Menschen. Jede Faser in ihm sehnt sich nach Feuer.

Kilorn ist längst verschwunden, zusammen mit seinem neuen Freund, dem Oberst.

Und ich fühle mich wie ein extrem dummer Fisch, der von einem Köder zum anderen schwimmt und nie dazulernt. Aber nach dem Sonnenschloss, Archeon und der Knochenarena ist das hier fast ein Spaziergang, und der Oberst ist nichts verglichen mit der Königin und oder einer Reihe von Henkern.

»Du solltest dich setzen«, sage ich zu Cal, als mir seine nach Rache gierende Unrast zu viel wird. »Es sei denn, du hast vor, den Boden durchzuwetzen, um zu fliehen.«

Er verzieht das Gesicht, bleibt aber trotzdem stehen. Anstatt sich den anderen Stuhl heranzuziehen, lehnt er sich wie ein trotziges

Kind an die Wand. »Langsam glaube ich, du magst Gefängnisse«, sagt er, während er gedankenverloren mit den Fingerknöcheln gegen die Wand klopft. »Und dass du so ziemlich den schlechtesten Männergeschmack überhaupt hast.«

Das schmerzt mehr, als ich zugeben möchte. Ja, ich hab Maven gerngehabt, sehr sogar, und Kilorn ist mein bester Freund. Und beide sind sie Verräter.

»Du bist ja wohl auch nicht gerade gut darin, Freunde zu finden«, schieße ich zurück, doch das perlt an ihm ab. »Und ich habe keinen …«, ich komme ins Stolpern und meine Worte klingen bemüht, gestelzt, »… keinen *Männergeschmack*. Darum geht es hier nicht.«

»Nicht.« Er gluckst beinahe belustigt. »Nun, die letzten beiden Menschen, die uns in eine Zelle gesperrt haben, waren Männer, denen du sehr nahestandst. Entweder ist das ein großer Zufall, oder du lässt dich zu stark von deinen Gefühlen leiten, von deinem Herzen, nicht deinem Kopf.«

Ich fahre so schnell hoch, dass der Stuhl umkippt und scheppernd auf den Boden kracht. »Tu doch nicht so, als hättest du Maven nicht geliebt. Als hättest du nicht auch dein *Herz* sprechen lassen, wenn es um ihn ging.«

»Er ist mein Bruder! Natürlich war ich für seine Fehler blind! Natürlich hätte ich nie geglaubt, dass er unseren – unseren Vater umbringen würde.« Bei der Erinnerung daran bricht seine Stimme und ich erhasche einen kurzen Blick auf den unglücklichen, betrogenen Jungen unter der Fassade des Kriegers. »Ich habe Fehler begangen seinetwegen«, sagt er. Dann fügt er still hinzu: »Aber *deinetwegen* habe ich auch viele Fehler gemacht.«

Das gilt genauso für mich. Der schlimmste Fehler war, dass ich mich eines Abends im Sonnenschloss von Cal habe aus meinem Zimmer ziehen lassen. Ich habe ihm die Hand zum Tanz gereicht, und es war der Beginn einer Abwärtsspirale. Ich habe die Scharlachrote Garde Unschuldige töten lassen, damit Cal nicht an die Front zieht. Damit er in meiner Nähe bleibt.

»Das darf nicht mehr passieren. Wir dürfen nicht zulassen, dass ich wegen dir Fehler begehe oder du wegen mir«, flüstere ich und umschreibe damit nur, was ich eigentlich sagen will. Was ich mir selbst schon seit Tagen zu sagen versuche. Cal ist keine Option, die ich wollen oder wählen sollte. Cal ist einfach eine Waffe, derer ich mich bedienen kann – oder eine, die sich andere zu Nutze machen, um mich zu manipulieren. Auf beides muss ich vorbereitet sein.

Es entsteht eine lange Pause, dann nickt er. Offenbar sieht er in mir das Gleiche.

Die kühle, feuchte Bunkerluft verstärkt die Kälte noch, die mir ohnehin schon tief in den Knochen steckt. Unter normalen Umständen würde ich zittern, doch ich gewöhne mich langsam daran. Ich sollte mich wohl auch daran gewöhnen, allein zu sein. Nicht auf der Welt, aber hier drinnen. In meinem Herzen.

Wenn das alles nicht so traurig wäre, würde ich über unsere missliche Lage lachen. Wieder sitze ich Seite an Seite mit Cal in einer Zelle und warte ab, was das Schicksal für uns bereithält. Aber diesmal mildert Wut meine Angst ab. Diesmal wird nicht Maven kommen und uns mit Häme überschütten, sondern der Oberst, und dafür bin ich unglaublich dankbar. Mavens Gesicht möchte ich nie wieder sehen. Schon der Gedanke an ihn schmerzt.

Die Zellen in der Knochenarena waren dunkel und leer, ein noch düstereres Gefängnis als dieses hier. Und Maven stand mit seiner blassen Haut und seinen leuchtenden Augen vor mir und streckte die Hände nach mir aus. In meiner vergifteten Erinnerung sind es mal weiche Finger und mal behaarte Klauen. Und beide wollen mir etwas antun.

Ich hab dir mal gesagt, dass du besser verbergen solltest, was in deinem Herzen vorgeht. Du hättest auf mich hören sollen.

Das waren die letzten Worte, die er an mich gerichtet hat, bevor er uns zum Tode verurteilte. Ich wünschte, es wäre kein so guter Ratschlag.

Ich atme langsam aus in der Hoffnung, damit auch diese Erinnerung zu vertreiben. Aber es funktioniert nicht.

»Was machen wir jetzt in dieser Sache, General Calore?«, frage ich und zeige auf die vier Wände, die uns einschließen. Jetzt erkenne ich auch die schwachen Umrisse der Stiller-Steine. Es sind rechteckige Blöcke, ein bisschen dunkler als der Rest, die in die Ecken eingelassen wurden.

Es dauert einen Moment, bis Cal aus seinen Gedanken auftaucht, die genauso schmerzhaft sein müssen wie meine. Er wirkt froh über die Ablenkung, hebt rasch den zweiten Stuhl auf und schiebt ihn in eine der Ecken. Dann stellt er sich darauf und fährt mit einer Hand über den Stiller-Stein. Er ist für uns gefährlicher als diese Insel und wirksamer als jede Waffe.

»Bei meinen Farben, wie sind sie bloß darangekommen?«, murmelt er, während seine Finger versuchen, eine Kante zu ertasten. Aber der Stein ist nahtlos und perfekt in die Wand eingefügt. Seufzend springt Cal wieder vom Stuhl und stellt sich vor das Sichtfenster. »Unsere größte Chance besteht darin, die Scheibe einzuschlagen. Gegen den Stein kommen wir hier drin nicht an.«

»Diese scheinen trotzdem weniger stark zu sein«, sage ich, während mein Blick in der Ecke verharrt. »In der Knochenarena hatte ich das Gefühl zu ersticken. Die hier sind nicht annähernd so schlimm.«

Cal zuckt die Achseln. »Hier gibt es einfach nicht so viele. Aber auf jeden Fall genug.«

»Meinst du, sie wurden gestohlen?«

»Wahrscheinlich. Es gibt nur eine begrenzte Menge davon, und aus naheliegenden Gründen darf nur die Regierung sie einsetzen.«

»Das stimmt … Jedenfalls ist es in Norta so.«

Er neigt verblüfft den Kopf. »Glaubst du, dass sie woanders herkommen?«

»Auf dieser Insel kommt per Schiff Schmuggelware von überall an. Aus Piedmont, den Lakelands und auch aus anderen Ländern. Hast du hier unten keine Soldaten gesehen? Ihre Uniformen?«

»Nein. Seit dieser rotäugige Mistkerl mich gestern hier eingesperrt hat, jedenfalls nicht.«

»Sie nennen ihn den Oberst, und er ist Farleys Vater.«

»Ich würde sie ja bedauern, aber meine Familie ist unendlich viel schlimmer als ihre.«

Ich schnaube belustigt. »Es sind Lakelander, Cal. Farley und der Oberst und alle seine Soldaten. Was bedeutet, dass es da, wo sie herkommen, noch mehr gibt.«

Er schaut mich verwirrt an. »Das – das kann nicht sein. Ich habe die Front mit eigenen Augen gesehen; es gibt keine Möglichkeit, die Linien zu durchbrechen.« Er blickt auf seine Hände herab und zeichnet eine Karte in die Luft. Für mich ergibt sie keinen Sinn, doch er kennt sich damit genau aus. »Die Ufer der Seen sind blockiert und der Todesstreifen kommt absolut nicht in Betracht. Vorräte und Waren zu verschieben, ist eine Sache, aber Menschen – das ist völlig unmöglich, nicht in diesen Massen. Nicht rote Soldaten. Sie müssten schon Flügel haben, um hinüberzugelangen.«

Ich atme tief ein, als bei mir der Groschen fällt. Der lang gezogene Platz aus Beton, der riesige Hangar am Ende des Stützpunktes, die breite Straße, die nirgendwo hinführt.

Das ist keine Straße.

Das ist eine Start- und Landebahn.

»Ich glaube, die haben sie auch.«

Zu meiner Verblüffung erscheint ein strahlendes, echtes Lächeln auf Cals Gesicht. Er dreht sich zum Fenster und späht in den leeren Gang hinaus. »Ihre Manieren lassen ja eine Menge zu wünschen übrig, aber die Scharlachrote Garde wird meinem Bruder ganz offensichtlich eine Menge Kopfzerbrechen bereiten.«

Und da muss ich ebenfalls lächeln. Wenn das hier die Art ist, wie der Oberst seine sogenannten Verbündeten behandelt, dann möchte ich zu gerne sehen, was er mit seinen Feinden macht.

Die Abendbrotzeit kommt und geht, was wir nur an dem grauhaarigen alten Lakelander erkennen, der ein Tablett mit Essen bringt. Er bedeutet uns, zurückzutreten und uns zur hinteren Wand zu drehen, damit er das Tablett durch einen Schlitz in der Tür schieben kann. Aber wir reagieren nicht auf seine Anweisung und bleiben stur vor dem Sichtfenster stehen. Nach einer Weile zieht der Lakelander wieder ab – und verspeist dabei grinsend unser Essen. Mir macht das nichts aus, denn ich habe ja vorhin noch etwas bekommen. Und ich bin mit Hunger groß geworden, ich kann also leicht ein paar Stunden ohne eine Mahlzeit auskommen. Cal dagegen wird blass, als unser Essen davonspaziert. Sein Blick folgt dem Teller mit dem grauen Fisch.

»Du hättest sagen sollen, dass du etwas essen möchtest«, murmele ich, während ich mich wieder setze. »Wenn du verhungerst, nützt du uns nichts mehr.«

»Genau das sollen sie ja glauben«, erwidert er mit einem Funkeln in den Augen. »Morgen nach dem Frühstück werde ich ohnmächtig, und dann schauen wir mal, wie viel ihre Ärzte so einstecken können.«

Dieser Plan ist nicht allzu vielversprechend, und ich rümpfe verächtlich die Nase.

»Hast du eine bessere Idee?«

»Nein«, gebe ich missmutig zurück.

»Dachte ich mir.«

»Hmpf.«

Der Stiller-Stein hat einen seltsamen Effekt, er verändert uns beide. Weil er uns nimmt, worauf wir immer zurückgreifen können, unsere besondere Fähigkeit, sind wir gezwungen, uns auf anderes zu besinnen. Für Cal bedeutet es, dass er kalkulierter, berechnender vorgehen muss. Da er kein flammendes Inferno entfesseln kann, muss er auf Tricks zurückgreifen. Nach der Idee mit der Ohnmacht zu urteilen, kennt er allerdings nicht die richtigen für diese Situation.

Für mich ist die Veränderung nicht ganz so gravierend wie für Cal. Schließlich habe ich siebzehn Jahre lang in der Stille gelebt, habe gar nicht gewusst, welche Kraft in mir schlummert. Also verwandle ich mich jetzt wieder in das Mädchen, das ich immer war: ein herzloses, egoistisches Ding, das alles tun würde, um seine eigene Haut zu retten. Wenn der Lakelander mit einem Tablett voller Essen zurückkommt, sollte er gewappnet sein, denn dann werden sich meine Hände um seine Kehle schließen. Und falls wir es schaffen, uns aus dieser Zelle zu befreien, wird er auch meinen Blitz zu spüren kriegen.

»Julian lebt.« Ich weiß nicht, wo diese Worte herkommen, aber plötzlich hängen sie in der Luft, flüchtig wie Schneeflocken.

Cals Kopf fliegt hoch. Auf einmal leuchten seine Augen. Dass sein Onkel noch am Leben sein könnte, freut ihn fast so sehr wie die Aussicht auf Freiheit. »Wer hat dir das erzählt?«

»Der Oberst.«

Jetzt ist es Cal, der »Hmpf« macht.

»Ich glaube ihm.« Obwohl ich dafür einen abfälligen Blick ernte, fahre ich fort: »Der Oberst ist der Meinung, dass Julian in Mavens Plan eingeweiht war, dass er zu den Silbernen gehört, die mich verraten haben. Darum glaubt er auch nicht an die Liste.«

Cal nickt geistesabwesend. »Die Liste derer, die so sind wie du.«

»Farley bezeichnet sie – uns – als Neublüter.«

»Wenn du nicht bald hier rauskommst, wird man sie nur noch als tot bezeichnen können«, erwidert er seufzend. Hart, aber wahr. »Maven wird sie alle zur Strecke bringen.«

»Um sich zu rächen?«

Zu meinem Erstaunen schüttelt Cal den Kopf. »Maven ist ein neuer König, der auf einen ermordeten Vater folgt. Seine Regentschaft steht also erst einmal auf wackligen Beinen. Die Hohen Häuser, insbesondere Haus Samos und Haus Iral, werden jede Chance nutzen, um ihn weiter zu schwächen. Und die Entdeckung von Neublütern, nachdem er dich in dieser Sache öffentlich der Lüge bezichtigt hat, könnte so eine Chance sein.«

Cal ist zwar zu einem Soldaten erzogen worden und hat sein Handwerk in den Kasernen eines fortdauernden Krieges erlernt, doch er ist auch ein geborener König. Mag sein, dass er nicht so geschickt intrigiert wie Maven, aber von Staatsführung versteht er mehr als die meisten.

»Jeder einzelne Neublüter, den wir retten, wird Maven also schaden, nicht nur auf dem Schlachtfeld, sondern auch auf dem Thron.«

Er schenkt mir ein schiefes Grinsen und lehnt den Kopf an die Wand. »Ich höre dauernd ›wir‹ aus deinem Mund.«

»Stört dich das?«, frage ich, um das Gelände zu erkunden. Wenn ich Cal dafür gewinnen kann, mit mir nach den Neublütern zu suchen, haben wir vielleicht sogar eine Chance, Maven zuvorzukommen.

Ein Muskel in seiner Wange zuckt – das einzige Anzeichen dafür, dass er sich in dieser Frage unschlüssig ist. Aber er hat keine Gelegenheit mehr, mir zu antworten, da das inzwischen vertraute Stapfen von Stiefeln uns unterbricht. Cal stöhnt genervt, wenig erfreut über die Rückkehr des Obersts. Als er Anstalten macht aufzustehen, drücke ich ihn wieder auf seinen Platz.

»Erheb dich nicht für ihn«, murmle ich und lehne mich auf meinem Stuhl zurück.

Cal gehorcht und verschränkt die Arme vor der breiten Brust. Statt gegen die Scheibe zu hämmern und Sachen an die Wand zu werfen, sitzt er jetzt da, ruhig wie ein Fels, der nur darauf wartet, jeden zu zermalmen, der ihm zu nahe kommt. Wenn er das nur könnte. Ohne den Stiller-Stein würde Cal ein Inferno entfesseln, das heißer und heller brennt als die Sonne. Und ich ein Gewitter. Stattdessen sind wir auf uns selbst zurückgeworfen, nichts weiter als zwei murrende Jugendliche in einem Käfig.

Ich gebe mir alle Mühe, ruhig zu bleiben, als der Oberst im Fenster erscheint. Ich gönne ihm die Befriedigung nicht, meine Wut zu sehen. Doch als Kilorn mit kalter, ernster Miene neben ihm auftaucht, geht ein Ruck durch meinen Körper. Jetzt ist es an Cal, mich zu bremsen. Seine Hand legt sich mit leichtem Druck auf mein Bein, damit ich nicht aufspringe.

Der Oberst starrt uns einen Moment lang einfach nur an, als wollte er sich das Bild des Prinzen und der Blitzwerferin im Gefängnis einprägen. Ich würde zu gern gegen die blutverschmierte Scheibe spucken, doch ich widerstehe dem Drang. Dann wendet er sich von uns ab und bewegt seinen gekrümmten Zeigefinger, einmal, zweimal. Er fordert jemanden auf vorzutreten. Oder zu ihm gebracht zu werden.

Sie kämpft wie eine Löwin und zwingt die Helfer des Obersts, sie zu packen und hochzuheben. Farleys Faust trifft einen von ihnen am Kinn. Er geht zu Boden und lässt ihren Arm los, was sie sogleich dazu nutzt, den anderen Mann an die Wand zu stoßen und seinen Hals mit dem Ellbogen gegen eins der Zellenfenster zu drücken. Ihre Schläge sind brutal, sie sollen so viel Schaden wie möglich anrichten, und ich sehe jetzt schon die blauen Flecken auf der Haut ihrer Gegner erblühen. Doch die Soldaten sind darauf bedacht, ihr nicht wehzutun und sie einfach nur im Zaum zu halten.

Auf Befehl des Obersts, nehme ich an. Er hat zwar eine Zelle für seine Tochter vorgesehen, aber keine Blutergüsse.

Zu meinem Entsetzen steht Kilorn keineswegs nur untätig dabei.

Als die anderen Männer Farley überwältigt haben und sie mit dem Rücken an die Wand pressen, gibt der Oberst ihm ein Zeichen. Mit zitternden Händen kramt der Fischerjunge daraufhin ein mattgraues Kästchen hervor, in dem glänzende Spritzen liegen.

Ich kann Farleys Stimme durch das Fenster nicht hören, doch es ist leicht zu erkennen, was sie schreit: *Nein! Nicht!*

»Lass das! Hör auf damit, Kilorn!« Plötzlich spüre ich die kalte, glatte Scheibe unter meiner Hand. Ich schlage auf sie ein, um seine Aufmerksamkeit zu erlangen. »Kilorn!«

Aber statt mich zu beachten, strafft er die Schultern und dreht mir den Rücken zu, damit ich sein Gesicht nicht sehe. Der Oberst macht genau das Gegenteil. Er starrt mich an, um die Spritze nicht sehen zu müssen, die nun im Hals seiner Tochter landet. In seinem gesunden Auge flackert ganz kurz etwas auf – Bedauern vielleicht? Nein, er ist kein Mann, der sich Zweifel erlaubt. Er wird immer tun, was er tun muss, egal wen er vor sich hat.

Kilorn tritt nach vollendeter Tat mit der leeren Spritze in der Hand zurück und wartet ab. Als die Droge zu wirken beginnt, erlahmen Farleys Versuche, sich zu wehren, und ihre Augenlider werden schwer. Schließlich sinkt sie bewusstlos gegen die Lakelander-Soldaten, die sie in die Zelle gegenüber von unserer zerren. Dort legen sie sie ab und verschließen die Tür. Sie sperren Farley ein, genau wie Cal und mich.

Nachdem ihre Tür mit einem lauten Knall zugefallen ist, öffnet sich mit einem Klick das Schloss zu unserer Zelle.

»Na, haben Sie ein bisschen umgebaut?«, fragt der Oberst höhnisch, als er den Raum betritt und den verbeulten Tisch sieht. Kilorn folgt ihm auf dem Fuß. Das Kästchen mit den Spritzen steckt er zurück in seine Jacke, als Warnung. *Für euch, wenn ihr nicht spurt.* Er vermeidet es, mir in die Augen zu sehen. Der Oberst schließt die Tür hinter ihm. Die beiden Soldaten bleiben draußen im Gang, um Wache zu stehen.

Cal wirft von seinem Stuhl aus mörderische Blicke durch den Raum. Zweifellos denkt er sich gerade verschiedene Todesarten für den Oberst aus und überlegt, welche davon die schmerzhafteste wäre. Das ist auch dem Oberst klar, denn er zieht eine Pistole aus seinem Halfter. Sie liegt in seiner Hand wie eine zusammengerollte Schlange, die nur darauf wartet, zum Angriff überzugehen.

»Setzen Sie sich bitte, Miss Barrow«, sagt er und wedelt mit der Waffe durch die Luft.

Seinem Befehl zu gehorchen, fühlt sich an wie Aufgeben, aber ich habe keine andere Wahl. Ich setze mich, und Kilorn und der Oberst bauen sich vor uns auf. Wenn da nicht die Pistole und die beiden Wachen im Gang wären, hätten wir vielleicht eine Chance. Der Oberst ist groß, aber älter als wir, und Cals Hände würden bestens um seinen Hals passen. Ich müsste Kilorn zu Fall bringen, mit Hilfe meines Wissens über seine noch nicht ganz verheilten Wunden. Aber auch wenn wir die beiden überwältigen könnten, wäre die Tür noch immer verschlossen und die Wachen könnten uns noch immer sehen. Es wäre also absolut nichts damit erreicht.

Das fiese Grinsen des Obersts zeigt mir, dass er meine Gedanken errät. »Sie bleiben besser auf Ihren Stühlen sitzen.«

»Brauchen Sie eine Pistole, um zwei Kinder in Schach zu halten?«, frage ich hämisch und weise mit dem Kinn auf die Waffe in seiner Hand. Kein Mensch würde es wagen, Cal als Kind zu bezeichnen, selbst wenn seine Fähigkeiten nicht wären. Schon allein seine militärische Ausbildung macht ihn äußerst gefährlich, was dem Oberst auch klar ist.

Er ignoriert meine Beleidigung, kommt noch ein Stückchen näher und durchbohrt mich mit Blicken. »Sie haben Glück, dass ich ein fortschrittlicher Mann bin. Es gibt nicht viele, die ihn leben lassen würden«, sagt er mit einem Nicken in Cals Richtung, bevor er sich wieder ganz auf mich konzentriert. »Und einige würden auch Sie töten.«

Ich schaue Kilorn an in der Hoffnung, dass er begreift, auf wessen Seite er sich da geschlagen hat. Er zappelt herum wie ein kleiner Junge. Wenn wir noch Kinder wären und gleich groß, würde ich ihm jetzt in den Magen boxen.

»Sie lassen mich aber nicht leben, weil Sie meine Gesellschaft so sehr schätzen«, sagt Cal und macht dem theatralischen Getue des Obersts damit ein Ende. »Also, gegen wen oder was wollen Sie mich austauschen?«

Die Reaktion des Obersts ist Bestätigung genug. Er beißt die Zähne zusammen und sein Körper spannt sich an vor Wut. *Er* wollte es uns sagen, aber Cal hat ihm den Wind aus den Segeln genommen.

»Austauschen?«, murmele ich, aber es klingt eher wie ein Zischen. »Sie wollen eine der schlagkräftigsten Waffen weggeben, die Sie haben? Wie dumm *sind* Sie eigentlich?«

»Jedenfalls nicht so dumm zu glauben, dass er auf unserer Seite kämpft«, erwidert der Oberst. »Diese alberne Hoffnung überlasse ich Ihnen, Blitzwerferin.«

Lass dich nicht provozieren. Genau das will er erreichen. Doch es kostet mich all meine Selbstbeherrschung, einfach geradeaus zu schauen und nicht zu Cal. Denn ich weiß tatsächlich nicht, wem seine Loyalität gilt und für wen er kämpfen wird. Ich weiß nur, *gegen* wen er kämpfen wird – gegen Maven. Man könnte meinen, dass wir dadurch auf derselben Seite stehen. Aber ich weiß es besser. Das Leben und der Krieg sind nicht so simpel.

»Tun Sie das, Oberst Farley.« Er zuckt zusammen, als ich seinen Namen nenne. Sein Kopf dreht sich ganz leicht, aber er widersteht dem Drang, zu seiner Tochter zu schauen, die bewusstlos in ihrer Zelle liegt. *Sie ist sein schwacher Punkt*, stelle ich fest und merke mir das für später.

Aber der Oberst zahlt mir meine Stichelei sofort zurück. »Der König hat einen Handel vorgeschlagen«, sagt er und seine Worte sind ein Messer, das in meine Haut drückt, bis beinahe Blut fließt. »König Maven erklärt sich bereit, im Austausch für den verbannten Prinzen das Einberufungsalter wieder anzuheben. Von fünfzehn zurück auf achtzehn.« Er senkt den Blick und mit ihm die Stimme. Eine Sekunde lang blitzt unter seinem brutalen Gehabe der Vater durch. Er hat all die Kinder vor Augen, die in den Tod geschickt worden sind. »Das ist ein gutes Angebot.«

»Es ist zu gut«, sage ich schnell. Mein Ton ist hart und scharf genug, um die Angst dahinter zu verbergen. »Maven wird sein Versprechen niemals einhalten. *Niemals.*«

Neben mir atmet Cal langsam aus. Er legt die Hände an den Fingerspitzen zusammen, so dass die vielen Schnittwunden und Blutergüsse sichtbar werden, die er sich in den letzten Tagen zugezogen hat. Dann lässt er seine Finger leicht aneinandertippen, einen nach dem anderen. Offenbar versucht er so, sich von irgendeiner ungeliebten Wahrheit abzulenken.

»Aber Sie haben keine Wahl«, sagt Cal und hält seine Hände

schließlich still. »Wenn Sie den Handel ausschlagen, sind sie alle dem Untergang geweiht.«

Der Oberst nickt. »In der Tat. Nur Mut, Tiberias. Ihr Tod wird Tausenden unschuldigen Kindern das Leben retten. Das ist der einzige Grund dafür, dass Sie noch atmen.«

Tausende. Sie wiegen Cal sicherlich auf, ganz bestimmt. Aber tief in meinem Herzen, in dem verdorbenen, kalten Teil meiner selbst, den ich allmählich nur allzu gut kenne, regt sich Widerstand. *Cal ist ein Kämpfer, ein Anführer, ein Killer, ein Jäger. Und du brauchst ihn.*

In mehr als einer Hinsicht.

Ich bemerke ein Funkeln in Cals Augen und weiß, dass seine Hände in Flammen stehen würden, wenn der Stiller-Stein nicht wäre. Er beugt sich ganz leicht vor und zieht die Lippen zurück, so dass seine weißen Zähne zum Vorschein kommen. Diese Geste ist so aggressiv und animalisch, dass ich fast erwarte, Reißzähne zu erblicken.

»Ich bin Ihr rechtmäßiger König, Mitglied einer seit Jahrhunderten Silber-stämmigen Familie«, erwidert er schäumend vor Wut. »Der einzige Grund, warum *Sie* noch atmen, ist, dass ich den Sauerstoff in diesem Raum nicht verbrennen kann.«

Ich habe Cal noch nie so bedrohlich erlebt, so intensiv. Dem sonst so ruhigen, stoischen Oberst geht es offenbar genauso. Er macht einen schnellen Schritt zurück und stößt dabei fast mit Kilorn zusammen. Seine Angst ist ihm peinlich, und einen Moment lang sind seine Wangen so rot wie sein blutiges Auge. Aber der Oberst ist aus härterem Holz geschnitzt und hat sich im Handumdrehen wieder beruhigt. Er streicht sein weißblondes Haar zurück und drückt es fest an seinen Schädel. Dann steckt er seine Pistole mit einem zufriedenen Seufzen ins Halfter zurück.

»Ihr Boot legt heute Abend ab, Königliche Hoheit«, sagt er und lässt seine Halswirbel knacken. »Am besten verabschieden Sie sich jetzt von Miss Barrow. Ich bezweifle, dass Sie sie je wiedersehen werden.«

Meine Hand schließt sich um die Sitzfläche meines Stuhls und krallt sich in das kalte, raue Metall. Wenn ich doch nur Evangelina Samos hieße. Dann würde ich dem Oberst diesen Stuhl um seine Kehle wickeln, bis er Eisen schmecken würde und ihm das Blut in beiden Augen stünde.

»Was passiert mit Mare?«

Wie kann Cal selbst jetzt, kurz nachdem er sein eigenes Todesurteil gehört hat, so dumm sein, sich um mich Sorgen zu machen?

»Sie bleibt unter Beobachtung«, platzt Kilorn heraus. Es ist das erste Mal, dass er etwas sagt, seitdem er meinen Käfig betreten hat. Seine Stimme zittert, wie es sich gehört. Dieser Feigling hat allen Grund zur Furcht. Besonders vor mir. »Sie wird bewacht, aber es wird ihr nichts geschehen.«

Über das Gesicht des Obersts huscht ein Ausdruck von Widerwillen. Wahrscheinlich möchte er mich auch tot sehen. Ich habe keine Ahnung, wer ihn überstimmen könnte. Vielleicht Farleys mysteriöses Oberkommando, wer auch immer das ist.

»Ist es das, war ihr mit Leuten wie mir vorhabt?«, gifte ich ihn an und spüre, wie es mich von meinem Stuhl reißt. »Mit den Neublütern? Wollt ihr Shade als Nächsten hier herunterbringen und ihn in einen Käfig sperren wie ein *Haustier*? Bis wir lernen, euch zu gehorchen?«

»Das hängt ganz von ihm ab«, antwortet der Oberst ruhig, und jedes seiner Worte ist ein Tritt in die Magengrube. »Er war ein guter

Soldat. Bisher. Genau wie Ihr Freund hier«, fügt er hinzu und legt Kilorn eine Hand auf die Schulter. Er verströmt väterlichen Stolz, und das ist etwas, das Kilorn immer entbehren musste. Nachdem er so lange als Waise gelebt hat, ist offenbar selbst ein so schrecklicher Vater wie der Oberst eine Wohltat. »Ohne ihn hätte ich niemals einen Vorwand oder die Gelegenheit gehabt, Sie einzusperren.«

Ich kann Kilorn nur wütend anstarren und hoffen, dass ihn dieser Blick genauso schmerzt, wie er mir wehgetan hat. »Wie stolz du sein musst.«

»Noch nicht«, erwidert der Fischerjunge.

Hätten wir nicht viele Jahre lang zusammen in Stilts gewohnt, zusammen unzählige Diebstähle begangen und uns in den Gassen herumgedrückt, dann hätte ich es niemals gesehen. Aber Kilorn ist leicht zu durchschauen, jedenfalls für mich. Als er seinen Körper verdreht, gleichzeitig den Rücken krümmt und mit den Hüften wackelt, sieht das harmlos aus. Aber was er damit bezweckt, ist alles andere als harmlos. Seine Jacke hängt durch, und man sieht die Umrisse des Kästchens mit den Spritzen. Es bewegt sich gefährlich, gleitet schneller und schneller nach unten.

»Oh«, macht er und befreit sich aus dem Griff des Obersts, als die Schachtel mit den Spritzen herausfällt. Sie öffnet sich noch in der Luft, und die Spritzen fallen auf den Boden, wo sie zerbrechen. Die Flüssigkeit ergießt sich über unsere Füße. Es entsteht der Eindruck, damit wären alle unbrauchbar geworden, doch mein schnelles Auge bemerkt eine noch intakte Spritze, die halb verborgen in Kilorns Faust liegt.

»Verdammt noch mal, Junge!«, ruft der Oberst und bückt sich, ohne nachzudenken. In der Hoffnung, noch irgendwas retten zu können, greift er nach dem Kästchen, bekommt aber stattdessen eine Nadel in den Hals gerammt.

Der Überraschungseffekt gewährt Kilorn die eine Sekunde, die er braucht, um dem Oberst den Inhalt der Spritze zu injizieren. Der wehrt sich, wie Farley es getan hat, und schlägt Kilorn so fest ins Gesicht, dass er gegen die Wand knallt.

Bevor der Oberst einen weiteren Schritt tun kann, schießt Cal hoch und stößt ihn gegen das Sichtfenster. Die Lakelander-Soldaten schauen von draußen hilflos zu. Ihre Waffen sind gezückt, aber nutzlos. Denn schließlich können sie die Tür nicht öffnen, ohne zu riskieren, die Monster aus ihrem Käfig zu lassen.

Das Betäubungsmittel und Cals unsanfter Stoß sorgen dafür, dass der Oberst das Bewusstsein verliert. Seine Knie geben nach, er rutscht an dem Fenster nach unten und sackt zu einem würdelosen Haufen zusammen. Mit geschlossenen Augen sieht er weitaus weniger bedrohlich aus. Beinahe schon normal.

»Au«, ertönt es von der Wand, wo Kilorn steht und sich die Wange massiert. Auch halb betäubt kann der Oberst ordentlich zulangen. Auf Kilorns Wange bildet sich schon ein Bluterguss. Ohne nachzudenken, gehe ich auf ihn zu. »Ach, ist nicht so schlimm, Mare. Keine Sorge –«

Aber ich bin nicht gekommen, um ihn zu trösten. Meine Faust landet auf seiner anderen Wange, Fingerknöchel prallen gegen Kieferknochen. Kilorn heult auf, gerät ins Stolpern und verliert beinahe das Gleichgewicht.

Ich ignoriere den Schmerz in meinen Knöcheln und reibe mir die Hände. »Jetzt ist es ausgeglichen«, sage ich. Dann lege ich meine Arme um seine Taille und drücke ihn an mich. Er zuckt zusammen, da er mit weiteren Schmerzen rechnet, entspannt sich aber schnell.

»Sie hätten dich hier unten so oder so erwischt. Da dachte ich mir, es ist besser, wenn ich nicht in der Nachbarzelle lande.« Er seufzt tief. »Ich hab dir doch gesagt, du sollst mir vertrauen. Warum hast du mir nicht geglaubt?«

Darauf habe ich keine Antwort.

Cal, der am Sichtfenster steht, holt vernehmlich Luft und lenkt unseren Fokus wieder auf die vor uns liegende Aufgabe. »Dein Mut in allen Ehren, aber geht dieser Plan noch weiter als bis zu dem Punkt, wo wir diesem Dreckskerl ein Schlaflied singen?« Er stupst den zusammengesackten Oberst mit dem Fuß an und zeigt zugleich auf das Fenster und die Wachen, die uns noch immer beobachten.

»Dass ich nicht lesen kann, heißt nicht, dass ich dumm bin«, erwidert Kilorn gereizt. »Haltet das Fenster im Blick. Es kann nicht mehr lange dauern.«

Es dauert zehn Sekunden, um genau zu sein. Wir starren auf das Fenster, als wie aus dem Nichts eine vertraute Gestalt erscheint. Shade. Mein Bruder sieht wesentlich besser aus als heute Morgen in der Krankenstation. Er steht auf seinen eigenen Füßen, trägt eine Schiene an seinem verletzten Bein und nichts als einen Verband um die Schulter. In der Hand hält er eine Krücke, die er wie einen Schläger schwingt und den beiden Wachen über den Kopf zieht, bevor sie eine Chance haben zu begreifen, was los ist. Die Männer schauen nur blöde und fallen dann um wie Zementsäcke.

Das Schloss zu unserer Zelle öffnet sich mit einem freudigen Klicken, und nur eine Sekunde später ist Cal an der Tür und reißt sie auf. Er tritt in den Gang hinaus und atmet tief durch. Ich folge ihm wie der Blitz und seufze erleichtert auf, als die Last des Stiller-Steins von mir abfällt. Sofort schicke ich Funken in meine Fingerspitzen und beobachte mit einem zufriedenen Grinsen, wie sie knisternd über meine Haut tanzen.

»Ich hab euch vermisst«, flüstere ich meinen liebsten Freunden zu.

»Du bist echt komisch, Blitzwerferin.«

Zu meiner Verblüffung lehnt Farley an der offenen Zellentür und ist die Ruhe selbst. Das Betäubungsmittel scheint ihr nicht das Geringste anhaben zu können – wenn es überhaupt je gewirkt hat.

»Das ist der Vorteil, wenn man sich mit dem Pflegepersonal anfreundet«, sagt Kilorn und stupst mich mit der Schulter an. »Ein Lächeln genügte, um Lena abzulenken, während ich eine harmlose Spritze für Farley in das Kästchen gepackt habe.«

»Sie wird untröstlich sein, wenn sie merkt, dass du weg bist«, erwidert Farley und verzieht ihre Lippen zu einem angedeuteten Schmollmund. »Armes Mädchen.«

Kilorn lacht nur. Sein Blick fliegt zu mir. »Nicht mein Problem.«

»Und jetzt?«, fragt Cal. Der Soldat in ihm ist erwacht. Er strafft die Schultern unter seinem fadenscheinigen Hemd und lässt den Kopf hin- und herwandern, um jeden Winkel des Gangs im Blick zu behalten.

Shade antwortet, indem er seinen Arm mit der Handfläche nach oben ausstreckt. »Jetzt springen wir«, sagt er.

Ich bin die Erste, die sich an ihm festhält. Auch wenn ich weder Kilorn, Cal noch sonst irgendwem vertrauen kann, an unsere Fähigkeiten glaube ich. An Stärke. An Macht. Mit Cals Feuer, meinem Blitz und Shades Schnelligkeit kann uns nichts und niemand etwas anhaben.

Solange wir zusammenstehen, werde ich niemals mehr in einem Gefängnis landen.

9

Der Bunker rast in Blitzen aus Licht und Farbe an uns vorbei. Ich erhasche nur flüchtige Blicke darauf, während Shade mit uns durch das Gebäude springt. Seine Hände und Arme sind überall, haben uns im Griff und bieten uns allen genügend Halt. Er ist stark genug, um jeden mitzunehmen, niemand bleibt zurück.

Ich sehe eine Tür, eine Wand, der Boden kommt auf mich zu. An jeder Ecke nehmen Wachleute schreiend und schießend unsere Verfolgung auf, aber wir sind nie lange genug an einem Ort. Einmal landen wir in einem überfüllten, von Elektrizität nur so vibrierenden Raum, in dem wir von Bildschirmen und Funkgeräten umgeben sind. Bevor die Anwesenden uns bemerken und wir schnell wieder wegmüssen, fällt mein Blick auf übereinandergestapelte Kameras in einer der Zimmerecken. Nur einen Moment später stehe ich auf dem Dock und blinzele in die Sonne. Diesmal kommen die Lakelander so dicht an uns heran, dass ich ihre Gesichter erkennen kann; sie sehen blass aus im Abendlicht. Dann spüre ich Sand unter meinen Füßen, und nach dem nächsten Sprung Beton. Wir bewegen uns weiter aufs offene Gelände hinaus, springen am einen Ende der Startbahn los und werden von dort den ganzen Weg bis zum Hangar teleportiert. Shade verzieht vor Anstrengung das Gesicht. Seine Muskeln sind hart, die Sehnen an seinem Hals treten stark hervor. Ein letzter Sprung befördert uns ins Innere der Halle, wo es kalt und relativ still ist. Als die Welt schließlich aufhört sich zu drehen und an mir zu zerren, fühle ich mich, als würde ich jeden Moment zusammenklappen. Oder mich übergeben. Doch Kilorn hält mich aufrecht, und ich sehe den Grund, der uns bis hierher gebracht hat.

Zwei Jets mit breiten, dunklen Tragflächen nehmen den größten Teil des Hangars ein. Der kleinere ist nur für einen Insassen gemacht. Er hat einen silbernen Rumpf und orangefarbene Flügelspitzen. *Snapdragon*, fällt mir wieder ein, und ich muss sofort an Naercey und die flinken, tödlichen Jets zurückdenken, die Feuer auf uns haben hinabregnen lassen. Das größere Flugzeug ist pechschwarz und bedrohlich, hat einen größeren Rumpf und keine weiteren Farben. Ich habe so etwas noch nie gesehen und frage mich, ob es Cal wohl anders geht. Schließlich wird er derjenige sein, der dieses Ding fliegt, es sei denn, Farley hat noch mehr Überraschungen für uns auf Lager. Aber da auch sie den Jet mit großen Augen anstarrt, bezweifle ich das.

»Was machen Sie hier?«

Die Stimme hallt seltsam laut durch den Hangar und prallt von den Wänden zurück. Der Mann, der unter einer der Tragflächen des Snapdragon erscheint, sieht nicht wie ein Soldat aus, er trägt einen grauen Overall an Stelle der Lakelander-Uniform. An seinen ölverschmierten Händen merkt man, dass er ein Mechaniker ist. Sein Blick wandert zwischen uns hin und her und registriert sowohl Kilorns Blutergüsse im Gesicht als auch Shades Krücke. »Ich … ich werde Sie Ihren Vorgesetzten melden müssen.«

»Ja, melden Sie nur«, blafft Farley ihn an und wirkt durch und durch wie der Hauptmann, der sie einst war. Es wundert mich, dass der Mechaniker nicht auf der Stelle in Ohnmacht fällt angesichts ihrer Narbe und ihres grimmigen Ausdrucks. »Wir sind auf strikte

Anordnung des Obersts hier.« Mit raschen Gesten schickt sie Cal zu dem schwarzen Flugzeug. »Und jetzt öffnen Sie das Tor!«

Der Mechaniker stammelt weiter vor sich hin, während Cal uns zum Heck des Jets führt. Als wir unter der Tragfläche hindurchgehen, hebt er eine Hand und streicht über das kühle Metall. »Das ist eine Blackrun«, erklärt er ruhig. »Sie ist geräumig und schnell.«

»Und gestohlen«, füge ich hinzu.

Sein stoisches Nicken zeigt mir, dass er zu demselben Schluss gekommen ist. »Vom Flugfeld in Delphie.«

Als *militärische Übung* hat Königin Elara die Vorfälle in Delphie einst bei einem Mittagessen im Schloss bezeichnet. Sie hat die Gerüchte um gestohlene Kampfjets mit ihrer Salatgabel beiseitegewischt und so die inzwischen tote Frau Oberst vor allen anderen Damen der Gesellschaft gedemütigt. Ich ahnte schon damals, dass die Königin log, um weitere Attentate der Scharlachroten Garde zu vertuschen, obwohl mir das Ganze zugleich vollkommen unmöglich erschien. Wer kann schon einen Kampfjet stehlen, geschweige denn zwei? Aber die Scharlachrote Garde kann es offensichtlich – und hat es auch getan.

Unten im Heck der Blackrun befindet sich eine Klappe, die offen steht wie ein Maul und als Rampe zum Be- und Entladen von Frachtgut dient. In diesem Fall für uns. Shade geht, schwer auf seine Krücke gestützt, zuerst hinauf. Sein Gesicht ist schweißnass und blass vor Erschöpfung. Die vielen Sprünge fordern ihren Tribut. Kilorn ist der Nächste, und er zieht mich mit sich nach oben. Gleich hinter uns folgt Cal. Während wir hochgehen und uns einen Weg durch das im Halbdunkel liegende Innere des Flugzeugs bahnen, hallt Farleys Stimme weiter durch den Hangar.

Entlang der beiden nach außen gewölbten Wände sind Sitze angebracht, von denen breite Gurte baumeln. Mindestens zwei Dutzend Menschen hätten hier Platz. Ich frage mich, wohin dieser Jet wohl zuletzt geflogen ist und wen er transportiert hat. Haben sie überlebt? Sind sie gestorben? Und werden wir ihr Schicksal teilen?

»Mare, ich brauche dich hier«, sagt Cal und schiebt sich an mir vorbei in den vorderen Teil des Jets. Er lässt sich schwer auf den Pilotensitz fallen und starrt auf ein mir völlig unverständliches Bedienpult mit lauter Schaltern, Hebeln und sonstigen Instrumenten. Alle Anzeigen stehen auf null. Das Einzige, was in diesem Jet pulsiert, sind unsere Herzen. Durch die dicke Frontscheibe sehe ich das – immer noch geschlossene – Hangartor und Farley, die weiter mit dem Flugzeugmechaniker diskutiert.

Ich lasse mich mit einem Seufzer neben Cal nieder und schnalle mich an. »Was kann ich tun?« Die Gurte rasten klickend ein und ich zurre sie der Reihe nach fest. Wenn wir fliegen, möchte ich ungern im Inneren des Jets herumpurzeln.

»Diese Dinger haben Batterien, aber sie müssen erst angeworfen werden«, sagt er mit einem Funkeln in den Augen. »Also tu, was du am besten kannst.«

»Okay.« In mir erwacht eine Entschlossenheit, die so stark ist wie meine Funken. *Das ist nicht anders, als wolltest du eine Lampe oder eine Kamera anschalten*, sage ich mir. *Nur dass das hier viel größer und komplizierter ist – und wichtiger.* Ich frage mich kurz, ob es überhaupt zu schaffen ist, ob ich ausreichend Kraft habe, dieser riesigen Blackrun Starthilfe zu geben. Aber die Erinnerung an den Blitz, der auf mein Geheiß violett-weiß und machtvoll aus dem Himmel in die Knochenarena eingeschlagen ist, sagt mir, dass ich sie habe. Wenn ich ein Gewitter entfesseln kann, kann ich mit Sicherheit auch diesen Jet starten.

Ich strecke die Arme und lege meine Hände auf das Bedienpult. Mir ist völlig unklar, wonach ich Ausschau halte, ich weiß nur, dass ich nichts spüre. Meine Finger tanzen über das Metall, auf der Suche nach irgendetwas, in das ich mich einklinken oder was ich zu Hilfe nehmen könnte. Die Funken sammeln sich direkt unter meiner Haut, bereit jederzeit hervorzutreten. »Cal«, murmele ich durch zusammengebissene Zähne, da ich nicht will, dass mir ein Schrei entfährt.

Er versteht sofort und reagiert schnell. Seine Hände machen sich unter dem Bedienpult zu schaffen, und es ertönt ein unangenehm lautes Geräusch, als er sich mit seiner Hitze in die Abdeckung einkrallt und sie hochstemmt. Darunter kommt ein Wirrwarr von Kabeln zum Vorschein, die in komplizierten Bündeln kreuz und quer und über- und untereinander verlaufen und mich an das Netz von Adern unter unserer Haut erinnern. Jetzt muss ich sie nur noch zum Leben erwecken. Ohne nachzudenken, stecke ich eine Hand in das Kabelgewirr und lasse meine Funken herausfließen. Sie suchen sich ihren Weg ganz von selbst. Als meine Finger ein besonders dickes, rundes und glattes Kabel streifen, das sich perfekt in meine Hand schmiegt, tritt unwillkürlich ein Lächeln auf mein Gesicht. Ich schließe die Augen, damit ich mich besser konzentrieren kann, und lenke meine Kraft mit Nachdruck in diese Stromleitung. Sie verteilt sich durch immer neue Abzweigungen im ganzen Jet, aber ich lasse nicht nach und presse meine Funken weiter in den Stromkreislauf. Als sie die Triebwerke und die riesigen Batterien erreichen, umklammere ich das Kabel noch fester, bis sich meine Fingernägel in meine Handfläche bohren. *Komm schon.* Ich lasse all meine Energie in die

Batterien strömen, flute sie regelrecht, bis ich die Energie spüre, die in ihnen gespeichert ist. Ich lasse den Kopf sinken, lehne ihn an das Bedienpult und genieße das kühle Metall an meiner vor Anstrengung erhitzten Stirn. Ein letzter Stoß, dann bricht der Damm und die Energie fließt in rasendem Tempo durch die Leitungen und Wände. Ich sehe nicht, wie die Blackrun startet, aber ich spüre es überall um mich her.

»Gut gemacht«, sagt Cal und nimmt sich die Zeit, meine Schulter zu drücken. Doch er berührt mich nur kurz, alles andere würde gegen unsere Abmachung verstoßen. Keine Ablenkungen, und schon gar nicht jetzt. Als ich die Augen öffne, sehe ich seine Hände über das Bedienpult huschen und scheinbar wahllos Schalter umlegen und Regler justieren.

Kaum lehne ich mich zurück, spüre ich eine andere Hand auf meiner Schulter. Kilorn lässt sie dort liegen, und trotzdem wirkt seine Berührung seltsam zaghaft. Er hat gar keinen Blick für mich übrig, sondern starrt mit einer Mischung aus Ehrfurcht und Angst nur den Jet an. Sein offener Mund und die weit aufgerissenen Augen verleihen ihm etwas Kindliches. Ich fühle mich selbst auch klein, während ich im Bauch eines Jets sitze und zu etwas ansetze, was wir in unseren kühnsten Träumen nicht für möglich gehalten hätten. *Der Fischerjunge und die Blitzwerferin stehen kurz vor ihrem ersten Flug.*

»Erwartet sie etwa, dass ich dieses Ding durch die Wand ramme?«, knurrt Cal leise. Sein Lächeln ist verschwunden. Er wirft einen suchenden Blick über die Schulter, doch nicht zu mir, sondern zu meinem Bruder. »Shade?«

Mein Bruder sieht aus, als würde er jeden Moment umkippen, und schüttelt widerstrebend den Kopf. »Etwas so Großes und …

Kompliziertes kann ich nicht teleportieren. Nicht mal an einem guten Tag.« Es schmerzt ihn, das zu sagen, obwohl er keinen Grund hat, sich zu schämen. Aber Shade ist ein Barrow, und wir gestehen nur ungern eine Schwäche ein. »Aber ich kann Farley holen«, fährt er fort und seine Hände wandern bereits zu seinen Gurtschnallen.

Kilorn kennt meinen Bruder ebenso gut wie ich und drückt ihn zurück in seinen Sitz. »Tot nützt du uns nichts, Shade Barrow«, sagt er mit einem etwas angestrengten schiefen Grinsen. »Ich gehe raus und öffne das Tor.«

»Nein, spar dir die Mühe«, rufe ich, während mein Blick etwas außerhalb des Cockpits fixiert. Ich lasse meine Energie herausfließen, und schon bald erhebt sich das Hangartor ächzend und quietschend vom Boden und öffnet sich in einer ruhigen, fließenden Bewegung. Der Mechaniker beobachtet fassungslos, wie die Vorrichtung, die das Tor kontrolliert, vor sich hin arbeitet. Farley sprintet derweil los Richtung Blackrun und verschwindet aus unserem Blickfeld. Das Licht der untergehenden Sonne, das durch das hochfahrende Tor hereinfällt, folgt ihr in den hinteren Teil der Halle. Doch es wird von langen Schatten zerschnitten: Die dunklen Silhouetten von zwei Dutzend Soldaten versperren die Öffnung. Es sind nicht nur Lakelander, auch Farleys eigene Gardisten sind darunter, zu erkennen an ihren roten Schärpen und Halstüchern. Sie alle zielen mit ihren Waffen auf die Blackrun, doch sie zögern noch, sind nicht bereit zu schießen. Zu meiner Erleichterung erblicke ich weder Bree noch Tramy unter ihnen.

Einer der Lakelander tritt vor, nach den weißen Streifen auf seiner Uniform zu schließen, ist er ein Hauptmann oder Leutnant. Er ruft etwas und streckt dann den Arm nach vorne, während seine Lippen das Wort *Stopp!* formen. Doch wir können ihn über das Dröhnen der Triebwerke hinweg nicht hören.

»Los!«, ruft Farley, die nun hinten im Flugzeug auftaucht. Sie wirft sich in den nächsten Sitz und schnallt sich mit zitternden Fingern an.

Cal braucht keine zweite Aufforderung. Seine Hände arbeiten nun doppelt so schnell und fliegen über die Regler und Schalter, als wäre das seine zweite Natur. Aber ich höre ihn leise vor sich hin murmeln, wie ein Gebet ruft er sich ins Gedächtnis, was er alles zu beachten hat. Die Blackrun setzt sich ruckelnd in Bewegung und rollt nach vorn, während die Rampe im Heck mit einem befriedigenden Zischen einrastet und das Innere des Flugzeugs versiegelt wird. *Jetzt gibt es kein Zurück mehr.*

»Okay, dann wollen wir mal«, sagt Cal und rückt sich auf seinem Pilotensitz zurecht. Er klingt beinahe aufgeregt. Ohne weitere Vorwarnung greift er nach einem Hebel am Bedienpult und schiebt ihn nach vorn. Und der Jet gehorcht.

Wir rollen vorwärts, direkt auf die in einer Reihe aufgestellten Soldaten zu. Ich beiße die Zähne zusammen, da ich erwarte, dass Blut fließen wird, doch die Soldaten nehmen die Beine in die Hand und laufen vor der Blackrun und ihrem rachedurstigen Piloten davon. Wir werden von Sekunde zu Sekunde schneller und rasen vom Hangar in Richtung Startbahn. Hier draußen bricht das Chaos los. Gefährte brausen an den Baracken vorbei auf uns zu, während eine Truppe von Soldaten vom Dach des Hangars wild auf uns schießt. Die Kugeln prallen klirrend gegen die metallene Hülle des Jets, ohne sie zu durchbohren. Die Blackrun ist aus härterem Material gemacht, sie setzt ihren Weg mit einer scharfen Drehung nach rechts fort, die uns alle in unseren Sitzen hin und her schleudert.

Kilorn bekommt die Wucht am stärksten zu spüren, weil er die Sicherheitsgurte nicht richtig stramm gezogen hat. Sein Kopf schlägt gegen die Wand und er hält sich fluchend die Wangen, die inzwischen grün und blau sind. »Bist du sicher, dass du dieses Ding fliegen kannst?«, knurrt er, seine Wut an Cal abreagierend.

Cal bringt den Jet mit einem spöttischen Grinsen auf Höchstgeschwindigkeit. Die Gefährte draußen fallen zurück, sie können nicht mehr mithalten. Doch vor uns kommt das Ende der Startbahn, die nichts weiter als eine einfache graue Straße ist, unaufhaltsam näher. Nie haben sanfte grüne Hügel und verkümmerte Bäume bedrohlicher ausgesehen.

»Cal«, hauche ich in der Hoffnung, dass er mich über den Lärm der Triebwerke hinweg hört. »Cal.«

Kilorn fummelt hinter mir an seinem Gurt herum, versucht sich abzuschnallen, aber seine Finger zittern zu sehr. »Barrow, meinst du, du kriegst noch einen letzten Sprung hin?«, schreit er und schaut zu meinem Bruder hin.

Shade scheint ihn jedoch gar nicht zu hören. Seine Augen sind starr nach vorn gerichtet und er ist leichenblass vor Angst. Inzwischen trennen uns nur noch wenige Sekunden von den Hügeln vor uns. Ich sehe schon vor mir, wie der Jet über sie hinwegrast, noch einen Moment das Gleichgewicht hält, sich dann aber überschlägt und in einem riesigen Feuerball explodiert. *Wenigstens würde Cal das überleben.*

Aber Cal lässt uns nicht sterben. Heute nicht. Er zieht so energisch an einem anderen Hebel, dass die Adern in seiner Faust hervortreten. Dann sacken die Hügel weg wie ein Tuch, das von einem Tisch gerissen wird, und mit einem Mal sehe ich nicht mehr die Insel, sondern den tiefblauen Herbsthimmel. Mit dem Verschwinden des Bodens bleibt mir auch die Luft weg. Das Gefühl, nach oben in den Himmel zu steigen, verschlägt mir den Atem. Der Druck presst mich tief in meinen Sitz, und in den Ohren spüre ich einen Schmerz, ein *Knacken.* Kilorn schreit hinter mir auf, und Shade flucht leise. Farley dagegen gibt keinen Ton von sich. Sie sitzt nur reglos und mit schreckgeweiteten Augen da.

Ich habe in den letzten Monaten eine Menge seltsame Dinge erlebt, aber das Fliegen übertrifft alles. Es ist ein krasser Gegensatz, den immensen Schub des aufsteigenden Flugzeugs zu spüren, die Rotation der Triebwerke, die uns himmelwärts bringen, während mein eigener Körper zugleich so machtlos, passiv und abhängig von der Maschine ist, in der ich sitze. Es ist schlimmer, als mit Cal auf einem Motorrad dahinzurasen, aber zugleich auch besser. Ich beiße mir auf die Unterlippe und halte die Augen offen.

Wir steigen und steigen, während wir nichts anderes hören als die dröhnenden Turbinen und unsere pochenden Herzen. Wolkenfetzen fliegen vorbei und reißen vor dem Cockpit auseinander wie weiße Vorhänge. Ich kann nicht anders, ich muss mich einfach vorbeugen und die Nase an die Scheibe drücken, um alles zu sehen. Die Insel liegt unter uns, ein dunkler grüner Fleck im stahlblauen Meer, und wird von Sekunde zu Sekunde kleiner, bis ich die Startbahn und die Baracken nicht mehr erkennen kann.

Als der Jet die vorgesehene Höhe erreicht hat, kommt er in eine waagerechte Lage und Cal dreht sich um. Seine selbstgefällige Miene würde Maven mit Stolz erfüllen. »Und?«, sagt er mit einem Blick zu Kilorn. »Kann ich dieses Ding fliegen?«

Ein gegrummeltes »Ja« ist alles, was er zur Antwort bekommt, aber das ist Cal genug. Er wendet sich wieder den Instrumenten zu; seine Hände liegen auf einer u-förmigen Vorrichtung, die direkt vor ihm angebracht ist. Das Flugzeug reagiert auf jede Berührung und neigt sich sanft, als er das U dreht, offensichtlich der Steuerknüppel. Als Cal zufrieden ist, drückt er noch ein paar Tasten und lehnt sich dann zurück, so dass es aussieht, als würde der Jet selbstständig fliegen. Cal öffnet sogar seine Sicherheitsgurte und streift sie von den Schultern, um sich bequemer hinsetzen zu können.

»Und wo fliegen wir jetzt hin?«, fragt er in die Stille. »Oder düsen wir einfach ein bisschen durch die Gegend?«

Kilorn lässt mit einem lauten Klatschen einen Stapel Unterlagen in seinen Schoß fallen. *Landkarten.* »Die gehören dem Oberst«, erklärt er und wirft mir einen bohrenden Blick zu. *Er will mir etwas zu verstehen geben.* »Es gibt eine Landebahn in der Nähe von Harbor Bay.«

Cal schüttelt den Kopf wie ein genervter Lehrer über einen begriffsstutzigen Schüler. »Fort Patriot meinst du?«, fragt er spöttisch. »Du willst, dass ich mitten auf einem Luftwaffenstützpunkt von Norta lande?«

Farley zerreißt fast ihre Gurte, so schnell springt sie von ihrem Sitz auf. Mit zackigen, geübten Gesten nimmt sie die Karten in Augenschein. »Stimmt, wir sind vollkommen verblödet, Eure Hoheit«, sagt sie dann kühl, faltet eine der Karten auseinander und hält sie Cal unter die Nase. »Wir steuern nicht das Fort an, sondern Feld Neun-Fünf.«

Cal presst die Kiefer zusammen, um eine scharfe Antwort hinunterzuschlucken, nimmt dann vorsichtig die Karte und betrachtet das Viereck aus Farben und Linien. Einen Augenblick später fängt er schallend zu lachen an.

»Was ist?«, frage ich und ziehe ihm die Landkarte aus der Hand. Anders als die riesige alte Schriftrolle in Julians Klassenzimmer, die ich nicht entziffern konnte, enthält diese Karte vertraute Namen und Orte. Die Küstenstadt Harbor Bay dominiert den Süden. Fort Patriot liegt auf einer ins Wasser ragenden Halbinsel im Hafenbecken von Harbor Bay. Das dicke braune Band rund um die Stadt ist zu gleichmäßig, um natürlich zu sein. Es muss aus Barrierenbäumen bestehen. Offenbar wird Harbor Bay, genau wie Archeon, durch diese von Grünfingern entwickelten seltsamen Wälder vor Umweltgiften geschützt. Die in diesem Fall wahrscheinlich von New Town herüberwehen, dem Gebiet, das sich wie ein Gürtel an die Barrierenbäume schmiegt und so eine Art Wall um die Peripherie von Harbor Bay bildet.

Noch ein Slum, wird mir klar. Wie Gray Town, wo Rote unter einem rauchverhangenen Himmel leben und gezwungen werden, Gefährte herzustellen, Glühbirnen, Kampfjets und einfach alles, wofür die Silbernen keinen Sinn haben oder sich zu fein sind. Die Bastler dürfen ihre sogenannten Städte nicht verlassen, nicht einmal um in die Armee einzutreten. Ihre Fähigkeiten sind zu wertvoll, als dass man sie auf dem Schlachtfeld vergeuden oder sie ihnen zur freien Verfügung überlassen könnte. Die Erinnerung an Gray Town schmerzt, aber zu wissen, dass sie nicht die einzige Monstrosität ihrer Art ist, empfinde ich als noch unerträglicher. Wie viele leben wohl in jenem Slum? Oder in diesem? Und wie viele von *meiner Art*?

Ich spüre, wie mir die Galle hochkommt, doch ich schlucke und zwinge mich, den Blick davon loszureißen, um die umgebenden Gebiete genauer zu betrachten. Dort finde ich vor allem Stahlwerke, hin und wieder eine kleine Stadt und dichten Wald, in dem hier und da verfallene Ruinen stehen. Aber ein Feld Neun-Fünf scheint auf dieser Karte gar nicht verzeichnet zu sein. Wahrscheinlich ist das wieder eins der Geheimnisse, die für die Scharlachrote Garde so typisch sind.

Cal bemerkt meine Verwirrung und gestattet sich ein letztes Glucksen. »Deine Freundin möchte, dass ich eine Blackrun auf einem verdammten Trümmerfeld lande«, sagt er schließlich und tippt leicht auf die Karte.

Sein Finger zeigt auf eine gestrichelte Linie, das Symbol für die breiten alten Straßen aus längst vergangenen Zeiten. Ich selbst habe schon mal eine davon gesehen, als Shade und ich noch klein waren und uns in den Wäldern um Stilts verirrt hatten. Das Eis von tausend Wintern hatte tiefe Risse hineingefräst und der Sonnenschein der Jahrhunderte alle Farbe herausgesogen, so dass sie gar nicht mehr wie eine alte Verkehrsstraße aussah, sondern eher wie zerklüftetes Felsgestein. Sogar einige Bäume hatten sich einen Weg durch den Asphalt gebahnt. Bei dem Gedanken, dass uns so etwas als Landebahn dienen soll, dreht sich mir der Magen um.

»Das ist unmöglich«, stammele ich, während ich mir ausmale, auf wie viele Arten wir bei dem Versuch, auf einer alten Straße zu landen, zerschmettern und sterben können.

Cal nickt zustimmend, nimmt mir die Karte aus der Hand, breitet sie aus und fährt suchend mit dem Finger über verschiedene Städte und Flüsse. »Da wir Mare dabeihaben, brauchen wir auch noch gar nicht runterzugehen. Wir können uns Zeit lassen, die Batterien wieder aufladen, wann immer es nötig ist, und so lange und so weit fliegen, wie wir wollen.« Dann fügt er achselzuckend hinzu: »Oder jedenfalls bis die Batterien sich nicht mehr aufladen lassen.«

Wieder werde ich von Panik ergriffen. »Und was schätzt du, wie lange das dauern wird?«

Er antwortet mit einem schiefen Grinsen. »Die Blackruns sind erst vor zwei Jahren in Betrieb genommen worden. Die Batteriezellen von diesem Schätzchen hier werden im schlechtesten Fall noch zwei weitere Jahre halten.«

»Jag mir doch nicht so einen Schreck ein«, grummele ich, aber gleichzeitig atme ich erleichtert auf.

Zwei Jahre, denke ich. *Mit so viel Zeit können wir die Welt umrunden. Wir können Prärie, Tiraxes, Montfort und Ciron besuchen – Länder, die bisher nichts als Namen auf einer Karte waren. Sie alle könnten wir anfliegen.*

Aber das ist ein Traum. Ich habe eine andere Mission, ich muss die Neublüter beschützen. Und ich habe noch eine Rechnung mit einem König offen.

»Also. Wo fangen wir dann an?«, fragt Farley.

»Wir lassen die Liste entscheiden. Du hast sie doch bei dir, oder?« Ich muss mich sehr zusammennehmen, um mir meine Angst nicht anmerken zu lassen. Wenn Julians Namensliste in Tuck geblieben ist, wird dieser kleine Ausflug schon zu Ende sein, bevor er richtig begonnen hat. Ohne sie bewege ich mich nämlich keinen Zentimeter weiter von der Insel weg.

Kilorn antwortet an Farleys Stelle, indem er das vertraute Notizbuch aus seinem Hemd hervorzieht und es mir zuwirft. Ich fange es gekonnt auf. Es liegt warm in meiner Hand, da er es an seinem Körper getragen hat. »Hab ich dem Oberst geklaut«, sagt er, um einen lässigen Ton bemüht. Aber sein Stolz klingt trotzdem durch, so klein er auch sein mag.

»Aus seinem Zimmer?«, frage ich erstaunt, während ich an den kargen Bunker unter dem Meer zurückdenke.

Aber Kilorn schüttelt den Kopf. »Nein, so dumm ist er nicht. Er hatte das Notizbuch im Waffenlager eingeschlossen. Und der Schlüssel dazu hing an einer Kette um seinen Hals.«

»Und du …?«

Er zieht mit einem selbstgefälligen Grinsen an seinem Kragen und enthüllt so die goldene Kette, die er um den Hals trägt. »Mag ja sein, dass ich nicht so ein guter Taschendieb bin wie du, aber …«

Farley nickt. »Wir hatten ohnehin vor, es uns zurückzuholen, aber als sie dich eingesperrt haben, mussten wir improvisieren. Und zwar schnell.«

»Oh.« Das war also der Grund für meine paar Stunden in einer Zelle. *Vertrau mir*, hat Kilorn gesagt, bevor er mich mit einem Trick in diesen Käfig verfrachtet hat. Jetzt wird mir klar, dass er es für die Liste getan hat, für die Neublüter und für mich. »Gut gemacht.«

Kilorn tut so, als wäre es nichts, aber sein Grinsen verrät, wie zufrieden er mit sich ist.

»Ja, aber jetzt nehme *ich* sie an mich, wenn es dir nichts ausmacht«, sagt Farley ungewöhnlich leise und sanft. Ohne Kilorns Antwort abzuwarten, zieht sie ihm in einer schnellen, geschmeidigen Bewegung die Kette vom Hals. Das Gold glitzert kurz in ihrer Hand, verschwindet dann aber rasch in einer Tasche. Einzig ein Zucken um ihre Mundwinkel verrät, wie sehr ihr diese Kette ihres Vaters am Herzen liegt. *Nein, es war gar nicht seine. Nicht wirklich.* Das Foto, das wir im Quartier des Obersts gesehen haben, ist der Beweis dafür. Ihre Mutter hat diese Kette vorher getragen, oder ihre Schwester, und aus irgendeinem Grund trägt keine von beiden sie jetzt noch.

Als Farley den Kopf hebt, ist das Zucken verschwunden und ihre Schroffheit zurückgekehrt. »So, Blitzwerferin, jetzt sag uns, wer in der Nähe von Feld Neun-Fünf wohnt.«

»Wir landen *nicht* auf Neun-Fünf«, sagt Cal mit entschlossenem Befehlston. In diesem Punkt bin ich ganz seiner Meinung.

Shade, der bislang still dagesessen hat, stöhnt plötzlich auf. Inzwischen ist er nicht nur blass, er sieht geradezu grün im Gesicht aus. Was nicht ohne Komik ist. Das Teleportieren bereitet ihm keinerlei Probleme, doch das Fliegen macht ihm zu schaffen. »Feld Neun-Fünf ist keine Ruine«, sagt er und muss sich offenbar sehr zusammennehmen, um sich nicht zu übergeben. »Oder habt ihr Naercey schon vergessen?«

Cal bläst langsam die Luft aus und reibt sich übers Gesicht. Ein Bartschatten zieht sich über sein Kinn und seine Wangen. »Ihr habt die Straße neu asphaltiert.«

Farley nickt langsam und lächelt.

»Und das musstest du natürlich für dich behalten«, fluche ich, und ihr großspuriges Grinsen verschwindet. »Es gibt hier keine Sonderpunkte dafür, dass du es besonders spannend machst, *Diana*. Jede Sekunde, die du mit deinem aufgeblasenen Getue verschwendest, könnte einen Neublüter das Leben kosten.«

»Dasselbe gilt übrigens auch für jede Sekunde, die *du* darauf verschwendest, mich, Kilorn oder Shade anzuzweifeln, Blitzwerferin«, kontert sie und kommt auf mich zu. Sie überragt mich, doch ich fühle mich nicht klein. Während es sie sichtlich getroffen hat, ihren Namen laut ausgesprochen zu hören, verstärkt das *Blitzwerferin* nur meine Entschlossenheit und ruft mir meine Stärke in Erinnerung.

Mit dem kühlen Selbstbewusstsein, das Lady Blonos und der Hof mir antrainiert haben, begegne ich ihrem Blick, ohne auch nur einen Hauch von Unsicherheit zu zeigen. »Gebt mir Grund, euch zu vertrauen, und ich werde es tun.«

Eine Lüge.

Aber es beruhigt sie ein wenig, und sie tritt zurück, um mir Luft zum Atmen zu gewähren. »Feld Neun-Fünf *war* eine Ruine«, erklärt sie dann. »Und für all jene, die es unbedingt in Augenschein nehmen wollen, sieht es bloß aus wie ein stillgelegtes Stück Straße. Ein Teilabschnitt, auf dem der Asphalt noch nicht zerbröckelt ist.«

Sie zeigt auf andere Straßenruinen auf der Karte. »Und das ist nicht der einzige.«

Ihr Finger umreißt ein buntes Geflecht solcher Abschnitte; sie sind immer gut verborgen als Teil alter Ruinen und liegen stets in der Nähe von kleineren Städten oder Dörfern. *Ein sicherer Schutz*, sagt Farley, weil es dort nur einen sehr eingeschränkten Wachdienst gibt und die Roten auf dem Land weniger Probleme damit haben, die Garde machen zu lassen. Jetzt, wo die Maßnahmen in Kraft sind, ist das vielleicht anders, aber bevor der König beschlossen hat, ihnen noch mehr Kinder wegzunehmen, war das sicherlich so. »Die Blackrun und der Snapdragon sind die ersten Jets, die wir gestohlen haben, aber es werden weitere folgen«, fügt Farley mit Stolz in der Stimme hinzu.

»Da wäre ich mir nicht so sicher«, erwidert Cal. Aber er ist nicht feindselig, nur pragmatisch. »Nachdem diese beiden aus Delphie verschwunden sind, wird es für euch noch schwieriger werden, auf einen Luftwaffenstützpunkt zu gelangen, von einem Cockpit ganz zu schweigen.«

Doch auf Farleys Gesicht breitet sich erneut ein Grinsen aus; sie ist sich ihrer hart erworbenen Geheimnisse so sicher. »Mag sein, dass das auf Norta zutrifft. Auf Piedmont aber ganz und gar nicht. Dort ist die Bewachung der Flugplätze geradezu ein Witz.«

»Piedmont?« Cal und ich schnappen überrascht nach Luft. Die verbündete Nation im Süden ist weit entfernt, sogar noch weiter als die Lakelands, und müsste eigentlich außerhalb der Reichweite der Scharlachroten Garde liegen. Dass die Garde Waren von Piedmont nach Norta schmuggelt, glaube ich ohne weiteres. Ich habe die Kisten ja mit eigenen Augen gesehen. Aber eine Unterwanderung? Die erscheint … unmöglich.

Aber Farley ist offensichtlich anderer Ansicht. »Die Fürsten von Piedmont sind überzeugt davon, dass die Scharlachrote Garde ein Problem ist, mit dem ausschließlich Norta zu kämpfen hat. Doch das ist – glücklicherweise – ein Irrtum. Diese Schlange hat viele Köpfe.«

Ich beiße mir auf die Unterlippe, um nicht laut auszurufen und damit auch noch den letzten Rest meiner Fassade einzubüßen. *Die Lakelands, Norta und jetzt auch noch Piedmont?* Ich bin hin und her gerissen zwischen Bewunderung und Angst, wenn ich höre, dass diese Organisation groß und beharrlich genug ist, um nicht nur eine, sondern drei souveräne, von silbernen Fürsten und Königen regierte Länder zu infiltrieren.

Die Garde ist alles andere als die simple, nicht allzu gut aufgestellte Truppe aus treuen Anhängern, für die ich sie gehalten habe.

Wo bin ich da hineingeraten?

Um zu verbergen, was in mir vorgeht, schlage ich das Büchlein mit den Namen auf. Julians wissenschaftliche Abhandlung, in die die Namen und Wohnorte jedes einzelnen Neublüters aus Norta eingeflochten sind, beruhigt mich ein wenig. Wenn es mir gelänge, sie alle zu rekrutieren, zu trainieren und dem Oberst zu zeigen, dass wir keine Silbernen sind, dass man uns nicht fürchten, sondern sich uns anschließen muss, dann hätten wir vielleicht eine Chance, die Welt zu verändern. Und Maven hätte keine Chance, noch jemanden in meinem Namen zu töten. Ich würde nicht die Last weiterer Grabsteinen mit mir herumtragen.

Cal neigt sich zu mir hin, aber nicht, um auf die Karte zu schauen. Stattdessen folgt sein Blick meinen Händen und Fingern, während ich die Liste durchgehe. Sein Knie drückt leicht gegen meins, und selbst durch seine zerrissene Hose fühlt es sich heiß an. Obwohl er kein Wort sagt, begreife ich, was er mir zu verstehen geben will. Er weiß ebenso wie ich, dass man dem ersten Anschein nicht trauen darf und dass es Dinge gibt, die wir nicht mal im Ansatz verstehen.

Sei auf der Hut, will er mir mit dieser Berührung sagen.

Und als Antwort tippe ich ihn vorsichtig an.

Ich weiß.

»Coraunt«, sage ich laut und lasse meinen Finger auf einem der Namen liegen. »Wie weit ist die Landebahn auf Feld Neun-Fünf von Coraunt entfernt?«

»Nicht allzu weit«, antwortet Farley sofort. Sie braucht das Dorf nicht einmal auf der Karte zu suchen.

»Und was ist in Coraunt, Mare?«, fragt Kilorn, während er an meine Seite kommt. Er ist sorgsam darauf bedacht, Abstand zu Cal zu halten, und nutzt mich als Puffer.

Ich spüre das Gewicht meiner Worte, und so sollte es auch sein. Was ich als Nächstes tue, kann diesen Mann befreien. Oder ihn dem Untergang weihen.

»Sein Name ist Nix Marsten.«

10

Die Blackrun hat dem Oberst gehört. Er hat sie genutzt, um möglichst schnell zwischen Norta und den Lakelands hin- und herpendeln zu können. Für uns stellt sie mehr als ein Transportmittel dar. Da sie von ihrem letzten Flug noch mit Waffen, medizinischen Versorgungsgütern und sogar mit Essensrationen ausgestattet ist, haben wir das Gefühl, auf einen Schatz gestoßen zu sein. Farley und Kilorn sortieren die Vorräte auf unterschiedliche Stapel, trennen Waffen von Verbänden, während Shade seine Schulter neu verarztet. Sein Bein ist merkwürdig durchgestreckt, da er es wegen der Schiene nicht beugen kann, doch er zeigt keinerlei Anzeichen von Schmerz. Obwohl er eher schmächtig ist, war er in unserer Familie schon immer derjenige, der am meisten aushalten konnte. Nur Pa, der seine endlosen Schmerzen mit geballten Fäusten erträgt, übertrifft ihn noch.

Plötzlich spüre ich ein Brennen in der Kehle, in meiner Lunge sticht es und mein Atem geht stoßweise. *Meine Eltern, Gisa, die Jungs.* In dem hektischen Durcheinander der Flucht habe ich sie vollkommen vergessen. Genau wie zuvor schon, als ich zu Mareena wurde. Als König Tiberias und Königin Elara mir meine Lumpen weggenommen und mich in Seide gekleidet haben. Auch damals hat es Stunden gedauert, bis ich an meine Eltern dachte, die vergeblich darauf warteten, dass ihre Tochter nach Hause kommt. Und jetzt lasse ich sie wieder warten. Vielleicht habe ich sie durch meine Handlungsweise sogar in Gefahr gebracht, dem Zorn des Obersts ausgesetzt, jetzt wo ich weg bin. Langsam und fluchend lasse ich den Kopf in die Hände sinken. *Wie konnte ich sie nur vergessen? Ich hab sie doch gerade erst zurückbekommen. Wie konnte ich sie so zurücklassen?*

»Mare?«, murmelt Cal möglichst leise, um keine Aufmerksamkeit auf mich zu lenken. Die anderen brauchen nicht zu sehen, wie ich mich krümme, wie ich mich mit jedem Atemzug bestrafe.

Du bist egoistisch, Mare Barrow. Ein eigensüchtiges, dummes kleines Mädchen.

Das leise Brummen der Triebwerke, das ich zuvor als angenehm bedächtig und beruhigend empfunden habe, wird zu einer schweren Last. Es brandet gegen mich wie Wellen, die an den Strand von Tuck schlagen, droht mich zu überschwemmen, zu ertränken. Einen kurzen Moment lang möchte ich mich einfach fallenlassen, damit es mich verschlingt. Dann werde ich nichts anderes mehr spüren als den Blitz. Dann gibt keinen Schmerz mehr und keine Erinnerung, nur Energie.

Eine Hand legt sich auf meinen Hinterkopf und beruhigt mich, indem sie Wärme in meine Haut sendet und so die Kälte darin vertreibt. Der Daumen kreist langsam und gleichmäßig, findet einen Druckpunkt, von dessen Existenz ich gar nichts wusste. Das hilft etwas.

»Du musst dich beruhigen«, fährt Cal fort. Diesmal klingt seine Stimme sehr viel näher. Aus dem Augenwinkel sehe ich, dass er sich über mich beugt, seine Lippen streifen fast mein Ohr. »Jets reagieren sehr empfindlich auf Blitze.«

»Ja.« Es fällt so schwer, das zu sagen. »In Ordnung.«

Seine Hand bleibt auf meinem Kopf liegen, bleibt bei mir. »Atme durch die Nase ein und durch den Mund aus«, leitet er mich an. Er spricht leise und besänftigend, so als wäre ich ein verängstigtes Tier. Und ich fürchte, so ganz verkehrt liegt er damit nicht.

Auch wenn ich mir vorkomme wie ein Kind, nehme ich den Ratschlag an. Mit jedem Atemzug lasse ich einen Gedanken ziehen, und einer ist schlimmer, quälender als der andere. *Du hast sie vergessen.* Ein. *Du hast Menschen umgebracht.* Aus. *Du hast andere sterben lassen.* Ein. *Du bist allein.* Aus.

Der letzte Gedanke entspricht nicht der Wahrheit. Cal ist der Beweis, ebenso wie Kilorn, Shade und Farley. Aber obwohl sie bei mir sind, werde ich das Gefühl nicht los, dass niemand wirklich *an meiner Seite* steht. Selbst mit einer Armee im Rücken bin ich noch allein. Vielleicht ändern die Neublüter etwas daran. So oder so, ich werde es bald wissen.

Ich setze mich langsam auf, und Cals Hand folgt meiner Bewegung. Erst als er sicher ist, dass ich ihn nicht mehr brauche, zieht er sie weg. Ohne seine Wärme fühlt sich mein Nacken plötzlich kalt an, aber ich bin zu stolz, um ihm das zu zeigen. Stattdessen richte ich meinen Blick nach draußen, konzentriere mich auf die vorbeifliegenden Wolken, auf die untergehende Sonne und das Meer unter uns. Wellen mit weißen Kämmen rollen auf eine lange Kette von Inseln zu, die durch Sandbänke, Marschland oder verfallene Brücken miteinander verbunden sind. Hier und da entdecke ich Fischerdörfer und Leuchttürme auf dem Archipel; sie wirken harmlos, und dennoch balle ich bei ihrem Anblick unwillkürlich die Fäuste. *Denn auf einem von ihnen könnte eine Wache stehen, die uns entdeckt.*

Die Hauptinsel hat einen Hafen, in dem lauter Schiffe liegen. Nach ihrer Größe und den silbernen und blauen Streifen an ihren Rümpfen zu urteilen, sind sie von der Marine.

»Ich nehme an, du weißt, was du tust?«, frage ich Cal, ohne den Blick von der Insel abzuwenden. Wer weiß, wie viele Silberne dort unten sind, die nach uns suchen? Und in dem mit Schiffen vollgestopften Hafen könnten alle möglichen Dinge versteckt sein. Oder Menschen. *Maven zum Beispiel.*

Aber Cal scheint ganz unbesorgt zu sein, was das angeht. Wieder fährt er sich über die Bartstoppeln, seine Finger kratzen über die raue Haut. »Das sind die Bahrn-Inseln, kein Grund zur Sorge. Fort Patriot dagegen …«, sagt er mit einer vagen Geste nach Nordwesten. Ich kann die Küste des Festlands gerade so erkennen, sie ist in goldenes Licht getaucht. »Ich werde so lange wie möglich außerhalb der Reichweite ihrer Sensoren bleiben.«

»Und wenn du es nicht mehr kannst?«, fragt Kilorn, der plötzlich hinter uns steht und sich gegen meinen Sitz lehnt. Sein Blick schießt zwischen Cal und den Inseln unter uns hin und her. »Meinst du, du bist schneller als sie?«

Cals Miene drückt Ruhe und Zuversicht aus. »Ich weiß, dass ich es bin.«

Ich muss mein Lächeln hinter einem Ärmel verbergen, da ich weiß, dass es Kilorn nur noch wütender machen wird. Ich fliege zwar heute auch zum ersten Mal mit Cal, aber ich habe ihn schon auf einem Motorrad erlebt. Und wenn er nur halb so gut fliegt, wie er mit dieser zweirädrigen Höllenmaschine fährt, sind wir in sehr fähigen Händen, da bin ich mir sicher.

»Aber das wird gar nicht nötig sein«, fährt er fort, zufrieden mit Kilorns Schweigen. »Jeder Jet hat sein spezielles Funkrufzeichen, damit die Forts wissen, welcher Vogel wohin unterwegs ist. Wenn wir in ihre Reichweite kommen, sende ich ihnen ein altes Rufzeichen, und wenn wir Glück haben, denkt keiner daran, es genauer zu überprüfen.«

»Klingt riskant«, murrt Kilorn. Der Fischerjunge lässt nichts unversucht, um Cals Plan zu zerpflücken, muss aber zu seinem Leidwesen feststellen, dass Cal ihm haushoch überlegen ist.

»Das funktioniert«, meldet Farley sich von ihrem Platz auf dem Fußboden zu Wort. »So macht der Oberst es auch immer, wenn er den Sensoren nicht ausweichen kann.«

»Außerdem erwartet niemand, dass Rebellen Flugkenntnisse besitzen. Das wird uns bestimmt auch helfen«, füge ich hinzu, um Kilorn ein wenig aus seiner Verlegenheit zu helfen. »Sie werden den Himmel nicht nach gestohlenen Jets absuchen.«

Zu meiner Überraschung erstarrt Cal plötzlich neben mir. Er steht so energisch auf, dass sein Sitz sich um sich selbst dreht. »Die Instrumente reagieren verzögert«, murmelt er hastig als Erklärung. Doch nach seiner finsteren Miene zu urteilen, lügt er.

»Cal?«, rufe ich, doch er stolziert ins Heck des Fliegers, ohne sich noch einmal umzudrehen oder mich überhaupt nur wahrzunehmen. Die anderen beobachten ihn skeptisch; noch immer trauen sie ihm nicht über den Weg.

Ich starre ihm einfach nur verdutzt nach. *Was jetzt?*

Ich gehe zu Shade, der immer noch auf dem Boden sitzt. Sein Bein sieht gar nicht so schlimm aus in der gut gemachten Schiene, aber er wird die gebogene Metallkrücke noch eine ganze Weile brauchen. Schließlich hat er in Naercey zwei Kugeln abbekommen, und wir haben keine Hautheiler, die ihn mit einer simplen Berührung wieder gesund machen können.

»Kann ich dir irgendwas bringen?«

»Ein bisschen Wasser wäre nicht schlecht«, antwortet er widerstrebend. »Und ein Abendessen.«

Froh, wenigstens das für ihn tun zu können, hole ich eine Feldflasche und zwei versiegelte Päckchen von den Vorräten aus Farleys Lager. Ich rechne damit, dass sie protestiert und auf einer Rationierung des Essens besteht, aber sie beachtet mich kaum. Sie hat meinen Platz im Cockpit eingenommen und starrt aus dem Fenster, fasziniert von der Welt, die unter ihr vorbeizieht. Kilorn steht neben ihr und vermeidet es, Cals leeren Sitz zu berühren. Er will dem Prinzen keinen Grund liefern, ihn zurechtzuweisen, und rührt auch das Bedienpult wohlweislich nicht an. Er erinnert mich an einen kleinen Jungen inmitten von Glasscherben, der sie zu gern anfassen möchte, aber weiß, dass er das nicht soll.

Ich greife nach einer dritten Ration, weil mir einfällt, dass Cal nichts mehr gegessen hat, seit er vom Oberst in die Zelle gesperrt worden ist, doch ein Blick ins Flugzeugheck lässt mich erstarren. Cal steht alleine vor einem offenen Sicherungskasten, fummelt darin herum und tut so, als würde er etwas reparieren. Dabei ist gar nichts kaputt. Er trägt jetzt eine der Uniformen, die an Bord der Maschine lagern, einen schwarz-silbernen Fliegeroverall. Die zerfetzten Kleidungsstücke, die er in der Knochenarena getragen hat, sind verschwunden. So sieht er wieder mehr aus wie er selbst, ein Prinz des Feuers, ein geborener Krieger. Wenn da nicht die unverkennbaren Wände der Blackrun wären, würde ich glauben, dass wir zurück im Palast sind und umeinander herumtanzen wie Motten um eine Kerze. Auf Cals Brust prangt ein Abzeichen, ein schwarz-rotes Emblem mit silbernen Flügeln rechts und links. Selbst aus der Distanz erkenne ich die dunklen, leicht verdrehten Spitzen, die Flammen symbolisieren sollen. *Die Flammenkrone*. Sie stand ihm qua Geburtsrecht zu, wie schon seinem Vater und dessen Vater. Doch sie wurde ihm auf die denkbar schlimmste Art und Weise geraubt und mit dem Blut seines Vaters und der Seele seines Bruders bezahlt. Sosehr ich den König, den Thron und das, wofür er stand, gehasst habe, tut Cal mir doch leid. Er hat alles verloren – ein ganzes Leben, auch wenn dieses Leben falsch war.

Cal spürt meinen Blick, schaut zu mir und hält einen Moment lang inne. Dann wandert seine Hand zu dem Abzeichen über seinem Herzen. Er streicht mit dem Finger über das Symbol seines geraubten Königreichs. Ich zucke zusammen, als er es mit einem plötzlichen Ruck abreißt und wegwirft. In seinen Augen flackert Wut auf, trotz seines ruhigen Äußeren. Auch wenn er sie zu verbergen sucht, steigt sie doch immer wieder an die Oberfläche und scheint durch die Risse seiner Maske des Gleichmuts. Weil ich weiß, dass das Innenleben des Jets ihn besser besänftigen kann als alles, was ich sagen könnte, lasse ich ihn weiter dort hinten herumwerkeln.

Shade rückt zur Seite, als ich zu ihm trete, und ich sinke wenig graziös neben ihm nieder. Stille hängt über uns wie eine dunkle Wolke, während wir die Feldflasche zwischen uns hin- und herwandern lassen und auf dem Boden eines zweifach gestohlenen Jets ein sehr seltsames Familienabendessen abhalten.

»Wir haben doch das Richtige getan, oder?«, flüstere ich in der Hoffnung auf eine Art Absolution. Obwohl Shade nur ein Jahr älter ist als ich, habe ich immer bei ihm Rat gesucht.

Zu meiner Erleichterung nickt er. »Es war nur eine Frage der Zeit, bis sie mich zu dir in die Zelle gesperrt hätten. Der Oberst weiß mit Leuten wie uns nicht umzugehen. Wir machen ihm Angst.«

»Da ist er nicht der Einzige«, erwidere ich düster, während ich an die abgewendeten Blicke und das Getuschel von all denen denke, denen ich bislang begegnet bin. Selbst im Sonnenschloss, umgeben von Leuten mit den unglaublichsten Fähigkeiten, war ich trotzdem anders als der Rest. Und auf Tuck war ich die Blitzwerferin – respektiert, anerkannt und *gefürchtet*. »Gut, dass wenigstens die anderen normal sind.«

»Unsere Eltern?«

Ich nicke, obwohl ich bei ihrer Erwähnung innerlich zusammenzucke. »Ja, und Gisa und die Jungs auch. Da sie echte Rote sind, kann er – wird er ihnen nichts tun.« Es klingt wie eine Frage.

Shade beißt gedankenverloren von seiner Ration ab, einem trockenen, bröckeligen Riegel aus gepressten Haferflocken. Krümel rieseln herab. »Wenn sie uns unterstützt hätten, dann vielleicht. Aber da sie von unserer Flucht nichts wussten, würde ich mir keine Sorgen machen. Das wir einfach so verschwunden sind …« Wir atmen beide tief durch. »So war es auf jeden Fall besser für sie. Hätten sie irgendwas geahnt, hätte Pa uns bestimmt geholfen, und Ma auch. Wenigstens sind Bree und Tramy der Scharlachroten Garde so treu ergeben, dass sie über jeden Verdacht erhaben sind. Mal ganz abgesehen davon, dass keiner der beiden genug Grips hat, um so etwas zu planen.« Er hält inne und denkt nach. »Ich bin mir ziemlich sicher, dass selbst die Lakelander eine alte Frau, einen Krüppel und die kleine Gisa nicht in eine Zelle sperren würden.«

»Gut«, erwidere ich ein wenig erleichtert und bürste ihm die Krümel vom Hemd.

»Ich mag es nicht, wenn du sie ›normal‹ nennst«, fügt er plötzlich in einem leiseren Ton hinzu und hält mein Handgelenk fest. »Mit uns ist nichts verkehrt. Wir sind anders, ja, aber nicht schlechter. Und erst recht nicht besser.«

Aber wir sind eben ganz und gar nicht normal, möchte ich entgegnen, doch Shades ernste Worte halten mich davon ab. »Du hast Recht, Shade«, sage ich und nicke in der Hoffnung, dass er meine dürftige Lüge nicht durchschaut. »Wie immer.«

Er steckt sich lachend den Rest seines Abendessens in den Mund. »Kann ich das schriftlich haben?«, fragt er glucksend und lässt mich dann los. Sein Lächeln ist so schmerzlich vertraut. Um seinetwillen setze ich auch ein Lächeln auf, doch es erstirbt sofort, als ich Cals schwere Schritte höre.

Er steigt über Shades ausgestreckte Beine und geht wortlos weiter. Sein Blick ist starr aufs Cockpit gerichtet. »Wir müssten jeden Moment in ihre Reichweite kommen«, sagt er in den Raum hinein, und wir schrecken alle auf.

Kilorn verlässt das Cockpit wie ein kleiner Junge, den man verscheucht hat. Cal beachtet ihn gar nicht, er ist voll und ganz auf den Jet konzentriert. Angesichts der Hürden, die vor uns liegen, treten ihre Feindseligkeiten erst einmal in den Hintergrund.

»Ich an eurer Stelle würde mich anschnallen«, ruft Cal über die Schulter und sucht meinen Blick, während er auf seinen Sitz sinkt. Er schließt seine Sicherheitsgurte mit routinierter Präzision und zurrt sie fest. Farley macht neben ihm dasselbe. Ohne ein Wort beansprucht sie meinen Sitz vorläufig für sich. Nicht, dass mir das etwas ausmachen würde. Bei unserem Start da vorne zu sitzen, war schon furchterregend genug – die Landung will ich mir gar nicht erst vorstellen.

Shade ist zwar stolz, aber nicht dumm, und lässt mich ihm hochhelfen. Kilorn packt mit an, und zusammen haben wir es bald geschafft. Sobald Shade steht, manövriert er sich geschickt auf einen Sitz und schnallt sich, mit der Krücke unter dem Arm, an. Ich setze mich neben ihn, und Kilorn kommt an meine andere Seite. Diesmal zurrt mein Freund seine Gurte fest und hält sie in grimmiger Erwartung umklammert.

Ich konzentriere mich auf meine eigenen Gurte und fühle mich merkwürdig sicher, während sie sich an mich schmiegen. An ein Stück Metall geschnallt zu sein, das durch die Luft rast, sollte sich nicht so gut anfühlen, aber das tut es. Ich nehme an, es liegt daran, dass ich mich jeglicher Verantwortung entzogen habe, wenigstens für die nächsten Minuten. Leben und Tod hängen allein vom Piloten ab. Ich fliege einfach nur mit.

Im Cockpit legt Cal ein Dutzend Schalter und Hebel um, um den Jet auf das vorzubereiten, was auch immer als Nächstes passieren wird. Er blinzelt in das Licht der untergehenden Sonne, die seine Silhouette zu entzünden scheint. Er ist in rote und orangefarbene Lichtstrahlen getaucht, die seine eigenen Flammen sein könnten. Es erinnert mich an Naercey, an die Knochenarena, sogar an unsere Trainingskämpfe, in denen Cal aufhörte, ein Prinz zu sein, und sich in ein flammendes Inferno verwandelte. Damals war ich jedes Mal erschrocken und überrascht, wenn seine knallharte, kämpferische Seite zu Tage trat, doch jetzt nicht mehr. Ich darf niemals vergessen, was unter seiner Haut brennt, welche Wut ihn antreibt und wie stark beides ist.

Jeder kann jeden verraten, und Cal ist keine Ausnahme.

Ich zucke zusammen, als mich etwas am Ohr berührt. Als ich den Kopf wende, sehe ich Kilorns Hand in der Luft, sein Gesicht ist zu einem amüsierten Grinsen verzogen.

»Du hast sie noch«, sagt er und zeigt auf meinen Kopf.

Ja, Kilorn, ich habe noch Ohren, möchte ich bissig erwidern, aber dann begreife ich, was er meint. Vier Steine, ein rosafarbener, ein roter, ein tiefvioletter und ein grüner – meine Ohrstecker. Die ersten drei sind von meinen Brüdern; sie gehören zu jeweils einem Paar, das Gisa und ich uns geteilt haben. Sie waren die bittersüßen Abschiedsgeschenke unserer Brüder, als diese in die Armee einberufen wurden und die Familie – vielleicht für immer – verlassen mussten. Der letzte Stein ist von Kilorn. Er hat ihn mir geschenkt, kurz bevor das Schicksal seinen Lauf nahm, vor dem Angriff der Scharlachroten Garde auf Archeon, vor dem Verrat, der uns alle noch immer verfolgt. Diese Ohrringe haben mich durch alles begleitet, von Brees Einberufung bis zu Mavens Wortbruch, und jedes Steinchen fühlt sich schwer an von all den Erinnerungen.

Kilorns Blick verharrt auf dem grünen Ohrstecker, der farblich zu seinen Augen passt. Die Erkenntnis, dass ich ihn noch trage, macht seine hart gewordenen Gesichtszüge wieder etwas sanfter.

»Natürlich«, erwidere ich. »Ich nehme sie mit ins Grab.«

Ich sage es mit einem Achselzucken, die Worte sind gar nicht so hart gemeint. Trotzdem verdüstert sich Kilorns Blick. »Über Gräber sollten wir im Augenblick besser möglichst wenig reden«, murmelt er und schaut wieder auf seine Gurte.

Aus dieser Perspektive kann ich die Blutergüsse in seinem Gesicht besser sehen. Ein blaues Auge vom Oberst, eine violett verfärbte Wange von mir. »Tut mir leid«, sage ich und meine damit sowohl meine Worte als auch die Verletzung, die ich ihm zugefügt habe.

»Hab schon Schlimmeres von dir kassiert«, erwidert Kilorn und grinst mich an. Da hat er nicht Unrecht.

Ein plötzlich einsetzendes statisches Rauschen beendet mit seinem Kratzen den friedvollen Moment unsanft. Rasch wende ich mich Cal zu. Er beugt sich nach vorn, in der einen Hand hält er den Steuerknüppel, in der anderen das Handmikrofon des Funkgeräts.

»Hallo, Fort Patriot Tower, hier spricht BR 18 Strich 72, unterwegs von Delphie nach Fort Lencasser.«

Sein ruhiger, gleichförmiger Tonfall hallt durch den Jet, während er spricht. Nichts an seiner Stimme klingt verkehrt oder auch nur auffällig. Hoffentlich findet das auch Fort Patriot. Cal wiederholt das Rufzeichen noch zweimal und achtet darauf, am Ende geradezu gelangweilt zu klingen. Aber sein Körper ist extrem angespannt und er kaut besorgt auf seiner Unterlippe, während er auf eine Antwort wartet.

Die Sekunden fühlen sich an wie Stunden, während wir lauschen und nichts als das Rauschen und Knacken am anderen Ende der Verbindung hören. Kilorn zieht neben mir seinen Gurt stramm; offenbar bereitet er sich auf das Schlimmste vor. Ich tue es ihm schweigend nach.

Als ein Knistern im Funkgerät eine Antwort ankündigt, kralle ich mich an den Rand meines Sitzes. Dass ich auf Cals Flugkünste vertraue, heißt nicht, dass ich unbedingt erleben möchte, wie sie auf die Probe gestellt werden.

»Verstanden, BR 18 Strich 72«, erwidert eine ernste, autoritär klingende Stimme schließlich. »Nächster Kontakt ist Cancorda Tower. Verstanden?«

Cal atmet langsam aus. Auf seinem Gesicht erscheint unwillkürlich ein Lächeln. »Verstanden, Patriot Tower.«

Doch dann knistert es erneut, und Cal presst die Kiefer aufeinander. Seine Hände wandern zum Steuerknüppel und umklammern ihn an beiden Enden mit äußerster Konzentration. Das allein reicht aus, um uns alle in Alarmbereitschaft zu versetzen. Selbst Farley beobachtet ihn mit großen Augen und geöffneten Lippen, als könnte sie die Wörter schmecken, die da kommen werden. Auch Shade reißt Augen und Mund auf, während er das Funkgerät anstarrt und seine Krücke eng an sich zieht.

»Gewitter über Lencasser, es ist erhöhte Vorsicht geboten«, sagt die Stimme nach einem endlosen Herzklopfmoment. Sie klingt noch immer gelangweilt, noch immer pflichtbewusst und noch immer vollkommen desinteressiert. »Verstanden?«

Diesmal lässt Cal den Kopf sinken, seine Augen sind vor Erleichterung halb geschlossen. Ich muss mich zusammennehmen, um nicht dasselbe zu tun. »Verstanden«, sagt er. Das statische Rauschen verklingt und ein befriedigendes Klicken signalisiert das Ende der Übertragung. *Das war's.*

Niemand sagt ein Wort, bis Cal zu uns schaut. »War was?«, fragt er mit einem schiefen Grinsen und wischt sich langsam eine dünne Schweißschicht von der Stirn.

Ich muss lachen, als ich das sehe. Ein Flammenprinz, dem der Schweiß ausbricht. Cal scheint es mir nicht zu verübeln. Im Gegenteil, sein Grinsen wird noch breiter, bevor er sich wieder den Instrumenten zuwendet. Sogar Farley gestattet sich die Andeutung eines Lächelns, und Kilorn lässt kopfschüttelnd meine Hand los.

»Gut gemacht, Hoheit«, lobt Shade. Während der Titel aus Kilorns Mund stets wie ein Schimpfwort klingt, spricht mein Bruder ihn in diesem Moment mit deutlichem Respekt aus. Wenigstens er ist schlau genug, unseren Piloten nicht gegen uns aufzubringen.

Das ist wohl auch der Grund, warum der Prinz lächelnd den Kopf schüttelt. »Ich heiße Cal und nichts weiter.«

Kilorn grunzt spöttisch, aber so leise, dass nur ich es hören kann, und ich stoße ihm meinen Ellbogen in die Rippen. »Würde es dich umbringen, mal ein bisschen freundlicher zu sein?«

»Das Risiko gehe ich lieber nicht ein«, flüstert er zurück und lehnt sich von mir weg, um nicht gleich den nächsten blauen Fleck abzubekommen. Dann sagt er lauter zu Cal: »Gehe ich recht in der Annahme, dass wir uns in Cancorda nicht melden werden, *Hoheit*?«

Dafür trete ich ihm mit dem Absatz auf den Fuß und ernte einen befriedigenden Aufschrei.

Zwanzig Minuten später ist die Sonne untergegangen, und wir haben Harbor Bay und die Slums von New Town weit hinter uns gelassen. Wir fliegen von Sekunde zu Sekunde tiefer, und Farley hält es kaum noch in ihrem Sitz. Sie verrenkt sich den Hals, um möglichst nichts zu verpassen. Inzwischen sind unter uns nur noch Bäume zu sehen; sie verdichten sich zu einem der riesigen Wälder, die große Teile von Norta bedecken. Hier draußen sieht es fast aus wie zu Hause, so als würde Stilts gleich hinter dem nächsten Hügel auftauchen. Doch meine Heimat liegt im Westen, fast zweihundert Kilometer entfernt. Die Flüsse hier sind mir fremd, die Straßen nicht vertraut, und ich kenne keins der Dörfer, die sich an die Wasserläufe schmiegen. In einem von ihnen lebt der Neublüter Nix Marsten, ohne zu wissen, was er ist und in welcher Gefahr er schwebt. *Wenn er noch lebt.*

Ich sollte mir wohl Sorgen machen, ob uns dort unten eine Falle erwartet, aber ich tue es nicht. Ich kann nicht. Das Einzige, was mich antreibt, ist der Gedanke, andere Neublüter zu finden. Nicht nur im

Namen der Sache, sondern auch für mich. Um zu beweisen, dass ich nicht allein bin mit meiner Mutation, dass ich sie nicht nur mit meinem Bruder teile.

Und es ist mir egal, was der Oberst über Julian gesagt hat. Mein Vertrauen in Maven war fehl am Platz, aber das in Julian Jacos nicht. Ihn kenne ich besser als die meisten, und auch Cal tut das. Er vertraut wie ich auf die Namensliste, und sollten die anderen Zweifel haben, zeigen sie es nicht. Ich glaube, auch sie wollen daran glauben. Die Liste gibt ihnen Hoffnung auf eine Waffe, eine Chance, eine Möglichkeit, den Kampf zu gewinnen. Für uns alle ist die Liste ein Rettungsanker, an den wir uns klammern.

Als der Jet auf den Wald zuhält, konzentriere ich mich auf die Karte in meiner Hand, um mich abzulenken. Trotzdem wird mir flau im Magen.

»Ich fasse es nicht«, murmelt Cal, während er aus dem Fenster starrt, vermutlich auf die zur Landebahn gewordene Ruine. Er legt wieder einen Schalter um, und die Bodenplatten unter meinen Füßen fangen an zu vibrieren. Gleichzeitig hallt ein lautes *Sirren* durch den ganzen Rumpf des Jets. »Bereit machen zur Landung.«

»Und was genau heißt das?«, frage ich durch zusammengebissene Zähne, als ich mich nach vorn wende und keinen Himmel, sondern Baumwipfel draußen vor dem Fenster sehe.

Bevor Cal antworten kann, erbebt die ganze Maschine und trifft auf festen Grund. Wir werden in unseren Sitzen hochgeschleudert und klammern uns an unsere Gurte, während die Wucht des Aufpralls uns durchschüttelt. Shades Krücke fliegt durch die Luft und knallt von hinten gegen Farleys Sitz. Aber sie bekommt davon gar nichts mit. Sie hält ihre Armlehne so fest umklammert, dass ihre

Fingerknöchel weiß hervortreten, und starrt mit weit aufgerissenen Augen geradeaus.

»Wir sind unten«, haucht sie kaum hörbar über den ohrenbetäubenden Lärm der Triebwerke hinweg.

Die Nacht sinkt geräuschlos auf die sogenannte Ruine herab. Nur ferner Vogelgesang und das leise Surren des Jets durchbrechen die Stille. Nach unserer Reise in den Norden sind die Turbinen nun abgeschaltet, und die Schaufeln darin drehen sich langsamer und langsamer, um irgendwann zum Stehen zu kommen. Das knallblaue Kribbeln der Elektrizität unter den Tragflächen lässt nach, bis nur noch Licht aus dem Innern der Maschine und von den Sternen oben am Himmel auf die Bahn fällt. Es riecht nach Herbst; nach absterbendem Laub und vergangenen Regengüssen. Ich stehe unten an der Rampe des Jets und sauge die Luft tief in mich ein. Nur das leise Schnarchen von Kilorn ist zu hören, der versucht, den dringend benötigten Schlaf nachzuholen. Farley ist bereits mit einer Waffe in der Hand verschwunden, um den Rest der im Dunkeln liegenden Landebahn auszukundschaften. Für alle Fälle hat sie Shade mitgenommen. Zum ersten Mal seit Wochen, wenn nicht gar Monaten stehe ich nicht unter Bewachung oder unter genauer Beobachtung. Ich gehöre wieder mir selbst.

Aber natürlich bleibt das nicht lange so.

Cal kommt mit einem Gewehr über der Schulter, einer Pistole im Halfter und einem Bündel in der Hand hastig die Rampe herunter. Mit seinen schwarzen Haaren und dem dunklen Overall könnte er aus Schatten gemacht sein, und ich bin sicher, dass er dies zu seinem Vorteil nutzen wird.

»Was hast du vor?«, frage ich und halte ihn am Arm fest. Er könnte sich leicht losreißen, tut es aber nicht.

»Keine Sorge, ich hab nicht viel mitgenommen«, sagt er auf den Beutel zeigend. »Das meiste von dem, was ich brauche, kann ich mir sowieso stehlen.«

»Du? Stehlen?« Ich muss lachen bei Vorstellung, dass ein Prinz, und ausgerechnet so ein großer Kerl wie er, sich in etwas Derartigem versucht. »Im besten Fall verlierst du deine Finger. Im schlechtesten deinen Kopf.«

Er zuckt die Achseln und tut unbesorgt. »Kann dir doch egal sein, oder?«

»Nein, kann es nicht«, sage ich leise und gebe mir große Mühe, ihn nicht merken zu lassen, wie verletzend seine Worte sind. »Wir brauchen dich hier, und das weißt du auch.«

Sein Mundwinkel zuckt, doch er lächelt nicht. »Kann *mir* doch egal sein, oder?«

Am liebsten würde ich auf ihn einschlagen, aber Cal ist nicht Kilorn. Er würde meinen Fausthieb mit einem Lächeln quittieren und weitergehen. Dem Prinzen muss man Argumente liefern, ihn muss man überzeugen. *Manipulieren.*

»Du hast selbst gesagt, dass jeder Neublüter, den wir retten, ein Schlag gegen Maven ist. Das gilt doch noch immer, oder?«

Er stimmt mir nicht zu, widerspricht aber auch nicht. Wenigstens hört er mir zu.

»Du weißt, was ich kann und was Shade kann. Wäre doch möglich, dass Nix sogar noch stärker, noch *besser* ist als wir beide. Oder?«

Er schweigt weiter.

»Ich weiß, dass du ihn umbringen willst.«

Trotz der Dunkelheit sehe ich ein merkwürdiges Licht in Cals Augen aufglimmen.

»Und ich will es auch«, sage ich. »Ich möchte spüren, wie meine Hände ihm die Luft abdrücken. Ich will, dass er blutet für das, was er getan hat, für jeden, den er getötet hat.« Es fühlt sich gut an, es laut auszusprechen, dem einzigen Menschen, der es versteht, zu bekennen, was mir am meisten Angst macht. *Ich will ihm auf die schlimmste Art wehtun. Ich will seine Knochen mit meinem Blitz vibrieren lassen, bis er nicht einmal mehr schreien kann.* Ich will das Monster zerstören, zu dem Maven geworden ist. Aber wenn ich daran denke, wie es sein wird, ihn zu töten, wandern meine Gedanken zu dem Jungen zurück, für den ich ihn gehalten habe. Ich sage mir dauernd, dass er nicht real war. Der Maven, den ich kannte und an dem mir etwas lag, war eine speziell für mich maßgeschneiderte Fantasie. Elara hat ihren Sohn so zurechtgebogen, dass ich ihn lieben musste, und sie hat ganze Arbeit dabei geleistet. Und dieser Mensch, der nie existierte, verfolgt mich mehr als alle meine anderen Geister.

»Er ist unerreichbar für uns«, sage ich, sowohl um seinet- als auch um meinetwillen. »Wenn wir ihn jetzt angreifen, wird er uns beide unter die Erde bringen. Und das weißt du auch.«

Cal war General und er ist noch immer ein großer Krieger. Er versteht etwas vom Kämpfen. Trotz seines Zorns und obwohl jede Faser in ihm nach Rache schreit, ist dies ein Kampf, den er nicht gewinnen kann. *Noch nicht.*

»Ich habe mit eurer Revolution nichts zu tun«, flüstert er, und seine Stimme verhallt in der Nacht. »Ich bin kein Rebell, kein Mitglied der Scharlachroten Garde. Ich gehöre hier nicht hin.«

Fast erwarte ich, dass er verärgert mit dem Fuß aufstampft.

»Und wo gehörst du *dann* hin, Cal?«

Er klappt den Mund auf und erwartet, dass eine Antwort herauspurzelt. Nichts passiert. Es tut weh, aber es überrascht mich nicht. Cal wurde dazu erzogen, all das zu sein, wogegen ich kämpfe, und er kann nicht einfach aus seiner Haut. Vor allem jetzt nicht, da er mit Roten unterwegs ist und von seinen eigenen Leuten gejagt, von seinem eigenen Blut verraten wird. Kein Wunder, dass er nicht weiß, wohin er gehört und was er nun tun soll.

Nach einem langen, schrecklichen Zögern dreht er sich um und geht wieder in den Jet hoch. Er legt sein Bündel ab, seine Waffen und seine Entschlossenheit. Ich atme leise auf. Es erleichtert mich, dass er sich so entschieden hat. Er wird bleiben.

Nur für wie lange weiß ich nicht.

11

Nach den Informationen, die die Landkarte liefert, liegt Coraunt sechs Kilometer nordöstlich, direkt an der Stelle, wo sich der Regent River und die weitläufige Port Road kreuzen. Allem Anschein nach ist es nicht mehr als ein Handelsposten und eines der letzten Dörfer, bevor die Port Road ins Inland abbiegt, um sich auf ihrem Weg zur nördlichen Grenze durch das überflutete, unwegsame Sumpfland zu schlängeln. Die Port Road ist die am meisten genutzte der vier Hauptverkehrsadern von Norta und verbindet Delphie, Archeon und Harbor Bay miteinander. Das macht sie zugleich auch zur gefährlichsten, selbst so weit oben im Norden. Hier könnten jederzeit Silberne entlangkommen, ob nun Militär oder Zivilisten. Und selbst wenn sie nicht aktiv auf der Suche nach uns sind, gibt es im ganzen Königreich keinen Silbernen, der Cal nicht erkennen würde. Die meisten würden versuchen, ihn festzunehmen, und einige, ihn zu töten.

Und das könnten sie auch, sage ich mir. Das sollte mir Angst machen, aber stattdessen fühle ich mich dadurch gestärkt. Maven, Elara, Evangelina und Ptolemus Samos – sie alle sind verwundbar, trotz ihrer Kräfte und Fähigkeiten. Sie *können* besiegt werden.

Dieser Gedanke erleichtert es mir, die Schmerzen aus den letzten Tagen zu ignorieren. Meine Schulter tut nicht mehr so weh, und in der Ruhe des Waldes fällt mir auf, dass das Fiepen in meinem Ohr nachgelassen hat. Noch ein paar Tage, und ich habe den Heulerschrei vergessen. Selbst meine Fingerknöchel, die nach dem Schlag in Kilorns Gesicht blau angelaufen sind, schmerzen kaum noch.

Shade springt zwischen den Bäumen herum. Seine Gestalt ist kurz sichtbar und verschwindet dann wieder wie Sternenlicht hinter durchziehenden Wolken. Aber er bleibt während des Teleportierens immer in der Nähe, erscheint nie außerhalb unseres Sichtfelds und achtet sorgsam darauf, sich nicht zu verausgaben. Hin und wieder weist er uns flüsternd auf eine überraschende Biegung des Pfades hin oder auf eine verborgene Schlucht, was vor allem Cal zugutekommt. Kilorn, Shade und ich sind in den Wäldern groß geworden, er jedoch in Palästen und Kasernen. Und weder das eine noch das andere hat ihn darauf vorbereitet, nachts einen Wald zu durchqueren, was man daran merkt, dass er gelegentlich ins Stolpern gerät oder auf Zweige tritt, die laut knackend zerbrechen. Er ist daran gewöhnt, sich den Weg mit Hilfe seiner Flammen zu bahnen; Hindernisse und auch Feinde hat er bislang allein mit Kraft und Stärke überwunden.

Kilorns Zähne blitzen auf, enthüllen ein breites Grinsen, wenn der Prinz strauchelt.

»Vorsicht!«, sagt er und zieht Cal zur Seite, damit er nicht gegen einen im Schatten liegenden Felsen läuft. Cal befreit sich unwirsch aus dem Griff des Fischerjungen, lässt ihn aber zum Glück in Ruhe. Bis wir den Fluss erreichen.

Die Äste der angrenzenden Bäume neigen sich von beiden Uferseiten aus so weit über den Wasserlauf, dass ihre Blätter sich berühren. Durch das Laubdach funkeln Sterne und erhellen den Fluss, der sich durch den Wald schlängelt, um sich mit dem Regent River zu verbinden. Er ist nicht breit, aber niemand kann sagen, wie tief er ist. Wenigstens scheint die Strömung nicht stark zu sein.

Kilorn, der sich im Wasser wahrscheinlich wohler fühlt als an Land, hüpft unbekümmert an einer seichten Stelle in Ufernähe hinein. Dann wirft er einen Stein in die Mitte des Stroms und lauscht auf das platschende Geräusch, mit dem er aufs Wasser trifft. »Eins achtzig, vielleicht zwei Meter«, sagte er nach einer Weile. Also kann ich nicht darin stehen. »Sollen wir dir ein Floß bauen?«, fragt er mich grinsend.

Ich bin schon mit vierzehn durch den Capital River geschwommen, einen richtigen großen Fluss, der dreimal so tief und zehnmal so breit ist. Darum springe ich bedenkenlos hinein und tauche ins dunkle, kalte Wasser. So nah am Meer schmeckt es leicht salzig.

Kilorn folgt ganz selbstverständlich meinem Beispiel und ist in wenigen, geübten Zügen auf der anderen Seite. Ich bin überrascht, dass er nicht mehr prahlt, indem er schnell wendet oder minutenlang unter Wasser bleibt. Aber als ich das Ufer erreiche, wird mir klar, warum.

Shade und Farley hocken auf der anderen Seite und schauen ins Wasser. Beide müssen offensichtlich an sich halten, um nicht zu grinsen, während sie den Prinzen beobachten. Cal steht an einer seichten Stelle in Ufernähe, wo das Wasser sanft seine Knöchel umschmeichelt, doch sein Gesicht sieht blass aus im Mondlicht. Er verschränkt die Arme vor der Brust, damit man seine zitternden Hände nicht sieht.

»Cal?«, frage ich, darauf bedacht, nicht zu laut zu sprechen. »Was ist los?«

Kilorn lehnt inzwischen an einem Baumstamm und prustet leise in der Dunkelheit. »Komm schon, Calore. Du kannst einen Jet fliegen, aber schwimmen kannst du nicht?«, spottet er, während er den Reißverschluss seiner nassen Jacke aufzieht und sie mit geübten Gesten gründlich auswringt.

»Doch, ich kann schwimmen!«, gibt Cal hitzig zurück und zwingt sich, einen weiteren Schritt nach vorn zu gehen. Jetzt steht er bis zu den Knien im Wasser. »Ich mache mir nur nichts daraus.«

Natürlich nicht. Cal ist ein Flammenkämpfer, er kontrolliert Feuer, und nichts schwächt ihn mehr als Wasser. Es macht ihn hilflos und machtlos, genau das, was man ihn zu hassen, zu fürchten und zu bekämpfen gelehrt hat. Mir fällt wieder ein, wie er in der Arena beinahe gestorben ist, als Lord Osanos ihn in eine schwebende Kugel aus Wasser eingeschlossen hat, gegen die selbst er mit seinem Feuer nichts ausrichten konnte. Es muss sich angefühlt haben wie ein Sarg, ein Grab aus Wasser.

Ich frage mich, ob er auch gerade daran denkt und ob die Erinnerung diesen ruhigen Wasserlauf für ihn zu einem uferlosen tosenden Meer macht.

Mein erster Impuls ist, zurückzuschwimmen und ihm eigenhändig herüberzuhelfen, aber dann würde Kilorn einen Lachanfall bekommen und Cal der Kragen platzen. Und eine Schlägerei mitten im Wald ist das Letzte, was wir jetzt brauchen.

»Atme durch die Nase ein, Cal.« Er schaut auf und unsere Blicke treffen sich quer über den Fluss hinweg. Ich nicke ihm fast unmerklich zu. *Und durch den Mund aus.* Es ist bloß sein eigener Ratschlag, den ich ihm da gebe, aber es beruhigt ihn trotzdem.

Er macht wieder einen Schritt nach vorn, dann noch einen und noch einen. Seine Brust hebt und senkt sich, während er gleichmäßig atmet. Dann schwimmt er los. Er paddelt durch den Fluss wie ein riesiger Hund. Kilorn lacht leise; er hält sich die Hand vor den Mund

und bebt am ganzen Körper. Ich werfe ein paar Steinchen in seine Richtung. So bleibt er lange genug ruhig, bis Cal das andere Ufer erreicht und aus dem Wasser sprintet. Von seiner Haut steigt Dampf auf, den die Hitze seiner Verlegenheit produziert.

»Kalt«, murmelt er und schüttelt den Kopf, damit er uns nicht anschauen muss. Seine schwarzen Haare kleben ihm im Gesicht, das vor Scham silbrig angelaufen ist. Ohne nachzudenken, streiche ich sie zurück und bringe sie wieder in eine würdevollere Form. Dabei schaut er mich unverwandt an und wirkt angenehm überrascht.

Jetzt werde ich rot. *Wir hatten gesagt, keine Ablenkungen.*

»Sagt bloß, ihr seid auch wasserscheu?!«, ruft Kilorn viel zu laut über den Fluss. Aber Farley lacht nur und umfasst das Handgelenk meines Bruders. Eine halbe Sekunde später stehen die beiden feixend und trocken neben uns.

Sie sind gesprungen. Natürlich!

Shade wringt meine nassen Haare aus und sieht mich spöttisch an. »Idioten«, sagt er sanft.

Wäre da nicht seine Krücke, würde ich ihn ins Wasser schubsen.

Meine Haare sind fast wieder trocken, als wir die Anhöhe über Coraunt erreichen. Wolken ziehen auf und schieben sich vor den Mond und die Sterne, aber die Lichter aus dem Dorf liefern uns genügend Helligkeit. Von dort, wo wir stehen, sieht Coraunt aus wie Stilts, an der Einmündung des Regent River gelegen und um eine Straßenkreuzung herum erbaut. Bei der einen Straße, die gut asphaltiert ist und leicht erhöht über dem Salzsumpf liegt, handelt es sich offensichtlich um die Port Road. Die andere verläuft von Osten nach Westen und geht außerhalb des Dorfes in einen unbefestigten Weg über. Am Flussufer ragt ein Wachturm in den Himmel auf, an dessen Spitze ein heller Scheinwerfer rotiert. Ich zucke zusammen, als sein Lichtkegel über uns hinweghuscht.

»Glaubst du, er ist da unten?«, haucht Kilorn. Er meint Nix. Sein Blick schweift über die gedrungenen Häuser, die sich im Schatten des Wachturms aneinanderdrängen.

»›Nix Marsten. Männlich. Geboren am 20. 12. 271 in Coraunt, Region Marshcoast, Regentenprovinz, Norta. Aktueller Wohnort: Wie Geburtsort.‹ Das ist alles, was die Liste hergibt«, zitiere ich aus dem Gedächtnis, während ich mir die Eintragung in Julians Büchlein wieder vor Augen rufe. Den letzten Teil lasse ich aus, weil er schmerzt wie ein Brandmal: *Blutgruppe: ungültig. Genmutation, unbekannte Art.* So steht es hinter jedem Namen in der Liste, meinen inbegriffen. Mit Hilfe dieses Markers hat Julian die Neublüter in der Blutzentrale gefunden. Jetzt ist es an mir, diese Informationen zu nutzen – und zu hoffen, dass es nicht zu spät ist.

Ich blinzele in die Dunkelheit und versuche etwas zu erkennen. Der Regent River fließt glücklicherweise schwarz und ruhig dahin und die Straßen sind leer. Selbst die Meeresoberfläche ist glatt wie eine Glasscheibe. Es herrscht Ausgangssperre. So befehlen es die verfluchten Maßnahmen, die immer noch in Kraft sind. »Soweit ich das sehen kann, liegen hier keine Marineschiffe. Und auf der Port Road ist kein Verkehr.«

Cal nickt, er beurteilt die Lage genauso. Mein Herz beginnt heftig zu schlagen. Mavens Jäger wären bestimmt nicht ohne eine Entourage von Soldaten unterwegs, die schnell auffallen würden. Also bleiben zwei Möglichkeiten: Sie waren noch nicht hier, um Nix zu holen, oder sie sind schon lange wieder weg.

»Allzu schwer dürfte es nicht werden, trotz der Ausgangssperre«, sagt Farley, während sie ihren Blick über jedes Dach und jede Straßenecke des Dorfes schweifen lässt. Sie scheint Übung in so etwas zu haben. »Verschlafener Ort, träge Wachen. Ich wette zehn Tetrarchen darauf, dass sie sich nicht mal die Mühe machen, ihr Melderegister zu sichern.«

»Ich nehme dich beim Wort«, erwidert Shade und stupst ihre Schulter an.

»Wir treffen uns dort drüben wieder«, sagt Cal. Er zeigt auf ein Wäldchen in ungefähr fünfhundert Metern Entfernung. Es ist von Salzsumpf und hohem Gras umgeben und in der Dunkelheit schwer zu erkennen. Ein perfektes Versteck, doch ich schüttele mit einem leisen Zischen den Kopf.

»Wir bleiben zusammen.«

»Du willst also einfach da reinspazieren, mit dir und mir an der Spitze? Warum jage ich dann nicht gleich den ganzen Sicherheitsposten in die Luft und du grillst alle Wachen, die dir über den Weg laufen?«, erwidert Cal. Obwohl er sich Mühe gibt, ruhig zu bleiben, klingt er immer mehr wie ein ungeduldiger Lehrer.

»Nein, natürlich nicht –«

»Wir beide dürfen keinen Fuß in dieses Dorf setzen, Mare. Es sei denn, du hast vor, jeden umzubringen, der uns sieht. *Jeden Einzelnen.*«

Er schaut mich eindringlich an, weil er unbedingt will, dass ich begreife. Wir müssten tatsächlich *jeden* umbringen. Nicht nur Wachleute, nicht nur Soldaten oder silberne Zivilisten. *Jeden.* Denn sobald geredet wird, sobald irgendwelche Gerüchte in Umlauf kommen, wird es nicht lange dauern, bis Maven hier erscheint. Mit Königswächtern, Soldaten, *Legionen* – mit allem, was ihm zu Gebote steht. Wir haben nur dann eine Chance, wenn wir im Geheimen operieren und ihm zuvorkommen. Aber wenn wir Spuren hinterlassen, können wir weder das eine noch das andere.

»In Ordnung.« Ich klinge genauso kleinlaut, wie ich mich fühle. »Aber Kilorn bleibt bei uns.«

Kilorns Augen flackern, sein Blick tanzt zwischen mir und Cal hin und her. »Das hier geht sehr viel schneller über die Bühne, wenn du nicht dauernd mein Kindermädchen spielst, Mare.«

Kindermädchen. Das bin ich wohl tatsächlich, selbst jetzt, wo er eigenständig denken und kämpfen und für sich selbst sorgen kann. Wenn er nur nicht so dumm wäre, meinen Schutz so entschieden von sich zu weisen.

»Maven kennt deinen Namen«, sage ich zu ihm. »Es wäre der pure Leichtsinn, nicht davon auszugehen, dass dein Foto an jeden Wachmann und jeden Sicherheitsposten des Landes geschickt worden ist.«

Er macht ein mürrisches Gesicht. »Und was ist mit Farley –«

»Ich bin aus den Lakelands, Kleiner«, antwortet Farley für mich. Wenigstens sind wir einer Meinung. »Euer König hat keinen Zugriff auf meine Akte, und er kennt auch meinen echten Namen nicht.«

»Und ich werde für tot gehalten«, fügt Shade hinzu. Er stützt sich auf seine Krücke und legt Kilorn beruhigend eine Hand auf die Schulter, doch der schüttelt sie ab.

»Na schön«, grummelt er leise. Ohne sich noch einmal umzuschauen, macht er sich auf den Weg zu dem Wäldchen, schnell und leise wie eine Feldmaus.

Cal verzieht verächtlich das Gesicht. »Können wir ihn nicht irgendwie loswerden?«

»Red keinen Unsinn, Cal«, erwidere ich scharf. Ich folge Kilorn und rempele den Prinzen im Vorbeigehen absichtlich an. Nicht, um ihm wehzutun, sondern um ihm etwas zu vermitteln. *Lass Kilorn in Ruhe.*

Cal läuft mir nach und senkt seine Stimme zu einem Flüstern. Warme Finger streifen meinen Arm, versuchen mich zu besänftigen. »War nur ein Scherz.«

Aber ich weiß, dass das nicht wahr ist. Ganz und gar nicht. Und das Schlimmste ist, dass ich mich frage, ob er nicht Recht hat. Kilorn ist kein Soldat oder Gelehrter oder Wissenschaftler. Er kann schneller Netze knüpfen als jeder, den ich kenne, aber was nützt uns das, wenn wir Menschen fangen wollen und keine Fische? Ich weiß nicht, welche Ausbildung er in der Garde durchlaufen hat, aber sie hat nicht viel länger gedauert als einen Monat. Im Sonnenschloss hat er dank meiner Hilfe überlebt und das Massaker am Cäsarplatz nur mit Glück. Wie kann er irgendetwas anderes tun, als uns aufzuhalten – ohne besondere Fähigkeit, ohne gute Ausbildung und ohne allzu viel gesunden Menschenverstand?

Ich habe ihn vor der Einberufung bewahrt, aber nicht, damit er das hier durchmacht. Nicht, damit er in einen anderen Krieg zieht. Irgendwie wünschte ich, ich könnte ihn nach Hause zurückschicken, nach Stilts, zu unserem Fluss und dem Leben, das wir kannten. Dort wäre er arm, überarbeitet und ungewollt, aber er würde *leben.* Diese Zukunft, dieses Dasein zwischen Wald und Flussufer, steht *mir* nicht mehr offen. Ihm aber schon. Ich würde es mir für ihn wünschen.

Ich kann ihn nicht hierbleiben lassen.

Aber wie soll ich ihn ziehen lassen?

Darauf habe ich keine Antwort. Also schiebe ich alle Gedanken an Kilorn beiseite. Das kann warten. Als ich zurückblicke, um mich von Shade und Farley zu verabschieden, sind sie bereits verschwunden. Mich überläuft ein Schauder der Angst bei der Vorstellung, dass sie in Coraunt in einen Hinterhalt geraten könnten. Gewehrsalven hallen durch meinen Kopf; sie sind mir noch allzu frisch in Erinnerung. *Nein.* Nichts kann die beiden heute Abend aufhalten, Shade hat seine Fähigkeit, und Farley ist sehr erfahren. Und ohne mich, ohne die Blitzwerferin, die Schutz braucht, muss niemand sterben.

Kilorn bewegt sich wie ein Schatten durch das hohe Gras, indem er die grünen Halme geschickt zur Seite schiebt. Er hinterlässt kaum eine Spur, obwohl das eigentlich keine Rolle spielt. Da Cal hinter mir herstapft und alles niedertrampelt, brauchen wir gar nicht erst so zu tun, als könnten wir unsere Anwesenheit geheim halten. Aber wir werden längst weg sein, wenn der Morgen kommt, hoffentlich zusammen mit Nix. Mit etwas Glück fällt es niemandem auf, wenn ein Roter fehlt. So gewinnen wir Zeit und einen Vorsprung vor Maven. Denn er wird bald herausfinden, was wir tun.

Und was genau ist das?, fragt eine seltsame Stimme in meinem Kopf, die wie eine Mischung aus Julian, Kilorn, Cal und ein bisschen auch Gisa klingt. Sie spricht das an, was ich mir aus Angst nur ungern eingestehe. *Die Liste – das Aufspüren der Neublüter – ist nur der erste Schritt. Aber was machen wir dann mit ihnen? Was mache* ich?

Wut und Hilflosigkeit beschleunigen meine Schritte, bis ich Kilorn schließlich überhole. Ich nehme kaum Notiz von ihm, als er langsamer wird, um mich vorbeizulassen. Er spürt, dass ich allein vorausgehen will. Die in der Dunkelheit liegende Baumgruppe kommt schnell näher, und ich wünschte, ich *wäre* allein. Seitdem ich in dem Tauchboot aufgewacht bin, hatte ich keinen Augenblick Ruhe mehr. Und selbst dieser Moment war schnell vorbei, weil Kilorn hereingeplatzt kam. Ich habe mich zwar gefreut, ihn zu sehen, aber jetzt wünschte ich, ich hätte ein bisschen mehr Zeit für mich gehabt. Um nachzudenken, zu planen und zu trauern. Um zu begreifen, was aus meinem Leben geworden ist.

»Wir stellen ihn vor die Wahl«, sage ich laut, weil ich weiß, dass Cal und Kilorn noch immer in Hörweite sind. Beide sind klug genug, um mich weiter im Auge zu behalten, auch wenn ich für mich sein will. »Er kann frei entscheiden, ob er mitkommen oder hierbleiben will.«

Cal lehnt sich an einen Baum. Seine Körperhaltung ist entspannt, doch sein Blick bleibt auf den Horizont gerichtet. Ihm entgeht nichts. »Sagen wir ihm denn auch, welche Konsequenzen seine *freie Entscheidung* haben wird?«

»Wenn du ihn umbringen willst, musst du mich zuerst aus dem Weg räumen«, erwidere ich. »Ich raube keinem Neublüter das Leben, weil er sich weigert, sich uns anzuschließen. Und wenn er den Wachleuten erzählen will, dass ich hier war, wird er außerdem erklären müssen, *warum* ich hier war. Und das wäre das Todesurteil für Mr Marsten.«

Der Prinz verzieht das Gesicht, verkneift sich seine Unmutsäußerung aber. Es bringt ihm ohnehin nichts, mit mir zu streiten, nicht jetzt. Offenkundig ist er nicht daran gewöhnt, dass andere ihm sagen, wie es weitergeht. »Erzählen wir ihm von Maven? Dass er sterben wird, wenn er hierbleibt? Dass *andere* sterben werden, wenn Maven dich aufspürt?«

Ich nicke. »Wir erzählen ihm alles, was wir erzählen können. Dann lassen wir ihn entscheiden, wer und was er sein möchte. Und was Maven anbelangt …« Ich suche nach den richtigen Worten, doch die werden mit jedem Augenblick, der vergeht, knapper. »Wir bleiben ihm eine Nasenlänge voraus. Mehr können wir nicht tun.«

»Warum?«, schaltet Kilorn sich ein. »Warum stellen wir Nix überhaupt vor die Wahl? Du hast selbst gesagt, dass wir jeden brauchen, den wir kriegen können. Wenn dieser Mann auch nur halb so viel kann wie du, können wir es uns gar nicht leisten, ihn gehen zu lassen.«

Die Antwort ist so einfach wie schmerzlich.

»Weil mir nie jemand die Wahl gelassen hat.«

Ich sage mir, dass ich diesen Weg trotzdem eingeschlagen hätte: dass ich Kilorn vor der Einberufung bewahrt, meine Fähigkeit entdeckt, alle Entscheidungen getroffen hätte, die zu meinem jetzigen Leben als Blitzwerferin geführt haben. Aber ich weiß nicht, ob das stimmt. Ich weiß es ehrlich nicht.

Wir verbringen ungefähr eine Stunde in drückendem Schweigen. Ich bin froh über die Zeit zum Nachdenken, und auch Cal genießt die Stille. Nach den letzten Tagen ist er ebenso ruhebedürftig wie ich. Nicht einmal Kilorn wagt einen dummen Spruch. Stattdessen lässt er sich auf eine knorrige Wurzel nieder und gibt sich damit zufrieden, lange Grashalme zu einem fragilen, nutzlosen Netz zu flechten. Ein kleines Lächeln umspielt seine Lippen, während er die vertrauten Knoten knüpft.

Ich denke an Nix da unten im Dorf, der wahrscheinlich aus dem Bett gezerrt und vielleicht geknebelt, definitiv aber mit einem Netz gefangen wird, das ich selbst ausgeworfen habe. Würde Farley seine Frau und seine Kinder bedrohen, um ihn zum Mitkommen zu bewegen? Oder würde Shade einfach sein Handgelenk packen und *springen*, sie alle drei durch die Mangel der Teleportation drehen, bis sie hier bei uns in dem Wäldchen landen? *Geboren am 20. 12. 271.* Nix ist fast neunundvierzig, so alt wie mein Vater. Wird Nix wie er sein? Ein kranker, gebrochener Mann? Oder ist er in guter seelischer und körperlicher Verfassung und wir sind diejenigen, die ihn ruinieren werden?

Bevor ich in einer Spirale düsterer und erdrückender Fragen versinken kann, raschelt es im hohen Gras. *Es kommt jemand.*

Es ist, als würde in Cal ein Schalter umgelegt. Er stößt sich von dem Baumstamm ab. Alle seine Muskeln sind angespannt; er ist bereit, egal, was uns gleich entgegentritt. Ich erwarte fast, Feuer an seinen Fingerspitzen zu sehen, aber nach langen Jahren militärischer Ausbildung hat Cal sich gut im Griff. In der Dunkelheit wären seine Flammen so auffällig wie das Licht des Wachturmscheinwerfers und würden alle Blicke auf uns ziehen. Zu meiner Verblüffung ist Kilorn ebenso aufmerksam wie der Prinz. Er lässt sofort sein Grasnetz fallen und zertritt es im Aufstehen. Aus seinem Stiefelschaft zieht er einen Dolch mit scharfer, breiter Klinge, den er früher zum Fischeausnehmen benutzt hat. Dieser Anblick erschreckt mich. Ich habe keine Ahnung, wann dieses Messer zur Waffe wurde und wann er sich angewöhnt hat, es in seinem Stiefel mit sich herumzutragen. *Wahrscheinlich ungefähr zu der Zeit, als andere angefangen haben, auf ihn zu schießen.*

Ich stehe auch nicht wehrlos da. Das leise Surren in meinem Blut ist alles, was ich benötige. Es ist schärfer als jede Klinge und brutaler als jede Kugel. Unter meiner Haut fließen Funken, bereit für den Fall, dass ich sie brauche. Meine Fähigkeit ist subtiler als Cals.

Ein Vogelruf dringt durch das hohe Gras und zerreißt die Nacht. Kilorn antwortet, indem er leise eine einfache Tonfolge pfeift. Sie klingt wie das Lied der Drosseln, die in den Häusern in Stilts genistet haben. »Farley«, murmelt er leise und zeigt auf das Gras.

Sie tritt als Erste aus dem Schatten, aber sie ist nicht allein. Zwei Personen folgen ihr: mein Bruder mit seiner Krücke und eine untersetzte Gestalt mit muskulösen Gliedern und dem runden Bauch, den Männer mit dem Alter bekommen. *Nix.*

Cals Hand schließt sich um meinen Oberarm. Mit leichtem Druck zieht er mich tiefer in die Dunkelheit des Wäldchens. Und da ich weiß, dass wir gar nicht vorsichtig genug sein können, gebe ich, ohne zu zögern, nach. Ich wünschte, ich hätte ein Stück scharlachroten Stoff, um mein Gesicht dahinter zu verbergen, wie wir es in Naercey gemacht haben.

»Gab es irgendwelche Probleme?«, fragt Kilorn, während er Farley und Shade entgegentritt. Er klingt irgendwie älter und selbstsicherer, als ich es gewohnt bin. Sein Blick ruht auf Nix, um bei der geringsten Zuckung in den Fingern des kompakten, klein gewachsenen Neublüters zu reagieren.

Farley winkt beinahe genervt ab. »Alles ganz einfach. Obwohl ich den humpelnden Kerl da dabeihatte«, fügt sie mit einem Fingerzeig auf Shade hinzu. Dann schaut sie Nix an. »Er hat keinerlei Gegenwehr geleistet.«

Trotz der Dunkelheit erkenne ich, dass Nix tiefrot anläuft. »Na ja, ich bin schließlich nicht blöd, ja?« Sein Ton ist barsch, sehr direkt. Dieser Mann kann mit Geheimnissen nichts anfangen. *Obwohl sich in seinem Blut das größte Geheimnis überhaupt verbirgt.* »Ihr seid von der Scharlachroten Garde. Die Wachen würden mich dafür aufhängen, dass ich euch überhaupt ins Haus gelassen habe. Auch wenn ihr nicht eingeladen wart.«

»Gut zu wissen«, murmelt Shade leise. Seine Miene verdüstert sich und er wirft mir einen vielsagenden Blick zu. *Allein schon unsere Anwesenheit kann das Schicksal dieses Mannes besiegeln.* »Nun, Mr Marsten –«

»Ich heiße Nix«, grummelt er. Seine Augen funkeln. Er folgt Shades Blick und späht blinzelnd in die Dunkelheit, versucht, mein Gesicht zu erkennen. »Aber ich glaube, das wusstet ihr schon.«

Kilorn macht einen Schritt zur Seite, um mich abzuschirmen. Die Bewegung wirkt zufällig, doch Nix zieht die Augenbrauen hoch; er begreift, was hier gespielt wird. Wütend baut er sich ganz dicht vor Kilorn auf. Auch wenn dieser ihn überragt, zeigt Nix keinerlei Anzeichen von Angst. Stattdessen tippt er mit seinem roten Finger auf Kilorns Brust. »Ihr habt mich trotz der Ausgangssperre hierhergezerrt. Dafür können sie mich aufhängen. Also will ich jetzt hören, was das Ganze soll, sonst mache ich mich auf den Heimweg und versuche lebend dort anzukommen.«

»Sie sind anders, Nix.« Meine Stimme klingt zu hoch, zu jung. *Wie erkläre ich es ihm? Wie erzähle ich ihm das, von dem ich wünschte, jemand hätte es mir erzählt? Und das ich nicht einmal selbst wirklich verstehe?* »Sie wissen, dass da etwas in Ihnen ist. Etwas, das Sie sich nicht erklären können. Vielleicht denken Sie sogar, dass mit Ihnen … irgendwas nicht stimmt.«

Diese letzten Worte treffen ins Mark. Der abweisende kleine Mann zuckt zusammen, als er sie hört, und seine Wut scheint abzuebben. Er weiß genau, wovon ich spreche. »Ja«, sagt er.

Ich verlasse meinen geschützten Platz in dem Wäldchen zwar

nicht, gebe Kilorn jedoch ein Zeichen, zur Seite zu treten. Er lässt Nix vorbei. Während der untersetzte Mann auf mich zukommt, beschleunigt sich mein Puls, bis er wie ein schnelles, nervöses Trommeln in meinen Ohren klingt. Das ist ein Neublüter wie Shade und ich. Und damit noch einer, der uns versteht.

Nix Marsten hat keinerlei Ähnlichkeit mit meinem Vater, und trotzdem haben sie etwas gemeinsam. Ihre Augen gleichen sich zwar weder in Farbe noch Form, aber sie haben beide den stumpfen Blick, der von Leere erzählt, von einem Verlust, den die Zeit nicht heilen kann. Zu meinem Erschrecken geht Nix' Verletzung noch tiefer als die von Pa – einem Mann, der kaum noch Luft bekommt, geschweige denn gehen kann. Ich erkenne es an Nix' hängenden Schultern, an der Art, wie er sein Äußeres und seine Kleidung vernachlässigt. Wenn ich noch immer die Diebin wäre, die ich mal war, würde ich mir nicht die Mühe machen, diesen Mann zu bestehlen. Er besitzt nichts mehr, was zu rauben sich lohnen würde.

Er lässt seinen Blick über mein Gesicht und meine Gestalt wandern, und seine Augen weiten sich. »Die Blitzwerferin.« Aber als er Cal neben mir sieht, verwandelt sein Schreck sich in Wut.

Für einen fast fünfzigjährigen, rundlichen Mann ist Nix überraschend flink. Ich kann gar nicht so schnell schauen, wie er eine Schulter nach vorn schiebt, losstürmt und sie Cal in den Körper rammt. Obwohl er nur halb so groß ist wie der Prinz, wirft er ihn um wie ein Bulle, und sie schmettern beide gegen einen dicken Stamm. Es ertönt ein lautes Knacken bei ihrem Aufprall, und der Baum erbebt von der Wurzel bis zu den Zweigen. Nach einer halben Sekunde wird mir klar, dass ich eingreifen sollte. Cal ist zwar Cal, aber wir haben keine Ahnung, wer Nix ist oder zu was er im Stande ist.

Bevor ich es schaffe, meine Arme um seinen Hals zu legen, trifft er Cal noch mit einem so kräftigen Fausthieb am Kinn, dass ich Angst habe, es könnte gebrochen sein. »Zwingen Sie mich nicht, Nix«, raune ich ihm ins Ohr. »Es liegt ganz bei Ihnen.«

»Mach, was du willst«, erwidert Nix patzig und versucht, mich mit dem Ellbogen wegzustoßen. Aber ich halte ihn fest und drücke ihm den Hals zu. Seine Haut fühlt sich steinhart an. *Na schön.*

Ich setze Nix gerade so stark unter Strom, dass ihm die Lust zu kämpfen vergehen sollte. Als meine violetten Funken auf seine Haut treffen, erwarte ich, dass er nach hinten fällt, vielleicht ein bisschen zittert und zur Vernunft kommt. Doch er scheint meinen Blitz nicht einmal zu spüren. Er nervt ihn nur, so wie ein Pferd sich von einer Fliege gestört fühlt. Ich verpasse ihm noch einen Stromstoß und erhöhe die Dosis, aber wieder ohne Ergebnis. Ich bin so verblüfft, dass es ihm gelingt, mich wegzustoßen, und ich knalle heftig mit dem Rücken gegen einen Baum.

Cal schlägt sich besser. Er weicht Nix' Fausthieben aus oder wehrt sie ab, so gut er kann. Aber bei jeder Berührung stöhnt er vor Schmerz auf, selbst bei den Schlägen, die ihn kaum erwischen. Schließlich blitzt am Flammenzünder-Armband um Cals Handgelenk ein Funken auf und in seiner Hand bildet sich ein Feuerball. Doch auch das Feuer kann seinem Gegner nichts anhaben. Es prallt von Nix' Schulter ab wie Wasser von einem Felsen und verbrennt zwar seine Kleidung, nicht aber seine Haut.

Ein Versteinerer, hallt es durch meinen Kopf, aber dieser Mann ist etwas anderes. Seine Haut ist immer noch rötlich und glatt, nicht grau und steinig. Sie ist einfach *undurchdringlich. Unverwundbar.*

»Hört auf!«, knurre ich. Doch die Schlägerei, oder sollte ich sagen:

das Gemetzel, setzt sich fort. Aus Cals Mund fließt silbernes Blut, das Nix' Fingerknöchel in der Dunkelheit schwarz färbt.

Kilorn und Farley stürmen gleichzeitig an mir vorbei, aber ich strecke den Arm aus, um sie aufzuhalten, da ich nicht weiß, ob sie gegen diese menschliche Abrissbirne überhaupt etwas ausrichten können. Shade ist schneller als sie. Er springt zu Nix, landet hinter ihm und schlingt ihm den Arm um den Hals, wie ich es auch getan habe. Dann verschwinden sie beide und tauchen drei Meter weiter wieder auf. Nix sinkt mit bleichem Gesicht zu Boden und versucht, wieder aufzustehen, aber Shade drückt ihn mit seiner Krücke nach unten.

»Wenn Sie keine Ruhe geben, mach ich das gleich noch mal«, droht er mit einem gefährlichen Funkeln in den Augen.

Nix hebt seine mit Silberblut verschmierte Hand, um zu signalisieren, dass er aufgibt. Mit der anderen hält er sich den Bauch. Offenbar ist ihm von dem überraschenden Sprung mit Shade noch immer schlecht. Ich kenne das nur zu gut.

»Genug«, keucht er. Der glänzende Schweißfilm auf seiner Stirn verrät, wie erschöpft er ist. *Er ist zwar unverwundbar, aber nicht unbezwingbar.*

Kilorn lässt sich zurück auf seine Baumwurzel fallen und sammelt grinsend die Überreste des Grasnetzes vom Boden auf. Der Anblick des besiegten, blutenden Cal scheint ihn zu amüsieren. »Der gefällt mir«, sagt er. »Der gefällt mir sogar sehr.«

Ich rappele mich vom Waldboden auf und ignoriere die alten Verletzungen, die sich wieder bemerkbar machen. »Der Prinz steht auf *unserer* Seite, Nix. Er ist hier, um zu helfen, genau wie ich.«

Das beschwichtigt Nix jedoch nicht im Geringsten. Er setzt sich auf seine Fersen und bleckt die gelben Zähne. An seinem Keuchen ist zu erkennen, dass er noch immer außer sich ist. »Helfen?«, ruft er höhnisch aus. »Dieser silberne Bastard hat geholfen, meine Töchter vor der Zeit unter die Erde zu bringen.«

Cal bemüht sich trotz des Blutes, das ihm vom Kinn rinnt, eine freundliche Miene aufzusetzen. »Sir –«

»Dara und Jenny Marsten«, zischt Nix. Sein Blick durchbohrt mich in der Dunkelheit wie ein Messer. »Die Hammer-Legion. Die Schlacht bei den Wasserfällen. Sie waren neunzehn Jahre alt.«

Im Krieg gefallen. Eine Tragödie, wenn nicht gar ein Verbrechen, aber was kann Cal dafür?

Aus Cals Miene spricht tiefe Scham. Er scheint Nix zuzustimmen. Dann ergreift er mit belegter, bebender Stimme das Wort. »Wir haben gewonnen«, murmelt er, unfähig Nix in die Augen zu sehen. »Wir waren siegreich in dieser Schlacht.«

Nix ballt die Faust, widersteht jedoch dem Bedürfnis, erneut zuzuschlagen. »*Ihr* habt gewonnen. *Sie* sind im Fluss ertrunken und über die Maidenfälle gespült worden. Die Totengräber konnten nicht mal ihre Schuhe finden. Was stand damals in dem Brief?«, fährt er fort, und Cal verzieht schmerzhaft das Gesicht. »Ach ja, meine Mädchen sind ›für den Sieg gestorben‹. Sie haben ›das Königreich verteidigt‹. Und unten standen ein paar sehr hübsche Unterschriften. Von dem toten König, vom General der Hammer-Legion und von dem genialen Strategen, der entschieden hat, eine ganze Legion durch den Fluss marschieren zu lassen.«

Alle Blicke wenden sich Cal zu, und sein Gesicht wird weiß vor Verlegenheit und Schmach. Mir fällt sein Zimmer im Sonnenschloss wieder ein, all die Bücher und Anleitungen, die gespickt waren mit Anmerkungen und taktischen Überlegungen. Damals ist mir übel geworden davon und auch jetzt wird mir schlecht, wegen Cal *und* wegen mir. Weil ich vergessen habe, wer er wirklich ist. Nicht nur ein Prinz, nicht nur ein Soldat, sondern ein Mörder. In einem anderen Leben hätte ich diejenige sein können, die er in den Tod marschieren lässt, oder meine Brüder oder Kilorn.

»Es tut mir leid«, flüstert Cal und zwingt sich, dem wütenden, trauernden Vater in die Augen zu sehen. Vermutlich haben sie ihm das auch beigebracht. »Ich weiß, dass Ihnen das nichts bedeutet. Ihre Töchter – *alle* Soldaten – hätten es verdient zu leben. Ebenso wie Sie, Sir.«

Nix' Knie knacken, als er sich erhebt, aber er scheint es gar nicht wahrzunehmen. »Soll das eine Drohung sein?«

»Eine Warnung«, erwidert Cal kopfschüttelnd. »Sie sind wie Mare und Shade.« Er zeigt auf uns beide. »Anders. Das, was wir Neublüter nennen. Rot *und* silbern.«

»Wagen Sie es nicht, mich einen Silbernen zu nennen«, sagt Nix durch zusammengepresste Zähne.

Cal lässt sich davon nicht abhalten weiterzureden, während er ebenfalls vom Boden aufsteht. »Mein Bruder wird Jagd auf Leute wie Sie machen. Er hat vor, alle Neublüter zu töten und so zu tun, als hätte es sie nie gegeben. Er plant, euch alle aus der Geschichte auszuradieren.«

Nix räuspert sich und Verwirrung senkt sich über seinen Blick. Er schaut mich Hilfe suchend an. »Heißt das, es gibt … noch andere?«

»Viele andere, Nix.« Diesmal berühre ich ihn ohne die Absicht, ihm einen Stromstoß zu verpassen. Obwohl das keinen Unterschied machen würde. »Mädchen, Jungen, Alte und Junge. Sie sind übers ganze Land verteilt und warten drauf, gefunden zu werden.«

»Und wenn ihr sie – uns gefunden habt? Was dann?«

Ich mache den Mund auf, um zu antworten, doch es kommt nichts heraus. *So weit habe ich noch nicht gedacht.*

Farley tritt vor und streckt eine Hand aus. Darin liegt ein rotes Halstuch, das zwar etwas mitgenommen, aber sauber ist. »Die Scharlachrote Garde wird sie beschützen und verstecken. Und ausbilden, wenn sie ausgebildet werden wollen.«

Ich falle ihr beinahe ins Wort, da ich an den Oberst denken muss. Mir scheint, dass Neublüter das Letzte sind, was er um sich haben möchte, aber Farley klingt so sicher, so überzeugend. Und ich weiß, dass sie, wie immer, noch irgendetwas in der Hinterhand hat, was ich nicht hinterfragen sollte. Noch nicht.

Nix nimmt langsam das Halstuch und dreht es in seinen blutverschmierten Händen. »Und wenn ich mich weigere?«, fragt er leichthin, aber ich höre den Ernst darunter.

»Dann bringt Shade Sie umgehend zurück ins Bett und Sie hören nie wieder von uns«, sage ich. »Aber Maven *wird* kommen. Wenn Sie also nicht mit uns weggehen wollen, sollten Sie trotzdem besser von hier verschwinden.«

Seine Hand schließt sich fester um das scharlachrote Tuch. »Nicht gerade eine prickelnde Alternative.«

»Aber Sie *haben die Wahl.*« Ich hoffe, er weiß, dass es mir Ernst damit ist. Das hoffe ich um meiner selbst willen, für mein eigenes Seelenheil. »Sie entscheiden, ob Sie hierbleiben wollen oder mitkommen. Sie wissen besser als jeder andere, wie viel schon verloren ist – aber Sie können uns helfen, etwas zurückzugewinnen.«

Danach schweigt Nix eine ganze Weile. Er läuft mit dem Tuch in der Hand auf und ab und späht dabei hin und wieder durch die

Zweige zum Licht des Wachturms hinüber. Es hat drei ganze Umdrehungen gemacht, als er wieder das Wort ergreift.

»Meine Mädchen sind tot, meine Frau ist tot, und ich bin den Gestank des Salzsumpfs gründlich leid«, sagt er und bleibt schließlich vor mir stehen. »Ich bin dabei.« Dann schaute er wütend über meine Schulter, und ich muss mich nicht umdrehen, um zu wissen, dass er Cal im Blick hat. »Aber den da haltet mir vom Leib.«

12

Wir stapfen unversehrt zurück durch den Wald, und nichts folgt uns außer der Meeresbrise und den Wolken. Trotzdem kann ich die Furcht nicht abschütteln, die sich meiner bemächtigt hat.

Auch wenn Nix Cal um ein Haar den Schädel gespalten hätte, war es leicht, ihn zu rekrutieren. Zu leicht. Und wenn ich während der letzten siebzehn Jahre – oder des letzten *Monats* – eins gelernt habe, dann, dass nichts leicht ist. Alles hat seinen Preis. Wenn Nix keine Falle ist, dann zumindest eine Gefahr. *Jeder kann jeden verraten.*

Also verschließe ich mein Herz vor dem Mann aus Coraunt – obwohl er mich an Pa erinnert, obwohl er wenig mehr ist als ein grauer Bart mit einem Herzen voller Trauer und obwohl er so ist wie Shade und ich. Ich habe ihn vor Maven gerettet, ihm erklärt, was er ist, und ihn selbst entscheiden lassen. Jetzt muss ich weiterziehen und dasselbe für einen anderen tun und dann für den Nächsten und den danach. Alles, was jetzt zählt, ist der nächste Name.

Das Sternenlicht erhellt den Wald gerade so weit, dass ich einen Blick in die Liste werfen kann, daher blättere ich in Julians Büchlein. Es gibt nur wenige Neublüter in dieser Gegend, und sie wohnen alle in und um Harbor Bay. Zwei direkt in der Stadt und einer im Slum von New Town. Ich bin nicht sicher, auf welchem Weg wir zu ihnen vordringen können. Bestimmt ist die Stadt – wie Archeon und Summerton – von einer Mauer umgeben, und in den Slums der Bastler gelten Restriktionen, die sogar noch schlimmer sind als die Maßnahmen. Doch dann fällt mir wieder ein, dass Mauern und Restriktionen für Shade kein Problem darstellen. Glücklicherweise geht es ihm von Stunde zu Stunde besser, und in einigen Tagen wird er die Krücke nicht mehr brauchen. Dann sind wir nicht mehr aufzuhalten. Dann könnten wir vielleicht sogar *gewinnen.*

Dieser Gedanke begeistert und verwirrt mich gleichermaßen. Wie wird so eine Welt aussehen? Ich habe keine Ahnung, wo ich dann sein werde. Vielleicht zu Hause. Auf jeden Fall bei meiner Familie, irgendwo im Wald, wo ich einen Fluss hören kann. Und natürlich mit Kilorn in meiner Nähe. Aber Cal? Ich weiß nicht, wo es ihn am Ende hinziehen wird.

In der Dunkelheit der Nacht kann man seine Gedanken auf Wanderschaft gehen lassen. Ich bin daran gewöhnt, durch Wälder zu laufen, und brauche mich dabei nicht besonders zu konzentrieren. Also träume ich vor mich hin und denke an das, was vielleicht einmal Wirklichkeit sein wird. Eine Armee von Neublütern. Farley als Anführerin der Scharlachroten Garde. Ein richtiger Aufstand der Roten, an dem alle beteiligt sind, von den Schützengräben im Todesstreifen bis zu den Gassen in Gray Town. Cal hat immer gesagt, dass ein richtiger Krieg als Preis für Veränderungen zu hoch wäre, dass zu viele Rote und Silberne dafür ihr Leben lassen müssten. Ich hoffe, er hat Recht. Ich hoffe, Maven wird erkennen, was wir sind, wozu wir im Stande sind, und einsehen, dass er nicht gewinnen kann. Er ist kein Dummkopf. Er weiß, wann er geschlagen ist. *Zumindest hoffe ich das.* Denn soweit ich weiß, ist Maven noch nie besiegt worden. Nicht, wenn es wirklich zählte. Cal hat seinen Vater, seine Soldaten für sich eingenommen, doch Maven hat die Krone errungen. Maven hat jede Schlacht für sich entschieden, auf die es wirklich ankam.

Und mit der Zeit … hätte er auch mich für sich gewonnen.

Ich sehe ihn im Schatten jedes einzelnen Baums, als Geist, der in der Knochenarena im Regensturm steht. Wasser strömt ihm durch die Zacken seiner eisernen Krone in Augen und Mund, in seinen Kragen und in den eisigen Abgrund, den sein verkümmertes Herz darstellt. Es färbt sich rot, verwandelt sich in Blut, mein Blut. Er öffnet den Mund, um davon zu kosten, und seine Zähne sind scharfe, funkelnde Messer aus weißen Knochen.

Ich blinzele ihn weg, vertreibe die Erinnerung an den wahren Verräterprinzen.

Farleys Gemurmel dringt durch die Dunkelheit; sie erklärt Nix die genauen Ziele der Garde. Nix ist ein kluger Mann, doch wie alle anderen, die unter der Herrschaft der Flammenkrone leben, ist er mit Lügen vollgestopft worden. *Terrorismus, Anarchie, Mordlust*, das sind die Worte, die in den Nachrichtensendungen fallen, wenn es darum geht, die Garde zu beschreiben. Man zeigt mit Vorliebe die Leichen der Kinder, die bei der Sonnen-Schießerei ums Leben kamen, und die überflutete Ruine der Brücke von Archeon, und tut einfach alles, um das Land von unserer angeblich üblen Gesinnung zu überzeugen. Während der wahre Feind lächelnd auf seinem Thron sitzt.

»Was ist mit *ihr*?«, flüstert Nix mit einem schnellen Blick in meine Richtung. »Stimmt es, dass sie den Prinzen dazu verführt hat, den König umzubringen?«

Nix' Frage trifft mich wie eine scharfe Klinge und verletzt mich so sehr, dass ich erwarte, ein Messer in meiner Brust stecken zu sehen, als ich an mir herabschaue. Aber mein Schmerz kann warten. Cal, der vor mir geht, erstarrt. Seine breiten Schultern heben und senken sich heftig, was mir zeigt, dass er tief durchatmet, um Fassung ringt.

Ich lege eine Hand auf seinen Arm, in der Hoffnung, dass er meine Berührung als ebenso beruhigend empfindet wie ich die seine. Seine Haut steht in Flammen, ist fast zu heiß für meine Finger.

»Nein, es stimmt ganz und gar nicht«, sage ich so entschieden wie möglich. »Es entspricht nicht im Geringsten den Tatsachen.«

»Dann ist der Kopf des Königs also von selbst abgefallen, was?« Nix gluckst und erwartet, dass wir lachen. Aber selbst Kilorn ist klug genug, es nicht zu tun. Er lächelt nicht einmal. Dass tote Väter nichts sind, worüber man Scherze macht, weiß er nur allzu gut aus eigener, schmerzlicher Erfahrung.

»Es war Maven«, sagt Kilorn zu unser aller Verblüffung leise. Aus seinem Blick spricht die schiere Verachtung. »Maven und seine Mutter, die Königin. Sie kann in die Köpfe anderer Menschen eindringen und ihr Verhalten steuern. Und –« Ihm versagt die Stimme; er kann es nicht aussprechen. Es ist einfach zu furchtbar, wie der König zu Tode kam, auch wenn wir alle diesen Mann gehasst haben.

»Und?«, drängt Nix und wagt es, ein paar Schritte auf Cal zuzugehen. Ich schaue ihn an. Glücklicherweise versteht er den Wink und bleibt stehen. Doch er grinst höhnisch. Offenbar genießt er die Qual, die er dem Prinzen bereitet. Auch wenn ich seine Gründe dafür nachvollziehen kann, muss ich ihm das nicht durchgehen lassen.

»Geh weiter«, murmele ich so leise, dass nur Cal es hören kann.

Aber er dreht sich stattdessen um. Meine Hand liegt noch immer auf seinem Arm und ich spüre, wie seine Muskeln sich anspannen; sie sind wie heiße Wellen, die sich über ein kompaktes Meer wälzen. »Sie hat mich gezwungen, es zu tun, Marsten.« Seine bronzefarbenen Augen suchen Nix' Blick, fordern ihn heraus, weiter auf ihn zuzukommen. »Sie hat sich Zugang zu meinem Hirn verschafft und die

Kontrolle über meinen Körper übernommen. Aber mein Bewusstsein hat sie nicht ausgeschaltet. Ich musste mit ansehen, wie meine Arme sein Schwert nahmen und ich ihm den Kopf abgeschlagen habe. Und anschließend hat sie der Welt erzählt, ich hätte das schon immer vorgehabt.« Etwas leiser, wie um sich selbst zu erinnern, fügt er hinzu: »Sie hat mich gezwungen, meinen Vater zu töten.«

Nix' Häme verschwindet. »Ich hab die Bilder gesehen«, murmelt er, wie um sich zu entschuldigen. »Sie wurden überall gezeigt, auf jedem Bildschirm der Stadt. Ich dachte … Es sah so aus, als ob …«

Cal betrachtet die Bäume neben uns, aber er sieht sie nicht. Sein Blick ist in die Vergangenheit gerichtet, auf etwas noch Schmerzhafteres. »Auch meine Mutter hat sie auf dem Gewissen. Und sie wird uns alle töten, wenn wir sie nicht aufhalten.«

Die Worte kommen hart und ungeschliffen aus meinem Mund, wie eine stumpfe, rostige Klinge, die sich in Haut bohrt. Aber sie schmecken köstlich auf der Zunge. »Nicht, wenn ich sie zuerst töte.«

Trotz all seiner kriegerischen Talente ist Cal kein grausamer Mensch. Er kann andere auf tausenderlei Arten töten, er kann eine Armee führen und Dörfer niederbrennen, aber Freude bereitet ihm das nicht. Daher überrascht mich, was er jetzt sagt.

»Wenn es so weit ist«, sagt er an mich gewandt, »müssen wir eine Münze werfen.«

Sein helles Feuer ist wahrlich finster geworden.

Als wir aus dem Wald treten, bekomme ich plötzlich Panik. Was, wenn die Blackrun nicht mehr da ist? Was, wenn man uns auf die Spur gekommen ist? *Was, wenn? Was, wenn? Was, wenn?* Aber der Jet steht noch genau da, wo wir ihn zurückgelassen haben. Auf der grauschwarzen Landebahn ist er fast unsichtbar in der Dunkelheit. Ich widerstehe dem Drang loszurennen, um mich in Sicherheit zu bringen, und gehe stattdessen ruhig neben Cal her. Aber nicht zu dicht neben ihm. *Keine Ablenkungen.*

»Halt die Augen offen«, murmelt Cal, während wir uns der Maschine nähern. Die Warnung ist knapp, aber deutlich. Er hält den Jet genauestens im Blick, sucht nach Hinweisen für eine Falle.

Ich tue es ihm nach und konzentriere mich besonders auf die heruntergelassene Rampe, die vom offenen Flugzeug auf die Landebahn führt. Sie sieht unberührt aus, doch im Bauch der Blackrun sammeln sich Schatten. Es ist pechschwarz darin. Aus dieser Entfernung kann man unmöglich etwas erkennen.

Die ganze Maschine zum Laufen zu kriegen, hat mich aufs Äußerste gefordert, aber die Beleuchtung im Innenraum anzuschalten, ist eine Kleinigkeit. Selbst aus zehn Metern Entfernung nehme ich spielend leicht Kontakt zu den entsprechenden Leitungen auf, gebe ihnen einen Schubs und schon ist das Innere des Jets hell erleuchtet. Es bewegt sich nichts dort drinnen. Aber die plötzliche Helligkeit lässt meine Begleiter erschrecken. Farley zieht sogar ihre Pistole aus dem Holster an ihrem Bein.

»Das war nur ich«, sage ich beschwichtigend. »Der Jet ist leer.«

Ich gehe schneller, denn ich kann es kaum erwarten, wieder von all der Elektrizität umgeben zu sein, die mich mit jedem Schritt stärker macht. Über die Rampe in die Maschine hochzusteigen ist, als glitte ich in eine wohlige Umarmung. Ich streiche mit der Hand an den Wänden entlang, zeichne im Vorbeigehen die Umrisse eines der metallenen Elemente nach. Mein Strom fließt weiter, strömt von den Leuchten aus durch die elektrischen Leitungen in die riesigen Batteriezellen zu meinen Füßen und unter den Tragflächen des Jets. Sie summen in perfektem Gleichklang, während sie ihre eigene Energie losschicken und all das anschalten, was ich noch nicht aktiviert habe. Die Blackrun erwacht zum Leben.

Nix schnappt hinter mir nach Luft, die große, metallene Maschine erfüllt ihn mit Ehrfurcht. Wahrscheinlich hat er so etwas noch nie aus der Nähe gesehen, geschweige denn betreten. Als ich mich umdrehe, erwarte ich, ihn die Sitze oder das Cockpit anstarren zu sehen, aber ich bin diejenige, die er mit Blicken fixiert. Er wird rot und neigt den Kopf zu einer etwas missglückten Verbeugung. Bevor ich ihm sagen kann, dass er mit dem Unfug aufhören soll, schlurft er zu einem Sitz und betrachtet fasziniert die Sicherheitsgurte.

»Bekomme ich einen Helm?«, fragt er in die Stille. »Wenn wir durch die Luft rasen, möchte ich einen Helm.«

Kilorn setzt sich lachend neben Nix und schnallt ihn und sich mit schnellen, geschickten Handgriffen an. »Nix, ich glaube, du bist hier der Einzige, der *keinen* Helm braucht.«

Sie prusten beide los und zwinkern sich zu. Bestimmt würde Kilorn irgendwann wie Nix werden, wenn ich und die Scharlachrote Garde nicht wären. Ein ausgebrannter alter Mann, der nichts anderes mehr besitzt als seine müden Knochen. Jetzt kann ich nur hoffen, dass er noch die Chance hat, alt zu werden, über Knieschmerzen zu klagen und sich einen grauen Bart wachsen zu lassen. Wenn er mir nur erlauben würde, ihn zu beschützen. Wenn er nur nicht darauf bestehen würde, sich vor jede Kugel zu werfen, die ihm entgegenfliegt.

»Sie ist also wirklich die Blitzwerferin«, sagt Nix. »Und der da ist ein …«, er zeigt durch den Jet zu Shade und sucht nach einem Wort, das seine Fähigkeit beschreibt.

»Ein Springer«, hilft ihm Shade mit einem respektvollen Nicken. Er zieht seine Gurte so stramm wie möglich und wird schon bei dem Gedanken an den unmittelbar bevorstehenden Flug blass. Farley sieht nicht so mitgenommen aus. Sie schaut von ihrem Sitz aus entschlossen auf die Fenster im Cockpit.

»Springer, okay. Und was ist mit dir, mein Junge?«, fragt er und stößt Kilorn mit dem Ellbogen an. Dabei entgeht ihm völlig, dass Kilorns Lächeln erstirbt. »Was kannst du?«

Um den Schmerz in Kilorns Augen nicht sehen zu müssen, lasse ich mich auf meinen Sitz im Cockpit fallen. Aber ich bin nicht schnell genug und bekomme noch mit, dass er rot anläuft, den Kopf zwischen die Schultern zieht und finster brütend vor sich hin starrt. Der Grund liegt auf der Hand. *Er ist neidisch.* Er verzehrt sich geradezu vor Neid, was mich verblüfft. Ich wäre nie auf die Idee gekommen, dass Kilorn so sein möchte wie ich, wie ein *Silberner*. Er war immer stolz auf die Farbe seines Blutes. Und als er zum ersten Mal gesehen hat, was aus mir geworden war, konnte er seinen Zorn kaum unterdrücken. *Du bist eine von denen?*, hat er mich damals voller Ekel angefahren. Er war schrecklich wütend. Aber warum ist er es jetzt?

»Ich kann Fische fangen«, sagt er mit einem gequälten Lächeln. In seinem Ton liegt eine Bitterkeit, die noch eine Weile nachwirkt.

Nix klopft Kilorn unbekümmert auf die Schulter. »Und ich Krebse«, sagt er und wackelt mit den Fingern. »Ich war mein ganzes Leben lang Krebsfischer.«

Kilorns Missbehagen lässt ein wenig nach und wird von einem schiefen Grinsen verdeckt. Er setzt sich so hin, dass er Cal dabei zusehen kann, wie er die Blackrun startklar macht. Ich spüre, wie die Triebwerke durch Cals Schalten und Walten am Bedienpult aktiviert werden. Die Schaufeln in den Turbinen laufen an und drehen sich von Sekunde zu Sekunde schneller.

»Sieht alles gut aus«, sagt Cal schließlich und durchbricht damit das unbehagliche Schweigen. »Wo soll's jetzt hingehen?«

Ich brauche eine Sekunde, um zu begreifen, dass die Frage an mich gerichtet ist. »Oh«, stammele ich. »Die Neublüter, die von hier aus am nächsten sind, finden sich in Harbor Bay. Zwei leben in der Stadt und einer in den Slums.«

Eigentlich erwarte ich, Cal fluchen zu hören, weil er in eine befestigte Stadt der Silbernen vordringen soll, aber er nickt nur. »Das wird nicht leicht«, warnt er, und seine bronzefarbenen Augen flackern im blinkenden Licht der Instrumente.

»Gut, dass du's sagst. Das wäre uns sonst entgangen«, erwidere ich trocken. »Farley, glaubst du, wir kriegen das hin?«

Sie nickt und hinter ihrer sonst so stoischen Miene blitzt etwas auf. *Vorfreude.* Als sie auch noch mit den Fingern auf ihren Oberschenkel trommelt, beschleicht mich das beängstigende Gefühl, dass sie diese Mission als Spiel betrachtet. »Ich hab genug Freunde dort«, sagt sie. »Die Mauer ist kein Problem.«

»Na dann, auf nach Harbor Bay«, sagt Cal. Sein grimmiger Ton ist alles andere als beruhigend.

Ebenso wenig wie mein Gefühl in der Magengegend, als der Jet sich in Bewegung setzt und über die in der Dunkelheit liegende Startbahn rast. Diesmal kneife ich die Augen zu, als wir abheben. Das tröstliche Surren der Triebwerke und das Wissen, nicht gebraucht zu werden, machen es mir beängstigend leicht einzuschlafen.

Ich pendele ständig zwischen Schlafen und Wachen hin und her, ohne je ganz in die dunkle Stille hinüberzugleiten, die ich dringend brauchte, um mich auszuruhen. Irgendetwas an dem Jet hält mich in diesem Schwebezustand. Auch wenn ich die Augen kein einziges Mal aufschlage, schaltet mein Kopf nie ganz ab. Ich fühle mich wie Shade, wenn er so tut, als würde er schlafen, und dabei geflüsterte Geheimnisse in sich aufsaugt. Aber die anderen sind still und schlafen, nach Nix Schnarchen zu urteilen, wie die Murmeltiere. Nur Farley bleibt wach. Ich höre, wie sie sich abschnallt und neben Cal stellt; ihre Schritte sind über den Lärm der Triebwerke hinweg kaum zu hören. Dann dämmere ich weg und stehle mir einige Minuten dringend benötigten Schlaf, bevor ihre leise Stimme mich zurückholt.

»Wir sind über dem Meer«, murmelt sie und klingt irritiert.

Cals Halswirbel knacken, als sein Kopf sich bewegt. Er war so sehr aufs Fliegen konzentriert, dass er sie offensichtlich nicht gehört hat. »Sehr scharfsichtig«, sagt er, als er sich von seinem Schreck erholt hat.

»Warum sind wir über dem Meer? Harbor Bay liegt südlich, nicht östlich von –«

»Weil wir genug Saft haben, um einen Umweg zu fliegen, und sie brauchen dringend Schlaf.« In seiner Stimme schwingt so etwas wie Furcht mit. *Cal hasst Wasser. Dieser Umweg muss ihn viel Überwindung kosten.*

»Sie können da schlafen, wo wir landen«, erwidert Farley verächtlich. »Die nächste Landebahn liegt ebenso versteckt wie die letzte.«

»*Sie* aber nicht. Nicht, wenn Neublüter auf dem Spiel stehen. Sie wird marschieren, bis sie umfällt, und das dürfen wir nicht zulassen.«

Es entsteht eine lange Pause. Er starrt sie bestimmt an, versucht sie mit Blicken zu überzeugen statt mit Worten. Ich weiß aus erster Hand, wie gut er darin ist.

»Und wann schläfst du, Cal?«

»Ich schlafe nicht«, sagt er traurig. »Nicht mehr.«

Ich möchte meine Augen aufschlagen und ihm sagen, dass er umdrehen und sich beeilen soll. Wir vergeuden nur Zeit über dem Meer, verschwenden kostbare Sekunden, die über Leben und Tod der Neublüter von Norta entscheiden können. Aber die Erschöpfung macht meine Wut kraftlos. Ebenso wie die Kälte. Selbst neben Cal, dem wandelnden Ofen, spüre ich, wie die vertraute Eiseskälte mich befällt. Ich weiß nicht, wo sie herkommt, nur dass sie immer in Momenten der Ruhe über mich hereinbricht, wenn ich still bin, wenn ich nachdenke. Wenn mich die Erinnerung an all das quält, was ich getan habe und was mir angetan wurde. Das Eis sitzt da, wo mein Herz sitzen sollte, und droht mich zu zerfetzen. Ich lege meine Arme um mich, um den Schmerz zu vertreiben. Ein bisschen nützt es sogar; sie bringen mir ein wenig Wärme zurück. Aber wo das Eis schmilzt, bleibt nur Leere zurück. Nur ein Abgrund. Und ich weiß nicht, wie ich ihn auffüllen soll.

Aber ich werde wieder gesund werden. Ich muss.

»Es tut mir leid«, murmelt Cal fast unhörbar, aber laut genug, um mich daran zu hindern, wieder einzuschlafen. Doch seine Worte sind nicht an mich gerichtet.

Etwas streift meinen Arm. Farley rückt näher an ihn heran.

»Das, was ich dir angetan habe. Damals. Im Sonnenschloss.« Ihm versagt fast die Stimme – Cal hat mit seinem eigenen Eis zu kämpfen, mit der Erinnerung an das gefrorene Blut, an die Folter, der er Farley im Keller des Palastes ausgesetzt hat. Sie hat sich geweigert, ihre Mitstreiter zu verraten, und dafür hat Cal sie leiden lassen. »Ich erwarte nicht, dass du eine Entschuldigung akzeptierst, und das solltest du auch –«

»Doch«, sagt sie knapp, aber aufrichtig. »Ich hab in dieser Nacht auch Fehler gemacht. Wir alle haben das.«

Obwohl meine Augen geschlossen sind, weiß ich, dass sie mich ansieht. Ich spüre ihren Blick auf mir, voller Reue – und Entschlossenheit.

Das unsanfte Aufsetzen von Reifen auf Beton reißt mich aus dem Schlaf. Ich werde in meinem Sitz hin und her geworfen und öffne die Augen, nur um sie sofort wieder zuzukneifen und den Blick von dem grellen Sonnenlicht abzuwenden, das durch die Fensterscheiben ins Cockpit fällt. Die anderen sind hellwach, sie unterhalten sich leise, und ich drehe mich zu ihnen um. Obwohl wir noch in voller Fahrt über die Landebahn rasen, tritt Kilorn an meine Seite. Sein Seemannsgang scheint wirklich was wert zu sein, denn das Schaukeln des Jets macht ihm offenbar nicht das Geringste aus.

»Mare Barrow, wenn ich dich noch ein Mal beim Schlafen erwische, melde ich dich dem Sicherheitsposten.« Er ahmt unsere alte Lehrerin nach, bei der wir gemeinsam Unterricht hatten, bis er sieben wurde und bei einem Fischer in die Lehre ging.

Die Erinnerung an unsere Schulzeit entlockt mir ein Grinsen. »Dann schlafe ich eben am Pranger, Miss Vandark«, erwidere ich, keck zu ihm aufblickend, und er lacht schallend los.

Als ich richtig wach werde, bemerke ich, dass ich gut zugedeckt bin. Mit einem weichen, verschlissenen, dunklen Stück Stoff. *Kilorns Jacke*. Er zieht sie weg, bevor ich protestieren kann, und ohne sie wird mir sofort kalt.

»Danke«, murmele ich, während er wieder hineinschlüpft.

Er zuckt nur die Achseln. »Du hast gezittert.«

»Es ist noch ein ganzes Stück bis nach Harbor Bay«, sagt Cal mit lauter Stimme über das Dröhnen der Triebwerke hinweg, die jetzt allmählich herunterfahren. Sein Blick bleibt starr auf die Landebahn gerichtet, während er den Jet allmählich zum Stehen bringt. Wie schon Feld Neun-Fünf liegt auch diese sogenannte Ruine völlig abgelegen mitten im Wald. »Fünfzehn Kilometer durch Wald und die Außenbezirke«, fügt er mit einem Blick auf Farley hinzu. »Es sei denn, du hast noch was anderes in der Hinterhand.«

Sie lacht leise in sich hinein, während sie sich abschnallt. »Ich sehe, du lernst dazu«, sagt sie, entfaltet geräuschvoll die Landkarte des Obersts und breitet sie über ihre Knie. »Wenn wir die alten Tunnel nehmen, können wir auf zehn Kilometer verkürzen. Und wir vermeiden die Außenbezirke.«

»Noch eine Tunnelbahn?« Der Gedanke erfüllt mich mit einer Mischung aus Hoffnung und Furcht. »Ist sie sicher?«

»Was ist denn eine Tunnelbahn?«, fragt Nix grummelnd und klingt ganz weit weg. Aber ich werde meine Zeit nicht darauf verschwenden, ihm von der lärmenden Metallröhre zu erzählen, die wir in Naercey hinter uns gelassen haben.

Farley ignoriert ihn ebenfalls. »Nein, in Harbor Bay sind keine installiert, noch nicht. Aber der Tunnel verläuft direkt unterhalb der Port Road. Es sei denn, er wurde zerstört?«

Sie schaut zu Cal, der den Kopf schüttelt. »Nicht in der kurzen Zeit. Noch vor vier Tagen haben wir geglaubt, die alten Tunnel wären nicht begehbar. Sie sind nicht mal irgendwo verzeichnet. Selbst mit jedem Starkarm, der ihm zur Verfügung steht, kann Maven sie in der Zwischenzeit nicht alle versperrt haben.« Er stockt und scheint tief in Gedanken zu versinken. Ich weiß, woran er sich erinnert.

Es ist erst vier Tage her. Vier Tage, seit Cal und Ptolemus Walsh in den Tunneln unter Archeon aufgegriffen haben. Vier Tage, seit wir gesehen haben, wie sie sich das Leben nahm, um die Geheimnisse der Scharlachroten Garde zu schützen.

Um nicht an Walshs glasige, tote Augen denken zu müssen, recke und strecke ich mich auf meinem Sitz. »Dann lasst uns losgehen«, sage ich bestimmter, als es eigentlich meine Absicht war.

Wie bei Nix habe ich auch die nächsten Namen und Daten auf der Liste auswendig gelernt. *Ada Wallace. Geboren am 01. 06. 290 in Harbor Bay, Beacon, Regentenprovinz, Norta. Aktueller Wohnort: Wie Geburtsort.* Und der andere, der ebenfalls in Harbor Bay wohnen soll: *Wolliver Galt. Geboren am 20. 01. 302.* An Kilorns Geburtstag, sogar im gleichen Jahr. Aber er ist nicht Kilorn. Er ist ein Neublüter, eine weitere Rot-Silber-Mutation, die Kilorn beneiden kann.

Seltsam, dass Kilorn Nix nicht feindselig begegnet. Er ist sogar ausnehmend freundlich zu dem älteren Mann und springt um ihn herum wie ein junger Hund. Sie reden angeregt miteinander; offenbar schafft die gemeinsame Erfahrung, als Rote in Armut und ohne jede Hoffnung aufgewachsen zu sein, eine Verbindung zwischen ihnen. Da sie gerade über Netze und Knoten sprechen – ein eher langweiliges Thema, das Kilorn jedoch liebt –, lenke ich meine Aufmerksamkeit den Dingen zu, die nun zu klären sind. Eigentlich würde ich lieber mit ihnen über den Wert eines guten Achterknotens diskutieren, als über die beste Strategie nachzudenken, wie wir in die Stadt vordringen können. Denn dann könnte ich mich normal fühlen. Was ich nicht bin, egal was Shade sagt.

Farley zieht bereits eine dunkelbraune Jacke an und versteckt ihr auffälliges rotes Halstuch darunter. Dann macht sie sich daran,

Essensrationen aus unseren Vorräten einzupacken. Noch sind wir gut ausgestattet, aber ich nehme mir trotzdem vor, unterwegs so viel wie möglich mitgehen zu lassen, wenn ich die Gelegenheit dazu habe. Waffen sind ein anderes Thema. Wir haben nur sechs insgesamt – drei Gewehre und drei Pistolen – und an mehr heranzukommen, wird kein leichtes Unterfangen sein. Farley hat sich längst ausgerüstet. Sie trägt ein Gewehr mit einem langen Lauf über der Schulter und die Pistole in einem Halfter an der Hüfte. Sie legt sie nicht einmal im Schlaf ab. Entsprechend überrascht bin ich, als sie nun beide Waffen in den Schrank an der Wand hängt.

»Gehst du unbewaffnet?«, fragt Cal fassungslos. Er hält sein eigenes Gewehr bereits in der Hand.

Statt einer Antwort zieht Farley ihr Hosenbein hoch und enthüllt ein langes Messer in ihrem Stiefelschaft. »Harbor Bay ist eine große Stadt. Wir brauchen bestimmt den ganzen Tag, um Mares Neublüter zu finden, und vielleicht die ganze Nacht, um sie da rauszuholen. Hier mit einer nicht registrierten Waffe rumzulaufen, ist zu riskant. Man würde mich auf der Stelle erschießen. In den Dörfern ist das was anderes«, erklärt sie und verbirgt das Messer wieder. »Ich staune, dass du deine eigenen Gesetze nicht kennst, Cal.«

Er läuft silbern an und seine Ohrspitzen werden weiß vor lauter Verlegenheit. Cal hatte noch nie viel mit Gesetzen und Politik im Sinn, auch wenn er sich als Thronerbe damit befassen musste. Das war schon immer Mavens Domäne.

»Und außerdem haben wir doch euch«, fährt Farley mit einem frechen Blick zu Cal und mir fort. »Ihr seid unsere besten Waffen.«

Ich kann förmlich hören, wie Cal mit den Zähnen knirscht, wütend und frustriert. »Ich hab doch gesagt, dass das nicht geht«, setzt er an, und ich muss gar nicht hinhören, denn ich kenne seine Argumente. *Wir sind die meistgesuchten Menschen im ganzen Königreich. Wir stellen eine Gefahr für alle dar und wir setzen alles aufs Spiel, wenn wir unsere Fähigkeiten nutzen.* Mein Instinkt sagt mir zwar, dass ich auf Cal hören sollte, aber er rät mir auch – rät mir immer auch –, ihm gegenüber misstrauisch zu sein. Sich irgendwo einzuschleichen, ist nicht seine große Stärke, sondern *meine*. Während er weiter mit Farley diskutiert und Shade sich in das Gespräch einmischt, ziehe ich unbemerkt die Karte zu mir und bereite ich mich stillschweigend auf die Tunnel und auf Harbor Bay vor. Aus Julians Büchern weiß ich ja bereits einiges über die Stadt.

Diese Karte von Harbor Bay, die vom Oberst stammt, ist neuer und detaillierter als die, die Julian mir gezeigt hat. So wie Archeon um die riesige Brücke herum erbaut wurde, die die Scharlachrote Garde vor kurzem zerstört hat, ist Harbor Bay um seinen berühmten, beckenförmigen Hafen herum gewachsen. Der größte Teil davon wurde künstlich aufgeschüttet, weshalb er in einem unnatürlich perfekten Bogen geformt ist. Grünfinger und Nymphen haben beim Bau der Stadt und des Hafens geholfen, wobei die Ruinen der alten Gebäude zugeschüttet oder geflutet wurden. Heute zerteilt ein schnurgerader Damm die Bucht. Er ist durch unzählige Tore und Militärpatrouillen streng bewacht und trennt den zivilen Aquariushafen von dem Teil, der passenderweise Kriegshafen heißt. Auf einem quadratischen, von Mauern umgebenen Stück Land am Ende dieses Damms liegt – genau in der Mitte des Hafens – Fort Patriot. Das Fort gilt als das wertvollste im ganzen Land und ist der einzige Stützpunkt, an dem alle drei Teilstreitkräfte vertreten sind. Es beherbergt ebenso Soldaten der Beacon-Legion wie Geschwader der Luftflotte; und da der Kriegshafen selbst für die größten Zerstörer tief genug ist, ist Harbor Bay zudem eine der wichtigsten Anlaufstellen für die Marine von Norta. Schon auf den Landkarten sieht Fort Patriot bedrohlich aus. Wir können nur hoffen, dass Ada und Wolliver nichts damit zu schaffen haben und wir sie *außerhalb* seiner Mauern finden.

Die Häuser der Stadt sind rund um den Hafen gruppiert und drängen sich bis dicht an die Docks. Harbor Bay ist älter als Archeon und hat sich die Ruinen des Ortes, der sich früher dort befand, einfach einverleibt. Die Straßen sind kurvenreich und teilen sich oft unvermittelt. Verglichen mit dem ordentlichen Raster, das der Hauptstadt zu Grunde liegt, nimmt Harbor Bay sich wie ein verknotetes Drahtgewirr aus. Perfekt für Gauner wie uns. Einige Straßen verlaufen sogar teilweise unterirdisch und sind mit dem Tunnelnetz verbunden, das Farley so gut zu kennen scheint. Auch wenn es nicht leicht sein wird, zwei Neublüter aus Harbor Bay herauszuholen, erscheint es mir doch nicht unmöglich. Vor allem wenn ein paar Stromausfälle die Stadt genau im richtigen Moment lahmlegen.

»Du kannst ja gern hierbleiben, Cal«, sage ich und blicke von der Karte hoch. »Aber ich lasse mir das nicht entgehen.«

Cal unterbricht sich mitten im Satz und dreht sich zu mir. Einen Moment lang fühle ich mich wie ein Häufchen Zündhölzer, das kurz davorsteht, in Brand gesteckt zu werden. »Dann hoffe ich, dass du auch gewappnet bist für das, was dir bevorsteht.«

Ich werde jeden töten müssen, der mich erkennt. Jeden.

»Bin ich«, sage ich.

Lügen kann ich, ohne rot zu werden.

13

Es ist nicht schwer, Nix davon zu überzeugen, dass er besser nicht mitkommt. Trotz seiner Unverwundbarkeit ist er immer noch ein Krebsfischer aus der Provinz, der nie über die Salzsümpfe seiner Heimat hinausgekommen ist. Eine Rettungsmission in einer gut bewachten, von Mauern umgebenen Stadt ist nichts für ihn, und das weiß er auch. Kilorn sträubt sich stärker dagegen, beim Jet zu bleiben, und erklärt sich erst dazu bereit, als ich ihn daran erinnere, dass Nix Gesellschaft braucht. Er weiß, wie wichtig mir das ist – und wie sehr ich darauf bedacht bin, ihn in Sicherheit zu wissen.

Ich erwarte, dass er mir beim Abschied eine Warnung oder einen Rat ins Ohr flüstert. Doch stattdessen zeigt er mir, dass er Vertrauen in mich setzt, und diese Ermutigung brauche ich mehr, als ich mir eingestehen will. »Du wirst sie retten«, murmelt er. »Da bin ich mir ganz sicher.«

Sie retten. Diese Worte verfolgen mich wie ein Echo, während ich die Rampe hinuntergehe und in den sonnenbeschienenen Wald eintrete. *Das werde ich*, sage ich mir immer wieder vor, bis ich ebenso fest daran glaube wie Kilorn. *Das werde ich, das werde ich, das werde ich.*

Da der Wald hier weniger dicht ist, müssen wir ständig auf der Hut sein. Im Hellen braucht Cal sich wegen seiner Flammen keine Sorgen zu machen und hält sie ständig bereit; jede seiner Fingerspitzen brennt wie der Docht einer Kerze. Shade ist so gut wie gar nicht zu sehen. Er springt von Baum zu Baum und sucht den Wald genauestens ab. Sein Adlerblick schweift immer wieder in alle Richtungen, bis er zufrieden ist. Auch meine Sinne sind hellwach; wenn in der Nähe irgendwo Strom fließen würde, der von einem Gefährt oder einem tief fliegenden Kampfjet stammt, wüsste ich es. Das leise Dröhnen aus südöstlicher Richtung, wo Harbor Bay liegt, überrascht mich nicht weiter; ebenso wenig wie der an- und abschwellende Verkehr auf der Port Road. Die anderen können sie noch nicht hören, aber mein innerer Kompass sagt mir, dass wir mit jedem Schritt näher herankommen.

Dann spüre ich etwas, lange bevor ich es erspähe. Sie ist wie ein hauchfeiner Druck auf meinen offenen Sinnen: eine winzige Batterie, die Elektrizität verströmt, wahrscheinlich in einer Uhr oder einem Funkgerät.

»Aus Osten«, murmele ich und weise in die Richtung, aus der die Energiequelle sich nähert.

Farley fährt herum, hält es aber offenbar nicht für nötig sich hinzukauern. Ich dagegen stütze ein Knie auf den Waldboden, um Schutz zu suchen; mein dunkelrotes Hemd und meine dunklen Haare verschwinden hinter dem bunten Herbstlaub. Cal ist direkt neben mir. Er unterdrückt seine Flammen, damit sie kein Feuer entfachen, und sucht mit seinen bronzefarbenen Augen den Wald ab. Sein Atem geht ruhig und gleichmäßig wie der eines durchtrainierten Soldaten.

Ich zeige mit dem Finger dorthin, wo ich die Batterie spüre. Ein einzelner Funke läuft meine Hand hinunter und verschwindet dann, ein Gruß an die sich nähernde Stromquelle.

»Farley, runter mit dir!«, knurrt Cal so leise, dass es im Rascheln des Laubs fast untergeht.

Anstatt zu gehorchen, taucht sie in den Schatten eines Baumstamms ein. Das durch die Bäume dringende Sonnenlicht sprenkelt ihr Gesicht, und sie wirkt wie etwas, das in diesen Wald gehört. Aber sie durchbricht die Stille. Von ihren geöffneten Lippen dringt ein leiser Vogelruf durch die Zweige. Es ist derselbe, mit dem sie außerhalb von Coraunt mit Kilorn kommuniziert hat. *Ein Zeichen.*

Die Scharlachrote Garde.

»Farley«, zische ich leise durch die Zähne. »Was ist los?«

Aber sie ist ganz auf die Bäume vor uns konzentriert und beachtet mich gar nicht. Sie wartet. Sie lauscht. Und einen Augenblick später antwortet ihr ein Trällern, das ähnlich ist, aber nicht identisch. Als Shade aus dem Baum über uns pfeifend in dieses seltsame Lied einstimmt, verfliegt meine Angst.

»Ich dachte, Sie würden auf dieser verdammten Insel festhängen, Hauptmann«, dringt eine heisere Stimme aus dem Ulmenwald. Der Akzent ist unverkennbar – Harbor Bay.

Farley stößt sich grinsend von dem Baumstamm ab. »Crance!«, sagt sie und winkt die Gestalt heran, die durchs Unterholz stapft. »Wo ist Melody? Seit wann sind *Sie* Egans Laufbursche?«

Als er aus dem Wald hervortritt, taxiere ich ihn genauestens, wie ich es mir schon vor langer Zeit antrainiert habe. Er geht leicht gebeugt, als hätte er ein schweres Gewicht auf seinem Rücken getragen, das jetzt nicht mehr da ist. Vielleicht ein Gewehr, oder einen Knüppel. *Von wegen, Laufbursche.* Er sieht aus wie ein Hafenarbeiter oder Raufbold, mit seinen kräftigen Armen und seinem fassförmigen Brustkorb unter abgetragenen Wollkleidern und einer Steppweste. Die ist abgewetzt und mit lauter roten Stoffresten geflickt. Im Gegensatz dazu sehen seine frisch polierten, glänzenden Lederstiefel allerdings brandneu aus. Wahrscheinlich sind sie gestohlen. *Ein Dieb, wie ich.*

Crance zieht die Schultern hoch, über sein dunkelhäutiges Gesicht huscht ein Zucken. »Sie hat am Hafen zu tun. Und im Übrigen ist mir *Rechte Hand* lieber, wenn's Ihnen nichts ausmacht«, fügt er hinzu und verwandelt das Zucken in ein Grinsen. Dann verneigt er sich betont übertrieben. »Chef Egan heißt Sie herzlich willkommen, Hauptmann.«

»Das mit dem Hauptmann war einmal«, murmelt Farley mit finsterer Miene, während sie seinen Arm packt, offensichtlich eine besondere Art der Begrüßung. »Ich bin sicher, Sie haben schon davon gehört.«

Er schüttelt kaum merklich den Kopf. »Sie werden hier wenige finden, die damit einverstanden sind. Die Matrosen unterstehen Egan, nicht Ihrem Oberst.«

Matrosen? Vermutlich eine andere Division der Scharlachroten Garde.

»Bleiben Ihre Freunde in den Büschen?«, fügt er mit einem Blick auf mich hinzu. Er hat elektrisierende blaue Augen, die durch seine schokoladenbraune Haut noch stechender wirken. Aber sie können mich nicht von etwas ablenken, das wichtiger ist: Ich spüre noch immer das Pulsieren der Uhrenbatterie, und Crance trägt keine Uhr.

»Und was ist mit *Ihren* Freunden?«, frage ich ihn, während ich mich aufrichte.

Cal bewegt sich zusammen mit mir; auch er behält Crance genauestens im Blick. Und der macht dasselbe mit ihm – ein Krieger fixiert den anderen. Dann grinst Crance plötzlich so breit, dass seine Zähne funkeln.

»Jetzt verstehe ich, warum der Oberst so einen Wirbel macht«, sagt er mit einem Kichern und geht einen waghalsigen Schritt auf uns zu. Trotz seiner Größe zucken weder Cal noch ich zurück. Wir sind gefährlicher als er. Crance' Blick wandert wieder zu mir, und er pfeift leise durch die Zähne. »Der verbannte Prinz und die Blitzwerferin. Und wo ist der Hase? Ich weiß doch, dass ich noch jemanden gehört habe.«

Hase?

Shades Gestalt materialisiert sich hinter Crance. Einen Arm stützt er auf seine Krücke, mit dem anderen hält er Crance im Würgegriff. Aber er lächelt, *lacht*, als wäre er wieder ein Kind. »Ich hab dir gesagt, du sollst mich nicht so nennen«, sagt er beinahe quengelnd und gibt Crance' Schultern einen Schubs.

»Was kann ich dafür, wenn du dich angesprochen fühlst?«, erwidert Crance und windet sich aus Shades Griff. Er lässt seine Hand auf und ab hüpfen und lacht. Sein Grinsen erstirbt, als er Shades Krücke und die Verbände sieht. »Bist du die Treppe runtergefallen?«, fragt er leichthin, aber seine Miene ist besorgt.

Shade winkt unbekümmert ab. »Schön, dich zu sehen, Mann!«, ruft er und klopft Crance auf die breite Schulter. »Ich sollte dir wohl meine Schwester vorstellen.«

»Nicht nötig«, erwidert Crance und hält mir seine Hand hin, die ungefähr doppelt so groß ist wie meine. Ich schlage bereitwillig ein und lasse mir zur Begrüßung den Unterarm drücken. »Schön, Sie kennenzulernen, Miss Barrow, aber ich muss sagen, auf den Fahndungsplakaten sehen Sie besser aus. Hätte nicht gedacht, dass so was möglich ist.«

Die anderen verziehen das Gesicht. Der Gedanke, dass mein Konterfei in jedem Fenster und an jeder Tür hängt, bereitet ihnen ebenso viel Kopfzerbrechen wie mir. *Aber wir hätten es uns ja denken können.*

»Tut mir leid, wenn ich Sie enttäusche«, presse ich heraus und ziehe meine Hand zurück. Die Erschöpfung und der Kummer haben mir zugesetzt. Ich spüre den Dreck auf meiner Haut, von den verknoteten Haaren ganz zu schweigen. »Ich war in letzter Zeit ein kleines bisschen zu beschäftigt, um in den Spiegel zu schauen.«

Darauf grinst Crance mich nur noch breiter an. »Sie haben viele Talente, wie ich höre«, murmelt er, und mir entgeht nicht, dass er auf meine Finger schielt. Ich würde ihm gerne zeigen, wie talentiert ich genau bin, aber ich drücke die Fingernägel in meine Handflächen.

Noch immer spüre ich das leise Surren einer Batterie, wie eine stete Mahnung. »Wollen Sie weiter so tun, als hätten Sie uns nicht umstellt?«, frage ich unvermittelt und zeige auf die Bäume, die uns umschließen. »Oder haben wir ein Problem?«

»Nicht das geringste«, erwidert er lachend und hebt in gespielter Unterwerfung die Hände. Dann stößt er einen spitzen, schrillen Pfiff aus, wie ein Falke auf der Jagd. Auch wenn Crance sich betont entspannt gibt, entgeht mir nicht, dass er mich misstrauisch belauert. Eigentlich hatte ich erwartet, dass er Cal mit Vorbehalten begegnet, aber ich bin diejenige, der er nicht traut. *Oder die er nicht durchschaut.*

Es raschelt im Laub, und Crance' Freunde kommen aus ihrem Versteck. Auch ihre Kleider sind eine Mischung aus Lumpen und gestohlenem Putz. Es ist fast schon eine Art Uniform, denn trotz aller Unterschiede schafft sie eine Ähnlichkeit zwischen ihnen. Zwei Frauen sind aus dem Unterholz hervorgetreten und ein Mann mit einer verkratzten, aber funktionierenden Armbanduhr. Dem Anschein nach sind sie unbewaffnet. Sie salutieren vor Farley und begrüßen Shade mit einem Lächeln, doch Cal und mich können sie kaum ansehen.

»Nun, Hase, dann wollen wir mal schauen, ob du mithalten kannst«, stichelt Crance, während er sich in Bewegung setzt.

Shade springt prompt auf einen Baum in der Nähe und lässt sein verletztes Bein grinsend herunterbaumeln. Aber als unsere Blicke sich treffen, verändert sich seine Miene. Und plötzlich ist er für den Bruchteil einer Sekunde hinter mir. Er bewegt sich so schnell, dass ich ihn kaum sehen kann.

Aber ich höre trotzdem, was er mir ins Ohr flüstert.

»Traue niemandem.«

In den Tunneln ist es feucht, das Gewölbe hängt voller Moos und tief reichender Wurzeln, aber der Boden ist frei von Schutt und Gestein. Für Tunnelbahnen, vermute ich; für den Fall, dass in Harbor Bay schnell welche gebraucht werden. Aber ich höre kein lautes Quietschen von Metall auf Metall, erfühle kein Pulsieren einer auf uns zurasenden, batteriebetriebenen Bahn. Das Einzige, was ich spüre, ist die Taschenlampe in Crance' Hand, die Uhr des anderen Mannes und den gleichmäßigen Verkehr auf der Port Road gut zehn Meter über uns. Die schwereren Gefährte sind die schlimmsten, denn ihre Kabel und Instrumente sorgen für ein stetes Surren in meinem Hinterkopf. Ich zucke jedes Mal zusammen, wenn eins vorbeikommt, und kann schon bald nicht mehr zählen, wie viele von ihnen in Richtung Naercey fahren. Wenn sie im Pulk unterwegs wären, würde ich vermuten, dass es sich um einen königlichen Konvoi mit Maven höchstpersönlich handelt, doch sie kommen und gehen scheinbar wahllos. *Das ist normal*, sage ich mir, um mich zu beruhigen und nicht aus Versehen die Taschenlampe lahmzulegen, ohne die wir hier unten im Dunkeln säßen.

Crance' Gefolgsleute bilden die Nachhut. Das sollte mich nervös machen, aber es stört mich nicht. Ich kann innerhalb von Sekunden auf meine Funken zugreifen. Außerdem habe ich Cal an meiner Seite für den Fall, dass jemand eine schlechte Entscheidung trifft. Mit seiner von roten Flammen umhüllten Hand wirkt er bedrohlicher als ich. Sie wirft flackernde, tanzende Schatten an die Tunnelwände, die sich in rot-schwarzen Wirbeln bewegen. *Das waren seine Farben, früher. Aber er hat sie verloren, wie alles andere.*

Alles außer mir.

Zu flüstern ist hier unten vollkommen sinnlos. Da jedes Geräusch vom Gewölbe verstärkt wird, schweigt Cal verbissen. Aber ich sehe ihm an, was in ihm vorgeht. Er fühlt sich unbehaglich, da es allen seinen Instinkten als Soldat, als Prinz und als Silberner widerspricht, hier unten zu sein. Er folgt seinem Feind auf unbekanntes Terrain – und wozu? Um mir beizustehen? Um Maven zu schaden? Eines Tages werden seine Gründe nicht mehr gut genug sein, um weiter auf diesem Weg fortzuschreiten. Eines Tages wird er aufhören, mir zu folgen, und dafür muss ich mich wappnen. Ich muss entscheiden, was mein Herz dann zulassen wird – und welche Einsamkeit ich ertragen kann. Aber noch nicht. Noch begleitet mich seine Wärme, und ich suche unwillkürlich seine Nähe.

Die Tunnel sind auf unserer Karte nicht verzeichnet – und auch auf keiner anderen Karte, die ich kenne. Die Port Road hingegen schon, und ich vermute, dass wir genau unter ihr sind. Sie führt direkt ins Herz von Harbor Bay, erst durch das Pike-Tor und dann im Bogen um den Hafen herum, bevor sie sich Richtung Norden erstreckt, zu den Salzsümpfen, nach Coraunt und in die weit entfernten, von Eis bedeckten Grenzgebiete. Wichtiger als die Port Road ist die Sicherheitszentrale, der verwaltungs- und überwachungstechnische Knotenpunkt der Stadt, wo wir das Melderegister und – das ist entscheidend – die Adressen von Ada und Wolliver finden können. Möglicherweise stoßen wir dort auch auf den dritten Namen, das junge Mädchen, das in den Slums von New Town wohnt.

Cameron Cole, fällt mir wieder ein, aber an die restlichen Informationen über sie erinnere ich mich nicht mehr. Doch ich wage es nicht, in Julians Liste nachzuschlagen. Nicht mit so vielen Fremden um mich herum. Je weniger Leute über die Neublüter Bescheid wissen, desto besser. Denn ihre Namen sind Todesurteile, und ich habe Shades Warnung nicht vergessen.

Mit ein bisschen Glück haben wir bis zum Einbruch der Dunkelheit alles beisammen, was wir brauchen, und sind zum Frühstück mit drei weiteren Neublütern wieder an der Blackrun. Kilorn wird vermutlich wütend sein, weil wir so lange weg waren, aber das ist jetzt meine geringste Sorge. Wenn ich ehrlich bin, freue ich mich schon auf seine geröteten Wangen und sein Gezeter. Trotz seiner Mitgliedschaft in der Garde und seines neu entdeckten Zorns sehe ich in ihm immer noch ein bisschen was von dem Jungen, mit dem ich aufgewachsen bin, und er wirkt ebenso beruhigend auf mich wie Cals Feuer oder eine Umarmung meines Bruders.

Shade füllt die Stille, indem er mit Crance und seinen Leuten herumscherzt. »Dieser Mann ist der Grund, weshalb ich den Todesstreifen überlebt habe«, erklärt mein Bruder und zeigt mit seiner

Krücke auf Crance. »Die Henker haben mich nicht erwischt, aber der Hunger hätte mich beinahe umgebracht.«

»Du hast einen Kohlkopf gestohlen, und ich hab dich einfach gewähren lassen«, erwidert Crance kopfschüttelnd, doch sein Erröten verrät, wie stolz er ist.

»Der Schmuggler mit dem Herzen aus Gold«, zieht Shade ihn auf und grinst von einem Ohr zum anderen, doch seine Augen lächeln nicht mit.

Ich lausche ihrem Geplänkel mit aufmerksamem Blick und offenen Ohren, als würde ich ein Spiel verfolgen. Die beiden Männer lassen ihren Rückweg vom Todesstreifen Revue passieren, auf dem sie sämtlichen Wachen und Legionen geschickt ausgewichen sind. Doch obwohl sie sich gegenseitig beglückwünschen und es den Anschein hat, als hätte diese Erfahrung sie zusammengeschweißt, ist ihre Freundschaft inzwischen wohl hinfällig geworden. Denn während sie sich bemüht anlächeln und ihre Erinnerungen aufwärmen, belauern sie sich und versuchen herauszufinden, worauf der jeweils andere aus ist. Ich ziehe meine eigenen Schlüsse.

Crance, der Schmuggler, ist auch nicht mehr als ein Dieb und geht damit einem Gewerbe nach, das ich gut kenne. Das Beste an Dieben ist, dass man sich auf sie verlassen kann – sie werden sich immer von ihrer schlechtesten Seite zeigen. Wenn ich in meinen Tagen als Diebin an Crance' Stelle gewesen wäre und jemanden nach Stilts begleitet hätte, der auf der Flucht vor den Behörden ist, hätte ich ihn dann für ein paar Tetrarchen ausgeliefert? Für ein paar Wochen Essen und einen Stapel Stromscheine? Ich erinnere mich gut genug an harte Winter und kalte Hungertage, die kein Ende zu nehmen schienen. An Krankheiten, die mit der richtigen Medizin leicht zu heilen gewesen wären, wenn es nur Geld dafür gegeben hätte. Selbst an das schmerzliche Bedürfnis, etwas einfach zu wollen, sich etwas Schönes oder Nützliches zu nehmen, ohne dass man es braucht. In solchen Momenten habe ich schreckliche Dinge getan und Menschen bestohlen, die ebenso verzweifelt waren wie ich. *Um zu überleben. Um unser aller Überleben zu sichern.* Damit habe ich mich zu Hause in Stilts vor mir selbst gerechtfertigt, wenn ich Familien mit verhungernden Kindern ihr Geld wegnahm.

Ich habe keinen Zweifel, dass Crance mich an Chef Egan ausliefern würde, wenn er könnte, weil es das ist, was *ich* tun würde. Mich an den Oberst verkaufen – oder, schlimmer noch, an Maven. Glücklicherweise ist Crance uns jedoch hoffnungslos unterlegen. Das weiß er auch, und deshalb muss er so freundlich tun. *Zumindest vorläufig.*

Der Tunnel beschreibt eine Abwärtskurve und die Schienen enden abrupt an einer Stelle, wo er zu schmal für eine Tunnelbahn wird. Je tiefer wir kommen, desto kälter wird es, und es zieht. Ich zwinge mich, nicht über das immense Gewicht der Erde über uns nachzudenken. Die Tunnelwände sind auf diesem Abschnitt rissig und marode und würden wahrscheinlich einstürzen, wenn die neu angebrachten Stützen nicht wären. Nackte Holzbalken führen in die Dunkelheit; sie stabilisieren die Decke und bewahren uns so davor, lebendig begraben zu werden.

»Wo kommen wir wieder hoch?«, fragt Cal schließlich laut. Sein Unwille ist ihm deutlich anzuhören. Der tiefere Tunnelabschnitt macht ihn ebenso nervös wie mich.

»An der Westseite von Ocean Hill«, antwortet Farley und meint damit die königliche Residenz in Harbor Bay. Doch Crance unterbricht sie kopfschüttelnd.

»Dieser Tunnelabschnitt ist geschlossen«, grummelt er. »Da wird neu gebaut, auf Anordnung des Königs. Erst drei Tage auf dem Thron, und schon macht er mir das Leben schwer.«

Ich stehe dicht neben Cal und höre, wie er mit den Zähnen knirscht. Seine aufflammende Wut lässt sein Feuer aufleuchten und Hitze durch den Tunnel wallen, aber die anderen tun so, als würden sie es nicht bemerken. *Auf Anordnung des Königs.* Selbst wenn er es gar nicht darauf anlegt, erschwert Maven uns unser Fortkommen.

Cal schaut stur auf seine Füße. »Maven hat Ocean Hill immer gehasst.« Seine Worte werden von den Wänden zurückgeworfen, so dass wir eingehüllt sind in seine Erinnerungen. »Der Palast war ihm zu klein und zu alt.«

Die Schatten tanzen über die Wände und verzerren unsere Umrisse. In jeder schiefen Gestalt, in jedem dunklen Fleck sehe ich Maven. Er hat mir mal gesagt, er wäre der Schatten der Flamme. Jetzt befürchte ich, dass er zu einem Schatten in meinem Kopf wird, der schlimmer ist als ein Jäger, schlimmer als ein Geist. Wenigstens werde ich nicht allein von diesem Spuk heimgesucht. Auch Cal spürt ihn.

»Dann kommen wir eben am Fischmarkt hoch.« Farleys schroffe Worte bringen mich zurück in die Gegenwart, und Maven verschwindet aus meinen Gedanken. »Von dort müssen wir dann ein Stück zurückgehen. Und wir brauchen ein bisschen Ablenkung vor der Sicherheitszentrale. Kriegen Ihre Leute das hin, Crance?«

Ich werfe noch mal einen Blick auf die Karte. Wie es aussieht, ist die Sicherheitszentrale direkt mit dem Palast verbunden, oder zumindest liegt sie auf demselben Gelände. Der Fischmarkt, wenn ich ihn richtig verorte, ist von beidem ein ganzes Stück entfernt. Das heißt, wir werden einiges tun müssen, nur um an unser Ziel zu gelangen, ganz abgesehen davon, dass wir es auch noch irgendwie ins Innere der Zentrale schaffen müssen. Cal scheint über diese Aussicht wenig erfreut zu sein, wenn ich seine finstere Miene richtig deute.

»Egan wird für Ablenkung sorgen«, beantwortet Crance Farleys Frage. »Er wird alles tun, um Ihnen behilflich zu sein. Nicht, dass Sie viel Hilfe brauchen werden. Zumal Sie ja den Hasen dabeihaben.«

Shade verzieht höflich das Gesicht; aber der Spitzname nervt ihn. »Wie gut kennst du die roten Familien in Harbor Bay? Wenn wir dir ein paar Namen nennen, könnten sie dir was sagen?«

Ich muss mir auf die Zunge beißen, um meinen Bruder nicht anzufahren. Crance zu erzählen, nach wem wir suchen, ist das Letzte, was ich will – vor allem weil er sich fragen wird, *warum* wir diese zwei Roten suchen. Aber Shade fordert mich mit hochgezogenen Brauen auf, die Namen laut auszusprechen. Er verfolgt seinen eigenen Plan. Crance gibt sich alle Mühe, keine Miene zu verziehen, aber ich sehe, wie seine Augen aufleuchten. Er will die Namen unbedingt von mir hören.

»Ada Wallace.« Es ist nicht mehr als ein Flüstern, als hätte ich Angst, der Tunnel könnte mir mein Geheimnis rauben. »Wolliver Galt.«

Galt. Über Crance' Gesicht huscht ein wissender Ausdruck, darum bleibt ihm nichts anderes übrig, als zu nicken. »Die Galts kenne ich. Eine alteingesessene Familie. Sie wohnen in der Nähe der Charside Road. Bierbrauer von Beruf.« Er kneift die Augen zu, während er seinem Gedächtnis noch mehr abzuringen versucht. »Das beste Bier von Harbor Bay. Es ist kein Nachteil, wenn man mit denen befreundet ist.«

Mein Puls rast. Was für ein Glück wir haben! Aber dass Crance –

und der mysteriöse Egan – jetzt wissen, nach wem wir suchen, dämpft meine Freude etwas.

»Was diese Wallace betrifft, kann ich euch nicht weiterhelfen«, fährt Crance fort. »Das ist ein ziemlich geläufiger Name, aber spontan fällt mir niemand ein.«

Zu meinem Ärger kann ich nicht sagen, ob er lügt oder nicht. Also beschließe ich, ihn ein wenig zu bedrängen und am Reden zu halten. Vielleicht verplappert Crance sich ja. Oder er liefert mir einen Grund, ihn mit meinen Funken zur Wahrheit zu zwingen.

»Sie haben Ihre Gruppe vorhin als ›Matrosen‹ bezeichnet?«, frage ich möglichst neutral.

Er grinst mich über die Schulter hinweg an und hebt den Arm, um eine Tätowierung auf seinem Unterarm zu enthüllen: einen blauschwarzen Anker, um den sich ein rotes Seil windet. »Wir sind die besten Schmuggler von ganz Beacon«, sagt er stolz. »Sie wollen was, wir schmuggeln es ein.«

»Und Sie dienen in der Garde?«

Diese Frage vertreibt sein Lächeln schlagartig, und er rollt seinen Ärmel wieder nach unten. Ein angedeutetes Nicken – etwas Überzeugenderes bekomme ich nicht als Antwort.

»Ich nehme an, Egan ist ebenfalls Hauptmann.« Ich gehe schneller, bis ich ihm fast in die Hacken trete. Er spannt die Schultern an, als er meine Nähe spürt, und ich sehe, wie sich seine Nackenhaare aufstellen. »Und was sind Sie dann? Sein Leutnant?«

»Titel bedeuten uns nichts«, antwortet er ausweichend. Aber ich habe gerade erst angefangen. Die anderen scheinen von meinem Verhalten überrascht zu sein. *Kilorn würde mich verstehen. Und besser noch, er würde mein Spiel mitspielen.*

»Verzeihen Sie mir, Crance«, sage ich süßlich und klinge wie eine Dame bei Hofe, nicht wie eine Diebin. Das scheint ihn zu wurmen. »Ich bin nur neugierig, was Ihre Brüder und Schwestern in Harbor Bay angeht. Was hat Sie und die anderen dazu gebracht, sich der Sache anzuschließen?«

Drückende Stille. Als ich einen Blick zurückwerfe, bleiben Crance' Freunde ebenso stumm. Ihre Augen sind fast schwarz im schwachen Licht des Tunnels.

»War es Farley? Wurden Sie rekrutiert?«, dränge ich weiter und warte auf irgendeinen Riss in seiner Fassade. Er antwortet noch immer nicht. Und ich bekomme Angst. Was verheimlicht er uns? »Oder haben Sie den Kontakt zur Garde gesucht, so wie ich? Ich hatte dafür einen sehr guten Grund. Ich habe nämlich geglaubt, Shade wäre umgekommen, und wollte Rache. Ich habe mich der Garde angeschlossen, weil ich die Leute töten wollte, die meinen Bruder getötet haben.«

Keine Antwort, aber Crance geht jetzt schneller. Ich habe einen wunden Punkt getroffen.

»Wen haben die Silbernen *Ihnen* genommen?«

Ich erwarte eigentlich, dass Shade versuchen wird, meinen Fragen Einhalt zu gebieten. Doch er sagt keinen Ton und hält Crance unverwandt im Blick, um herauszufinden, was der Schmuggler verheimlicht. Denn *irgendetwas* verheimlicht er mit Sicherheit, allmählich spüren wir es alle. Selbst Farley wirkt jetzt angespannt, obwohl sie noch vor wenigen Augenblicken ganz freundlich war. Ihr ist etwas aufgefallen, das sie vorher nicht beachtet hat. Ihre Hand gleitet in die Tasche und schließt sich um einen Gegenstand, der nur ein weiteres verstecktes Messer sein kann. Und Cal war ja schon die ganze Zeit in Habachtstellung. Sein Feuer lodert auf – eine unverhohlene Drohung, das Dunkel in grelles Licht zu tauchen. Und wieder muss ich an die rissigen Wände denken. Allmählich fühlt der Tunnel sich an wie ein Grab.

»Wo ist Melody?«, fragt Farley leise und streckt den Arm aus, um Crance zu stoppen. Wir bleiben ebenfalls stehen und ich bilde mir ein, in dem engen Gang unser aller Herzklopfen zu hören. »Egan hätte Sie niemals geschickt, nicht allein.«

Ich drehe mich ganz langsam, so dass ich mit dem Rücken zur Wand stehe und Crance und seine Gauner im Blick habe. Cal folgt meinem Beispiel. Auf seiner Handfläche bildet sich eine Flamme, er ist bereit. Meine Funken hingegen tanzen über und unter meiner Haut, in winzigen violett-weißen Blitzen. Es fühlt sich gut an, sie zu halten, diese kleinen Stränge aus purer Kraft. Über uns hat der Verkehr zugenommen. Vermutlich befinden wir uns in der Nähe der Stadttore, vielleicht sogar direkt darunter. *Kein besonders guter Ort für einen Kampf.*

Aber es sieht ganz so aus, als wäre er unvermeidlich.

»*Wo ist Melody?*«, wiederholt Farley und zieht ihr Messer mit einer sirrenden Bewegung. Es reflektiert Cals Feuer und funkelt gefährlich, das Licht fällt direkt in Crance' Augen. »Crance?«

Die blauen Augen weiten sich trotz des blendenden Stahls und sie sind voll von aufrichtigem Bedauern. Das genügt, um mir panische Angst einzujagen. »Sie wissen doch, was wir sind und wer Egan ist«, antwortet er endlich. »Wir sind *Kriminelle*, Farley. Wir glauben an Geld – und ans Überleben.«

Ich kenne so ein Leben allzu gut. Aber ich habe diesen Pfad verlassen. Ich bin keine Diebin mehr. Ich bin die Blitzwerferin und habe mehr Ideale, als ich zählen kann. Unabhängigkeit, Rache, Freiheit, alles, was die Funken in mir nährt, und die Entschlossenheit, die mich antreibt.

Crance' Gauner bewegen sich ebenso vorsichtig wie ich und ziehen ihre Waffen aus versteckten Halftern. Drei Pistolen, und jede einzelne in fähigen, zuckenden Händen. Crance hat vermutlich auch eine, aber er hat sie noch nicht gezückt. Dazu ist er zu sehr damit beschäftigt, sich zu erklären. Er möchte, dass wir genau verstehen, was gleich passiert. Aber das tue ich auch so. Mit Verrat kenne ich mich aus, und trotzdem wird mir schlecht davon – und kalt vor Angst. Aber ich versuche mit aller Kraft, meine Furcht zu ignorieren und mich zu konzentrieren.

»Sie haben Melody entführt und Egan heute Morgen ihren Zeigefinger geschickt«, sagt er tonlos. »Es ist überall in Harbor Bay dasselbe. Jede Gang hat schon jemanden verloren, der ihm lieb und teuer war. Die Matrosen genauso wie die Totenköpfe. Sogar Rickets kleinen Jungen haben sie geholt, obwohl er schon seit Jahren nicht mehr dabei ist. Und das Geld, das sie bieten …«, er pfeift durch die Zähne. »Echt nicht zu verachten.«

»Und wofür bieten sie das Geld?«, hauche ich und wage es nicht, die Matrosin aus dem Auge zu lassen, die mir am nächsten steht. Sie starrt unverwandt zurück.

Crance' Stimme ist ein tiefes, trauriges Krächzen: »Für die Blitzwerferin. Nicht nur der Wachdienst und die Armee suchen Sie. Wir tun es ebenfalls. Jeder Schmugglerring, jede Gaunergemeinschaft zwischen hier und Delphie. Sie werden gejagt, Miss Barrow, in der Sonne und im Schatten, von Silbernen und von Ihren eigenen Leuten. Tut mir leid, aber so ist das nun mal.«

Seine Entschuldigung ist nicht an mich, sondern an Farley und meinen Bruder gerichtet. Seine Freunde, die er nun verraten hat. Meine Freunde, die wegen mir in höchster Gefahr sind.

»Was für eine Falle habt ihr uns gestellt?«, knurrt Shade und gibt sich alle Mühe, trotz der Krücke unter seinem Arm bedrohlich auszusehen. »Was erwartet uns?«

»Nichts, was dir gefallen wird, Hase.«

In dem merkwürdigen Licht von Cals Flammen, meinen Funken und Crance' Taschenlampe wäre mir das bedeutungsvolle Flackern in seinen Augen beinahe entgangen. Sein Blick fliegt nach links, zu dem Stützbalken direkt neben mir. Die Betondecke darüber ist rissig und voller Spalte, durch die Erde zu sehen ist.

»Du Mistkerl!«, ruft Shade, der den Wink offenbar auch bemerkt hat, allzu laut und mit übertriebenem Gestus. Er sieht aus, als würde er jeden Moment mit der Faust ausholen – die perfekte Ablenkung. *Und los geht's.*

Die drei Matrosen heben ihre Waffen und zielen auf meinen Bruder – auf das schnellste Wesen auf diesem Planeten. Als er die Faust hebt, drücken sie ab – und ihre Kugeln fliegen ins Leere. Taub von den Schüssen, die so dicht neben mir abgefeuert wurden, kauere ich mich auf den Boden, bleibe dabei aber auf das Wichtigste konzentriert – den Stützbalken. Ein Blitzstrahl brennt sich geradewegs durch ihn hindurch und spaltet das Holz wie eine Explosion. Der Balken zerbirst, während ich einen zweiten Blitz zu der rissigen Decke emporschicke. Cal springt zur Seite, auf Crance und Farley zu, um den herabfallenden Betonplatten auszuweichen. Wenn mir dafür Zeit bliebe, hätte ich Angst, zusammen mit den drei Matrosen begraben zu werden, doch Shades vertraute Hand legt sich um meinen Arm.

Ich schließe die Augen und spüre, wie sich die Luft um mich herum zusammenzieht, dann lande ich einige Meter weiter. Wir stehen jetzt jenseits von Crance und Farley, die Cal gerade auf die Beine hilft. Der Tunnel hinter ihnen ist eingestürzt, gefüllt mit Erde und Beton und drei zermalmten Körpern.

Crance schenkt den toten Matrosen einen letzten Blick, dann zückt er seine versteckte Pistole. Einen kurzen Augenblick lang glaube ich, dass er mich erschießen will. Stattdessen hebt er jedoch den Kopf und starrt in den Tunnel hinein, der um uns herum erbebt.

»Lauft!«

14

Links, rechts, wieder links, klettern.

Crance' kurze Anweisungen folgen uns durch die Tunnel, lenken unsere hektischen Schritte. Das laut hallende Getöse weiterer Einstürze lässt uns laufen, so schnell wir können. Wir haben eine Kettenreaktion ausgelöst, eine Implosion innerhalb des Tunnels. Ein- oder zweimal bricht der Gang so dicht hinter uns ein, dass ich das Krachen der berstenden Stützbalken höre. Ratten kommen aus der Dunkelheit gerannt und fliehen mit uns. Schaudernd registriere ich, dass sie über meine Füße huschen, ihre nackten Schwänze wie winzige Peitschen. Wir hatten zu Hause nicht viele Ratten – dafür sorgten die regelmäßigen Überschwemmungen – und ich bekomme Gänsehaut beim Anblick der schmierigen schwarzen Körper. Aber ich reiße mich zusammen und unterdrücke meinen Ekel. Cal ist auch nicht gerade angetan. Wenn sie ihm zu nahe kommen, schwingt er eine flammende Faust Richtung Boden, um die Nager zu vertreiben.

Hinter uns wirbelt Staub auf und verteilt sich in der Luft, so dass Crance' Taschenlampe bald kaum noch die Dunkelheit durchdringt. Meine Begleiter tasten sich an den Tunnelwänden entlang, doch ich richte meine Konzentration auf die Welt über uns, auf das Netzwerk aus elektrischen Leitungen und rollenden Gefährten. So entsteht ein Plan in meinem Kopf, der sich über das Bild legt, das ich mir von der Landkarte eingeprägt habe. Ich spüre alles, was in meiner stetig wachsenden Reichweite liegt. Das Gefühl ist überwältigend, aber ich zwinge mich, so viel wie möglich in mich aufzunehmen. Über uns rollen Gefährte quietschend auf die Stelle zu, wo der Tunnel als Erstes eingestürzt ist. Einige schlingern durch kleine Nebenstraßen, wahrscheinlich um die eingesunkene Fahrbahn und die ineinander verkeilten Trümmer zu umfahren. *Eine Ablenkung. Gut.*

Die Tunnel sind Farleys und Crance' Domäne, ein aus Staub und Dreck errichtetes Königreich. Die Aufgabe, uns aus der Dunkelheit zu führen, fällt jedoch Cal zu, und die Ironie der Situation entgeht weder ihm noch mir. Als wir am Ende des Tunnels einer zugeschweißten Wartungstür gegenüberstehen, braucht ihm niemand zu sagen, was er tun soll. Er tritt mit ausgestreckten Händen vor, während beide Armbänder Funken versprühen, und schon schießen weiße Stichflammen aus seinen Fingern hervor. Sie tanzen auf seinen Handflächen, und als er die Türangeln anfasst, bringen sie diese blitzartig zum Schmelzen, bis nur noch rot glühende Eisenbläschen übrig sind. Das nächste Hindernis, ein verrostetes Metallgitter, ist für ihn noch leichter zu beseitigen, er öffnet es in Sekundenschnelle für uns.

Der Tunnel erbebt erneut wie von einem Donnerschlag, jetzt jedoch in größerer Entfernung. Überzeugender sind die Ratten, die ihre Angst verlieren und in die Finsternis zurückhuschen, aus der sie gekommen sind. Ihre kleinen Schatten sind trotz allen Ekels seltsam tröstlich. Wir sind gemeinsam dem Tod entronnen.

Crance zeigt durch das offene Gitter und bedeutet uns, weiterzulaufen, aber Cal zögert. Seine glühend heiße Hand liegt noch immer auf dem Eisen. Als er schließlich loslässt, bleiben rot schwelendes Metall zurück und ein Abdruck seiner Finger.

»Der Paltry-Markt?«, fragt er mit einem ungläubigen Blick. Cal kennt Harbor Bay sehr viel besser als ich. Schließlich hat er die Stadt oft genug mit der Königsfamilie besucht und in Ocean Hill gewohnt. Zweifellos hat er sich dann auch nachts herumgetrieben, auf den Docks und in den Gassen, so wie damals in Stilts, als ich ihn das erste Mal traf.

»Ja«, antwortet Crance und nickt kurz. »Näher kann ich Sie nicht ans Sicherheitszentrum heranbringen. Egan hat mich angewiesen, den Weg über den Fischmarkt zu nehmen. Dort warten Matrosen, vom Wachdienst ganz zu schweigen. Egan rechnet nicht damit, dass Sie durch den Paltry gehen, und wird hier auch niemanden postiert haben.«

Die Sicherheit, mit der er das behauptet, lässt mich aufhorchen. »Warum?«

»Weil der Markt zum Revier der Totenköpfe gehört.«

Die Totenköpfe. Noch so eine Gaunerbande, wahrscheinlich mit Tätowierungen, die ähnlich *Gutes* verheißen wie Crance' Anker. Wenn Maven und sein Kopfgeld nicht wären, hätten sie ihrer roten Schwester vielleicht geholfen, doch nun sind sie unsere Feinde und fast genauso gefährlich für uns wie die Soldaten und Wachen der Silbernen.

»Das meinte ich nicht«, fahre ich fort. Ich spreche mit Mareenas Stimme, um ihm zu zeigen, dass es mir ernst ist – und um meine Angst zu verbergen. »Warum wollen Sie uns plötzlich helfen?«

Noch vor wenigen Monaten hätte ich es wohl nicht ertragen können, drei Menschen unter Schutt und Trümmern verschüttet zu wissen. Aber inzwischen habe ich so viel Schlimmeres gesehen, dass ich kaum einen Gedanken an ihre verdrehten Glieder verschwende. Crance hingegen scheint es etwas auszumachen, auch wenn er ein Gauner ist. Sein Blick wandert zurück in die Finsternis, zu den Matrosen, deren Tod er mit verschuldet hat. Bestimmt waren sie seine Freunde.

Aber auch das lässt mich kalt, denn ich weiß, ich habe Freunde, die ich aufgeben würde, Leben, die ich aufs Spiel setzen würde, wenn meine eigenen Siege davon abhingen. Ich habe es bereits getan. Menschen sterben zu sehen, wenn ihr Tod zahlreichen anderen das Weiterleben ermöglicht, ist etwas, das ich ertragen kann.

»Ich hab's nicht so mit Treueschwüren und der roten Morgendämmerung und all dem Unsinn, von dem die Garde faselt«, murmelt er, während er seine Hand abwechselnd zur Faust ballt und wieder öffnet. »Worte beeindrucken mich nicht. Aber Sie tun eine Menge mehr, als nur zu reden. Und so wie ich das sehe, habe ich nun die Wahl, entweder meinen Chef zu verraten – oder mein Blut.«

Blut. Mich.

»Sogar Ratten wollen aus der Gosse rauskommen, Miss Barrow«, sagt er bissig und seine Zähne blitzen in dem schlechten Licht auf.

Dann tritt er durch das offene Gitter nach draußen, wo wir alle den Tod finden könnten.

Ich folge ihm.

Mit gestrafften Schultern wende ich mich dem Treiben über der Erde zu. Ich war noch nie in Harbor Bay, aber das, was ich mir von der Karte eingeprägt habe, und mein elektrischer Sinn reichen aus. Denn beides zusammen lässt in meinem Kopf ein zuverlässiges Bild vom Verlauf der Straßen und Leitungen entstehen. Ich spüre die auf das Fort zurollenden Militärtransporte ebenso wie die Lichter des Paltry-Marktes. Und was noch wichtiger ist: Ich finde mich in Städten immer gut zurecht. Menschenmengen, enge Gassen, die Zerstreuungen des täglichen Lebens – all das kann mir als Tarnung dienen.

Der Paltry ist ein großer, in mehrere Ebenen aufgegliederter Markt und ebenso belebt wie der Große Garten in Summerton oder der Marktplatz von Stilts. Aber er ist schmutziger, heruntergekommener. Hier kaufen keine silbernen Herrschaften, dafür wimmelt es nur so von Roten, und überall wird lauthals gefeilscht. *Ein perfektes Versteck*. Wir treten am niedrigsten Punkt des Marktes aus dem Tunnel, auf einer chaotischen, unter der Erde gelegenen Ebene mit unzähligen, dicht gedrängt stehenden Ständen, über die kreuz und quer Baldachine gespannt sind. Hier unten gibt es trotz des Gewimmels weder Rauch noch Gestank – wir Roten mögen arm sein, aber wir sind nicht dumm. Ein Blick durch das große vergitterte Oberlicht verrät mir, dass stinkender Fisch und geräuchertes Fleisch nur auf den oberen Ebenen verkauft wird, wo die Gerüche verfliegen können. Hier unten sind wir von Hausierern, Erfindern und Webern umgeben, die ihre Waren Kunden anzudrehen versuchen, die kaum einen Tetrarch besitzen. Am Geld verzweifeln alle gleichermaßen. Die Händler wollen es haben und die Käufer wollen es behalten. Und weil das so ist, nimmt niemand Notiz von ein paar geübten Leisetretern, die aus einem vergessenen Loch in der Wand schlüpfen. Mir ist klar, dass ich eigentlich Angst haben sollte, aber ich empfinde es als seltsam tröstlich, von meinesgleichen umgeben zu sein.

Crance führt uns. Statt aufrecht und breitbeinig zu gehen wie vorher, humpelt er nun ähnlich wie Shade. Er zieht eine Kapuze aus seiner Jacke hervor und setzt sie auf, um sein Gesicht abzuschirmen. Für jeden, der nur flüchtig hinschaut, sieht er aus wie ein gebeugter alter Mann, obwohl er alles andere ist als das. Er stützt sogar Shade, damit der besser vorankommt. Mein Bruder braucht sein Gesicht nicht zu verbergen und konzentriert sich ganz darauf, auf dem unebenen Boden nicht auszurutschen. Farley bildet die Nachhut, und es beruhigt mich zu wissen, dass sie mir den Rücken freihält. Trotz all ihrer Geheimniskrämerei kann ich ihr vertrauen. Auch sie mag in Fallen tappen, aber sie versteht sich doch wenigstens darauf, sich wieder daraus zu befreien. In dieser Welt voller Verräter ist das schon sehr viel.

Es ist einige Monate her, seit ich zuletzt etwas gestohlen habe. Als ich nun an einem Stand zwei dunkelgraue Umhängetücher mitgehen lasse, geschieht das zwar blitzschnell und unauffällig, aber ich bekomme überraschenderweise Gewissensbisse. Irgendwer hat diese Tücher hergestellt. Irgendwer hat die Wolle gesponnen und gewebt, bis diese rauen Teile daraus entstanden sind, und irgendein anderer benötigt sie vielleicht dringend. *Nun, ich brauche sie auch.* Eins ist für mich und eins reiche ich Cal. Er nimmt es und wickelt sich das fransige Wolltuch so um Kopf und Schultern, dass sein Gesicht größtenteils verhüllt ist. Ich mache es ihm nach, und das keine Sekunde zu früh.

Schon nach unseren ersten Metern auf dem überfüllten, dämmrigen Markt kommen wir an einer Anschlagtafel vorbei. Normalerweise hängen Verkaufsangebote, Nachrichten und Erinnerungen aller Art an solchen Tafeln, an dieser jedoch kleben lauter Plakate, die schachbrettartig angeordnet sind. Ein paar Kinder sausen um die Tafel herum und reißen überall dort, wo sie heranreichen können, Fetzen des Papiers ab, formen Kugeln daraus und bewerfen sich damit. Nur eins von ihnen, ein Mädchen mit zotteligem schwarzem Haar und nackten braunen Füßen, wirft einen Blick auf das, was das Papier eigentlich ziert – und starrt in zwei uns vertraute Gesichter, die von einem Dutzend riesiger Plakate auf sie herunterschauen. Sie wirken grimmig und kalt unter Worten in großen schwarzen Lettern: DRINGEND GESUCHT WEGEN TERRORISMUS, HOCHVERRAT UND MORD! Es ist unwahrscheinlich, dass viele der Menschen hier lesen können, aber die Botschaft wird auch so klar.

Das Foto von Cal ist nicht etwa sein Königsporträt, auf dem er stark, majestätisch und schneidig aussieht. Nein, es ist ein Standbild von einer der vielen Kameras, die ihn – grobkörnig, aber unverkennbar – vor seiner missglückten Hinrichtung in der Knochenarena eingefangen haben. Er sieht verhärmt darauf aus, gezeichnet von Verlust und Verrat, und aus seinem Blick spricht flammender Hass. Die Sehnen an seinem Hals treten deutlich hervor, an seinem Kragen scheint sogar Blut zu kleben. Jedenfalls sieht er ganz und gar wie der Mörder aus, zu dem Maven ihn machen will. Die tiefer hängenden Plakate sind zerrissen und mit Farbe beschmiert. In steiler, wilder Handschrift steht dort: *Der Königsmörder. Der Geächtete.* Die Worte sind tief in das Papier eingeritzt, als wollten sie Cals Haut zerschrammen. Und dazwischen steht: *Findet ihn. Findet ihn. Findet ihn.*

Mein Bild stammt ebenfalls von der Videoaufzeichnung aus der Knochenarena. Ich weiß auch genau, welchen Moment sie ausgewählt haben. Es war kurz bevor ich durch das Tor in die Arena eintrat, als ich hörte, wie Lucas durch einen Kopfschuss getötet wurde. In dieser Sekunde begriff ich, dass ich auch sterben würde. Und schlimmer noch, dass ich wehrlos war. Der inzwischen tote Arven stand bei mir und blockierte meine Fähigkeiten, verwandelte mich in ein Häufchen Nichts. Meine Augen sind angstgeweitet und ich sehe klein aus auf diesem Foto. Das ist nicht die Blitzwerferin, nicht das Symbol für die Revolution, sondern einfach ein verängstigtes Mädchen. Eine, hinter die sich niemand stellen, die niemand beschützen würde. Ich habe keine Zweifel, dass Maven selbst dieses Bild ausgewählt hat und dass er genau wusste, welche Botschaft es vermittelt. Aber es gibt auch Menschen, die sich nicht haben täuschen lassen. Einige haben für den Bruchteil einer Sekunde wahrgenommen, wie stark ich bin; sie haben meinen Blitz gesehen, bevor die Übertragung der Hinrichtung plötzlich abgebrochen wurde. Sie wissen, was ich bin, und sie haben es quer über die Plakate geschrieben, wo es alle sehen.

Rote Königin. Die Blitzwerferin. Wir erheben uns, rot wie die Morgendämmerung. Erhebt euch!

Jedes dieser Worte brennt sich glühend heiß und tief in meine Seele ein. Aber wir dürfen uns nicht länger in der Nähe der Tafel aufhalten. Ich stupse Cal an und dirigiere ihn weg von dieser brutalen Verzerrung der Tatsachen. Er geht bereitwillig weiter und folgt Shade und Crance durch das Menschengewimmel. Ich widerstehe dem Drang, seinen Arm zu nehmen, um seine Bürde mit ihm zu teilen. Ganz gleich, wie gern ich ihn berühren möchte, ich darf es nicht. Ich muss nach vorn schauen und dem Feuer widerstehen, das der gefallene Prinz verströmt. Ich muss mein Herz ausgerechnet vor dem Menschen verschließen, der es sich nicht nehmen lässt, es immer wieder zu entflammen.

Es ist gar nicht schwer, sich durch die Menschenmenge zu schlängeln, was mich irgendwie misstrauisch macht. Ein Markt nur für Rote hat keine große Bedeutung, deshalb gibt es auf den unteren Ebenen kaum Wachleute oder Sicherheitskameras. Doch ich halte meine Sinne wach und erspüre die wenigen elektrischen Augen, die durch das Chaos der vielen Stände und Ladenfronten zu mir durchdringen. Am liebsten würde ich sie einfach lahmlegen, anstatt ihnen ungeschickt auszuweichen, aber das wäre schon zu gefährlich. Ein mysteriöser

Stromausfall würde nur Aufmerksamkeit erregen. Die Wachleute, deren schwarze Uniformen aus der Menge hervorstechen, bereiten mir noch mehr Sorgen. Während wir über die verschiedenen Ebenen des Paltry in die Stadt hochsteigen, werden es immer mehr. Die meisten starren gelangweilt auf das hektische Treiben der Roten, doch einige lassen ihre Blicke wachsam, *suchend,* über die Menge schweifen.

»Zieh den Kopf ein«, flüstere ich und greife hastig nach Cals Hand. Dabei schießt mir ein nervöses Zucken den Arm hinauf und ich muss ihn sofort wieder loslassen.

Aber er reagiert trotzdem und macht einen Buckel, um kleiner zu erscheinen. Doch vielleicht reicht das nicht aus. *Vielleicht reicht das alles nicht aus.*

»Behalte lieber *ihn* im Auge. Wenn er abhaut, müssen wir auf alles gefasst sein«, murmelt Cal ganz nah an meinem Ohr und zeigt mit dem Finger auf Crance. Aber mein Bruder hat den Matrosen im Griff, er hält sich an seiner Weste fest. Er traut ihm offenbar ebenso wenig wie wir.

»Shade macht das schon. Pass du auf, dass du den Kopf unten behältst.«

Cal atmet mit einem genervten Zischen aus. »Halt trotzdem die Augen offen. Wenn er abhauen will, dann wird er es jetzt gleich tun. Dauert keine dreißig Sekunden mehr.«

Es erübrigt sich zu fragen, woher Cal das so genau weiß, denn in ungefähr dreißig Sekunden werden wir das Ende der verschlungenen, wackligen Treppe, die auf die Hauptebene hochführt, erreichen. Ich kann sie schon sehen, sie ist in Tageslicht getaucht, das nach der langen Zeit unter der Erde stark blendet. Die Stände unter freiem Himmel wirken professioneller und stabiler; wahrscheinlich sind sie auch einträglicher. In der Luft hängt der Fleischgeruch aus einer offenen Garküche. Nach den Tagesrationen aus der Blackrun und den salzigen Fischgerichten läuft mir sofort das Wasser im Mund zusammen. Über unseren Köpfen ragt ein altes Holzgerüst auf, über das sich ein schadhaftes, zusammengeflicktes Zeltdach spannt. Einige der hölzernen Bogen sind von Regen und Schnee stark mitgenommen.

»Er haut nicht ab«, zischt Farley im Flüsterton. »Zurück zu Egan kann er jedenfalls nicht mehr. Dass er die Matrosen verraten hat, wird ihn den Kopf kosten. Wenn überhaupt, muss er ganz aus der Stadt fliehen.«

»Dann lass ihn doch«, flüstere ich zurück. Noch einen Roten, auf den ich aufpassen soll, kann ich wirklich nicht gebrauchen. »Für uns hat er doch seinen Zweck erfüllt, oder?«

»Und was, wenn er direkt in die nächste Gefängniszelle und das nächste Verhör läuft?«, warnt Cal leise, aber eindringlich. Eine kühle Mahnung, das Notwendige zu tun, um uns zu schützen.

»Er hat drei seiner Leute sterben lassen, damit wir leben konnten, damit uns nichts passiert.« Ich erinnere mich nicht mal mehr an ihre Gesichter und will es auch gar nicht. »Ich kann mir nicht vorstellen, dass er uns ans Messer liefert, selbst wenn sie ihn foltern.«

»Vor Elara Merandus ist kein Verstand sicher«, sagt Cal schließlich. »Das weiß keiner besser als du und ich. Wenn sie ihn in die Finger kriegt, dann haben sie uns. Und die Neublüter von Harbor Bay ebenfalls.«

Ja, wenn.

Cal will ihn töten, nur weil die *Möglichkeit* besteht, dass er uns und unsere Mission verrät. Er deutet mein Schweigen als Zustimmung, und zu meiner Schande muss ich gestehen, dass ich ihm insgeheim tatsächlich Recht gebe. Wenigstens zwingt er *mich* nicht, es zu tun, obwohl mein Blitz genauso schnell töten kann wie jede Flamme. Seine Hand wandert im Schutz des umgehängten Schals langsam zu dem Messer, das er bei sich trägt. Ich zittere und bete, dass Crance keinen falschen Schritt macht. Dass er kein Messer in den Rücken bekommt, weil er das Risiko eingegangen ist, mir zu helfen.

Hier oben auf der Hauptebene ist es noch lauter als unten. Augen und Ohren sind einem wahren Ansturm von Eindrücken ausgesetzt. Ich schraube meine Sinneswahrnehmung ein wenig herunter, um angesichts dieser Überlastung nicht den Überblick zu verlieren. Die Lichter über unseren Köpfen flackern und defekte Leitungen sorgen für ein abgehacktes Sirren, das meine Augen nervös zucken lässt. Auch Kameras gibt es hier oben deutlich mehr; sie sind auf den kleinen Pavillon des Wachdienstes in der Mitte des Platzes gerichtet. Er ist nicht viel größer als ein Marktstand, sechseckig, mit fünf Fenstern, einer Tür und einem Schindeldach. Doch an Stelle von Waren befinden sich darin Wachleute. *Zu viele*, wie mir mit stetig wachsendem Schrecken auffällt.

»Schneller«, flüstere ich. »Wir müssen schneller gehen.«

Ich beschleunige meine Schritte und überhole Cal und Farley, bis ich Crance fast in die Hacken trete. Shade wirft stirnrunzelnd einen Blick über seine Schulter. Er schaut an mir, an uns allen vorbei auf irgendetwas in der Menschenmenge. Nein, auf irgend*jemanden*.

»Wir werden verfolgt«, murmelt er und hält Crance' Arm noch fester umklammert. »Von Totenköpfen.«

Ich lasse meine Vorsicht fahren und ziehe den Schal ein Stückchen zur Seite, um einen Blick auf unsere Verfolger werfen zu können. Sie sind unschwer zu erkennen, denn auf ihre rasierten Schädel sind weiße Totenköpfe mit gezackten Knochenrändern tätowiert. Nicht weniger als vier von ihnen bahnen sich einen Weg durch das Gedränge und folgen uns, wie Ratten einer Maus folgen würden. Zwei kommen von links, zwei von rechts. Sie nehmen uns in die Zange. Wenn die Lage nicht so ernst wäre, würde ich über ihre identischen Köpfe lachen. Unsere Verfolger scheinen hier bekannt zu sein, denn die Menge teilt sich, lässt sie passieren, lässt sie uns *jagen*.

Die anderen Roten haben Angst vor diesen Kriminellen, schließe ich daraus. Aber ich nicht. Es gibt Schlimmeres als die Totenköpfe. Verglichen mit der geballten Kraft der Wachen, von denen sich ein Dutzend um den Posten herum aufhalten, sind vier Schlägertypen gar nichts. Die Wachleute könnten Huscher, Starkarme oder Berster sein – Silberne, die uns mit Blut und Schmerzen zahlen lassen können. Wenigstens weiß ich, dass sie nicht so gefährlich sind wie die Flüsterer, Gleiter und Stiller am Königshof. Flüsterer wie Königin Elara tragen keine einfachen schwarzen Wachdienst-Uniformen. Sie kontrollieren Armeen und Königreiche, keine Marktplätze, und sie sind weit weg von hier. *Zumindest bis jetzt.*

Zu unserer Überraschung erfolgt der erste Angriff jedoch nicht von hinten, sondern von vorn. Ein krummes altes Weib mit Krückstock ist plötzlich gar nicht mehr so alt und krumm, als es das gebogene Ende des Stocks um Crance' Hals legt und kräftig daran zieht. In einer fließenden Bewegung wirft die Frau Crance zu Boden und ihren Umhang ab – und enthüllt einen kahlen Schädel mit einem Totenkopf-Tattoo.

»Reicht der Fischmarkt dir etwa nicht, Matrose?«, ruft sie, während sie zusieht, wie Crance auf dem Rücken landet und Shade mit sich zu Boden reißt.

Ich stürze nach vorn, um ihm zu helfen, werde jedoch von einem starken Arm zurück ins Gedränge gezogen. Weil alle Umstehenden – gierig nach ein bisschen Unterhaltung – nur auf die am Boden liegenden Männer und ihre Angreiferin starren, bemerkt niemand, wie Cal und ich wieder in der Menge untertauchen. Nicht einmal die vier Totenköpfe, die uns gefolgt sind. Offenbar waren sie nicht hinter uns her – noch nicht.

»Geh weiter«, raunt Cal mir ins Ohr.

Aber ich bleibe stehen. Ich werde mich auf gar keinen Fall von hier wegbewegen, egal, was er sagt. »Nicht ohne Shade.«

Crance versucht aufzustehen, doch die Totenkopf-Frau zieht ihm so kräftig ihren Stock über, dass es kracht. Dann dreht sie sich sofort zu Shade, um auch ihm eins zu verpassen, sollte er sich regen. Doch er ist klug genug, einfach sitzen zu bleiben und die Arme zu heben, als würde er sich ergeben. Natürlich könnte er im Handumdrehen verschwinden, sich durch einen Sprung in Sicherheit bringen, doch ihm ist klar, dass er das jetzt nicht tun darf. Nicht vor so viel Publikum. Nicht, wenn Silber-Wachleute in der Nähe sind.

»Alles Diebe und Dummköpfe«, knurrt eine Frau neben mir. Sie scheint als Einzige von der kleinen Einlage genervt zu sein, während die umstehenden Händler, Käufer und Gassenjungen erwartungsvoll zuschauen, in der Hoffnung auf einen Kampf außerhalb der Arena. Auch die Wachen beobachten das Ganze leicht belustigt und schreiten nicht ein. Ich sehe sogar, wie einige von ihnen Münzen einsammeln; sie scheinen Wetten darüber abzuschließen, wer diesen Kampf gewinnen wird.

Die Angreiferin lässt ihren Stock erneut niedersausen und trifft Shade an seiner verletzten Schulter. Er beißt die Zähne zusammen, um seinen Schmerzensschrei zu unterdrücken, doch er hallt trotzdem über den Markt. Ich zucke zusammen, als hätte ich den Schlag selbst abbekommen.

»Dich kenne ich nicht, Matrose«, ruft die Totenkopf-Frau und schlägt ihn erneut, zur Warnung. »Aber Egan zahlt bestimmt trotzdem dafür, dass ich dich in einem Stück zurückbringe. Auf ein paar blaue Flecken wird es ihm dabei nicht ankommen.«

Ich balle die Fäuste und wünsche meinen Blitz herbei, spüre aber Feuer stattdessen. Heiße Haut an meiner, Finger, die meine Hand umklammern. *Cal.* Jetzt kann ich keine Funken versprühen, ohne ihm wehzutun. Fast möchte ich es trotzdem tun. Es drängt mich danach, Cal wegzustoßen und meinen Bruder zu retten. Aber das würde nichts bringen. Genauso wenig wie das hier.

Ich schnappe laut nach Luft, als mir plötzlich bewusst wird, dass wir uns gar keine bessere Ablenkung wünschen könnten. *Shade ist keine Ablenkung,* protestiert eine Stimme in meinem Kopf, eine Stimme, der ich Recht gebe. Ich beiße mir so fest auf die Lippe, dass beinahe Blut kommt. Ich darf ihn nicht zurücklassen. Ich will ihn nicht schon wieder verlieren. *Aber wir können nicht hier bleiben. Das ist zu gefährlich, und es steht noch so viel mehr auf dem Spiel.*

»Die Sicherheitszentrale«, flüstere ich und muss mich zusammenreißen, damit meine Stimme nicht bebt. Wir müssen Ada Wallace finden, und die Zentrale ist unsere einzige Chance. Die nächsten Worte schmecken nach Blut. »Wir sollten wirklich weitergehen.«

Beim nächsten Hieb mit dem Stock lässt Shade sich ein Stück zur Seite fallen, damit er mich besser sehen kann. Unsere Blicke treffen sich. Ich hoffe, dass er mich versteht. Meine Lippen formen stumm das Wort *Sicherheitszentrale*, damit er weiß, wo er uns findet, wenn er von hier entkommt. *Denn er* wird *entkommen. Er ist ein Neublüter wie ich. Diese Leute sind ihm in keiner Hinsicht gewachsen.* Das klingt fast überzeugend.

Über sein Gesicht huscht ein Schatten, als er begreift, dass wir ihn zurücklassen werden. Aber er nickt tapfer. Dann schieben sich andere Menschen zwischen uns und versperren mir die Sicht auf ihn. Ich drehe mich um, bevor ihn der nächste Schlag trifft, aber die Geräusche, die ich höre, sind unverkennbar. Wieder zucke ich zusammen und mir treten Tränen in die Augen. Die Leute jubeln und drängen nach vorn. Alle wollen zuschauen – und machen es uns so nur umso leichter, auf die Straße zu schlüpfen und tiefer in die Stadt Harbor Bay vorzudringen.

Ich möchte zurückschauen, aber ich schäme mich zu sehr. Mir bleibt nichts, außer weiterzugehen und zu tun, was getan werden muss, zu vergessen, was vergessen werden muss.

Die Straßen rund um den Paltry ähneln dem Markt insofern, als sie überfüllt und laut sind, außerdem stinkt es dort nach Fisch und Hitzköpfen. Aber ich erwarte auch nichts anderes von dem roten Sektor der Stadt, wo die Häuser dicht an dicht stehen und so schief über die Gassen ragen, dass sie mit Müll und Bettlern gefüllte Bogengänge bilden. Ich sehe weit und breit keine Wachen. Entweder sind sie zum Markt und zum Kampf abkommandiert worden oder zu den eingestürzten Tunneln. Cal geht jetzt voraus und führt uns stetig nach Süden, weg aus dem roten Sektor.

»Kennst du dich hier aus?«, fragt Farley Cal argwöhnisch, als er uns in die nächste verwinkelte Gasse dirigiert. »Oder hast du genauso die Orientierung verloren wie ich gerade?«

Er macht sich nicht die Mühe, ihr zu antworten, und winkt nur ab. Wir kommen an einer Kneipe vorbei, in der es, nach den Schatten in den Fenstern zu urteilen, bereits von Trinkern wimmelt. Cals Blick verweilt kurz auf der Tür, die in einem allzu grellen Rot gestrichen ist. Vielleicht saß auch er oft dort drin, wenn er sich heimlich aus Ocean Hill wegschleichen konnte, um herauszufinden, wie sein Königreich jenseits des glatt polierten Silber-Hofs aussieht. *Ein guter König sollte so etwas tun*, hat er mir mal gesagt. Aber wie ich inzwischen weiß, ist seine Definition eines guten Königs mit einigen Mängeln behaftet. Die Bettler und Diebe, die er über die Jahre kennengelernt hat, haben nicht ausgereicht, um den Prinzen zu überzeugen. Er hat mit seinen eigenen Augen Hunger und Ungerechtigkeit gesehen, aber es hat keinen Wandel in ihm bewirkt. Es hat ihn nicht wirklich gekümmert. Jedenfalls nicht, bevor seine Welt ihn verstoßen hat, ihn zu einer Waisen, einem Verbannten und einem Verräter gemacht hat.

Wir folgen ihm, weil wir keine andere Wahl haben. Weil wir einen Soldaten brauchen, einen Piloten, ein Instrument, das uns hilft, unsere Ziele zu erreichen. Jedenfalls rede ich mir das ein, während ich ihm nachgehe. Dass ich mich aus edlen Motiven weiter an ihn klammere. Um Leben zu retten. Um zu *siegen*.

Ich habe auch eine Krücke, wie mein Bruder. Nur dass meine nicht aus Metall ist. Sie ist aus Fleisch und Feuer und hat bronzefarbene Augen. Wenn ich sie doch nur von mir werfen könnte! Wenn ich doch bloß stark genug wäre, den Prinzen loszulassen, auf dass er seinen Rachegelüsten folgen und leben oder sterben kann, ganz wie es ihm passt. *Aber ich brauche ihn. Und ich finde nicht die Kraft in mir, ihn ziehen zu lassen.*

Obwohl wir weit vom Fischmarkt entfernt sind, hängt ein entsetzlicher Gestank in der Luft. Ich drücke mir das Tuch vor die Nase, damit ich es nicht riechen muss, was auch immer es sein mag. *Das ist kein Fisch*, dämmert es mir, und auch die anderen scheinen es zu wissen.

»Wir sollten nicht hier entlanggehen«, murmelt Cal und streckt den Arm aus, um mich aufzuhalten, aber ich schlüpfe darunter hindurch. Farley folgt dicht hinter mir.

Die Seitenstraße führt auf einen Platz, der mal als bescheidener Park fungiert hat. Jetzt herrscht dort Totenstille. Die Fenster der Wohnhäuser und Geschäfte sind fest verschlossen, die Blumen verbrannt und die Erde verkohlt. Von den kahlen Ästen der Bäume baumeln Dutzende Leichen. Ihre aufgedunsenen Gesichter sind blau angelaufen. Sie alle sind nackt. Identische rote Medaillons aus schlichtem Holz, die an groben Schnüren um ihre Hälse hängen, sind ihre einzige Kleidung. Ich habe solche Ketten noch nie gesehen und konzentriere mich ganz auf sie, um nicht in die vielen toten Gesichter sehen zu müssen.

Nach dem Gestank und dem summenden Fliegenschwarm zu urteilen, hängen sie schon eine Weile dort.

Der Tod ist mir nicht fremd, aber diese Leichen sind schlimmer als alles, was ich je gesehen – oder getan – habe.

»Die Maßnahmen?«, frage ich mich laut. Haben diese Männer und Frauen gegen das Ausgehverbot verstoßen? Oder etwas Unpassendes gesagt? Wurden sie wegen der Anordnungen, die ich vor laufenden Kameras verkünden musste, hingerichtet? *Es waren nicht deine Anordnungen*, sage ich mir reflexartig. Aber das schmälert nicht meine Schuld. Nichts wird das jemals tun.

Farley schüttelt den Kopf. »Die sind von der Roten Patrouille«, murmelt sie und tritt einen Schritt vor, überlegt es sich dann aber anders. »Größere Städte, größere rote Gemeinden haben ihre eigenen Wachen, um den Frieden zu bewahren und auf die Einhaltung unserer Gesetze zu achten. Weil der Wachdienst der Silbernen dieser Pflicht nicht nachkommt.«

Kein Wunder, dass die Totenköpfe Crance und Shade einfach so in der Öffentlichkeit attackieren konnten. Sie wussten, dass niemand sie dafür bestrafen würde. Sie wussten, dass die Leute von der Roten Patrouille tot sind.

»Wir sollten sie da runterholen«, sage ich, auch wenn ich weiß, dass es nicht möglich sein wird. Wir haben keine Zeit, sie zu bestatten, und wir dürfen kein Aufsehen erregen.

Ich zwinge mich dazu, diesem Bild des Grauens den Rücken zuzukehren. Ich werde es niemals vergessen, aber ich weine nicht. Cal wartet respektvoll in einiger Entfernung, als hätte er kein Recht, diese Hinrichtungsstätte zu betreten. Und ich muss ihm beipflichten. Denn das haben seine Leute getan. *Seine Leute.*

Farley hat sich nicht so in der Gewalt wie ich. Sie hat Tränen in den Augen, die sie jedoch zu verbergen sucht, und ich tue so, als würde ich sie nicht sehen, während wir gemeinsam weggehen.

»Abgerechnet wird zum Schluss«, zischt sie zornig.

Je weiter wir uns vom Paltry-Markt entfernen, desto geordneter wird die Stadt. Aus schmalen Gassen werden richtige Straßen, die sanftere Bogen beschreiben als in den ärmeren Vierteln. Hier sind die Gebäude aus Stein oder geglättetem Beton und sehen nicht so aus, als würden sie beim nächsten Windstoß in sich zusammenfallen. Wir kommen an einigen kleinen, aber gepflegten Häusern vorbei, deren Türen und Fensterläden rot gestrichen sind. Sie gehören vermutlich den arrivierten Roten der Stadt, unsere Farbe hebt das hervor – brandmarkt sie, damit jeder weiß, wem die Häuser gehören. Die Roten, denen wir hier begegnen, sind ebenso deutlich als solche zu erkennen. Die meisten sind Bedienstete, sie tragen rote Armbänder. Einige haben gestreifte Abzeichen an ihre Kleidung geheftet, an deren Farben man sieht, welcher Familie sie dienen.

Der, der uns am nächsten kommt, trägt ein rot-braunes Abzeichen – *Haus Rhambos.*

Sofort fällt mir mein Unterricht am Hof wieder ein, bei Lady Blonos, die man später dafür enthauptet hat. Ein bisschen was weiß ich noch von dem, was ich dort gelernt habe. Rhambos ist eins der Hohen Häuser von Norta. Es stellt die Gouverneure dieser Gegend, der Beacon-Region. Die Mitglieder dieses Hauses sind Starkarme. Eine Rhambos-Tochter – ein schmales Ding namens Rohra, das mich in Stücke reißen könnte – hat an der Königinnenkür teilgenommen. In der Knochenarena habe ich ein weiteres Mitglied der Familie kennengelernt. Der Mann sollte helfen mich zu töten, aber ich bin ihm zuvorgekommen. Ich habe ihn unter Strom gesetzt und bei lebendigem Leib verbrannt. Ich höre seine Schreie noch immer. Aber nach dem, was ich gerade auf dem Hinrichtungsplatz gesehen habe, verschafft mir die Erinnerung an seinen Tod beinahe so etwas wie Befriedigung.

Der Rhambos-Diener wendet sich nach Westen und geht einen Hügel hoch, von dem aus man den Hafen überblickt. Zweifellos ist er auf dem Weg zur Villa seines Dienstherrn. Es ist eins der vielen luxuriösen Anwesen auf dieser Anhöhe, die alle makellose weiße Mauern, himmelblaue Dächer und hohe silberne Turmspitzen haben, auf denen scharfzackige Sterne sitzen. Wir folgen dem Roten, bis wir uns auf der Straße unterhalb des größten Gebäudes von allen befinden. Es ist mit Sternen gekrönt und von glänzenden durchsichtigen Mauern umgeben – Diamantglas.

»Ocean Hill«, sagt Cal meinem Blick folgend.

Der Bau dominiert die Hügelkuppe und wirkt wie eine fette weiße Katze, die faul und friedlich hinter kristallklaren Wänden liegt. Wie auch beim Whitefire-Palast sind die Kanten des Daches vergoldet und laufen flammenförmig zu. Das Ganze ist so meisterhaft geschmiedet, dass die Flammen im Sonnenlicht zu tanzen scheinen. Die Fenster sind blitzsauber und funkeln wie Juwelen – was wer weiß wie vielen roten Dienern zu verdanken ist. Ein Schrammen und Rumpeln dringt vom Palast herüber, von den Umbauarbeiten, die Maven in der königlichen Residenz vornehmen lässt. Insgeheim möchte ich es gern sehen, aber das ist ein alberner Wunsch. Denn wenn ich je wieder einen Fuß in einen Palast setze, dann nur in Ketten.

Cal kann Ocean Hill nicht lange ansehen. Für ihn ist der Palast nur noch eine ferne Erinnerung, ein Ort, zu dem er keinen Zutritt mehr hat, ein Zuhause, in das er nicht mehr zurückkehren kann.

Das haben wir gemeinsam.

15

Während wir durch die kühlen mittäglichen Schatten huschen, werden wir von Möwen beobachtet; sie sitzen oben auf den Sternen, die jedes einzelne Dach schmücken. Ich fühle mich schutzlos dadurch, wie ein Fisch, der kurz davorsteht, als Mahlzeit aus dem Wasser geschnappt zu werden. Cal gibt ein flottes Tempo vor, und ich schließe daraus, dass auch er die Gefahr spürt. Selbst in den dunklen Seitengassen, die nur von Hintertüren und den Räumen des Dienstpersonals gesäumt werden, wirken wir mit unseren Tüchern und fadenscheinigen Kleidern hoffnungslos deplatziert. Dieser Teil der Stadt ist friedvoll, ruhig, makellos – und gefährlich. Je weiter wir kommen, desto größer wird meine Anspannung. Das leise Pulsieren der Elektrizität intensiviert sich, wird zu einem gleichmäßigen Surren in jedem Haus, das wir passieren. Es läuft sogar über unsere Köpfe hinweg, durch Kabel, die hinter Rankengewächsen oder blau gestreiften Markisen verborgen sind. Doch Kameras spüre ich keine, und die Gefährte bleiben auf den größeren Straßen. Bislang sind wir, geschützt durch einige blutige Ablenkungen, unbemerkt geblieben.

Cal führt uns schnell durch das, was er den Stern-Sektor nennt, und gemessen an den Tausenden von Sternen auf Hunderten von Kuppeldächern trägt das Viertel diesen Namen zu Recht. Er lenkt uns auf kleineren Gassen in einem großen Bogen um Ocean Hill herum, bis wir wieder auf eine viel befahrene Hauptstraße kommen. Wenn ich mir das von der Karte her richtig gemerkt habe, ist sie ein

Abzweig der Port Road, der Ocean Hill und seine Nebengebäude mit dem geschäftigen Hafen und dem aufs Wasser hinausragenden Fort Patriot verbindet. Von diesem Punkt aus haben wir einen guten Blick über die Stadt, die wie ein Gemälde aus Weiß und Blau daliegt.

Wir mischen uns unter die vielen Roten auf den Gehsteigen. Die Straße ist voll von Militärfahrzeugen. Sie variieren in der Größe und reichen von Zwei-Mann-Gefährten bis hin zu gepanzerten Kastenwagen auf Rädern. Auf den meisten prangt das rote Schwert – das Symbol der Armee. Cals Augen funkeln, während er sie vorbeifahren sieht. Mich beschäftigen eher die zivilen Gefährte. Sie sind weniger zahlreich, aber sie haben leuchtende Farben und bewegen sich flink durch den Verkehr. Die größeren sind mit bunten Fahnen geschmückt, die anzeigen, zu welchem Haus sie gehören oder wen sie transportieren. Zu meiner Erleichterung sehe ich weder die rotschwarze Fahne von Mavens Haus Calore noch die weiß-blaue von Elaras Haus Merandus. Wenigstens muss ich für heute nicht mehr mit dem Schlimmsten rechnen.

Das dichte Gedränge zwingt uns, eng beieinanderzubleiben. Cal geht an meiner rechten Seite, Farley an der linken. »Wie weit ist es noch?«, frage ich im Flüsterton und verstecke mein Gesicht hinter meinem Schal. Trotz aller Bemühungen bin ich inzwischen doch etwas verloren. Das waren selbst für mich zu viele Biegungen und Umwege.

Cal nickt statt einer Antwort und zeigt auf ein Gewimmel von Menschen und Gefährten. Ich muss schlucken. Vor uns liegt unzweifelhaft das pulsierende Zentrum von Harbor Bay. Wie eine Krone sitzt es auf dem Hügel und ist umringt von Mauern aus weißem Stein und Diamantglas. Von dem Palast kann ich bis auf die leuchtend blauen, mit silbernen Schuppen besetzten Tore und einige sternengekrönte Türme dahinter nicht viel sehen. Dies ist ein schöner Ort, aber er wirkt auch kalt und grausam und rasiermesserscharf. Gefährlich.

Auf der Karte wirkte es, als sei das hier einfach ein gewöhnlicher Platz vor den Toren von Ocean Hill mit einer Verbindung zum Hafen und zu den Toren von Fort Patriot, das am Fuß eines sanft abfallenden Hangs liegt. Die Wirklichkeit ist sehr viel komplizierter. Denn hier vermischen sich die beiden Welten des Königreichs, hier kommen Rote und Silberne miteinander in Berührung. Unter der Kristallkuppel, die sich über den riesigen Platz wölbt, kreuzen sich die Wege von Hafenarbeitern, Soldaten, Dienern und hohen Herrschaften. In der Mitte erhebt sich ein Brunnen, umgeben von weißen und blauen Blumen, die vom Herbst noch unberührt sind. In der Kuppel bricht sich das schimmernde Sonnenlicht, und helle Flecken flirren über das bunte Chaos. Die Tore des Forts liegen gleich am unteren Ende der Prachtstraße und sind ebenso kunstvoll gestaltet wie die des Palasts. Sie bestehen aus Silber und polierter Bronze, die zu riesigen, gebogenen Fischkörpern verflochten sind, und ragen zwölf Meter in die Höhe. Wenn die vielen Soldaten und meine Angst nicht wären, fände ich sie womöglich wunderschön. Sie verwehren den Blick auf die Brücke und die auf See liegende Festung. Zu all diesen Sinneseindrücken gesellen sich Gehupe, Geschrei und Gelächter, und schließlich muss ich den Blick senken und langsam durchatmen. Die Diebin in mir freut sich über so viel Durcheinander, der Rest jedoch ist verängstigt und äußerst angespannt – eine unter Strom stehende Leitung, die zusehen muss, dass sie keine Funken versprüht.

»Du hast Glück, dass heute nicht die ›Die Nacht des einen Sterns‹

ist«, murmelt Cal, den Blick in die Ferne gerichtet. »Während des Festivals explodiert die Stadt förmlich.«

Ich habe weder die Kraft noch das Bedürfnis, darauf etwas zu erwidern. Die Nacht des einen Sterns ist ein Feiertag der Silbernen, der an eine Jahrzehnte zurückliegende Seeschlacht erinnern soll. Mir bedeutet er nichts, aber Cals Miene verrät mir, dass es ihm ganz anders geht. Offenbar hat er dieses Fest schon hier begangen und erinnert sich gern daran zurück. Musik, Gelächter und Seide. Vielleicht ein Feuerwerk über dem Wasser und zum Abschluss ein königliches Bankett im Palast. Ein anerkennendes Lächeln vom Vater, ein paar Scherze mit Maven. All das ist für ihn unwiederbringlich verloren.

Jetzt schaue ich in die Ferne. *Dieses Leben ist vorbei, Cal. Du solltest es hinter dir lassen.*

»Keine Sorge«, fügt er hinzu und sein verklärter Blick verschwindet. Um ein trauriges Lächeln zu verbergen, schüttelt er den Kopf. »Wir haben es geschafft. Das da ist die Sicherheitszentrale.«

Er zeigt auf ein Gebäude am Rand des geschäftigen Platzes. Seine nüchternen weißen Wände bilden einen starken Kontrast zu dem wimmeligen Chaos davor. Es sieht aus wie eine Festung, geschmückt mit Panzerglasfenstern und einer Terrasse, die von Säulen in der Form schuppenbesetzter Fischschwänze umstanden und über eine Treppe zu erreichen ist. Von Patrouillen kontrollierte Stege wölben sich über die Diamantglaswände von Ocean Hill und verbinden die Sicherheitszentrale mit dem Rest des Palastgeländes. Das Dach ist ebenfalls blau, aber es ist nicht mit Sternen geschmückt, sondern mit *Dornen* – grausamen, spitz zulaufenden, fast zwei Meter langen Eisenstäben. Vermutlich sind sie für Magnetoren gedacht, die sie bei einem Angriff zum Einsatz bringen können. Auch der Rest des Gebäudes ist mit Dingen ausgestattet, die Silbernen als Waffen dienen können. An den Säulen winden sich Kletterpflanzen und dornige Gewächse für Grünfinger empor, während zwei still daliegende große Becken dunkles Wasser für Nymphen bereithalten. Und natürlich stehen an jeder Tür Wachen, die ihre langen Gewehre für jeden offensichtlich in der Hand tragen.

Noch schlimmer als die Wachen sind die Banner, die an jeder Wand, jedem Turm und jeder Fischschwanz-Säule in der Meeresbrise flattern. Denn darauf ist nicht die silberne Lanze des Wachdienstes abgebildet, sondern die Flammenkrone. Schwarz, weiß und rot ragen ihre Zacken in der Form von züngelnden Flammen auf. Sie stehen für Norta, für das Königreich und für *Maven*. Für alles, was wir zu zerstören trachten. Und dazwischen ist auf separaten goldenen Bannern Maven selbst zu sehen. Oder zumindest sein Konterfei. Mit dem wütenden Blick seiner Mutter starrt er uns entgegen, auf dem Haupt trägt er die Krone seines Vaters. Er sieht jung und stark aus, wie ein Prinz, der sich der veränderten Situation gewachsen zeigt. »LANG LEBE DER KÖNIG!«, so steht es unter jeder Abbildung seines spitzen, blassen Gesichts.

Trotz der beeindruckenden Wehrhaftigkeit dieses Ortes und obwohl Mavens Blick uns zu verfolgen scheint, muss ich grinsen. Denn durch die Zentrale pulsiert meine eigene Waffe, die Elektrizität. Sie ist mächtiger als jeder Magnetor, jeder Grünfinger und jedes Gewehr. Sie ist überall. Und sie gehört mir. Wenn ich sie nur richtig einsetzen könnte. Wenn wir uns nur nicht verstecken müssten. *Wenn*. Ich hasse dieses dumme Wort.

Es hängt – fast greifbar – in der Luft. *Was,* wenn *wir nicht hineinkommen? Was,* wenn *wir Ada und Wollivers Daten nicht finden?*

Was, wenn *Shade nicht zurückkommt?* Diese letzte Frage quält mich am meisten. Obwohl ich scharfe Augen habe und die überfüllte Straße mit Blicken absuche, kann ich meinen Bruder nirgends erspähen. Ein Humpelnder mit einer Krücke müsste eigentlich leicht zu finden sein, doch er bleibt verschwunden.

In mir steigt Panik auf und raubt mir etwas von der Selbstbeherrschung, die ich mir so hart erarbeitet habe. Ich muss mir auf die Lippe beißen, um nicht frustriert aufzustöhnen. *Wo ist mein Bruder?*

»Und jetzt warten wir hier?«, fragt Farley mit einem Zittern in der Stimme. Auch sie hat offenbar Angst und schaut sich suchend nach meinem Bruder um. »Ich kann mir nicht vorstellen, dass selbst ihr zwei da ohne Shade reinkommt.«

Cal schnaubt verächtlich. Er ist zu sehr damit beschäftigt, die Zentrale prüfend in Augenschein zu nehmen, um Farley eines Blickes zu würdigen. »Reinzukommen ist nicht das Problem. Könnte nur sein, dass das Ganze dabei in Flammen aufgeht. Was nicht gerade die unauffälligste Vorgehensweise wäre.«

»Nein, wäre es nicht«, murmele ich, um mich abzulenken. Aber sosehr ich mich auch bemühe, ich kann nicht aufhören, mich um Shade zu sorgen. Bis zu diesem Moment habe ich keine Sekunde ernsthaft daran gezweifelt, dass er wieder zu uns stoßen würde. Er ist ein *Teleportierer*, schneller als alles andere auf der Welt, und ein paar Schlägertypen von den Docks sollten eigentlich kein Hindernis für ihn darstellen. Das dachte ich zumindest, als ich ihn auf dem Paltry-Markt zurückgelassen habe. *Als ich ihn im Stich gelassen habe.* Erst vor wenigen Tagen hat er eine Kugel abgefangen, die für mich bestimmt war, und ich werfe ihn den Totenköpfen zum Fraß vor wie ein Lamm den Wölfen.

In Naercey habe ich Shade gesagt, dass ich auf sein Wort nicht vertrauen kann. Auf meins sollte er wohl besser auch nicht vertrauen.

Meine Finger wandern unter den Schal, um meine schmerzenden Nackenmuskeln zu massieren. Doch das bringt keine Besserung. Schließlich stehen wir gerade vor einem veritablen Erschießungskommando herum und warten wie dumme Hühner darauf, dem Schlachter ins Messer zu laufen. Während ich um Shades Leben fürchte, fürchte ich zugleich auch um mein eigenes. Ich darf nicht sterben. Und ich *werde* auch nicht sterben.

»Der Hintereingang«, sage ich. Und es ist nicht als Frage gemeint. Jedes Haus hat eine Tür, aber es hat auch Fenster, ein Loch im Dach oder ein kaputtes Schloss. Es gibt immer einen Weg hinein.

Cal runzelt die Stirn; ausnahmsweise weiß er auch nicht weiter. Ich kann es mir nicht leisten, auf seine Fähigkeiten als Soldat zu vertrauen, wenn es um die Aufgabe eines Diebs geht. »Mit Shade wäre es leichter. Keiner würde merken, dass er da drinnen war. Lass uns noch ein paar Minuten –«

»Mit jeder Sekunde, die wir hier vergeuden, setzen wir das Leben eines Neublüters aufs Spiel. Shade wird uns schon finden.« Ich mache die ersten Schritte von der Port Road in eine Seitengasse. Cal schließt sich mir missmutig an. »Er kann ja dem Rauch folgen«, füge ich hinzu.

»Dem Rauch?« Cal erbleicht.

»Ja, dem Rauch von einem kleinen, kontrollierten Feuer«, fahre ich fort und entwerfe so schnell einen Plan, dass die Worte nur so aus mir heraussprudeln. »Ein Brand in engen, genau abgesteckten Grenzen. Eine Feuerwand, die gerade groß genug ist, um die Wachen von uns fernzuhalten, bis wir die Informationen gefunden haben, die wir brauchen. Ein paar einfache Nymphen sollten kein Problem für dich sein, und selbst wenn …« Ich krümme meine Finger und lasse einen winzigen Funken auf meiner Handfläche kreisen. »Ich bin ja auch noch da. Farley, du kennst dich mit dem System aus, nach dem diese Melderegister funktionieren?«

Sie nickt sofort und strahlt mich seltsam stolz an. »Endlich«, murmelt sie. »Es hat ja wenig Sinn, euch zwei durch die Gegend zu schleifen, wenn ihr euch nicht auch mal nützlich macht.«

Cals Miene verfinstert sich und er betrachtet uns mit einem vernichtenden Blick, der mich an seinen toten Vater erinnert. »Ihr wisst aber schon, was das bedeuten würde?«, entgegnet er, als spräche er mit Kindern. »Maven wird sofort wissen, dass wir das waren. Er wird rausfinden, wo wir sind und was unser Plan ist.«

Ich gehe auf Cal los, aus Wut darüber, dass ich es ihm erklären muss. Dass er mir nicht zutraut, die richtige Entscheidung zu treffen. »Es ist mehr als zwölf Stunden her, dass wir Nix abgeholt haben. Glaubst du nicht, dass Maven längst jeden, der auf Julians Liste steht, genau im Auge behält? Irgendjemand wird merken, dass er nicht mehr da ist, wenn es nicht schon längst geschehen ist. Und dann wird es *gemeldet.*« Ich schüttele den Kopf, weil ich es nicht schon früher begriffen habe. »Maven kennt Julians Liste. Und sobald er von Nix' Verschwinden erfährt, wird er wissen, was wir vorhaben. Deshalb ist es ganz egal, was wir hier tun oder lassen. Wie auch immer wir uns entscheiden – nach dem heutigen Tag wird hier eine Menschenhatz ausgerufen werden. Sie werden die ganze Stadt nach uns durchkämmen und uns erschießen, sobald sie uns sehen. Worauf warten wir also noch? Warum versuchen wir nicht, ihnen so gut wie möglich zuvorzukommen?«

Cal widerspricht nicht, was nicht heißen muss, dass er mir zustimmt. Aber das ist mir egal. Cal kennt diese Seite der Welt nicht, die Gosse und den Matsch, in den wir uns werfen müssen. Ich dagegen schon. Und darum gilt mein Wort hier mehr als seins.

»Es wird Zeit, dass wir unsere Zurückhaltung aufgeben, Cal«, schaltet sich Farley ein.

Wieder kommt keine Antwort von ihm. Er macht einen entmutigten, wenn nicht gar angewiderten Eindruck. »Das da drinnen sind meine eigenen Leute, Mare«, sagt er schließlich leise. Ein anderer Mann würde mich wahrscheinlich anschreien, aber das ist nicht Cals Art. Normalerweise sind seine geflüsterten Worte wie eine heiße Flamme, aber in diesem Moment spüre ich nur seine Entschlossenheit. »Ich werde sie nicht töten.«

»*Silberne*«, berichtige ich ihn. »Du wirst keine *Silbernen* töten.«

Er schüttelt langsam den Kopf. »Ich kann es nicht.«

»Crance hättest du vorhin ohne Zögern ausgeschaltet«, zische ich. »Und er ist auch einer aus deinem Volk, zumindest wäre er es, wenn du König wärst. Aber ich nehme an, sein Blut hat die falsche Farbe?«

»Das …«, stammelt er, »das ist nicht dasselbe. Wenn er abgehauen wäre, wenn sie ihn geschnappt hätten, wären wir in großer Gefahr …«

Die Worte bleiben ihm im Hals stecken. Weil dem nichts hinzuzufügen ist. Er ist ein Heuchler, ganz gleich, wie *gerecht* er tut. Sein Blut ist silbern und sein Herz ist es auch. Er wird niemals jemand anderen höher schätzen als seinesgleichen.

Dann geh, würde ich am liebsten sagen. Die Worte schmecken bitter. Ich kann sie nicht aussprechen. So wütend mich seine Loyalität und seine Vorurteile auch machen, ich kann ihn nicht ziehen lassen –

obwohl ich das sollte. Seine Ansichten sind völlig verkehrt, und doch kann ich ihn einfach nicht wegschicken.

»Dann töte sie eben nicht«, presse ich hervor. »Aber denk daran, dass *er* es getan hat. Mit meinen Leuten – und mit deinen. Sie folgen jetzt *ihm*, und sie werden uns für ihren neuen König töten.«

Ich zeige zurück auf die Straße, auf die Banner mit Mavens Gesicht. Auf Maven, der Silberne für die Scharlachrote Garde geopfert hat, um aus Rebellen Terroristen zu machen und sich zugleich seiner eigenen Feinde zu entledigen. Maven, der jeden am Hof ermordet hat, der mich wirklich kannte: Lucas und Lady Blonos und meine Kammerzofen, sie alle sind tot, weil ich anders bin. Maven, der bei der Ermordung seines eigenen Vaters geholfen hat und der seinen Bruder hinrichten lassen wollte. Maven, der vernichtet werden muss.

Ein kleiner Teil von mir fürchtet, dass Cal gehen könnte. Er könnte einfach in der Stadt untertauchen und versuchen, ein bisschen Frieden zu finden, wenn ihm so etwas überhaupt noch möglich ist. Aber das wird er nicht tun. Sein Zorn, auch wenn er ihn tief in sich vergräbt, ist stärker als seine Vernunft. Er wird seine Rache üben, ebenso wie ich meine. Und wenn es uns alles kostet, was wir lieben.

»Hier entlang«, sagt er laut. Wir haben keine Zeit mehr für Flüstertöne.

Als wir um die hintere Ecke der Sicherheitszentrale biegen, stelle ich mit meinen Sinnen einen Kontakt zu den Sicherheitskameras entlang der Mauern her. Lächelnd verpasse ich ihnen einen kleinen Stoß und sorge so dafür, dass sie der Reihe nach ausfallen.

Der Hintereingang ist zwar kleiner, aber keineswegs weniger beeindruckend als das vordere Portal. Ein breiter Treppenaufgang mit einem Vordach, eine Tür aus geschwungenem Stahl und nur vier bewaffnete Wachen. Ihre Gewehre sind auf Hochglanz poliert, aber sie liegen schwer in ihren Händen. *Neue Rekruten.* Ich registriere die farbigen Bänder an ihren Armen, die auf ihre Häuser und Fähigkeiten verweisen. Einer trägt gar kein Band – ein Silberner der Unterklasse, ohne einflussreiche Familie und mit weniger ausgeprägten Fähigkeiten als der Rest. Die anderen sind: ein Heuler aus dem Haus Marinos, ein Frierer aus dem Haus Gliacon und ein Starkarm aus dem Haus Greco. Zu meiner großen Erleichterung sehe ich keine Wache mit den Farben von Haus Eagrie, Weiß und Schwarz. Also sind keine Seher vor Ort, die in die unmittelbare Zukunft schauen und so erkennen können, worauf wir aus sind.

Sie machen sich nicht die Mühe strammzustehen, als wir uns ihnen nähern. Sie glauben, dass silberne Wachen Rote nicht fürchten müssen. Wie sie sich täuschen.

Erst als wir unten an der Treppe ankommen, nehmen sie überhaupt Notiz von uns. Der Heuler, ein junges Bürschchen mit schräg gestellten Augen und hohen Wangenknochen, spuckt uns vor die Füße.

»Geht weiter, ihr roten Ratten.« Sein Ton ist schneidend scharf.

Natürlich hören wir nicht auf ihn. »Ich würde gern eine Beschwerde einreichen«, sage ich mit hoher, klarer Stimme, halte den Blick aber gesenkt. Neben mir spüre ich aufsteigende Hitze, und aus dem Augenwinkel sehe ich, wie Cal die Fäuste ballt.

Die Wachen brechen in schallendes Gelächter aus und ziehen belustigte Grimassen. Der Heuler macht sogar ein paar Schritte vor, bis er genau über mir aufragt. »Der Wachdienst hat keine Zeit für Pack wie euch. Versucht's doch mal bei der Roten Patrouille.« Dann biegen sie sich wieder vor Lachen. Die hohe Stimme des Heulers tut mir in den noch immer empfindlichen Ohren weh. »Die *hängen* bestimmt noch im Starkpark rum.« Darauf folgt erneut widerliches Gelächter.

Farleys Hände krallen sich in ihre Jacke, tasten nach dem Messer, das sie am Körper trägt. Ich werfe ihr einen warnenden Blick zu, damit sie es nicht zieht, bevor der richtige Moment gekommen ist.

Die stählerne Tür der Zentrale öffnet sich und ein Wachmann tritt heraus. Er raunt dem Starkarm etwas zu, und ich schnappe die Worte *kaputt* und *Kameras* auf. Doch der andere zuckt nur die Achseln und wirft einen Blick auf die vielen Sicherheitskameras über uns an der Wand. Er kann nichts Ungewöhnliches feststellen, aber was weiß er schon.

»Schert euch weg«, fährt der Heuler fort und wedelt mit der Hand durch die Luft, als wollte er Hunde verscheuchen. Als wir uns nicht rühren, zieht er seine Augen zu dünnen schwarzen Schlitzen zusammen. »Oder soll ich euch wegen widerrechtlichen Betretens des Geländes verhaften?«

Er erwartet, dass wir jetzt eilig davonlaufen. Eine Verhaftung ist in diesen Tagen fast gleichbedeutend mit einer Hinrichtung. Doch wir halten die Stellung. Wenn der Heuler nicht so ein brutaler Idiot wäre, täte er mir leid.

»Du kannst es ja mal versuchen«, sage ich und ziehe an dem Tuch, das ich um den Kopf trage.

Es rutscht über meine Schultern nach unten wie ein Paar grauer Flügel und bleibt dann zu meinen Füßen liegen. Ich hebe den Blick und verfolge zufrieden, wie sich über dem Gesicht des Heulers die Erkenntnis ausbreitet, gefolgt von schierer Panik.

Mein Aussehen ist nicht besonders bemerkenswert. Ich habe braune Haare, braune Augen und braune Haut. Außerdem bin ich mit blauen Flecken übersät, hundemüde, klein und hungrig. Ich habe rotes Blut und ein rotes Temperament. Eigentlich sollte ich niemandem Angst einjagen, doch dieser Heuler fürchtet sich definitiv vor mir. Er weiß, welche Kraft sich unter meinen Wunden verbirgt. Er kennt die Blitzwerferin.

Er macht einen Schritt, bleibt mit dem Fuß an etwas hängen und fällt nach hinten. Sein Mund öffnet und schließt sich – er sammelt Kraft für einen Schrei.

»Das ist sie«, stammelt der Frierer und zeigt mit einem zitternden Finger, der sich unversehens in Eis verwandelt, auf mich. Ich muss grinsen und in meinen Händen sammeln sich Funken. Nichts ist so tröstlich wie ihr leises Knistern.

Cal verstärkt die Dramatik noch. Er befreit sich mit einer einzigen, geschmeidigen Bewegung von seinem Umhang und steht plötzlich als der Prinz vor ihnen, den zu verehren man sie gelehrt hat und den sie jetzt fürchten sollen. Sein Flammenzünder-Armband zischt, dann schießt eine Flamme in den lose herabhängenden Umhang und verwandelt ihn in eine züngelnde, brennende Flagge.

»Der Prinz!«, japst der Starkarm. Er ist wie entrückt und ganz und gar nicht bereit, etwas zu unternehmen. Schließlich hat er Cal bis vor wenigen Tagen noch als eine Legende betrachtet und nicht als Monster.

Der Heuler fasst sich als Erster wieder und greift nach seiner Waffe. »Nehmt sie fest! Nehmt sie fest!«, kreischt er und wir ducken uns alle gleichzeitig, um seinem akustischen Schlag auszuweichen, der die Fenster hinter uns zerspringen lässt.

Der Schock verlangsamt die Wachen und verhindert, dass sie klar denken können. Der Starkarm wagt es nicht, sich uns zu nähern, und versucht stattdessen – gegen sein Adrenalin ankämpfend – mit bebenden Fingern seine Pistolen aus den Holstern zu ziehen. Derjenige, der in der offenen Tür steht, ist so schlau, sich in das Gebäude zu retten. Die vier, die übrig bleiben, sind schnell erledigt. Der Heuler bekommt keine Chance, einen zweiten Schrei auszustoßen, und fängt sich stattdessen einen Elektroschock ein. Der Strom fährt ihm zuerst in Kehle und Brust, bevor er den Weg in sein Hirn findet. Für den Bruchteil einer Sekunde spüre ich seine Adern und Nervenbahnen, die sich verzweigen wie die Äste eines Baums. Er fällt auf der Stelle um und versinkt in einen tiefen, dunklen Schlaf.

Ein beißend kalter Hauch weht mich an. Als ich herumfahre, finde ich mich vor einer Wand aus Eisscherben wieder, die von dem Frierer aus auf mich zufliegen. Doch sie schmelzen, bevor sie mich erreichen. Cal hat sie mit einer Stichflamme vernichtet. Das Feuer wendet sich rasch gegen den Frierer und den Starkarm und zingelt sie ein, so dass ich ihnen den Rest geben kann. Zwei kleine Stromschläge, dann sinken sie bewusstlos zu Boden. Der letzte Wachmann, der ohne Farbabzeichen, versucht zu fliehen und wendet sich der offenen Tür zu. Farley legt von hinten ihre Finger um seinen Hals, doch er schüttelt sie ab und stößt sie ein paar Schritte von sich weg, ohne sie zu berühren. Er ist ein Kopflenker, aber ein schwacher; ich habe leichtes Spiel mit ihm. Ich beschieße ihn mit elektrischen Funken, und schon bald gesellt er sich zuckend zu den anderen auf den Stufen. Dem Heuler verpasse ich noch eine Extraladung Strom für seine Boshaftigkeit, und er zappelt wie ein gefangener Fisch.

All das geht in Sekundenschnelle über die Bühne. Die Tür

schwingt in ihren mächtigen Angeln langsam zu. Rasch schiebe ich einen Arm zwischen Rahmen und Türblatt, um sie aufzuhalten. In der kühlen Luft dahinter spüre ich die Elektrizität in den Leuchten, den Kameras und in meinen eigenen Fingerspitzen. Mit einem einzigen, beruhigenden Atemzug schalte ich alle Geräte aus und lasse den Raum hinter der Tür in tiefe Dunkelheit versinken.

Cal steigt vorsichtig über die bewusstlosen Wachen hinweg, während Farley ihnen im Vorbeigehen Tritte verpasst. »Das ist für die Patrouille«, knurrt sie, während sie dem Heuler die Nase bricht. Bevor sie weiter wüten kann, setzt Cal ihrem Treiben ein Ende. Seufzend legt er ihr einen Arm um die Schultern und zieht sie in den Eingangsbereich der Zentrale. Nach einem letzten Blick gen Himmel schlüpfe auch ich hinein und schließe die Stahltür sorgsam hinter uns.

Die dunklen Säle und kaputten Kameras erinnern mich an das Sonnenschloss und daran, wie ich in den Kerker hinuntergeschlichen bin, um Farley und Kilorn vor dem sicheren Tod zu retten. Aber damals war ich fast so etwas wie eine Prinzessin. Ich trug seidene Kleider und hatte Julian im Rücken, der sämtliche Wachen durch seine Einsingerkunst gefügig machte. Das war eine saubere Sache, bei der kein anderes Blut vergossen wurde als mein eigenes. Die Sicherheitszentrale ist etwas anderes. Ich kann nur hoffen, die Opfer auf ein Minimum zu beschränken.

Cal kennt sich aus und übernimmt die Führung, beschränkt sich aber darauf, den Wachen, die uns aufzuhalten versuchen, auszuweichen. Für einen so großen Kerl schafft er es geradezu elegant, den Angriffen von Starkarmen und Huschern aus dem Weg zu gehen.

Er weigert sich, ihnen wehzutun, diese Bürde überlässt er mir. Mein Blitz ist ebenso zerstörerisch wie eine Flamme, und wir hinterlassen eine Spur von Körpern. Ich rede mir ein, dass sie nur bewusstlos sind, doch im Eifer des Gefechts kann ich mir nicht sicher sein. Ich kann das Entweichen meines Stroms nicht völlig kontrollieren, und wahrscheinlich habe ich einen oder zwei von ihnen getötet. Farley hat das ganz bestimmt, mit ihrem langen Messer, das in jede dunkle Ecke fährt. Es trieft von metallenem Silber-Blut, als wir schließlich unser Ziel – eine äußerlich nicht weiter bemerkenswerte Tür – erreichen. Hinter dieser Tür spüre ich allerdings etwas sehr Bemerkenswertes. Eine riesige Maschine, die von Elektrizität vibriert.

»Hier. Der Raum mit dem Melderegister«, sagt Cal. Er hält Wort und zieht in dem angrenzenden Flur eine glühend heiße Feuerwand hoch, die uns schützt, während wir unserer Arbeit nachgehen.

Wir drücken die Tür auf. Ich erwarte, Berge von Papier in diesem Raum vorzufinden, gedruckte Listen wie die, die Julian mir gegeben hat, doch stattdessen stehe ich einer Wand aus blickenden Lichtern, Bildschirmen und Bedienpulten gegenüber. Die Lichter pulsieren nur langsam, da meine eigene Elektrizität für Irritationen sorgt. Ohne nachzudenken, lege ich eine Hand auf das kühle Metall und versuche, gleichmäßig zu atmen, um mich zu beruhigen. Die Maschine reagiert auf mich und stößt ein hohes Surren aus. Einer der Monitore erwacht flackernd zum Leben und wir schauen auf eine unscharfe schwarz-weiße Anzeige. Farley und ich schnappen laut nach Luft, als Textzeilen auf dem Bildschirm erscheinen. So etwas haben wir noch nie gesehen oder uns überhaupt vorgestellt.

»Unglaublich«, haucht Farley und streckt vorsichtig die Hand danach aus. Mit den Fingern auf dem Bildschirm liest sie langsam vor.

In großen Lettern steht dort: *Erhebung und Erfassung der Einwohnerzahl* und etwas kleiner darunter: *Region Beacon, Regentenprovinz, Norta.*

»In Coraunt hatten sie so was nicht?«, frage ich, weil ich mich wundere, wie Farley und Shade dort Nix' Adresse gefunden haben.

Sie schüttelt verwirrt den Kopf. »Coraunt hat noch nicht mal ein Postamt, von so was hier gar nicht zu reden.« Grinsend drückt sie auf einen der Knöpfe unter dem leuchtenden Monitor, dann auf noch einen und noch einen. Auf dem Bildschirm erscheinen jedes Mal Fragen, aber Farley klickt prustend wie ein Kind immer weiter.

Ich lege meine Hand auf ihre. »Farley.«

»Tut mir leid«, erwidert sie. »Wie wär's mit ein bisschen Unterstützung, Hoheit?«

Cal bleibt an der Tür stehen und bewegt den Kopf hin und her, um die Wachen nicht aus dem Blick zu verlieren. »Die blaue Taste. Die, auf der *Suche* draufsteht.«

Ich drücke auf die Taste, bevor Farley es tun kann. Der Bildschirm wird kurz schwarz und färbt sich dann flackernd blau. In drei weißen Kästchen erscheinen drei Suchkriterien: *Name, Ort, Blutgruppe.* Mit Hilfe einer Taste namens *Auswahl* entscheide ich mich für das erste Kriterium.

»Gib den Namen ein, den du suchst, und drück dann auf *Weiter.* Wenn du auf *Drucken* gehst, bekommst du automatisch eine Kopie«, erklärt Cal. Aber dann lenkt ein lautes Fluchen seine Aufmerksamkeit wieder nach draußen. Einer der Wachleute hat sich an seiner Barrikade aus Feuer verbrannt. Es fällt ein Schuss, und ich bekomme Mitleid mit dem dummen Kerl, der Feuer mit Kugeln bekämpfen will. »Beeilt euch!«, ruft Cal.

Meine Finger schweben über den Tasten, weil ich jeden einzelnen Buchstaben von *Ada Wallace* frustrierend lange suchen muss, bevor ich ihn eingeben kann. Die Maschine beginnt erneut zu surren, der Bildschirm flackert dreimal auf, dann erscheint eine ganze Seite Text. Sogar ein Ausweisfoto ist dort abgebildet. Mein Blick verweilt auf der Neublüterin, auf dem Karamellton von Adas Haut und ihren sanften Augen. Sie sieht traurig aus, selbst auf diesem winzigen Bild.

Ich zucke zusammen, als erneut ein Schuss fällt, konzentriere mich aber schnell wieder auf den Text und überfliege, was dort über Ada geschrieben steht. Ihren Geburtstag und -ort kenne ich ja bereits, ebenso wie die Mutation, die sie zu einer Neublüterin wie mich macht. Auch Farleys Augen huschen unruhig über die Zeilen. »Da«, sage ich und weise auf die Information, die wir brauchen. Ich bin so glücklich wie seit Tagen nicht.

Beruf: Hausmädchen, angestellt bei Gouverneur Rem Rhambos. Anschrift: Bywater-Platz, Kanal-Sektor, Harbor Bay.

»Ich weiß, wo das ist«, sagt Farley und geht auf *Drucken*. Die Maschine spuckt ein Blatt aus, auf dem die Angaben aus Adas Registereintrag stehen.

Die Infos über den nächsten Neublüter holen wir schon schneller aus der surrenden Maschine: *Wolliver Galt. Beruf: Händler, angestellt bei der Galt-Brauerei. Anschrift: Battle-Park und Charside Road, Threestone-Sektor, Harbor Bay.* Also hat Crance uns zumindest in dieser Sache nicht belogen. Sollte ich ihn jemals wiedersehen, werde ich ihm die Hand reichen müssen.

»Seid ihr so weit?«, ruft Cal von der Tür aus und ich höre die Anstrengung in seiner Stimme. Es ist nur eine Frage der Zeit, bis die ersten Nymphen antanzen und seine Feuerwand einreißen.

»Ja, fast«, erwidere ich und tippe auf weitere Tasten. »Diese Maschine enthält nicht nur Angaben über Bewohner von Harbor Bay, oder?« Cal antwortet nicht. Er ist zu sehr damit beschäftigt, den Schutzschild aufrechtzuerhalten, aber ich bin mir sicher, dass ich Recht habe. Grinsend ziehe ich die Liste mit den Namen aus der Jackentasche und schlage die erste Seite auf. »Farley, such dir einen Bildschirm.«

Sie ist sofort zur Stelle und tippt fröhlich auf einer Tastatur herum, bis der nächste Bildschirm zum Leben erwacht. Wir reichen uns die Liste hin und her, während wir einen Namen nach dem anderen eingeben und die Angaben ausdrucken. Alle zehn Namen aus der Beacon-Region. Das Mädchen aus den Slums von New Town, eine Siebzigjährige aus Cancorda, Zwillinge von den Bahrn-Inseln und so weiter. Die Ausdrucke stapeln sich auf dem Boden, und jeder einzelne verrät mir mehr, als Julians Liste je könnte. Ich sollte froh sein, außer mir vor Freude über diesen Durchbruch, aber irgendetwas dämpft meine Begeisterung. *So viele Namen. So viele Menschen, die ich retten muss.* Und wir kommen so langsam voran. Wir können sie unmöglich alle rechtzeitig finden, nicht auf diese Weise. Auch nicht mit dem Jet, diesen Ausdrucken und all den unterirdischen Tunneln, auf die Farley zurückgreifen kann. Einige Neublüter werden wir verlieren. Daran führt kein Weg vorbei.

Der Gedanke zerbirst ebenso wie die Wand hinter mir, die plötzlich in die Luft fliegt und eine riesige Staubwolke aufwirbelt. Nach und nach zeichnet sich darin die Silhouette eines Mannes ab, dessen Haut steingrau und so hart wie ein Rammbock ist. *Versteinerer* ist alles, was ich denken kann, bevor er hereinstürmt, Farley an der Taille packt und wegzerrt. Sie hält noch das Endlospapier mit dem

Ausdruck in der Hand, dessen anderes Ende nun aus der Maschine gerissen wird und hinter ihr herweht wie eine weiße Friedensfahne.

»Ihr seid verhaftet!«, brüllt der Versteinerer und drückt Farley gegen das Fenster auf der anderen Seite des Raums. Ihr Kopf knallt gegen die Scheibe, die zersplittert, ihre Augen verdrehen sich nach hinten.

Und dann jagt Cal herein wie ein wilder Stier, umgeben von seinem Feuer. Ich schnappe mir schnell die Unterlagen aus Farleys Hand und stecke sie zusammen mit der Liste in meine Jacke, damit sie nicht etwa verbrennen. Cal arbeitet schnell. Sein Schwur, niemanden zu verletzen, ist offenbar vergessen. Er reißt den Angreifer von Farley weg und drängt ihn mit Hilfe seines Feuers zurück durch das Loch in der Wand. Mit seinen Flammen zieht Cal einen neuen Schutzwall, um dem Versteinerer den Rückweg zu versperren. Zumindest vorläufig.

»Seid ihr fertig?«, knurrt Cal. Seine Augen glühen wie Kohle.

Ich nicke und wende mich wieder der Maschine zu. Sie surrt traurig vor sich hin, als ahnte sie, was ich vorhabe. Mit geballter Faust presse ich Strom in ihre Kabel, und es geht ein zerstörerischer Ruck durch die Anlage. Sie fängt an zu beben, dann explodieren sämtliche Bildschirme mit ihren blinkenden Wörtern und ein Funkenregen fällt herab. Nun kann niemand mehr herausfinden, was genau wir hier gesucht haben. »Ja, fertig!«, rufe ich.

Farley taumelt uns von dem Fenster entgegen und fasst sich an den Kopf. Ihre Lippe blutet, aber sie hält sich tapfer aufrecht. »Dann wird's Zeit, dass wir hier verschwinden.«

Das Nächstliegende wäre ein Sprung aus dem Fenster, doch ein Blick hinaus verrät mir, dass der Raum dafür zu hoch liegt. Die Geräusche, die aus dem Flur zu uns dringen – lautes Brüllen und marschierende Schritte –, machen auch nicht gerade Hoffnung. »Ja, aber *auf welchem Weg* verschwinden wir?«

Cal zieht eine Grimasse und zeigt auf den gebohnerten Parkettboden.

»Auf *dem* Weg!«

Zu unseren Füßen explodiert ein Feuerball. Er frisst sich in das verschlungene Muster im Parkett wie ein Hund, der seine Fänge in ein Stück Fleisch schlägt, und verbrennt das Holz und alles andere Material. Innerhalb weniger Sekunden gibt der Boden krachend nach und wir fallen in den Raum unter uns – und wenig später in den darunter. Meine Knie drohen ebenfalls nachzugeben, aber bevor ich stürze, packt Cal mich am Kragen und zerrt mich zum Fenster.

Ich weiß sofort, was ich zu tun habe.

Cals Feuer und mein Blitz lassen die Panzerglasscheibe zerbersten und wir springen hinaus. Statt einer langen Abwärtsbewegung durch die Luft landen wir hart auf einem der steinernen Stege. Farley kommt direkt hinter uns heraus. Sie hat so viel Schwung, dass sie gegen einen patrouillierenden Wachmann knallt. Der ist so überrumpelt, dass sie ihn von dem Steg heruntergestoßen hat, bevor er weiß, wie ihm geschieht. Ein widerliches Klatschen sagt uns, dass er nicht weich gefallen ist.

»Los, weiter!«, ruft Cal und rappelt sich auf.

Wir stürmen den bogenförmigen Steg entlang, der von der Sicherheitszentrale hinüber zum Königspalast führt. Ocean Hill ist zwar kleiner als der Whitefire-Palast in Archeon, aber nicht weniger beängstigend. Und Cal kennt sich darin ebenfalls bestens aus.

Am anderen Ende öffnet sich langsam eine Tür und ich höre laute Männerstimmen – noch mehr Wachen. Ein wahres Exekutionskommando. Aber anstatt den Kampf gegen sie aufzunehmen, wirft Cal sich mit flammenden Händen gegen die Tür und *schweißt* sie zu.

Farley schaut fragend zwischen der verschlossenen Tür und dem Steg hin und her. Sieht so aus, als säßen wir in der Falle. »Cal?«, beginnt sie ängstlich, doch er ignoriert sie und streckt eine Hand nach mir aus. Seine Augen sind anders als alles, was ich je gesehen habe. Reine Hitze, reines Feuer.

»Ich werfe dich jetzt«, sagt er, ohne irgendetwas zu beschönigen. Die verschweißte Tür hinter ihm erbebt.

Es bleibt weder Zeit, um zu widersprechen, noch, um Fragen zu stellen. Obwohl sich mir vor Angst alles dreht, umklammere ich sein Handgelenk und er packt meins. »Du musst explodieren, wenn du auftriffst«, knurrt er und vertraut darauf, dass ich verstehe, wie er das meint.

Er holt mit einem Ächzen Schwung, und dann fliege ich auf ein weiteres Fenster in der Palastwand zu. Die Scheibe glänzt, und ich kann nur hoffen, dass sie nicht aus Diamantglas ist. Bevor ich das herausfinde, tun meine Funken, was ihnen befohlen wurde. Das Glas zerbirst zu einem glitzernden Scherbenregen, während ich durch die Fensteröffnung falle und auf einem weichen, goldenen Teppich in der stickigen Palastbibliothek lande. Der Teppich federt meinen Aufprall etwas ab, aber nicht den von Farley, die gleich nach mir angesegelt kommt. Cal hat perfekt gezielt, denn sie fällt genau auf mich drauf.

»Steh auf, Mare!«, ruft sie und kugelt mir fast den Arm aus, so energisch reißt sie mich hoch. Ihr Gehirn arbeitet schneller als meins, und sie ist vor mir am Fenster, um Cal die Arme entgegenzustrecken. Noch leicht benommen folge ich ihrem Beispiel.

Über uns auf dem Steg stürmen von beiden Seiten Wachleute

auf das flammende Inferno in seiner Mitte zu. Einen Moment lang scheint das Feuer sich nicht zu bewegen, doch dann begreife ich, dass es auf uns zukommt, zuspringt, zu*fliegt*.

Cals Flammen verlöschen, kurz bevor er gegen die Mauer prallt – und den Fenstersims verfehlt.

»Cal!«, schreie ich und springe fast aus dem Fenster.

Seine Hand gleitet durch meine und eine schreckliche Sekunde lang glaube ich, dass er in den Tod stürzt. Doch stattdessen baumelt er unter unserem Fenster – sein anderes Handgelenk fest in Farleys Griff. Sie brüllt und die Muskeln unter ihrem Ärmel sind zum Zerreißen gespannt, aber irgendwie gelingt es ihr, den neunzig Kilo schweren Prinzen zu halten.

»Fass mit an!«, schreit sie. Ihre Knöchel treten weiß hervor.

Aber ich schleudere zuerst einen Blitz auf den Steg hinauf. Denn die Wachleute dort oben haben auf Cal angelegt, der ihnen eine perfekte Zielscheibe bietet. Sie ducken sich weg, als Teile des Gesteins bersten. Noch ein Blitz, und der Steg stürzt ein.

Ich will, dass er einstürzt.

»MARE!«, kreischt Farley.

Ich muss helfen, muss ihn hochziehen. Seine Hand findet meine, und mir bricht fast das Gelenk von der schweren Last. Aber wir hieven ihn so schnell wie möglich hoch und ziehen ihn über das Fensterbrett herein – in entwaffnende Stille und einen Raum voll harmloser Bücher.

Nach dieser Aktion wirkt selbst Cal mitgenommen und schockiert. Schwer atmend und mit weit aufgerissenen Augen bleibt er auf dem Boden liegen. »Danke«, presst er schließlich hervor.

»Spar dir deinen Dank für später auf!«, knurrt Farley und zieht ihn ebenso energisch auf die Füße, wie sie es bei mir gemacht hat. »Bring uns hier *raus*.«

»In Ordnung.«

Aber anstatt die kunstvoll verzierte Tür anzusteuern, läuft Cal quer durch den Raum zu einer Wand aus Bücherregalen und bleibt dort suchend stehen. Er überlegt einen Moment lang. Dann stemmt er sich mit der Schulter gegen einen Regalabschnitt, bis der zur Seite gleitet und einen schmalen Durchgang freigibt.

»Hier entlang!«, ruft er und schiebt mich hindurch.

Meine Füße fliegen über alte, ausgetretene Stufen, die in einer sanften Spirale abwärtsführen. Die Luft hängt voller Staub und es ist fast dunkel. Die Wände sind aus Stein und dick, und falls uns irgendjemand auf den Fersen ist, bekommen wir davon definitiv nichts mit. Ich versuche einzuschätzen, wo wir ungefähr sind, aber mein innerer Kompass dreht sich zu schnell. Ich kenne mich hier nicht aus, ich habe keine Ahnung, in welche Richtung wir unterwegs sind. Also kann ich nichts anderes tun, als weiterzulaufen.

An einer Steinmauer scheint der Gang ein abruptes Ende zu finden, aber bevor ich auch nur versuchen kann, sie mit meinem Blitz zu durchstoßen, schiebt Cal mich beiseite. »Immer langsam«, sagt er, während er seine Hand auf einen Stein legt, der ein bisschen abgenutzter aussieht als die anderen. Dann drückt er sein Ohr an die Wand und lauscht.

Ich höre nur das Rauschen des Blutes in meinem Kopf und unser Keuchen, Cal dagegen scheint noch etwas anderes mitzubekommen. Seine Miene nimmt einen ernsten Ausdruck an, den ich nicht recht zu deuten weiß. Angst ist es nicht, obwohl er jedes Recht hätte, sich zu fürchten. Nein, er wirkt eher merkwürdig ruhig, blinzelt nur ein paarmal. Er muss sich anstrengen, um zu hören, was jenseits der Mauer vor sich geht. Ich frage mich, wie oft er schon so hier unten gestanden hat, wenn er sich aus genau diesem Palast wegstehlen wollte.

Aber damals waren die Wachen zu seinem Schutz da. Sie dienten ihm. Jetzt trachten sie ihm nach dem Leben.

»Bleibt dicht hinter mir«, flüstert er schließlich. »Wir gehen zweimal nach rechts, dann links zum Hoftor.«

Farley presst die Kiefer zusammen. »Zum Hoftor?«, fragt sie wütend. »Willst du es denen so *einfach* machen?«

»Das ist der einzige Weg nach draußen«, antwortet er. »Die Tunnel von Ocean Hill sind geschlossen.«

Farley zieht eine Grimasse und ballt die Fäuste. Ihre Hände sind leer, das Messer hat sie längst verloren. »Liegt zufällig noch ein Waffenlager auf dem Weg?«

»Schön wär's«, zischt Cal. Dann schaut er mich an, meine Hände. »Wir müssen genügen.« Ich kann nur nicken. *Wir haben schon Schlimmeres erlebt*, sage ich mir.

»Bereit?«, flüstert er.

Ich beiße die Zähne zusammen. »Bereit.«

Die Wand dreht sich lautlos um ihre Mittelachse. Wir schieben uns vorsichtig auf die andere Seite. Wie schon die Bibliothek, so ist auch dieser Raum menschenleer. Er ist mit teuren Möbeln ausgestattet und in einem satten Gelb dekoriert. Doch alles hier wirkt ungenutzt und leicht verwahrlost, bis hin zu den ausgeblichenen goldenen Gobelins. Cal verharrt kurz und starrt auf die Farbe, drängt dann aber weiter.

Zweimal nach rechts. Durch einen weiteren Gang und eine merkwürdige Durchgangskammer. Von Cal gehen Hitzewellen aus; er bereitet sich auf die Feuersbrunst vor, die er in sich entfesseln muss.

Bei mir ist es ähnlich. Meine Elektrizität lässt mir die Haare zu Berge stehen. Sie bringt die Luft förmlich zum Knistern.

Hinter der Tür, der wir uns jetzt nähern, sind Stimmen zu hören. Stimmen und Schritte.

»Gleich dahinter scharf links«, murmelt Cal. Er macht Anstalten, nach meiner Hand zu greifen, überlegt es sich dann aber doch anders. Wir können es nicht riskieren, uns jetzt anzufassen, denn jede Berührung könnte tödlich sein. »Los!«

Cal geht zuerst durch die Tür und setzt die Welt dahinter explosionsartig in Brand. Das Feuer breitet sich über den Marmor und den dicken Teppichboden in der riesigen Eingangshalle aus und kriecht dann die vergoldeten Wände empor. Eine Flamme züngelt an einem Gemälde hoch, das die gesamte Halle dominiert. Es ist ein riesiges Porträt des neuen Königs – *Maven*. Er grinst süffisant, bis das Feuer auf die Leinwand übergreift und die übergroße Hitze seine sorgfältig gepinselten Lippen zu einer Fratze verzerrt, die seiner monströsen Seele viel eher entspricht. Das Einzige, was von Cals Flammen unberührt bleibt, sind zwei staubige Banner aus goldener Seide, die von der gegenüberliegenden Wand hängen. Ich weiß nicht, wofür oder für wen sie stehen.

Die Wachen, die uns aufgelauert haben, rennen schreiend davon. Sie wollen nicht bei lebendigem Leib verbrennen. Cal schlägt eine Schneise durchs Feuer, durch die wir ihm gefahrlos folgen können. Farley bleibt immer dicht hinter ihm, und ich folge ihr. Sie hält sich die Hand vor Mund und Nase, um nicht zu viel Rauch einzuatmen.

Die verbliebenen Wachen sind Nymphen und Versteinerer, denn ihnen können Flammen nichts anhaben. Doch gegen *mich* sind sie nicht immun. Ich schicke meinen Blitz los und er breitet sich um mich herum aus, in einem gleißend hellen Netz aus Elektrizität. Ich muss mich darauf konzentrieren, Cal und Farley davon auszusparen. So viel Glück haben die anderen nicht.

Ich bin eine geborene Läuferin, aber ich spüre ein Stechen in der Lunge, das mit jedem Atemzug stärker wird. Ich sage mir, dass es an dem Rauch liegt, doch als ich schließlich durch das große Portal von Ocean Hill ins Freie stürme, legt sich der Schmerz nicht. Er verändert sich nur.

Wir sind umstellt.

Unzählige Wachleute in schwarzen und Soldaten in grauen Uniformen verstopfen den Hof und versperren uns den Weg zum Tor. Alle sind bewaffnet und bereit zum Schuss.

»Sie sind verhaftet, Mare Barrow!«, ruft eine der Wachen. Eine blühende Ranke schlängelt sich an einem seiner Arme empor, mit der anderen Hand hält er eine Waffe. »Sie sind verhaftet, Tiberias Calore!« Er stolpert über Cals Namen, da ihm diese formlose Anrede nur schwer über die Lippen kommt. Unter anderen Umständen würde ich darüber lachen.

Farley, die noch immer zwischen uns steht, stellt sich breitbeinig hin. Sie hat weder Waffe noch Schild, aber sie gibt trotzdem nicht klein bei. Es ist wirklich beeindruckend, wie stark sie ist.

»Was jetzt?«, raune ich, obwohl ich weiß, dass es darauf keine Antwort gibt.

Cals Blick irrt auf der Suche nach einer Lösung, die er nicht finden wird, umher, bis er schließlich auf mir verharrt. Dieser Blick ist so leer. So einsam.

Dann spüre ich, wie jemand sanft mein Handgelenk umfasst.

Die Welt wird dunkel und ich bin einen endlos erscheinenden, erstickenden Moment lang gefangen, während ich durch die Luft gezwängt werde.

Shade.

Eigentlich hasse ich das Gefühl, teleportiert zu werden, aber in diesem Moment genieße ich es. Shade geht es gut, und wir sind noch am Leben. Plötzlich finde ich mich kniend auf den Pflastersteinen einer nasskalten Gasse wieder, weit weg von der Sicherheitszentrale und Ocean Hill und außerhalb der Reichweite der Waffen des Wachdienstes.

In der Nähe übergibt sich jemand – Farley, nach den Geräuschen zu urteilen. Es ist wohl keine gute Kombination, wenn man erst mit dem Kopf gegen ein Fenster geschlagen und kurz danach teleportiert wird.

»Cal?«, frage ich ins Leere. Die Luft ist jetzt, am Nachmittag, schon deutlich abgekühlt, und als die Angst einsetzt, spüre ich, wie mich ein kalter Schauder überläuft. Doch dann kommt eine Antwort.

»Ich bin hier«, sagt Cal und berührt mich an der Schulter.

Doch statt meinen Kopf an seine Hand zu schmiegen und seine jetzt wieder sanfte Wärme in mich einsickern zu lassen, entziehe ich mich ihm. Ich richte mich stöhnend auf und sehe erst jetzt, dass Shade direkt vor mir steht. Seine Miene ist finster und ich wappne mich für ein Donnerwetter. *Ich hätte ihn nicht zurücklassen dürfen. Das war falsch von mir.*

»Es …«, setze ich zu einer Entschuldigung an, doch ich komme nicht weit. Shade zieht mich mit einem Ruck an sich und schlingt seine Arme fest um mich. Ich erwidere seine Umarmung ebenso heftig. Er zittert noch immer aus Angst um seine kleine Schwester. »Es geht mir gut«, sage ich so leise, dass nur er diese Lüge hören kann.

»Wir haben jetzt keine Zeit für so was«, schimpft Farley, während sie schwerfällig aufsteht und sich umschaut. Sie hat Mühe, das Gleichgewicht zu halten, kann sich aber bereits orientieren. »Das hier ist Threestone. Und da hinten, ein paar Straßen weiter östlich, liegt der Battle-Park.«

Dort wohnt Wolliver. »Gut.« Ich nicke und strecke den Arm aus, um sie zu stützen. Wir dürfen unsere Mission nicht aus den Augen verlieren, auch nicht nach diesem lebensgefährlichen Debakel.

Mein Blick ruht jedoch weiter auf Shade und ich hoffe, er weiß, wie es in meinem Herzen aussieht. Er schüttelt bloß den Kopf, wischt die Entschuldigung beiseite; nicht weil er sie nicht annehmen will, sondern weil er ein zu guter Kerl ist, um eine Entschuldigung zu erwarten.

»Zeig uns den Weg«, sagt er und wendet sich Farley zu. Sein Blick wird etwas weicher, als er sieht, wie entschlossen sie trotz all ihrer Wunden und der Übelkeit immer noch ist.

Auch Cal braucht einen Moment, bis er sich aufgerappelt hat; er ist ans Teleportieren nicht gewöhnt. Er erholt sich jedoch nach und nach, während er uns durch die schmalen Seitenstraßen des Threestone-Sektors folgt. Wie immer haftet ihm der Geruch von Rauch an, und aus seiner Miene sprechen Trauer und Zorn. In der Sicherheitszentrale sind Silberne zu Tode gekommen, Männer und Frauen, die nur Befehle befolgt haben. *Befehle, wie er sie einst selbst gegeben hat.* Es muss schwer sein, das zu verdauen, aber ihm bleibt keine andere Wahl. Nicht, wenn er bei uns bleiben möchte, bei *mir.* Er muss sich entscheiden, auf welcher Seite er steht.

Ich hoffe, dass er sich für unsere entscheidet. Ich hoffe, dass ich nie wieder diesen leeren Ausdruck in seinen Augen sehen muss.

Threestone ist ein roter Stadtteil, wir sind also vorerst einigermaßen in Sicherheit. Farley führt uns durch enge Gassen und hin und wieder sogar durch ein leer stehendes Geschäft, um uns vor Entdeckung zu bewahren. Auf den Hauptstraßen hört man Wachleute herumlaufen und brüllen. Sie versuchen zu begreifen, was an der Sicherheitszentrale passiert ist, während sie sich neu formieren. Noch vermuten sie uns nicht in dieser Gegend. Denn sie wissen nicht, was Shade ist und wie schnell und weit er uns transportieren kann.

An eine Mauer gepresst warten wir ab, bis ein einzelner Wachmann an uns vorbeigestapft ist. Er ist abgelenkt, wie alle anderen, aber Farley lässt uns weiter im Schatten verharren.

»Es tut mir leid«, raune ich Shade zu, denn ich muss es einfach loswerden.

Doch er schüttelt erneut den Kopf und stupst mich sogar sanft mit seiner Krücke an. »Schluss jetzt. Du hast getan, was du tun musstest. Und wie du siehst, geht es mir gut. Es ist nichts passiert.«

Nichts passiert. Körperlich vielleicht, aber was ist mit seiner Seele? Seinem Herzen? Ich habe ihn verraten, meinen eigenen Bruder. *Wie ein anderer, den ich gut kenne.* Ich möchte ausspucken vor Wut, möchte den Gedanken loswerden, dass ich irgendetwas mit Maven gemeinsam haben könnte.

»Wo ist Crance?«, frage ich, um mich abzulenken.

»Ich habe ihn vor den Totenköpfen in Sicherheit gebracht. Danach ist er seiner Wege gezogen. Er ist gerannt wie ein Windhund.« Shade zieht die Brauen zusammen bei der Erinnerung daran. »Er hat drei seiner Leute in den Tunneln begraben. Er kann sich hier nirgends mehr sehen lassen.«

Das Gefühl kenne ich.

»Und wie geht es dir?« Er wendet abrupt den Kopf und zeigt vage in die Richtung von Ocean Hill. »Nach alldem?«

Nachdem ich fast gestorben bin. Wieder einmal.

»Ich hab doch gesagt, dass es mir gut geht.«

Shade verzieht das Gesicht. Er glaubt mir nicht recht. »Hm.«

Unbehagliches Schweigen macht sich zwischen uns breit, während wir darauf warten, dass Farley uns weiterführt. Sie lehnt schwer an der Mauer, setzt sich aber wieder in Bewegung, als eine Gruppe von lärmigen Schulkindern in unserer Nähe vorbeiläuft. Wir benutzen sie als Deckung, um eine größere Straße zu überqueren, und tauchen dahinter erneut in ein Gewimmel von Gassen ein.

Schließlich ducken wir uns unter einem niedrigen Torbogen hindurch – oder vielmehr ducken die anderen sich, ich laufe einfach so weiter. Doch ich bin kaum auf der anderen Seite angekommen, als Shade abrupt stehen bleibt und mich aufhält.

»Es tut mir leid, Mare«, sagt er, und es wirft mich fast um, als ich höre, dass er sich bei mir entschuldigt.

»*Dir* tut es leid?«, sage ich und muss fast lachen, dass er so etwas Absurdes ausspricht. »Was tut dir denn leid?«

Er schweigt betreten. Als er einen Schritt zurück macht und den Blick auf das freigibt, was hinter dem Durchgang liegt, packt mich das kalte Grausen.

Hinter dem Torbogen öffnet sich ein kleiner Platz, der offensichtlich für Rote gedacht ist. *Battle-Park*. Er ist unscheinbar, wirkt jedoch gepflegt mit seinem frischen Grün und mehreren Kriegerstatuen aus grauem Stein. Die Statue in der Mitte ist die größte, sie trägt ein Gewehr auf dem Rücken und zeigt mit erhobenem Arm Richtung Osten.

Von der Hand baumelt ein Seil.

Und an dem Seil schwingt ein Leichnam.

Die Leiche ist nicht nackt und trägt auch nicht das Medaillon der Roten Patrouille. Es ist ein Junge, nicht besonders groß, mit glattem, weichem Gesicht. Seine Hinrichtung kann nicht lange zurückliegen, vielleicht eine Stunde. Doch es ist niemand vor Ort, kein Trauernder und auch keine Wache. Keiner ist hier, um ihn in der Nachmittagssonne hin und her schwingen zu sehen.

Obwohl ihm seine sandfarbenen Haare in die Augen fallen und einen Teil seines Gesichts verbergen, weiß ich genau, wer dieser Junge ist. Ich habe sein Bild in der Zentrale gesehen. Dort lächelte er mich noch an. Jetzt wird er nie mehr lächeln. Ich wusste, dass so etwas passieren würde. Ich wusste es. Aber das lindert nicht den Schmerz darüber, versagt zu haben.

Das dort ist Wolliver Galt, ein Neublüter, der auf einen leblosen Leichnam reduziert wurde.

Ich weine um den Jungen, den ich nie gekannt habe. Um den Jungen, zu dessen Rettung ich zu spät kam.

16

Ich versuche nicht an die Gesichter der Toten zu denken. Um mein Leben zu rennen, ist eine gute Ablenkung, doch selbst die ständige Drohung, ausgelöscht zu werden, reicht nicht, um alles andere auszublenden. Einige Verluste kann ich unmöglich vergessen. Walsh, Tristan und jetzt Wolliver lauern in den Winkeln meines Hirns und hängen sich an meine Gedanken wie dichte, graue Spinnweben. Meine Existenz war ihr Todesurteil.

Und natürlich sind da auch noch die, die ich selbst getötet habe, eigenhändig und mit voller Absicht. Doch um die trauere ich nicht. Ich kann nicht über alles nachdenken, was ich getan habe. Nicht jetzt, wenn wir immer noch in so großer Gefahr sind.

Cal ist der Erste, der dem toten Wolliver den Rücken zudreht. An seinem geistigen Auge zieht bestimmt auch eine ganze Parade von Toten vorbei, und er möchte diesem Geistermarsch nicht noch ein Gesicht hinzufügen. »Wir müssen weiter.«

»Nein.« Farley stützt sich gegen eine Mauer. Sie presst eine Hand vor den Mund und schluckt schwer. Sie braucht all ihre Selbstkontrolle, um sich nicht erneut zu übergeben.

»Ganz ruhig«, sagt Shade und legt ihr tröstend eine Hand auf die Schulter. Sie versucht ihn abzuwimmeln, doch er bleibt bei ihr stehen, während sie in das Blumenbeet spuckt. »Es war wichtig, dass ihr das seht«, fügt er dann mit einem brennenden Blick auf Cal und mich hinzu. »Das passiert, wenn wir versagen.«

Seine Wut ist gerechtfertigt. Schließlich haben wir die letzte Stunde im Leben von Wolliver auf ein Feuergefecht im Zentrum von Harbor Bay verschwendet. Aber ich bin zu müde, um mich jetzt von ihm zurechtweisen zu lassen.

»Das ist nicht der richtige Ort für eine Strafpredigt«, erwidere ich. Wir stehen vor einem Toten, und allein nur zu reden, fühlt sich schon respektlos an. »Wir sollten ihn abschneiden.«

Bevor ich einen Schritt auf Wollivers Leichnam zu machen kann, hakt Cal sich bei mir unter und zieht mich in die entgegengesetzte Richtung. »Niemand rührt den Toten an«, knurrt er und klingt dabei so sehr wie sein Vater, dass ich geschockt bin.

»Der Tote hat einen Namen«, fahre ich ihn an, als ich mich wieder gefangen habe. »Wir können ihn nicht einfach da oben hängen lassen, nur weil sein Blut nicht die Farbe von deinem hat!«

»Ich hole ihn runter«, grummelt Farley und richtet sich wieder auf.

Shade folgt ihr. »Ich helfe dir.«

»Stopp! Wolliver Galt hatte doch eine Familie, oder?«, drängt Cal weiter. »Wo ist sie?« Er streckt seinen freien Arm aus und weist zu den leeren Bäumen und kaputten Fenstern, die auf uns herabschauen. Obwohl man in der Ferne den Lärm der Stadt hört, die sich auf den Abend vorbereitet, ist es auf dem Platz absolut still. »Seine Mutter würde ihn doch wohl kaum hier allein lassen, oder? Wo sind die, die um ihn trauern? Die Wachen, die ihn bespucken? Hier ist nicht mal eine Krähe, die an ihm herumpickt. W*arum?*«

Ich kenne die Antwort. *Das ist eine Falle.*

Ich umklammere Cals Arm so fest, dass meine Nägel sich in seine Haut bohren; sie ist so heiß, dass sie in Flammen aufzugehen droht.

Dieselbe Panik, die mich ergriffen hat, zeichnet sich auch auf seinem Gesicht ab, während er in die dunkle Seitenstraße schaut. Aus dem Augenwinkel erhasche ich einen Blick auf eine Krone – die Krone eines törichten Jungen, der darauf besteht, sie immer und überall zu tragen.

Dann höre ich ein seltsames Geräusch. Es klingt, als würde ein metallenes Insekt seine Scheren auf- und zuschnappen lassen, bevor es sich daranmacht, eine saftige Mahlzeit zu verschlingen.

»Shade«, flüstere ich und strecke die freie Hand nach meinem Bruder, dem Teleportierer, aus. Er wird uns alle retten; er wird uns von hier wegbringen.

Er zögert auch nicht, sondern macht einen großen Satz auf uns zu.

Nur kommt er nicht bei mir an.

Entsetzt sehe ich zu, wie zwei Huscher ihn unterhaken und ruckartig zu Boden zerren. Sein Kopf knallt auf den steinernen Untergrund und seine Augen verdrehen sich. Ich nehme undeutlich wahr, dass Farley aufschreit, als die Huscher ihn wegbringen – so schnell, dass ihre Körper verschwimmen. Sie sind schon am Torbogen, bevor ich einen Blitz in ihre Richtung schleudern kann, der sie zur Umkehr zwingt. In meinem Arm kursiert ein Schmerz, der so stechend ist wie glühend heiße Messer. Aber da ist nichts außer meinen Funken, meiner Stärke. Es gibt keinen Grund für diesen Schmerz.

Das klickende Geräusch ist noch da. Es hallt durch meinen Kopf und wird mit jeder Sekunde schneller. Ich versuche es zu ignorieren, versuche dagegen anzugehen, doch jetzt spielen plötzlich meine Augen verrückt. Im Rhythmus dieses schrecklichen Klickens pulsieren schwarze Punkte in meinem Sichtfeld. Was immer das ist, es zerreißt mich.

Durch den Schleier hindurch sehe ich zwei Feuer explodieren. Das eine hell und lodernd, das andere dunkel qualmend, wie eine Schlange aus Rauch. Irgendwo schreit Cal vor Schmerz auf. *Lauf weg*, glaube ich zu hören. Das versuche ich ja.

Aber ich schaffe es gerade so, über die Pflastersteine zu kriechen. Ich kann nicht mehr als ein paar Zentimeter weit sehen, und selbst das gelingt nur mit Mühe. *Was ist los? Was passiert mit mir?*

Irgendjemand packt mich am Arm, viel zu fest hält er ihn umklammert. Ich drehe mich um, ohne etwas zu sehen, und greife da hin, wo ich den Hals der Person vermute. Meine Finger kratzen über die verzahnten, reich verzierten Metallplatten einer Rüstung. »Ich hab sie«, sagt eine Stimme, die ich kenne. *Ptolemus Samos*. Ich kann sein Gesicht kaum sehen. Schwarze Augen, silbernes Haar, silbrig weiße Haut.

Mit einem wütenden Schrei mobilisiere ich die letzten Kräfte und führe meinen Blitz gegen ihn wie ein Schwert. Gleich darauf brülle ich wie er vor Schmerz und halte mir den Arm, während sich ein Feuer in mir ausbreitet. Nein, das ist kein Feuer. Ich weiß, wie es sich anfühlt, verbrannt zu werden. Das ist etwas anderes.

Ich bekomme einen Tritt in den Bauch und lasse mich wegrollen, bis ich mit dem zerkratzten, blutenden Gesicht in der Parkerde liegen bleibe. Der kühle Duft hat eine wohltuende, lindernde Wirkung und ich kann wieder sehen. Aber als ich die Augen aufschlage und hochschaue, möchte ich nichts lieber als blind sein.

Maven hockt vor mir, sein Kopf ist zur Seite geneigt wie ein neugieriges Hündchen vor seinem Spielzeug. Hinter ihm tobt ein Kampf. Ein sehr ungleicher Kampf. Jetzt, wo Shade ausgeschaltet wurde und ich im Dreck liege, sind nur noch Cal und Farley übrig. Sie hält eine

Pistole in der Hand, doch gegen Ptolemus, der die Kugeln ablenkt, kann sie damit nichts ausrichten. Wenigstens schafft es Cal, alles, was auf sie zufliegt, einzuschmelzen und zu verbrennen und bringt auf diese Weise Messer und Ranken rechtzeitig zum Verschwinden. Aber lange kann das nicht gut gehen. Sie werden in die Enge getrieben.

Ich könnte schreien. Wir entgehen einer Schlinge, um gleich darauf in die nächste zu geraten.

»Sieh mich an, bitte.«

Maven bewegt sich, so dass er mir den Blick auf den Kampf verwehrt. Aber den Gefallen, ihn anzuschauen, tue ich ihm nicht. Schon um meiner selbst willen. Stattdessen konzentriere ich mich auf das klickende Geräusch, das außer mir niemand zu hören scheint. Es pulsiert konstant weiter und trifft mich mit jedem Schlag.

Maven packt mich am Kinn und reißt meinen Kopf herum, damit ich ihm mein Gesicht zuwende. »Du bist unglaublich stur«, sagte er und schnalzt mit der Zunge. »Eine deiner faszinierendsten Eigenschaften. Zusammen mit dem da«, fügt er hinzu und zieht seinen Finger durch das rote Blut auf meiner Wange.

Klick.

Maven drückt fester zu und ich spüre einen brennenden Schmerz in meinem Kiefer. Das Geräusch verstärkt meine Pein noch. Widerstrebend lenke ich meinen Blick in vertraute blaue Augen und ein schmales blasses Gesicht. Zu meinem Schrecken sieht Maven genauso aus, wie ich ihn im Gedächtnis habe. Still, bescheiden, ein unglücklicher Junge. Dies ist nicht der Maven meiner albtraumhaften Erinnerungen, kein Geist aus Blut und Schatten. Er ist wieder real. Ich kenne diese entschlossene Miene. Ich habe sie auf dem Schiff seines Vaters gesehen, als wir flussabwärts nach Archeon segelten und die mir bekannte Welt hinter uns ließen. Damals hat er mich an Deck geküsst und mir versprochen, dass niemand mir etwas tun wird.

»Ich hab dir doch gesagt, ich finde dich.«

Klick.

Seine Hände wandern von meinem Kiefer zu meinem Hals und drücken zu. Gerade fest genug, um mich am Sprechen zu hindern, aber nicht so fest, dass ich nicht mehr atmen kann. Seine Haut steht in Flammen. Ich ringe nach Luft, aber für einen Schrei reicht es nicht.

Maven. Du tust mir weh. Hör auf, Maven.

Er ist nicht seine Mutter. Meine Gedanken kann er nicht lesen. Vor meinen Augen erscheinen wieder diese Flecken, die immer dunkler werden. Stecknadelkopfgroße schwarze Punkte tanzen durch mein Sichtfeld und werden bei jedem *Klick* kleiner oder größer.

»Und ich hab gesagt, ich rette dich.«

Ich erwarte, dass er fester zudrückt, aber das passiert nicht. Stattdessen presst er seine zweite, ebenfalls brennend heiße Hand auf mein Schlüsselbein. Dann bewegt er seine Finger, versengt meine Haut, *brandmarkt* mich. Wieder will ich schreien, bringe aber kaum ein Wimmern zu Stande.

»Ich stehe zu meinem Wort.« Er legt erneut den Kopf schief. »Wenn mir danach ist.«

Klick, klick, klick.

Mein Herz passt sich an den Rhythmus des Geräuschs an und schlägt so schnell, dass ich das nicht überleben kann. Es wird jeden Moment explodieren.

»Hör auf –«, würge ich hervor. Meine Hand greift auf der Suche nach Shade ins Leere. Stattdessen nimmt Maven sie, und auch diese Berührung brennt. Mein ganzer Körper brennt.

»Das reicht«, glaube ich ihn sagen zu hören, aber nicht zu mir. »Ich hab gesagt, das reicht!«

Seine Augen scheinen zu verlaufen – die letzten hellen Flecken in meiner immer dunkler werdenden Welt. Ein blasses Blau, das sich durch mein Blickfeld zieht und schmerzhafte, gezackte Linien aus Eis hinterlässt. Sie umkreisen mich, sperren mich ein. Ich spüre nichts anderes mehr als ein allumfassendes Brennen.

Das ist das Letzte, woran ich mich erinnere, bevor ein weißer Blitz aus Licht und Ton mein Hirn zerreißt und meine ganze Welt im Schmerz versinkt.

Es ist zu viel von allem und zugleich – seltsamerweise – nichts. Weder Pistolenkugeln noch Messer noch Fäuste, aber auch kein Feuer und keine grünen Würgeranken. Dies ist eine Waffe, mit der ich noch nie konfrontiert war – weil es meine eigene ist. Blitze, Elektrizität, Funken, und von alldem so viel, dass selbst ich es nicht aushalten kann. Als ich in der Knochenarena ein ganzes Gewitter heraufbeschworen habe, fühlte ich mich vollkommen ausgelaugt, aber das, was Maven mir hier antut, *bringt mich um*. Es reißt mich in Stücke, Nervenstrang für Nervenstrang, zersplittert meine Knochen, zerfetzt meine Muskeln. Ich werde von innen heraus vernichtet.

Dann fährt mir plötzlich ein Gedanke durch den Kopf: *Ist es das, was sie durchgemacht haben? Die, die ich getötet habe? Fühlt es sich so an, wenn man durch meinen Blitz stirbt?*

Kontrolliere es. Dazu hat Julian mich immer angehalten. *Du musst es unter Kontrolle halten.* Aber das hier ist zu stark. Ich bin ein Damm, der ein ganzes Meer zurückzuhalten versucht. Und selbst wenn ich dazu in der Lage wäre, dem Ganzen ein Ende zu bereiten, verhindert der Schmerz, der mich durchströmt, dass ich es überhaupt erst probiere. Ich kann mich nicht bewegen, kann nichts dagegen tun. Ich bin in mir selbst eingesperrt und mein geschlossener Mund stößt stumme Schreie aus. *Bald werde ich tot sein. Dann hat das hier wenigstens ein Ende.* Doch das Ende kommt nicht. Der Schmerz hält an. Vor meinen Augen tanzen weiße Flecken, heller als die Sonne, bis eine Explosion aus Rot sie plötzlich verdrängt. Ich versuche, es wegzublinzeln, wenigstens *irgendetwas* in mir unter Kontrolle zu bekommen, doch es scheint nichts zu passieren. Falls doch, merke ich es nicht.

Von meiner Haut kann nicht mehr viel übrig sein; die aufwallenden Blitze müssen sie versengt haben. Vielleicht ist es mir ja vergönnt zu verbluten. Das geht schneller als diese weiße Hölle.

Töte mich. Die Worte wiederholen sich in Endlosschleife. Es ist das Einzige, was ich sagen kann und wissen will. Alle Gedanken an Neublüter und Maven, meinen Bruder, Cal oder Kilorn sind restlos verschwunden. Sogar die Gesichter, die mich verfolgen, die Gesichter der Toten, sind ausgelöscht. Seltsam, jetzt, wo ich sterbe, haben meine Geister beschlossen, mich zu verlassen.

Ich wünschte, sie würden zurückkommen.

Ich wünschte, ich müsste nicht alleine sterben.

17

»Töte mich.«

Die Worte brennen in meinem Mund, bahnen sich einen Weg durch das, was eine vom Schreien wunde Kehle sein muss. Ich erwarte, Blut zu schmecken – nein, ich erwarte gar nichts. Ich erwarte, dass ich tot bin.

Aber als meine Sinne wieder erwachen, begreife ich, dass meine Haut und meine Knochen noch intakt sind. Ich blute nicht einmal. Ich bin heil, auch wenn ich mich in keiner Weise so fühle. Es kostet mich all meine Willenskraft, die Augen zu öffnen. Doch ich schaue nicht auf Maven und meine Henker, sondern in ein vertrautes grünes Augenpaar.

»Mare.«

Kilorn lässt mir nicht mal Zeit, Luft zu holen. Er nimmt meine Schultern und zieht mich an seine Brust, zurück in die Dunkelheit. Ich zucke unwillkürlich zusammen bei seiner Berührung, da ich mich erinnere, wie Feuer und Blitz in meinem Körper gewütet haben.

»Es ist alles gut«, murmelt er. Seine Art zu sprechen hat etwas unglaublich Tröstliches, seine Stimme bebt und klingt tief. Und er weigert sich mich loszulassen, selbst als ich zurückzucke. Er weiß, was mein Herz sich wünscht, auch wenn meine strapazierten Nerven dazwischenfunken. »Es ist vorbei, es geht dir gut. Du bist zurück.«

Einen Augenblick verhalte ich mich ganz ruhig, kralle nur meine

Finger in sein altes Hemd. Ich konzentriere mich auf ihn, damit ich nicht spüre, wie ich zittere. »Zurück?«, flüstere ich. »Wo denn?«

»Lass sie erst mal zu sich kommen, Kilorn.«

Noch eine Hand legt sich um meinen Arm; sie ist so warm, dass sie nur Cal gehören kann. Er hält mich mit sanftem, kontrolliertem Druck umklammert, gerade so, dass es mir hilft, mich zu konzentrieren. Damit auch der Rest von mir dem Albtraum entrinnen und ich ganz in die Realität zurückkehren kann. Ich lehne mich langsam zurück, löse mich von Kilorn, damit ich sehen kann, wo ich denn genau bin.

Nach dem feuchten, erdigen Geruch zu urteilen, befinden wir uns unter der Erde, aber das hier ist keiner von Farleys Tunneln. Wenn mein Gespür für Strom als Indikator gelten kann, sind wir weit weg von Harbor Bay. Ich fühle absolut keinen elektrischen Puls, was bedeutet, dass wir die Stadt weit hinter uns gelassen haben. Wir sind in einem sicheren unterirdischen Versteck, das durch den Wald und seine Bauart getarnt ist. Es stammt zweifellos von Roten, und wahrscheinlich wird es von der Scharlachroten Garde genutzt. Alles hier sieht leicht rötlich aus. Die Wände und der Boden sind aus Lehm und das schiefe, von rostigen Metallpfeilern gestützte Dach ist von einer Grasnarbe bedeckt. Es gibt keinerlei Innenausstattung, eigentlich gibt es fast gar nichts hier drinnen. Ein paar Schlafsäcke, inklusive meines eigenen, abgepackte Essensrationen, eine ausgeschaltete Laterne und ein paar Kisten mit Vorräten aus dem Jet, mehr sehe ich nicht. Mein Zuhause in Stilts war ein Palast gegen das hier, aber ich beklage mich nicht. Ich stoße einen Seufzer der Erleichterung aus, da ich froh bin, der Gefahr und diesen rasenden Schmerzen entronnen zu sein.

Kilorn und Cal lassen mir Zeit, mich blinzelnd in dem kargen Zimmer umzusehen und meine eigenen Schlüsse zu ziehen. Sie wirken ganz verhärmt vor Sorge, haben sich innerhalb weniger Stunden in alte Männer verwandelt. Ich betrachte ihre tiefen Stirnfalten und die dunklen Ringe unter ihren Augen und frage mich, was sie so mitgenommen hat. Dann fällt es mir wieder ein. Das Licht, das aus den schmalen Fenstern hereindringt, ist rot-orange und die Luft ist kalt geworden. Bald bricht die Nacht an. Der Tag ist vorbei. Und wir haben verloren. Der Neublüter Wolliver Galt ist tot, Maven hat ihn ermordet. Und Ada vielleicht auch. Ich habe an beiden versagt.

»Wo ist der Jet?«, frage ich, während ich aufzustehen versuche. Doch die beiden halten mich zurück, sorgen dafür, dass ich mein warmes Lager nicht verlasse. Sie sind überraschend sanft, als könnte ich unter ihrer Berührung zerbrechen.

Kilorn kennt mich am besten. Er ist der Erste, der meine Verärgerung bemerkt. Er setzt sich auf seine Fersen, um mir etwas mehr Raum zu lassen. Dann schaut er zu Cal und erlaubt ihm mit einem widerstrebenden Nicken, mir die Situation zu erläutern.

»Wir konnten nicht lange fliegen, während du … in diesem Zustand warst«, sagt er und weicht meinem Blick aus. »Wir waren erst ein paar Dutzend Kilometer weit gekommen, als du den Jet unter Strom gesetzt hast wie eine Glühbirne kurz vor dem Durchbrennen. Du hast das verdammte Ding fast gegrillt. Wir konnten nur kleine Etappen fliegen und mussten dann zu Fuß weiter und uns im Wald verstecken, bis es dir besser ging.«

»Tut mir leid«, ist alles, was mir zu sagen einfällt, aber er winkt ab.

»Du hast die Augen wieder aufgeschlagen, Mare«, sagt der Prinz. »Das ist alles, was für mich zählt.«

Mich überkommt eine Welle der Erschöpfung und ich will ihr nachgeben. Doch dann bewegt Cals Hand sich von meinem Arm zu meinem Hals. Ich zucke zusammen, drehe mich um und sehe ihn mit großen Augen fragend an. Aber er ist ganz auf meine Haut konzentriert, auf irgendetwas, was da an meinem Hals ist. Seine Finger streichen über merkwürdige, gezackte und verzweigte Linien, die von meinem Nacken an der Wirbelsäule entlang nach unten gehen. Ich bin nicht die Einzige, die es bemerkt.

»Was ist das?«, fragt Kilorn mit einem Blick, der so finster ist, dass Königin Elara stolz darauf wäre.

Meine Hand gesellt sich zu Cals und ich betaste die seltsamen Linien. Es scheinen große, zackige Striemen zu sein, die sich über meinen Nacken ziehen. »Ich weiß es nicht.«

»Sie sehen aus wie –« Cal zögert und fährt mit dem Finger über eine besonders erhabene Stelle. Mich überläuft ein Schauder. »Narben, Mare. Das sind Narben wie von einem Blitzschlag.«

Ich mache mich so schnell, wie ich kann, los und rappele mich mühsam hoch. Meine Beine sind ungewohnt schwach und zittrig, doch Kilorn stützt mich. »Langsam, Mare«, sagt er und hält meine Handgelenke fest umklammert.

»Was ist in Harbor Bay passiert? Was – was hat Maven mit mir gemacht? Das war er doch, oder?« Das Bild einer schwarzen Krone hat sich tief in mein Gedächtnis eingeprägt wie ein Brandmal. Und die neuen Narben sind genau das. *Brandmale. Sein Zeichen, das er auf mir hinterlassen hat.* »Er hat Wolliver getötet und uns eine Falle gestellt. Und warum zum Teufel siehst du eigentlich so rot aus?«

Kilorn macht sich über meine Wut lustig, wie immer. Aber sein Lachen klingt hohl, aufgesetzt, als würde er es nur mir zuliebe tun.

»Dein Auge«, sagt er und streicht mit einem Finger über meinen linken Wangenknochen. »Da ist ein Äderchen geplatzt.«

Er hat Recht. Ich merke es, wenn ich erst ein Auge zumache und dann das andere. Durch das linke sieht die Welt erheblich anders aus; alles ist rot eingefärbt, weil ein flüssiger Nebel in meinem Auge herumwirbelt, der nur Blut sein kann. Auch das hat Mavens qualvolle Folter bewirkt.

Cal rappelt sich nicht auf wie Kilorn und ich, sondern lehnt sich zurück und stützt sich auf seine Hände. Wahrscheinlich weiß er, dass ich weiche Knie habe und bald wieder zurück auf mein Lager sinken werde. Irgendwie hat er ein Gespür für solche Dinge.

»Maven ist unauffällig nach Harbor Bay gereist«, antwortet er in einem sachlichen Ton. »Er wollte möglichst wenig Aufsehen erregen, damit wir nichts davon mitbekommen, und hat sich dann den erstbesten Neublüter geholt, den er finden konnte.«

Ich zische vor Zorn, als ich daran zurückdenke. Wolliver war erst achtzehn Jahre alt und sein einziges Verbrechen bestand darin, *anders* zu sein. So wie ich zu sein. *Was hätte er für uns tun können?*, frage ich mich. Ich trauere um den Soldaten, den wir verloren haben.

»Maven brauchte nichts weiter zu tun, als zu warten«, fährt Cal fort, und in seinem Kiefer zuckt ein Muskel. »Wenn dein Bruder nicht gewesen wäre, hätten sie uns alle erwischt. Wie schon im Palast. Shade hat uns trotz seiner Gehirnerschütterung da rausgeholt. Dafür musste er zwar einige Male hin- und herspringen und es war allzu oft ziemlich knapp, aber er hat es geschafft.«

Ich atme erleichtert auf. »Geht es Farley gut?«, frage ich. Cal nickt. »Und ich hab's auch überlebt.«

Kilorn hält mich fester. »Keine Ahnung, wie du das geschafft hast.«

Ich lege eine Hand an mein Schlüsselbein und zucke bei der Berührung vor Schmerz zusammen. Während der Rest des Albtraums, die anderen schrecklichen Dinge, die meinem Körper zugefügt wurden, verschwunden sind, ist Mavens Brandmal sehr real.

»Was er dir angetan hat, war schmerzhaft?«, fragt Cal, und Kilorn schnaubt verächtlich.

»Ihre ersten Worte nach vier Tagen waren ›Töte mich‹, falls du das vergessen hast«, sagt er gereizt, doch Cal verzieht keine Miene. »Natürlich war das, was diese Maschine gemacht hat, schmerzhaft.«

Das Klicken. »Maschine?« Ich werde blass und schaue zwischen den beiden hin und her. »Moment mal, *vier Tage*? So lange war ich ohne Bewusstsein?«

Vier Tage Schlaf. Vier Tage Untätigkeit. Panik schießt wie eiskaltes Wasser durch meine Adern und wischt alle Gedanken an Schmerz beiseite. *Wie viele sind gestorben, während ich in meinem Kopf gefangen war? Wie viele baumeln jetzt an Bäumen oder Statuen?* »Sagt mir bitte nicht, dass ihr die ganze Zeit neben meinem Bett gesessen habt. Sagt mir nicht, dass ihr *nichts* gemacht habt.«

Kilorn lacht. »Dich am Leben zu halten, würde ich nicht *nichts* nennen.«

»Ich meine –«

»Ich weiß, was du meinst«, erwidert er und geht ein bisschen auf Abstand.

Mit dem Rest an Würde, das mir geblieben ist, lasse ich mich auf mein Lager zurücksinken und unterdrücke ein Fluchen.

»Nein, Mare, wir haben nicht nur rumgesessen«, fügt Kilorn hinzu. Er dreht sich weg und lehnt sich an die Lehmwand, um aus dem Fensterschlitz zu schauen. »Wir tun ganz schön viel.«

»Sie haben die Jagd fortgesetzt.« Das ist keine Frage, aber Kilorn nickt trotzdem. »Nix auch?«

»Der kleine Bulle hat sich als nützlich erwiesen«, sagt Cal und betastet die Stelle an seinem Kinn, wo Nix ihn getroffen hat. Er weiß aus erster Hand, wie stark der Neublüter ist. »Und er besitzt Überzeugungskraft. Genau wie Ada.«

»Ada?«, frage ich überrascht. Ich war davon ausgegangen, dass auch diese Neublüterin inzwischen tot ist. »Ada Wallace?«

Cal nickt. »Nachdem Crance den Totenköpfen entwischt war, hat er sie aus Harbor Bay rausgeholt, denn natürlich wusste er doch, wer sie ist. Er hat sie aus dem Haus des Gouverneurs rausgeschleust, kurz bevor Mavens Männer es stürmten. Die beiden warteten schon am Jet, als wir zurückkamen.«

Sosehr ich mich auch freue, dass sie überlebt hat, werde ich doch auch wütend, als ich das höre. »Dann habt ihr sie den Wölfen also gleich wieder zum Fraß vorgeworfen. Sie und Nix.« Meine Finger krallen sich auf der Suche nach Trost in den warmen, weichen Schlafsack. »Nix ist Fischer und Ada ein Hausmädchen. Wie konntet ihr sie so in Gefahr bringen?«

Cal senkt beschämt den Blick. Aber Kilorn fängt an zu kichern und dreht sein Gesicht der Abendsonne zu. Ihr Licht taucht ihn in tiefes Rot, das aussieht wie Blut. Auch wenn mir mein verletztes Auge wieder einen Streich spielt, überläuft mich bei diesem Anblick doch ein kalter Schauder. Und sein Lachen, mit dem er wie üblich meine Ängste abtut, ruft in mir Beklommenheit hervor. Selbst jetzt nimmt der Fischerjunge einfach nichts richtig ernst. Er wird sich noch ins Grab lachen.

»Was ist denn so lustig?«

»Weißt du noch, wie Gisa dieses Entenküken mit nach Hause gebracht hat?«, antwortet er zu unser aller Erstaunen. »Da war sie vielleicht neun. Sie hat es der Entenmutter weggenommen und versucht, es mit Suppe zu füttern.« Er hält inne, um ein erneutes Lachen zu unterdrücken. »Weißt du noch, Mare?« Trotz des Lächelns ist sein Blick hart und fordernd; er will, dass ich verstehe.

»Kilorn«, erwidere ich seufzend und wische seine Geschichte mit einer Geste beiseite. »Wir haben jetzt keine Zeit für so was.«

Aber er fährt unbeirrt fort und geht dabei auf und ab, als könnte er geradewegs durch die Erinnerung spazieren. »Es hat nicht lange gedauert, höchstens ein paar Stunden, da kam die Mutter angewatschelt. Laut quakend und schnatternd ist sie unten ums Haus rumgelaufen, ihre anderen Küken im Schlepptau. Ein Riesengeschrei war das. Bree und Tramy haben versucht, sie zu vertreiben, erinnerst du dich?« Ich weiß das noch ebenso gut wie Kilorn. Wir haben von der Veranda aus zugesehen, wie meine Brüder Steine nach ihr warfen. Aber sie hat die Stellung gehalten und ihr verlorenes Küken gerufen. Und das Küken hat geantwortet und sich in Gisas Armen gewunden. »Irgendwann hast du Gisa gezwungen, das kleine Ding wieder rauszurücken. ›Du bist keine Ente, Gisa‹, hast du gesagt. ›Ihr zwei gehört nicht zusammen.‹ Dann hast du es seiner Mutter zurückgegeben und wir haben zugesehen, wie sie alle zusammen wieder abgezogen sind. Schön in einer Reihe Richtung Fluss.«

»Und wo bleibt die Pointe?«

»Ich bin sicher, es gibt eine«, murmelt Cal und klingt selbst überrascht.

Kilorns Blick fliegt zum Prinzen hin und er nickt ihm dankbar zu. »Nix und Ada sind keine Entenküken, und vor allem bist du nicht ihre Mutter. Sie kommen schon alleine klar.« Mit einem schiefen Grinsen fügt er dann hinzu: »Was man von dir nicht gerade behaupten kann, so ramponiert wie du aussiehst.« Einer seiner Lieblingssprüche.

»Das weiß ich selbst am besten.« Ihm zuliebe versuche ich zu lächeln, nur ein bisschen, spüre aber sofort ein Ziehen im Gesicht, das sich bis in den Nacken zu meinen neuen Narben fortsetzt. Sie tun schon weh, wenn ich nur spreche, von anderen Dingen ganz zu schweigen. *Noch etwas, das Maven mir genommen hat.* Wie froh ihn das machen muss, zu wissen, dass ich nicht mehr schmerzfrei lächeln kann. »Sind wenigstens Farley und Shade bei ihnen?«

Die beiden nicken einmütig, und ich muss fast kichern bei dem Anblick. Normalerweise sehen sie so absolut gegensätzlich aus. Kilorn ist schlank, während Cal eher von kräftiger Statur ist. Kilorn hat goldblondes Haar und grüne Augen, Cal ist dunkel und hat einen Blick wie flackerndes Feuer. Aber während ich sie hier mit meinem blutverschleierten Auge im nachlassenden Tageslicht betrachte, fangen sie an, sich zu ähneln.

»Crance auch«, fügt Cal hinzu.

Ich blinzele überrascht. »Crance? Er ist hier?«

»Er hatte keine große Wahl«, sagt Cal.

»Und ihr … vertraut ihm?«

Kilorn lehnt sich gegen die Wand und steckt die Hände in die Taschen. Sein Gesicht verzieht sich wieder zu einem schiefen Grinsen. »Er hat Ada gerettet und er hat uns in den letzten Tagen geholfen, weitere Neublüter hierherzubringen. Warum sollten wir ihm nicht vertrauen? Weil er ein Dieb war?«

Wie ich. Ich war auch eine Diebin. »Du hast Recht.« Trotzdem werde ich nicht vergessen, wie hoch der Preis für unangebrachtes Vertrauen ist. »Aber ganz sicher können wir uns nicht sein, oder?«

»Du bist dir nie bei irgendjemand sicher«, erwiderte Kilorn genervt und stößt seine Schuhspitze in den Dreck, da er weiß, dass er den Mund halten sollte, obwohl er eigentlich noch etwas sagen will.

»Er ist jetzt mit Farley unterwegs. Und kein schlechter Kundschafter«, springt Cal ihm bei. *Cal springt Kilorn bei.* Ich kann es kaum fassen.

»Ihr zwei seid euch einig? In was für einer Welt bin ich denn aufgewacht?«

Sowohl Cal als auch Kilorn grinsen übers ganze Gesicht.

»Er ist gar nicht so übel, wie du immer behauptet hast«, sagt Kilorn mit einem Blick zum Prinzen.

Cal lacht. Ein leises Lachen, in dem alles, was davor war, noch mitschwingt. »Ebenso.«

Ich stupse Cal an die Schulter, nur um mich zu vergewissern, dass er wirklich da ist. »Sieht ganz so aus, als würde ich nicht träumen.«

»Tust du nicht, meinen Farben sei Dank«, murmelt Cal. Sein Lächeln ist verschwunden. Er fährt sich mit der Hand durchs Gesicht und kratzt sich seinen schmalen Bart. Er hat sich seit Archeon nicht mehr rasiert, seit der Nacht, in der er seinen Vater sterben sah. »Ada ist nützlicher als die Banditen. Kaum zu glauben, aber wahr.«

»Glaube ich ohne weiteres.« Vor meinem inneren Auge ziehen lauter Fähigkeiten vorbei, und jede ist großartiger als die nächste. »Was kann sie?«

»Etwas, das ich noch nie zuvor gesehen haben«, gesteht er. Sein Armband schlägt knisternd einige Funken, die sich rasch in eine kreisende Feuerkugel verwandeln. Sie bleibt einen Moment auf seiner Handfläche liegen, ohne seinem Ärmel etwas anzuhaben, bevor er sie lässig in die kleine Kuhle in der Mitte des Fußbodens wirft. Das Feuer spendet uns Wärme und Licht, jetzt wo die Sonne untergeht. »Sie ist klug, aber auf eine unfassbare Art. Sie erinnert sich an jedes Wort aus jedem einzelnen Buch in der Bibliothek des Gouverneurs.«

Und sofort erlischt meine Hoffnung darauf, dass wir eine neue Kämpferin an unserer Seite haben. »Sehr hilfreich«, sage ich enttäuscht. »Ich muss sie nachher unbedingt bitten, uns eine Geschichte zu erzählen.«

»Ich hab doch gesagt, dass sie es nicht kapiert«, kommentiert Kilorn, aber Cal stoppt ihn mit einem Blick.

»Verstehst du nicht, was das bedeutet?«, fährt er fort. »Sie hat ein perfektes Gedächtnis, eine unerschöpfliche Auffassungsgabe. Sie erinnert sich an jeden Moment jedes Tages, an jedes Gesicht, das sie je gesehen, und jedes Wort, das sie jemals gehört hat. Sie versteht und kennt sowohl jedes medizinische Fachbuch als auch jede Landkarte und jedes Geschichtsbuch, das sie je gelesen hat. Und für praktischen Unterricht gilt dasselbe.«

Auch wenn ich eine das Wetter beherrschende Kraft bei weitem vorziehen würde, verstehe ich, wie wertvoll ein solcher Mensch sein kann. Wenn Julian doch bloß hier wäre. Er würde Ada Tag und Nacht studieren und versuchen, diese merkwürdige Fähigkeit zu ergründen. »Praktischer Unterricht? Du meinst Training?«

Über Cals Gesicht huscht so etwas wie Stolz. »Ich bin kein Lehrer, aber ich tue, was ich kann, um sie fit zu machen. Schon jetzt ist sie keine schlechte Schützin. Und heute Morgen hat sie die Fluganleitung für die Blackrun zu Ende gelesen.«

Ich schnappe nach Luft. »Sie kann den Jet fliegen?«

Cal zuckt die Achseln und setzt ein selbstgefälliges Grinsen auf. »Sie hat die anderen nach Cancorda geflogen und müsste jeden Moment zurück sein. Aber bis dahin solltest du dich ausruhen.«

»Ich hab mich vier Tage lang ausgeruht. Ruht *ihr* euch doch aus«, sage ich, packe seine Schultern und schüttele ihn. Aber ich bin noch schwach, und er bewegt sich kaum. »Ihr beide seht aus wie wandelnde Leichen.«

»Irgendwer musste ja aufpassen, ob du noch atmest«, sagt Kilorn leichthin und jemand anders hätte vielleicht gedacht, dass er scherzt, aber ich weiß es besser. »Was auch immer Maven mit dir gemacht hat, darf sich niemals wiederholen.«

Die Erinnerung an den glühend heißen Schmerz ist noch allzu präsent. Ich zucke unwillkürlich zusammen bei dem Gedanken, das noch einmal durchmachen zu müssen. »Ich bin ganz deiner Meinung.«

Diese neue Macht, die Maven in den Händen hält, ernüchtert uns alle. Selbst Kilorn, der eigentlich ständig in Bewegung ist, wird für einen Moment ganz ruhig. Er schaut mit finsterer Miene aus dem Fenster, in die hereinbrechende Dunkelheit. »Hast du irgendeine Idee, was man machen könnte, falls sie diesem Ding noch mal begegnet, Cal?«

»Bevor ich mir irgendwelche Vorträge anhöre, brauche ich erst mal Wasser«, sage ich, als mir bewusst wird, wie ausgetrocknet meine Kehle ist. Kilorn stürzt sofort los, um mir etwas zu trinken zu holen, und lässt mich mit Cal allein. Die Hitze kommt sofort näher.

»Ich glaube, das war eine Art Echolot. Ein modifiziertes natürlich«, sagt Cal. Sein Blick wandert wieder zu meinem Nacken und den Blitz-Narben, die sich über meinen Rücken ziehen. Mit erschreckender Selbstverständlichkeit fährt er erneut mit dem Finger darüber. Eigentlich sollte ich ihn wegstoßen, sollte den Feuerprinzen daran hindern, meine Brandmale zu untersuchen, aber die Erschöpfung und meine Bedürftigkeit sind stärker als alles andere. Seine Berührung hat etwas Tröstliches, sowohl in körperlicher als auch in emotionaler Hinsicht. Sie ist der Beweis dafür, dass jemand bei mir ist. Ich bin nicht mehr allein in der Hölle.

»Wir haben vor ein paar Jahren auf den Seen mit Echoloten herumexperimentiert. Sie senden Schallimpulse aus, und das hatte verheerende Folgen für die Schiffe der Lakelander. Sie konnten nicht mehr miteinander kommunizieren, aber das Gleiche galt auch für uns. Alle mussten blind navigieren.« Seine Finger wandern tiefer, streichen über knotiges Narbengewebe, das sich über mein Schulterblatt zieht. »Ich vermute, dass Mavens Gerät elektronische Schallwellen aussendet oder Störgeräusche, und zwar sehr starke. Stark genug, um dich außer Gefecht zu setzen, *dich* blind zu machen und deinen Blitz gegen dich selbst zu richten.«

»Dann haben sie diese Maschine unglaublich schnell entwickelt. Es ist doch erst ein paar Tage her, dass wir in der Knochenarena waren«, murmele ich leise. Alles, was lauter ist als ein Flüstern könnte diesen zerbrechlichen Frieden zerstören.

Cals Hand verharrt auf meiner nackten Haut. »Maven hat sich schon lange vor der Knochenarena gegen dich gewandt.«

Das weiß ich jetzt. Ich weiß es bei jedem schmerzenden Atemzug. In mir löst sich etwas und zerbricht und ich beuge mich vor, um mein Gesicht in den Händen zu vergraben. Die Mauer, die ich errichtet habe, um die Erinnerungen von mir fernzuhalten, zerfällt langsam zu Staub. Aber ich darf mich nicht darunter begraben lassen. Ich darf mich von den Fehlern, die ich gemacht habe, nicht unterkriegen lassen. Als Cal den Kopf an meinen Hals schmiegt, seine Arme um meine Schultern legt und mich mit seiner Wärme umfängt, lasse ich mich gegen ihn sinken. Ich lasse mich von ihm halten und behüten, auch wenn wir in der Zelle in Tuck geschworen haben, das nicht mehr zu tun. Wir lenken uns nur gegenseitig ab, und Ablenkungen bringen den Tod. Und doch legen sich meine Hände auf seine und wir verschränken unsere Finger, bis unsere Knochen ineinander verflochten sind. Das Feuer erlischt, die Flammen sind zu einer sanften Glut reduziert. Aber Cal ist noch da. Er wird mich nie verlassen.

»Was hat er dir gesagt?«, flüstert er.

Ich lehne mich ein Stück zurück, damit er es sehen kann. Mit bebenden Fingern ziehe ich den Kragen meines Hemds nach unten und zeige ihm, was Maven getan hat. Seine Augen weiten sich, als er das Brandmal, ein krakeliges *M*, auf meiner Haut erblickt. Er starrt es lange an, und ich fürchte schon, dass seine Wut mich auch verbrennt.

»Er hat mich daran erinnert, dass er zu seinem Wort steht«, sage ich zu ihm. Das reicht aus, um seinen Blick von meiner neuesten Narbe loszureißen. »Dass er mich immer finden wird – und dass er mich rettet.« Ich stoße ein hohles Lachen aus. *Der einzige Mensch, vor dem Maven mich retten muss, ist er selbst.*

Behutsam rückt Cal mein Hemd wieder zurecht und verbirgt so das Zeichen, das sein Bruder hinterlassen hat. »Das wussten wir bereits. Wenigstens wissen wir jetzt auch, warum.«

»Hmm?«

»Maven lügt, ohne mit der Wimper zu zucken, und seine Mutter hält ihn an der Leine. Aber was in seinem Herzen vorgeht, kann sie nicht steuern.« Cals Augen weiten sich und flehen mich an, zu verstehen, was er meint. »Er jagt die Neublüter nicht, um seinen Thron zu schützen, sondern um dir wehzutun. Um *dich* zu finden. Um dich zu zwingen, zu ihm zurückzukehren.« Er ballt die Hand zur Faust. »Maven will dich mehr als alles andere auf dieser Welt.«

Wäre Maven doch nur hier, dann könnte ich ihm seine schrecklichen, mich verfolgenden Augen aus dem Kopf reißen. »Mag schon sein, aber er kriegt mich nicht.« Ich begreife, was das bedeutet. Und Cal tut es ebenfalls.

»Auch nicht, wenn das dem Morden ein Ende setzt? Auch nicht für die Neublüter?«

Mir treten Tränen in die Augen. »Ich gehe nicht zu ihm zurück. Für niemanden.«

Ich erwarte, dass er mich dafür verurteilt, aber stattdessen lächelt er und senkt den Kopf. Er schämt sich seiner Reaktion ebenso wie ich mich meiner.

»Ich habe gedacht, wir würden dich verlieren.« Seine Worte sind mit Bedacht gewählt. Ich beuge mich vor und lege eine Hand auf seine Faust. Mehr Ermunterung braucht er nicht, um fortzufahren. »Ich habe gedacht, *ich* würde dich verlieren. So oft schon.«

»Aber ich bin immer noch da«, sage ich.

Er legt seine Hände an meinen Hals, als würde er mir nicht glauben. Ich fühle mich vage an Mavens Griff erinnert, unterdrücke aber das Bedürfnis zurückzuweichen. Ich will nicht, dass Cal mich loslässt.

So lange schon renne ich weg. Schon bevor das alles begonnen hat, hab ich immer Reißaus genommen. Selbst in Stilts. Ich bin vor meiner Familie weggerannt, vor meinem Schicksal und vor allem, was ich nicht fühlen wollte. Auch jetzt fliehe ich noch. Vor denen, die mich töten wollen, und vor denen, die mich lieben.

Ich möchte so gern damit aufhören. Ich möchte stehen bleiben, ohne mich oder jemand anders zu töten. Aber das ist unmöglich. Ich muss weitermachen, ich muss mir selbst wehtun, um mich selbst zu retten, und anderen wehtun, um andere zu retten. Ich muss Kilorn wehtun, Cal und Shade, Farley und Nix und allen, die dumm genug sind, mir zu folgen. Ich mache auch sie zu Menschen, die immer nur wegrennen.

»Also, nehmen wir den Kampf auf gegen ihn.« Cals Lippen nähern sich meinen, jedes seiner Worte ist glühend heiß. Er hält mich noch fester, als könnte in der nächsten Sekunde jemand kommen und mich ihm entreißen. »Das haben wir uns vorgenommen und das werden wir auch tun. Wir stellen eine Armee auf. Und wir bringen ihn um. Ihn und seine Mutter.«

Einen König zu töten, wird nichts ändern. Dann nimmt der nächste seinen Platz ein. Nicht Cal, der gefallene Prinz, aber ein anderer. Doch es ist ein Anfang. Wenn wir nicht schneller sein können als Maven, dann müssen wir ihn stoppen. Für die Neublüter. Für Cal. Für mich.

Ich bin eine Waffe aus Fleisch und Blut, ein von Haut umhülltes Schwert. Ich wurde geboren, um einen König zu töten, um eine Schreckensherrschaft zu beenden, bevor sie richtig beginnen kann. Feuer und Blitz haben Maven an die Macht gebracht, und Feuer und Blitz werden ihn zu Fall bringen.

»Ich lasse nicht zu, dass er dir noch mal wehtut.«

Sein Atem lässt mich zittern. Ein seltsames Gefühl, wo ich doch in lodernde Wärme gehüllt bin. »Ich glaube dir«, lüge ich ihn an.

Weil ich schwach bin, drehe ich mich in seinen Armen um. Weil ich schwach bin, drücke ich meine Lippen auf seine, auf der Suche nach etwas, das meine ewige Flucht beendet und mich alles vergessen lässt. Wie es aussieht, sind wir beide schwach.

Als seine Hände über meine Haut gleiten, spüre ich eine andere Art von Schmerz. Schlimmer als Mavens Maschine und jenseits der Nerven meines Körpers; er ist wie ein Hohlraum, aber einer von schwerem Gewicht. Ich bin ein Schwert, geboren aus Blitz, geschmiedet in diesem Feuer – und in Mavens. Einer hat mich bereits verraten, und auch der andere könnte jederzeit gehen. Aber ich fürchte mich nicht vor einem gebrochenen Herzen. Ich fürchte keinen Schmerz.

Ich klammere mich an Cal, an Kilorn und an Shade, daran, so viele Neublüter wie möglich zu retten, weil ich Angst habe, verlassen zu werden. Angst, in einer Leere zu erwachen, an einem Ort, an dem meine Freunde und meine Familie verschwunden sind. Wo ich nichts bin, nur ein Blitz in der Finsternis eines einsamen Gewitters. Und an meiner Seite nur Schatten und Geister.

Wenn ich ein Schwert bin, bin ich ein Schwert aus Glas, denn ich fühle, wie ich langsam zerbreche.

18

Das Problem mit Hitze ist, dass sie einem irgendwann zu viel wird, ganz gleich, wie groß die Kälte ist, die man in sich spürt, und wie sehr man Wärme braucht. Ich erinnere mich an viele Winter, in denen ich oben das Fenster einen Spalt geöffnet und die beißende Kälte hereingelassen habe, um dem Feuer, das unten im Wohnzimmer brannte, etwas entgegenzusetzen. Die eisige Luft half mir beim Einschlafen. Und jetzt hilft mir die kühle Herbstluft, die ich tief in meine Lungen sauge, meine Gedanken an Cal zu verdrängen, den ich in dem Versteck zurückgelassen habe. *Das hätte nicht passieren dürfen*, sage ich mir, während ich über meine fiebrig heiße Haut streiche. Cal ist nicht nur eine gefährliche Ablenkung, die ich mir nicht leisten kann, er wird mir irgendwann auch das Herz brechen, daran führt kein Weg vorbei. Eines Tages wird er gehen oder sterben oder mich, wie schon so viele andere, verraten. Eines Tages wird er mir wehtun.

Die Sonne ist untergegangen, nur ein paar rote und orange Schlieren durchziehen den eindunkelnden Himmel noch. *Glaube ich*. Ich kann nicht sicher sein, was die Farben betrifft, die ich sehe. Ich kann mir überhaupt keiner Sache mehr sicher sein.

Unser Unterschlupf befindet sich hoch oben auf einer Waldlichtung und fügt sich in die Bergkuppe ein, von der aus man auf die Bäume und Seen in dem nebelverhangenen Tal blickt. Ich bin im Wald groß geworden, aber dieser Ort ist mir ebenso fremd wie Archeon oder das Sonnenschloss. So weit das Auge reicht, gibt es nichts von Menschen Gemachtes, nicht die Andeutung eines Bauerndorfes oder einer Holzfällersiedlung. Allerdings gehe ich davon aus, dass irgendwo in der Nähe eine Start- und Landebahn verborgen liegt – da der Jet ja weiterhin im Einsatz ist. Wir müssen uns tief im Hinterland von Norta befinden, nördlich von Harbor Bay und mehr im Landesinneren. Ich kenne mich in der Regentenprovinz nicht gut aus, aber allem Anschein nach ist das hier die Greatwoods-Region, die zum überwiegenden Teil aus Wildnis, sanft ansteigenden grünen Hügeln und – an der Grenze zu den Lakelands – aus gefrorener Tundra besteht. Sie wird von den Frierern des Hauses Gliacon mit sanfter Hand regiert, ist nur spärlich besiedelt – und somit der perfekte Ort zum Untertauchen.

»Bist du fertig mit ihm?«

Kilorn ist wenig mehr als ein Schatten; er lehnt am Stamm einer Eiche, deren Äste sich schräg in den Himmel recken. Zu seinen Füßen steht ein vergessener Wasserkrug. Ich brauche sein Gesicht nicht zu sehen, um zu wissen, dass er aufgebracht ist. Es ist deutlich herauszuhören.

»Sei nicht so hart.« Normalerweise kommandiere ich ihn herum, aber die Worte klingen nach einer Bitte. Wie erwartet ignoriert er mich und macht einfach weiter.

»Offenbar steckt in allen Gerüchten ein Körnchen Wahrheit. Selbst in denen, die der schmollende kleine Maven verbreitet. ›Mare Barrow hat den Prinzen dazu verführt, den König zu töten.‹ Erschreckend zu sehen, dass er damit gar nicht so falschliegt.« Kilorn macht ein paar geschmeidige Schritte auf mich zu und erinnert dabei allzu sehr an einen Gleiter aus dem Haus Iral, der sich für den finalen Schlag anschleicht. »Denn verhext hast du den Prinzen auf jeden Fall.«

»Wenn du weiterredest, mache ich eine Batterie aus dir.«

»Du solltest dir ein paar neue Drohungen einfallen lassen«, sagt er mit einem fiesen Grinsen. Er ist an meine Sprüche gewöhnt, und ich bezweifle, dass ich ihm mit irgendetwas Angst einjagen kann, auch nicht mit meinem Blitz. »Er ist ein mächtiger Mann, und das in jeder Beziehung. Versteh mich nicht falsch. Ich bin froh, dass du seine Zügel in der Hand hältst.«

Mir entfährt ein Schnauben und ich lache ihm ins Gesicht. »Froh? Du bist schlicht und einfach eifersüchtig. Du bist es nicht gewohnt zu teilen. Und es gefällt dir nicht, nutzlos zu sein.«

Nutzlos. Das saß. Ich sehe es an der Art, wie er mit dem Kopf zuckt. Aber es hindert ihn nicht daran, sich über mir aufzubauen. Er verdeckt mit seiner großen Gestalt die Sterne, die funkelnd über uns zum Leben erwachen.

»Die Frage ist: Stehst du auch unter *seinem* Bann? Spannt er dich genauso für seine Zwecke ein wie du ihn für deine?«

»Ich spanne niemanden für meine Zwecke ein.« Eine Lüge, wir wissen es beide. »Und du hast keine Ahnung, was du da sagst.«

»Du hast Recht«, sagt er leise.

Ich falle fast um vor Erstaunen. In mehr als zehn Jahren der Freundschaft habe ich diese Worte noch nie aus seinem Mund gehört. Kilorn Warren ist unglaublich stur, viel zu selbstsicher und die meiste Zeit ein Mistkerl – aber jetzt, hier oben auf dieser Anhöhe, ist er auf einmal ganz anders. Er wirkt klein und schwach, ein Schatten meines alten Lebens, der langsam verschwindet. Ich verschränke die Hände, damit ich nicht nach Kilorn greife, um mich zu vergewissern, dass er noch da ist.

»Ich weiß nicht, was mit dir passiert ist, als du Mareena warst. Ich war nicht dabei, um dir durch diese Zeit zu helfen. Und ich sage auch nicht, dass ich es verstehe oder dass du mir leidtust. Das ist nicht das, was du jetzt brauchst.«

Aber es ist genau das, was ich mir wünsche, um wütend auf ihn sein zu können. Um mir nicht anhören zu müssen, was er mir gleich sagt. Dummerweise kennt Kilorn mich allzu gut.

»Das Beste, was ich tun kann, ist, dir die Wahrheit zu sagen oder zumindest das, was ich dafür halte.« Seine Stimme ist fest, doch seine Brust hebt und senkt sich heftig, während er durchatmet. *Er hat Angst.* »Du musst selbst entscheiden, ob du mir glaubst oder nicht.«

Ein schmerzliches Lächeln umspielt meine Lippen. Ich bin so sehr daran gewöhnt, dass die, die mir am nächsten stehen, mich manipulieren, mein Denken und Handeln in die eine oder andere Richtung lenken. Selbst Kilorn hat das gemacht. Aber jetzt gibt er mir die Freiheit, die ich schon so lange haben wollte. Er lässt mir eine Wahl, so klein sie auch sein mag. *Er* vertraut darauf, dass ich klug genug bin, eine Entscheidung zu treffen – auch wenn *ich* das nicht tue.

»Ich höre.«

Er will etwas sagen, unterbricht sich dann aber. Die Worte wollen ihm nicht über die Lippen kommen. Und eine Sekunde lang sehen seine grünen Augen seltsam feucht aus.

»Was, Kilorn?«, frage ich seufzend.

»Was«, wiederholt er und schüttelt den Kopf. Nach einer langen Sekunde fügt er traurig hinzu: »Ich weiß, dass du nicht dasselbe empfindest wie ich. Uns betreffend.«

Ich verspüre das übergroße Bedürfnis, meinen Kopf gegen einen Felsen zu schlagen. *Uns*. Es fühlt sich falsch an, darüber zu reden, wie eine dumme Verschwendung von Zeit und Energie. Aber darüber hinaus ist es auch noch peinlich und bereitet mir Unbehagen. Meine Wangen laufen rot an. Dieses Gespräch wollte ich mit ihm niemals führen.

»Und das ist okay«, fährt er eilig fort, bevor ich ihn unterbrechen kann. »Du hast mich noch nie mit denselben Augen gesehen wie ich dich, auch zu Hause nicht, bevor das alles passiert ist. Ich dachte, du würdest es vielleicht irgendwann tun, aber …« Er zuckt die Achseln. »Du bist nicht dafür gemacht, mich zu lieben.«

Als ich noch Mare Barrow aus Stilts war, habe ich so gedacht wie er. Ich habe mich gefragt, was passieren würde, wenn ich die Einberufung überlebe, und ich habe gesehen, was die Zukunft für mich bereithält. Eine friedliche Ehe mit dem grünäugigen Fischerjungen, Kinder, die wir lieben können, ein ärmliches Zuhause in Stilts. Damals erschien mir das wie ein Traum, ein unerreichbarer Traum. Das ist es noch immer. Und wird es auch immer bleiben. Ich liebe Kilorn nicht, nicht so, wie er es möchte, und ich werde es auch nie tun.

»Kilorn«, sage ich leise und trete einen Schritt auf ihn zu. Aber er macht zwei zurück. »Kilorn, du bist mein bester Freund. Du bist ein Teil meiner Familie.«

Sein Lächeln verströmt Traurigkeit. »Und das werde ich auch bleiben, bis zum Ende meines Lebens.«

Ich verdiene dich nicht, Kilorn Warren. »Es tut mir leid«, presse ich hervor, da ich nicht weiß, was ich sonst sagen kann. Ich weiß nicht einmal genau, wofür ich mich entschuldige.

»Dafür kannst du ja nichts, Mare«, erwidert er und bleibt weiter auf Distanz. »Wir können uns nicht aussuchen, wen wir lieben. Auch wenn ich mir das mehr wünsche als alles andere.«

Ich fühle mich so schlecht. Meine Haut ist noch warm von Cal, sie birgt die Erinnerung daran, wie es war, in seinen Armen zu liegen. Aber versteckt in meinem tiefsten Innern wandern meine Gedanken weg von dieser Lichtung, zu eisfarbenen Augen, einem leeren Versprechen und einem Kuss an Deck eines Schiffes.

»Du kannst ihn lieben, so viel du willst, daran werde ich dich nicht hindern. Aber denk an mich, an deine Eltern und an alle anderen und lass nicht zu, dass er die Kontrolle über dich gewinnt.«

Wieder denke ich an Maven. Doch Maven ist weit weg, ein Schatten an den scharfen Rändern der Welt. Er mag zwar versuchen, mich umzubringen, aber kontrollieren kann er mich nicht, nicht mehr. Kilorn muss seinen Bruder meinen, den gefallenen Sohn des Hauses Calore. *Cal.* Mein Schutzschild gegen die Narben und die Albträume. Aber Cal ist ein Krieger und kein Politiker oder Verbrecher. Er besitzt nicht die Fähigkeit, andere zu manipulieren, und schon gar nicht mich. Das liegt nicht in seiner Natur.

»Er ist ein Silberner, Mare. Du weißt nicht, wozu er fähig ist und was er wirklich will.«

Ich bezweifle, dass Cal das selbst weiß. Der verbannte Prinz ist noch haltloser, als ich es bin, ohne jede Gefolgschaft oder Verbündete außer einer temperamentvollen Blitzwerferin. »Er ist nicht so, wie du denkst«, sage ich. »Ganz gleich, welche Farbe sein Blut hat.«

Auf sein Gesicht tritt ein höhnisches Lächeln. »Das glaubst du doch selbst nicht.«

»Ich glaube es nicht«, erwidere ich traurig, »ich weiß es. Und das macht alles noch viel komplizierter.«

Früher habe ich gedacht, das Blut wäre das Wesentliche, der Unterschied zwischen Gut und Böse, eine unabänderliche und undurchdringliche Trennlinie. Es machte die Silbernen mächtig, kalt, brutal und – verglichen mit meinen roten Brüdern und Schwestern – unmenschlich. In meiner Wahrnehmung waren sie komplett anders als wir, unempfindlich für Schmerz und unempfänglich für Gewissensnöte oder Güte. Aber Leute wie Cal, Julian und selbst Lucas haben mir gezeigt, wie sehr ich mich geirrt habe. Sie sind ebenso menschlich wie wir anderen und ebenso ängstlich und hoffnungsvoll. Sie sind nicht ohne Fehler und Sünden, aber wir sind das auch nicht. Ich bin es auch nicht.

Wenn sie doch bloß die Monster wären, für die Kilorn sie hält. Wenn doch alles so einfach wäre. Im Grunde meines Herzens beneide ich Kilorn um seine engstirnige Wut und wünschte, ich wüsste ebenso wenig wie er. Aber dafür habe ich zu viel gesehen und zu viel erlitten.

»Wir werden Maven töten, und seine Mutter auch«, füge ich mit grausiger Gewissheit hinzu. *Töte den Geist, töte den Schatten.* »Nur wenn sie sterben, werden die Neublüter sicher sein.«

»Dann kann Cal die Krone wieder für sich beanspruchen. Und alles bleibt, wie es war.«

»Das wird nicht passieren. Niemand würde ihn je wieder den Thron besteigen lassen, weder Rote *noch* Silberne. Und soweit ich das sehe, will er selbst es auch nicht.«

»Ach, wirklich?« Ich hasse das selbstgefällige Grinsen, das auf Kilorns Gesicht erscheint. »Wessen Idee war es denn, Maven zu töten?« Als ich nicht antworte, wird sein Grinsen noch breiter. »Das dachte ich mir.«

»Danke für deine Ehrlichkeit, Kilorn.«

Meine angebliche Dankbarkeit überrascht ihn ebenso sehr, wie er mich überrascht hat. Wir haben uns beide verändert während der letzten Monate. Wir sind nicht mehr das Mädchen und der Junge aus

Stilts, die sich ständig über alles und jedes streiten. Damals waren wir Kinder, aber die gibt es nun nicht mehr.

»Ich werde alles, was du sagst, im Hinterkopf behalten.« Selten war ich so dankbar für meinen Unterricht bei Hof wie jetzt, denn so weiß ich, wie ich das Thema beenden kann, ohne Kilorn zu verletzen. Wie eine Prinzessin es einem Bediensteten gegenüber tun würde.

Doch Kilorn lässt sich nicht so einfach abwimmeln. Seine Augen ziehen sich zu grünen Schlitzen zusammen. Er durchschaut meine Fassade der Höflichkeit und sieht mich so angewidert an, dass ich erwarte, dass er ausspuckt. »Irgendwann einmal wirst du dich verlieren«, haucht er, »und ich werde nicht da sein, um dich auf den richtigen Weg zurückzuführen.«

Mit einem leisen Zischen drehe ich meinem ältesten Freund den Rücken zu. Was er sagt, ist schmerzvoll für mich, und ich möchte nichts weiter hören, egal, wie sehr er Recht haben mag. Die harte Erde knirscht unter seinen Stiefeln, als er weggeht, und ich starre stumm in den Wald. In der Ferne höre ich das Brummen eines Jets; die anderen kommen zurück

Ich fürchte nichts so sehr wie das Alleinsein. Warum tue ich dann so was? Warum stoße ich alle Menschen von mir, die ich liebe, oder renne vor ihnen weg? Was stimmt bloß nicht mit mir?

Ich weiß es nicht.

Und ich weiß nicht, was ich tun kann, damit es aufhört.

Unsere Armee zusammenzustellen, ist nicht das Problem. Die Unterlagen aus Harbor Bay führen uns zu all den Neublütern, die in den Städten und Dörfern der Beacon-Region leben, von Cancorda über Taurus bis zu den halb überfluteten Häfen der Bahrn-Inseln. Und

Julians Liste hilft uns, die Fühler noch weiter auszustrecken, bis wir ganz Norta im Visier haben. Selbst Delphie, die südlichste Stadt des Königreichs, ist mit dem Jet nur ein paar Flugstunden entfernt.

In jedem Ort, und sei er noch so klein, gibt es eine neue Garnison von silbernen Offizieren, die uns gefangen nehmen und dem König überstellen soll. Aber sie können nicht alle Ziele gleichzeitig überwachen, und Mavens Herrschaft ist noch nicht gefestigt genug, um über Nacht Hunderte von Menschen aus ihren Häusern holen zu lassen. Wir gehen willkürlich vor, ohne klares System, und normalerweise ist das Überraschungsmoment auf unserer Seite. Manchmal haben wir Glück, und die Sicherheitsleute merken nicht mal, dass wir da sind. Shade erweist sich dabei immer wieder als äußerst nützlich, ebenso wie Ada und Nix. Adas Fähigkeiten helfen uns, dicke Stadtmauern zu umgehen, und die von Nix ebnen uns einen Weg mitten hindurch.

Aber letztlich kommt es immer auf mich an. Ich bin stets diejenige, die den Neublütern gegenübertritt, um ihnen zu erklären, was sie sind und welche Gefahr sie für den König bedeuten. Dann stellen wir sie vor die Wahl, und sie entscheiden sich alle für das Leben, für uns. Wir gewähren ihren Familien sicheres Geleit und bringen die Zurückbleibenden in den verschiedenen Zufluchtsstätten und Stützpunkten der Scharlachroten Garde unter. Beim *Oberkommando*, wie Farley es nennt, und ihre Worte klingen von Mal zu Mal kryptischer. Einige werden sogar nach Tuck gebracht, wo der Oberst ihnen Schutz gewährt. Er mag die Neublüter ja hassen, aber Farley versichert mir, dass er echte Rote niemals abweisen würde.

Die Neublüter, die wir aufsuchen, sind ängstlich, manche wütend, und ein paar wenige sind überrascht. Meistens sind das Kinder, die noch nicht wissen, was sie sind. Einige allerdings schon, denn sie werden bereits von den Mutationen in unserem Blut heimgesucht.

In den Außenbezirken der Stadt Haven treffen wir auf Luther Carver, einen achtjährigen Jungen mit feinem schwarzem Haar. Er ist klein für sein Alter und der Sohn eines Tischlers. Wir finden ihn in der Werkstatt seines Vaters, denn er ist von der Schule beurlaubt, um dieses Handwerk zu erlernen. Es braucht nicht viel, um Mr Carver davon zu überzeugen, uns einzulassen, auch wenn er Cal und selbst Nix misstrauisch beäugt. Der Junge weigert sich, mir in die Augen zu schauen. Er ist sehr unruhig, zittert, als ich ihn anspreche, und besteht darauf, mich Blitzwerferin zu nennen.

»Dein Name steht auf der Liste, weil du etwas Besonderes bist, weil du anders bist«, erkläre ich ihm. »Weißt du, wovon ich spreche?«

Der Junge schüttelt so heftig den Kopf, dass sein langer Pony hin und her fliegt. Aber sein Vater stellt sich wie ein Schutzengel hinter ihn und nickt ernst.

»Es ist alles gut, Luther, du brauchst dich nicht zu schämen.« Ich strecke meinen Arm über den Tisch hinweg nach ihm aus, doch Luther entzieht sich meiner Berührung. Er nimmt seine Hand vom Tisch, legt sie auf seinen Schoß und rückt weg, damit ich nicht mehr an ihn herankomme. Zwischen uns auf der Tischplatte stehen lauter raffinierte Gegenstände, die sicherlich Carvers Werk sind.

»Nehmen Sie's nicht persönlich«, sagt Carver und legt seinem Sohn beruhigend eine Hand auf die Schulter. »Luther ist nicht … er möchte Ihnen nur nicht wehtun. Es kommt und geht – und es wird schlimmer. Aber Sie werden ihm helfen, oder?« Der arme Mann klingt gequält, seine Stimme bebt. Ich bekomme Mitleid mit ihm und versuche mir vorzustellen, wie mein Vater in so einer Situation reagiert hätte. Angesichts von Menschen, die sein Kind verstehen und ihm helfen können, es ihm dafür aber wegnehmen müssen. »Wissen Sie, warum er so ist?«

Diese Frage habe auch ich mir schon oft gestellt und ich höre sie von fast jedem Neublüter. Aber eine Antwort habe ich noch immer keine. »Nein, tut mir leid, Sir. Wir wissen nur, dass unsere Fähigkeiten durch eine Mutation entstehen. In unserem Blut gibt es etwas, das nicht erklärbar ist.«

Ich denke an Julian, an seine Bücher und seine Forschungen. Er ist nie dazu gekommen, mir die Große Teilung zu erklären, den Moment in der Vergangenheit, in dem das Silberblut sich vom roten Blut abgespalten hat. Er hat mir nur erzählt, *dass* es passiert ist und schließlich zu der Welt geführt hat, in der wir jetzt leben. Ich vermute, dass mit den Neublütern eine weitere Teilung in Gang gekommen ist. Bevor Julian gefangen genommen wurde, hat er meinen Fall studiert und versucht, die Frage nach dem Warum zu klären. Aber er hatte nicht mehr die Chance, eine Antwort zu finden.

Cal, der still neben mir gestanden hat, setzt sich nun in Bewegung, und als er um den Tisch herumgeht, erwarte ich, die einschüchternde Miene zu sehen, die er so häufig zur Schau trägt. Aber stattdessen lächelt er den Jungen warm an und geht in die Hocke, damit er auf Augenhöhe mit ihm reden kann. Der Junge erstarrt. Die schiere Anwesenheit eines Prinzen und dann auch noch seine ungeteilte Aufmerksamkeit sind fast zu viel für ihn.

»Hoheit«, krächzt er und versucht sogar zu salutieren. Der Vater in seinem Rücken ist weniger begeistert und zieht die Augenbrauen zusammen. Silberne Prinzen sind offensichtlich nicht gerade seine Lieblingsgäste.

Aber Cals Lächeln wird noch breiter und sein Blick verharrt auf dem Jungen. »Nenn mich einfach Cal«, sagt er und streckt ihm die Hand hin. Luther zuckt erneut zurück, aber Cal scheint das nichts auszumachen. Ich wette, er hat sogar damit gerechnet.

Luthers Wangen erglühen in einem hübschen, dunklen Rotton. »Tut mir leid.«

»Du brauchst dich nicht zu entschuldigen«, erwidert Cal. »Als ich so alt war wie du, habe ich genau dasselbe gemacht. Eigentlich war ich da noch etwas jünger, allerdings hatte ich auch sehr, sehr viele Lehrer – und ich hatte sie nötig«, fügt er mit einem Augenzwinkern hinzu. Trotz seiner Angst lächelt der Junge zaghaft. »Und du hast nur deinen Vater, habe ich Recht?«

Der Junge schluckt schwer und nickt dann.

»Ich gebe mir Mühe«, sagt Carver und legt erneut eine Hand auf die Schulter seines Sohnes.

»Wir verstehen Sie, Sir«, sage ich zu ihm. »Besser als irgendwer sonst.«

Luther stupst Cal mit seinem Schuh an. Die Neugier siegt über alles andere. »Und was hat *dir* Angst gemacht?«

Vor unseren Augen schießt eine heiße, hell lodernde Flamme aus Cals Handfläche. Sie ist seltsam schön, ein gelb-rot flackerndes, sich träge hin und her wiegendes Feuer. Wenn die Hitze nicht wäre, würde man es eher für einen Zaubertrick halten als für eine Waffe. »Ich wusste nicht, wie ich es in Schach halten konnte«, sagt Cal und lässt die Flamme von Finger zu Finger hüpfen. »Ich hatte Angst davor, andere Leute zu verbrennen. Meinen Vater, meine Freunde, meinen –«, hier versagt ihm kurz die Stimme, »meinen kleinen Bruder. Aber ich habe es geschafft, dass mein Feuer das macht, was ich will, und keine

Leute verletzt, denen ich nicht wehtun möchte. Und du schaffst es auch, Luther.«

Während der Junge ihn fasziniert anstarrt, scheint der Vater nicht so sicher zu sein. Aber er ist nicht der erste Elternteil, mit dem wir es tun bekommen, und ich bin auf seine nächste Frage vorbereitet: »Die Leute, die Sie Neublüter nennen, können die das auch? Können sie das, was sie in sich haben, kontrollieren?«

Meine eigene Hand überzieht sich mit Funken, jeder einzelne ein zuckender, perfekter kleiner Lichtblitz in Violett. Dann verschwinden sie wieder, ohne eine Spur auf meiner Haut zu hinterlassen. »Ja, das können wir, Mr Carver.«

Mit erstaunlicher Geschwindigkeit zieht der Vater einen mit Erde gefüllten Tontopf vom Regal und stellt ihn vor seinen Sohn. Aus der Erde sprießt eine Pflanze, vielleicht ein Farn. Wir anderen stutzen, aber Luther weiß genau, was sein Vater will. »Dann mal los, Luther«, fordert der Vater ihn sanft auf. »Zeig ihnen, was du anrichtest.«

Bevor ich mich über diese Formulierung empören kann, streckt Luther seine zitternde Hand aus und streicht vorsichtig über den Rand eines der Blätter. Nichts passiert.

»Ist schon okay, Luther«, sagt Mr Carver. »Du kannst es ihnen zeigen.«

Der Junge unternimmt einen neuen Versuch. Er zieht die Augenbrauen zusammen, so stark konzentriert er sich. Diesmal schließt sich seine kleine Faust um den Stängel der Pflanze. Der Farn schrumpelt unter seiner Berührung langsam zusammen und wird schwarz – er stirbt ab. Während wir noch wie gelähmt darauf starren, nimmt Mr Carver bereits etwas anderes aus dem Regal und legt es seinem Sohn in den Schoß. Lederhandschuhe.

»Sie müssen mir versprechen, dass Sie gut auf ihn aufpassen«, sagt er und beißt die Zähne zusammen, um gegen den Ansturm der Gefühle anzukämpfen, die in seinem Herzen wüten.

Wie alle echten Männer zuckt er nicht zurück, als ich ihm die Hand reiche.

»Ich gebe Ihnen mein Wort, Mr Carver.«

Als wir wieder in unserem Versteck sind, das wir inzwischen als unsere Höhle bezeichnen, ziehe ich mich einen Moment zurück. Ich muss alleine sein, um nachzudenken, um mir selbst zu sagen, dass die Lüge notwendig war. Denn ich kann weder diesem Jungen noch den anderen, die so sind wie er, versprechen, dass sie das Bevorstehende überleben werden. Aber ich hoffe es natürlich für ihn und werde alles dafür tun.

Auch wenn dieser Junge die erschreckende Fähigkeit besitzt, anderen den Tod zu bringen.

Die Familien der Neublüter sind nicht die Einzigen, die sich auf der Flucht befinden. Die Maßnahmen haben das Leben härter denn je gemacht und treiben viele Rote in die Wälder und über die Grenzen in der Hoffnung, dort einen Ort zu finden, an dem sie sich nicht totarbeiten müssen oder für kleinste Vergehen gehängt werden. Einige kommen bis auf wenige Kilometer an unser Lager heran, während sie nach Norden ziehen, auf eine Grenze zu, die schon jetzt, im Herbst, unter dichtem Schnee liegt. Kilorn und Farley möchten ihnen mit Essen oder Medikamenten helfen, aber Cal und ich sind strikt dagegen. Niemand darf wissen, dass wir hier sind, das gilt auch für diese Roten, trotz ihres harten Schicksals. Sie werden weiter nach Norden ziehen, bis sie an die Grenze zu den Lakelands kommen. Einige von ihnen wird man dort in die Legionen stecken, welche die Front verteidigen. Andere, Glücklichere, schlüpfen vielleicht durch die Maschen und erfrieren oder verhungern in der Tundra, anstatt in den Schützengräben zu sterben.

Meine Tage sehen alle gleich aus. Ich rekrutiere und trainiere Neublüter, um gleich darauf die nächsten zu rekrutieren und zu trainieren. Das Einzige, was sich ändert, ist das Wetter. Der Winter naht. Inzwischen ist die Erde morgens, wenn ich aufwache, von dickem Frost bedeckt. Cal hält den Jet einsatzfähig, indem er Reifen und Triebwerke mit Hilfe seiner Hitze enteist. An den meisten Tagen begleitet er uns und fliegt uns zu den Neublütern, die wir als Nächste ausgewählt haben. Manchmal bleibt er aber auch im Lager, um zu unterrichten. Dann ersetzt Ada ihn, und da sie alles in Lichtgeschwindigkeit und mit äußerster Präzision lernt, ist sie als Pilotin bereits ebenso versiert wie er. Was sie über Norta weiß, von den Entwässerungssystemen bis hin zu den Versorgungsrouten, ist absolut verblüffend. Ich begreife nicht mal ansatzweise, wie ihr Hirn so viele Informationen verarbeiten und trotzdem immer noch Kapazitäten für neue haben kann. Ada ist ein Wunder, ebenso wie jeder andere Neublüter, den wir finden.

Sie haben unterschiedliche, bemerkenswerte Fähigkeiten, die alles übertreffen, was Silberne vermögen oder was ich mir je hätte vorstellen können. Luther versucht weiterhin sehr behutsam, seine tödliche Gabe in den Griff zu bekommen, und lässt dabei von der Blume bis zum Setzling alles Mögliche verschrumpeln. Cal glaubt, dass Luther sich mit Hilfe seiner Fähigkeit letztlich selbst wird heilen können, aber das müssen wir erst noch sehen. Eine andere Neubluterin, eine alte Frau, die einfach nur Nanny genannt werden will, scheint ihr physisches Erscheinungsbild verändern zu können. Sie hat uns alle ziemlich erschreckt, als sie eines Tages spontan beschloss, als Königin Elara durchs Lager zu schlendern. Trotz ihres Alters hoffe ich, sie bald für die Rekrutierungsarbeit zu gewinnen. Sie schlägt sich – ihren Möglichkeiten entsprechend – gut in Cals Training und lernt wie die anderen den bewaffneten Kampf. Das führt natürlich zu einer erheblichen Lärmentwicklung im Lager und würde zweifellos selbst in den endlosen Wäldern Greatwoods' Aufmerksamkeit erregen, wäre da nicht eine Frau namens Farrah. Sie war nach Ada und Nix die Nächste, die wir rekrutiert haben, und besitzt die Fähigkeit, Geräusche zu manipulieren. Sie neutralisiert die Druckwellen von Schüssen und verschluckt so den Lärm sämtlicher Gewehrsalven, weshalb nicht der Hauch eines Knalls durchs Tal hallt.

Während die Neublüter ihre Fähigkeiten entfalten und sie zu kontrollieren lernen, so wie ich damals, wächst die Hoffnung in mir. Cal ist ein hervorragender Lehrer, vor allem für Kinder. Sie haben nicht so viele Vorurteile wie die älteren Rekruten und laufen ihm sogar durchs Lager hinterher, wenn der Unterricht vorbei ist. Was die älteren Neublüter wiederum für den verbannten Prinzen einnimmt und sie mit seiner Anwesenheit versöhnt. Es ist schwer, Cal zu hassen, wenn dauernd Kinder um ihn herumschwirren und ihn anbetteln, ihnen noch etwas beizubringen. Selbst Nix hat aufgehört, ihm böse Blicke zuzuwerfen, auch wenn er sich immer noch weigert, vernünftig mit ihm zu reden.

Ich bin nicht so begabt wie Cal und fürchte mich allmählich regelrecht vor dem täglichen Unterricht, den ich erteilen muss. Ich würde mein Unbehagen gern auf meine Erschöpfung schieben. Schließlich verbringe ich die Hälfte meiner Tage damit, die Nächsten von der

Liste aufzusuchen und anzuwerben. Aber daran liegt es nicht. Ich bin schlicht und einfach keine gute Lehrerin.

Am engsten arbeite ich mit Ketha zusammen, deren Fähigkeit meiner ähnelt, weil es sich auch um eine physische Kraft handelt. Sie kann zwar weder Elektrizität noch irgendetwas anderes selbst hervorbringen, dafür aber zerstören. Wie die silbernen Berster kann sie Dinge zur Explosion bringen und sie in eine Wolke aus Rauch und Feuer aufgehen lassen. Doch während Berster nur Objekte sprengen können, die sie berühren, unterliegt Ketha dieser Beschränkung nicht.

Sie starrt auf den Gesteinsbrocken, den ich hochhalte, und wartet geduldig. Ich muss mich zusammennehmen, um nicht vor ihrem explosiven Blick zurückzuzucken, denn ich weiß sehr gut, was er anrichten kann. In der kurzen Woche, die sie hier ist, hat sie sich von Papierklumpen, Blättern oder Zweigen zur Zerstörung von Gesteinsbrocken vorgearbeitet. Alles, was die Neublüter brauchen, ist eine Chance, ihr wahres Selbst zu offenbaren. Dann reagieren ihre Fähigkeiten wie Tiere, die man aus einem Käfig befreit.

Während die anderen größtmöglichen Abstand halten, solange ich Ketha am Rand der Lichtung trainiere, kann ich das nicht tun. »Kontrolliere es«, sage ich und sie nickt.

Ich wünschte, ich könnte ihr mehr geben, aber was ich an Anleitung zu bieten habe, ist jämmerlich wenig. Ich habe selbst erst einen Monat Fähigkeiten-Training hinter mir, größtenteils bei Julian, der noch nicht einmal ein richtiger Trainer war. Hinzu kommt, dass ich meine Fähigkeit als etwas sehr Privates empfinde und es mir darum schwerfällt, Ketha genau zu erklären, was ich von ihr will.

»Kontrolliere es«, wiederholt sie.

Sie kneift die Augen zu, um ihre Konzentration zu erhöhen. Gemessen an der Macht, die sie mit ihnen ausüben kann, sind ihre schlammbraunen Augen seltsam unscheinbar. Ketha kommt wie ich aus einem Dorf, das an einem Fluss liegt, und könnte auch als meine deutlich ältere Schwester oder Tante durchgehen. Ihre braun gebrannte Haut und die grauen Haarspitzen erinnern deutlich an ihre bescheidene, von Ungerechtigkeiten geprägte Herkunft. In ihren Unterlagen steht, dass sie Lehrerin an einer Schule war.

Als ich den Gesteinsbrocken so hoch in die Luft schleudere, wie ich kann, fällt mir Lehrer Arven und sein Training wieder ein. Er hat unsere Konzentration und unsere Treffsicherheit gestärkt, indem er uns auftrug, mit unseren Fähigkeiten bestimmte Ziele zu treffen. In der Knochenarena war *ich* dann *sein* Ziel. Um ein Haar hätte er mich getötet, und doch stehe ich jetzt hier und kopiere seine Trainingsmethoden. Es fühlt sich falsch an – ist aber effektiv.

Das Gestein zerbirst, als wäre in seinem Innern eine winzige Bombe explodiert. Ketha applaudiert sich selbst und ich zwinge mich, es auch zu tun. Ich frage mich, ob sie sich anders fühlen wird, wenn sie ihre Fähigkeit an Lebewesen an Stelle von Gestein erprobt. Vielleicht bitte ich Kilorn, uns ein Kaninchen zu fangen, damit wir es herausfinden können.

Doch Kilorn geht mit jedem Tag, der verstreicht, mehr auf Abstand. Er hat es sich zur Aufgabe gemacht, für genügend Essen im Lager zu sorgen, und verbringt die meiste Zeit mit Fischen und Jagen. Wenn ich nicht so von meinen Pflichten in Anspruch genommen wäre, würde ich versuchen, ihn aus seiner selbst gewählten Isolation herauszuholen. Aber mir bleibt kaum genug Zeit zu schlafen, geschweige denn, Kilorn mit viel Geduld wieder in den inneren Kreis zurückzuholen.

Als der erste Schnee fällt, leben zwanzig Neublüter im Lager, vom älteren Hausmädchen bis zum quirligen kleinen Jungen. Unser Unterschlupf ist glücklicherweise größer, als ich anfangs dachte – das Labyrinth aus unterirdischen Kammern und Tunneln erstreckt sich weit in den Hügel hinein. Zum Teil gibt es Licht- und Luftschächte, aber die meisten Räumlichkeiten liegen im Dunkeln, so dass wir schließlich überall, wo wir hinkommen, nicht nur Neublüter, sondern auch Laternen einsammeln müssen. Beim ersten Schneefall sind alle sechsundzwanzig von uns bequem in der Höhle untergebracht und es gibt noch Platz für mehr Leute. Dank Kilorn und Farrah, die ihn zu einem geräuschlosen, tödlichen Jäger werden lässt, haben wir reichlich zu essen. Mit jeder neuen Rekrutenwelle kommen auch neue Vorräte, von Winterkleidung bis hin zu Streichhölzern und selbst ein bisschen Salz. Farley und Crance nutzen ihre Beziehungen, um uns alles zu besorgen, was wir brauchen, aber manchmal greifen wir auch auf den guten altmodischen Diebstahl zurück. Innerhalb von einem Monat sind wir eine gut geölte und gut versteckte Maschine.

Maven hat uns nicht aufgespürt, und wir selbst beobachten ihn, so gut wir können. Anzeigetafeln und Zeitungen erleichtern uns diese Aufgabe. *Der König zu Besuch in Delphie. König Maven und Lady Evangelina bei Militärparade in Fort Lencasser. Krönungsreise durch die Königsprovinz fortgesetzt.* Die Schlagzeilen geben seinen Aufenthaltsort bekannt, und wir wissen, was jeder einzelne davon bedeutet. Tote Neublüter in Delphie, in Lencasser und an jedem Ort, den er aufsucht. Seine sogenannte Krönungsreise ist nur eine weitere Schattenaktion, um eine Serie von Hinrichtungen zu vertuschen.

Trotz all unserer Fähigkeiten und Kniffe sind wir nicht schnell genug, um alle Neublüter zu retten. Für jeden, den wir finden und ins Lager bringen, baumeln zwei weitere an irgendeinem Galgen, werden als »vermisst« gemeldet oder verbluten in einem Rinnstein. Einige der Leichen weisen Anzeichen dafür auf, dass Magnetoren am Werk waren. Sie wurden entweder aufgespießt oder mit Eisenstangen erdrosselt. Ohne Zweifel das Werk von Ptolemus, aber Evangelina ist vielleicht auch beteiligt, denn sie sonnt sich nun im Glanz des Königs. Früher oder später wird sie Königin werden und sicherlich tut sie alles, um sich Maven gewogen zu halten. Früher hätte mich das wütend gemacht, aber jetzt empfinde ich nur noch Mitleid mit der Magnetorin. Maven ist nicht Cal, und er wird auch sie umbringen, wenn es ihm gerade passt. So wie die Neublüter, die sterben müssen, damit seine Lügen weiterleben und wir weiter auf der Flucht sind. Sie sterben, weil Maven sich verkalkuliert hat. Er glaubt, dass ich zurückkomme, wenn er nur genügend Morde begeht.

Aber das werde ich nicht tun.

19

Nach drei schlimmen Tagen, an denen wir nur tote Neublüter gefunden haben, reisen wir nach Templyn. Templyn ist eine ruhige Stadt an der Straße nach Delphie. Sie besteht hauptsächlich aus Wohngebieten: riesigen Anwesen für die Silbernen und beengten Reihenhäusern für die Roten. Herren und Diener. Da es hier keine großen Wälder, keine Tunnel und keine vollgestopften Gassen gibt, in denen wir uns verstecken könnten, stellt Templyn uns vor einige Probleme. Normalerweise würden wir mit Shades Hilfe ins Innere des Ortes schlüpfen, aber er ist heute nicht dabei. Er hat sich gestern das Bein verrenkt und seine noch nicht ganz abgeheilte Verletzung wieder verschlimmert, darum habe ich darauf bestanden, dass er im Lager bleibt. Auch Cal ist nicht mitgekommen. Er hat sich dafür entschieden zu unterrichten und Ada die Blackrun überlassen. Sie ist bei der Maschine geblieben, hat es sich auf ihrem Pilotensitz bequem gemacht und liest, wie immer. Ich bemühe mich, meine Nervosität zu verbergen und die Gruppe anzuführen, wie Cal es tun würde, aber ohne ihn und meinen Bruder fühle ich mich seltsam nackt. Ich war noch nie ohne alle beide auf einer Rekrutierungsmission. Das ist also quasi eine Bewährungsprobe. Um den anderen zu zeigen, dass ich nicht nur eine nützliche Waffe bin, sondern jemand, der bereit ist, *mit* ihnen zu kämpfen.

Glücklicherweise haben wir einen atemberaubenden neuen Vorteil namens Harrick, den wir vor zwei Wochen aus den Steinbrüchen von Orienpratis geholt haben. Das hier ist seine erste Anwerbungsaktion, die hoffentlich ohne größere Zwischenfälle verläuft. Der Mann hat die sehnigen Muskeln eines Steinmetzen, ist aber unscheinbar und sehr unruhig. Farley und ich haben ihn in dem Wagen vorsorglich zwischen uns genommen für den Fall, dass er plötzlich abzuhauen versucht. Die anderen, die bei uns sind, Nix, der mir gegenübersitzt, und Crance, der den Pferdewagen lenkt, sind eher auf die Straße vor uns konzentriert.

Unser Wagen ist einer von vielen, in denen Händler oder Arbeiter in die Innenstadt zur Arbeit fahren. Crance hält die Zügel unseres gestohlenen Karrengauls fest in der Hand, ein geflecktes altes Schätzchen, das lahmt und auf einem Auge blind ist. Er treibt es trotzdem an, damit wir das Tempo halten und uns nahtlos in den Verkehr einfügen. Vor uns liegt die Stadtgrenze, erkennbar an einem offenen Tor, das von reich verzierten Steinsäulen flankiert wird. Zwischen diesen Säulen weht das Familienbanner eines vertrauten Hohen Hauses: rote und orange Streifen, die im Licht des frühen Morgens fast ineinander verschwimmen. Haus Lerolan, Berster, die Gouverneure der Delphie-Region. Während ich es anstarre, ziehen an meinem geistigen Auge die Leichen dreier toter Berster vorbei. Sie alle waren Lerolans, die bei der Schießerei im Sonnenschloss ums Leben kamen. Der Vater, Belicos, wurde von Farley und der Scharlachroten Garde ermordet. Seine Zwillingssöhne, die kaum mehr als Kleinkinder waren, wurden in der darauf folgenden Explosion in Stücke gerissen. Überall im Königreich wurden Bilder von ihnen gezeigt, an Mauern und in den Nachrichtensendungen – ein weiterer Coup der Silber-Propaganda: *Die Scharlachrote Garde tötet Kinder. Die Scharlachrote Garde muss vernichtet werden.*

Ich schaue zu Farley hin und frage mich, ob sie wohl weiß, wofür das Banner steht, aber sie achtet gerade nur auf die Wachen vor uns. Harrick ebenso. Er blinzelt angestrengt und ballt seine zitternden Hände zu Fäusten. Ich berühre ihn schweigend am Arm, um ihn zu beruhigen. »Du schaffst das«, murmele ich.

Er lächelt mich unsicher an, und ich setze mich kerzengerade hin, um Zuversicht auszustrahlen. Ich glaube an seine Fähigkeit – er trainiert in jeder freien Minute –, aber er muss auch selbst an sich glauben.

Nix ist ebenfalls nervös. Seine angespannten Muskeln wölben sich unter seinem Hemd. Farleys Aufgeregtheit ist nicht ganz so offensichtlich, aber ich weiß, dass sie zu gern nach dem Messer in ihrem Stiefel greifen würde. Harrick zuliebe werde ich meine Angst nicht zeigen.

Sicherheitsleute bewachen das Tor und beäugen jeden Vorbeikommenden kritisch. Sie kontrollieren Gesichter und Waren, machen sich aber nicht die Mühe, nach Ausweisen zu fragen. Diese Silbernen scheren sich nicht darum, was auf einem Stück Papier steht – sie haben den Befehl, mich und die Meinen zu finden, keinen Bauern, der sich zu weit von seinem Dorf entfernt hat. Bald ist unser Wagen der, der als Nächstes abgefertigt wird, und nur der Schweiß auf Harricks Oberlippe zeigt an, dass er überhaupt irgendetwas tut.

Crance bringt Wagen und Pferd auf Befehl eines Wachmanns zum Stehen. Er schlägt respektvoll, unterwürfig die Augen nieder, während der Mann ihn anstarrt. Wie erwartet kommt ihm nichts komisch vor. Crance ist kein Neublüter und auch kein bekannter Verbündeter von uns. Auf ihn wird Maven es nicht abgesehen haben. Der Wachmann geht um den Wagen herum und schaut neugierig hinein. Niemand von uns wagt es, sich zu rühren oder auch nur zu atmen. Harrick ist nicht so geschickt, dass er auch Geräusche verbergen kann, nur Sichtbares. Eine Sekunde lang schaut der Wachmann mir in die Augen und ich frage mich sofort, ob Harrick versagt hat. Mir bleibt das Herz stehen, aber dann geht der Mann zufrieden weiter. *Er kann uns nicht sehen.*

Weil Harrick ein Neublüter von der außergewöhnlichen Sorte ist. Er kann Illusionen erzeugen, Trugbilder, die dafür sorgen, dass die Leute etwas sehen, das gar nicht da ist. Obwohl wir ganz offensichtlich hier sitzen, hat er dafür gesorgt, dass der Wagen *leer* aussah.

»Transportierst du Luft, Roter?«, fragt der Wachmann mit einem hasserfüllten Grinsen.

»Ich soll Frachtgut abholen, das für Delphie bestimmt ist«, antwortet Crance, so wie Ada es ihm vorgesagt hat. Sie hat gestern Handelsrouten studiert. Eine Stunde Lesezeit, und sie ist eine Expertin für Importe und Exporte in Norta. »Gesponnene Wolle, Sir.«

Aber der Wachmann hat sich bereits abgewandt. »Weiter«, sagt er und winkt uns mit seiner behandschuhten Hand vorwärts.

Der Wagen fährt mit einem Ruck wieder an. Harrick greift nach meiner Hand und drückt sie fest. Ich erwidere die Geste und beschwöre ihn so, noch ein bisschen durchzuhalten, seine Illusion aufrechtzuerhalten, bis wir weit weg von dem Stadttor und sicher im Inneren von Templyn sind.

»Noch eine Minute«, flüstere ich. »Du hast es fast geschafft.«

Wir biegen von der Hauptstraße ab und stoßen auf einen Markt, der sich durch halb leere Seitenstraßen schlängelt, gesäumt von bescheidenen Läden und Häusern von Roten. Die anderen schauen sich nach dem um, wonach wir suchen, doch meine Aufmerksamkeit ruht weiter auf Harrick. »Gleich geschafft«, sage ich wieder und kann nur hoffen, dass es stimmt. Seine Kraft wird jeden Moment aufgebraucht sein. Dann fällt seine Illusion in sich zusammen und alle auf der Straße können uns sehen. Die Leute hier sind zwar alle Rote, aber wenn sie einen Wagen sehen, in dem die meistgesuchten Flüchtigen des Landes sitzen, werden sie es sicherlich nicht für sich behalten.

»Hier links«, befiehlt Nix barsch, und Crance tut, was von ihm erwartet wird. Er lenkt den Wagen auf ein Haus mit Dachschindeln und roten Vorhängen zu. Obwohl die Sonne scheint, steht in einem der Fenster eine brennende Kerze. *Rot wie die Morgendämmerung.*

Neben dem Haus der Scharlachroten Garde verläuft eine Gasse, an die zwei weitere, leer stehende Häuser grenzen. Ich habe keine Ahnung, wo deren Bewohner stecken, aber wahrscheinlich sind sie vor den Maßnahmen geflohen oder wurden hingerichtet, weil sie es versucht haben. Mir reicht das als Deckung aus. »Jetzt, Harrick«, sage ich zu ihm und er reagiert mit einem erleichterten Seufzer. Der Schutz der Illusion ist verschwunden. »Sehr gut gemacht!«

Wir verlieren keine Zeit, sondern steigen sofort aus und schleichen uns zum Haus der Garde. Dabei nutzen wir das vorspringende Dach, um uns so gut wie möglich zu verstecken. Farley übernimmt die Führung und klopft dreimal an die Tür. Die öffnet sich rasch, ohne den Blick auf etwas anderes als einen dunklen Raum freizugeben. Farley tritt, ohne zu zögern, ein und wir folgen ihr.

Meine Augen gewöhnen sich schnell an die Finsternis und ich staune darüber, wie stark das Innere dieses Hauses meinem Zuhause in Stilts ähnelt: Es ist schlicht und unaufgeräumt und besteht nur aus zwei Zimmern mit unebenen Holzbohlen und schmutzigen Fensterscheiben. Die Lichter über unseren Köpfen brennen nicht, entweder sind die Glühbirnen kaputt oder sie wurden gegen Nahrungsmittel eingetauscht.

»Hauptmann«, sagt eine Stimme. Eine ältere Frau mit stahlgrauem Haar erscheint neben dem Fenster und bläst die Kerze aus. Ihr Gesicht ist alt und zerfurcht und ihre Hände sind vernarbt. An ihrem Handgelenk sehe ich eine vertraute Tätowierung: ein dünnes rotes Band, wie beim alten Will Whistle.

Wie schon in Harbor Bay runzelt Farley die Stirn bei dem Wort, dann reicht sie der Frau die Hand. »Ich bin kein –«

Aber die Frau macht eine wegwerfende Geste. »Wenn es nach dem Oberst ginge. Aber das Oberkommando hat ganz andere Vorstellungen, was Ihre Person betrifft.« *Das Oberkommando.* Sie bemerkt mein Interesse und begrüßt mich mit einem Kopfnicken. »Miss Barrow. Ich bin Ellie Whistle.«

Ich ziehe eine Augenbraue hoch. »Whistle?«, wiederhole ich. »Sind Sie verwandt mit –?«

Ellie fällt mir ins Wort, bevor ich meine Frage zu Ende gestellt habe. »Nein, höchstwahrscheinlich nicht. Whistle wird häufig als eine Art Deckname für Schmuggler verwendet. Er bedeutet so viel wie Pfeifer; wir sind das Pfeifen im Wind.« *Ja, das passt.* Will Whistles alter Karren war immer voller geschmuggelter oder gestohlener Waren, und viele von diesen Dingen habe ich selbst zu ihm gebracht. »Ich bin auch in der Scharlachroten Garde«, fügt sie hinzu.

Das zumindest wusste ich. Farley hat während der letzten Wochen ständig mit ihren Leuten Kontakt gehalten. Mit denen, die nicht unter dem Befehl des Oberst standen. Sie helfen uns und halten alle unsere Aktionen geheim.

»Sehr gut«, sage ich zu ihr. »Wir sind wegen Familie Marcher hier.« Wegen zwei Geschwistern, um genau zu sein. *Tansy und Matrick Marcher, die ihren Geburtstagen nach zu urteilen Zwillinge sind.* »Sie müssen aus dieser Stadt verschwinden, am besten innerhalb der nächsten Stunde.«

Ellie hört aufmerksam zu. Als sie einen Schritt zur Seite macht, erhasche ich einen Blick auf die Pistole, die sie an der Hüfte trägt. Sie schaut Farley an, und als die nickt, tut Ellie es auch. »Dafür kann ich sorgen.«

»Vorräte benötigen wir ebenfalls«, wirft Farley ein. »Wir nehmen auch Nahrungsmittel, falls vorhanden, aber am besten wäre Winterkleidung.«

Wieder ein Nicken. »Wir werden unser Bestes tun«, sagt Ellie. »Ich trage alles, was wir entbehren können, so schnell wie möglich zusammen. Aber ich könnte dabei ein wenig Hilfe brauchen.«

»Können Sie kriegen«, bietet Crance sich an. Er ist kräftig und wird die Sache sicherlich beschleunigen.

Ich bin erstaunt, wie hilfsbereit Ellie ist, und Farley geht es offenbar genauso. Wir wechseln vielsagende Blicke, als Ellie sich daranmacht, nacheinander Schränke und Dielen zu öffnen und so überall im Haus verborgene Fächer freizulegen.

»Danke für Ihre Kooperation«, sagt Farley über ihre Schulter hinweg und vertuscht ihr Misstrauen. Auch ich halte Ellie genau im Blick. Sie ist alt, aber rüstig, und ich frage mich, ob wir wirklich allein in diesem Haus sind.

»Ich unterstehe dem Befehl des Oberkommandos«, sagt die Alte, ohne sich die Mühe zu machen, uns anzusehen. »Und die haben die Parole ausgegeben, Hauptmann Farley und die Blitzwerferin um jeden Preis zu unterstützen.«

Ich ziehe erstaunt und angenehm überrascht die Augenbrauen hoch. »Das musst du mir unbedingt genauer erklären«, raune ich Farley zu. Wieder einmal bin ich verblüfft, wie gut organisiert und tief verwurzelt die Scharlachrote Garde zu sein scheint.

»Später«, antwortet sie. »Wie kommen wir zu den Marchers?«

Während Ellie eine Wegbeschreibung liefert, stelle ich mich zu Harrick und Nix. Für Harrick ist das die erste Rekrutierung, aber für Nix sind diese Aktionen bereits ein alter Hut. Und zu Recht. Ich kann gar nicht mehr zählen, wie oft er mich schon auf feindliches Gelände begleitet hat, und dafür bin ich dankbar.

»Seid ihr bereit?«, frage ich und spreize die Finger. Nix gibt sich alle Mühe, ruppig und gleichgültig auszusehen, eben wie ein Veteran bei solchen Missionen, doch in Harricks Augen steht Angst. »Das wird nicht so schwierig, wie in die Stadt reinzukommen«, versichere ich ihm. »Du musst weniger Leute verstecken, und die Wachen werden uns diesmal auch nicht ins Visier nehmen. Das kriegst du hin.«

»Danke, Mare.« Er strafft die Schultern, streckt die Brust raus und lächelt mir zuliebe. Ich lächele zurück, obwohl seine Stimme zittert, als er meinen Namen sagt. Die meisten der von uns rekrutierten Neublüter wissen nicht, wie sie mich anreden sollen. Mare, Miss Barrow, die Blitzwerferin, manche sagen sogar *Mylady*. Der Spitzname schmerzt mich, aber nicht so sehr wie die Anrede Mylady. Egal, was ich tue und wie sehr ich mich bemühe dazuzugehören, in ihren Augen bin ich nicht gleichrangig. Entweder betrachten sie mich als Anführerin oder als Aussätzige, aber auf jeden Fall bin ich immer die Außenseiterin, bilde ich eine Kategorie, die für sich steht.

Crance macht sich draußen in der Gasse daran, den Wagen zu beladen, und kümmert sich nicht darum, dass wir mit Harricks Hilfe auf einmal unsichtbar werden, so wie silberne Schattengeher. Anders als Schattengeher kann Harrick allerdings nicht nur Licht krümmen und mit Hilfe von Helligkeit und Dunkelheit verschwinden. Er kann heraufbeschwören, was immer er will: Bäume, Pferde oder andere Menschen. Jetzt, wo wir draußen sind, gibt er uns das unbestimmte Aussehen irgendwelcher Roten mit schmutzigen Gesichtern und Kapuzen auf den Köpfen. Wir sind unauffällig, auch füreinander. Er erklärt mir, dass das leichter sei, als uns vollkommen verschwinden zu lassen, und in der Menge überdies praktischer. So wundern die Leute sich nicht, wenn sie mit etwas Unsichtbarem zusammenstoßen.

Farley geht voraus und folgt Ellies Wegbeschreibung. Wir müssen den Marktplatz überqueren und dabei an vielen Wachleuten vorbei, doch kein einziger von ihnen beachtet uns. Als der Wind mir einen Vorhang aus weißblonden Haaren vor die Augen weht, muss ich fast lachen. Blonde Haare … an *mir*.

Das Haus der Marchers ist klein und das obere Stockwerk so schief auf das untere gepackt, dass es aussieht, als würde es jeden Moment auf uns herabstürzen. Aber der Garten hinter dem Haus ist hübsch verwunschen, mit wuchernden Rankengewächsen und kahlen Bäumen. Im Sommer muss er wunderschön aussehen. Wir bahnen uns einen Weg hindurch und achten dabei darauf, dass das tote Laub nicht zu sehr raschelt.

»Wir sind jetzt unsichtbar«, erklärt Harrick. Als ich in seine Richtung blicke, ist er verschwunden. Ich lächele, obgleich es niemand sehen kann.

Irgendwer kommt vor mir an der Hintertür an und klopft. Doch niemand öffnet, und von innen ist nicht das leiseste Geräusch zu hören. Sie könnten zur Arbeit gegangen sein. Farley flucht leise, sie ist diejenige, die geklopft hat. »Warten wir?«, haucht sie. Ich kann sie nicht sehen, wohl aber die Atemwolke an der Stelle, wo eigentlich ihr Gesicht wäre.

»Ja, aber Harrick ist keine Maschine«, sage ich, für ihn sprechend. »Wir warten drinnen.«

Ich gehe zur Tür, wobei ich Farley versehentlich anremple, und knie mich vor das Schloss. Es ist ein einfacher Mechanismus. Ich könnte es im Schlaf knacken und habe es in Nullkommanichts geöffnet. Das vertraute, befriedigende Klicken ertönt.

Die Tür schwingt mit quietschenden Angeln auf und ich erstarre, da wir nicht sehen können, was sich im Inneren befindet. Wie bei Ellie ist es auch hier stockfinster. Das Haus wirkt verlassen. Ich warte trotzdem noch einen Moment und lausche angestrengt. Doch drinnen bewegt sich nichts, und ich spüre auch keinerlei Elektrizität. Entweder haben die Marchers ihre Stromration bereits aufgebraucht, oder sie haben überhaupt keinen Stromanschluss. Als ich zufrieden bin, gebe ich den anderen ein Zeichen, mir zu folgen, aber nichts passiert. *Idiot. Sie können dich doch nicht sehen!*

»Wir gehen rein«, flüstere ich und spüre Farley neben mir.

Sobald die Tür hinter uns ins Schloss gefallen ist, werden wir wieder sichtbar. Ich wende mich Harrick zu, um ihm mit einem Lächeln für seine Fähigkeit und sein Durchhaltevermögen zu danken, aber der Geruch lässt mich erstarren. Die Luft ist abgestanden, schal, und irgendwie leicht säuerlich. Mit einer hastigen Handbewegung wische ich einen halben Zentimeter Staub vom Küchentisch.

»Vielleicht sind sie abgehauen. Das tun im Augenblick viele«, sagt Nix schnell.

Da bemerke ich etwas, eine winzige Kleinigkeit. Kein Geräusch, sondern einen Funken. Er ist kaum vorhanden und so unauffällig, dass er mir beinahe entgangen wäre. Er kommt aus einem Korb neben dem Kamin, über dem ein rotes Tuch liegt. Ich bewege mich, angezogen von dem kleinen Lichtschein, darauf zu.

»Das gefällt mir nicht. Wir müssen uns bei Ellie neu formieren. Harrick, reiß dich zusammen und mach dich bereit für die nächste Illusion!«, befiehlt Farley so leise wie möglich.

Meine Knie schrammen über die Kaminplatten, als ich mich vor dem Korb niederlasse. Der seltsame Geruch ist hier viel intensiver, er kommt aus diesem Korb. Genauso wie der Funke. Ich sollte das nicht tun. Ich weiß, dass mir nicht gefallen wird, was ich darin finde. *Ich weiß es genau,* aber ich kann nicht anders und greife nach dem Tuch. Der Stoff klebt fest und ich muss daran ziehen, um ihn zurückzuschlagen. Nach einer Sekunde der Schockstarre begreife ich, was ich da sehe.

Ich falle nach hinten, krabble nach Luft schnappend von dem Korb weg und schreie beinahe. Schneller, als ich je für möglich gehalten hätte, schießen mir Tränen in die Augen. Farley ist als Erste neben mir. Sie schlingt ihre Arme um mich und hält mich fest. »Was ist los? Mare, was –?«

Den Rest verschluckt sie. *Sie sieht, was ich gesehen habe.* Und die anderen ebenfalls. Nix übergibt sich fast und es überrascht mich, dass Harrick nicht in Ohnmacht fällt.

In diesem Korb liegt ein Baby, das nicht mehr als ein paar Tage alt ist. Tot. Nicht etwa, weil es zurückgelassen oder vernachlässigt wurde. Jemand hat ihm die Kehle durchschnitten. Das Tuch ist rot von seinem Blut. Die Botschaft ist mehr als deutlich: *Die Marchers sind tot.*

Eine kleine, totenstarre Faust hält ein winziges Gerät umklammert. *Eine Alarmvorrichtung.*

»Harrick«, zische ich durch meine Tränen. »Verstecke uns.« Er öffnet verwirrt den Mund, und ich greife verzweifelt nach seinem Bein. *»Verstecke uns!«*

Er verschwindet vor meinen Augen, und das ist keine Sekunde zu früh.

Vor den Fenstern tauchen Wachen auf und stürmen durch alle Türen herein. Sie haben ihre Waffen gezückt und schreien: »Sie sind umstellt, Blitzwerferin! Sie sind verhaftet!«, einer nach dem anderen, als würde es etwas bewirken, wenn sie es wiederholen.

Ich krieche leise unter den Küchentisch und kann nur hoffen, dass die anderen so schlau sind, dasselbe zu tun.

Nicht weniger als zwölf Wachleute drängen sich in dem Raum. Vier von ihnen rennen die Treppe hoch und ein Stiefelpaar bleibt neben dem Korb mit dem Baby stehen. Die freie Hand des Wachmanns zuckt, und ich weiß, dass er den winzigen Leichnam anstarrt. Nach einer Weile kotzt er in den Kamin.

»Beruhig dich, Myros«, sagt einer der anderen und zieht ihn von dort weg. »Armes Ding«, fügt er hinzu, als sie an dem Baby vorbeigehen. »Ist da oben irgendwas?«

»Nichts!«, antwortet einer, der wieder nach unten kommt. »Muss ein Fehlalarm gewesen sein.«

»Sind Sie sicher? Der Gouverneur zieht uns das Fell über die Ohren, wenn wir einen Fehler machen.«

»Sehen *Sie* irgendwen, Sir?«

Ich schreie fast auf, als der Wachmann direkt vor mir in die Hocke geht und unter den Tisch guckt. Ich spüre einen leichten Druck an meinem Bein – das ist einer der anderen. Ich wage es nicht, die Geste zu erwidern, und halte nur den Atem an.

»Nein, ich sehe niemanden«, sagt der Mann schließlich und richtet sich wieder auf. »Falscher Alarm. Alle zurück auf ihre Posten!«

Sie gehen so schnell, wie sie aufgetaucht sind, aber erst als ihre Schritte verhallt sind, traue ich mich wieder Luft zu holen. Ich japse laut und zittere am ganzen Körper. Harrick hebt die Illusion auf und wir kommen alle wieder zum Vorschein.

»Gut gemacht, Harrick«, sagt Farley leise und klopft ihm auf die Schulter. Er bringt, wie ich, kein Wort heraus und braucht Hilfe beim Aufstehen.

»Ich hätte sie alle fertiggemacht«, knurrt Nix, als er unter der Treppe hervorkriecht. Er geht mit schnellen Schritten zur Tür und hat eine Hand bereits an der Klinke. »Trotzdem lege ich keinen Wert darauf, noch hier zu sein, sollten sie zurückkommen.«

»Mare?« Farley berührt mich für ihre Verhältnisse außergewöhnlich sanft am Arm.

Da erst wird mir bewusst, dass ich wieder über dem Baby stehe und es anstarre. Auf Julians Liste gibt es keine Babys, überhaupt keine Kinder unter drei Jahren. Nach unseren Unterlagen war das kein Neublüter. Dieses Kind wurde einfach nur deshalb ermordet, weil es da war. Wegen nichts.

Entschlossen ziehe ich meine Jacke aus. Ich werde dieses Mädchen nicht einfach so liegenlassen, nur mit seinem eigenen Blut als Decke.

»Tu das nicht, Mare. Sonst wissen sie, dass wir hier waren …«

»Dann wissen sie es eben.«

Ich breite die Jacke über sie – und muss gegen das Bedürfnis ankämpfen, mich neben sie zu legen und nie wieder aufzustehen. Meine Finger streifen ihre winzige kalte Faust. Und es kommt etwas darunter zum Vorschein. *Eine Nachricht.* Schnell und leise stecke ich sie in meine Tasche, bevor irgendwer es mitbekommt.

Als wir schließlich wieder bei Ada und dem Jet ankommen, wage ich es, einen Blick auf die Nachricht zu werfen. Sie ist vom gestrigen Tag. Von *gestern.* Wir haben uns knapp verfehlt.

22. Oktober
Geschmackloser Briefumschlag, ich weiß. Aber nötig. Du sollst wissen, was Du tust, was Du mich diesen Leuten anzutun zwingst. Jede einzelne Leiche ist eine Botschaft an Dich und meinen Bruder. Ergib Dich, und es wird aufhören. Ergib Dich, und sie werden leben. Ich stehe zu meinem Wort.
Bis zum nächsten Wiedersehen
Maven

Bei Anbruch der Nacht erreichen wir unsere Höhle. Ich kann nichts essen, ich kann nicht sprechen und ich kann nicht schlafen. Die anderen reden darüber, was in Templyn passiert ist, aber niemand wagt es, mich danach zu fragen. Mein Bruder unternimmt einen Anlauf, doch ich lasse ihn stehen und verkrieche mich tiefer in unserem unterirdischen Versteck. Während ich in dem engen Loch kauere, das mein Schlafzimmer darstellt, sage ich mir, dass ich jetzt allein sein muss. In anderen Nächten hasse ich diesen einsamen Raum, in dem ich von den anderen getrennt bin. Jetzt hasse ich ihn sogar noch mehr, aber ich kann mich nicht überwinden, mich zu ihnen zu gesellen. Stattdessen warte ich, bis alle eingeschlafen sind, bevor ich ein wenig herumspaziere. Ich hülle mich in eine Decke, auch wenn sie nichts gegen die Kälte ausrichtet, die mich innen wie außen fest im Griff hat.

Ich rede mir ein, dass es der kalte Herbst ist, der mich zu ihm treibt, und nicht das Gefühl der Leere in mir. Nicht der gefrorene Abgrund, der mit jedem Scheitern größer wird, und auch nicht die Botschaft in meiner Tasche, die ein Loch in meine Seele brennt.

Auf dem Fußboden flackern Flammen in einer kleinen, von Steinen eingefassten Kuhle. Selbst im Halbdunkel erkenne ich, dass er wach ist. In seinen Augen lodert ein Feuer, aber nicht weil er wütend wäre. Er wirkt nicht einmal überrascht. Er hebt mit einer Hand die Decke an und rückt ein Stück, um mir Platz zu machen.

»Kalt hier«, sage ich.

Er weiß, was ich eigentlich damit sagen will.

»Farley hat es mir erzählt«, murmelt er, als ich mich neben ihn lege, und schiebt einen Arm über meine Taille, sanft und wärmend und ohne andere Absichten, als mir Trost zu spenden. Die andere Hand drückt er flach auf die Narben auf meinem Rücken. *Ich bin hier*, will er mir damit sagen.

Ich möchte ihm von Mavens Angebot erzählen. Aber was würde das bringen? Er würde sich nur weigern, so wie ich mich weigere, und sich dann dafür schämen, so wie ich mich schäme. Es würde ihm nur wehtun. Das ist es doch, worauf Maven in Wahrheit aus ist. Und ich werde ihn nicht gewinnen lassen. Mich hat er bereits besiegt. Cal wird er nicht besiegen.

Irgendwann schlafe ich ein. Und träume nichts.

20

Von diesem Tag an wird sein Zimmer zu unserem. Es ist eine stillschweigende Übereinkunft, die uns beiden Halt gibt. Wir sind zu müde, um viel mehr zu tun, als zu schlafen, auch wenn ich sicher bin, dass Kilorn anderes vermutet. Er hört auf mit mir zu sprechen und ignoriert Cal komplett. Ich würde manchmal gern bei den anderen übernachten, in den größeren Schlafzimmern, in denen nachts Kinder tuscheln, bis Nanny sie irgendwann ermahnt. Das stärkt den Zusammenhalt zwischen ihnen. Aber ich würde ihnen nur Angst machen. Deshalb bleibe ich bei Cal, dem Einzigen hier, der sich nicht vor mir fürchtet.

Er hält mich nicht mit Absicht wach, aber ich spüre jede Nacht, wie unruhig er ist. Seine Albträume sind noch schlimmer als meine, und ich weiß genau, wovon er träumt. Von dem Moment, in dem er seinem Vater den Kopf abgeschlagen hat. Da ich sicher bin, dass er nicht will, dass ich ihn in diesem Zustand sehe, tue ich so, als würde ich schlafen. Aber ich spüre seine Tränen an meiner Wange. Manchmal habe ich das Gefühl, mich an ihnen zu verbrennen, doch ich erwache nie mit neuen Narben. Zumindest keinen sichtbaren.

Obwohl wir die Nächte zusammen verbringen, sprechen Cal und ich nicht viel miteinander. Über unsere täglichen Pflichten hinaus gibt es auch nicht viel zu reden. Obwohl Maven weit weg ist, schafft er es doch, sich zwischen uns zu stellen. Ich sehe ihn in Cals Augen; er ist wie eine Kröte, die im Kopf seines Bruders sitzt und ihn zu vergiften sucht. Und dasselbe versucht er auch mit mir, durch seine Botschaften und meine Erinnerungen. Von beidem kann ich mich nicht befreien, auch wenn ich den Grund nicht verstehe, und weder von dem einen noch von dem anderen erzähle ich irgendjemandem.

Ich sollte die Briefe verbrennen, aber ich tue es nicht.

Bei einer Rekrutierung in Corvium finde ich die nächste Botschaft. Wir wussten, dass Maven in dieser Gegend war, um die letzte größere Stadt vor dem Todesstreifen zu besuchen. Eigentlich hatten wir gehofft, ihm zuvorzukommen, aber der König war schon wieder weg, als wir eintrafen.

31. Oktober
Ich hatte Euch bei meiner Krönung erwartet. Das war doch genau die Art von Ereignis, die Eure Scharlachrote Garde mir bestimmt gern verdorben hätte. Es war allerdings eine kleine Feier. Offiziell trauern wir ja immer noch um Vater, eine große Zeremonie wäre da respektlos erschienen. Vor allem weil Cal immer noch frei herumläuft mit Dir und Deinem Gesindel. Mutter zufolge sind einige wenige ihm immer noch treu ergeben, aber keine Sorge. Mit denen werde ich fertig. Es wird keine Erbfolgekrise geben, die meinen Bruder veranlassen könnte, von Deiner Seite zu weichen. Wärst Du wohl so lieb, ihm herzliche Glückwünsche zu seinem Geburtstag auszurichten? Du kannst ihm versichern, dass es sein letzter sein wird. Deiner steht auch bald an, nicht wahr? Ich habe keine Zweifel, dass wir ihn zusammen verbringen werden.
Bis zum nächsten Wiedersehen
Maven

Bei jedem dieser Worte höre ich seine Stimme, und die Tinte hat dieselbe Wirkung wie ein Messer. Mir dreht sich der Magen um und ich fürchte, mein Abendessen im nächsten Moment auf dem Boden wiederzufinden. Doch die Übelkeit lässt nach, so dass ich mich aus Cals Armen lösen und von unserem Nachtlager erheben kann, um zu der Kiste in der Ecke zu gehen. Darin bewahre ich, wie schon zu Hause, meine persönlichen Sachen auf. Ganz unten in dieser Kiste befinden sich zusammengeknüllt bereits zwei weitere Briefe von Maven.

Und alle enden gleich: *Ich vermisse Dich. Bis zum nächsten Wiedersehen.*

Ich fühle mich, als lägen Hände um meine Kehle, die mir die Luft zu rauben drohen. Und bei jedem Wort drücken diese Hände fester zu. Als ob Tinte mich erwürgen könnte. Ich habe Angst, dass ich nie wieder frei atmen kann. Aber nicht weil Maven weiter darauf beharrt, mich zu quälen. Nein, aus einem viel schlimmeren Grund.

Weil ich auch jemanden vermisse. Ich vermisse den Jungen, für den ich ihn hielt.

Das Brandzeichen, das er mir aufgedrückt hat, juckt jedes Mal, wenn ich an ihn denke. Und ich frage mich, ob er es auch spürt.

Cal rührt sich hinter mir. Diesmal aber nicht, weil er wieder einen Albtraum hat, sondern weil es Zeit zum Aufstehen ist. Hastig verstecke ich die Briefe und verlasse das Zimmer, bevor er die Augen aufschlagen kann. Ich möchte sein Mitleid nicht sehen, noch nicht. Denn das wird mehr sein, als ich ertragen kann.

»Herzlichen Glückwunsch zum Geburtstag, Cal«, flüstere ich in dem leeren unterirdischen Gang.

Ich habe vergessen, einen Mantel mitzunehmen, und friere in der beißenden Novemberkälte, als ich unseren Unterschlupf verlasse. Die Sonne ist noch nicht aufgegangen, und die Lichtung liegt im Dunkeln. Ada sitzt als bibberndes Bündel aus Wolldecken und Schals auf einem Holzklotz vor dem heruntergebrannten Lagerfeuer. Da sie gern früher als die anderen auf den Beinen ist, übernimmt sie immer den letzten Wachdienst. Ihr schnelles Hirn erlaubt es ihr, die Bücher zu lesen, die ich ihr mitbringe, und gleichzeitig den Wald im Auge zu behalten. Meistens hat sie sich morgens, bevor wir anderen überhaupt nur aufgestanden sind, schon eine neue Fähigkeit angeeignet. Allein letzte Woche hat sie Tirax, die Sprache eines seltsamen Volkes im Südosten, gelernt, und sich Grundkenntnisse in der Chirurgie angelesen. Aber heute hält sie kein gestohlenes Buch in der Hand, und sie ist auch nicht allein.

Ketha steht mit verschränkten Armen am Feuer. Ihre Lippen bewegen sich schnell, aber ich kann nicht hören, was sie sagt. Und Kilorn kauert dicht neben Ada, seine Füße fast im Feuer. Als ich näher heranschleiche, sehe ich, dass er die Stirn runzelt und sich stark konzentriert. Mit einem Stock zieht er Linien in die Erde. *Buchstaben.* Kunstlose, hastig gemalte Schriftzeichen, die einfache Wörter wie *Boot*, *Waffe* und *Haus* bilden. Das letzte Wort ist länger als die anderen: *Kilorn.* Dieses Bild treibt mir neue Tränen in die Augen. Aber diesmal sind es Freudentränen, etwas ziemlich Ungewohntes für mich. Die Leere in mir scheint zu schrumpfen, wenn auch nur ein wenig.

»Es ist wirklich nicht leicht, aber langsam kapierst du's«, sagt Ketha mit einem vorsichtigen Lächeln. *Sie ist wirklich Lehrerin.*

Kilorn bemerkt mich, bevor ich näher herankommen kann, und

zerbricht mit einem lauten Knacken seinen Stock. Ohne mir auch nur zuzunicken, steht er auf und wirft sich seine Jagdausrüstung über die Schulter. Sein Messer funkelt an seiner Hüfte, kalt und scharf wie die Eiszapfen, die wie Reißzähne in den Schatten des Waldes hängen.

»Kilorn?«, fragt Ketha, aber dann fällt ihr Blick auf mich und ihre Frage beantwortet sich von selbst. »Oh.«

»Es wird ohnehin Zeit für die Jagd«, sagt Ada und streckt eine Hand nach Kilorn aus. Trotz ihres warmen Hauttons haben ihre Fingerspitzen sich von der Kälte blau verfärbt. Aber Kilorn weicht ihrer Berührung aus und sie greift lediglich in die frostige Luft.

Ich tue nichts, um ihn aufzuhalten. Stattdessen verlagere ich mein Gewicht auf die Fersen, um ihm den Raum zu geben, den er sich offenbar so dringend wünscht. Während er auf den Waldrand zugeht, zieht er sich die Kapuze seines neuen Mantels tief ins Gesicht. Gutes braunes Leder und gefüttert, perfekt, um ihn zu wärmen und zu tarnen. Ich habe diesen Mantel vor einer Woche in Haven gestohlen. Eigentlich hatte ich nicht gedacht, dass er so ein Geschenk aus meinen Händen annehmen würde, aber selbst er weiß den Wert von Wärme zu schätzen.

Meine Anwesenheit stört anscheinend nicht nur ihn. Ketha wirft mir einen Seitenblick zu und errötet beinahe. »Er hat mich gebeten, ihm etwas beizubringen«, sagt sie fast entschuldigend. Dann schiebt sie sich an mir vorbei und zieht sich in die Wärme und relative Behaglichkeit der Höhle zurück.

Ada schaut ihr mit ihren leuchtenden goldenen Augen traurig nach, klopft dann neben sich auf den Holzklotz und bedeutet mir, mich neben sie zu setzen. Als ich das getan habe, breitet sie eine ihrer Decken über meinen Schoß und steckt sie rundherum fest. »Bitte sehr, Miss.« Sie hat in Harbor Bay als Hausmädchen gearbeitet und ihre alten Gewohnheiten trotz ihrer neu erlangten Freiheit noch nicht abgelegt. Sie nennt mich noch immer »Miss«, obwohl ich sie schon oft gebeten habe, das zu lassen. »Ich glaube, sie brauchen einfach ein bisschen Ablenkung.«

»Ja, und das ist eine gute. Kein Lehrer hat es bei Kilorn je so weit gebracht wie sie. Ich werde ihr später meinen Dank aussprechen.« *Wenn sie nicht wieder wegläuft.* »Wir alle brauchen ein bisschen Ablenkung, Ada.«

Sie seufzt zustimmend und verzieht ihre vollen dunklen Lippen zu einem bitteren, wissenden Lächeln. Mir entgeht nicht, dass ihr Blick zurück zur Höhle wandert, wo die eine Hälfte meines Herzens schläft, und dann zum Wald, wo die andere herumwandert. »Er hat Crance bei sich, und Farrah wird sich den beiden gleich anschließen. Bären gibt es hier im Moment auch keine«, fügt sie, in den dunklen Horizont blinzelnd, hinzu. Wenn es hell wird, kann man bis zu den Bergen in der Ferne sehen. »Sie haben sich zurückgezogen und halten jetzt Winterschlaf.«

Bären. Zu Hause in Stilts haben wir kaum je irgendwelches Damwild gesehen, von den sagenumwobenen Monstern im Hinterland ganz zu schweigen. Die Sägewerke, die Holzfällerteams und der Verkehr auf dem Fluss reichten aus, um jedes Tier zu vertreiben, das größer war als ein Waschbär, aber in Greatwoods wimmelt es nur so von Wild. Hirschböcke mit riesigen Geweihen, neugierige Füchse und manchmal auch das Geheul von Wölfen geistern durch die Täler und über die Hügel. Einen herumtapsenden Bären habe ich bislang noch nicht gesehen, aber Kilorn und die anderen Jäger haben vor ein paar Wochen einen gesichtet. Nur Farrahs Fähigkeit, Geräusche zu ersticken, und Kilorns Entscheidung, gegen die Windrichtung zu jagen, haben sie vor seinen Fängen bewahrt.

»Wo hast du so viel über Bären gelernt?«, frage ich, einfach um irgendetwas zu sagen. Ada weiß das genau, geht aber trotzdem bereitwillig darauf ein.

»Gouverneur Rhambos geht gern auf die Jagd«, erwidert sie achselzuckend. »Er besaß Ländereien außerhalb der Stadt, und seine Söhne haben dort jede Menge seltsame Tiere versammelt, damit er sie jagen konnte. Vor allem Bären. Wunderschöne Kreaturen mit schwarzem Fell und scharfen Augen. Sie waren eigentlich ganz friedfertig, wenn man sie in Ruhe ließ oder wenn unser Wildhüter sich um sie kümmerte. Die kleine Rohra, die Tochter des Gouverneurs, wollte gern ein Bärenjunges haben, doch die Tiere wurden getötet, bevor sie Nachwuchs bekommen konnten.«

Ich erinnere mich an Rohra Rhambos, das Starkarm-Mädchen, das bei der Königinnenkür mit ihren Händen Steine in Staub verwandelte.

»Aber was der Gouverneur gemacht hat, konnte man nicht wirklich Jagen nennen«, fährt Ada fort und in ihre Stimme mischt sich Traurigkeit. »Er hat die Tiere in einer Grube ausgesetzt, wo er dann gegen sie kämpfen und ihnen das Genick brechen konnte. Seine Söhne haben es auch getan, zu Trainingszwecken.«

Bären klingen nach grimmigen, furchterregenden Tieren, aber Adas Verhalten sagt mir etwas anderes. Die Tränen in ihren Augen können nur bedeuten, dass sie diese Grube selbst gesehen hat und sich an jede Sekunde erinnert. »Das ist schrecklich.«

»Sie haben einen von seinen Söhnen getötet. Ryker hieß er. Er war einer derjenigen, die zu Ihren Henkern bestimmt waren.«

Ich wollte seinen Namen nicht wissen. Ich habe nie nach denen gefragt, die ich in der Knochenarena getötet habe, und es hat mir auch nie jemand von ihnen erzählt. Ryker Rhambos habe ich im Sand der Arena durch einen Stromschlag getötet, bis er völlig verkohlt war.

»Entschuldigen Sie, Miss. Ich wollte Sie nicht verstimmen.« Sie hat sich wieder hinter einer Fassade der Ruhe versteckt und hinter den perfekten Umgangsformen einer Frau, die als Dienstmagd groß geworden ist. Ich kann nur erahnen, wie schrecklich dieses Leben bei ihren Begabungen gewesen sein muss. Sie durfte immer nur zuschauen, aber nie etwas sagen, nie ihren wahren Wert beweisen und ihr wahres Ich zeigen. Aber noch schlimmer ist die Vorstellung, dass sie sich, anders als ich, nicht dahinter verstecken kann, dass ihr Verstand nicht perfekt ist. Sie weiß und fühlt so viel, dass es für sie zu einer Last wird. Sie muss, wie ich, immer in Bewegung bleiben, immer wegrennen.

»Ich bin nur verstimmt, wenn du mich so nennst. Miss, meine ich.«

»Eine Angewohnheit, fürchte ich.« Sie greift unter die Decke, und ich höre das Rascheln von Papier. Ich erwarte, wieder so eine Bekanntmachung zu sehen, auf der die Details von Mavens Krönungsreise verzeichnet sind. Aber stattdessen zieht Ada ein Schriftstück hervor, das sehr offiziell aussieht, auch wenn es verknittert und an den Rändern angesengt ist. Das rote Schwert der Armee von Norta ist darauf gedruckt. »Das hier hat Shade diesem Wachmann in Corvium abgenommen.«

»Den ich gegrillt habe.« Ich streiche über das angekokelte Papier, betaste das raue, schwarze Material, das zu zerbröseln droht. Seltsam, dass es überlebt hat, wo seinem Besitzer das nicht vergönnt war.

»Vorbereitungen für die Ablösung der Legionen«, murmle ich, während ich das Geschriebene überfliege.

Sie nickt. »Zehn Legionen, um die neun zu ersetzen, die die Schützengräben im Todesstreifen halten.«

Sturm-Legion, Hammer-Legion, Schwert-Legion, Schild-Legion – alle Namen und Größen sind genau aufgelistet. In jeder Legion dienen fünftausend Soldaten der Roten und fünfhundert Silber-Offiziere. Sie alle treffen in Corvium zusammen, um von dort aus in den Todesstreifen weiterzuziehen, wo sie die Soldaten entlang der Kampflinien ablösen. Das ist zwar schrecklich, aber es interessiert mich nicht sonderlich.

»Gut, dass wir schon in Corvium waren«, ist alles, was mir dazu einfällt. »So sind wir wenigstens den über tausend Silber-Offizieren auf Durchreise entgangen.«

Doch Ada legt sanft ihre Hand auf meinen Arm. Ihre langen, agilen Finger fühlen sich auch durch den Ärmel kalt an. »Zehn Legionen, die neun ersetzen sollen. Warum?«

»Vielleicht planen sie einen Vorstoß?« Wieder verstehe ich nicht, warum das ein Problem sein soll. »Vielleicht will Maven beweisen, was für ein toller Kriegsherr er ist, um Cal so schnell wie möglich vergessen zu machen.«

»Unwahrscheinlich. So ein Angriff erfordert mindestens fünfzehn Legionen. Fünf als Deckung und zehn, die vorrücken.« Ihre Pupillen zucken hin und her, als sähe sie eine Schlacht vor sich. Ich ziehe die Augenbrauen hoch. Soweit ich weiß, liegen hier keine Schriften über Kriegstaktiken herum. »Der Prinz kennt sich bestens aus in der Kriegskunst«, erklärt sie. »Er ist ein guter Lehrer.«

»Hast du Cal das gezeigt?«

Ihr Zögern ist Antwort genug.

»Ich glaube, dass es sich um einen Tötungsbefehl handelt«, murmelt sie und senkt den Blick. »Neun Legionen zur Ablösung und eine, die dran glauben soll.«

Aber das ist verrückt, selbst für Mavens Verhältnisse. »Das ergibt doch keinen Sinn. Warum sollte jemand das Leben von fünftausend guten Soldaten vergeuden?«

»Ihr offizieller Name ist Dolch-Legion.« Ada zeigt auf das entsprechende Wort auf dem Dokument. Diese Legion besteht, wie die anderen, aus fünftausend Soldaten, und sie zieht direkt zu den Schützengräben. »Aber Gouverneur Rhambos hat sie anders genannt. Er bezeichnete sie als die Kleine Legion.«

»Die Kleine –?« Langsam begreife ich. Plötzlich bin ich wieder auf der Insel Tuck, in der Krankenstation, und der Oberst sitzt mir im Nacken. Ihm schwebte ein Tauschhandel vor. Cal für fünftausend Kinder, die nun ihrem vorzeitigen Tod entgegenmarschieren. »Die neuen Wehrpflichtigen. Die Kinder.«

»Fünfzehn bis siebzehn Jahre alt. Die Dolch-Legion ist die erste Kinderlegion, die der König als ›kampffähig‹ eingestuft hat.« Mit verächtlicher Miene fügt sie dann hinzu: »Nach knapp zwei Monaten Grundausbildung.«

Ich erinnere mich noch gut daran, wie ich mit fünfzehn war. Damals habe ich geklaut wie ein Rabe, aber ich war klein und dumm. Meine Schwester zu ärgern, hat mich mehr interessiert als meine Zukunft. Und ich dachte, ich hätte noch eine Chance, der Einberufung zu entgehen. Der Gedanke an Gewehre und Schützengräben verfolgte mich noch nicht bis in meine Träume.

»Sie werden niedergemetzelt.«

Ada zieht mit finsterer Miene die Decke fester um sich. »Ich glaube, das ist der Plan.«

Ich weiß, was sie will, was so viele wollen würden, wenn sie wüssten, was Maven mit dieser Kinderarmee vorhat. Dass sie zum Todesstreifen geschickt wird, ist eine Konsequenz der Maßnahmen. Damit wird das Volk für den Aufstand der Scharlachroten Garde bestraft. Es fühlt sich an, als hätte ich diese Kinder persönlich zum Tode verurteilt, und ich habe keinen Zweifel, dass viele andere mir zustimmen würden. Bald wird ein Meer aus Blut an meinen Händen kleben, und ich kann nichts tun, um es zu verhindern. Das Blut Unschuldiger, wie das des Babys in Templyn.

»Wir können nichts für sie tun.« Ich senke den Blick, um die Enttäuschung in Adas Miene nicht zu sehen. »Wir können nicht den Kampf gegen ganze Legionen aufnehmen.«

»Mare –«

»Fällt *dir* ein Weg ein, wie wir ihnen helfen können?«, schneide ich ihr wütend das Wort ab, und sie wird sofort still. »Und wie soll *ich* dann eine Lösung finden?«

»Natürlich, Miss. Sie haben Recht.«

Der Titel versetzt mir einen Stich, wie es ihre Absicht war. »Ich überlasse dich jetzt deinem Wachdienst«, murmele ich und erhebe mich von dem Holzklotz. Den Marschbefehl halte ich noch in der Hand. Ich falte ihn langsam zusammen und stecke ihn in meine Tasche.

Jede einzelne Leiche ist eine Botschaft an Dich.

Ergeb Dich, und es wird aufhören.

»Heute fliegen wir nach Pitarus.« Ada kennt unsere Rekrutierungspläne für den Tag, aber ich sage es ihr trotzdem, um etwas zu tun zu haben. »Cal fliegt. Gib Shade also eine Liste mit allen Dingen, die wir brauchen.«

»Seien Sie vorsichtig«, erwidert sie. »Der König ist wieder in Delphie. Nur eine Flugstunde von dort entfernt.«

Meine Narben jucken bei dem Gedanken daran. *Nur eine Stunde trennt mich von Mavens quälenden Manipulationen. Von seiner Schreckensmaschine, die dafür sorgt, dass meine Kraft sich gegen mich selbst richtet.*

»Delphie? Schon wieder?«

Cal steht am Ausgang der Höhle. Seine Haare sind noch zerzaust vom Schlafen, doch sein Blick ist wacher denn je. »Warum denn schon wieder?«

»Ich habe in Corvium eine Bekanntmachung gesehen, in der davon die Rede war, dass er Gouverneur Lerolan besucht«, antwortet Ada, verunsichert von Cals plötzlichem Auftauchen. »Um ihm persönlich sein Beileid auszusprechen.«

»Für Belicos und seine Söhne.« Ich habe Belicos nur einmal getroffen, kurz vor seinem Tod, aber er war liebenswürdig. Er hatte dieses Ende, zu dem ich beigetragen habe, nicht verdient. Ebenso wenig wie seine Söhne.

Doch Cal blinzelt in die aufgehende Sonne. Er sieht etwas, das ich nicht sehe und worüber selbst Adas Listen und Fakten keine Auskunft geben. »Maven würde seine Zeit niemals auf Beileidsbekundungen verschwenden, nicht mal um den Schein zu wahren. Die Lerolans sind ihm vollkommen egal, und die Neublüter von Delphie hat er bereits umgebracht. Er würde nicht dorthin zurückkehren, wenn es keinen guten Grund dafür gäbe.«

»Und der wäre?«, frage ich.

Sein Mund öffnet sich, als würde er erwarten, dass die richtige Antwort einfach herausfällt. Aber es passiert nicht, und schließlich schüttelt er den Kopf. »Ich bin mir nicht sicher.«

Weil es hier nicht um ein militärisches Manöver geht. Es geht um etwas anderes, wovon Cal nichts versteht. Er ist ein talentierter Kriegsherr, aber die Kunst der Intrige beherrscht er nicht. Das ist Mavens Domäne und die seiner Mutter, und darin sind wir ihnen hoffnungslos unterlegen. Das Beste, was wir tun können, ist, sie zu unseren Bedingungen herauszufordern: mit der Macht unserer Fähigkeiten, nicht mit der Kraft der Gedanken. *Aber wir müssen erst stärker werden. Und zwar schnell.*

»Pitarus«, sage ich laut und entschieden. »Sagt Nanny, dass sie mitkommen soll.«

Die alte Frau bittet schon darum, helfen zu können, seitdem sie hier ist, und Cal findet, dass sie jetzt so weit ist. Harrick hingegen hat uns seit Templyn auf keiner weiteren Rekrutierungsaktion mehr begleitet. Und ich kann es ihm nicht verdenken.

Ich brauche Cal nicht, um zu erkennen, wo die Riftzone beginnt. Als wir die Königsprovinz verlassen und in die Prinzenprovinz eintauchen, sieht man es aus der Höhe, in der wir uns befinden, nur allzu deutlich. Der Jet überfliegt eine Reihe von enormen Talgräben. Diese tiefen Einschnitte wirken fast wie von Menschen gemacht, so als hätte jemand seine Fingernägel durch die Erde gezogen. Aber dafür sind sie zu groß, selbst für Silberne. Dieser Landstrich ist vor Tausenden von Jahren durch etwas entstanden, das noch mächtiger und zerstörerischer ist. Der Herbst taucht den Wald unter uns in unterschiedliche Schattierungen von Gelb und Feuerrot. Wir befinden uns jetzt viel weiter südlich als die Höhle, doch auf den Gipfeln der Berge erblicke ich schneebedeckte Flächen, die die Sonne nicht erreicht hat. Die Riftzone besteht wie Greatwoods aus Wildnis, aber nicht das Holz macht diese Region reich, sondern Eisen und Stahl. Ihre Hauptstadt Pitarus ist die einzige größere Ortschaft weit und breit und ein industrieller Knotenpunkt. Sie liegt an einer Flussgabelung, die die Stahlwerke mit der Front verbindet und die kohlereichen Städte im Süden mit dem restlichen Königreich. Auch wenn die Riftzone offiziell von den Windsäern des Hauses Laris regiert wird, ist diese Region der Stammsitz des Hauses Samos. Als Eigentümer der Eisenminen und Stahlwerke sind sie die eigentlich bestimmende Macht in Pitarus und der Riftzone. Wenn wir Glück haben, treibt Evangelina sich hier herum, und ich kann ihr alle Übeltaten heimzahlen.

Der Talgraben, der Pitarus am nächsten liegt, ist gute fünfundzwanzig Kilometer von der Stadt entfernt, aber wir gehen dort runter, weil er uns genügend Deckung bietet. Die Landebahn ist die bisher holprigste, und ich frage mich, ob wir den Bogen überspannt haben. Aber Cal hat die Blackrun unter Kontrolle und wir werden zwar ziemlich durchgeschüttelt, landen aber sicher.

Nanny klatscht begeistert in die Hände und in ihrem runzligen Gesicht erscheint ein breites Lächeln. »Macht das immer so viel Spaß?«, fragt sie uns.

Shade, der ihr gegenübersitzt, verzieht das Gesicht. Er hat sich noch immer nicht ans Fliegen gewöhnt und muss sich sehr zusammenreißen, um sein Frühstück bei sich zu behalten.

»Heute suchen wir drei Neublüter.« Das Klicken der Gurte verstummt, als meine Stimme durch den Flieger hallt. Shade ist mitgekommen, weil es ihm inzwischen besser geht. Er sitzt neben Farley.

Dann haben wir noch Nanny und den Neublüter Gareth Baument dabei. Dies ist schon seine dritte Rekrutierungsreise in vier Tagen, weil Cal der Meinung ist, dass der ehemalige Stallmeister eine willkommene Ergänzung für unsere täglichen Missionen darstellt. Er hat früher für Lady Ara Iral höchstpersönlich gearbeitet und deren große Stallungen auf dem Familienanwesen am Capital River verwaltet. Am Königshof wurde Lady Ara wegen ihres glänzenden schwarzen Haars und ihrer katzengleichen Flinkheit, die typisch für alle Gleiter ist, nur der Panther genannt. Gareth ist weniger höflich. Er bezeichnet sie lieber als die Gleiter-Hexe. Dank seiner Arbeit für das Haus Iral ist er fit und gelenkig geblieben, und seine Fähigkeit ist auch nicht zu verachten. Als ich ihn bei unserer ersten Begegnung gefragt habe, ob er irgendetwas Besonderes kann, fand ich mich plötzlich oben an der Decke wieder. Gareth hatte die *Erdanziehungskraft* aufgehoben, die mich am Boden festhielt. Wenn wir im Freien gestanden hätten, wäre ich wahrscheinlich oben in den Wolken gelandet. Aber das überlasse ich lieber Gareth. Abgesehen davon, dass er Leute durch die Luft wirbeln kann, besitzt er auch die Fähigkeit, selbst zu *fliegen*.

»Gareth wird Nanny in die Stadt bringen, und sie wird dort als Lord General Laris getarnt die Sicherheitszentrale aufsuchen.« Als ich zu Nanny hinschaue, sehe ich nicht die Frau, die ich kenne, sondern einen etwas älteren Mann, der nickt und seine Finger spreizt, als hätte er sie nie zuvor benutzt. Aber ich weiß es besser: In dieser Gestalt steckt Nanny, die so tut, als wäre sie der silberne Befehlshaber der Luftflotte. »Sie wird uns einen Ausdruck mit den Anschriften der drei Neublüter besorgen, die in Pitarus leben, und auch von denen aus der übrigen Region. Wir folgen ihr zu Fuß, und Shade wird uns alle wieder herausholen.«

Farley ist wie immer als Erste aufgesprungen. »Viel Glück mit dem da, Nan!«, sagt sie und zeigt auf Gareth. »Wenn dir der Flug mit dem Jet gefallen hat, wirst du das, was er macht, erst recht lieben.«

»Dieses Grinsen gefällt mir nicht, kleines Fräulein«, erwidert Nanny mit Laris' Stimme. Obwohl ich eben selbst gesehen habe, wie sie seine Gestalt angenommen hat, ist der Anblick doch ungewohnt.

Gareth lacht und hilft Nanny von ihrem Sitz auf. »Farley ist zuletzt mit mir geflogen und hat bei unserer Landung eine Riesensauerei auf meinen Stiefeln hinterlassen.«

»Hab ich gar nicht«, protestiert Farley, stolziert dann aber schnell zum Ausgang des Jets. Bestimmt damit wir nicht sehen, dass sie rot wird. Shade folgt ihr, wie immer, und versucht dabei, sein Lachen herunterzuschlucken. Farley wird in letzter Zeit schnell schlecht, aber zu unser aller Belustigung gibt sie es nie zu.

Cal und ich sind die Letzten im Flugzeug, auch wenn ich keinen Grund habe, auf ihn zu warten. Er geht die übliche Prozedur durch, dreht an Knöpfen und legt Schalter um, mit denen er die verschiedenen Teile des Jets in schneller Folge abstellt. Ich spüre, wie immer weniger Strom fließt, bis nur noch das leise Surren voller Batterien übrig ist. Die Stille pulsiert im Takt mit meinem Herzen, und plötzlich kann ich den Jet gar nicht schnell genug verlassen. Irgendetwas am Alleinsein mit Cal macht mir Angst, zumindest bei Tageslicht. Aber wenn es Nacht wird, gibt es niemanden, den ich lieber sehe.

»Du solltest mit Kilorn reden.«

Seine Stimme lässt mich mitten auf der Rampe erstarren.

»Ich möchte aber nicht mit ihm reden.«

Je näher er kommt, desto heißer wird es. »Komisch, du bist doch sonst so eine gute Lügnerin.«

Ich wirbele herum und starre auf seinen Oberkörper. Der Fliegeroverall, der makellos war, als er ihn vor über einem Monat zum ersten Mal angezogen hat, könnte inzwischen eine Wäsche vertragen. Auch wenn Cal sich alle Mühe gibt, sich von unseren Kämpfen fernzuhalten, ist er davon nicht unberührt geblieben.

»Ich kenne Kilorn besser als du, und nichts, was ich ihm sage, wird etwas daran ändern, dass er sauer auf mich ist.«

»Weißt du eigentlich, dass er immer mitkommen will?«, sagt Cal. Seine Augen sind dunkel und seine Lider schwer. Er sieht aus wie kurz vor dem Einschlafen. »Er fragt mich jeden Abend.«

Meine Zeit in der Höhle hat mich entblößt und durchschaubar gemacht. Ich habe keinen Zweifel, dass Cal mir meine Verwirrung ansieht und die untergründige Eifersucht spürt. »Mit *dir* redet er? Mit mir redet er nicht *wegen* dir. Warum in aller Welt sollte er dann …?«

Plötzlich ist seine Hand unter meinem Kinn und schiebt meinen Kopf hoch, so dass ich seinem Blick nicht mehr ausweichen kann. »Auf *mich* ist er auch nicht sauer. Er ist nicht wütend, weil wir beide …« Jetzt lässt er seinen Satz unbeendet. »Er respektiert dich und deine Entscheidungen.«

»Das hat er mir auch erzählt.«

»Aber du glaubst ihm nicht.« Mein Schweigen ist Antwort genug. »Ich weiß, warum du glaubst, niemandem mehr trauen zu können. Bei meinen Farben, das weiß ich nur zu gut. Aber du kannst das alles hier nicht allein durchstehen. Und jetzt sag nicht, dass du ja mich hast. Wir wissen beide, dass du daran auch nicht glaubst.« Der Schmerz in seiner Stimme würde einen schwächeren Mann zerstören. Aber es sind nur seine Finger, die an meinem Kinn zittern.

Ich mache mich langsam von ihm los. »Das hatte ich auch nicht vor.« Eine halbe Lüge. Ich habe nicht das Gefühl, einen Anspruch auf Cal zu haben, und gestatte mir nicht, ihm zu vertrauen. Aber ich schaffe es auch nicht, mich von ihm fernzuhalten. Jedes Mal wenn ich es versuche, stelle ich fest, dass ich es nicht durchhalte.

»Er ist kein Kind, Mare. Du brauchst ihn nicht mehr zu beschützen.«

Kilorn ist also wütend auf mich, weil ich unbedingt will, dass er am Leben bleibt. Ich muss beinahe lachen bei dieser Vorstellung. *Wie kann ich es nur wagen, so etwas zu tun? Wie kann ich es nur wagen, ihn in Sicherheit wissen zu wollen?* »Dann nimm ihn beim nächsten Mal eben mit. Lass ihn in sein Grab stolpern.« Ich weiß, dass er das Beben in meiner Stimme hört, aber höflicherweise ignoriert er es. »Seit wann interessierst du dich eigentlich für ihn?«

Ich höre seine Antwort kaum, da ich bereits im Weggehen bin. »Ich sage das nicht ihm zuliebe.«

Die anderen warten unten auf der Landebahn. Farley ist gerade dabei, Nanny mit einem der Sitzgurte aus dem Jet behelfsmäßig vorn an Gareth festzuschnallen, aber Shade schaut auf seine Füße. Nach seiner ernsten Miene zu urteilen, hat er jedes Wort gehört. Als wir an ihm vorbeigehen, sieht er mich finster an, sagt aber nichts. Später wird er mir bestimmt wieder eine Strafpredigt halten, aber jetzt gilt unsere Aufmerksamkeit erst einmal Pitarus und einer weiteren hoffentlich erfolgreichen Rekrutierung.

»Arme anlegen, Kopf einziehen«, weist Gareth Nanny an. Sie verwandelt sich vor unseren Augen von dem massigen Lord zurück in ihre eigene, weitaus schmächtigere Gestalt und zieht die Gurte entsprechend noch mal stramm.

»So bin ich leichter«, erklärt sie kichernd. Nach langen Tagen mit ernsten Gesprächen und schlaflosen Nächten muss ich bei diesem Anblick herzhaft lachen. Es überkommt mich einfach, und ich schlage mir die Hand vor den Mund.

Gareth tätschelt Nanny unbeholfen den Kopf. »Du bist immer für eine Überraschung gut, Nan. Und jetzt mach ruhig die Augen zu.«

Sie schüttelt den Kopf. »Ich hab mein ganzes Leben mit geschlossenen Augen zugebracht«, sagt sie. »Nie wieder!«

Als ich noch ein Kind war und mir wünschte, fliegen zu können wie ein Vogel, hätte ich mir so etwas nie träumen lassen. Gareth geht weder in die Knie, noch spannt er seine Muskeln an oder stößt sich vom Boden ab. Stattdessen öffnet er einfach seine Handflächen, hält sie parallel zur Landebahn und erhebt sich in die Luft. Die Erdanziehungskraft um ihn herum wird schwächer, so als würde ein Faden gelockert. Er steigt mit der an ihn geschnallten Nanny auf, immer schneller und schneller, bis sie nur noch ein kleiner Fleck am Himmel sind. Dann spannt sich der unsichtbare Faden und zieht den kleinen Punkt in sanften Bogen an der Erde entlang. Mal ist der Faden locker, mal straff gespannt und irgendwann verschwinden die beiden Fliegenden über dem nächstgelegenen Bergrücken. Von unten sieht das alles beinahe geruhsam aus, aber ich bezweifle, dass ich das je aus erster Hand erfahren werde. Mit dem Jet zu fliegen, reicht mir völlig.

Farley ist die Erste, die ihre Augen vom Horizont losreißt, um sich der vor uns liegenden Aufgabe zuzuwenden. »Wollen wir?«, fragt sie und zeigt auf den rot und golden leuchtenden, baumbewachsenen Hügel.

Statt einer Antwort marschiere ich los und führe uns zügig über den Kamm. Wenn unsere vielen Landkarten korrekt sind, müsste auf der anderen Seite das Bergarbeiterdorf Rosen liegen. Zumindest das, was von Rosen noch übrig ist. Ein Kohlebrand hat den Ort vor Jahren zerstört und Rote wie Silberne gezwungen, die wertvollen, aber auch gefährlichen Minen aufzugeben. Wenn es stimmt, was Ada gelesen hat, wurde das Dorf von einem Tag auf den anderen verlassen. Dann werden wir dort jede Menge Dinge finden, die wir gebrauchen können. Auf dem Hinweg wollen wir den Ort erst einmal nur durchqueren. Dabei sehen wir ja, was wir auf dem Rückweg mitgehen lassen können.

Als Erstes fällt mir der ascheartige Geruch auf, der über dem westlichen Hang liegt und mit jedem Schritt, den wir vom Kamm aus weiter nach unten gehen, intensiver wird. Farley, Shade und ich ziehen unsere Halstücher vors Gesicht, doch Cal stört der intensive Rauchgeruch nicht. *Wie auch.* Stattdessen schnuppert er vorsichtig.

»Das Feuer brennt noch«, flüstert er, während er die Bäume betrachtet. Im Gegensatz zur anderen Hangseite sehen die Eichen und Ulmen hier tot aus. Sie tragen nur wenig Laub, ihre Stämme sind grau und zwischen ihren knotigen Wurzeln wächst nicht einmal Unkraut. »Irgendwo tief in der Erde.«

Wenn Cal nicht bei uns wäre, würde ein schwelender Kohlebrand mir Angst einflößen, aber der Prinz kann es sogar mit der großen Hitze in den Minen aufnehmen. Er könnte eine Explosion mit einem Arm wegwischen, wenn er wollte. Also gehen wir weiter. In dem sterbenden Wald herrscht eine wohltuende Stille.

Der Hang ist mit hastig zugenagelten Minenschächten übersät. Aus einem dringt eine dünne Rauchfahne, die träge in den dunstigen Himmel aufsteigt. Farley kämpft gegen den Drang an, einen Blick hineinzuwerfen, klettert aber regelmäßig auf niedrige Äste oder Felsen.

Sie ist immer auf der Hut und kundschaftet ebenso lautlos wie gründlich die Gegend aus. Dabei bleibt sie stets in der Nähe von Shade, der sie seinerseits nie aus den Augen lässt. Während ich die beiden beobachte, muss ich an Julian und Sara denken – zwei Tanzende, die sich zu einer Musik wiegen, die außer ihnen niemand hört.

Rosen ist der graueste Ort, den ich je gesehen habe. Asche liegt wie eine Schneedecke über dem gesamten Dorf, schwebt in Flöckchen durch die Luft und schmiegt sich in hüfthohen Verwehungen an die Häuser. Sie verdeckt sogar die Sonne, weil sie wie eine trübe Dunstglocke über allem liegt. Das Ganze erinnert mich irgendwie an Gray Town, wobei jener trostlose Ort noch pulsierte wie ein träges, schwarzes Herz. Dieses Dorf hingegen ist schon lange tot, ausgelöscht durch einen Unfall, einen Funken tief unten in den Minen. Nur die Hauptstraße, eine schäbige Mischung aus Backsteinladenfronten und Holzhäusern, steht noch. Der Rest ist eingestürzt oder verbrannt. Unwillkürlich frage ich mich, ob die Asche in der Luft, die wir atmen, wohl auch Knochenstaub enthält.

»Kein Strom.« Ich spüre nichts, nicht einmal eine Glühbirne, und die Anspannung in meiner Brust löst sich. Rosen ist seit langem zerstört und hält keinerlei Bedrohung für uns bereit. »Seht nach, was in den Fenstern liegt.«

Die anderen folgen meinem Beispiel und wischen mit ihren ohnehin schon schmutzigen Ärmeln über die Schaufenster. Ich spähe blinzelnd in das kleinste der noch stehenden Gebäude, das nur wenig breiter ist als ein Wandschrank und eingequetscht zwischen einem Sicherheitsposten und dem halb eingestürzten Schulgebäude liegt. Als meine Augen sich an das schwache Licht gewöhnt haben, erkenne ich, dass ich reihenweise Bücher vor mir habe – in Regale gestopft, planlos zu Stapeln aufgetürmt und über den schmutzigen Boden verteilt. Ich grinse mein Spiegelbild in der Scheibe an und stelle mir vor, wie viele Schätze ich Ada mitbringen werde.

Dann höre ich ein lautes Splittern, das mir durch Mark und Bein geht und mein Blut in Wallung bringt. Als ich herumwirbele, steht Farley mit einem Holzscheit in der Hand vor einem anderen Ladenfenster. Um sie herum liegen Scherben auf dem Boden. »Sie waren da eingesperrt«, erklärt sie, auf den Laden zeigend.

Einen Augenblick später flattert ein ganzer Schwarm Krähen durch die zerbrochene Fensterscheibe. Die Vögel verschwinden in dem aschgrauen Himmel, doch ihre Schreie sind noch lange zu hören. Sie klingen wie kindliche Schmerzensschreie.

»Bei meinen Farben!«, flucht Cal leise und schüttelt den Kopf.

Aber Farley zuckt nur grinsend die Achseln. »Habe ich Sie erschreckt, Hoheit?«

Cal öffnet lächelnd den Mund, um ihr zu antworten, doch eine Stimme, die ich nicht kenne, kommt ihm zuvor. Sie gehört einem Menschen, den ich noch nie gesehen habe.

»Noch nicht, Diana Farley.« Der Mann scheint sich aus der Asche zu erheben. Seine Haut, sein Haar und sogar seine Kleider sind genauso grau wie dieses tote Dorf, seine Augen jedoch leuchten in einem gruseligen Blutrot. »Aber du wirst dich erschrecken. Ihr alle werdet das.«

Cal beschwört sofort sein Feuer herauf und ich meinen Blitz, während Farley mit ihrer Pistole auf den grauen Mann zielt. Doch nichts von alldem scheint ihm Angst zu machen. Stattdessen tritt er einen Schritt vor und seine roten Augen richten sich auf mich.

»Mare Barrow«, sagt er seufzend, als bereite mein Name ihm

großen Schmerz, und in seine Augen treten Tränen. »Ich habe das Gefühl, dich bereits zu kennen.«

Keiner von uns rührt sich, sein Anblick lässt uns alle versteinern. Ich sage mir, dass es an seinen Augen liegt oder an seinem langen grauen Haar. Seine Erscheinung ist sonderbar, selbst für uns. Doch das ist es nicht, was mich wie angewurzelt stehen bleiben lässt. Da ist noch etwas anderes, das mich nervös macht, ein Instinkt, den ich nicht verstehe. Obwohl dieser Mann vom Alter gebeugt ist und nicht dazu in der Lage wäre, die Hand gegen einen von uns zu erheben, geschweige denn sich eine Schlägerei mit Cal zu liefern, fürchte ich mich unwillkürlich vor ihm.

»Wer sind Sie?« Meine bebende Stimme hallt durch das leere Dorf.

Der graue Mann neigt den Kopf und schaut uns alle der Reihe nach an. Dabei wird er von Sekunde zu Sekunde trauriger, bis ich das Gefühl habe, dass er gleich in Tränen ausbrechen wird. »Die Neublüter von Pitarus sind tot. Der König erwartet euch schon dort.« Bevor Cal den Mund aufmachen kann, um zu sagen, was wir alle denken, hebt der graue Mann die Hand. »Ich weiß es, weil ich es gesehen habe, Tiberias. Genauso wie ich euch kommen sah.«

»Was meinen Sie mit ›gesehen‹?«, raunt Farley und macht einige schnelle Schritte auf ihn zu. Sie hält nach wie vor ihre Pistole im Anschlag. »Na los, sagen Sie es uns!«

»Du hast dein Temperament nicht im Griff, Diana«, tadelt er sie und weicht ihr überraschend flink aus. Sie blinzelt erstaunt und macht einen Satz auf ihn zu, um ihn zu packen. Wieder gelingt es ihm, ihr zu entwischen.

»Hör auf, Farley!« Ich bin selbst überrascht über diesen Befehl von mir. Farley wirft mir einen verächtlichen Blick zu, gehorcht jedoch. Sie umkreist den seltsamen Mann und bleibt hinter ihm stehen. »Wie heißen Sie?«

Sein Lächeln ist so grau wie sein Haar. »Das spielt keine Rolle. Mein Name steht nicht auf eurer Liste. Ich stamme von einem Ort, der außerhalb der Grenzen eures Königreichs liegt.«

Bevor ich eine Chance habe, ihn zu fragen, woher er von Julians Liste weiß, stürzt Farley sich blitzschnell auf ihn. Doch obwohl sie keinerlei Geräusch macht und er sie nicht sehen kann, weicht er ihr mit einem lässigen Seitenschritt aus. Sie fällt fluchend mit dem Gesicht voraus in die Asche, vergeudet aber keine Zeit damit, sich wieder aufzurappeln, sondern zückt ihre Waffe und zielt genau auf sein Herz. »Können Sie der hier auch aus dem Weg gehen?«, knurrt sie und spannt den Hahn.

»Das wird nicht nötig sein«, erwidert er mit einem gequälten Lächeln. »Oder, Miss Barrow?«

Natürlich nicht. »Lass ihn in Ruhe, Farley. Er ist ein Neublüter.«

»Sie … Sie sind ein Seher«, haucht Cal und bewegt sich ein paar Schritte über die aschebedeckte Straße. »Sie können die Zukunft sehen.«

Der Mann macht eine wegwerfende Geste. »Ein Seher sieht nur das, wonach er sucht. Sein Blickfeld ist schmaler als ein Grashalm.« Wieder fixiert er uns mit seinen traurigen, scharlachroten Augen.

»Ich dagegen sehe alles.«

21

Erst als wir die ausgebrannte Kneipe von Rosen betreten und uns um einen verkohlten Tisch versammeln, ergreift der graue Mann erneut das Wort und stellt sich vor. Sein Name ist schockierend simpel. *Jon.* Und seine Gegenwart ist verstörender als alles, was ich je erlebt habe. Immer wenn er mich mit seinen blutfarbenen Augen anschaut, habe ich das Gefühl, dass er unmittelbar in mich hineinsehen kann, bis hin zu diesem verkorksten Ding, das ich früher mein Herz nannte. Aber ich behalte meine Gedanken für mich, und sei es nur, um Farley mehr Gelegenheit zu geben, ihrem Unmut Luft zu machen. Sie schreit und schimpft und erklärt uns immer wieder, dass wir diesem merkwürdigen Mann, der uns aus der Asche erschienen ist, nicht trauen dürfen. Ein- oder zweimal muss Shade sie beruhigen, indem er seine Hände auf ihren Arm legt. Jon begegnet ihren Vorwürfen mit einem angestrengten Lächeln und starren Blicken und redet erst, als sie schweigt.

»Ihr vier seid mir wohlbekannt. Ihr braucht euch nicht vorzustellen«, sagt er, hebt abwehrend die Hand und schaut Shade an. Mein Bruder lehnt sich mit einem erstickten Geräusch ein Stück zurück. »Ich habe euch gefunden, weil ich wusste, wo ihr sein würdet. Es war ein Leichtes, meine Route mit eurer abzustimmen«, fügt Jon mit einem Blick auf Cal hinzu. Auch der erblasst vor Schreck, doch dafür interessiert der alte Mann sich gar nicht. Als er schließlich mich anschaut, wird seine Miene etwas weicher. *Jon wäre eine gute Ergänzung für unsere Truppe, auch wenn er ziemlich unheimlich ist.* »Ich habe nicht die Absicht, mich zu Ihnen in der Höhle zu gesellen, Miss Barrow.«

Jetzt bin ich diejenige, die beinahe ihre Zunge verschluckt. Bevor ich mich wieder gefasst habe und ihm meine Frage stellen kann, antwortet er mir erneut, und was er sagt, fühlt sich an wie ein Stich in den Bauch. »Nein, ich kann Ihre Gedanken nicht lesen, aber ich sehe die Zukunft vor mir. Zum Beispiel das, was Sie als Nächstes sagen. Wir könnten also einiges an Zeit sparen.«

»Wie praktisch«, knurrt Farley. Sie ist die Einzige von uns, die nicht von diesem Mann fasziniert ist. »Warum sagen Sie uns nicht einfach, warum Sie gekommen sind, und fertig? Oder noch besser: Erzählen Sie uns einfach, was passieren wird.«

»Deine Instinkte leisten dir gute Dienste, Diana«, erwidert er und neigt sein graues Haupt. »Eure Freunde, die Verwandlerin und der Flieger, kommen bald zurück. Sie haben in der Sicherheitszentrale von Pitarus Ärger bekommen und müssen verarztet werden. Aber es ist nichts, was Miss Farley nicht in eurem Jet hinbekommen würde.«

Shade erhebt sich von seinem Stuhl, doch Jon bedeutet ihm, sich wieder zu setzen. »Immer mit der Ruhe. Es ist noch etwas Zeit. Der König hat nicht vor, ihre Verfolgung aufzunehmen.«

»Und warum nicht?« Farley zieht eine Augenbraue hoch.

Die roten Augen wenden sich mir zu; er erwartet, dass ich ihr antworte. »Gareth kann etwas, wozu kein Silberner in der Lage ist, nämlich fliegen. Maven wird nicht wollen, dass jemand das sieht, nicht mal seine treusten Soldaten.« Cal nickt neben mir, da er seinen Bruder genauso gut – oder schlecht – kennt wie ich. »Er hat seinen Untertanen erzählt, die Neublüter gäbe es gar nicht. Und in diesem Glauben sollen sie auch bleiben.«

»Einer seiner vielen Fehler«, denkt Jon laut. Seine Stimme klingt verträumt, er scheint in Gedanken sehr weit weg zu sein. Wahrscheinlich schaut er in eine Zukunft, die sich unserer Vorstellungskraft entzieht. »Aber das werdet ihr noch früh genug herausfinden.«

Eigentlich erwarte ich, dass Farley ihn anfaucht, weil er weiter in Rätseln spricht, doch Shade ist schneller. Er stützt seine Hände auf den Tisch und beugt sich vor, so dass er Jon überragt. »Sind Sie hergekommen, um sich wichtigzumachen? Oder einfach nur, um uns aufzuhalten?«

Insgeheim frage ich mich das auch.

Aber trotz dieser wütenden Attacke meines Bruders verzieht der graue Mann keine Miene. »Ich wollte euch in der Tat aufhalten, Shade. Nur ein paar Kilometer mehr und Mavens Seher hätten euch kommen sehen. Oder wärt ihr ihm gern in die Falle gegangen? Ich gestehe, dass ich Handlungen voraussehen kann, aber keine Gedanken. Vielleicht wolltet ihr ja gern eingesperrt und hingerichtet werden?« Sein Ton ist schockierend fröhlich, und er wirft einen frechen Blick in die Runde. Dann verzieht sein Mund sich zu einem Lächeln. »Pitarus hätte im Tod geendet. Und noch Schlimmerem.«

Noch Schlimmerem. Unter dem Tisch legt Cal seine Hand über meine, als würde er die Furcht spüren, die mich packt. Ohne nachzudenken, verschränke ich meine Finger mit seinen. Ich möchte erst gar nicht nachfragen, was genau in Pitarus für uns geplant war, das schlimmer als der Tod ist. »Danke, Jon.« Meine Stimme ist angsterstickt. »Danke, dass Sie uns gerettet haben.«

»Sie haben gar nichts gerettet«, sagt Cal schnell und umklammert meine Hand fester. »Was Sie gesehen haben, hätte auch durch alles mögliche andere verändert werden können. Durch einen falschen

Schritt im Wald oder durch den Flügelschlag eines Vogels. Ich weiß, wie Leute wie Sie sehen und als wie falsch sich solche Vorhersagen entpuppen können.«

Jon lächelt noch breiter. Was Cal noch mehr ärgert als die Tatsache, dass Jon ihn zuvor mit seinem Geburtsnamen angesprochen hat. »Ich sehe weiter und klarer als alle Silber-Seher, die Sie je getroffen haben. Sie können frei entscheiden, ob Sie hören wollen, was ich Ihnen zu sagen habe. Aber Sie werden mir schon noch glauben«, fügt er beinahe augenzwinkernd hinzu. »Ungefähr dann, wenn Sie herausfinden, dass es das Gefängnis gibt. Julian Jacos ist doch ein Freund von Ihnen, oder nicht?«

Jetzt zittern uns beiden die Hände.

»Ja«, murmele ich und sehe ihn mit großen Augen hoffnungsvoll an. »Er lebt noch, oder?«

Jon bekommt erneut einen verklärten, in die Ferne gerichteten Blick. Er murmelt unhörbar vor sich hin und nickt dabei gelegentlich. Seine Finger zucken und bewegen sich auf der Tischplatte vor und zurück, als würde er durch ein bestelltes Beet harken. *Er schiebt und zieht, aber was?*

»Ja, er lebt. Aber der Termin für seine Hinrichtung ist bereits festgesetzt. Ebenso wie die von …« Er macht eine Pause und denkt nach. »Sara Skonos.«

Die nächsten Minuten sind absolut seltsam. Jon beantwortet alle unsere Fragen, bevor wir sie formulieren können. »Maven plant, ihre Hinrichtung anzukündigen, um euch eine Falle zu stellen. Die beiden werden im Gefängnis von Corros festgehalten. Das ist nicht außer Betrieb, Tiberias, es wurde für abtrünnige Silberne wieder in Stand gesetzt. In den Wänden ist Stiller-Stein, und das Gebäude wurde mit

Diamantglas und militärischen Wachmannschaften zusätzlich gesichert. Nein, das wurde nicht alles nur wegen Julian und Sara gemacht. Es sitzen noch andere Abtrünnige in diesen Zellen ein. Sie wurden eingesperrt, weil sie den neuen König in Frage gestellt oder seine Mutter verärgert haben. Haus Lerolan hat Maven besonders viele Schwierigkeiten gemacht, ebenso wie Haus Iral. Und die eingesperrten Neublüter erweisen sich als ebenso gefährlich wie die Silbernen.«

»Neublüter?«, platze ich heraus und unterbreche damit Jons Schnellfeuer an Informationen.

»Die, die ihr nicht gefunden und für tot gehalten habt. Sie sollten beobachtet und genau untersucht werden. Aber Lord Jacos hat sich geweigert. Selbst nach einigen Überzeugungsversuchen.«

Mir wird schlecht. Das kann nur heißen, dass er gefoltert wurde.

»Es gibt Schlimmeres als Schmerzen, Miss Barrow«, sagt Jon leise. »Die Neublüter sind nun auf Gedeih und Verderb Königin Elara ausgesetzt. Sie hat die Absicht, sie einzusetzen – und zwar gezielt.« Sein Blick wandert zu Cal, und die beiden wechseln einen schmerzvollen Blick des Verstehens. »Wenn die Königin genügend Zeit bekommt, werden sie und ihre Familie die Neublüter als Waffen gegen Ihresgleichen einsetzen. Das ist ein sehr, sehr finsterer Weg, den sie da einschlagen will. Ihr dürft nicht zulassen, dass das geschieht.« Seine zerrissenen, schmutzigen Nägel bohren sich in die Tischplatte und ziehen tiefe Rillen in das geschwärzte Holz. »Ihr müsst das verhindern.«

»Was passiert, wenn wir Julian und die anderen befreien?« Ich beuge mich vor. »Können Sie das sehen?«

Ich kann nicht sagen, ob er lügt oder die Wahrheit sagt. »Nein. Ich sehe nur den aktuellen Pfad und wohin er führen wird, bevor es nicht mehr weitergeht. Ich sehe zum Beispiel, dass ihr jetzt zwar die Falle in Pitarus überlebt, dafür aber in vier Tagen sterben werdet. Ihr wartet zu lange mit dem Angriff auf Corros. Halt, jetzt, wo ich euch das sage, ändert es sich wieder.« Sein Gesicht zeigt erneut dieses seltsame traurige Lächeln. »Hmm.«

»Das ist doch Unsinn«, knurrt Cal und lässt meine Hand los. Er steht vom Tisch auf, langsam und bedächtig wie ein grollender Donner. »Leute, die sich solche Vorhersagen anhören, werden verrückt. Das Wissen über eine unsichere Zukunft lähmt sie einfach nur.«

»Wir haben keinerlei Beweis dafür, dass stimmt, was Sie sagen. Nur Ihr Wort«, schaltet sich jetzt auch Farley ein. Dass sie ausnahmsweise einmal mit Cal einer Meinung ist, überrascht sie beide. Sie tritt ihren Stuhl schnell und mit Gewalt nach hinten. »Und ein paar billige Tricks.«

Billige Tricks. Dass er vorhersagt, was wir ihn fragen wollen und dass er Farleys Attacke vorausahnt? Das sind keine billigen Tricks. Doch es ist leichter, Jon für ein Ding der Unmöglichkeit zu halten. Aus demselben Grund haben auch alle Mavens Lügen über mich und die Neublüter geglaubt. Obwohl sie mit eigenen Augen gesehen haben, wozu ich fähig bin, haben sie sich entschieden, lieber das zu glauben, was sie verstehen können, als das, was wahr ist. Ich werde sie für ihre Dummheit bezahlen lassen, aber ich werde nicht den gleichen Fehler begehen wie sie. Irgendetwas an Jon irritiert mich, aber mein Instinkt rät mir dazu, Vertrauen zu haben. Nicht in den Mann, aber zumindest in seine Visionen. Was er sagt, ist wahr, auch wenn die Gründe, warum er es uns sagt, vielleicht nicht ehrenwert sind.

Sein unerträgliches Lächeln erlahmt und weicht einem finsteren Blick, der ein hitziges Gemüt offenbart. »Ich sehe Blut von der Krone tropfen. Ein Gewitter ohne Donner. Tanzende Schatten auf einem Bett aus Flammen.« Cals Hände zucken. »Ich sehe Seen, die über die Ufer treten und Menschen verschlingen. Ich sehe einen Mann mit einem roten Auge. Er trägt einen blauen Mantel, seine Waffen rauchen –«

Farley schlägt mit der Faust auf den Tisch. »Genug!«

»Ich glaube ihm.« Es fühlt sich seltsam an, das zu sagen.

Ich kann meinen eigenen Freunden nicht vertrauen, aber hier stehe ich und verbünde mich mit einem verfluchten Fremden. Cal sieht mich an, als wäre mir ein zweiter Kopf gewachsen. In seinem Blick steht flammend eine Frage, die er nicht laut zu stellen wagt. Ich kann nur die Achseln zucken und es vermeiden, Jon anzusehen. Sein Blick wandert über meine Gestalt, lastet auf mir wie ein brennendes Gewicht und begutachtet jeden Zentimeter der Blitzwerferin. Zum ersten Mal seit Ewigkeiten wünsche ich mir eine Rüstung aus Seide und Silber, damit ich wie die Anführerin aussehe, die zu sein ich vorgebe. Stattdessen zittere ich in meinem fadenscheinigen Pulli, der meine Narben und Knochen verbirgt. Ich bin froh, dass Jon mein Brandmal nicht sehen kann, aber irgendetwas sagt mir, dass er es ohnehin kennt.

An die Arbeit, Mare Barrow. In einem riesigen Kraftakt recke ich das Kinn hoch und drehe mich so, dass ich den anderen praktisch den Rücken zuwende. Jon lächelt in dem aschfahlen Licht.

»Wo ist das Gefängnis von Corros?«

»Mare –«

»Ihr könnt mich unterwegs dort rauslassen«, unterbreche ich Cal, ohne mir die Mühe zu machen zu überprüfen, welche Wirkung meine Worte haben. »Ich werde nicht zusehen, wie Elara sie zu ihren Marionetten macht. Und ich werde Julian nicht im Stich lassen. Nicht noch einmal.«

Die Furchen in Jons Gesicht werden tiefer. Sie künden von vielen schmerzlichen Jahrzehnten. Er ist jünger, als ich dachte, verbirgt seine Jugend jedoch hinter Falten und grauen Haaren. Wie viel hat er gesehen, dass er so ein Gesicht hat? *Alles*, wird mir klar. *Alles Furchtbare und alles Schöne, was passieren kann. Den Tod, das Leben und alles dazwischen.*

»Sie sind genauso, wie ich Sie mir vorgestellt habe«, murmelt er und legt seine Hände auf meine. Unter seiner Haut zeichnen sich blaue und violette Adern ab, die voll von rotem Blut sind. Dieser Anblick tröstet mich sehr. »Ich bin froh, Sie getroffen zu haben.«

Ich schenke ihm ein dürres, aber freundliches Lächeln, zu mehr bin ich nicht im Stande. »Wo ist das Gefängnis?«

»Die anderen werden Sie nicht allein dorthin gehen lassen.« Jon schaut über meine Schulter. »Aber das wissen wir beide, nicht wahr?«

Meine Wangen laufen rot an und ich muss nicken.

Jon nickt ebenfalls und schaut hinunter auf den Tisch. Der verklärte Blick kehrt zurück und er zieht seine Hände weg. Dann erhebt er sich und steht wankend da, während er etwas betrachtet, das wir anderen nicht sehen können. Schließlich schnuppert er, schlägt seinen Kragen hoch und bedeutet uns, dasselbe zu tun.

»Regen«, warnt er, und nur Sekunden später prasselt ein Platzregen auf das Dach über uns. »Zu dumm, dass wir laufen müssen.«

Da wir durch Matsch und sintflutartigen Regen wandern müssen, fühle ich mich wie eine ertrunkene Ratte, als wir wieder am Jet ankommen. Jon hat ein gleichmäßiges Tempo vorgegeben und uns sogar ein- oder zweimal gebremst, »damit alles zueinander passt«, wie er sagte. Einige Sekunden nachdem der Jet in Sichtweite kommt, verstehe ich, was er gemeint hat. Gareth trudelt vom Himmel wie ein immer langsamer werdender Meteor aus Blut und nassen Kleidern. Nachdem er reibungslos auf der Erde aufgesetzt hat, wirbelt das Bündel, das er im Arm trägt, durch die Luft und verwandelt sich vor unseren Augen. Nanny landet hart auf ihren Füßen, kommt ins Stolpern und fällt auf eins ihrer alten Knie. Shade springt sofort an ihre Seite und hält sie, während Farley Gareths Arm über ihre Schulter legt. Er stützt sich erleichtert auf sie, um sein verletztes, stark blutendes Bein zu entlasten.

»Hinterhalt in Pitarus«, knurrt er wütend und voller Schmerz. »Nanny konnte entwischen, aber mich haben sie umstellt. Musste einen ganzen Häuserblock umkippen, bevor ich mich befreien konnte.«

Auch wenn Jon uns versichert hat, dass die beiden nicht verfolgt werden, suche ich unwillkürlich den bereits eindunkelnden Himmel ab. Jede kleine Schleierwolke sieht aus wie ein Kampfjet, aber außer dem fernen Grollen eines Donners höre und spüre ich nichts.

»Sie kommen nicht, Miss Barrow«, sagt Jon über das laute Plätschern des Regens hinweg. Und da ist es wieder, sein verrücktes Lächeln.

Gareth sieht ihn irritiert an, nickt aber. »Ich glaube nicht, dass uns jemand gefolgt ist«, sagt er und stöhnt vor Schmerzen.

Farley fasst noch einmal nach und trägt jetzt die Hauptlast von Gareths Körpergewicht. Aber obwohl sie ihm zum Jet hilft, bleibt sie ganz auf Jon konzentriert. »War das kleine Monster auch da?«

Gareth nickt. »Wir haben Königswächter gesehen, also kann der König nicht weit gewesen sein.«

Farley flucht, aber ich weiß nicht, auf wen sie wütender ist. Auf Maven, weil er unseren Freunden aufgelauert hat, oder auf Jon, weil er Recht behalten hat.

»Die Verletzung an seinem Bein sieht schlimmer aus, als sie ist«, ruft Jon durch den Regen und zeigt auf Gareth, den Farley über die Rampe in den Jet bugsiert. Dann schwenkt sein Finger zu Nanny, die immer noch an Shade gelehnt unten am Boden kauert. »Sie ist todmüde und ihr ist kalt. Ein paar Decken sollten genügen, dann geht's ihr bald besser.«

»Ich bin keine kauzige Alte, die man in Decken packt und abschiebt«, zischt sie. Dann richtet sie sich so schnell auf, wie sie kann, und wirft Jon einen zornigen Blick zu. »Lass mich gefälligst allein gehen, Shade, sonst beschimpfe ich dich, bis du nicht mehr weißt, wer du bist.«

»Ganz wie du willst, Nanny«, murmelt Shade und unterdrückt ein Grinsen, während sie an ihm vorbeistolziert. Er lässt ihr genug Raum, bleibt aber immer auf Armeslänge hinter ihr. So spaziert Nanny hoch erhobenen Hauptes und kerzengerade in den Jet.

»Das haben Sie mit Absicht gemacht«, knurrt Cal, als er sich an Jon vorbeischiebt, und schaut sich nicht um, obwohl Jon hinter ihm schallend zu lachen anfängt.

»Und es hat funktioniert«, sagt Jon so leise, dass nur ich es hören kann.

Vertrau der Vision, nicht dem Mann. Das sollte ich mir merken. »Cal hat was gegen solche Spielchen«, warne ich Jon mit erhobenem Zeigefinger, über den ein Blitzfunke läuft. Eine klare Drohung. »Und ich auch.«

»Ich spiele nicht«, erwidert Jon achselzuckend und tippt sich an den Kopf. »Nicht mal als Junge habe ich das getan. Das hier macht es schwer, ernst zu nehmende Gegner zu finden.«

»Das hab ich nicht –«

»Ich weiß, was Sie gemeint haben, Miss Barrow.« Sein sanftes Lächeln, das erst so verstörend wirkte, wird allmählich frustrierend. Ich drehe mich auf dem Absatz um und gehe auf den Jet zu, bemerke jedoch nach einigen schnellen Schritten, dass Jon mir nicht folgt.

Er starrt in den Regen, aber seine Augen sind offen und klar. Das ist keine neue Vision. Er steht einfach nur reglos da und genießt das kühle, saubere Wasser, das ihm die Asche vom Gesicht wäscht.

»Das ist der Moment, in dem ich mich verabschiede.«

In meinem Brustkorb hallt das Pulsieren der langsam anlaufenden Triebwerke des Jets wider, doch ich nehme es kaum wahr, weil es mir plötzlich unwichtig erscheint. Ich kann nur Jon anstarren. In dem nachlassenden Licht des Gewitters sieht er aus, als würde er langsam verschwinden. Grau wie die Asche, grau wie der Regen, flüchtig wie beides.

»Ich dachte, Sie wollten uns bei dem Gefängnis helfen!« Meine Verzweiflung ist mir deutlich anzuhören, aber es macht mir nichts aus. Da Jon darauf jedoch nicht reagiert, wähle ich eine andere Taktik: »Maven sucht auch Sie! Er wird uns alle umbringen, auch Sie, wenn er die Chance dazu bekommt!«

Jon schüttet sich aus vor Lachen. »Glauben Sie, ich wüsste nicht, wann und wie ich sterbe? Doch, das weiß ich, Miss Barrow, und ich sterbe nicht von der Hand des Königs.«

Ich knirsche vor Wut mit den Zähnen. *Wie kann er einfach gehen? Alle anderen haben sich fürs Kämpfen entschieden. Warum er nicht?* »Sie wissen, dass ich Sie zwingen kann, mit uns zu kommen.«

Im grauen Regen erscheint mein Blitz doppelt so hell. Er kreist violett-weiß zwischen meinen Fingern und lässt das Regenwasser zischend verdampfen. Mir laufen freudige Schauder über den Rücken.

Jon lächelt wieder. »Ich weiß, dass Sie das können. Und ich weiß, dass Sie es nicht tun werden. Aber seien Sie getrost, Miss Barrow. Wir sehen uns wieder.« Er fasst sich an den Kopf und denkt noch einmal nach. »Ja, ja, das werden wir.«

Ich halte, was ich versprochen habe. Ich lasse ihm die Wahl. Trotzdem kostet es mich sehr viel Überwindung, ihn nicht ins Flugzeug zu zerren. »Wir brauchen Sie, Jon!«

Aber er weicht bereits zurück. Und mit jedem Schritt ist er ein bisschen weniger zu erkennen. »Vertrauen Sie mir, wenn ich Ihnen sage, dass Sie mich nicht brauchen! Ich gebe Ihnen noch folgende Instruktionen mit auf den Weg: Fliegen Sie zum Stadtrand von Siracas, zum Little Sword Lake. Beschützen Sie das, was Sie dort finden, sonst sind Ihre inhaftierten Freunde so gut wie tot.«

Siracas, Little Sword Lake. Ich wiederhole seine Worte, bis sie mir im Gedächtnis haften.

»Nicht morgen, nicht heute Abend, jetzt sofort! Sie müssen *jetzt sofort* losfliegen!«

Das Dröhnen des Jets wird lauter, bis die Luft selbst vibriert. »Wonach suchen wir denn?«, schreie ich über den Lärm hinweg und lege eine Hand an den Kopf, um mein Gesicht vor den herumwirbelnden Regentropfen abzuschirmen. Sie trommeln auf meine Haut, aber ich blinzele weiter in den Regen, um einen letzten Blick auf die Silhouette des grauen Mannes zu werfen.

»Das sehen Sie dann schon!«, kommt es aus dem Regen. »Und

wenn Diana zweifelt, dann sagen Sie ihr, die Antwort auf ihre Frage ist *Ja*.«

»Welche Frage denn?« Aber er wackelt mit dem Zeigefinger, als wollte er mich tadeln.

»Konzentrieren Sie sich auf *Ihr* Schicksal, Mare Barrow.«

»Und das wäre?«

»Sich über alles zu erheben. Und zwar allein.« Seine Worte hallen wie das Heulen eines Wolfs. »Ich sehe Sie als das, was Sie werden könnten. Nicht mehr nur der Blitz, sondern das Gewitter. Das Gewitter, das die gesamte Welt verschlingen wird.«

Für den Bruchteil einer Sekunde sieht es so aus, als würden seine Augen glühen. Das Rot sticht aus dem Grau heraus und brennt durch mich hindurch, um in jede mögliche Zukunft zu sehen. Sein Mund verzieht sich zu dem aufreizenden Lächeln und seine Zähne funkeln im silbrigen Licht. Dann ist er verschwunden.

Als ich allein in den Jet gestapft komme, ist Cal so klug, mich nicht anzusprechen. Ich schäume. Aber meine Verzweiflung ist stärker als meine Wut. *Sich allein zu erheben. Allein.* Ich bohre die Fingernägel in meine Handfläche, um die Traurigkeit durch Schmerz zu vertreiben. *Schicksale können sich ändern.*

Farley ist nicht so taktvoll wie Cal. Sie schaut von Gareths Bein auf, das sie gerade mit blutroten Fingern verbindet, und sagt höhnisch: »Gut, wir hatten ohnehin keine Verwendung für den alten Spinner.«

»Der alte Spinner hätte diesen Krieg rundheraus für uns entscheiden können.« Shade gibt ihr einen leichten Klaps auf die Schulter und erntet einen bösen Blick dafür. »Überleg doch mal, was er mit seiner Fähigkeit alles machen könnte.«

Cal starrt uns von seinem Pilotensitz aus finster an. »Er hat schon genug gemacht.« Er beobachtet mich, während ich – immer noch wütend – neben ihm Platz nehme. »Willst du wirklich ein geheimes Gefängnis stürmen, das extra für Leute wie uns gebaut wurde?«

»Möchtest du Julian lieber sterben lassen?« Statt zu antworten, zischt er nur leise. »Dachte ich mir.«

»Na gut«, sagt er seufzend und setzt den Jet in Bewegung. Die Räder rumpeln über den unebenen Asphalt. »Wir müssen uns neu formieren, einen Plan ausarbeiten. Alle, die uns begleiten wollen, sind willkommen. Nur keine Kinder.«

»Keine Kinder«, wiederhole ich zustimmend. Meine Gedanken springen zu Luther und den anderen Neublüter-Kindern in der Höhle. Sie sind noch zu jung zum Kämpfen, aber nicht jung genug, um von Mavens Jagd verschont zu bleiben. Es wird ihnen nicht gefallen, dass sie nicht mitkommen dürfen, aber ich weiß, wie viel Cal an ihnen liegt. Er wird niemals erlauben, dass eins von ihnen einem bewaffneten Konflikt ausgesetzt wird.

»Worüber auch immer ihr redet, ich bin dabei.« Gareth schaut um Farley herum und beißt die Zähne zusammen vor Schmerz. »Aber ich hätte auch nichts dagegen, wenn ihr mir erklärt, worauf ich mich da wieder einlasse.«

Nanny schlägt mit ihrer knochigen Hand nach ihm und sagt spöttisch: »Du darfst nicht einfach abschalten, nur weil du eine Kugel ins Bein gekriegt hast, Gareth. Hier geht es um eine Gefangenenbefreiung.«

»Sehr richtig, Nan«, pflichtet Farley ihr bei. »Und noch dazu eine ziemlich aussichtslose. Denn sie basiert auf den Informationen eines Verrückten.«

Danach ist selbst Nanny nicht mehr zu Scherzen aufgelegt. Sie fixiert mich mit einem Blick, den nur eine Großmutter draufhat. »Ist das wahr, Mare?«

»Verrückter ist vielleicht ein bisschen zu hart«, murmelt Shade, doch das entkräftet nicht, was sie alle denken. Ich bin die Einzige, die Jon Glauben schenkt, aber sie vertrauen mir genug, um mir auf diesem Weg zu folgen. »Was er über Pitarus gesagt hat, stimmte. Und auch alles andere stimmt. Warum sollte er uns die Unwahrheit sagen, was das Gefängnis betrifft?«

Sich über alles zu erheben. Und zwar allein.

»Er lügt nicht!«

Nach diesen Worten, die ich fast herausschreie, sagt niemand mehr etwas. Nur der Lärm der Triebwerke ist zu hören. Er schwillt an bis zu dem vertrauten eintönigen Dröhnen, und Sekunden später erhebt das Flugzeug sich in die Luft. Regen spritzt gegen die Scheibe und macht es unmöglich, noch irgendetwas zu erkennen, aber Cal ist viel zu gut, um uns abstürzen zu lassen. Nach wenigen Sekunden stoßen wir durch die metallgrauen Wolken und fliegen im strahlenden Sonnenschein. Es fühlt sich an, als würden wir ein schweres eisernes Gewicht abwerfen.

»Flieg zum Little Sword Lake«, sage ich leise. »Jon hat gesagt, dort würden wir etwas finden, das uns den Weg weist.«

Ich erwarte, dass es eine Diskussion gibt, aber niemand wagt es, mir zu widersprechen. Es ist nicht klug, sich mit einer Blitzwerferin anzulegen, wenn man in einer Metallröhre durch die Luft fliegt.

In den Wolken unter uns grollt Donner, ein Vorbote des Blitzes, der sich in diesem Unwetter aufbaut. Bald schlagen kräftige Blitze auf der Erde ein, und ich empfinde jeden von ihnen wie eine Erweiterung meiner selbst. Flüssig, aber scharf wie Glas bohren sie sich durch alles hindurch, was sich ihnen in den Weg stellt. Der Little Sword Lake ist nicht weit weg. Er liegt am nördlichen Rand des Gewitters und reflektiert den langsam aufklarenden Himmel wie ein Spiegel. Cal umrundet den See einmal und fliegt dabei so hoch, dass die Wolken uns vor den Blicken der Menschen am Boden verbergen. Dann entdeckt er in den bewaldeten Hügeln ringsum eine gut versteckte Landebahn. Sobald wir am Boden sind, springe ich von meinem Sitz auf, obwohl ich gar nicht weiß, wonach ich genau suche.

Shade ist dicht hinter mir, als ich die Rampe hinuntereile, um direkt zum See zu laufen. Er liegt etwa einen Kilometer nördlich, wenn mein Gedächtnis mich nicht trügt, und ich überlasse mich meinem inneren Kompass. Doch ich bin knapp am Waldrand angelangt, als mich ein vertrautes Geräusch stoppt.

Das Klicken einer Waffe, die entsichert wird.

22

Sie hält die Pistole falsch. Das erkenne sogar ich. Sie ist zu groß für sie. Der Lauf ist fast dreißig Zentimeter lang und aus einem schimmernden schwarzen Material. Die Waffe ist für einen ausgebildeten Soldaten gemacht, nicht für ein dünnes, zitterndes Mädchen. *Die Pistole gehört einem Soldaten*, schlussfolgere ich mit kühler Präzision. *Und zwar einem Silbernen.* Es handelt sich um dieselbe Art Waffe, mit der vor langer Zeit ein Königswächter auf mich geschossen hat, in den Zellen tief unter dem Sonnenschloss. Die Kugel drang mit der Kraft eines Hammers in mich ein und durchschlug meine Wirbelsäule. Ich wäre damals gestorben, wenn Julian und der von ihm kontrollierte Blutheiler nicht gewesen wären. Trotz meiner Fähigkeit hebe ich die Hände über den Kopf, um ihr zu signalisieren, dass ich mich ergebe. Ich bin zwar die Blitzwerferin, aber kugelsicher bin ich nicht. Doch sie versteht meine Geste eher als Drohung und ihr Finger, der allzu nah am Abzug liegt, zuckt.

»Keine Bewegung!«, zischt sie und wagt einen Schritt auf mich zu. Ihre dunkle Haut hat den satten Ton einer Schwarzholzakazie und bietet ihr im Wald die perfekte Tarnung. Trotzdem sehe ich das Rot, das darunter erblüht, und die winzigen scharlachroten Adern, die das Weiße in ihren Augen durchziehen. Ich schlucke überrascht. *Doch eine Rote.* »Denk nicht mal drüber nach.«

»Werde ich nicht«, sage ich und neige den Kopf. »Aber für ihn kann ich nicht garantieren.«

Sie runzelt verwirrt die Stirn, aber sie hat keine Zeit, Angst zu bekommen. Shade erscheint wie aus dem Nichts hinter ihr und packt sie mit einem geübten Griff, den er beim Militär gelernt hat. Die Waffe fällt ihr aus der Hand und ich schnappe sie mir, bevor sie auf dem felsigen Boden aufschlägt. Das Mädchen wehrt sich fluchend, doch Shade hält sie so geschickt umklammert, dass sie nicht viel mehr tun kann, als auf die Knie zu sinken. Er lässt sie mit grimmiger Miene gewähren. Ein mageres junges Mädchen ist ihm in keiner Hinsicht gewachsen.

Die Pistole fühlt sich fremd an in meiner Hand. Das ist nicht meine Art von Waffe. Und ich habe so ein Ding noch nie benutzt. Eigentlich lachhaft, dass ich so weit gekommen bin, ohne jemals einen Schuss abzufeuern.

»Nimm deine Silber-Hände weg!«, knurrt sie und versucht weiter, sich aus Shades Griff zu befreien. Sie ist nicht stark, aber wendig und sie hat lange schlanke Muskeln. Sie festzuhalten, muss sich anfühlen, wie einen Aal mit der Hand zu umfassen. »Ich geh nicht zurück. Auf keinen Fall! Lieber lass ich mich umbringen!«

In meiner leeren Hand knistern Funken, während ich in der anderen weiter die Pistole halte. Sie erstarrt, als sie meinen Blitz sieht. Ihre Augen sind das Einzige, was sich an ihr noch bewegt; sie weiten sich vor Angst.

Ihre Zunge schnellt heraus und befeuchtet ihre trockenen, aufgesprungenen Lippen. »Wusste ich's doch, dass ich dich kenne.«

Cals Hitze legt sich, schon Sekunden bevor er schlitternd neben mir zum Stehen kommt, wie eine schützende Hülle um mich. Die auf seinen Fingerspitzen tanzenden blauen Flammen verraten seine Anspannung, doch sie verschwinden sofort, als er das Mädchen sieht.

»Ich hab was für dich«, murmele ich und drücke ihm die Waffe in die Hand. Er betrachtet sie wütend, da auch er sie als eine Silber-Pistole identifiziert.

»Wie kommst du an diese Waffe?«, fragt er und geht vor dem Mädchen in die Hocke, um ihr in die Augen sehen zu können. Die kühle, entschiedene Art, mit der er vorgeht, lässt mich sofort an das letzte Mal denken, als ich ihm bei einem Verhör zugesehen habe. Bei der Erinnerung an Farleys Schreie und ihr gefrorenes Blut dreht sich mir immer noch der Magen um. Als das Mädchen nicht antwortet, spannt sich Cals Körper an, bis er nur noch ein einziger harter Muskel ist. »Diese Pistole? Woher?«

»Ich hab sie geklaut!«, schreit sie wütend und windet sich, dass ihre Gelenke knacken.

Ich zucke ebenso zusammen wie sie und schaue meinen Bruder an. »Lass sie, Shade. Ich glaube, wir kommen auch so klar.«

Er nickt erleichtert und entlässt das zappelnde Mädchen aus seinem Griff. Sie kippt nach vorn, fängt sich aber, bevor sie mit dem Gesicht im Dreck landet. Als Cal ihr aufhelfen will, weicht sie ihm aus. »Fass mich nicht an, Lordy!« Sie bleckt die Zähne und sieht so aus, als würde sie jeden Moment zubeißen.

»Lordy?«, murmelt er, jetzt ebenso verwirrt wie das Mädchen.

Shade kneift die Augen zu, als ihm etwas klar wird. »Lordy heißt so viel wie Hoher Herr – Silberner. Das ist der Slang aus den Elendsvierteln«, erklärt er uns. »Aus welcher Stadt kommst du?«, fragt er sie bedeutend freundlicher als Cal. Damit hat sie nicht gerechnet und ihre schwarzen Augen fliegen ängstlich hin und her. Aber ihr Blick landet immer wieder auf mir. Die kleinen Funken, die zwischen meinen Fingern kreisen, faszinieren sie.

»New Town«, antwortet sie schließlich. »Sie haben mich aus New Town geholt.«

Jetzt beuge ich mich zu ihr herunter, damit ich sie genauer anschauen kann. Sie sieht aus wie das Gegenteil von mir, denn sie ist groß und schlank, während ich klein bin, und ihre zu zahlreichen Zöpfen geflochtenen Haare schimmern tiefschwarz, während meine am Ansatz braun sind und zu den Spitzen hin grau werden. An ihrem Gesicht erkenne ich, dass sie jünger ist als ich, vielleicht fünfzehn oder sechzehn. Doch in ihren Augen steht eine Erschöpfung, die so gar nicht zu ihren jungen Jahren passen will. Ihre Finger sind lang und krumm; wahrscheinlich wurden sie ihr von irgendwelchen Maschinen schon zahllose Mal gebrochen. Wenn sie aus dem New-Town-Slum ist, ist sie eine Bastlerin und dazu verdammt, in den Fabriken und an den Fließbändern eines Ortes zu arbeiten, in dem ständig Smog herrscht. An ihrem Hals sehe ich eine Tätowierung, die aber kein Schmuck ist wie Crance' Anker, sondern eine Kombination von Zahlen und Buchstaben. *NT-MRFK-188907* steht da groß und klobig. Die Schrift ist fünf Zentimeter hoch und zieht sich quer über ihre Kehle. Mit einem Schlucken lege ich die Hand an meinen eigenen Hals, zu der unberührten Haut über meiner Brust.

»Sieht nicht gut aus, was, Blitzwerferin?«, sagt sie geringschätzig, als sie meine Bewegung sieht. Ihre Worte triefen nur so von Verachtung. »Aber mit hässlichen Dingen gibst *du* dich ja nicht ab.«

Ihr Ton trifft mich und ich komme in Versuchung, ihr zu zeigen, *wie* hässlich ich mich aufführen kann. Stattdessen besinne ich mich jedoch auf meinen Unterricht bei Hofe und tue das, was so viele mit mir gemacht haben: Ich grinse ihr ins Gesicht und lache leise. Ich halte hier die Trümpfe in der Hand, und das soll sie ruhig wissen. Meine Reaktion ärgert sie, und sie macht ein saures Gesicht.

»Du hast die einem Silbernen abgenommen?«, fragt Cal auf die Waffe zeigend. Seine Skepsis ist deutlich zu hören. »Wer hat dir geholfen?«

»Niemand hat mir geholfen. Das solltest du doch am besten wissen«, gibt sie patzig zurück. »Ich musste auch das allein hinkriegen. Wachfrau Eagrie hat mich nicht kommen sehen.«

»Was?« Nur mein Unterricht bei Lady Blonos verhindert, dass ich laut nach Luft schnappe. Eine Soldatin aus dem Haus Eagrie. Das Seher-Haus. Alle, die aus diesem Haus stammen, können die unmittelbare Zukunft vorhersehen. Sie sind sozusagen einfachere Versionen von Jon. Selbst für Silberne ist es beinahe unmöglich, sie anzugreifen, von einem roten Mädchen ganz zu schweigen. *Unmöglich.*

Sie zuckt nur die Achseln. »Ich dachte, Silberne wären tough, aber sie war das Gegenteil. Und zu kämpfen, war immer noch besser, als in meiner Zelle zu sitzen und zu warten. Auf was auch immer sie mit mir vorhatten.«

Zelle.

Ich taumele fast nach hinten, als ich verstehe, wo sie herkommt. »Du bist aus dem Gefängnis von Corros geflohen.«

Ihr Blick fliegt zu mir hin, und ihre Unterlippe zittert. Das ist das einzige Anzeichen dafür, dass sich hinter ihrer Maske des Zorns große Angst verbirgt.

Cal legt eine Hand an meinen Ellbogen, um mich zu stützen. »Wie heißt du?«, fragt er sie dann und klingt nun schon etwas sanfter. Er behandelt sie wie ein kopfscheues Tier, und das provoziert sie nur noch mehr.

Sie erhebt sich rasch und ballt die Fäuste, so dass die Adern an ihren von jahrelanger Fabrikarbeit vernarbten Armen hervortreten. Sie kneift die Augen zusammen, und einen Moment lang glaube ich, dass sie wegrennen will. Doch stattdessen stemmt sie ihre Füße in die Erde und reckt stolz das Kinn hoch.

»Ich heiße Cameron Cole und gehe jetzt weiter, wenn ihr erlaubt.«

Sie ist größer als ich und ihre Bewegungen sind so graziös und elegant wie die einer Hofdame. Ich reiche ihr kaum bis zum Kinn, als ich mich ganz aufrichte, aber ihre Angst ist nach wie vor spürbar. Sie weiß genau, wer und was ich bin.

»Cameron Cole«, wiederhole ich und sehe plötzlich Julians Liste vor mir, die auch ihren Namen und andere Informationen über sie enthält. Dann fällt mir auch wieder ein, was in den Unterlagen in Harbor Bay stand, die ausführlicher waren als das, was Julian zusammengetragen hat. Ich fühle mich ein bisschen wie Ada, als die Angaben aus mir hervorsprudeln, an die ich mich noch erinnern kann: »Geboren am 3. Januar 305 in New Town. Beruf: Schlosserlehrling, angestellt beim Montage- und Reparaturdienst im Sektor für die Fertigung von Kleinteilen. Adresse: Einheit 48, Block 12, Wohnsektor, New Town. Blutgruppe: ungültig. Genmutation, unbekannte Art.« Ihrem offen stehenden Mund entweicht ein kleiner Japser. »Richtig?«, frage ich.

Sie bringt es kaum fertig zu nicken. Dann flüstert sie ganz leise: »Ja.«

Shade pfeift durch die Zähne. »Verdammter Jon«, murmelt er und schüttelt den Kopf. Ich kann ihm nur zustimmen. Was zu finden er uns aufgetragen hat, ist kein Etwas, sondern ein Jemand.

»Du bist eine Neublüterin, Cameron. Genau wie Shade und ich.

Du hast rotes Blut, aber Silber-Fähigkeiten. Das ist der Grund, weshalb sie dich in Corros eingesperrt haben und warum es dir gelungen ist zu fliehen. Welche Fähigkeit du auch immer hast, sie hat dir ermöglicht, von dort zu entkommen, um hier auf uns zu stoßen.« Ich mache einen Schritt auf sie zu, um meine neue Neublüter-Schwester in den Arm zu nehmen, doch sie zuckt zurück, als ich sie berühren will.

»Ich bin nicht geflohen, um *euch* zu treffen«, faucht sie.

Ich lächele sie so freundlich an, wie es mir möglich ist, damit sie sich entspannt. Nach so vielen Rekrutierungen gehen mir die Worte leicht über die Lippen. Ich weiß genau, was ich sagen muss und wie sie darauf reagieren wird. Es ist immer dasselbe. »Du musst dich uns natürlich nicht anschließen. Aber allein hast du keine Chance zu überleben. König Maven wird dich erneut aufspüren –«

Zu meinem Erstaunen tritt sie noch einen Schritt zurück. Dann schüttelt sie mit höhnischer Miene den Kopf. »Ich gehe zum Todesstreifen und nirgendwo anders hin! Und weder du noch dein Blitz können mich daran hindern.«

»Zum Todesstreifen?«, rufe ich überrascht aus.

Cal gibt sich alle Mühe, um nicht unhöflich zu werden. Aber das reicht offenbar nicht.

»Purer Schwachsinn«, fährt er sie an. »Am Todesstreifen gibt es mehr Silberne, als du ahnst, und jeder einzelne von ihnen hat die Anweisung, dich festzunehmen oder zu töten, wenn er dich sieht. Mit *Glück* landest du wieder im Gefängnis.«

Ihre Mundwinkel zucken, weil sie ein Lachen unterdrückt. »Am Todesstreifen sind mein Zwillingsbruder und fünftausend andere wie er, und sie laufen geradewegs in ihren Tod. Ich wäre auch dort, wenn diese Sache nicht wäre, weswegen sie mich ins Gefängnis geworfen haben. Mag ja sein, dass du es fertigbringst, deine Leute im Stich zu lassen, aber ich werde es *nicht* tun.«

Ihr Atem geht schnell und stoßweise. Ich sehe, wie es in ihrem Kopf arbeitet, während sie ihre Optionen abwägt. Sie ist leicht zu durchschauen, weil ihre Gedanken und Gefühle sich deutlich in jedem Zucken ihrer Gesichtsmuskeln offenbaren. Ich verziehe keine Miene, als sie losrennt in Richtung Wald. Wir nehmen nicht ihre Verfolgung auf, und ich spüre, dass Shade und Cal mich ansehen und auf Anweisungen warten.

Ich habe mir vorgenommen, jeden frei entscheiden zu lassen. Ich habe Jon gehen lassen, obwohl wir ihn brauchten. Aber irgendetwas sagt mir, dass wir Cameron noch dringender brauchen und nicht darauf vertrauen können, dass dieses junge Mädchen bei einer Entscheidung von so monumentalem Ausmaß das Richtige tut. Sie weiß nicht, wie wichtig sie ist, ganz gleich, was ihre Fähigkeit ist. Sie hat es irgendwie geschafft, aus Corros zu entkommen, und sie wird uns auch dort reinbringen.

»Haltet sie auf«, flüstere ich. Es fühlt sich falsch an.

Shade nickt ernst und verschwindet. Tief im Wald hören wir Cameron schreien.

Ich musste Farley den Kopiloten-Platz überlassen, damit ich Cameron gegenübersitzen und ein Auge auf sie halten kann. Wir haben ihre Hände mit einem Sicherheitsgurt gefesselt und sie fest angeschnallt. Zusammen mit unserer gegenwärtigen Flughöhe sollte das eigentlich ausreichen, um sie davon abzuhalten, wieder abzuhauen. Aber ich gehe kein Risiko ein. Am Ende kann sie fliegen oder einen Sturz aus einem Flugzeug überleben, wer weiß? So gern ich den Rückflug zur Höhle nutzen würde, um ein bisschen dringend benötigten Schlaf nachzuholen, halte ich doch lieber die Augen offen und erwidere ihre wütenden Blicke so feurig wie möglich. *Sie hat die falsche Entscheidung getroffen*, sage ich mir jedes Mal, wenn sich mein schlechtes Gewissen meldet. *Wir brauchen sie, und sie ist zu wichtig, als dass wir es uns leisten können, sie zu verlieren.*

Nanny sitzt plappernd neben ihr und unterhält sie mit Anekdoten aus der Höhle und mit ihrer Lebensgeschichte. Fast erwarte ich, dass sie die verknitterten Fotos ihrer Enkel herausholt wie sonst auch, aber Cameron bleibt hart, was von uns niemand geschafft hat. Selbst die liebenswürdige alte Frau dringt nicht zu dem missmutigen Mädchen durch, das schweigend auf seine Füße starrt.

»Was ist eigentlich deine Fähigkeit, Kleine? Übermenschliche Unfreundlichkeit?«, spottet Nanny schließlich, als sie genug davon hat, ignoriert zu werden.

Das veranlasst Cameron immerhin dazu, den Blick vom Boden loszureißen und ihr den Kopf zuzudrehen. Sie klappt den Mund auf, um irgendwas Freches zu antworten, doch statt der alten Frau sieht sie ihr eigenes Gesicht neben sich. »Verdammtes Fließband!«, flucht sie laut und offenbart damit einmal mehr ihre Herkunft aus dem Bastler-Slum. Ihre Augen weiten sich und sie versucht, ihre gefesselten Hände loszuwinden. »Seht ihr das auch?«

Ich gluckse schadenfroh und mache mir nicht die Mühe, mein Grinsen zu verbergen. Auf Nanny ist Verlass. Sie hat es geschafft, das Mädchen so zu erschrecken, dass es zu reden anfängt. »Nanny kann ihre Gestalt verwandeln«, erkläre ich Cameron. »Und Gareth kann die Schwerkraft manipulieren.« Er winkt von seiner improvisierten

Krankenbahre, die wir an der Innenwand des Flugzeugs fixiert haben. »Über uns andere weißt du ja bereits Bescheid.«

»Ich bin zu nichts nütze«, sagt Farley keck auf ihrem Sitz, doch das Messer, das sie durch die Luft schnellen lässt, macht klar, dass das Gegenteil der Fall ist.

Cameron schnaubt, ihre Augen folgen der glitzernden Klinge. »Genau wie ich.« Doch ihr Ton ist vollkommen nüchtern, nicht ein Hauch Kummer schwingt darin mit.

»Das ist nicht wahr.« Ich klopfe auf Julians Büchlein, das neben mir liegt. »Du hast es geschafft, dich an einer Seherin vorbeizuschleichen, falls dir das entfallen ist.«

»Das ist aber auch das Einzige, was ich je geschafft habe. Mehr kommt da nicht.« Die um ihre Arme gewickelten Gurte verschieben sich, halten aber. »Du hast dir ein Nichts gegriffen, Blitzwerferin. Verschwende deine Zeit nicht mit mir.«

Aus dem Mund jedes anderen hätte so ein Satz traurig geklungen, aber Cameron ist zu schlau, als dass ich ihr das abnehmen würde. Sie glaubt, ich wüsste nicht, was sie vorhat. Aber egal, was sie sagt, ganz gleich, als wie unnütz sie sich darzustellen versucht, ich glaube ihr nicht. Ihr Name steht auf der Liste, und das ist kein Fehler. Möglicherweise weiß sie ja selbst noch nicht, was sie ist, aber wir werden es mit Sicherheit herausfinden. Außerdem bin ich nicht blind. Ich halte zwar ihrem provozierenden Blick stand und lasse sie glauben, dass sie mich reinlegen kann, aber mir ist durchaus bewusst, was hier gespielt wird. Ihre in der Fabrik geschulten Finger machen sich langsam, aber geschickt an den Fesseln zu schaffen. Es wird nicht mehr lange dauern, bis sie sich befreit hat – auch wenn das hier oben in den Wolken nicht sehr viel bringt.

»Du kennst Corros besser als jeder andere von uns.« Während ich das sage, verwandelt Nanny sich wieder zurück. »Das reicht mir vollkommen.«

»Hast du denn einen Gedankenleser hier? Anders kriegst du nämlich kein verdammtes Wort aus mir raus.« Fast erwarte ich, dass sie vor mir ausspuckt.

Obwohl ich mir die allergrößte Mühe gebe, verliere ich allmählich die Geduld. »Du bist entweder nutzlos *oder* du weigerst dich. Du musst dich schon entscheiden.« Von meinem Tonfall überrascht, zieht sie eine Augenbraue hoch. »Wenn du uns anlügst, mach es wenigstens richtig.«

Ihr Mundwinkel zuckt und kurz tritt ein verräterisches Grinsen auf ihr Gesicht. »Hatte ganz vergessen, dass du dich mit so was ja bestens auskennst.«

Ich hasse Kinder.

»Tu gefälligst nicht so herablassend«, fügt sie an. Sie wirft mit Worten um sich wie mit Dolchen. Die anderen hören sehr aufmerksam zu, vor allem Cal. Es würde mich nicht wundern, wenn sich jeden Moment seine Hitze im Flieger ausbreitet. »Du bist keine Lordylady, ganz egal, wie viele von uns du hier rumzukommandieren versuchst. Mit einem Prinzchen ins Bett zu steigen, macht dich noch lange nicht zur Königin der Horde.«

Über ihrem Kopf flackern die Lichter, doch das ist das einzige äußere Anzeichen für meine Wut. Aus dem Augenwinkel sehe ich, wie Cal den Steuerknüppel fester umklammert. Er gibt sich ebenso wie ich alle Mühe, ruhig und vernünftig zu bleiben. Aber dieses Miststück besteht darauf, es uns schwer zu machen. *Warum konnte Jon uns nicht einfach eine Landkarte schicken?*

»Cameron, du wirst uns sagen, wie du aus diesem Gefängnis entkommen bist.« Lady Blonos wäre stolz auf meine Selbstbeherrschung. »Du wirst uns erzählen, wie es dort aussieht, wo sich die Zellen und die Wachen befinden, wo sie die Silbernen und die Neublüter festhalten, und alles andere, woran du dich erinnerst. Bis zum verdammten letzten Nagel in der Wand. Ist das klar?«

Sie schnipst einen ihrer vielen Zöpfe über die Schulter. Mehr kann sie nicht bewegen, ohne dass ihr die Fesseln und Gurte ins Fleisch schneiden. »Und was springt dabei für mich raus?«

»Unschuld.« Ich atme tief ein. »Wenn du dich weiter so aufführst, überlässt du all diese Gefangenen ihrem Schicksal.« Plötzlich kommen mir Jons Worte wieder ins Gedächtnis – das eindringliche Echo einer Warnung. »Sie werden sterben oder noch Schlimmerem ausgesetzt sein. Ich bewahre dich vor dieser Schuld.« *Eine Last, die ich keinem anderen zumuten will.*

Ich spüre einen sanften Druck an meiner Schulter – Shade. Er lehnt sich an mich, um mich spüren zu lassen, dass er da ist. Mein Blutsbruder und mein Waffenbruder; einer, der Siege ebenso mit mir teilt wie Schuld.

Doch anstatt mir zuzustimmen, wie jeder vernünftige Mensch es tun würde, wirkt Cameron jetzt nur noch wütender als vorher. Ihre Miene verfinstert sich wie eine Gewitterwolke. »Ich fasse es nicht, dass du die Stirn hast, so was zu sagen. Ausgerechnet du, die so viele im Stich gelassen hat, nachdem sie sie zum Sterben in die Schützengräben geschickt hat.«

Jetzt platzt Cal der Kragen. Er schlägt mit der Faust auf seine Armlehne, die noch lange nachschwingt. »Das war nicht ihr Befehl –«

»Aber du warst doch schuld daran, dass es überhaupt so weit gekommen ist. Du und deine blöde Bande mit den albernen roten Tüchern.« Sie wirft Farley einen Blick zu, der jeden Kommentar im Keim erstickt. »Ihr seid abgehauen und habt euch im Wald versteckt, nachdem ihr *unser* Leben und das *unserer* Familien aufs Spiel gesetzt habt. Und jetzt hältst du dich auch noch für eine Art Heldin, weil du durch die Gegend fliegst und jeden rettest, den du für was *Besonderes* hältst und der es deshalb wert ist, dass die Blitzwerferin ihm ihre kostbare Zeit schenkt. Ich wette, du läufst einfach so durch die Slums und die armen Dörfer und siehst nicht mal, was du uns angetan hast.« Ihre Wangen laufen tiefrot an vor Zorn. Ich kann nicht viel mehr tun, als sie anzustarren. »Neublüter, Silberne, Rote. Es ist doch wieder genau so, wie es immer war. Es gibt ein paar, die was Besonderes sind, ein paar, die besser sind als der Rest, und es gibt die, die immer noch nichts haben.«

Mir wird übel vor Angst. »Wie meinst du das?«

»Ich rede von *Spaltung*. Davon, dass einer dem anderen vorgezogen wird. Du machst Jagd auf Leute, die so sind wie du, um sie zu beschützen, um sie auszubilden, um sie dazu zu zwingen, deinen Krieg auszufechten. Nicht weil sie es wollen, sondern weil *du* sie dafür brauchst. Und was ist mit den Kindern, die im Todesstreifen kämpfen? Die sind dir völlig gleich. Die würdest du alle eintauschen, um an einen weiteren wandelnden wehleidigen Funkensprüher heranzukommen.«

Die Lichter im Jet flackern erneut, diesmal schneller als zuvor. Trotz ihrer irren Geschwindigkeit spüre ich jede Umdrehung der Triebwerke unseres Flugzeugs. Ein unerträgliches Gefühl. »Ich versuche, diese Leute vor Maven zu retten. Er will die Neublüter in Waffen verwandeln, und dann wird es *noch mehr* Tote geben, *noch mehr* Blut vergossen –«

»Du machst genau dasselbe, was *sie* gemacht haben.« Sie zeigt mit ihren gefesselten Händen auf Cal. Sie beben vor Wut. Ich kenne dieses Gefühl und versuche meine ebenfalls vor Zorn zitternden Finger zu verbergen.

»Mare.« Cals Mahnung trifft auf taube Ohren, wird übertönt von meinem donnernden Puls.

Cameron verspritzt Gift. Und es macht ihr Spaß. »Vor langer Zeit, als es noch nicht viele Silberne gab. Als sie etwas Neues waren und von Leuten gejagt wurden, die glaubten, dass sie zu anders waren.«

Ich umklammere den Rand meines Sitzes, weil ich das Bedürfnis habe, die Finger in etwas Festes zu bohren. *Kontrolliere es.* Inzwischen heult der Jet in meinen Ohren, es ist ein markerschütterndes Kreischen.

Das Flugzeug macht einen unkontrollierten Satz und wir werden durch die Luft geschleudert. Gareth schreit auf und umklammert sein Bein. »Hör auf, Cameron!«, ruft Farley. Ihre Hände fliegen zu ihren Gurten, und sie löst in schneller Folge einen nach dem anderen. »Wenn du nicht den Mund hältst, dann stopfe ich ihn dir!«

Aber Cameron hat nur Augen – und Zorn – für mich übrig. »Guck doch, wohin das geführt hat!«, knurrt sie und beugt sich so weit vor, wie ihre Fesseln es erlauben. Ehe ich mich's versehe, bin ich aufgesprungen und schwanke ebenso wie das Flugzeug. Das metallische Kreischen in meinem Kopf ist so laut geworden, dass ich sie kaum noch hören kann. Sie hat jetzt ihre Hände befreit und löst bemerkenswert schnell auch ihre Gurte. Dann springt sie auf und schreit mir ins Gesicht: »In hundert Jahren wird ein Neublüter-König auf dem Thron sitzen, den du ihm auf den Totenschädeln von Kindern errichtet hast!«

In diesem Moment zerreißt etwas in mir. Die Grenze zwischen Mensch und Tier, zwischen Vernunft und Wahnsinn. Auf einmal habe ich den Jet vergessen, die Höhe, in der wir uns befinden, und alle anderen, die auf meine rapide abnehmende Selbstbeherrschung angewiesen sind. Ich kann nur noch daran denken, dass ich diesem frechen Balg eine *Lehre* erteilen will, dass ich ihm zeigen will, wen und was genau wir zu retten versuchen. Als meine Faust ihr Kinn trifft, gehe ich davon aus, dass sich Funken über ihre Haut verteilen und sie zu Boden ziehen.

Aber nichts davon tritt ein. Nur meine Fingerknöchel tun mir weh.

Sie starrt mich ebenso überrascht an wie ich sie. Das Flackern der Lichter verschwindet und das Flugzeug gleitet wieder ruhig durch die Luft. Das Heulen in meinem Kopf verstummt abrupt, und eine Decke aus Stille legt sich über meine Sinne. Ich fühle mich, als hätte mir jemand einen Schlag in die Magengrube verpasst, und sinke auf ein Knie.

Innerhalb von einer Sekunde hat Shade meinen Arm ergriffen und hält mich besorgt fest. »Alles in Ordnung? Was ist los?«

Cals Blick fliegt zwischen mir und seinem Bedienpult hin und her. »Hier ist alles wieder stabil«, murmelt er, aber ich fühle mich ganz und gar nicht stabil. »Mare –«

»Nein, nicht ich …« Mir tritt kalter Schweiß auf die Stirn, während ich gegen eine plötzlich einsetzende Übelkeit ankämpfe. Ich atme stoßweise, so als würde die Luft aus meiner Lunge gepresst. Irgendetwas erstickt mich. »Sie!«

Cameron macht einen Schritt zurück und ist selbst zu schockiert, um weiter zu lügen. »Ich hab nichts gemacht!«, ruft sie ängstlich. »Ehrlich, ich schwöre!«

»Du hast es nicht mit Absicht gemacht, Cameron.« Sie sieht mich erstaunter an als alle anderen. »Jetzt beruhige dich und hör auf damit – hör auf –« Ich bekomme keine Luft, gar keine mehr, und klammere mich an Shade, meine Nägel bohren sich in seine Haut. Panik ergreift mich. Ich bin allein, ohne meinen Blitz.

Shade lässt zu, dass ich mich mit meinem ganzen Gewicht an seine verletzte Schulter klammere, und ignoriert den Schmerz. Wenigstens er begreift, was ich zu signalisieren versuche. »Du blockierst sie, Cameron. Du eliminierst ihre Fähigkeit, du eliminierst *sie*!«

»Aber wie denn? Ich kann das nicht!« In ihren dunklen Augen steht ebenfalls panische Angst.

Mir schwinden allmählich die Sinne, aber ich sehe noch, wie Cal an mir vorbeistürmt. Cameron weicht erschrocken vor ihm zurück, wie jeder vernünftige Mensch, doch Cal weiß, was zu tun ist. Er hat den Kindern – und mir – in ähnlichen Fällen geholfen, in denen übermenschliches Chaos entstand.

»Lass locker«, sagt er ruhig, aber entschieden. Nicht zu freundlich, aber auch nicht wütend. »Atme gleichmäßig. Durch die Nase ein und durch den Mund aus. An was auch immer du dich gerade klammerst, lass es los.«

Bitte, lass locker. Bitte, lass locker. Ich japse nur noch, bekomme mit jedem Atemzug weniger Luft.

»Lass sie los, Cameron.«

Es ist, als wäre ein Felsbrocken auf meinen Brustkorb gewälzt worden, der mich erdrückt und jedes kleinste bisschen von mir herauspresst.

»Lass sie los.«

»Das versuche ich ja!«

»Ganz ruhig.«

»Ich versuch's.« Ihr Tonfall ist schon etwas ruhiger. Ihre Selbstbeherrschung kehrt zurück. »Ich versuch's.«

Cal nickt, seine Gesten sind so fließend und weich wie sanfter Wellenschlag. »Ja, so ist es gut. So ist es gut.«

Ich japse erneut, doch diesmal flutet Luft meine Lunge. Ich kann wieder atmen. Noch fühle ich mich benommen, aber mit jedem Schlag meines Herzens komme ich wieder ein Stück mehr zur Besinnung.

»So ist es gut«, sagt Cal erneut, während er über die Schulter zu mir hinschaut. Unsere Blicke treffen sich, und die Anspannung zwischen uns löst sich. »So ist es gut.«

Ich kann ihn nicht lange ansehen. Mein Blick wandert unwillkürlich zu der verängstigten Cameron. Sie kneift die Augen fest zu und verzieht angestrengt das Gesicht, so sehr muss sie sich konzentrieren. Eine einzelne Träne rinnt ihr über die Wange, und ihre Hände massieren die Tätowierung an ihrem Hals. Sie ist erst fünfzehn. Das hat sie nicht verdient. Sie sollte nicht solche Angst vor sich selbst haben.

»Geht wieder«, presse ich hervor, und ihre Augen fliegen auf.

Bevor sie die Mauern um sich wieder hochzieht, flackert Erleichterung in ihren Zügen auf. Aber nur kurz. »Das ändert aber nichts an dem, was ich denke, Barrow.«

Wenn ich aufstehen könnte, würde ich es tun. Aber ich bin noch zu schwach, meine Muskeln zittern. »Möchtest du denn, dass dir das bei anderen Leuten auch passiert? Bei deinem Bruder zum Beispiel, wenn du ihn findest?«

Das ist er. Der Handel, den wir eingehen müssen. Sie weiß es auch.

»Du zeigst uns, wie wir in dieses Gefängnis reinkommen, und wir bringen dir bei, deine Fähigkeit zu kontrollieren. Wir machen aus dir die tödlichste Waffe der Welt.«

Ich fürchte, diese Worte werde ich noch bereuen.

23

Meine Stimme hallt merkwürdig durch den großen Eingangsbereich der Höhle. Das Unwetter aus der Riftzone hat uns eingeholt und jenseits der Lehmwand tost eine Mischung aus Schnee und Eisregen. Sie bringt auch Kälte mit, aber Cal tut sein Möglichstes, um sie zu vertreiben. Die Bewohner der Höhle drängen sich rund um das Lagerfeuer, das er entfacht hat. Es spiegelt sich in ihren Augen und lässt sie wie rötlich funkelnde Edelsteine aussehen. Sie flackern bei jeder Bewegung der Flammen und sind fest auf mich gerichtet. Fünfzehn Augenpaare insgesamt. Außer Cameron, Cal, Farley und meinem Bruder sind alle Erwachsenen der Höhle zusammengekommen, um zu hören, was ich zu sagen habe. Neben Ada sitzen Ketha, Harrick und Nix. Fletcher, ein Hautheiler, der immun gegen Schmerzen ist, hält seine bleichen Hände zu nah ans Feuer. Gareth zieht ihn zurück, bevor er sich verbrennen kann. Dann sind da noch Darmian, der ebenso unverwundbar ist wie Nix, und Lory von den Felseninseln von Kentosport. Sogar Kilorn beehrt uns mit seiner Anwesenheit. Er hat sich zwischen seine Jagdpartner Crance und Farrah platziert.

Glücklicherweise sind keine Kinder im Raum. Sie werden an dieser Aktion nicht teilnehmen, sondern weiter das bisschen Sicherheit genießen, das ich ihnen hier bieten kann. Nanny passt auf sie auf und sorgt mit Hilfe von allerlei Verwandlungen für ihre Unterhaltung. Aber alle über sechzehn Jahre hören zu, während ich berichte, was wir auf dem Weg nach Pitarus erfahren haben. An ihren schockierten, ängstlichen oder entschlossenen Mienen erkenne ich, dass ich ihre ungeteilte Aufmerksamkeit habe.

»Jon hat gesagt, vier Tage wären zu lang. Also müssen wir es in dreien schaffen.«

Drei Tage, um ein Gefängnis zu stürmen; drei Tage, um eine Strategie zu entwickeln. Ich habe bei den Silbernen einen ganzen Monat mit hartem Training zugebracht und mich davor viele Jahre in den Straßen von Stilts herumgetrieben. Cal ist sein Leben lang Soldat gewesen, Shade hat mehr als ein Jahr in der Armee gedient, und Farley verfügt zwar nicht über spezielle Fähigkeiten, ist aber ein erfahrener Hauptmann, auch ohne den Titel. Doch die anderen? Als ich meinen Blick über die in der Höhle versammelten Kräfte schweifen lasse, gerät meine Entschlossenheit ins Wanken. Wenn wir doch nur mehr Zeit hätten. Mit Ada, Gareth und Nix haben wir die größten Aussichten, da sich ihre Fähigkeiten für einen solchen Überfall am besten eignen – und sie haben am längsten hier in der Höhle trainiert. Die anderen sind zwar mächtig – Ketha zum Beispiel kann Gegenstände mit einem bloßen Augenzwinkern zerstören –, aber leider jämmerlich unerfahren. Sie sind erst wenige Tage oder kaum mehr als eine Woche hier und kommen aus der Gosse oder abgelegenen Dörfern, wo sie nichts und niemand waren. Sie in den Kampf zu schicken, wäre so, als setzte man ein Kind ans Steuer eines Gefährts: Sie würden eine Gefahr für jeden darstellen, vor allem aber für sich selbst.

Alle wissen, dass die ganze Sache eigentlich purer Wahnsinn ist, ein Ding der Unmöglichkeit, aber niemand spricht es aus. Selbst Cameron ist so klug, den Mund zu halten. Sie starrt missmutig ins Feuer und weigert sich, mich anzusehen. Ich kann sie nicht lange anschauen, denn sie macht mich zu wütend und zu traurig. Sie ist genau das, was ich vermeiden wollte.

Farley findet als Erste ihre Stimme wieder. »Selbst *wenn* dieser Jon die Wahrheit über seine Fähigkeit gesagt hat, können wir nicht sicher sein, dass das, was er uns sonst erzählt hat, nicht gelogen ist.« Sie beugt sich vor und ihr Profil wirft einen dunklen Schatten an die Wand hinter ihr. »Er könnte auch von Maven geschickt worden sein. Er hat erzählt, dass Elara plant, die Neublüter unter ihre Kontrolle zu bringen. Aber was, wenn sie in Wahrheit Jon kontrolliert? Und ihn dazu benutzt, uns anzulocken? Er hat gesagt, Maven würde uns eine Falle stellen. Vielleicht ist es ja genau diese Falle?«

Mir wird bang, als ich registriere, dass einige zustimmend nicken. Crance, Farrah und Fletcher. Ich erwarte eigentlich, dass Kilorn seinen Jagd-Gefährten beipflichtet, doch er rührt sich nicht. Allerdings meidet er, wie Cameron, den Blickkontakt zu mir.

Wärme strömt mir entgegen. Von dem Feuer vor mir und von Cal, der hinter mir an der Wand lehnt. Er glüht wie ein Ofen, ist aber still wie ein Grab. Er weiß, dass er besser den Mund hält. Viele hier tolerieren ihn nur wegen mir oder der Kinder, oder wegen beidem. Aber ich kann nicht darauf setzen, dass er Soldaten für unsere Sache gewinnt. Das muss ich schon selbst tun.

»Ich glaube ihm.« Die Worte fühlen sich fremd an in meinem Mund, und hart wie Stein. Diese Leute bestehen darauf, mich wie ihre Anführerin zu behandeln, also werde ich mich auch wie eine benehmen. Und ich werde sie davon überzeugen, mir zu folgen. »Ich fliege nach Corros, Falle hin oder her. Sonst werden die Neublüter dort entweder sterben oder zu Spielfiguren der Frau, die von allen die Königin genannt wird. Beides ist inakzeptabel.«

Zustimmendes Gemurmel erhebt sich unter denen, die ich auf meine Seite zu ziehen versuche. Gareth ist ihr Wortführer, er nickt demonstrativ, um mir und den anderen zu zeigen, dass er zu mir steht. Er hat Jon mit eigenen Augen gesehen und braucht wie ich keine weiteren Argumente.

»Ich zwinge niemanden mitzukommen. Ihr habt die freie Wahl, wie vorher auch.« Cameron schüttelt leicht den Kopf, sagt aber nichts. Shade ist in ihrer Nähe für den Fall, dass sie auf dumme Ideen kommt. »Es wird nicht leicht werden, aber es ist auch nicht unmöglich.«

Wenn ich es oft genug sage, glaube ich es vielleicht bald selbst.

»Aber wie soll das gehen?«, meldet sich Crance zu Wort. »Wenn ich richtig zugehört habe, wurde dieses Gefängnis gebaut, um Leute wie euch einzusperren. Es gibt also nicht einfach nur Gitterstäbe und verschlossene Türen, die ihr überwinden müsst. Jedes Tor wird von Sehern bewacht sein, es wird dort von Silber-Offizieren wimmeln und außerdem von Waffen, Kameras und Stiller-Stein – wenn ihr Glück habt, Blitzwerferin.«

Der neben ihm sitzende Fletcher schluckt schwer. Auch wenn der bleiche, kräftige Mann unempfindlich gegen Schmerz ist, kann er doch Angst verspüren. »Und was, wenn nicht?«

»Frag sie.« Ich weise mit dem Kinn auf Cameron. »Sie ist von dort entkommen.«

Die Menge schnappt nach Luft, als würde sie aus einem tiefen Gewässer auftauchen. Zur Abwechslung bin ich nicht diejenige, die sie anstarren, und das nimmt ein wenig Druck von mir. Cameron dagegen verspannt sich, ihre langen Glieder scheinen sich nach innen zu wölben, um sie vor den vielen Blicken abzuschirmen.

Sogar Kilorn schaut hoch, aber er sieht nicht Cameron an. Sein Blick wandert an ihr vorbei zu mir, während ich mich an die Wand zurücklehne. Mit einem Mal ist all meine Erleichterung verpufft und an ihre Stelle tritt ein anderes Gefühl, das ich nicht so recht einzuordnen weiß. Es ist keine Angst und auch keine Wut. Nein, etwas anderes. *Sehnsucht.* Während draußen ein Unwetter tobt und wir um das flackernde Feuer sitzen, kann ich so tun, als wären wir ein Junge und ein Mädchen, die zusammen unter einem Haus kauern, das auf Pfählen steht, um Zuflucht vor dem heulenden Herbstwind zu suchen. Wenn doch nur jemand die Zeit kontrollieren und mich in jene Tage zurückkatapultieren könnte. Ich würde mich mit aller Macht daran klammern, anstatt über Kälte und Hunger zu klagen. Jetzt ist mir genauso kalt und ich bin genauso hungrig wie damals, aber keine Decke kann mich wärmen und kein Essen sättigen. Nichts wird jemals wieder so sein wie vorher. Das ist meine eigene Schuld. Und Kilorn ist mir in diesen Albtraum gefolgt.

»Redet sie auch manchmal?«, fragt Crance spöttisch, als er keine Lust mehr hat, darauf zu warten, dass Cameron den Mund aufmacht.

Farley gluckst. »Für meinen Geschmack viel zu viel. Komm schon, Cole, erzähl uns alles, woran du dich erinnerst.«

Ich erwarte eigentlich, dass Cameron wieder losschimpft und Farley vielleicht sogar ins Gesicht springt, aber vor Publikum hat sie sich offenbar besser im Griff. Sie durchschaut meinen Trick, aber das ändert nichts daran, dass er funktioniert. Zu viele hoffnungsvolle Blicke ruhen auf ihr, und es gibt hier zu viele, die bereit sind, sich in Gefahr zu stürzen. Das kann sie nicht ignorieren.

»Das Gefängnis liegt noch hinter Delphie«, sagt sie seufzend, und ihre Miene verfinstert sich wegen der schmerzhaften Erinnerungen, die sie überkommen. »Irgendwo in der Nähe von Wash. Die Stadt ist so nah, dass man fast die Strahlung riechen kann.«

Wash bildet die südliche Grenze von Norta und stellt eine natürliche Trennlinie zu Piedmont und den Silber-Fürsten dar, die dort regieren. Wie Naercey ist auch Wash eine Ruinenlandschaft und zu zerstört, um von Silbernen beansprucht zu werden. Nicht einmal die Scharlachrote Garde wagt sich dorthin, wo die Strahlenbelastung nicht nur vorgetäuscht ist, wo tausendjähriger Rauch über allem hängt.

»Sie haben uns isoliert«, fährt Cameron fort. »Jeder saß in Einzelhaft und viele hatten nicht die Kraft, etwas anderes zu tun, als auf ihren Pritschen zu liegen. Irgendwas an diesem Gebäude hat die anderen krank gemacht.«

»Stiller-Stein.« Ich beantworte ihre ungestellte Frage, weil ich mich selbst noch allzu gut an das Gefühl erinnere. Ich war zweimal in einer Zelle mit Stillem Stein eingesperrt, und zweimal hat er mir all meine Kraft geraubt.

»Viel Licht oder Essen gab es nicht.« Cameron setzt sich zurecht und schaut mit zusammengekniffenen Augen in die Flammen. »Und reden durfte man auch nicht viel. Die Wachen sahen es nicht gern, wenn wir uns unterhalten haben, und sie sind ständig patrouilliert. Manchmal kamen Königswächter und haben Leute mitgenommen. Einige waren zu schwach, um selbst zu gehen, und mussten weggeschleift werden. Aber ich glaube nicht, dass der Block voll besetzt war. Ich habe viele leere Zellen dort gesehen.« Ihr Atem stockt. »Und jeden verdammten Tag wurden es mehr.«

»Beschreib uns das Gebäude«, sagt Farley. Sie stupst Harrick an, und ich verstehe, worauf sie hinauswill.

»Wir waren in einem eigenen Block untergebracht. Alle Neublüter, die sie aus der Beacon-Region geholt hatten. Der Block war ein großes, vierstöckiges Rechteck und in jeder Etage reihten sich Zellen entlang der Wand. Die Ebenen waren durch Stege miteinander verbunden, die abends von Magnetoren weggezogen wurden. Auch wenn sie die Zellen öffnen mussten, kamen sie. Überall Magnetoren«, flucht sie, und ich kann ihr die Wut nicht verübeln. In diesem Gefängnis gab es keine Männer wie Lucas Samos, den freundlichen Magnetor, der für mich in Archeon gestorben ist. »Wir hatten keine Fenster, bloß ein Oberlicht in der Decke. Auch das war nur klein, aber immerhin konnten wir die Sonne für ein paar Minuten sehen.«

»So in der Art vielleicht?«, fragt Harrick und reibt die Hände aneinander. Vor unseren Augen erscheint über dem Feuer eine seiner Illusionen, ein Bild, das langsam um sich selbst kreist. Ein Kasten aus dünnen grünen Linien. Als meine Augen sich daran gewöhnt haben, begreife ich, dass es sich um ein einfaches Hologramm handelt, das den Gefängnisblock nach Camerons Beschreibungen zeigt.

Camerons Blick gleitet über jeden Zentimeter des Bildes. »Größer«, sagt sie. Harricks Finger zucken und die Illusion reagiert. »Zwei Stege mehr. Vier Tore im obersten Stock, eins in jeder Mauer.«

Harrick verbessert das Modell, bis sie zufrieden ist. Er lächelt beinahe. Das Ganze ist wie ein einfaches Spiel für ihn, wie Zeichnen. Wir betrachten die Skizze schweigend, und jeder Einzelne von uns versucht, einen Weg ins Innere auszutüfteln.

»Eine Grube«, stöhnt Farrah und lässt den Kopf in die Hände sinken. Und tatsächlich sieht der Gefängnisblock wie eine rechteckige, scharfkantige Grube aus.

Ada ist weniger pessimistisch und eher daran interessiert, das

Gefängnis bis ins kleinste Detail zu analysieren. »Wohin führen die Tore?«

Cameron lässt seufzend die Schultern sinken. »Zu weiteren Blocks. Wie viele es insgesamt sind, kann ich nicht sagen. Ich bin nacheinander durch drei gelaufen, bis ich draußen war.«

Die Illusion verändert sich und Camerons Block bekommt weitere hinzugefügt. Der Anblick ist niederschmetternd. So viele Zellen, so viele Tore. So viele Möglichkeiten zu scheitern. *Aber Cameron ist entkommen. Cameron, die keinerlei Training hat und nicht weiß, was sie alles kann.*

»Du hast gesagt, es werden auch Silberne dort festgehalten.« Cal ergreift zum ersten Mal seit Beginn dieses Treffens das Wort und ist absolut düsterer Stimmung. Er weigert sich, in den Kreis um das Feuer zu treten. Einen Augenblick lang sieht er aus wie der Schatten, als den Maven sich immer dargestellt hat. »Wo genau?«

Nix bricht in wütendes, bellendes Lachen aus, ein Geräusch wie das Kratzen von Steinen auf Metall. Vorwurfsvoll stochert er mit dem Zeigefinger in der Luft herum. »Wieso? Willst du deine Freunde befreien, damit sie zurück in ihre Villen und auf ihre schicken Partys können? Lass sie doch da drin verrotten!« Er wedelt mit seiner Hand, an der die Adern stark hervortreten, in Cals Richtung, und sein Gelächter verwandelt sich in einen kalten Herbststurm. »Den solltest du lieber nicht mitnehmen, Mare. Oder noch besser: Sag ihm, er soll sich von hier verziehen. Der hat doch nichts anderes im Sinn, als seinesgleichen zu schützen.«

Mein Mund ist wieder einmal schneller als mein Hirn, aber diesmal herrscht Übereinstimmung zwischen den beiden: »Jeder Einzelne von euch weiß, dass das gelogen ist. Cal hat für uns alle geblutet und jeden von uns beschützt. Ganz davon zu schweigen, dass er die meisten von euch trainiert hat. Wenn er nach den inhaftierten Silbernen in Corros fragt, hat das seinen Grund, und zwar *nicht* den, dass er sie alle befreien will.«

»Nun ja …«

Ich wirbele herum und sehe ihn groß an. Im Raum macht sich Erstaunen breit. »Du willst sie *doch* befreien?«

»Denkt doch mal nach. Sie sind im Gefängnis, weil sie sich Maven widersetzt haben oder Elara oder beiden. Mein Bruder ist unter merkwürdigen Umständen auf den Thron gelangt, und viele, *sehr* viele werden die Lügen, die seine Mutter verbreitet, nicht glauben. Einige von ihnen sind schlau genug, sich bedeckt zu halten und den passenden Moment abzuwarten, andere nicht. Letztere schmieden Ränke und Pläne, die in der Zelle enden. Und dann gibt es natürlich noch jene, wie meinen Onkel Julian, der Mare gezeigt hat, was sie ist. Er hat der Scharlachroten Garde geholfen und Kilorn und Farley vor der Hinrichtung bewahrt und sein Blut ist von einem glänzenden Silber. Auch er ist in diesem Gefängnis, zusammen mit jenen, die an eine Gleichheit glauben, die nichts mit den Farben des Blutes zu tun hat. Sie sind nicht unsere Feinde, jetzt nicht mehr«, antwortet er. Bis zu diesem Moment hat er die Arme vor der Brust verschränkt, aber jetzt beginnt er wild zu gestikulieren in dem Versuch, uns verständlich zu machen, was der Soldat in ihm so deutlich sieht. »Wenn wir sie befreien, entsteht im Corros-Gefängnis ein riesiges Chaos. Sie werden die Wachen angreifen und alles tun, was sie können, um da rauszukommen. Eine bessere Ablenkung kann es für uns gar nicht geben.«

Dieser schnelle und entschlossene Vorschlag nimmt sogar Nix

den Wind aus den Segeln. Obwohl er Cal hasst und ihn für den Tod seiner Töchter verantwortlich macht, kann er nicht leugnen, dass das ein guter Plan ist. Vielleicht der beste, der uns einfällt.

»Und noch etwas spricht dafür«, fügt Cal an, während er sich wieder in den Schatten zurückzieht. Diesmal sind seine Worte direkt an mich gerichtet. »Julian und Sara werden bei den anderen Silbernen untergebracht sein. Nicht bei den Neublütern. Denkt daran, was sie sind und wie sie sich fühlen. Sie sind nicht die Einzigen, die sehen, was in dieser Welt falsch läuft.«

Nicht die Einzigen. Mein Verstand sagt mir, dass er Recht haben muss. Schließlich habe ich in meiner eigenen begrenzten Zeit bei den Silbernen Julian, Cal, Sara und Lucas kennengelernt; vier Silberne, die nicht so grausam waren, wie ich es von ihnen erwartet hatte. Es muss also auch noch mehr geben. Und Maven ist dabei, sie ebenso auszulöschen wie die Neublüter von Norta. Er wirft sowohl Andersdenkende als auch politische Gegner ins Gefängnis, damit sie dort verrotten und vergessen werden.

Cameron knetet an ihrer Unterlippe herum, ihre Zähne blitzen auf. Sie mag Cal ebenso wenig wie mich, aber sie respektiert ihn für das, was er im Jet getan hat, und für seine schnelle Einschätzung. »Die Blocks der Silbernen sehen aus wie unsere, und sie wechseln sich mit unseren ab. Erst Silberne, dann Neublüter, dann wieder Silber, dann Neublüter und immer so weiter.«

Cal nickt. »Um sie voneinander zu separieren. So können sie leichter kontrolliert und bekämpft werden. Und wie bist du entkommen?«

»Wir bekamen einmal in der Woche Ausgang, damit wir nicht sterben. Eine der Wachen hat sich darüber lustig gemacht und gesagt, die Zellen würden uns umbringen, wenn sie uns nicht ein bisschen rauslassen. Die anderen haben es kaum geschafft, sich auf den Beinen zu halten. An Gegenwehr war also nicht zu denken. Aber bei mir war es anders. Mich haben die Zellen nicht krank gemacht.«

»Weil sie dir nichts anhaben können«, sagt Ada beherrscht und angemessen sanft. Sie klingt so sehr wie Julian, dass ich zusammenzucke. Eine Sekunde lang befinde ich mich wieder in diesem Klassenzimmer voller Bücher und bin diejenige, die abgefragt wird. »Deine Fähigkeiten sind so ausgeprägt, dass die normalen Maßnahmen bei dir nicht greifen. Die eine Stiller-Kraft hebt die andere auf, würde ich vermuten.«

Cameron zuckt gleichgültig die Achseln. »Klar.«

»Du bist also während des Ausgangs geflohen«, murmelt Cal, er redet mehr mit sich als mit irgendjemand sonst. Er geht in Gedanken alles durch, versetzt sich in Camerons Position und stellt sich das Gefängnis vor, aus dem sie geflohen ist, um auf diese Weise eine Möglichkeit zu finden, in das Gebäude einzudringen. »Die Seher konnten nicht vorhersehen, was du vorhattest. Deshalb konnten sie dich auch nicht aufhalten. Sie haben die Tore bewacht, richtig?«

Sie nickt zustimmend. »Immer einer pro Block. Ich hab mir seine Waffe geschnappt, und dann bin ich losgerannt.«

Crance pfeift durch die Zähne, beeindruckt von Camerons Mut. Doch Cal lässt sich davon nicht ablenken und hakt nach. »Und was war mit den Toren selbst? Nur Magnetoren können sie öffnen.«

Auf Camerons Gesicht erscheint ein sprödes Lächeln. »Wie es aussieht, sind die Silbernen nicht mehr so dumm, das Kommando über jede Zelle und jedes Tor ein paar Metallmanipulatoren zu überlassen. Es gibt einen Schlüsselschalter, mit dem man die Türen öffnen kann, wenn kein Magnetor in der Nähe ist – oder zumachen, wenn einer sich entschließt, nicht mehr mitzuspielen.«

Daran bin ich schuld, dämmert es mir. *Ich habe Lucas benutzt, um die Zellen im Sonnenschloss zu öffnen. Maven ergreift Vorsichtsmaßnahmen, damit so etwas nicht noch einmal vorkommt.*

Cal schaut kurz zu mir hin. Wir haben offensichtlich den gleichen Gedanken. »Und du hast den Schlüssel für diesen Schalter?«

Sie schüttelt den Kopf und zeigt auf ihren Hals. Die Tätowierung an ihrer Kehle ist schwarz und damit noch dunkler als ihre Haut. An ihr erkennt man sie als Bastlerin, zu einem Leben in den Fabriken verdammt. »Ich bin Mechanikerin.« Sie wackelt mit ihren krummen Fingern. »In diesen Schaltern stecken Kabel, und nur ein Schwachkopf braucht einen Schlüssel, um sie zu bedienen.«

Cameron mag ja anstrengend sein, aber sie ist ungemein nützlich. Das muss sogar ich zugeben.

»Ich wurde eingezogen, obwohl es in New Town genug Arbeit gab«, fährt sie in einem leiseren Tonfall fort.

Und da ist sie wieder.

»Das Gefängnis, Cameron«, fordere ich. »Wir müssen uns auf ein Thema –«

»Alle dort haben Arbeit, und es war immer so, dass wir gar nicht in die Armee eintreten *durften*, selbst wenn wir gewollt hätten.« Sie übertönt mich einfach, indem sie wieder lauter spricht. Wenn ich mir jetzt Gehör verschaffen wollte, würde das Ganze in einem Schrei-Duell enden. »Aber seitdem die Maßnahmen in Kraft getreten sind, ist das anders. Es gab eine Auslosung. Einer von zwanzig, für alle zwischen fünfzehn und siebzehn. Mein Bruder und ich wurden beide gezogen. Ziemlich unwahrscheinlich, oder?«

»Die Wahrscheinlichkeit liegt bei weniger als drei Prozent«, flüstert Ada.

»Sie haben uns getrennt. Ich wurde in die Beacon-Legion außerhalb von Fort Patriot gesteckt, und Morrey in die Dolch-Legion. Dort landeten alle, die nicht kuschen wollten. Es reichte schon, einen Offizier nur falsch anzusehen. Die Dolch-Legion ist ein Todesurteil, müsst ihr wissen. Sie besteht aus fünftausend Jugendlichen, die den Mumm hatten, sich zu widersetzen. Und sie alle werden in einem Massengrab enden.«

Ich presse die Zähne zusammen, aber nicht wegen ihrer Geschichte. Sie benutzt ihre eigenen Tricks, um den meinen zu begegnen. Trotzdem ist mir der militärische Befehl in schmerzlich deutlicher Erinnerung.

»Sobald sie Corvium verlassen haben, ist das nur noch ein Todesmarsch, dann sind sie nichts als Schlachtvieh. Sie werden durch die Schützengräben gejagt und in den Todesstreifen geschickt. Und Morrey ist nur dabei, weil er versucht hat, unsere Mutter ein letztes Mal zu umarmen.«

Meine ohnehin fragwürdige Position als ihre Anführerin wird mit jeder Sekunde schwächer. Ich sehe es in den Gesichtern der anderen Neublüter, während sie Camerons Worte verdauen. Ada ist die Schlimmste; sie starrt mich unverwandt an, ohne auch nur einmal zu blinzeln. Ihr Blick ist nicht hart, sondern ausdruckslos. Sie gibt sich alle Mühe, keinen Vorwurf darin zu zeigen, doch das funktioniert nicht. Das Feuer, das in der Mitte des Fußbodens lodert, verwandelt das Weiß ihrer Augen in wütendes Rotgold.

»Es gibt in diesem Gefängnis Neublüter und auch Silberne.« Cameron weiß, dass sie ihre volle Aufmerksamkeit hat, und ergreift ihre Chance: »Aber fünftausend Kinder, fünftausend rote Jungen und Mädchen sind kurz davor, ihr Leben zu verlieren. Wollt ihr sie sterben lassen? Wollt ihr trotzdem ihr folgen« – sie nickt in meine Richtung – »und ihrem kleinen Silber-Prinzen?«

Cals Finger zucken – viel zu dicht neben meinen. Ich rücke von ihm ab. *Nicht hier.* Alle wissen, dass wir uns ein Schlafzimmer teilen, und wer weiß, was sie sonst noch vermuten. Aber ich werde Cameron nicht noch mehr Munition liefern, als sie ohnehin schon hat.

»Sie sagt euch, dass ihr frei entscheiden könnt, aber das sind leere Worte. Ich wurde gezwungen hierherzukommen, genauso wie man mich gezwungen hat, in die Legion einzutreten, und wie die Königswächter mich später gezwungen haben nach Corros zu gehen. Die Blitzwerferin lässt niemandem eine Wahl.«

Sie erwartet, dass ich ihre Vorwürfe zu entkräften versuche, aber ich bleibe still. Es fühlt sich an wie eine Niederlage, und das weiß sie nur zu genau. In ihrem Kopf arbeitet es bereits. Sie hat mir schon einmal wehgetan und sie kann es wieder tun. *Warum bleibt sie dann hier? Sie könnte unsere Fähigkeiten ausschalten und einfach hier rausmarschieren. Warum ist sie noch hier?*

»Mare rettet Menschen.«

Kilorns Stimme klingt anders als sonst, älter, und die schmerzliche Sehnsucht in meiner Brust erwacht von neuem.

»Mare hat jeden Einzelnen von euch vor dem Gefängnis oder dem Tod gerettet. Und jedes Mal, wenn sie in eure Städte gegangen ist, hat sie ihr Leben aufs Spiel gesetzt. Sie ist nicht perfekt, aber sie ist auch kein Monster, auf gar keinen Fall. Und eins könnt ihr mir glauben«, fügt er hinzu, ohne mich anzusehen, »ich habe schon Monster gesehen. Auch ihr werdet welchen begegnen, wenn wir die Neublüter der Gnade der Königin ausliefern. Denn sie wird dafür sorgen, dass ihr euch gegenseitig umbringt, bis nichts mehr von dem übrig ist, was ihr seid, und niemand mehr da ist, der sich daran erinnern kann, was ihr wart.«

Gnade, möchte ich höhnisch rufen. *Elara kennt keine Gnade.*

Ich erwarte nicht, dass Kilorns Worte viel Gewicht haben in dieser Runde, doch da irre ich mich gewaltig. Alle blicken respektvoll und aufmerksam zu ihm hin. Mich schauen sie anders an, in ihren Augen steht immer auch Furcht. Ich bin eine Generalin für sie, eine Anführerin, aber Kilorn ist ihr Bruder. Sie lieben ihn, wie sie Cal oder selbst mich nie lieben könnten. Und sie hören ihm zu.

Auf diese Weise bringt er Cameron im Handumdrehen um ihren Sieg.

»Wir legen dieses Gefängnis in Schutt und Asche!«, ruft Nix und klopft Kilorn auf die Schulter. Er greift zu fest zu, aber Kilorn verzieht keine Miene. »Ich bin auf jeden Fall dabei.«

»Ich auch.«

»Ich auch.«

»Und ich auch.«

Die Stimmen hallen durch meinen Kopf. Mehr Leute, als ich hoffen konnte, melden sich freiwillig. Gareth und Nix sind darunter, Ada, die Fernbersterin Ketha und Darmian, der zweite Unverwundbare in unserer Runde. Auch Lory mit ihrer überragenden Sinneswahrnehmung, und natürlich Nanny, die uns ihre Hilfe ja schon zugesagt hat. Die, die stumm geblieben sind – Crance, Farrah, Fletcher und der Illusionist Harrick –, rutschen nervös auf ihren Plätzen herum.

»Gut.« Ich trete vor und schaue ihnen so fest wie nur möglich in die Augen. »Der Rest wird hier gebraucht. Es muss ja jemand aufpassen, dass die Kinder den Wald nicht niederbrennen. Und sie beschützen, falls irgendwas passiert.«

Irgendwas. Ein Überfall oder Großangriff, der bedeuten würde, dass die niedergemetzelt werden, die ich so verzweifelt zu retten versuche. Aber hierzubleiben ist trotz allem weniger gefährlich, als nach Corros zu fliegen, und die, die bleiben wollen, seufzen erleichtert. Als Cameron sieht, wie sie sich entspannen, steht Neid in ihrem Gesicht. Wenn sie könnte, würde sie hier bei ihnen bleiben, aber wer würde sie dann trainieren? Wer würde ihr beibringen, ihre Fähigkeit zu kontrollieren – und sie sinnvoll einzusetzen? *Cal nicht, und ganz sicher nicht ich.* Der Preis gefällt ihr nicht, aber sie wird ihn zahlen.

Ich schaue die Freiwilligen nacheinander an und hoffe, Entschlossenheit und Konzentration zu sehen. Aber stattdessen begegnen mir Angst, Zweifel und – das Schlimmste – Bedauern. Noch bevor es überhaupt losgegangen ist. Was würde ich jetzt für Farleys Scharlachrote Garde geben oder gar für die Lakelander-Soldaten des Obersts. Sie glauben wenigstens an ihre Sache, wenn nicht an sich selbst. *Ich muss fest genug für uns alle an die Sache glauben. Ich muss meine Maske wieder aufsetzen und die Blitzwerferin sein, die sie brauchen. Mare kann warten.*

Dumpf frage ich mich, ob ich je wieder die Chance haben werde, Mare zu sein.

»Du musst mich noch mal durchführen«, sagt Cal und zeigt zwischen Cameron und dem im Raum kreisenden Hologramm des Corros-Gefängnisses hin und her. »Ihr anderen esst gut und trainiert so viel, wie ihr könnt. Sobald das Unwetter nachlässt, möchte ich euch draußen auf der Lichtung sehen.«

Alle sind sofort hellwach, folgen sofort seiner Anweisung. Während ich lernen musste, wie eine Prinzessin zu sprechen, besaß Cal schon immer die Autorität eines Generals. Er erteilt Befehle. Das kann er gut, das ist seine *Bestimmung*. Und jetzt, wo er eine Mission hat, ein Ziel jenseits des Rekrutierens und Sich-Versteckens, tritt der Rest in den Hintergrund. Sogar ich. Zusammen mit den anderen überlasse ich ihn seinen gemurmelten Plänen. Seine bronzefarbenen Augen glühen im schwachen Licht der Illusion, als hätte sie ihn verhext.

Ich folge den Neublütern nicht in die Höhle hinein, in die Tunnel und Räume, wo sie üben können, ohne sich gegenseitig zu verletzen. Stattdessen trete ich nach draußen in den Sturm und lasse mir den eiskalten Regen geradewegs ins Gesicht wehen. Cals Wärme vergeht im Handumdrehen.

Ich bin die Blitzwerferin.

Die Wolken über mir sind dunkel, schwer von Regen und von Schnee wirbeln sie über den Himmel. Ein Nymph oder Wetterwender der Silbernen könnte sie leicht manipulieren. Als ich noch Mareena war, habe ich gelogen und gesagt, meine Mutter wäre eine Wetterwenderin aus dem Haus Nolle. Sie konnte das Wetter angeblich genauso beeinflussen, wie ich Elektrizität kontrolliere. Und in der Knochenarena habe ich Blitze heraufbeschworen, die den violetten Schild über mir zerbersten ließen und Cal und mich vor Mavens Soldaten beschützt haben, als sie auf uns zustürmten. Das alles hat mich viel Kraft gekostet, aber jetzt bin ich stärker. Ich *muss* jetzt stärker sein.

Ich blinzele in den Regen und ignoriere dabei die kleinen Stiche, die mir die eisigen Tropfen versetzen. Sie durchnässen meinen dicken Wintermantel und sorgen dafür, dass meine Finger und Zehen eiskalt werden. Doch taub werden sie nicht. Ich spüre alles, was ich spüren muss, von dem pulsierenden Netzwerk unter meiner Haut bis zu dem Ding da hinter den Wolken, das langsam schlägt wie ein schwarzes Herz. Es wird stärker, je mehr ich mich darauf konzentriere, und es scheint Energie zu verströmen. Von dem Malstrom, den ich nicht sehen kann, gehen elektrostatische Strömungen aus, die sich in den tief hängenden Regenwolken verfangen. Mit aufgestellten Nackenhaaren beobachte ich, wie es in der Luft zu knistern beginnt und sich das nächste Unwetter zusammenbraut. Ein Gewittersturm. Ich balle die Faust, halte das, was ich erschaffen habe, fest im Griff und hoffe auf einen Widerhall.

Der erste Donner ist nur ein leises Grollen, auf den ein schwacher Blitz folgt. Er schlägt ins Tal ein und ist durch Schnee und Regen hindurch nur kurz sichtbar. Der nächste Blitz ist schon stärker und zieht sich wie eine violett-weiße Ader durch den Himmel. Ich schnappe vor Stolz und vor Erschöpfung nach Luft bei dem Anblick. Jeder Blitzschlag löst helle Freude in mir aus, kostet mich aber auch endlos viel Energie.

»Zielen kannst du noch nicht.«

Kilorn lehnt unter der Dachkante am Eingang der Höhle, um so trocken wie möglich zu bleiben. Obwohl er genauso viel isst wie früher in Stilts, sieht er dünner aus denn je. Das viele Jagen und der permanente Groll fordern ihren Tribut.

»Ist wahrscheinlich ganz gut so, wenn du glaubst, du musst üben, während *das* da so nah an unserer Unterkunft tobt«, fügt er hinzu und zeigt ins Tal. In der Ferne steigt Rauch von einer hohen Kiefer auf. »Aber wenn du wirklich vorhast, dich weiter zu verbessern, tu uns allen einen Gefallen und geh ein bisschen auf Abstand zu uns hier.«

»Du redest also wieder mit mir?«, schnaube ich, um zu verbergen, wie atemlos ich bin. Ich nehme den rauchenden Baum ins Visier. Ein schwacher Blitz schlägt knapp hundert Meter von der Stelle ein, auf die ich gezielt habe.

Vor einem Jahr hätte Kilorn über solche Ungeschicklichkeiten gelacht und mich geneckt, bis ich mich gewehrt hätte. Aber er ist nicht nur körperlich, sondern auch mental reifer geworden, und seine kindischen Angewohnheiten verschwinden allmählich. Früher habe ich sie gehasst, jetzt trauere ich ihnen nach.

Er setzt die Kapuze seines Sweatshirts auf und verbirgt seine schlecht geschnittenen Haare. Farley wollte sie ihm kurz scheren, so wie sie selbst sie trägt, aber er hat sich geweigert. Also hat Nix sich mit einer Schere daran versucht, mit dem Ergebnis, dass Kilorns blonde Lockenmähne nun ziemlich zottelig aussieht. »Erlaubst du mir, mit nach Corros zu kommen?«, fragt er schließlich.

»Du hast dich freiwillig gemeldet.«

Das Grinsen, das sich daraufhin in seinem Gesicht ausbreitet, ist ebenso weiß wie der Schnee um uns herum. Ich wünschte, er wäre nicht so versessen darauf mitzukommen. Ich wünschte, er würde auf mich hören und hierbleiben. Aber Cal sagt, dass Kilorn meine Entscheidungen respektiert. Also muss ich auch seine respektieren.

»Danke, dass du da drinnen für mich Partei ergriffen hast«, fahre ich fort und meine das ganz ernst.

Er neigt den Kopf und schiebt sich die Haare aus den Augen. Dann kratzt er an der Lehmwand hinter sich herum und zwingt sich zu einem gleichgültigen Achselzucken. »Man sollte meinen, nach dem ganzen Unterricht bei den Silbernen hättest du gelernt, wie man Leute von sich überzeugt. Aber du bist eben einfach nicht die Hellste.«

Wir müssen beide lachen, wie in alten Tagen. In diesem Moment sind wir anders als die, die wir eigentlich jetzt sind, und doch die, die wir immer waren.

Wir haben seit Wochen nicht miteinander geredet, und mir war gar nicht bewusst, wie sehr ich ihn vermisst habe. Einen Moment lang überlege ich, ob ich einfach mit allem herausplatzen soll, doch ich unterdrücke das Bedürfnis, obwohl es schmerzlich groß ist. Es tut weh, alles zurückzuhalten, ihm nicht von Mavens Briefen zu erzählen oder von den Gesichtern der Toten, die mir jede Nacht im Traum erscheinen, oder von Cals Albträumen, die ihm den Schlaf rauben. Ich möchte ihm alles erzählen. Er kennt Mare so gut wie niemand sonst, so wie ich den Fischerjungen Kilorn kenne. *Aber diese Menschen gibt es nicht mehr. Diese Menschen* darf *es nicht mehr geben. In einer Welt wie dieser können sie nicht überleben.* Ich muss eine andere sein, eine, die sich auf nichts verlässt außer ihre Stärke. Er macht es mir allzu leicht, wieder in die Rolle von Mare zu schlüpfen, die zu sein, die ich war, und die zu vergessen, die ich sein muss.

Zwischen uns herrscht eine Stille, die so sanft ist wie unsere Atemwolken in der kalten Luft.

»Wenn du stirbst, bring ich dich um.«

Er lächelt traurig. »Gleichfalls.«

24

Seltsamerweise bekomme ich in den nächsten drei Tagen mehr Schlaf, als ich seit Wochen hatte. Der harte militärische Drill, dem wir uns auf der Lichtung unterziehen, in Kombination mit langen Planungssitzungen schlaucht uns alle. Rekrutierungsreisen unternehmen wir gar keine mehr, und sie fehlen mir auch nicht. Jede dieser Missionen war entweder eine Erleichterung oder ein Horror und beides hat mir das Äußerste abverlangt. Zu viele an Galgen baumelnde Leichen. Zu viele Kinder, die ihre Mütter verlassen haben. Zu viele, die aus dem Leben herausgerissen wurden, das sie kannten. Was auch immer geschieht, ich habe sie da mit hineingezogen und die Schuld lastet schwer wie ein Stein auf mir. Aber jetzt, da der Jet am Boden bleibt und ich meine Zeit damit verbringe, über Landkarten und Gebäudeplänen zu grübeln, empfinde ich eine andere Art von Scham. Cameron hat mir vorgeworfen, dass ich die Kinder der Kleinen Legion im Stich lasse, und nun tue ich das Gleiche mit den Neublütern, die noch da draußen sind. Wie viele Babys und Kinder werden noch sterben?

Aber was soll ich anderes tun? Ich bin nur eine Einzelperson, ein junges Mädchen, das nicht mehr lächeln kann. Ich verberge sie hinter meiner Blitzwerfer-Fassade, aber sie bleibt, verzweifelt, großäugig, ängstlich. Ich schiebe sie von mir weg, wenn ich wach bin, doch sie verfolgt mich. Sie verschwindet nie.

Alle schlafen viel, sogar Cal. Er sorgt dafür, dass wir nach dem

Training so viel Ruhe wie möglich bekommen. Während Kilorn wieder ein Teil der Gruppe wird, zieht Cal sich immer mehr zurück, je weiter die Zeit voranschreitet. Es ist, als wäre in seinem Kopf kein Platz mehr für Gespräche; Corros hält ihn bereits gefangen. Er wacht vor mir auf, notiert sich Ideen, schreibt Listen und kritzelt jeden Fetzen Papier voll, der ihm in die Hände fällt. Ada ist seine größte Stütze; sie prägt sich alles derart genau ein, dass ihr starrer Blick schon fast Löcher in unsere Karten brennt. Auch Cameron ist nie weit weg. Trotz Cals Anordnungen sieht sie mit jeder Stunde erschöpfter aus. Sie hat dunkle Ringe um die Augen und wann immer sie kann, lehnt sie sich irgendwo an oder setzt sich. Aber sie beklagt sich nie, zumindest nicht vor den anderen.

Heute, am letzten Tag vor dem Angriff, hat sie besonders schlechte Laune – und lässt sie an ihren Übungsobjekten aus, nämlich an Lory und mir.

»Genug!«, zischt Lory durch zusammengebissene Zähne. Sie fällt auf ein Knie und wedelt mit der Hand in Camerons Richtung. Die ballt die Faust, lässt aber locker. Ihre Fähigkeit zieht sich zurück und der erdrückende Mantel der Stille wird gelüftet. »Du sollst meine Sinne ausschalten, nicht *mich*«, fügt Lory hinzu, während sie sich mühsam wieder aufrichtet. Obwohl sie aus dem eiskalten Kentosport stammt, einer zerklüfteten, halb vergessenen Hafenstadt, die um diese Zeit schon von Schnee und Sturmfluten heimgesucht wird, zieht sie ihren Mantel fester um sich. Camerons Stiller-Fähigkeit beraubt uns nicht nur der Waffen, die wir durch unser Blut besitzen, sie beraubt uns *all* unserer Kräfte. Unser Puls sinkt, unsere Augen lassen nach, unsere Körpertemperatur fällt. Sie bringt irgendetwas in uns völlig aus dem Lot.

»'tschuldigung.« Cameron hat sich angewöhnt, so wenige Worte wie irgend möglich zu verlieren – eine willkommene Abwechslung zu ihren stürmischen Reden. »Klappt einfach nicht.«

»Dann solltest du zusehen, dass es klappt, und zwar schnell!«, fährt Lory sie an. »Wir brechen heute Abend auf, Cole, und du bist nicht bloß dabei, um uns den Weg zu zeigen.«

Es ist eigentlich nicht meine Art, Streitereien zu schlichten. Sie anfachen, ja, dabei zusehen, unbedingt, aber schlichten? Doch jetzt haben wir keine Zeit zum Streiten. »Das reicht, Lory. Cameron, noch mal.« Mareenas autoritärer Ton leistet mir wieder gute Dienste, denn die beiden hören sofort auf und wenden sich mir zu. »Blockiere ihre Sinne. Mach sie zu einer *normalen* Person ohne Fähigkeit. Kontrolliere, *was sie ist.*«

In Camerons Wange zuckt ein Muskel, aber sie sagt nichts. Auch wenn sie sich gern beklagt, weiß sie, dass sie das hier hinkriegen muss. Nicht für uns, sondern für sich selbst. Zu lernen, ihre Fähigkeit zu beherrschen, ist das Beste, was ihr passieren kann. Und es ist unsere Abmachung: Ich trainiere sie, und sie bringt uns nach Corros.

Aber Lory ist nicht so zurückhaltend. »Du bist die Nächste, Barrow«, knurrt sie. Ihr Akzent ist hart und gnadenlos, wie Lory selbst und ihre raue Heimat hoch oben im Norden. »Cole, wenn mir noch einmal schlecht wird, weil du dich nicht im Griff hast, schlitze ich dir den Bauch auf, wenn du schläfst.«

Auf Camerons Gesicht erscheint die Andeutung eines Lächelns. »Versuch's ruhig«, erwidert sie, während sie ihre langen krummen Finger ausstreckt. »Gib Bescheid, wenn du es spürst.«

Ich beobachte sie und warte auf ein Zeichen. Aber wie bei Cameron ist Lorys Fähigkeit nicht mit bloßem Auge sichtbar. Ihre Sinne sind extrem fein und ausgeprägt, sie kann so scharf sehen wie ein Adler, hört auch noch in einem Kilometer Entfernung die Zweige knacken und kann einer Fährte folgen wie ein Hund. Was sie zu einer hervorragenden Jägerin machen würde, aber Lory bewacht lieber vom Lager aus den Wald mit ihrem überragenden Sehvermögen und Gehör.

»Ganz ruhig«, sage ich. Cameron zieht die Stirn kraus, während sie sich mit aller Macht zu konzentrieren versucht, und ich kann es verstehen. Den eigenen Kräften einfach freien Lauf zu lassen, ist leichter, als wenn man an sich halten und sich zügeln muss, um seine Fähigkeit gleichmäßig, sicher und kontrolliert zum Einsatz zu bringen. »Es ist *deine* Fähigkeit, Cameron. *Du* besitzt sie. Sie gehorcht *deinem* Willen.«

In ihren Augen flackert es. Aber es ist nicht ihre übliche Wut. Sondern *Stolz.* Auch das verstehe ich. Für Mädchen wie uns, die nichts hatten und auch nichts erwarten konnten, ist es geradezu berauschend zu wissen, dass es etwas gibt, das nur uns selbst gehört und das uns niemand nehmen oder für sich beanspruchen kann.

Lory, die links von mir steht, blinzelt. »Es geht los«, sagt sie. »Ich kann kaum noch hören, was am anderen Ende des Lagers passiert.«

Aber sie hört immer noch gut. Ihre Fähigkeit ist nicht blockiert. »Etwas mehr, Cameron.«

Cameron tut, was ich ihr sage, und streckt auch ihre andere Hand aus. Ihre Finger zucken in einem Rhythmus, der wohl ihrem Herzschlag entspricht, und formen das, was sie fühlt, nach ihrem Willen. »Und jetzt?«, presst sie hervor, aber Lory legt den Kopf schief.

»Was?«, ruft sie und blinzelt noch stärker als zuvor. *Sie kann kaum noch etwas sehen oder hören.*

»Das ist deine Konstante.« Ohne nachzudenken, lege ich meine Hände flach auf Camerons Schultern. »Genau danach hast du gesucht. Und bald erreichst du diesen Punkt so leicht, als würdest du einen Schalter an- und ausknipsen. Es wird dir in Fleisch und Blut übergehen.«

»Bald?«, sagt sie und wendet mir den Kopf zu. »Wir fliegen heute Abend.«

Ich drehe ihren Kopf und zwinge sie so, wieder zu Lory zu schauen. »Vergiss das einfach. Und probiere aus, wie lange du diesen Zustand aufrechterhalten kannst, ohne ihr wehzutun.«

»Total blind!«, ruft Lory viel zu laut. *Und absolut taub, wie es klingt.*

»Was auch immer du gerade denkst oder tust, es funktioniert«, sage ich zu Cameron. »Du brauchst nicht zu sagen, was es war, aber du solltest dir merken, dass es dir den richtigen Impuls gegeben hat.« Dasselbe hat mir vor ein paar Monaten Julian erklärt. Dass ich den Auslöser finden müsse, der meine Funken im Spiralgarten des Sonnenschlosses zum ersten Mal zum Vorschein gebracht hat. Ich weiß jetzt, dass es das Loslassen ist, welches mir Kraft verleiht, und wie es aussieht, hat auch Cameron gefunden, was ihre Fähigkeit hervorruft. »Präg dir ein, wie es sich anfühlt.«

Trotz der Kälte läuft eine Schweißperle an Camerons Hals hinab und verschwindet in ihrem Kragen. Sie knirscht mit den Zähnen, so sehr presst sie die Kiefer aufeinander, um nicht frustriert aufzustöhnen.

»Es wird einfacher mit der Zeit«, fahre ich fort und lege meine Hände wieder auf ihre Schultern. Ihre Muskeln fühlen sich hart an unter meinen Fingern, drahtig und stramm wie zu fest gezurrte Seile. Während ihre Fähigkeiten Lorys Sinneswahrnehmung außer Kraft setzen, schwächen sie auch Cameron selbst. *Wenn wir doch bloß mehr Zeit hätten. Nur eine Woche mehr oder einen Tag.*

Wenigstens muss Cameron sich nicht zurückhalten, wenn wir in Corros sind. Ich möchte, dass sie innerhalb des Gefängnisses so viel Schmerz verbreitet, wie sie nur kann. Mit ihrem Temperament und angesichts der Tatsache, dass sie dort eingesperrt war, sollte es ihr nicht schwerfallen, die Fähigkeiten der Silber-Wachen zu blockieren. Sie wird uns den Weg frei machen. Aber was passiert, wenn ihr die falsche Person in die Quere kommt? Ein Neublüter, den sie nicht kennt? Cal? Oder *ich*? Ihre Fähigkeit ist womöglich die mächtigste, die ich je gesehen und gespürt habe, und ich lege absolut keinen Wert darauf, noch einmal Camerons Opfer zu werden. Schon beim Gedanken daran wird mir übel. Tief in mir reagieren meine Funken und drängen an die Oberfläche. Ich muss sie mit Hilfe meiner eigenen guten Ratschläge zurückhalten. Obwohl sie mir gehorchen und wieder zu dem leisen Summen werden, das ich kaum noch wahrnehme, spüre ich, dass sie voller Energie sind. Trotz meiner ständigen Sorge und Anspannung scheint meine Fähigkeit gewachsen zu sein. Sie ist stärker geworden, kraftvoll und lebendig. *Ansonsten kann ich das nicht von mir behaupten*, denke ich. Denn unter meinem Blitz lauert noch etwas anderes.

Die Kälte ist zu einem ständigen Begleiter geworden. Sie verschwindet nie und fühlt sich schlimmer an als jede Bürde. Die Kälte frisst mich auf und höhlt mich aus. Sie breitet sich aus wie Fäulnis, wie eine Krankheit, und eines Tages, so fürchte ich, wird sie mich leer zurücklassen, als Hülle der Blitzwerferin, als lebender Leichnam von Mare Barrow.

Lory verdreht die Augen in dem vergeblichen Versuch, sich gegen die Dunkelheit zu wehren, in die Cameron sie taucht. »Es geht wieder los«, sagt sie laut. Und ihr Ton lässt erkennen, dass sie Schmerzen hat. Obwohl sie so robust ist wie die salzigen Felsen, auf denen sie aufgewachsen ist, erträgt selbst Lory Camerons Waffen nicht, ohne zu stöhnen. »Es wird schlimmer.«

»Lass locker.«

Cameron lässt für meinen Geschmack einen Moment zu spät die Arme sinken, und ihr Körper entspannt sich. Sie scheint regelrecht in sich zusammenzuschrumpfen. Lory fällt erneut auf ihr Knie; sie massiert sich die Schläfen und blinzelt, während ihre Sinne allmählich zurückkehren.

»Autsch«, murmelt sie und grinst Cameron an.

Aber das Bastler-Mädchen erwidert Lorys Grinsen nicht. Mit fliegenden Zöpfen dreht Cameron sich auf dem Absatz um, bis sie mir genau gegenübersteht. Oder vielmehr bis sie in voller Größe über mir aufragt. Sie sieht wütend aus, wie so oft. Das wird ihr heute Abend nützlich sein.

»Ja?«

»Ich bin durch für heute«, sagt sie schnippisch.

Ich verschränke unwillkürlich die Arme vor der Brust und strecke den Rücken so weit wie möglich durch. Ich fühle mich wie eine Kopie von Lady Blonos, während ich sie anfunkele und sage: »Du bist in zwei Stunden durch, Cameron, und eigentlich solltest du dir wünschen, noch länger trainieren zu können. Wir brauchen jede Sekunde, die wir –«

»Ich habe gesagt, ich bin *durch*«, wiederholt sie. Für eine Fünfzehnjährige ist sie erstaunlich unnachgiebig und hart. Die Muskeln an ihrem langen Hals glänzen von Schweiß und sie atmet schnell.

Doch sie unterdrückt das Bedürfnis, laut nach Luft zu schnappen, weil sie auf keinen Fall unterlegen wirken will. *Sie versucht ebenbürtig zu erscheinen.* »Ich bin müde, ich hab Hunger, ich werde einem Kampf ausgesetzt, den ich gar nicht führen will, nicht *noch mal.* Und ich will verflucht sein, wenn ich mit leerem Magen sterbe.«

Lory beobachtet uns mit großen Augen. Ich weiß, was Cal tun würde. *Gehorsamsverweigerung*, wie er das hier nennt, lässt er auf gar keinen Fall durchgehen. Ich sollte Cameron härter anfassen, sie zwingen, noch eine Runde über die Lichtung zu laufen, und sie ihre Fähigkeit vielleicht auch an einem Vogel ausprobieren lassen. Cal würde eins klarstellen – *sie ist hier nicht die, die das Sagen hat.* Cal kennt Soldaten, aber dieses Mädchen ist nicht Teil einer Truppe. Sie wird sich weder meinem Willen beugen noch seinem. Sie hat zu viele Jahre damit zugebracht, gehorsam Schichtdienst abzuleisten, nach Dienstplänen, die unter versklavten Fabrikarbeitern von Generation zu Generation weitergereicht werden. Jetzt hat sie von der Freiheit gekostet und wird sich nie wieder einem Befehl unterordnen, der ihr nicht passt. Aber obwohl sie sich beschwert, seit sie hier ist – und trotz ihrer mächtigen Fähigkeit –, ist sie geblieben.

Dafür werde ich ihr nicht danken, aber ich lasse sie essen, wenn sie etwas essen will. Ich trete stumm zur Seite.

»Dreißig Minuten Pause, dann kommst du zurück.«

Ihre Augen funkeln vor Wut, und ich muss ein Lächeln unterdrücken, als ich es sehe. Ich bewundere dieses Mädchen, ob ich will oder nicht. Vielleicht werden wir eines Tages sogar Freunde.

Sie ist nicht einverstanden, aber sie diskutiert auch nicht mit mir, sondern stolziert einfach über die Lichtung davon. Die anderen schauen ihr nach. Sie wissen, dass sie der Blitzwerferin die Stirn geboten hat, aber mich kümmert nicht, was sie denken. Ich bin nicht ihr Hauptmann und ich bin nicht ihre Königin. Ich bin weder besser noch schlechter als sie, und es wird Zeit, dass sie das erkennen. Ich bin eine von ihnen, eine Neublüterin und eine Kämpferin, nichts weiter.

»Kilorn hat ein paar Kaninchen gefangen«, sagt Lory, um das Schweigen zu brechen. Sie schnuppert und leckt sich auf eine Weise die Lippen, die Lady Blonos hätte aufkreischen lassen. »Und zwar ganz schön appetitliche!«

»Na, dann lauf«, sage ich und schwenke meinen Arm zu dem offenen Feuer auf der anderen Seite der Lichtung. Das lässt sie sich nicht zweimal sagen.

»Cal hat übrigens schlechte Laune«, teilt sie mir noch mit. »Zumindest flucht er die ganze Zeit und tritt nach irgendwelchen Sachen.«

Ein kurzer Blick zeigt mir, dass Cal nicht draußen ist. Zuerst bin ich verdutzt, doch dann fällt es mir wieder ein. Lory hört fast alles, wenn sie will. »Ich sehe nach ihm«, sage ich und setze mich rasch in Bewegung. Erst macht sie Anstalten, mir zu folgen, doch dann besinnt sie sich eines Besseren. Ich kann nicht verbergen, dass ich besorgt bin. Cal ist nicht so leicht aus der Fassung zu bringen, und Pläne zu schmieden beruhigt ihn, *beglückt* ihn sogar. Wenn er sich also über irgendetwas aufregt, dann besteht auch für mich Grund zur Sorge, zumal am Vorabend unseres Angriffs.

Die Höhle ist so gut wie ausgestorben, weil alle draußen trainieren. Selbst die Kinder sind hinausgegangen, um den Älteren dabei zuzusehen, wie sie lernen zu kämpfen, zu schießen und ihre Fähigkeiten zu kontrollieren. Ich bin froh, dass sie mir nicht zwischen den

Füßen herumlaufen, an mir zerren und mich mit Fragen über ihren Helden, den verbannten Prinzen, bedrängen. Ich habe nicht so viel Geduld mit Kindern wie Cal.

Als ich um eine Ecke biege, stoße ich fast mit meinem Bruder zusammen, der aus Richtung der Schlafkammern kommt. Farley ist hinter ihm und grinst in sich hinein, doch als sie mich sieht, verschwindet ihr Lächeln sofort. *Oh.*

»Mare«, grüßt sie mich leise, marschiert aber an mir vorbei, ohne stehen zu bleiben.

Als auch Shade einfach weitergehen will, strecke ich einen Arm aus und halte ihn auf.

»Kann ich irgendwas für dich tun?«, fragt er. Seine Mundwinkel zucken; er versucht vergeblich, ein neckisches Grinsen zu unterdrücken.

Ich gebe mir alle Mühe, ihn böse anzuschauen, um wenigstens den Schein zu wahren. »Ihr solltet doch trainieren.«

»Machst du dir Sorgen, dass wir uns nicht genug bewegen? Die sind völlig unbegründet, das kann ich dir versichern, Mare«, sagt er augenzwinkernd.

Irgendwie ergibt das Sinn. Farley und Shade waren in den letzten Wochen unzertrennlich. Trotzdem schnappe ich laut nach Luft und schlage spielerisch nach ihm. »Shade Barrow!«

»Ach, komm schon, das weiß doch inzwischen jeder. Was kann ich dafür, dass du es nicht gemerkt hast?«

»Du hättest ja auch was sagen können«, erwidere ich, um ihn nicht so einfach davonkommen zu lassen.

Er zuckt nur grinsend die Achseln. »So wie du mir alles von dir und Cal erzählst?«

»Das ist –« *Etwas anderes*, möchte ich sagen. Wir schleichen uns nicht mitten am Tag weg und auch nachts passiert zwischen uns eigentlich nicht viel. Doch Shade hebt die Hand, um mich zu stoppen.

»Eigentlich will ich's gar nicht wissen«, sagt er. »Und wenn du mich jetzt entschuldigen würdest? Wie du mich so freundlich erinnert hast, muss ich noch ein bisschen trainieren.«

Er zieht sich mit erhobenen Händen zurück, wie ein Mann, der eine Schlacht verloren gibt. Ich entlasse ihn mit einer großmütigen Geste und unterdrücke ein Grinsen. In meiner Brust entzündet sich ein winziges Freudenfünkchen – nach so vielen Tagen in Angst und Verzweiflung ein geradezu fremdes Gefühl. Ich schütze es wie eine Kerzenflamme, damit es nicht ausgeht. Doch ein Blick auf Cal genügt, um es verlöschen zu lassen.

Er sitzt auf einer umgedrehten Kiste in unserer Kammer und starrt ein Stück Papier an, das ich sofort erkenne; es ist die Rückseite der Landkarte des Obersts, die jetzt von sorgfältig gezogenen Linien bedeckt ist. Sie stellen das Gefängnis von Corros dar, oder zumindest das, woran Cameron sich erinnert. Es würde mich nicht wundern, wenn das Papier an den Rändern versengt wäre, aber Cal hat sich im Griff; nur in der Feuerkuhle im Fußboden lodern Flammen. Sie spenden ein flackerndes rötliches Licht, das kaum zum Lesen ausreicht, doch Cal behilft sich damit. In der Ecke des Raums steht unangetastet die Kiste mit meinen Sachen – und darin liegen Mavens quälende Briefe.

Ich ziehe mir langsam eine andere Kiste heran und setze mich neben Cal. Er reagiert nicht, aber ich weiß, dass er meine Anwesenheit registriert. Auch als ich ihn mit der Schulter anstoße, hebt er den Blick nicht. Dafür schiebt er seine Hand auf mein Bein und spendet mir seine Wärme. Ich entziehe mich ihm nicht. Das gelingt mir eigentlich nie.

»Was ist los? Was stört dich?«, frage ich und lege meinen Kopf auf seine Schulter. *Damit ich besser auf die Karte schauen kann*, sage ich mir.

»Du meinst, abgesehen von Maven, seiner Mutter und der Tatsache, dass ich Kaninchen mindestens genauso hasse wie dieses verdammte Gefängnis? Eigentlich nichts, danke der Nachfrage.«

Ich würde gern lachen, kann mir aber nur ein Lächeln abringen. Solche Scherze passen nicht zu Cal, schon gar nicht in dieser Situation. Solche Geschmacklosigkeiten sind eher Kilorns Sache.

»Cameron macht Fortschritte, falls dich das tröstet.«

»Tatsächlich?«, fragt er. »Ist das der Grund, warum du hier bist und nicht mehr draußen, um sie zu trainieren?«

»Sie muss auch etwas essen, Cal. Sie ist nicht aus Stiller-Stein.«

»Erinnere mich nicht daran«, zischt er, während er weiter auf die Gefängnisskizze starrt.

»Die Steine gibt es nur in den Zellen, Cal, nicht im ganzen Gefängnis«, erinnere ich ihn. Hoffentlich hört er mir zu, denn ich muss ihn irgendwie aus dieser seltsamen Stimmung reißen. »Solange uns niemand einsperrt, kommen wir klar.«

»Gib für alle Fälle Kilorn Bescheid.« Er lacht über seinen eigenen Scherz und klingt dabei eher wie ein Schuljunge als nach dem Soldaten, den wir brauchen. Dann umfasst er mein Knie fester. Nicht so, dass es wehtut, aber fest genug, um klarzumachen, was in seinem Kopf vorgeht.

»Cal?« Ich schiebe seine Hand weg, als wollte ich eine Spinne vertreiben. »Was ist los mit dir? Was passt dir nicht?«

Endlich schnellt sein Kopf hoch und er schaut mich an. Er lächelt noch immer, aber seine Augen sind todernst. Es steht etwas Düsteres darin, das ihn mir vollkommen fremd erscheinen lässt. Selbst in der Knochenarena, als sein eigener Bruder ihn zum Tode verurteilt hat, sah Cal nicht so aus. Da war er ängstlich, verstört, eher ein Bild des Jammers als ein Prinz, aber er war immer noch Cal. Ich könnte diesem verzagten Menschen vertrauen. Aber dem hier? Diesem lachenden Jungen mit den hoffnungslosen Augen, dessen Hände auf Wanderschaft gehen? *Wer ist das?*

»Möchtest du eine Liste?«, erwidert er und grinst mich noch breiter an. Das ist zu viel. Ich boxe ihn gegen die Schulter. Er ist zwar groß und schwer, setzt meinem Hieb jedoch nichts entgegen und lässt sich nach hinten fallen. Da ich damit nicht gerechnet habe, gehe ich mit ihm zu Boden und lande mehr oder weniger auf ihm. Sein Kopf schlägt mit einem dumpfen Knall auf die Erde und er stöhnt vor Schmerz. Als er sich hochrappeln will, drücke ich ihn jedoch fest nach unten.

»Du stehst erst wieder auf, wenn du dich zusammenreißt!«

Zu meiner Verblüffung zuckt er nur die Achseln. Er *zwinkert* mir sogar zu. »Das soll ein Ansporn sein?«

»Igitt.« Die adeligen Damen am Hof von Norta wären früher in Ohnmacht gefallen, wenn Prinz Tiberias ihnen zugezwinkert hätte. Doch mir dreht sich nur der Magen um und ich boxe ihn erneut, diesmal in den Bauch. Wenigstens ist er so schlau, den Mund zu halten und die Lider nicht mehr zu bewegen. »Jetzt erklär mir, was dein Problem ist.«

Was als Lächeln begann, verwandelt sich in eine düstere Miene. Er lässt den Kopf wieder sinken und starrt mit gerunzelter Stirn an die Decke. *Immer noch besser, als wenn er sich wie ein Dummkopf benimmt.*

»Cal, es kommen elf Leute mit uns nach Corros. Elf.«

Er presst die Kiefer aufeinander. Er weiß, worauf ich hinauswill. *Elf Leute werden sterben, wenn wir das nicht hinkriegen, und noch unzählige mehr in Corros, wenn wir ihnen nicht zu Hilfe kommen.*

»Ich habe auch Angst.« Meine Stimme bebt mehr, als mir lieb ist. »Ich möchte sie nicht enttäuschen. Und auch nicht, dass ihnen etwas zustößt.«

Seine Hand wandert wieder zu meinem Bein. Aber seine Berührung hat nichts Drängendes, er will mich nur beruhigen: *Ich bin hier.*

»Aber vor allem –«, mein Atem stockt, denn was ich sagen will, ist eine schmerzliche Wahrheit, »vor allem habe ich Angst um *mich*. Ich habe Angst vor dem Echolot. Davor, dass ich das erneut durchmachen muss. Ich habe Angst vor dem, was Elara tun wird, wenn ich ihr in die Hände falle. Ich weiß, dass ich für sie wichtiger bin als andere – wegen dem, was ich getan habe und was zu tun ich *im Stande* bin. Mein Name und mein Gesicht können genauso viel Kraft entfalten wie mein Blitz, und das verleiht mir Bedeutung. Es macht mich zu einer wertvollen Beute.« *Es macht mich einsam.* »Ich *hasse* es, so zu denken, und trotzdem tue ich es.«

Was als Cals Zusammenbruch begann, entwickelt sich nun zu meinem. Einst habe ich ihm in einer dunklen heißen Sommernacht auf einer Straße meine Geheimnisse anvertraut. Damals war ich das Mädchen, das versucht hat, ihn zu bestehlen. Jetzt steht der Winter vor der Tür, und ich bin das Mädchen, das ihm sein Leben gestohlen hat.

Das schlimmste Geständnis steht jedoch noch aus. Es flattert unruhig durch meinen Kopf wie ein Vogel, der in einen Käfig gesperrt ist. Es schlägt gegen meine Zähne und bettelt darum, herausgelassen zu werden. »Ich vermisse ihn«, flüstere ich, unfähig Cal in die Augen zu schauen. »Ich vermisse den, für den ich ihn hielt.«

Die Hand auf meinem Bein ballt sich zur Faust und verströmt Hitze. *Wut.* Cal ist leicht zu durchschauen, und nach so langer Zeit in einer Welt voller Verlogenheit ist das eine Wohltat.

»Ich vermisse ihn auch.«

Mein Blick schnellt zurück zu ihm, erstaunt, ungläubig.

»Ich weiß nicht, was es leichter machen wird, ihn zu vergessen. Zu denken, dass er nicht immer so war und dass seine Mutter ihn vergiftet hat. Oder dass er ganz einfach als Monster geboren wurde.«

»Niemand wird als Monster geboren.« *Aber ich wünschte, bei manchen Leuten wäre es so. Das würde es einfacher machen, sie zu hassen, zu töten und ihre toten Gesichter zu vergessen.* »Nicht einmal Maven.«

Ohne nachzudenken, schmiege ich mich an Cal und lasse mein Herz gegen seins schlagen. Sie klopfen im Gleichklang, während wir uns an einen Jungen mit einem flinken Mundwerk und blauen Augen erinnern, der schlau und voller Mitgefühl war, aber zu wenig beachtet wurde. Wir werden ihn nie wiedersehen. »Wir müssen loslassen«, flüstere ich an Cals Hals. »Selbst wenn es bedeutet, dass wir ihn töten müssen.«

»Wenn er in Corros ist –«

»Ich kann es tun, Cal. Wenn du es nicht kannst.«

Er schweigt eine gefühlte Ewigkeit, auch wenn es nicht länger als eine Minute sein kann. Trotzdem schlafe ich fast ein. Seine Wärme ist einladender als das feinste Bett in jedem Palast dieser Welt. »Wenn er in Corros ist, verliere ich die Beherrschung«, sagt er schließlich. »Ich werde mich mit allem auf ihn stürzen, was mir zu Gebote steht. Auf ihn und auf Elara. Sie wird sich meine Wut zu Nutze machen und sie gegen dich richten. Sie wird mich zwingen, dich zu töten, so wie sie mich gezwungen hat –«

Ich lege meine Finger auf seine Lippen, damit er diese Worte nicht ausspricht. Sie sind zu schmerzlich für ihn. Ganz kurz sehe ich einen Mann vor mir, den nichts anderes antreibt als Rachsucht und der kein Herz hat als das eine, das ich ihm gebrochen habe. Noch ein Monster, das darauf lauert, Gestalt anzunehmen.

»Das werde ich nicht zulassen«, sage ich, um unsere dunkelsten Ängste zu vertreiben.

Er glaubt mir nicht. Das verrät mir sein düsterer Blick. Die Leere, die ich in Ocean Hill gesehen habe, droht zurückzukehren.

»Wir werden nicht sterben, Cal. Dafür sind wir schon zu weit gekommen.«

Sein Lachen ist hohl und voller Schmerz. Er schiebt sanft meine Hände weg, lässt mein Handgelenk jedoch nicht los. »Weißt du, wie viele Menschen, die ich liebe, schon tot sind?«

Ich weiß, dass er meinen Puls spürt, und ich bin ihm zu nah, als dass ich das tiefe Mitgefühl verbergen könnte, das ich für ihn empfinde. Er verzieht beinahe höhnisch das Gesicht.

»Sie sind alle tot. Ermordet. Von *ihr.*« *Königin Elara.* »Sie tötet sie, und dann löscht sie die Erinnerung an sie aus.«

Jeder andere würde vermuten, dass er bei diesen Worten an seinen Vater denkt oder gar an den Bruder, für den er Maven hielt. Aber ich weiß es besser. »Coriane«, flüstere ich. Seine Mutter. Julians Schwester. Die Einsinger-Königin. Cal erinnert sich nicht mehr an sie, aber er trauert trotz allem um sie.

»Das war der Grund, warum ich so viel Zeit in Ocean Hill verbrachte. Es gehörte ihr. Vater hat es ihr geschenkt.«

Ich blinzele und versuche mich an den Palast in Harbor Bay zu erinnern, nicht an den Albtraum, den wir dort erlebt haben. Versuche mir ins Gedächtnis zu rufen, wie es dort aussah, während wir um unser Leben kämpften. Langsam fallen mir die Farben wieder ein, die im Innern dominierten. Gold und Gelb. Wie altes Papier. Wie Julians Gewänder. Die Farben des Hauses Jacos.

Darum hat er so traurig ausgesehen. Darum konnte er die Banner nicht verbrennen. *Ihre* Banner.

Ich habe keine Ahnung, wie es ist, eine Waise zu sein. Ich habe immer eine Mutter und einen Vater gehabt. Das ist ein Segen. Aber ich habe es erst begriffen, als sie mir weggenommen wurden. Es fühlt sich falsch an, sie in diesem Augenblick zu vermissen, denn ich weiß sie in Sicherheit, während Cals Eltern tot sind. Und mehr denn je hasse ich die Kälte in mir und meine selbstsüchtige Angst davor, allein gelassen zu werden. Denn Cal ist einsamer, als ich je sein werde.

Aber wir können nicht in unseren Gedanken und Erinnerungen verharren. Wir können diesen Moment nicht ewig ausdehnen.

»Erzähl mir von dem Gefängnis«, dränge ich, um das Thema zu wechseln. Ich werde Cal aus seiner Krise herausholen, selbst wenn es mich umbringt.

Er seufzt so schwer, dass sein ganzer Körper sich hebt. Aber er ist dankbar für die Ablenkung. »Es ist eine Grube. Eine Festung, die durch ihre geniale Anlage geschützt ist. Die Eingangstore sind auf der obersten Ebene und die Zellen darunter. Und die Magnetoren-Stege verbinden alles miteinander. Ein Fingerschnipsen und wir fallen zwölf Meter tief, auf den Boden eines Fasses. Sie werden uns und jeden, den wir aus den Zellen holen, massakrieren.«

»Was ist mit den inhaftierten Silbernen? Du glaubst also nicht, dass sie sich wehren werden?«

»Nicht nach Wochen in diesen Stiller-Zellen. Sie werden ein Hindernis für die Wachen darstellen, mehr nicht. Und es wird ihre Flucht erheblich verlangsamen.«

»Du … willst sie entkommen lassen?«

Sein Schweigen ist Antwort genug.

»Es könnte sein, dass sie dort drin auf uns losgehen oder uns später verfolgen.«

»Ich bin kein Politiker, aber ich glaube, ein Gefängnisausbruch wird meinem Bruder ziemliches Kopfweh bereiten, vor allem wenn die Geflohenen zufällig seine politischen Feinde sind.«

Ich schüttele den Kopf.

»Gefällt dir das nicht?«

»Ich traue der Sache nicht.«

»Was für eine Überraschung«, sagt er trocken. Er fährt mit dem Finger an meinem Hals entlang, streicht über die Narben, die die Maschine seines Bruders dort hinterlassen hat. »Das ist nichts, was du mit brutaler Gewalt gewinnen kannst, Mare. Ganz gleich wie viele Neublüter du zusammenbekommst. Die Silbernen sind in der Überzahl, und sie sind immer noch im Vorteil.«

Der Soldat, der für eine andere Art Kampf plädiert. Was für eine Ironie.

»Ich hoffe, du weißt, was du tust.«

Er zuckt die Achseln. »Knifflige politische Angelegenheiten waren noch nie meine Stärke«, sagt er. »Aber ich werde mich bemühen.«

»Auch wenn das einen Bürgerkrieg heraufbeschwören könnte?«

Vor Monaten hat Cal mir erklärt, was eine Rebellion nach sich ziehen würde: einen Krieg an mehreren Fronten und in jeder Farbe des Blutes. Rote gegen Rote, Silberne gegen Silberne, und alles dazwischen. Er hat mir gesagt, dass er das Erbe seines Vaters nicht für einen solchen Krieg aufs Spiel setzen könne, selbst wenn es ein gerechter Krieg sei. Stille macht sich breit, und Cal verweigert mir eine Antwort. Ich vermute, dass er selbst nicht mehr weiß, wo er steht. Er ist kein Rebell und kein Prinz, und außer dem Feuer in seinem Körper kann er sich keiner Sache mehr sicher sein.

»Mag sein, dass wir in der Unterzahl sind, aber das heißt nicht, dass wir keine Chance haben«, sage ich.

Stärker als beide. Das hat Julian mir geschrieben, als er herausfand, was ich bin. Julian, den ich zu meiner großen Überraschung vielleicht bald wiedersehen werde. »Neublüter besitzen Fähigkeiten, die kein Silberner richtig einschätzen kann, nicht einmal du.«

»Worauf willst du hinaus?«

»Du gehst in diesen Kampf, als würdest du deine Truppen anführen, mit Fähigkeiten, die du kennst und mit denen du trainiert hast.«

»Und?«

»Und ich würde gern mal sehen, was passiert, wenn eine der Silber-Wachen Nix erschießen will oder ein Magnetor versucht, Gareth in die Tiefe zu stürzen.«

Cal braucht einen Moment, um zu verstehen, was ich sagen will. Nix ist unverwundbar, stärker als ein Versteinerer. Und Gareth, der die Erdanziehungskraft manipulieren kann, wird so bald nirgendwo hinunterstürzen. Wir haben zwar keine Armee, aber wir haben ganz sicher Soldaten, und wir haben Fähigkeiten, die kein silberner

Wachmann zu bekämpfen versteht. Als ihm klar wird, was ich meine, nimmt Cal mein Gesicht in seine Hände und gibt mir einen festen, feurigen Kuss, der für meinen Geschmack viel zu kurz ist.

»Du bist ein Genie«, murmelt er und springt auf. »Geh zurück zu Cameron. Sorg dafür, dass sich alle bereit machen.« Er greift entschlossen nach dem Plan, und auf seinem Gesicht erscheint erneut dieses schiefe Grinsen. Aber diesmal hasse ich es nicht. »Es könnte tatsächlich gelingen.«

25

Die Höhle flackert kurz, dann sehe ich ehrfürchtig zu, wie Harrick mein Zuhause der letzten Monate mit einer einzigen Handbewegung zum Verschwinden bringt. Der Hügel bleibt ebenso erhalten wie die Lichtung, aber unsere Spuren werden alle verwischt, als würde man mit einem flachen Stein über Sand streichen. Wir können nicht einmal mehr die Kinder hören, die eben noch dort standen und uns zum Abschied winkten und deren Stimmen durch die Nacht hallten. Farrah erstickt alle Laute, die sie von sich geben, und lässt gemeinsam mit Harrick einen schützenden Vorhang rund um die jüngsten Neublüter fallen. Es ist zwar nie jemand in die Nähe unseres Verstecks gekommen, aber diese zusätzliche Vorsichtsmaßnahme beruhigt mich trotzdem mehr, als ich zugeben will. Die meisten anderen brechen in Jubel aus, als ob das Verschwinden der Höhle schon ein Grund zum Feiern wäre. Kilorn ist die treibende Kraft dahinter, wie ich verärgert feststelle. Er pfeift laut auf den Fingern. Aber ich lasse ihn gewähren. Jetzt, wo wir endlich wieder miteinander reden, will ich ihn nicht gleich wieder zurechtweisen. Stattdessen lächele ich gequält und presse die Kiefer zusammen, damit ich nicht ausspreche, was mir auf den Lippen liegt: *Spart eure Energie für später*. Aber das würde nichts bringen. Ich will nicht, dass unsere Mission einen schlechten Start hat, darum lasse ich sie die Illusion bejubeln. Wenn sie sich dadurch besser fühlen, dann werden sie auch besser kämpfen.

Shade geht neben mir und ist ebenso still wie ich. Er schaut nicht zurück auf die jetzt menschenleere Lichtung, sondern hält den Blick geradeaus gerichtet, auf den dunklen, kalten Wald und die Aufgabe, die vor uns liegt. Er humpelt kaum noch und verfällt in ein flottes Tempo. Ich passe mich ihm an und ziehe die anderen mit. Die Wanderung zum Jet wird nicht lang dauern, und ich versuche, jede Sekunde davon zu genießen. Die kalte Nachtluft beißt zwar auf meinem Gesicht, aber der Himmel ist zum Glück klar. Kein Schnee und kein Sturm – *bis jetzt*. Denn es *wird* ein Unwetter aufziehen, ob nun durch mich verursacht oder durch jemand anderen. Und ich habe keine Ahnung, wer von uns die Morgendämmerung erleben wird.

Shade murmelt etwas, das ich nicht verstehe, und legt eine Hand auf meine Schulter. Zwei seiner Finger sind schief und noch nicht ganz verheilt. Diese Verletzung stammt aus Cancorda, wo wir Nanny rekrutiert haben. Dort ist es einem Starkarm gelungen, Shade zu ergreifen und ihm die Finger seiner linken Hand zu zerquetschen, bevor er sich durch einen Sprung retten konnte. Farley hat ihn natürlich verarztet, aber der Anblick lässt mich immer noch zusammenzucken, denn er erinnert mich an Gisa, unsere Schwester, die ebenfalls meinetwegen verletzt wurde, noch eine Barrow, die für meine Taten bezahlen musste.

»Es ist die Sache wirklich wert«, sagt er diesmal etwas lauter. »Wir tun das Richtige.«

Das weiß ich. So viel Angst ich auch um mich selbst habe und um die, die mir am nächsten stehen, bin ich mir doch sicher, dass Corros die richtige Entscheidung ist. Selbst ohne Jons Bestärkung glaube ich an unsere Mission. Wie könnte es auch anders sein? Wir dürfen die Neublüter nicht Elaras Einflüsterungen überlassen. Sie wird sie entweder töten oder zu ihren seelen- und willenlosen Werkzeugen machen. Wir müssen das hier tun, um eine noch schlimmere Welt zu verhindern als die, in der wir ohnehin schon leben.

Dass Shade derselben Meinung ist, tröstet mich wie eine warme Decke. »Danke«, erwidere ich und lege meine Hand auf seine.

Er lächelt – ein halbes Rund aus weißen Zähnen, das den abnehmenden Mond am Himmel widerspiegelt. Er hat sehr viel Ähnlichkeit mit unserem Vater. Ohne das Alter, den Rollstuhl und die Bürde eines Lebens, über das Pa längst die Kontrolle verloren hat. Sie haben dieselbe Intelligenz und dasselbe gesunde Misstrauen; es hat sie beide die Front überstehen lassen und erhält Shade nun auch auf einem ganz anderen Schlachtfeld am Leben. Er tätschelt mir die Wange – eine vertraute Geste, bei der ich mich in meine Kindheit zurückversetzt fühle, aber ich kann nicht sagen, dass mir das missfällt. Es erinnert mich daran, dass durch unsere Adern dasselbe Blut fließt. Das verbindet uns mehr und stärker als jede Mutation und Fähigkeit.

Zu meiner Rechten marschiert Cal, und ich tue so, als würde ich seinen Blick nicht spüren. Ich weiß, dass er an seinen eigenen Bruder denkt und seine eigenen Blutsbande, die nun zerrissen sind. Hinter ihm geht Kilorn. Er hält sein Jagdgewehr umklammert und sucht den Wald mit den Augen nach Schatten jedweder Art ab. Obwohl sie so verschieden sind, gibt es eine erstaunliche Verbindung zwischen ihm und Cal. Beide sind Waisen, beide wurden im Stich gelassen und haben nur mich als Halt.

Für meinen Geschmack geht alles viel zu schnell. Es kommt mir so vor, als würden wir mit der Blackrun durch die Zeit rasen. Jede Sekunde vergeht schneller als die davor, während wir auf das dunkle Kliff zusteuern, das vor uns allen liegt. *Es ist die Sache wirklich wert*, wiederhole ich Shades Worte im Stillen. Ich muss die Ruhe bewahren wegen des Jets. Und ich darf nicht ängstlich aussehen wegen der anderen. Doch mein Herz pocht so laut, dass ich fürchte, dass jeder es hören kann.

Um dem heftigen Klopfen etwas entgegenzusetzen, lege ich die Arme um den glatten, kühlen Flughelm in meinem Schoß und drücke ihn an mich. Ich starre auf das glänzende Metall und betrachte mein Spiegelbild. Das junge Mädchen, das ich sehe, ist mir ebenso fremd wie vertraut – Mare, Mareena, die Blitzwerferin, die Rote Königin und nichts von alldem. Sie sieht nicht ängstlich aus. Sie sieht aus, als wäre sie aus Stein gemeißelt, mit strengen Gesichtszügen, fest um den Kopf geflochtenen Haaren und einem Gewirr von Narben am Hals. Sie ist nicht siebzehn, sondern alterslos, silbern und doch nicht silbern, rot und doch nicht rot, menschlich – und doch wieder *nicht*. Ein Aushängeschild der Scharlachroten Garde, ein Gesicht auf einem Fahndungsplakat, der Ruin eines Prinzen, eine Diebin, eine Mörderin, eine Puppe, die jede Form annehmen kann, nur nicht ihre eigene.

Die schwarz-silbernen Fliegeroveralls aus den Beständen des Jets lassen uns wie eine zusammengewürfelte Truppe aussehen und werden uns auch als Tarnung dienen. Die anderen hantieren an ihren Anzügen herum und passen sie, wo es sein muss, noch an. Kilorn fingert wie immer an seinem Kragen herum und versucht, den steifen Stoff ein wenig zu lockern. Nix hat den Reißverschluss nur mit Mühe über seinem Bauch zubekommen und es sieht aus, als könnte er jeden Moment aufplatzen. Nanny dagegen versinkt förmlich in ihrem, macht sich aber gar nicht erst die Mühe, die Ärmel und Hosenbeine aufzurollen, so wie ich es tun muss. Sobald wir gelandet sind, wird sie eine andere Gestalt annehmen. Schon beim bloßen Gedanken daran dreht sich mir der Magen um und mein Herz beginnt unkontrolliert zu rasen.

Gut, dass die Blackrun als Transportflugzeug konstruiert wurde. So kommen wir elf bequem darin unter. Ich hatte eigentlich erwartet, dass das zusätzliche Gewicht uns langsamer machen würde, doch nach der Anzeige am Bedienpult zu urteilen, sind wir mit derselben Geschwindigkeit unterwegs wie immer. Vielleicht sogar ein bisschen schneller. Cal holt alles aus der Maschine und sorgt dafür, dass wir nicht im hellen Mondlicht, sondern im Schutz der Herbstwolken fliegen, die an der Küste von Norta entlangziehen.

Er schaut angespannt aus dem Fenster und sein Blick fliegt zwischen den Wolken draußen und den blinkenden Instrumenten hier drinnen hin und her. Trotz der vielen Wochen, die ich neben ihm im Cockpit verbracht habe, weiß ich noch immer nicht, wozu sie gut sind. Schon in Stilts war ich eine schlechte Schülerin und daran hat sich nichts geändert. Ich habe – im Gegensatz zu Cal – einfach nicht den Kopf für so etwas. Ich kenne mich am besten mit Lügen, Täuschen und Stehlen aus und erkenne es, wenn Leute etwas zu verbergen haben. Und Cal verbirgt gerade mit Sicherheit etwas. Wenn jemand anders Geheimnisse vor mir hätte, würde mir das Angst machen, aber ich weiß, dass das, was Cal für sich behält, mir nicht schaden wird. Er versteckt nur seine eigene Schwäche, seine eigene Angst. Er wurde dazu erzogen, an Stärke und Macht – und sonst nichts – zu glauben. Für Zweifel war in seiner Welt kein Platz. Ich habe ihm zwar meine eigene Angst gestanden, aber ein paar geflüsterte Worte reichen nicht aus, um lange Jahre der Erziehung unwirksam zu machen. Cal setzt eine Maske auf, wie ich, und er erlaubt nicht einmal mir einen Blick hinter seine Fassade.

Das ist auch besser so, denkt meine pragmatische Seite. Aber der andere Teil von mir, der Teil, dem der verbannte Prinz allzu viel bedeutet, macht sich schreckliche Sorgen. Ich kenne die physischen Gefahren dieser Mission, aber über die emotionalen habe ich bis heute Nachmittag nie nachgedacht. Was wird mit Cal in Corros passieren? Wird er nach seiner Rückkehr noch derselbe sein wie bei seiner Ankunft? *Wird es überhaupt eine Rückkehr für ihn geben?*

Nachdem sie uns alle auf Stand gebracht hat, überprüft Farley zum x-ten Mal unsere Waffenvorräte. Shade will ihr helfen, aber sie scheucht ihn weg, wenn auch nicht allzu energisch. Einmal sehe ich, wie sie sich angrinsen, und schließlich erlaubt sie ihm, die Munition in einer Schachtel zu zählen, auf der *Corvium* steht. Ebenfalls Diebesgut, höchstwahrscheinlich von Crance organisiert. Zusammen mit Farleys Kontakten hat er es geschafft, noch mehr Gewehre und Messer und verschiedene andere Waffen zu uns zu schmuggeln. Jeder von uns wird bestens ausgerüstet sein, mit seiner Fähigkeit und einer Waffe seiner Wahl. Ich selbst will nichts als meinen Blitz, doch die anderen sichern sich Dolche oder Pistolen oder, in Nix' Fall, den bedrohlichen Speer, mit dem er die letzten Wochen am liebsten trainiert hat. Er hält ihn fest an sich gedrückt und streicht mit den Fingern versonnen über die stählerne Spitze. Jeder andere hätte sich daran aufgeritzt, aber Nix' Haut hält stand. Der andere unverwundbare Neublüter, Darmian, folgt seinem Beispiel und legt eine dicke, beilähnliche Klinge auf seine spitzen Knie. Die Schneide funkelt und giert geradezu danach, Knochen zu durchtrennen.

Cameron nimmt sich mit bebenden Händen ein kleines Messer und achtet sorgsam darauf, dass es nicht aus der Scheide rutscht. Sie hat in den letzten drei Tagen daran gearbeitet, ihre Fähigkeit in den Griff zu bekommen, nicht ein Messer, und der Dolch ist so etwas wie ihr Notfallplan. Ich hoffe, sie wird ihn nicht brauchen. Als sie sieht, dass ich sie beobachte, verzieht sie das Gesicht, und einen Augenblick lang fürchte ich, dass sie gleich wieder loswettert oder, schlimmer noch, meine Fassade durchschaut. Doch stattdessen nickt sie mir nur mit ernster Miene zu.

Ich nicke zurück und reiche ihr damit die unsichtbare Hand der Freundschaft, doch ihr Blick wird hart und sie wendet sich abrupt ab. Was sie mir damit sagen will, ist klar. *Wir sind zwar Verbündete, aber keine Freunde.*

»Wir sind bald da«, sagt Cal und stupst mich an, damit ich mich wieder nach vorn drehe. *Zu früh*, schreit es in mir, obwohl ich weiß, dass wir genau im Zeitplan liegen.

»Wir kriegen das schon hin.« Meine Stimme zittert, aber glücklicherweise ist er der Einzige, der mich hört. Er lässt meine Schwäche unkommentiert, lässt sie weiter an mir nagen. »Wir kriegen das hin.« Jetzt klingt es sogar noch kleinlauter.

»Wer ist im Vorteil?«

Diese Worte erschrecken mich, versetzen mir einen Stich und beruhigen mich, alles nacheinander. Lehrer Arven hat diese Frage immer beim Training am Königshof gestellt, wenn er seine Schüler in Zweikämpfen um Blut und Stolz gegeneinander antreten ließ. Und in der Knochenarena hat er sie wieder gestellt, bevor ein Rhambos-Starkarm ihn aufgespießt hat wie ein fettes, stinkendes Schwein. Ich habe diesen Mann gehasst, aber das heißt nicht, dass ich nichts von ihm gelernt hätte.

Wir haben den Überraschungseffekt auf unserer Seite. Wir haben Cameron. Wir haben Shade und Gareth und Nanny und fünf andere

Neublüter, auf die kein Silberner vorbereitet sein kann. Wir haben Cal, ein militärisches Genie.

Und wir haben eine Sache, für die wir kämpfen. Wir haben die rote Morgendämmerung im Rücken, die nur darauf wartet, sich zu erheben.

»*Wir* sind im Vorteil.«

Cals Grinsen ist ebenso gezwungen wie meins, aber es wärmt mich trotzdem. »Das ist meine Mare!«

Erneut erschrecken mich seine Worte, versetzen mir einen Stich und beruhigen mich.

Doch ein Klicken und Rauschen aus dem Funkgerät wischt alle meine Gedanken an Cal beiseite. Ich schaue zu Nanny hin, die mir zunickt. Dann verwandelt sie sich vor meinen Augen von einer alten Frau in einen seelenlosen jungen Mann mit eisblauen Augen und schwarzem Haar. *Maven.* Auch ihre Kleider ändern sich: Aus dem Fliegeroverall wird eine makellose schwarze Ausgehuniform mit glänzenden Ehrenabzeichen und blutrotem Cape. Auf Nannys schwarzen Locken sitzt eine Krone, und ich muss mich zusammennehmen, um sie nicht im hohen Bogen aus dem Jet zu werfen.

Die anderen schauen gebannt zu, als der falsche König vor ihnen erscheint, aber ich verspüre nichts als Hass und ein winziges bisschen Bedauern. Nannys freundliches Wesen scheint auch in diesem anderen Körper auf, so dass Mavens Mund sich zu dem sanften Lächeln verzieht, das ich nur zu gut kenne. Einen kurzen, schmerzlichen Moment lang sehe ich den Jungen vor mir, der er war, und nicht das Monster, als das er sich entpuppt hat.

»Gut«, sage ich mit erstickter Stimme. Nur Kilorn scheint es aufzufallen, und er reißt seinen Blick von Nanny los. Ich schüttele kaum merklich den Kopf, um ihm zu zeigen, dass kein Grund zur Sorge besteht. Wir haben Wichtigeres zu tun.

»Corros Tower, hier ist Flotte Eins«, sagt Cal ins Handmikrofon. Auf unseren anderen Flügen hat er sich bei der vorgeschriebenen Kontaktaufnahme mit den Towern an den verschiedenen Stützpunkten betont gelangweilt und desinteressiert gegeben, aber jetzt klingt er sehr kühl und sachlich. Schließlich tun wir so, als wären wir der Privatjet des Königs, der als Flotte Eins bekannt und über alle Kontrollen erhaben ist. Cal weiß aus erster Hand, wie die Funksprüche aus dieser Maschine zu klingen haben. »Die Krone ist im Anflug.«

Kein kompliziertes Rufzeichen, kein Bitten um Landeerlaubnis. Nichts außer ein bisschen strenger Autorität, und die Person am anderen Ende würde sich nur schwerlich trauen, ihm die Erlaubnis zu verweigern. Wie erwartet kommt ein Stammeln aus dem Funkgerät.

»Ver-verstanden, Flotte Eins«, antwortet ein Mann. Seine tiefe, schnarrende Stimme kann sein Unbehagen nicht verbergen. »Verzeihen Sie, aber wir erwarten Seine Königliche Hoheit eigentlich erst morgen Nachmittag?«

Morgen. Morgen ist der vierte Tag, der Tag, an dem wir laut Jon sterben sollten – und er hatte Recht. Denn Maven würde eine ganze Armee von zusätzlichen Wachen mitbringen, von Königswächtern bis zu tödlichen Kriegern wie Ptolemus und Evangelina. Gegen sie hätten wir keine Chance.

Ich winke, um Nanny ein Zeichen zu geben, doch sie ist bereits da. Ich bekomme Gänsehaut, als ich sie in Mavens Gestalt so dicht neben mir stehen sehe.

»Der König folgt seinem eigenen Zeitplan«, sagt sie ins Mikrofon und ihre Wangen laufen silbern an. Ihr Ton ist nicht scharf genug, die

Stimme jedoch unverkennbar. »Und ich gedenke nicht, mich einem besseren *Türsteher* gegenüber zu rechtfertigen.«

Der Krach am anderen Ende der Leitung kann nur bedeuten, dass unser Gesprächspartner vom Stuhl gefallen ist. »Ja. Ja, natürlich, Hoheit.«

Hinter uns prustet jemand in seinen Ärmel. Wahrscheinlich Kilorn.

Cal nickt Nanny zu und übernimmt das Handmikrofon dann wieder. Ich sehe ihm an, dass er dasselbe schmerzliche Unbehagen empfindet wie ich, wenn er Nanny in Gestalt von Maven sieht. »Wir landen in zehn Minuten. Bereiten Sie in Corros alles für die Ankunft des Königs vor.«

»Ich werde persönlich dafür –«

Cal schaltet das Funkgerät ab, bevor der Mann seinen Satz beenden kann, und lässt sich dann zu einem erleichterten Grinsen hinreißen. Die anderen brechen erneut in Jubel über einen noch nicht erreichten Sieg aus. Ja, das erste Hindernis ist überwunden, aber es werden noch viele weitere folgen. Und sie alle warten da unten auf uns, auf den graugrünen Feldern, die die Einöde von Wash umgeben und das Gefängnis verbergen, das womöglich unser Verderben wird.

Am östlichen Horizont zeigt sich ein erster Schimmer von Tageslicht, doch der Himmel über uns ist noch tiefblau, als die Blackrun auf der glatten Landebahn von Corros landet. Das hier ist zwar keine Militärbasis mit Flugzeuggeschwadern und Hangars, aber es ist trotzdem eine Anlage der Silbernen und über allem hängt spürbar eine Atmosphäre der Gefahr. Ich setze den Helm auf, um mein Gesicht zu verbergen. Cal und die anderen tun es mir nach, und wir alle klappen das Visier herunter. Für Außenstehende müssen wir bedrohlich aussehen; schwarz gekleidet und maskiert begleiten wir den mitleidlosen jungen König auf seiner Reise in sein geheimes Gefängnis. Hoffentlich konzentrieren die Wachen sich mehr auf die Anwesenheit ihres Königs als auf seine Begleiter.

Mich hält es nicht mehr länger auf meinem Sitz und ich springe so schnell auf, dass die Sicherheitsgurte hinter mir klirren und rasseln. Ich tue, was ich tun muss, auch wenn es mir widerstrebt, und nehme Nannys Arm. *Sie fühlt sich sogar an wie Maven.*

»Schau durch die Leute hindurch«, sage ich. Der Helm dämpft meine Stimme. »Lächle kalt. Vermeide Small Talk und Hofklatsch erst recht. Benimm dich, als hättest du eine Million Geheimnisse und wärst der einzige Mensch, der wichtig genug ist, sie zu kennen.«

Sie nickt und nimmt das alles gelassen auf. Schließlich haben sowohl Cal als auch ich ihr erklärt, was sie tun muss, um als Maven durchzugehen. Dies hier ist nur eine kleine Erinnerung, ein letzter Blick ins Buch vor dem großen Test. »Ich bin nicht dumm«, erwidert sie kühl, und ich verpasse ihr beinahe einen Kinnhaken. *Sie ist nicht Maven*, schrillt es dann so laut wie eine Alarmglocke durch meinen Kopf.

»Ich glaube, du hast den richtigen Ton getroffen«, sagt Kilorn, während er sich erhebt. Er nimmt meinen Arm und zieht mich ein Stück weg. »Mare hätte dich gerade am liebsten umgebracht.«

»Sind alle bereit?«, fragt Farley, die schon im hinteren Teil des Jets bereitsteht. Ihre Hand schwebt über dem Schalter, der die Rampe ausfahren lässt.

»Aufstellung!«, ruft Cal und klingt für meinen Geschmack ein bisschen zu sehr wie ein Militärausbilder. Doch wir gehorchen und formieren uns genau so, wie er es uns beigebracht hat, mit Nanny an der Spitze. Cal stellt sich neben sie, denn seine Rolle ist die ihres tödlichsten Leibwächters.

»Dann wollen wir mal ein paar schlechte Entscheidungen treffen«, sagt Farley und ich höre sie förmlich lächeln, als sie auf den Schalter drückt.

Ein Zischen schneidet durch die Luft. Die Verriegelung löst sich, Leitungen pulsieren, dann fährt die Rampe herunter, und wir begrüßen den Morgen, der für einige von uns der letzte sein wird.

Ein Dutzend Soldaten hat in respektvollem Abstand zur Blackrun Aufstellung genommen. Ihre Reihen sind fest geschlossen. Als sie die Neublüterin erblicken, die als ihr König maskiert ist, salutieren sie mit steifen, zackigen Bewegungen: eine Hand aufs Herz, ein Knie auf dem Boden. Durch das geschlossene Visier meines Helms sieht die Welt dunkler aus, aber das gedeckte Grau ihrer Militäruniformen und das niedrige, unscheinbare Gebäude dahinter bleiben mir nicht verborgen. Keine bronzefarbenen Tore, keine Wände aus Diamantglas – es gibt nicht einmal Fenster. Nur ein einzelner, flacher Betonkasten, der sich weit in die unbestellten Flächen der Ödnis hineinzieht: *das Gefängnis von Corros.* Ich gestatte mir einen letzten Blick zurück zum Jet und auf die Landebahn, die sich in die Ferne erstreckt, wo Schatten und Strahlung eine Einheit bilden. In der anbrechenden Dämmerung kann ich zwei runde, dickbauchige Flugzeuge ausmachen. Dies sind Gefängnismaschinen, die für Gefangenentransporte genutzt werden und, wenn alles nach Plan läuft, bald wieder zum Einsatz kommen.

Wir nähern uns Corros schweigend und bemühen uns dabei, im

Gleichschritt zu marschieren. Cal schreitet mit geballter Faust neben Nanny her, während ich mit Cameron zu meiner Linken und Shade zu meiner Rechten hinter ihnen bleibe. Farley und Kilorn bilden die Mitte und halten ihre Waffen griffbereit. Es liegt Gefahr in der Luft, die geradezu elektrisch aufgeladen zu sein scheint.

Es ist nicht der Tod, den ich fürchte, nicht mehr. Dafür habe ich ihm bereits zu oft ins Gesicht gesehen. Aber das Gefängnis an sich, die Vorstellung, eingesperrt und in Ketten gelegt und dann in ein willenloses Instrument der Königin verwandelt zu werden – *das* ist mir unerträglich. Ich würde lieber sterben, als dieses Schicksal zu erleiden. Und das geht uns allen so.

»Eure Hoheit«, sagt einer der Soldaten und wagt es, zu dem aufzusehen, den er für den König hält. Das Abzeichen an seiner Brust, drei gekreuzte Schwerter aus rotem Metall, kennzeichnet ihn als Hauptmann. Die roten und blauen Streifen an seinen Schultern müssen die Farben seines Hauses sein. *Haus Iral.* »Willkommen im Gefängnis von Corros.«

Nanny sieht, wie besprochen, einfach durch ihn hindurch und entlässt ihn herablassend mit einer Bewegung ihrer bleichen Hand. Das sollte genügen, um jeden von ihrer vorgegebenen Identität zu überzeugen. Doch während die Soldaten warten, schweift der Blick des Hauptmanns über uns. Er registriert unsere Uniformen – und das Fehlen von Königswächtern im Gefolge des Monarchen. Bei Cal zögert er und nimmt dessen Helm genauer in Augenschein. Er sagt jedoch nichts, und seine Soldaten formieren sich und marschieren dann neben uns her. *Haven*, *Osanos*, *Provos*, *Macanthos*, *Eagrie* – an einigen der Uniformen fallen mir die Farben vertrauter Häuser auf. Das letzte, Haus Eagrie, das Seher-Haus, ist unser erstes Ziel. Ich zupfe Cameron am Ärmel und deute mit dem Kinn vorsichtig auf den bärtigen blonden Mann mit den aufmerksamen Augen und den weißen und schwarzen Schulterstreifen.

Sie neigt den Kopf und ballt in stiller Konzentration die Fäuste. Der Angriff hat begonnen.

Der Hauptmann positioniert sich an Nannys freier Seite und tritt dabei so geschmeidig vor mich, dass ich es kaum wahrnehme. *Ein Gleiter*. Er hat gebräunte Haut, glänzendes schwarzes Haar und hohe Wangenknochen, genau wie Sonya Iral und ihre Großmutter, der gefährlich graziöse Panther. Ich kann nur hoffen, dass der Hauptmann kein solcher Experte in Sachen Intrigen ist wie sie, sonst wird das hier weitaus schwieriger als erwartet.

»Eure Vorgaben sind fast vollständig erfüllt, Hoheit«, sagt er. »Alle Blöcke wurden, wie angewiesen, einzeln versiegelt, und die nächste Lieferung Stiller-Stein wird morgen zusammen mit der neuen Wacheinheit eintreffen.«

»Gut«, antwortet Nanny gelangweilt. Sie beschleunigt ihre Schritte ein wenig und der Hauptmann passt sich, ebenso wie Cal, ihrem Tempo an. Wir rücken auf. Es sieht fast aus wie eine Verfolgungsjagd.

Während es sich bei der Sicherheitszentrale von Harbor Bay um ein prächtiges Gebäude handelte, eine Vision aus geformtem Stein und funkelndem Glas, ist Corros so grau und trist wie seine Umgebung. Nur der Eingang, eine einzelne Tür aus schwarzem Eisenoxid, die nahtlos in die Wand eingepasst ist, durchbricht die Monotonie des Gefängnisses. Es gibt keine Angeln, kein Schloss oder Griff – die Tür sieht aus wie ein Abgrund, wie ein klaffender Schlund. Doch ich spüre Elektrizität an den Rändern, die von einer kleinen eckigen Tafel direkt neben der Tür ausgeht. *Der Schlüsselschalter*. So wie Cameron es gesagt hat. Der Schlüssel selbst hängt an einer schwarzen Kette, die von Irals Hals baumelt, doch er macht keine Anstalten, sie über seinen Kopf zu ziehen.

Auch Kameras sehe ich, wachsame kleine Augen, die auf die Tür gerichtet sind. Aber sie bereiten mir keinerlei Kopfzerbrechen. Was mir Sorgen macht, sind der Gleiter-Hauptmann und seine Soldaten, die uns umzingelt haben und mit uns weiter vorwärtsmarschieren.

»Ich fürchte, ich kenne Sie nicht, Pilot, und den Rest von Ihnen auch nicht«, beginnt der Hauptmann und beugt sich vor, um Cal an Nanny vorbei mit scharfem Blick zu fixieren. »Würden Sie sich bitte identifizieren?«

Ich balle die Fäuste, damit meine Hände nicht zittern. Cal tut jedoch nichts dergleichen. »Es genügt, wenn Sie mich weiterhin Pilot nennen, Hauptmann Iral«, sagt er, ohne sich die Mühe zu machen, dem Hauptmann den Kopf zuzuwenden.

Wie zu erwarten, bebt Iral vor Zorn. »Die Gefängnisanlage von Corros steht unter meinem Kommando und meinem Schutz, *Pilot.* Wenn Sie glauben, dass ich Sie eintreten lasse, ohne –«

»Ohne was, Hauptmann?« Jedes Wort, das aus Nannys Mund kommt, klingt schneidend scharf und geht mir durch und durch. Der Hauptmann wiederum erstarrt und läuft silbern an, während er eine unbedachte Antwort herunterschluckt. »Soweit ich weiß, gehört Corros noch immer zu Norta. Und wem gehört Norta?«

»Ich tue nur meine Pflicht, Hoheit«, haspelt der Hauptmann, doch er hat den Kampf bereits verloren. Er salutiert erneut, indem er die Hand aufs Herz legt. »Die Königin hat mich mit der Verteidigung dieses Gefängnisses beauftragt und ich führe nur ihre Befehle aus, ebenso wie Eure.«

Nanny nickt. »Dann *befehle* ich Ihnen, die Tür zu öffnen.«

Er verbeugt sich und tritt zur Seite. Eine Soldatin, eine ältere Frau mit einem strengen silbernen Zopf und kantigen Kieferknochen, legt ihre Hand auf die Eisentür. Ich brauche die schwarzen und silbernen Streifen auf ihrer Schulter nicht zu sehen, um zu wissen, dass sie Haus Samos entstammt und eine Magnetorin ist. Das Eisen bewegt sich unter ihrer Berührung und zersplittert in lauter Einzelteile, die sich zügig zur Seite bewegen. Uns schlägt feuchtkalte Luft entgegen, die leicht säuerlich riecht. Nach *Blut*. Doch in der mit strahlend weißen Kacheln ausgekleideten Eingangshalle ist nicht der Hauch eines Flecks zu sehen. Nanny tritt als Erste ein, und wir folgen ihr.

Cameron zittert neben mir und ich stupse sie sanft an. Wenn ich könnte, würde ich ihre Hand halten. Nicht auszumalen, wie schrecklich das hier für sie sein muss. Ich würde lieber sterben, als an einen Ort wie Corros oder Archeon zurückzukehren.

Der Eingangsbereich ist merkwürdig schlicht und kahl. Hier hängen weder Bilder von Maven noch irgendwelche Banner. Dieser Ort muss niemanden beeindrucken, darum wird hier auch keine Dekoration benötigt. Nur surrende Kameras gibt es. Hauptmann Irals Soldaten nehmen wieder ihre Posten rechts und links der vier Türen ein. Die schwarze Tür hinter uns schließt sich mit einem ohrenbetäubend lauten, metallischen Quietschen. Die Türen rechts und links daneben sind silbern angestrichen und glänzen in dem grellen Gefängnislicht. Die Tür vor uns, durch die unser Weg führt, ist in einem unerträglichen Blutrot gehalten.

Iral bleibt jedoch stehen und zeigt auf eine der silbernen Türen. »Ich nehme an, Ihr wollt Ihre Hoheit, die Königin, sehen?«

Ich bin sehr froh über unsere Helme, denn ohne sie würde der

Hauptmann unsere entsetzten Mienen sehen. *Elara ist hier. Die Königin ist hier.* Bei dem Gedanken, ihr gegenübertreten zu müssen, dreht sich mir der Magen um, und ich übergebe mich fast in meinen Helm. Selbst Nanny erbleicht und ihre Stimme stockt trotz all ihrer Bemühungen. Ich spüre Kilorn in meinem Rücken, nur wenige Zentimeter von mir entfernt. Er sagt nichts, aber ich höre trotzdem, was er mir mitteilen will. *Weg hier. Nichts wie weg hier.* Aber weglaufen ist keine Option mehr für mich.

»Ihre Hoheit ist hier?«, würgt Cal heraus, und eine Sekunde lang fürchte ich, dass er sich vergessen hat. »Immer noch?«, fügt er dann schnell hinzu. Trotzdem wird der Hauptmann erneut misstrauisch. Der Verdacht ist wie eine Explosion in seinen Augen.

Glücklicherweise fängt Nanny laut zu lachen an. Sie klingt kalt und herablassend dabei. »Meine Mutter hat schon immer gemacht, was sie wollte. Das wissen Sie doch«, sagt sie zu Cal, als wollte sie ihn zurechtweisen. »Ich bin wegen anderer Angelegenheiten hier, Hauptmann. Wir brauchen sie also nicht zu stören.«

Der Hauptmann lächelt höflich, doch sein Gesicht verzieht sich dabei zu etwas Hässlichem, fast Spöttischem. »Wie Ihr wünscht, Hoheit.«

Kilorn tippt mich an. Er sieht, was ich sehe. *Der Hauptmann traut der Sache nicht mehr.* Ich drehe mich um, lege meine Hand auf Camerons Ellbogen und drücke zu. Das ist das nächste Zeichen, das wir vereinbart haben. Ihre Muskeln spannen sich an und sie konzentriert sich mit ganzer Kraft darauf, die Fähigkeit des Eagrie-Sehers zu blockieren, damit er nicht vorhersehen kann, was jetzt folgt. Verwirrung tritt auf sein Gesicht, aber er schüttelt sie ab und versucht erneut, sich zu konzentrieren. Er versteht nicht, was mit ihm geschieht.

»Und aus welchem Grund seid Ihr hier?«, drängt Iral. Er trägt noch immer sein dämonisches Grinsen im Gesicht und macht einen lässigen Schritt auf uns zu. Es wird sein letzter sein. »Nehmen Sie bitte Ihre Helme ab.«

»Nein«, sage ich zu ihm.

Mit einem lockeren Atemzug greife ich auf die Kameras zu, die auf uns gerichtet sind. Als Iral den Mund öffnet, um zu schreien, atme ich aus, woraufhin die Kameras in einem Feuerwerk aus kleinen Funken explodieren. Als Nächstes folgen die Lichter, die an und aus flackern und uns abwechselnd in pechschwarze Dunkelheit und grelles Licht tauchen. Wir sind auf diese Situation vorbereitet. Die Soldaten von Corros nicht.

Flammen rasen über die Kacheln und werfen seltsames, flirrendes Licht über das Weiß. Sie blockieren alle Türen, springen bis zur Decke hoch und sperren die Soldaten zusammen mit uns und der flackernden Dunkelheit ein. Der Soldat aus dem Haus Osanos, ein Nymph, zieht hektisch Feuchtigkeit aus der Luft, doch sie reicht nicht aus, um Cals tosendes Feuer zu bekämpfen. Ein Versteinerer rast auf mich zu. Seine Haut verwandelt sich vor meinen Augen, doch dann trifft er auf eine Wand namens Nix Marsten. Darmian gesellt sich dazu, und die beiden unverwundbaren Neublüter beginnen, den Soldaten auseinanderzunehmen. Den anderen ergeht es ebenso schlecht. Ketha macht den Provos-Kopflenker unschädlich, indem sie sein Herz mit solcher Wucht explodieren lässt, dass es ihn von innen heraus zerfetzt. Die Haven-Soldatin, eine Schattengeherin, gibt sich alle Mühe, die Dunkelheit zu bekämpfen, indem sie die Schatten krümmt und zu einem schwarzen Nebel zusammenzieht, aus dem plötzlich gleißende Helligkeit hervorbricht. Selbst unsere Helme richten wenig gegen dieses grelle Licht aus, und ich muss die Augen schließen. Als ich sie wieder öffne, liegt die Haven-Frau auf dem Boden und in ihrem Hals klafft eine tiefe Wunde. Sie hustet silbernes Blut auf die Kacheln, während mein Bruder mit einem Messer in der Hand über ihr steht. Hinter ihm fällt der Eagrie-Seher auf die Knie und fasst sich verzweifelt an den Kopf.

»Ich kann nichts sehen!«, heult er und kratzt über seine Augen, bis nicht nur Tränen, sondern auch Blutstropfen seine Wangen benetzen. »Ich sehe nichts, was passiert hier? Was hat das zu bedeuten? Was seid ihr?«

Cameron zieht als Erste ihren Helm aus. Sie hat noch nie zuvor einen Menschen getötet, nicht einmal bei ihrer Flucht. Das sehe ich ihr deutlich an, denn aus ihrer Miene spricht Entsetzen. Trotzdem lässt sie nicht locker. Ob aus Tapferkeit oder Bösartigkeit, vermag ich nicht zu sagen. Sie hält den Mann mit ihrer Stiller-Fähigkeit so lange im Griff, bis er aufhört zu weinen, aufhört sich das Gesicht zu zerkratzen und aufhört zu atmen. Er stirbt, während er mit weit aufgerissenen Augen ins Nichts starrt, blind und taub in seinen letzten Sekunden. Es muss sich anfühlen, wie lebendig begraben zu werden.

Nach kaum mehr als einer Minute ist es vorbei. Zwölf Silber-Soldaten liegen tot auf den Fliesen. Einige sind verbrannt, einige kamen durch Stromschläge ums Leben, andere wurden erschossen und wieder anderen die Schädel eingeschlagen. Kethas Art zu töten ist die schmutzigste; die Spritzer an der Wand sind ihr Werk. Laut keuchend steht sie da und versucht die Augen vor dem zu verschließen, was sie getan hat. Ihre Fernberster-Fähigkeit hat etwas Grausiges.

Nur Lory ist verwundet. Sie hatte sich zusammen mit Gareth den Magnetor vorgeknöpft und dabei einen Metallsplitter in den Arm bekommen, aber die Verletzung ist nicht allzu schlimm. Farley ist sofort an ihrer Seite, zieht das dolchartige Teil heraus und lässt es klirrend zu Boden fallen. Lory entweicht nicht einmal ein Stöhnen.

»Wir haben vergessen, Verbandsmaterial mitzunehmen«, murmelt Farley und presst ihre Hand auf die blutende Schnittwunde.

»*Du* vielleicht«, erwidert Ada und zieht ein kleines Bündel weißen Stoffs aus ihrer Innentasche. Sie wickelt ihn fachkundig um Lorys Arm, aber innerhalb von Sekunden erscheint ein Blutfleck darauf.

Kilorn gluckst leise in sich hinein; er ist der Einzige, der sich in einem solchen Moment amüsieren kann. Zu meiner Erleichterung sieht er unverletzt aus. Qualm dringt aus dem Lauf seines Gewehrs, das er gerade neu lädt. Mindestens zwei Silberne wurden von seinen Kugeln durchsiebt. Man könnte meinen, all das würde ihn unberührt lassen. Doch ich weiß es besser. Auch wenn er lacht, macht Kilorn diese blutige Arbeit keinen Spaß.

Ebenso wenig wie Cal. Er beugt sich über den toten Hauptmann Iral und zieht ihm vorsichtig den schwarzen Schlüssel über den Kopf. *Ich werde sie nicht töten*, hat er zu mir gesagt, bevor wir die Sicherheitszentrale von Harbor Bay stürmten. Er hat seinen eigenen Schwur gebrochen, und das setzt ihm mehr zu als jede verlorene Schlacht.

»Nanny«, murmelt er, ohne den Blick von Iral abwenden zu können. Mit bebenden Fingern schließt er die Augen des Hauptmanns für immer. Nanny steht hinter ihm und konzentriert sich auf Irals Gesicht. Nur wenige Sekunden später gleicht ihr Aussehen seinem, und ich atme erleichtert auf. Denn selbst ein falscher Maven ist beinahe mehr, als ich ertragen kann.

An Irals Gürtel ertönt ein Knistern und Rauschen – sein Funkgerät. »Hauptmann Iral, was geht da unten vor?«, fragt eine Stimme, vermutlich aus der Kommandozentrale. »Die Überwachungskameras sind ausgefallen.«

»Nur eine kleine Funktionsstörung«, antwortet Nanny mit Irals Stimme. »Kann sein, dass sie weiter um sich greift. Aber ich hoffe nicht.«

»Verstanden, Hauptmann.«

Cameron reißt ihren Blick von dem toten Eagrie-Seher los und legt eine Hand an die rote Tür.

»Hier entlang«, sagt sie so leise, dass es fast nicht zu hören ist.

Ich spüre die Kommandozentrale des Gefängnisses wie einen pulsierenden Nerv, der alle Kameras der Anlage kontrolliert. Er zieht mich an, lotst mich durch die Gänge mit all ihren Verzweigungen. Auch die Flure sind weiß gefliest wie die Eingangshalle, nur nicht ganz so sauber. Bei genauerem Hinsehen erkenne ich Blut in den Fugen, das mit der Zeit braun geworden ist. Irgendwer hat versucht es abzuwaschen, um zu vertuschen, was auch immer geschehen ist, aber er war nicht gründlich genug. *Rotes Blut lässt sich schwer beseitigen.* Ich vermute die Königin dahinter. Wer weiß, welche Albträume sie sich tief im Innern von Corros ausgedacht hat.

Irgendwo hier setzt sie gerade ihr Furcht einflößendes Werk fort. Möglicherweise ist sie, alarmiert durch die Unruhe, schon auf dem Weg zu uns. *Ich hoffe es. Ich hoffe, sie kommt jetzt gleich um die Ecke, damit ich sie töten kann.*

Doch statt auf Königin Elara stoßen wir nach der nächsten Abbiegung auf eine weitere Tür ohne Schloss, an der ein großes *D* prangt. Cameron macht sich sofort mit ihrem Messer daran, die Tafel des Schlüsselschalters aufzustemmen. Es gelingt ihr innerhalb von Sekunden, und sie greift entschlossen in das Kabelgewirr.

»Wir müssen durch diese Tür, um zur Kommandozentrale zu gelangen«, sagt sie. »Dahinter warten zwei Magnetoren. Haltet euch bereit.«

Cal räuspert sich leise und lässt den Schlüssel vor ihrer Nase baumeln. »Oh«, murmelt sie errötend, nimmt ihn und steckt ihn in den Schalter. »Sagt mir Bescheid, wenn's losgehen soll.«

»Gareth«, beginnt Cal, doch Gareth braucht keine Aufforderung, er baut sich bereits vor der Metalltür auf. Nanny, die immer noch Iral verkörpert, stellt sich neben ihn. Beide wissen genau, was sie zu tun haben.

Die anderen sind sich ihrer Sache jedoch nicht so sicher. Ketha sieht aus, als würde sie jeden Moment in Tränen ausbrechen. Sie streicht sich nervös über die Arme, als fürchte sie, einen davon verloren zu haben. Farley will sie berühren, doch Ketha schlägt ihre Hand weg. Mir wird mit Schrecken bewusst, dass ich keine Ahnung habe, wie man sie am besten beruhigen kann. Braucht sie eine Umarmung oder eher eine Ohrfeige?

»Halt uns den Rücken frei!«, befehle ich brüsk in der Hoffnung, damit die goldene Mitte zu treffen. Ketha erschaudert und sieht mich wütend an. Ihr Zopf hat sich gelöst und sie zieht an den losen dunklen Haarsträhnen. Dann nickt sie langsam und dreht sich um, um den leeren Flur hinter uns im Blick zu behalten. Sie schnieft so laut, dass es von den Fliesen widerhallt.

»Nie wieder«, murmelt sie. Aber sie hält die Stellung. Darmian und Nix gesellen sich zu ihr, um sie zu unterstützen und vor allem ihre Moral zu stärken. Wenigstens bilden sie gemeinsam einen guten Schutzwall, wenn die Wachen begreifen, was hier oben los ist. *Was sehr bald der Fall sein dürfte.*

Auch Cal weiß, wie eilig wir es haben. »Jetzt«, sagt er und presst sich, wie wir anderen, an die Wand.

Der Schlüssel dreht sich im Schloss, setzt den Mechanismus in Gang. Die Tür öffnet sich und gibt den Blick auf einen riesigen höhlenartigen Zellenblock frei. In krassem Gegensatz zu den weiß gefliesten Fluren sehen die Zellen grau, kalt und schmutzig aus. Irgendwo tropft Wasser, und die Luft ist eklig feucht. Die übereinandergestapelten Zellen reichen vier Ebenen tief in die Dunkelheit hinab, ohne von Galerien oder Treppen verbunden zu sein. Überwacht wird das Ganze von vier Kameras – in jeder Ecke der Decke hängt eine. Sie auszuschalten ist eine leichte Übung für mich. Die einzige Leuchte in diesem Raum flackert grellgelb, aber das kleine Oberlicht zeigt einen blauen Flecken Himmel, der uns verrät, dass die Sonne aufgeht. Dort oben befindet sich auch ein einzelner Steg aus glänzendem Metall, auf dem zwei Magnetoren in grauen Uniformen stehen. Beide wirbeln herum, als sie hören, dass jemand durch die Tür kommt.

»Was wollen –?«, beginnt der erste und macht einen Schritt auf uns zu. Er trägt die Farben des Hauses Samos. Als er Nanny neben Gareth stehen sieht, erstarrt er. »Hauptmann Iral.« Mit einer schnellen Handbewegung lässt der Samos-Magnetor Metallplatten vom Boden des Blocks aufsteigen und fügt aus ihnen vor unseren Augen einen neuen Steg zusammen, der dann mit seinem verschmilzt, so dass Gareth und Nanny darauf entlanggehen können.

»Frisches Blut?«, fragt der andere Wachmann glucksend und nickt Gareth mit einem verschlagenen Grinsen zu. Ich kann die Farben seines Hauses nicht zuordnen. »Aus welcher Legion bist du?«

Nanny fährt dazwischen, bevor Gareth antworten kann. »Öffnen Sie die Zellen! Es ist Zeit für einen Spaziergang.«

Zu unserem Verdruss tauschen die Wachmänner verwirrte Blicke aus. »Wir haben sie erst gestern rausgelassen. Sie sind noch nicht fällig für –«

»Befehl ist Befehl. Das gilt für mich und für Sie«, erwidert Nanny. Sie hebt Irals Schlüssel hoch und schwenkt ihn hin und her. »Öffnen Sie die Zellen!«

»Also stimmt es, dass der König wieder da ist?«, fragt Samos kopfschüttelnd. »Kein Wunder, dass in der Kommandozentrale Aufruhr herrscht. Wollen wohl gut dastehen vor der Krone. Vor allem, wo die Mutter immer noch hier rumschleicht.«

»Sie ist schon sehr seltsam, diese Königin«, sagt der andere und kratzt sich am Kinn. »Keine Ahnung, was sie hier macht, aber ich will es auch gar nicht wissen.«

»Die Zellen!«, wiederholt Nanny in scharfem Ton.

»In Ordnung, Sir«, grummelt der erste Magnetor, stößt den anderen mit dem Ellbogen an und sie wenden sich gemeinsam den Dutzenden Zellen zu, die vom Boden bis zur Decke übereinanderliegen. Viele von ihnen sind leer, aber einige enthalten Schatten, die unter der Last des Stiller-Steins leiden. Gefangene Neublüter, die kurz davorstehen, freigelassen zu werden.

Weitere Stege bilden sich und rücken in Position. Das Ganze dröhnt, als würde ein riesiger Hammer gegen eine Wand aus Aluminium donnern. Die Stege reihen sich an den Zellen entlang und bilden Galerien rund um den Block, während weitere Metallplatten sich zu Treppen entfalten, die die einzelnen Ebenen verbinden. Einen Moment lang bin ich ganz überwältigt von dem Wunder, das hier geschieht. Ich habe Magnetoren bislang nur im Kampf erlebt, wo sie ihre Fähigkeiten einsetzten, um zu töten und zu zerstören. Niemals jedoch, um etwas zu erschaffen. Es fällt leicht, sich vorzustellen, wie sie Jets und luxuriöse Gefährte fertigen, indem sie grobes Eisen zu hauchdünnen glatten Konstrukten von großer Schönheit formen. Oder metallene Kleider wie die, in die Evangelina so vernarrt war. Selbst jetzt gebe ich zu, dass sie großartig waren, auch wenn das Mädchen, das sie trug, ein Monster ist. Doch als die Türen aller Zellen offen stehen und die Menschen darin sich rühren, sind mein Staunen und meine Bewunderung wie weggeblasen. Diese Magnetoren sind Gefängniswärter, Killer, die Unschuldige hinter Gittern leiden und sterben lassen, nur weil Maven es sagt. Sie befolgen Befehle, ja, aber sie *entscheiden* sich dafür, sie zu befolgen.

»Los, los, raus mit euch!«

»Auf die Beine, Zeit zum Gassigehen!«

Die Magnetoren traben von Zelle zu Zelle, zerren die Neublüter gewaltsam von ihren Pritschen und stoßen die, die nicht schnell genug aufstehen können, einfach auf den Steg hinaus. Ein kleines Mädchen landet gefährlich nah an der Kante und fällt beinahe hinab. Sie sieht Gisa so ähnlich, dass ich einen Schritt vortrete und Kilorn mich zurück an die Wand zerren muss. »Noch nicht«, knurrt er in mein Ohr.

Noch nicht. Ich balle die Fäuste und es juckt mir in den Fingern, meinen Blitz auf die beiden Wachen loszulassen, die sich unserer Tür immer mehr nähern. Noch haben sie uns nicht gesehen, aber das werden sie mit Sicherheit bald.

Cal ist der Erste, den der Samos-Wachmann sieht, und er erstarrt, als hätte man auf ihn geschossen. Er blinzelt und traut seinen Augen nicht. Doch bevor er reagieren kann, verlassen seine Füße den Boden und er wird unsanft nach oben an die Decke geschleudert. Dem anderen ergeht es genauso. Gareth lässt die beiden gegen die Betondecke schlagen, bis ihre Knochen mit einem knirschenden Geräusch zermalmt sind.

Wir stürmen geschlossen und so rasch wir können in den Zellenblock. Ich komme als Erste bei dem kleinen Mädchen an und hebe es vom Boden auf. Es röchelt und zittert am ganzen Körper. Doch der Druck des Stiller-Steins hat nachgelassen, und schon kehrt ein wenig Rot zurück auf seine blassen, feuchtkalten Wangen.

»Die Blitzwerferin«, murmelt das Mädchen und betastet mein Gesicht. Es bricht mir das Herz.

Ein Teil von mir will sie einfach nehmen und wegrennen, sie aus alldem hier befreien. Aber unsere Aufgabe ist noch lange nicht erfüllt, und ich darf noch nicht gehen. Nicht einmal für das kleine Mädchen. Also stelle ich sie auf ihre zittrigen Beine und mache meine Hand vorsichtig los.

»Folgt uns, so gut ihr könnt. Kämpft, so gut ihr könnt!«, rufe ich durch den Block und lehne mich dabei über den Rand der Galerie, um sicherzugehen, dass alle mich hören und sehen können. Weit unter mir haben die wenigen Gefangenen, die in diesen Zellen überleben konnten, bereits damit begonnen, die Metallstufen zu erklimmen. »Wir werden dieses Gefängnis heute verlassen, zusammen und lebendig!«

Eigentlich sollte ich inzwischen wissen, dass es besser ist, nicht zu lügen. Aber diese Gestalten brauchen eine Lüge, die sie wiederaufrichtet, und wenn durch meine Täuschung auch nur ein Leben gerettet wird, ist es den Preis meiner Seele wert.

26

Blinde Kameras können uns nur eine gewisse Zeit lang schützen – und diese Zeit ist offenbar vorbei. Es geht mit Explosionen hinten im Flur los. Ich höre Ketha bei jedem Donnerschlag aufschreien; sie fürchtet sich vor dem, was sie mit Fleisch und Knochen angerichtet hat und weiterhin anrichtet. Jeder ihrer verzerrten Schreie sendet Schockwellen durch den Zellenblock und lähmt die ohnehin schon langsamen Neublüter noch mehr.

»Vorwärts!«, befiehlt Farley. Ihre manische Energie ist verflogen und hat einer strengen Autorität Platz gemacht. »Hinter Ada her, hinter Ada!« Sie treibt sie wie eine Herde Schafe an und zerrt viele förmlich die Treppe hinauf. Shade unterstützt sie, indem er die Ältesten und Jüngsten von der untersten Ebene teleportiert, auch wenn das die meisten von ihnen verwirrt. Kilorn bewahrt sie mit Hilfe seiner langen Arme davor, vom Steg zu kippen.

Ada steht neben einer Tür, zu der sie die Neublüter mit ausholenden Armbewegungen dirigiert. Sie ist mit einem großen, schwarzen *C* gekennzeichnet. »Hierher!«, schreit sie. Mit schnellen Blicken zählt sie alles und jeden. Ich muss viele zu ihr hinschubsen, denn aus unerfindlichen Gründen zieht es sie zu mir. Wenigstens das kleine Mädchen begreift. Es geht zu Ada und klammert sich an ihrem Bein fest in der Hoffnung, dem Lärm zu entkommen. Im Zellenblock hallt jedes Geräusch wider und wird von den Betonwänden und Metallverkleidungen in das schreckliche Kreischen eines Untiers verwandelt. Dann fallen Gewehrschüsse, gefolgt von Nix' unverkennbarem Lachen. Aber wenn der Angriff so weitergeht, wird er nicht mehr lange etwas zu lachen haben.

Jetzt beginnt der Teil, vor dem ich mich am meisten fürchte und gegen den ich mich am meisten gewehrt habe. Aber Cal hat keinen Zweifel gelassen – *wir müssen uns aufteilen*. Einen größeren Bereich abdecken, mehr Gefangene befreien und – das ist das Wichtigste – sie sicher hier rausschaffen. Also renne ich, mit Cameron an meiner Seite, gegen den Strom der Neublüter an. Sie wirft den Schlüssel über ihre Schulter, und Kilorn fängt ihn geschickt auf. Er blickt uns nach, die Augen weit offen. Wir wissen beide, dass es das letzte Mal sein könnte, dass er mich sieht.

Cal folgt mir. Ich spüre seine Wärme selbst aus ein paar Metern Abstand. Er lässt den Steg hinter uns schmelzen und schneidet uns so von den anderen ab. Als wir die gegenüberliegende Tür erreichen, auf der KOMMANDOZENTRALE steht, macht Cameron sich an der Schalttafel zu schaffen. Ich kann nichts tun, außer abwechselnd zu Kilorn und zu meinem Bruder zu starren und mir ihre Gesichter einzuprägen. Ketha, Nix und Darmian kommen in den Zellenblock zurück; sie flüchten vor der Attacke, die sie nicht mehr abwehren können. Gewehrkugeln prallen von Metalloberflächen und von Nix' Körper ab. Wieder verlangsamt sich die Welt und ich wünschte, sie würde komplett stehenbleiben. Ich wünschte, Jon wäre hier, um mir zu sagen, was ich tun soll, um mir zu bestätigen, dass ich die richtigen Entscheidungen getroffen habe. Um mir zu sagen, wer sterben wird.

Da legt sich eine siedend heiße Hand um mein Kinn und zwingt meinen Blick weg von den anderen. »Konzentrier dich«, sagt Cal mit einem stechenden Blick. »Mare, du musst sie jetzt vergessen. Vertrau auf das, was du tust.«

Ich nicke kaum merklich. Ich kann kaum sprechen. »Ja.«

Hinter uns leert sich der Zellenblock. Vor uns sprühen Funken aus der Schalttafel. Die Tür geht auf.

Cal schiebt uns beide hindurch, und ich falle hart auf einen weiteren Fliesenboden. Mein Körper reagiert schneller als mein Verstand, so dass um mich herum der Blitz zum Leben erwacht. Er zerschmettert jeden Gedanken an Kilorn und Shade; alles, was bleibt, sind die Kommandozentrale jenseits des Flurs und das, was ich zu tun habe.

Genau wie Cameron gesagt hatte, handelt es sich bei der Zentrale um einen dreieckigen Raum aus undurchdringlichem, geriffeltem Diamantglas mit Schaltpulten, Monitoren, sechs geschäftigen Soldaten und den gleichen Metalltüren wie an den Zellen. Es sind insgesamt drei, in jeder Wand eine. Ich laufe auf die Tür vor uns zu, in der Erwartung, dass sie sich öffnet und die Soldaten drinnen den Kampf mit mir aufnehmen. Doch zu meiner Überraschung bleiben sie auf den Stühlen sitzen und sehen mich mit angstgeweiteten Augen an. Ich hämmere mit der Faust gegen die Tür und genieße den Schmerz, der sich in meiner Hand ausbreitet. »Aufmachen!«, schreie ich, als ob das etwas nützen würde. Der am nächsten sitzende Soldat zuckt zusammen und zieht sich von der Wand zurück. Auch er trägt die Abzeichen eines Hauptmanns.

»Nicht!«, befiehlt er und hebt die Hand, um seine Kameraden zu beruhigen.

Von oben ertönt eine Sirene.

»Wenn sie es nicht anders wollen«, sagt Cal und geht zu einer der anderen Türen.

Ein lauter Knall lässt mich zusammenzucken. Als ich mich umdrehe, erblicke ich dicke Granitblöcke, die vor die Tür gleiten, durch die wir gerade gekommen sind, und sie verschließen. Cameron grinst die Schalttafel an und tätschelt sie sogar. »Dadurch sollten wir ein paar Minuten gewinnen.« Ihre Knie knacken, als sie aufsteht. Beim Anblick der Kommandozentrale schwindet das Lächeln aus ihrem Gesicht. »Diese Idioten haben Angst«, knurrt sie und macht eine sehr unhöfliche Handgeste, die besser in die Gassen von Stilts passen würde. »Kommen wir durch das Glas an sie ran?«

Statt zu antworten, lenke ich meinen Blick auf die Monitore. Die explodieren in schneller Folge und lassen Funken und Glassplitter auf die Soldaten niederregnen. Die Sirene wird leiser und verstummt dann ganz. Alle Metallteile innerhalb der Kommandozentrale beben jetzt vor Elektrizität, brutzeln wie Eier in der Pfanne, so dass sich die Soldaten in der Mitte des Raums zusammendrängen. Einer von ihnen sinkt zu Boden und greift sich mit einer mir inzwischen vertrauten Geste an den Kopf. Sein Körper zuckt im Rhythmus von Camerons Faust, kämpft gegen ihre tödliche Fähigkeit. Er blutet aus Augen, Ohren und Mund. Bald wird er daran ersticken.

»Cameron!«, brüllt Cal, doch sie überhört ihn geflissentlich.

»Julian Jacos!«, rufe ich und hämmere wieder gegen das Glas. »Sara Skonos! Wo sind sie?«

Laut aufheulend bricht der nächste Soldat zusammen.

»Cameron!«

Doch sie hat nicht vor aufzuhören. Und das sollte sie auch nicht. Diese Leute haben sie ins Gefängnis geworfen, sie gefoltert, hungern lassen, und hätten sie auch getötet. Sie hat ein Recht auf Rache.

Meine eigenen Blitze werden stärker und zucken in dem Glaskasten hin und her. Die Soldaten müssen sich hinkauern, um meinem violett-weißen Zorn zu entgehen. Jeder Blitzschlag knistert und zischt und kommt ihren Körpern immer näher.

»Mare, *hör auf* –«, ruft Cal, doch ich höre ihn kaum.

»Julian Jacos! Sara Sko–«

Der Hauptmann kriecht jetzt auf mich zu und wirft sich gegen die Wand. »Block G!«, schreit er und klatscht mit der Handfläche nur wenige Zentimeter vor meinem Gesicht gegen das Glas. »Sie sind in Block G! Durch die Tür da!«

»Das reicht, kommt!«, knurrt Cal. Der Blick des Hauptmanns im Inneren der Kommandozentrale fliegt zu seinem gefallenen Prinzen hin.

Cameron lässt ein glockenhelles Lachen vernehmen. »Willst du die hier etwa am Leben lassen? Weißt du, was die mit uns gemacht haben? Mit uns allen hier, deine Silbernen eingeschlossen?«

»Bitte, *bitte*, wir haben doch nur unsere Befehle befolgt, die Befehle des *Königs* …«, fleht der Hauptmann und duckt sich vor einem weiteren Blitzschlag. Hinter ihm krümmt sich Camerons zweites Opfer und ergibt sich hilflos ihrer Stille. An den Wimpern des Mannes hängen glänzende Tränen. »Hoheit, ich flehe um Gnade, *Eure* Gnade …«

Ich denke an das kleine Mädchen in dem Zellenblock. Ihre Augen waren blutunterlaufen und durch ihre Kleidung hindurch konnte ich ihre Rippen spüren. Ich denke an Gisa und ihre gebrochene Hand. Das verblutete Baby in Templyn. Unschuldige Kinder. Ich denke an alles, was mir seit diesem schicksalhaften Sommer passiert ist, als mit einem toten Fischer dieser ganze Ärger begann. *Nein, es war nicht seine Schuld. Es war ihre. Ihre Gesetze, ihr Militärdienst, ihr Todes-*

urteil für uns alle. Sie haben das getan. Sie haben dieses Ende über sich selbst gebracht. Sogar jetzt, als Cameron und ich es sind, die sie zerstören, flehen sie noch um *Cals* Gnade. Sie flehen einen silbernen König an und spucken auf rote Königinnen.

Ich sehe Cal durch das geriffelte Glas. Es verzerrt sein Gesicht, so dass er Maven äußerst ähnlich sieht. »Mare«, sagt er leise, wie zu sich selbst.

Doch seine Einflüsterungen können mich jetzt nicht umstimmen. In meinem Inneren fühle ich etwas Neues, vertraut und fremd zugleich. Eine Kraft, die nicht aus meinem Blut entspringt, sondern aus freier Entscheidung. Aus dem, was ich geworden bin, und nicht aus dem, als was ich geboren wurde. Mit einem höhnischen Grinsen wende ich mich von Cals verzerrtem Anblick ab. Mir ist klar, dass ich genauso entstellt aussehe. So fühle ich mich auch.

»Blitze kennen keine Gnade.«

Ich habe einmal meinen Brüdern dabei zugesehen, wie sie mit einer Lupe eine Ameise verbrannten. Das hier ist schlimmer.

Während die einzeln abgeriegelten Zellenblöcke für die Gefangenen eine Flucht zwar fast unmöglich machen, sorgen sie auch dafür, dass sich die Wachen nur schlecht untereinander verständigen können. Und Chaos ist genauso wirkungsvoll wie Blitze oder Flammen. Keine Wache verlässt gern ihren Posten, schon gar nicht, wenn gerüchteweise der König in der Nähe ist, und so finden wir in Block G vier streitende Magnetoren vor.

»Du hast doch die Sirene gehört, irgendwas stimmt nicht –«

»Bestimmt nur eine Übung, um den kleinen König zu beeindrucken –«

»Ich kriege jedenfalls keine Verbindung zur Kommandozentrale!«

»Du hast doch vorhin gehört, dass es eine Störung bei den Kameras gibt, und bei den Funkgeräten bestimmt auch. Vielleicht spielt die Königin, die alte Hexe, wieder ihre Spielchen.«

Ich jage einen Blitz durch einen von ihnen, um ihre Aufmerksamkeit zu wecken. »Ihr habt die falsche Hexe im Sinn.«

Ehe der Steg unter mir wegbrechen kann, kralle ich mich an den Gitterstangen links von der Tür fest. Cal packt die auf der rechten Seite, und unter seiner flammenden Berührung werden die Stangen rot glühend und beginnen zu schmelzen. Cameron bleibt auf der Schwelle stehen. Auf ihrer Stirn glänzt Schweiß, aber sie zeigt keine Anzeichen von Ermüdung. Einer der Magnetoren stürzt von seinem ausfahrbaren Hochsitz und fällt drei Ebenen tief auf den Betonboden. Er verliert das Bewusstsein. Bleiben noch zwei.

Ein Hagelsturm aus scharfen Metallteilen zischt auf mich zu, jedes ein winziger, tödlicher Dolch. Bevor sie mich treffen, lasse ich locker und rutsche an der Stange abwärts, bis meine Füße auf dem Vorsprung der Zelle unter mir Halt finden. »Cal, ich könnte Hilfe gebrauchen«, rufe ich, während ich einem weiteren Schauer ausweiche. Ich schlage mit meinen eigenen Mitteln zurück, doch der Magnetor entkommt, indem er einen Schritt zur Seite macht. Dort sollte eigentlich nichts als Leere sein, doch sein Metall bewegt sich mit ihm und erlaubt es ihm, das Atrium zu durchqueren, so als würde er durch die Luft marschieren.

Zu meinem Leidwesen ignoriert Cal mich und biegt die geschmolzene Gitterstange der Zelle zur Seite. Aus seinem Rücken schießen Flammen hervor, mit denen er sich vor den Geschossen des anderen Magnetors schützt. Ich kann Cal durch all das Feuer kaum erkennen, doch ich sehe genug. Er ist außer sich vor Wut, und der Grund ist kein Geheimnis. Noch immer will er sie nicht töten, und er hasst mich dafür, dass ich tue, was er nicht fertigbringt. Ich hätte nie gedacht, dass der Tag kommen würde, an dem Cal, der Soldat, der Krieger, aus Angst vor etwas zurückschreckt. Jetzt konzentriert er sich darauf, möglichst viele Zellen aufzubrechen, und ignoriert meine Hilferufe, so dass ich allein kämpfen muss.

»Cameron, stürze ihn runter!«, schreie ich und werfe einen Blick nach oben zu meiner unerwarteten Verbündeten.

»Aber gerne doch«, faucht sie und zeigt auf den Magnetor, der mich angreift. Er stolpert zwar, fällt aber nicht. *Ihre Kräfte lassen nach.*

Ich hangele mich an den Zellen entlang. Meine Zehen rutschen beinahe ab und meine Finger werden mit jeder Sekunde schwächer. Ich bin eine Läuferin, keine Kletterin, und in dieser Haltung kann ich fast nicht kämpfen. *Fast.* Eine scharfe, rautenförmige Rasierklinge streift meine Wange und hinterlässt eine offene Wunde in meinem Gesicht. Eine andere schneidet in meine Handfläche. Als ich nach der nächsten Stange greife, kann ich mich kaum halten, denn mein Blut macht meine Finger glitschig. Ich rutsche ab, falle knapp zwei Meter und lande hart auf dem Boden des Blocks. Einen Augenblick lang kann ich nicht atmen. Als ich die Augen öffne, sehe ich einen riesigen Splitter auf mich zurasen. Ich rolle mich zur Seite und weiche dem tödlichen Stoß aus. Noch einer und noch einer regnen auf mich herab, und ich muss im wilden Zickzack über den Boden jagen, um am Leben zu bleiben. »Cal!«, schreie ich erneut, eher wütend als ängstlich.

Der nächste Splitter schmilzt, noch bevor er bei mir ankommt, aber dabei tropft flüssiger Stahl herab und erwischt mich am Rücken. Mir entfährt ein Schrei, als sich der Stoff meiner Kleidung in meine Narben brennt. Das ist ein Schmerz, wie ich ihn kaum je erlebt habe, furchtbarer als der Schuss in den Bauch. Nur das Echolot und das unerträgliche Koma, das ihm folgte, waren schlimmer. Meine Knie krachen auf den Boden, und noch mehr Schmerzen schießen meine Beine empor.

Anscheinend ist Schmerz ein weiterer Auslöser für meine Fähigkeit.

Das Oberlicht im Dach zerbirst und ein Blitz schlägt bis zu mir nach unten ein. Für einen Sekundenbruchteil sieht es so aus, als wäre ein violetter Baum aus dem Betonboden herausgewachsen und hätte seine Zweige durch das offene Atrium von Block G gestreckt. Der Blitz trifft eine Magnetorin, so schnell, dass sie nicht einmal mehr schreien kann. Auch der vierte Wachmann steht kurz vor dem Ende. Er kauert auf seinem letzten Stück Metall und wehrt sich verzweifelt gegen Camerons eisernen Willen.

»Julian!«, rufe ich, als der Blitz verraucht ist. »Sara!«

Cal springt ein Stück entfernt von mir nach unten und formt mit den Händen einen Trichter vor seinem Mund. Er weigert sich, mich anzusehen, und sucht stattdessen mit seinem Blick die Zellen ab. »Onkel Julian!«

»Ich warte hier oben«, meint Cameron, die uns von der Schwelle der offenen Tür auf der Eingangsebene beobachtet. Sie lässt die Beine baumeln und hat sogar den Nerv zu pfeifen, während sie den letzten Magnetor im Auge behält, der sich stöhnend herumwälzt.

Block G ist genauso nasskalt wie Block D, wo die Neublüter einsaßen, und dank mir größtenteils zerstört. In der Mitte des Fußbodens raucht ein Loch – das einzige Überbleibsel von meinem gigantischen Blitzschlag. Die Zellen auf der unteren Ebene liegen fast komplett im Dunkeln, aber soweit ich erkennen kann, sind alle belegt. Einige der Gefangenen sind nach vorn an ihre Gitter gewankt und schauen sich den Tumult an. *Wie viele Gesichter werde ich erkennen?* Doch sie sind schrecklich verhärmt und ausgemergelt, ihre Haut durch Hunger, Angst und Kälte fast blau angelaufen. Wahrscheinlich würde ich nicht einmal Cal erkennen, wenn er ein paar Wochen hier gewesen wäre. Ich hatte erwartet, dass die Silbernen besser behandelt werden, aber offenbar sind politische Gefangene genauso gefährlich wie geheime, mutierte.

»Hier«, krächzt eine Stimme.

Ich stolpere beinahe über die Leiche eines Magnetors, als ich losrenne, obwohl die Verbrennungen auf meinem Rücken bei jedem verdammten Schritt schmerzen. Cal und ich erreichen die Zelle zusammen. Seine Hände stehen in Flammen, um die Gitterstäbe zu schmelzen. Um seinen Onkel zu retten und einige seiner Sünden wiedergutzumachen.

Der Mann in der Zelle wirkt schwach, so alt und zerbrechlich wie seine geliebten Bücher. Seine Haut ist ganz bleich, sein verbliebenes Haar dünn, und die Falten in seinem Gesicht sind zahlreicher und tiefer geworden. Ich glaube, es fehlen ihm sogar ein paar Zähne. Aber seine vertrauten braunen Augen und die Intelligenz, die aus ihnen spricht, sind unverwechselbar. *Julian.*

Ich kann es gar nicht erwarten, zu ihm zu gelangen, und berühre deswegen beinahe das schmelzende Metall. *Julian. Julian. Julian. Mein Lehrer, mein Freund. Ich habe ihn wieder.* Der erste Gitterstab gibt nach und Cal biegt ihn zur Seite. Die Lücke ist groß genug, dass ich hindurchpasse. Die erstickende Nähe des Stiller-Steins bemerke ich kaum, so sehr bin ich damit beschäftigt, Julian beim Aufstehen zu helfen. Er fühlt sich spröde an, als könnten seine Knochen einfach so durchbrechen, und einen Augenblick lang frage ich mich, ob er das hier überleben wird. Dann wird sein Griff fester und er runzelt konzentriert die Stirn.

»Bring mich zu dieser Wache da«, knurrt er und sein altes Ich blitzt auf. »Und hol Sara raus.«

»Natürlich, Julian. Wir sind auch ihretwegen hier.« Ich lege seinen Arm über meine Schulter und stütze ihn beim Gehen. Obwohl er deutlich größer ist als ich, fühlt er sich erschreckend leicht an. »Wir sind wegen euch allen hier.«

Als wir ihn aus der Zelle herausbugsiert haben, stolpert Julian, fängt sich aber gleich wieder. »Cal«, murmelt er und streckt den Arm nach seinem Neffen aus. Er legt seine Hände um Cals Gesicht und studiert den verbannten Prinzen, wie er es mit einem alten Buch machen würde. »Es ist einiges passiert, hab ich Recht?«

»Ja, das hast du«, knurrt Cal. Er sieht mich nicht an, aber ich weiß, dass seine Wut mir gilt.

Die Zelle hat Julians Aussehen verändert, aber nicht seine Persönlichkeit. Er nickt wissend und sieht sehr ernst aus, was Cal sichtlich tröstet. »Das ist nicht der Ort und nicht die Zeit für solche Gedanken. Später.«

»Später«, wiederholt Cal. Endlich wendet er seinen gleißenden Blick mir zu. Er fühlt sich an wie Feuer. »Später.«

»Komm, Mare, hilf mir hinüber zu diesem verfaulenden Haufen.« Julian zeigt auf den am Boden liegenden Wachmann, der bewusstlos ist, aber noch lebt. »Mal sehen, ob ich noch zu etwas tauge.«

Von mir gestützt humpelt Julian zu dem Mann und kniet sich neben ihn. Währenddessen macht sich Cal an Saras Zelle zu schaffen, die gegenüber von Julians liegt. Die beiden waren in Sicht- und Rufweite, aber zu weit entfernt, um sich berühren zu können. Noch eine Qual, die sie erdulden mussten.

Ich habe Julian so etwas schon öfter tun sehen, aber nie mit solcher Anstrengung und unter solchen Schmerzen. Mit zitternden Fingern öffnet er ein Auge des Wachmanns und schluckt mehrfach, um die Stimme heraufzubeschwören, die er braucht. *Den Gesang.*

»Lass nur, Julian, wir finden einen anderen Weg –«

»Ein anderer Weg wird uns umbringen, Mare. Habe ich dir denn gar nichts beigebracht?«

Ungeachtet der Situation muss ich lächeln. Am liebsten würde ich meinen alten Lehrer jetzt umarmen, aber ich versuche nur mein Grinsen zu unterdrücken.

Schließlich atmet Julian mit halb geschlossenen Augen aus. Die Adern an seinem Hals treten hervor. Dann öffnet er plötzlich weit die Augen, sein Blick ist klar. »Wach auf«, sagt er mit einer Stimme, schöner als der Sonnenuntergang. Der Wachmann vor uns tut, was man ihm sagt, und schlägt langsam auch das andere Auge auf. »Öffne die Zellen. Alle.« Durch den Block hallt ein metallisches Quietschen, als sich die Gitter jeder einzelnen Zelle gleichzeitig bewegen. »Baue die Treppen und Stege auf. Verbinde alles miteinander.« *Klang. Klang. Klang.* Jedes bisschen Metall, die Dolche, die Splitter, die ich abgewehrt habe, sogar die Metalltropfen werden flüssig und formen sich neu, fließen nacheinander wieder zusammen. »Komm mit uns.« Bei dem letzten Befehl zittert Julians Stimme, doch der Magnetor gehorcht, wenn auch ein wenig langsam.

»Du hast Glück, dass du heute gekommen bist, Mare«, sagt Julian, als ich ihm helfe, sich aufzurichten. »Wir hatten gestern Ausgang. Daher sind wir nicht so schwach wie sonst.«

Ich frage mich, ob ich Julian von Jon erzählen soll, von dessen Fähigkeit und dessen Rat. Das ist etwas, das Julian bestimmt faszinierend findet. *Später*, sage ich mir selbst. *Später.*

Es wird ein Später geben.

Über Corros bricht das Chaos herein. Auf jedem Gang, hinter jeder Tür fallen Gewehrschüsse. Der mitgenommene Haufen Silberner folgt uns mit letzter Kraft, doch ein paar wenige sind stark genug, um sich zu beklagen. Ich traue keinem von ihnen und muss fast rückwärtsgehen, um sie im Auge zu behalten. Viele machen sich davon, verschwinden um irgendwelche Ecken, begierig, diesen Ort hinter sich zu lassen. Andere gehen tiefer in das Gefängnis hinein, um Rache zu nehmen. Einige wenige bleiben mit gesenkten Köpfen bei uns; sie schämen sich, der Blitzwerferin zu folgen. Aber sie folgen. Und kämpfen, so gut sie können. Es ist, als würde man einen Stein in einen stillen Teich werfen: Die Wellen beginnen klein, werden aber unweigerlich immer größer. Jeder neue Block fällt leichter als der vorherige, bis die Magnetoren schließlich vor uns flüchten müssen. Die Silbernen töten mehr von ihnen als ich; sie fallen wie hungrige Wölfe über ihre Verräter her. Aber das kann nicht ewig so weitergehen. Als ein Berster aus dem Haus Lerolan eine steinerne Barriere wegsprengt und für uns Block J öffnet, fallen die Trümmer nicht herab – sondern fliegen nach oben. Noch bevor ich richtig begreife, was passiert, werde ich in einen Wirbelsturm aus Rauch, Scherben und schauerlichem Flüstern hineingesogen.

Cameron greift nach meiner Hand, doch sie entgleitet mir und verschwindet in einer Art Nebel. *Ein Nymph.* Ich sehe nur Schatten und düsteres, gelbliches Licht wie von einer weit entfernten, schemenhaften Sonne. Bevor ich in dieses Nichts fallen kann, strecke ich die Arme aus, um mich an irgendetwas festzuhalten. Meine verletzte Hand schließt sich um ein kaltes, schlaffes Bein, und mein Sturz endet so abrupt, dass mir alles wehtut. »Cal!«, brülle ich, doch meine Stimme wird von dem Heulen verschluckt.

Ächzend ziehe ich mich an dem Bein hoch. Es muss zu einer Leiche gehören, denn es bewegt sich nicht. Kalte Angst kriecht in mir hoch und greift mit eisigen, spitzen Fingern nach mir. Fast lasse ich los, weil ich das Gesicht nicht sehen will, das zu diesem Körper gehört. Es könnte jeder sein. Jeder.

Es ist falsch, erleichtert zu sein, doch ich bin es trotzdem. Ich kenne den Mann nicht, der mit einem Bein zwischen den Gitterstäben seiner Zelle festhängt, während das andere herunterbaumelt. Er ist mit Sicherheit ein Gefangener, aber da ich ihn nicht kenne, werde ich ihn nicht betrauern. Mein Rücken mit all seinen Narben und Verbrennungen fühlt sich wie eine einzige Wunde an, und ich lehne mich für einen Augenblick an das Gitter. Die Schwerkraft in diesem Block hat sich verändert. Gareth ist hier, was bedeutet, dass Kilorn, Shade und Farley auch nicht weit sein können. Sie sollten eigentlich auf der anderen Seite des Gefängnisses sein und die dortigen Zellenblöcke leeren. Irgendetwas hat sie hier hergetrieben. Oder sie hier eingeschlossen.

Noch bevor ich nach ihnen rufen kann, falle ich schon wieder, denn der ganze Block scheint sich zu drehen. Aber es sind nicht die Zellen, die sich bewegen. Es ist die Schwerkraft selbst. »Gareth, hör auf!«, rufe ich in die Leere. Niemand antwortet. Jedenfalls niemand, von dem ich hören will.

Kleine Blitzwerferin.

Ihre Stimme ist wie eine Axt auf meinen Schädel.

Königin Elara.

Diesmal wünsche ich mir das Echolot herbei. Ich wünsche mir etwas, das mich umbringt, das mir die Sicherheit des Todes verleiht. Ich falle immer noch. Vielleicht geht es ja so. Vielleicht sterbe ich, bevor sie sich in mein Hirn eingraben kann und mich auf die hetzt, die mir lieb und teuer sind. Doch ich spüre bereits, wie sich ihre Tentakel in meinem Kopf festsetzen. Meine Finger zucken auf ihr Kommando, und zwischen ihnen tanzen Funken. *Nein. Bitte nicht.*

Ich knalle hart gegen die andere Seite des Blocks. Wahrscheinlich habe ich mir den Arm gebrochen, aber ich spüre keinen Schmerz. Sie nimmt ihn mir einfach.

Mit einem verzerrten Schrei tue ich, was ich tun muss, und benutze die letzten Reste meines eigenen freien Willens, um zwischen die verbogenen Gitterstäbe unter mir zu schlüpfen, in das Gefängnis aus Stiller-Stein, das jetzt meine Rettung, meine Zuflucht ist. Die Funken verlöschen, ihre Kontrolle über mich endet, und durch meinen linken Arm und die Schulter schießt ein schneidender Schmerz. Trotz meiner Tränen muss ich lachen. Wie sinnig. Sie hat dieses Gefängnis erbaut, um mir und den anderen Neublütern Schaden zuzufügen. Jetzt ist es das Einzige, was sie genau daran hindert.

Von meiner Position an der Rückwand der Zelle – die jetzt zu deren Boden geworden ist – schaue ich in den Nebel. Das Gewehrfeuer lässt nach, entweder weil die Munition knapp wird oder weil man bei derart schlechter Sicht unmöglich zielen kann. Dann zischt ein sich windendes Band aus Flammen vorbei, und ich rechne damit, dass Cal ihm folgt, aber seine Gestalt erscheint nicht. Ich rufe trotzdem nach ihm. »Cal!« Doch meine Stimme ist schwach. Der Stein, der mich gerettet hat, wirkt auf mich ein. Er drückt auf meinen Hals wie ein Gewicht.

Sie braucht nicht lange, um mich aufzuspüren. Ihre Stiefelsohlen erscheinen auf den Gitterstäben meiner Zelle, und eine Sekunde lang glaube ich zu halluzinieren. Das ist nicht die glitzernde, prachtvolle Königin, die ich kenne. Ihre Kleider und Juwelen sind verschwunden und durch eine makellose marineblaue Uniform mit weißen Verzierungen ersetzt. Sogar ihr Haar, das normalerweise perfekt gelockt und geflochten ist, hat sie nun in einen einfachen Dutt zurückgekämmt. Ich muss wieder lachen, als ich ihre grauen Schläfen sehe.

»Als wir uns das erste Mal getroffen haben, warst du auch in so einer Zelle«, erinnert sie sich und beugt sich vor, um mich besser sehen zu können. »Gitter haben mich damals nicht aufgehalten und sie werden es auch jetzt nicht tun.«

»Dann komm rein«, sage ich und spucke Blut. *Ich habe mir tatsächlich einen Zahn ausgeschlagen.*

»Du bist immer noch das gleiche Mädchen wie damals. Ich dachte, die Welt würde dich verändern, aber stattdessen«, sie legt den Kopf schief und grinst wie eine Katze, »hast du ein kleines bisschen von der Welt verändert. Reich mir deine Hand, dann kannst du sogar noch mehr verändern.«

Ich bekomme kaum Luft vor Lachen. »Für wie dumm hältst du mich?« *Lass sie reden. Lenk sie ab. Bald wird sie irgendjemandem auffallen, sie muss einfach.*

»Ganz, wie du willst«, seufzt sie und richtet sich auf. Sie winkt jemanden heran, den ich nicht sehen kann. *Wachen*, wird mir klar, und eine Resignation breitet sich in mir aus. Ihre Hand erscheint wieder, sie hält eine Pistole, den Finger bereits am Abzug. »Ich wäre gerne noch mal in deinem Kopf gewesen. Du hast so hübsche Wahnvorstellungen.«

Ein kleiner Sieg, denke ich und schließe die Augen. Sie wird meinen Blitz niemals in die Hand bekommen, und sie wird *mich* niemals besitzen. *Das ist wirklich ein Sieg.*

Und wieder spüre ich, wie ich falle.

Doch statt eine Kugel abzubekommen, knalle ich mit dem Gesicht gegen die Gitterstäbe. Als ich die Augen aufmache, sehe ich, wie Elara von mir weg durch die Luft stürzt. Die Pistole rutscht ihr aus der Hand, und ihr schönes Gesicht wird von einem Ausdruck schrecklicher Wut verzerrt. Auch ihre Wachen verlieren den Halt und verschwinden in den gelben Wolken. Und jemand schnappt sich meinen gesunden Arm und zieht mich an sich.

»Na los, Mare, alleine kriege ich dich nicht da raus«, sagt Shade, der mich zwischen den Gitterstäben hindurchzuziehen versucht. Atemlos presse ich mich so weit wie möglich durch die Stäbe. Anscheinend reicht das, denn plötzlich schrumpft die Welt um mich herum zusammen, der Nebel verschwindet, und als ich die Augen aufmache, sehe ich nur blendend weiße Kacheln.

Vor Freude werde ich beinahe ohnmächtig. Als ich sehe, wie Sara mit ausgestreckten Armen auf mich zuläuft – Kilorn und Julian dicht hinter sich –, breche ich tatsächlich zusammen. Jemand anders fängt mich auf, ein warmer Körper. Er legt mich auf die Seite, und ich zische, als mein Arm belastet wird.

»Zuerst den Arm, dann die Verbrennungen, danach die Narben«, weist Cal sofort an. Ich kann ein Stöhnen nicht unterdrücken, als Sara mich berührt, doch dann verbreitet sich eine herrliche Taubheit in meinem Arm. Etwas Kühles berührt meinen Rücken und heilt die Verbrennungen, die sich bestimmt schon entzündet hatten. Doch bevor die Heilung sich auf meine hässlichen, knotigen Narben erstrecken kann, werde ich hochgerissen und Saras Kontrolle entzogen.

Die Tür am Ende des Gangs explodiert förmlich; sie wird von einem sich windenden, wachsenden Baumstamm zerfetzt. Der gelbliche Nebel nähert sich uns als rasender Wirbel. Als Letztes kommen die Schatten. Ich weiß, zu wem sie gehören.

Mit einem Feuerstoß hält Cal die heranschießenden Äste auf, doch die verkohlten Reste werden einfach von dem heulenden Wirbelsturm aufgesogen. »Cameron?«, schreie ich und recke den Hals nach der einzigen Person, die Elara aufhalten kann. Aber sie ist nirgends zu sehen.

»Sie ist schon draußen, los jetzt!«, ruft Kilorn mir zu und schiebt mich vorwärts.

Ich weiß, dass Elara hinter *mir* her ist. Nicht nur wegen meiner Fähigkeit, sondern auch wegen meines Gesichts. Wenn sie mich unter Kontrolle hat, dann kann sie mich wieder als ihr Sprachrohr benutzen; dazu, das Land zu belügen und zu tun, was sie befiehlt. Deshalb renne ich schneller als die anderen. Ich war immer schon schnell. Als ich einen Blick nach hinten werfe, habe ich ein paar Meter Vorsprung, und was ich sehe, erschreckt mich.

Cal muss Julian gewaltsam mit sich ziehen, und zwar nicht, weil dieser zu schwach ist, sondern weil er immer wieder stehen bleiben will. Er will ihr entgegentreten. Er will seine Stimme gegen ihren Verstand erheben, gegen ihre Einflüsterungen. Um eine tote Schwester zu rächen, eine gemarterte Liebe, einen gebrochenen, zerfetzten Stolz. Aber Cal will nicht auch noch das letzte Mitglied seiner Familie verlieren und zerrt seinen Onkel weiter. Sara bleibt an Julians Seite. Sie hält seine Hand und kann ihre Angst nicht einmal herausschreien.

Dann biege ich um die Ecke. Und stoße mit etwas zusammen. *Nein, mit jemandem.*

Noch eine Frau, die ich niemals wiedersehen wollte.

Ara, der Panther, das Oberhaupt des Hauses Iral, schaut mich mit ihren rabenschwarzen Augen an. Ihre Finger sind immer noch blaugrau vom Stiller-Stein, und ihre Kleider hängen in Fetzen. Doch ihre Kraft kommt bereits zurück, wie man an ihrem stahlharten Blick erkennt. Ich kann ihr nicht ausweichen. Also beschwöre ich meine Blitze herauf, um sie zu töten – eine von denen, die die ganze Zeit über wussten, dass ich anders bin.

Sie regt sich noch vor mir und packt mich schneller an den Schultern, als ein normaler Mensch es je könnte. Doch statt mir das Genick zu brechen oder die Kehle durchzuschneiden, wirft sie mich zur Seite, und ich spüre etwas in meinem Haar. Eine geschwungene, sich drehende Klinge, scharf wie ein Rasiermesser und so groß wie ein Teller, zischt nur wenige Zentimeter an meiner Nase vorbei. Atemlos vor Schreck gehe ich zu Boden und halte mir den Kopf, den ich beinahe verloren hätte. Über mir hält Ara Iral die Stellung und weicht allen Klingen aus, die über uns hinwegsegeln. Sie kommen vom anderen Ende des Flurs, wo eine weitere Person aus der Vergangenheit steht und aus den Platten seiner vertrauten Schuppenrüstung Metallscheiben formt.

»Hat dein Vater dir keinen Respekt vor älteren Menschen beigebracht?«, krächzt Ara Ptolemus entgegen und weicht gekonnt einem weiteren Geschoss aus. Das nächste fängt sie auf und schleudert es zu ihm zurück. Ein eindrucksvoller, aber nutzloser Trick, denn er wehrt die Scheibe mit einem Grinsen ab. »Was ist, Rote, willst du nicht mal was unternehmen?«, fügt sie hinzu und stößt mich mit dem Fuß an.

Ich starre sie verblüfft an. Dann stehe ich auf und zwinge mich, auf den Füßen zu bleiben. Etwas von meinem Schrecken verschwindet. »Aber gerne, Mylady.«

Auf der anderen Seite des Flurs grinst Ptolemus noch breiter. »Dann bringe ich mal zu Ende, was meine Schwester in der Arena begonnen hat«, knurrt er.

»Wovor deine Schwester *davongerannt* ist«, gebe ich zurück und richte einen Blitz auf seinen Kopf. Er wirft sich zur Seite und in der Zeit, die er braucht, um sich wieder aufzurappeln, schnellt Ara auf ihn zu, indem sie sich an der gefliesten Wand abstößt. Ihren Schwung nutzend, bricht sie Ptolemus mit dem Ellenbogen den Kiefer.

Ich folge ihr, und wenn ich den dröhnenden Schritten hinter mir glauben darf, bin ich nicht die Einzige.

Feuer und Blitz. Nebel und Sturm. Metallener Regen, sich kräuselnde Finsternis, Explosionen wie winzige Sterne. Und Kugeln, immer wieder Kugeln, dicht hinter uns. Wir bewegen uns durch den Sturm der Schlacht vorwärts, beten, dass dieses Gefängnis irgendwo zu Ende ist, folgen dem Plan, den wir uns so gut es ging eingeprägt haben. Es sollte hier sein, nein hier, nein hier. In dem Dunst und den Schatten kann man sich leicht verirren. Und dann ist da noch Gareth, der ständig die Grenzen der Schwerkraft verändert und damit manchmal mehr Schaden als Nutzen anrichtet. Als wir endlich die Eingangshalle finden, den Raum mit den roten, silbernen und schwarzen Türen, habe ich schon wieder am ganzen Körper Wunden, und meine Kräfte schwinden schnell. Ich will mir gar nicht erst vorstellen, wie es den anderen geht, Julian und Sara, die ohnehin kaum gehen können. *Wir müssen nach draußen gelangen. Ins Freie. Zu den Blitzen, die uns alle retten können.*

Draußen ist die Sonne aufgegangen. Ara und Ptolemus führen ihren hasserfüllten Tanz fort, während am Horizont Wash im grauen Dunst auftaucht. Aber ich habe nur Augen für die Blackrun und den anderen Jet, der mit laufenden Motoren auf der Startbahn steht. Um die beiden Flugzeuge hat sich eine Menge versammelt, Neublüter und Silberne, die so schnell wie möglich einsteigen wollen. Einige verschwinden auch in die Felder und hoffen, zu Fuß entkommen zu können.

»Shade, schaff ihn in den Jet!«, rufe ich und packe Cal am Kragen. Noch bevor der protestieren kann, folgt Shade meinen Anweisungen und teleportiert mit ihm hundert Meter weiter. Ich kann mich immer darauf verlassen, dass Shade mich versteht; Cal ist einer von nur zwei Piloten. Er darf nicht sterben, nicht, wenn wir so kurz davorstehen, von hier wegzukommen. Er muss uns fliegen, und er muss gut fliegen. Einen Sekundenbruchteil später ist Shade wieder da und schlingt seine Arme um Julian und Sara. Die beiden verschwinden mit ihm, und ich stoße einen kleinen Seufzer der Erleichterung aus.

Ich sammle alle Kraft, die mir geblieben ist, bis herunter ins Mark. Dadurch werde ich langsam, werde ich schwach, gebe meinen Willen auf und verwandele ihn in etwas Stärkeres. Zu meiner Freude verdüstert sich der Himmel.

Meine Konzentration ist so groß, dass ich Kilorn kaum bemerke, der mit seinem Gewehr im Anschlag neben mir stehen bleibt. Zielsicher schaltet er einen Verfolger nach dem anderen aus. Viele Wachen stellen sich schützend vor die Königin, ob nun freiwillig oder von ihr gezwungen. Sie wird bald in Reichweite sein – in Reichweite meiner Fähigkeit, aber auch der ihren. Ich habe nur einen Versuch.

Alles passiert in Zeitlupe. Ich werfe einen Blick auf die zwei Silbernen, die zwischen mir und den Flugzeugen kämpfen. Eine lange, dünne Klinge fährt wie eine riesige Nadel durch Aras Hals und silbernes Blut sprudelt heraus. Ptolemus nutzt den Schwung aus und richtet die Klinge durch Ara hindurch auf mich. Ich versuche mich zu ducken und bereite mich auf das Schlimmste vor – oder das, was ich dafür halte. Ich kann nicht ahnen, was jetzt geschieht.

Das könnte nur *ein* Mensch. *Jon.* Er hat sich all dem hier entzogen. Er hat es geschehen lassen. Er wollte uns nicht warnen. Es war ihm egal.

Vor mir erscheint Shade, der mich aus alldem hier herausholen will. Doch stattdessen bohrt sich eine grausame, glänzende Nadel in sein Herz. Er merkt nicht, was mit ihm passiert. Er hat keine Schmerzen. Er stirbt, noch bevor seine Knie den Boden berühren.

Meine Erinnerung setzt erst wieder ein, als wir in der Luft sind. Mein Gesicht ist nass von Tränen, aber ich kann sie nicht wegwischen. Ich blicke starr auf meine Hände, an denen Blut in zwei verschiedenen Farben klebt.

27

Das ist nicht die Blackrun.

Diesmal sitzt Cal am Steuer eines riesigen Frachtjets, der für den Transport von schweren Gütern oder Maschinen konstruiert ist. Doch jetzt füllen über hundert entkommene Gefangene den Laderaum. Viele sind verletzt, alle stehen unter Schock. Die meisten sind Neublüter, aber es befinden sich auch Silberne unter ihnen, die unter sich bleiben und abwarten. Heute zumindest sehen sie alle gleich aus; sie sind nur mit Fetzen bekleidet, erschöpft und hungrig. Ich will nicht zu ihnen hinunter und bleibe auf dem Oberdeck des Jets. Wenigstens herrscht in diesem Bereich, den eine enge Treppe vom Laderaum und eine geschlossene Tür vom Cockpit trennt, kein Lärm. Ich bringe es nicht fertig, an den beiden toten Körpern zu meinen Füßen vorbeizugehen. Der eine liegt unter einem weißen Tuch, das nur über dem durchbohrten Herzen von einer Blüte aus rotem Blut befleckt wird. Farley kniet erstarrt daneben; mit einer Hand hält sie die kalten, toten Finger meines Bruders. Die andere Leiche zu bedecken weigere ich mich.

Elara ist eine hässliche Tote. Ein Blitz hat ihre Muskeln verkrampft und ihren Mund zu einem höhnischen Grinsen verzerrt, zu dem nicht einmal sie zu Lebzeiten im Stande gewesen wäre. Die einfache Uniform hat sich in ihre Haut eingebrannt, und ihr aschblondes Haar ist bis auf ein paar Strähnen komplett verbrannt. Die anderen Leichen, ihre Wachen, waren genauso entstellt. Wir haben sie auf der

Startbahn liegen gelassen, wo sie verrotten sollen. Aber die Königin ist immer noch unverwechselbar. Jeder wird diese Leiche erkennen. Dafür werde ich sorgen.

»Du solltest dich etwas hinlegen.« Der tote Körper macht Kilorn zu schaffen, so viel ist klar. Ich weiß nicht, warum. Eigentlich müssten wir auf ihren Knochen tanzen. »Lass dich von Sara durchchecken.«

»Sag Cal, er soll den Kurs ändern.«

Er schaut mich verblüfft an. »Den Kurs ändern? Was meinst du? Wir fliegen zurück zur Höhle, zurück nach Hause –«

Nach Hause. Für einen so kindischen Begriff habe ich nur Spott übrig. »Wir fliegen wieder nach Tuck. Sag ihm das bitte.«

»Mare.«

»*Bitte.*«

Er rührt sich nicht von der Stelle. »Bist du verrückt geworden? Weißt du nicht mehr, was da passiert ist und was der Oberst mit dir macht, wenn du zurückkommst?«

Verrückt. Schön wär's. Ich wünschte, die Tortur, zu der mein Leben geworden ist, würde mir den Verstand rauben! Es wäre so eine Erleichterung, einfach verrückt zu werden. »Er kann es natürlich versuchen. Aber wir sind inzwischen zu viele, sogar für ihn. Und wenn er sieht, was ich ihm mitbringe, kann ich mir nicht vorstellen, dass er sich uns auch diesmal in den Weg stellt.«

»Die Leiche?«, haucht er und beginnt zu zittern. *Es ist nicht der tote Körper, der ihm Angst macht,* begreife ich jetzt. *Ich bin es.* »Du willst ihm die Leiche zeigen?«

»Ich werde sie allen zeigen.« Ich wiederhole es noch mal, jetzt entschiedener: »Sag Cal, er soll den Kurs ändern. *Er* wird es verstehen.«

Die Spitze trifft Kilorn, aber das ist mir egal. Er erstarrt und zieht sich zurück, um meiner Anweisung zu folgen. Ich bemerke kaum, wie sich die Cockpit-Tür hinter ihm schließt. Ich habe wichtigere Dinge im Kopf als unbedeutende Beleidigungen. Was bildet er sich ein, meine Befehle in Frage zu stellen? Er ist ein Niemand. Ein Fischerjunge mit nichts als etwas Glück und meiner törichten Bereitschaft, ihn zu beschützen. Im Gegensatz zu Shade, einem Teleportierer, einem Neublüter und bedeutenden Mann. *Wie kann er tot sein?* Und er ist nicht der Einzige. Nein, es sind mit Sicherheit noch andere zurückgeblieben, für die das Gefängnis zum Grab wird. Erst nach unserer Landung werden wir es erfahren, wenn wir sehen, wer mit der Blackrun entkommen konnte. Und wir werden auf der Insel landen, statt in irgendeine einsame Höhle in der tiefsten Provinz zu fliehen.

»Hat dein Seher dir das hier gesagt?«

Es sind Farleys erste Worte, seit wir Corros verlassen haben. Sie hat noch nicht geweint, aber ihre Stimme klingt heiser, als hätte sie in den letzten Tagen ständig geschrien. Ihre Augen sehen furchtbar aus, das kräftige Blau ihrer Iriden sticht jetzt aus roten Augenringen hervor. Sie schauen durch mich hindurch. Für sie bin ich nichts als Glas.

»Dieser Dummkopf, Jon, der uns gesagt hat, wir sollten das hier tun?«, fährt sie fort und sieht mich an. »Hat er dir gesagt, dass Shade sterben wird? *Hat er?* Ich nehme an, für dich war das ein geringer Preis, Blitzwerferin, solange du dafür mehr Neublüter unter deine Kontrolle bringen konntest. Mehr Soldaten für diesen Krieg, von dem du nicht mal weißt, wie du ihn führen sollst. Was ist schon ein armseliger Bruder im Austausch gegen mehr Gefolge, das dir die Füße küsst? Kein schlechter Handel, was? Zumal du auch noch die Königin dazubekommen hast. Wen kümmert schon ein toter Mann, den niemand kennt, wenn du dafür *ihren* Leichnam haben konntest?«

Meine Ohrfeige wirft sie um, mehr aus Überraschung denn aus Schmerz. Im Fallen zieht sie an dem Tuch, so dass das blasse Gesicht meines Bruders enthüllt wird. Wenigstens sind seine Augen geschlossen. Er könnte auch nur schlafen. Ich trete näher, um das Tuch wieder zurechtzurücken – ich kann ihn nicht lange ansehen –, doch sie rammt mich mit ihrer Schulter und nutzt ihre Körpergröße, um mich gegen die Wand zu stoßen.

Die Cockpit-Tür fliegt auf und Cal und Kilorn stürzen heraus; der Lärm hat sie alarmiert. Mit einem Tritt in ihre Kniekehlen wirft Cal Farley zu Boden. Kilorns Technik ist weniger ausgefeilt; er schlingt einfach beide Arme um mich und hebt mich hoch.

»Er war mein Bruder!«, schreie ich sie an.

»Er war *viel mehr als das*!«, kreischt sie zurück.

Ihre Worte rufen eine Erinnerung in mir wach.

Wenn Diana zweifelt. Jon hat mir aufgetragen, ihr etwas zu sagen. *Wenn sie zweifelt.* Und jetzt zweifelt Farley mit Sicherheit. *Wie wir alle.*

»Jon hat mir noch etwas gesagt«, rufe ich und versuche Kilorn abzuschütteln. »Etwas, das du wissen solltest.«

Sie will sich auf mich stürzen, doch Cal drückt sie wieder zu Boden. Zum Dank rammt sie ihm einen Ellbogen ins Gesicht, aber er hält sie fest im Griff. Sie kann sich kaum noch rühren, setzt sich aber trotzdem weiter zur Wehr. Farley weiß nicht, wann sie aufhören muss. Ich habe sie dafür immer bewundert. Aber jetzt tut sie mir nur noch leid.

»Er hat mir die Antwort auf deine Frage gegeben.«

Das lässt sie erstarren. Sie atmet in winzigen, angstvollen Zügen und sieht mich mit großen Augen an. Ich kann praktisch ihr Herz schlagen hören.

»Er sagte, die Antwort ist *Ja.*«

Ich weiß nicht, was das bedeutet, aber es trifft sie ins Mark, macht sie hilflos. Sie sackt in sich zusammen, schlägt die Hände vors Gesicht und versteckt ihr Gesicht hinter einem kurzen Vorhang aus blondem Haar. Ich sehe ihre Tränen trotzdem. *Sie wird sich nicht mehr wehren.*

Cal erkennt das ebenfalls und lässt von ihrer zitternden Gestalt ab. Dabei stolpert er fast über Elaras deformierten Arm und zuckt erschreckt zurück. »Sie braucht jetzt Ruhe«, flüstert er und nimmt entschlossen meine Hand. Obwohl ich protestiere, zerrt er mich mehr oder weniger mit sich.

Ich will sie nicht allein lassen. Nicht Farley, sondern Elaras Körper. Trotz der Wunden, der Verbrennungen und der glasigen Augen kann ich einfach nicht darauf vertrauen, dass ihre Leiche auch wirklich tot bleibt. Eine dumme Sorge, aber sie treibt mich trotzdem um.

»Meine Güte, was ist denn nur los mit dir?«, knurrt er wütend, schlägt die Cockpit-Tür hinter uns zu und sperrt so Farleys leises Schluchzen und Kilorns finsteren Blick aus. »Du weißt doch, was Shade ihr bedeutet hat –«

»Er war mein Bruder, falls du das vergessen hast«, gebe ich zurück. Höfliches Benehmen ist gerade nicht meine höchste Priorität, aber ich gebe mir Mühe. Trotzdem bebt meine Stimme. Wenigstens weine ich nicht. *Er war der Bruder, der mir am nächsten stand. Ich habe ihn schon einmal verloren, und jetzt wieder. Doch diesmal kommt er nicht zurück. Es gibt keine Rückkehr.* »Aber ich schreie niemanden an.«

»Ja, das stimmt. Du tötest sie nur.«

Ich zische durch meine zusammengebissenen Zähne. *Also darum geht es?* Fast entfährt mir ein Lachen. »Wenigstens bringt einer von uns das fertig.«

Ich erwarte zumindest einen lautstarken Streit. Aber es kommt schlimmer. Cal tritt einen Schritt zurück, bis er ans Bedienpult stößt. Er will so viel Distanz wie möglich zwischen uns bringen. Normalerweise bin ich es, die sich zurückzieht, aber das ist vorbei. Etwas zerbricht in ihm; sein Blick verrät die Wunden, die sich unter seiner flammenden Haut verbergen. »Was ist nur mit dir passiert, Mare?«, flüstert er.

Meine Füße sind plötzlich furchtbar interessant. *Was ist mir* nicht *passiert, ist eher die Frage. Es gab keinen einzigen sorgenfreien Tag für mich. Und das alles nur, um mich auf dies hier vorzubereiten, auf das Schicksal, das ich mir mit meinem mutierten Blut erkauft habe – und auf die vielen Fehler, die zu machen ich mich entschieden habe. Cal eingeschlossen.* »Mein Bruder ist gerade gestorben, Cal.«

Doch er schüttelt den Kopf, ohne den Blick von mir abzuwenden. Seine Augen brennen. »Du hast diese Männer in der Kommandozentrale getötet, zusammen mit Cameron, obwohl sie dich *angefleht* haben. Da lebte Shade noch. Mach nicht ihn dafür verantwortlich.«

»Es waren Silberne –«

»*Ich* bin auch ein Silberner.«

»Aber du bist anders. So wie ich anders war – damals, als du mich zum ersten Mal getroffen hast.«

»Ich war so wie sie und das weißt du auch: ein Soldat, der Befehlen befolgte und dem König gehorchte. Sie waren genauso unschuldig, wie ich es war, als mein Vater noch lebte.«

Tränen schießen mir in die Augen und wollen vergossen werden. In meinem Kopf tauchen Gesichter auf, ermordete Soldaten und Offiziere, zu viele, um sie zählen zu können. »Was willst du eigentlich von mir?«, flüstere ich. »Ich habe getan, was ich tun musste, um am Leben zu bleiben und andere Menschen zu retten – und um *dich* zu retten, du dummer, sturer Prinz von *Nichts*. Gerade *du* solltest die Bürde kennen, die ich tragen muss. Wie kannst du es *wagen*, mir noch mehr Schuld einreden zu wollen, als ich mir selbst schon gebe?«

»Sie wollte ein Monster aus dir machen.« Er nickt in Richtung Tür und meint den verdrehten Körper dahinter. »Ich versuche nur zu verhindern, dass du dich in eines verwandelst.«

»Elara ist tot.« Diese Worte schmecken wie süßer Wein. *Sie ist weg, sie kann mir nichts mehr antun.* »Sie kann niemanden mehr kontrollieren.«

»Aber trotzdem spürst du kein Bedauern für die Toten. Du tust alles, um sie zu vergessen. Du scherst dich nicht um deine Familie – du hast sie ohne ein Wort zurückgelassen. Du hast dich selbst nicht im Griff. Wenn du nicht gerade vor deiner Rolle als Anführerin davonläufst, dann führst du dich auf wie eine unantastbare, von Schuld gekrönte Märtyrerin, als wärst du die einzige Person, die sich wirklich ganz und gar für die Sache einsetzt. Schau dich doch um, Mare Barrow. Shade ist nicht der Einzige, der in Corros gestorben ist. Du bist nicht die Einzige, die hier Opfer bringt. Farley hat ihren eigenen Vater verraten. Du hast Cameron gezwungen, sich uns anzuschließen. Du hast beschlossen, alles außer Julians Liste zu ignorieren, und jetzt willst du auch noch die Kinder in der Höhle im Stich lassen? Wozu? Um deinen Fuß auf den Hals des Obersts zu stellen? Um einen Thron einzunehmen? Um jeden zu töten, der dich schräg ansieht?«

Ich komme mir vor wie ein Kind, das ausgescholten wird, ich kann nichts sagen, nichts dagegenhalten, nichts tun, als die Tränen zu unterdrücken. Und ich brauche all meine Kraft, um die Funken unter Kontrolle zu behalten.

»Und du hängst immer noch an Maven, einer Person, die gar nicht existiert.«

Er hätte genauso gut nach meiner Kehle greifen und zudrücken können. »Hast du meine Sachen durchwühlt?«

»Ich bin nicht blind. Ich hab gesehen, wie du Briefe bei den Leichen gefunden hast, und ich dachte, du würdest sie zerreißen. Aber als du es nicht getan hast, na ja – da wollte ich wissen, was du damit vorhast. Verbrennen, wegwerfen, sie in silbernes Blut tauchen und zurückschicken – mit allem habe ich gerechnet, aber nicht damit, dass du sie behältst. Und sie liest, während ich neben dir schlafe.«

»Du hast gesagt, dass du ihn auch vermisst. Das hast du gesagt.« Ich muss mich zusammennehmen, um nicht mit dem Fuß aufzustampfen wie ein trotziges Kind.

»Er ist mein Bruder. Er fehlt mir auf eine völlig andere Art.«

Ich spüre etwas Scharfes am Handgelenk und merke dann erst, dass ich mich in meinem Elend selbst kratze, dass ich mir körperlichen Schmerz zufüge, um die Agonie in meinem Inneren zu überdecken. Er beobachtet mich, wirkt hin und her gerissen. »Du warst immer an meiner Seite, egal, was ich getan habe«, sage ich. »Wenn ich mich in ein Monster verwandele, dann tust du es auch.«

Er senkt den Blick. »Liebe macht blind.«

»Wenn das deine Vorstellung von Liebe ist –«

»Ich weiß nicht, ob du überhaupt für irgendwen Liebe empfindest«, fährt er mich an, »wenn du um dich herum nichts anderes siehst als Erfüllungsgehilfen und Waffen. Menschen, die du manipulieren und kontrollieren, die du opfern kannst.«

Gegen so einen Vorwurf gibt es keine Verteidigung. Wie soll ich ihm beweisen, dass er falschliegt? Wie kann ich ihm klarmachen, dass alles, was ich getan habe, was ich zu tun versuche, was ich geworden bin, nur einen Grund hat, nämlich allen, die mir etwas bedeuten, Sicherheit zu schenken. Wie schrecklich ich versagt habe. Wie grauenhaft ich mich fühle. Wie meine Narben und Erinnerungen schmerzen. Wie sehr er mich mit diesen Worten verletzt hat. Ich kann meine Liebe zu ihm nicht beweisen, genauso wenig wie die zu Kilorn oder meiner Familie. Ich kann diese Gefühle nicht in Worte fassen, und das sollte eigentlich auch nicht nötig sein.

Also tue ich es nicht.

»Nach dem Attentat in Archeon haben Farley und die Scharlachrote Garde eine Nachrichtensendung der Silbernen benutzt, um sich zu der Tat zu bekennen.« Ich spreche langsam, erkläre sorgfältig und ruhig. Nur so bleibe ich bei Verstand. »Dasselbe werde ich jetzt mit der toten Königin machen. Ich werde jedem Einzelnen im Königreich die Frau vorführen, die ich getötet habe, und auch die Menschen, die sie eingesperrt hatte – Neublüter und Silberne. Ich lasse nicht mehr zu, dass Maven sein schmutziges Spiel spielt, indem er das Königreich mit Lügen überschüttet. Was wir getan haben, genügt nicht, um ihn zu besiegen. Wir müssen dafür sorgen, dass das ganze Land es für uns tut.«

Cal sieht mich mit offenem Mund an. »Bürgerkrieg?«

»Haus gegen Haus, Silberne gegen Silberne. Nur die Roten werden zusammenhalten. Und deshalb werden wir siegen. Norta wird fallen, und wir werden uns stattdessen erheben, rot wie die Morgendämmerung.« Ein simpler, opferreicher, tödlicher Plan auf beiden Seiten des Blutes. Aber wir müssen diesen Schritt gehen. *Sie haben uns schon vor langer Zeit auf diesen Weg gezwungen. Ich tue nur, was getan werden muss.* »Du kannst die Kinder aus der Höhle holen, nachdem wir in Tuck gelandet sind. Aber ich brauche den Oberst und seine Ressourcen, um alles in Gang zu setzen. Verstehst du das?«

Er nickt kaum merklich.

»Und anschließend reist dieses Mädchen, das für niemanden Liebe empfinden kann, in den Norden, zum Todesstreifen, zu denen, die ich so leichtfertig im Stich gelassen habe. Ihr könnt tun, was Ihr wollt, Hoheit.«

»Mare.« Er berührt meinen Arm und ich zucke zurück, stoße beinahe an die Wand.

»Fass mich nicht mehr an.«

Meine Worte klingen wie eine Tür, die zuschlägt. Und ich nehme an, das sind sie auch.

In Tuck ist es ruhig und unangenehm hell. Keine Wolken, kein Wind, nur frischer Herbst und Sonnenlicht. Shade hätte nicht an so einem schönen Tag sterben sollen, aber er ist gefallen. Und zu viele andere mit ihm.

Ich steige als Erste aus dem Flugzeug, mit zwei zugedeckten Tragen im Gefolge. Eine davon wird von Kilorn und Farley begleitet; beide haben eine Hand auf Shade gelegt. Aber mir geht es jetzt um die andere Trage. Die Männer, die sie festhalten, scheinen Angst vor ihrem Körper zu haben, genauso wie ich zu Beginn. Aber die letzten Stunden, in denen ich still nachgedacht habe, während ich auf Elaras Leiche starrte, waren auf merkwürdige Art tröstlich. Sie wird nicht wieder aufwachen. Und Cal wird nie wieder mit mir sprechen, nicht nach all dem, was wir einander an den Kopf geworfen haben. Ich weiß nicht, wann er aussteigt und ob er es überhaupt vorhat. Und ich sage mir, dass mir das egal sein sollte. An ihn zu denken, führt zu nichts.

Ich muss meine Augen mit der Hand beschirmen, um die Straßensperre des Obersts am anderen Ende der Landebahn sehen zu können. Er hockt auf einem Krankengefährt, umringt von Männern und Frauen in weißen Kitteln. Anscheinend hat Ada ihm über Funk mitgeteilt, dass wir dringend Hilfe brauchen. Ihre Blackrun ist schon da, der einzige dunkle Schatten in Sichtweite. Kaum haben die ersten Gefangenen die Landebahn betreten, da senkt sich auch am anderen Jet die vertraute schwarze Rampe herab. Hinter Ada steigen weniger Menschen aus, als ich erwartet hatte. Die Pilotin marschiert zielstrebig auf die Wand aus bewaffneten Lakelandern, stoischen Gardisten und neugierigen Gaffern zu. Insgeheim verfluche ich mich selbst. Bestimmt ist meine Familie darunter; sie wollen ihre Kinder wiedersehen, werden aber nur eins antreffen.

Du scherst dich nicht um deine Familie. Vielleicht hat Cal ja Recht, denn ich vergesse sie mit Sicherheit öfter, als ein gesunder Mensch es tun würde.

»Das ist nah genug, Miss Barrow«, blafft der Oberst und hält eine Hand hoch. Ich gehorche und bleibe etwa fünf Meter vor ihm stehen. Aus der Nähe erkenne ich die Gewehre, die auf uns gerichtet sind; vor allem aber sehe ich die Männer hinter den Waffen. Sie sind aufmerksam, aber nicht angespannt. Sie haben keine Anweisung, uns zu töten, noch nicht. »Bringen Sie zurück, was Sie mir gestohlen haben?«

Ich zwinge mich zu einem Lachen, um die Spannung aufzulösen. »Ich bringe ein Geschenk, Oberst.«

Einer seiner Mundwinkel bewegt sich nach oben. »So nennen Sie also diese …« – er sucht nach der richtigen Bezeichnung für die heruntergekommenen Gestalten, die mir folgen – »Leute?«

»Sie waren noch heute Morgen Gefangene in einem geheimen Gefängnis namens Corros. Eingesperrt auf Befehl von König Maven, Experimenten und Folter ausgesetzt und dem Tod geweiht.« Ich werfe einen Blick zurück und erwarte, gebrochene Herzen und Seelen zu sehen. Doch stattdessen erkenne ich eisernen Stolz. Das kleine Mädchen, das fast von dem Steg gefallen wäre, scheint den Tränen nahe zu sein, hat aber seine winzigen Fäuste geballt. Sie wird nicht weinen. »Sie sind Neublüter wie ich.« Hinter dem Mädchen steht schützend ein junger Mann mit zu blasser Haut und orangefarbenem Haar, als sei er ihr Leibwächter. »Es sind auch Silberne darunter, Oberst.«

Er reagiert wie erwartet. »Die Gewehre anlegen!«

Die Lakelander, die in zwei Reihen zu je etwa zwanzig dastehen, befolgen seinen Befehl. Ihre Gewehre klicken alle gleichzeitig, als die Kugeln in die Läufe gleiten. Feuerbereit. Hinter mir zucken die Gefangenen zusammen und ziehen sich etwas zurück. Aber keiner fleht um sein Leben. Davon haben sie genug.

»Leere Drohungen.« Ich unterdrücke ein Grinsen.

Seine Hand fährt zu der Pistole an seiner Hüfte. »Fordern Sie mich nicht heraus.«

»Ich kenne Ihre Befehle, Oberst, und die lauten, dass Sie die Blitzwerferin nicht töten sollen. Das Oberkommando will, dass ich lebe, nicht wahr?« Ich denke an Ellie Whistle, eins der vielen Mitglieder der Garde, denen man aufgetragen hatte, mir bei meinen Unternehmungen zu helfen. Sie mag gegen den Oberst nicht ankommen, aber der Oberst seinerseits kommt gegen das Oberkommando nicht an, wer auch immer das ist.

Der Oberst entspannt sich ein wenig, aber er gibt nicht nach.

»Bringt sie her«, rufe ich und sehe mich nach den Tragen um. Die beiden Männer befolgen meine Anweisung, so schnell sie können, und stellen Elaras Trage zu meinen Füßen ab. Die Gewehrläufe folgen jeder ihrer Bewegungen. Ich spüre die Fadenkreuze immer noch, auf meinem Herzen, meinem Kopf, jedem Zentimeter meines Körpers.

»Ihr Geschenk, Oberst.« Ich stoße mit der Fußspitze gegen die Trage, so dass der Körper unter dem weißen Tuch wackelt. »Wollen Sie es sich nicht ansehen?«

Sein gesundes Auge blitzt so schnell auf, dass man es beinahe nicht bemerkt. Er findet Farley in der Menge, und die Falten auf seiner Stirn glätten sich etwas. Übelkeit steigt in mir hoch, als mir schlagartig klar wird, warum: *Er dachte, ich hätte sie getötet.* »Wer ist das, Barrow? Der Prinz? Haben Sie das wertvollste Druckmittel, das Sie in der Hand hatten, getötet?«

»Wohl kaum«, erhebt sich eine Stimme aus der Menge. Cal.

Ich drehe mich nicht zu ihm um, sondern entschließe mich, lieber weiter den Oberst zu fixieren. Der hält meinem Blick unerschütterlich stand. Langsam ziehe ich das Tuch weg, damit alle sie sehen können. Elaras Körper hat sich schon verändert, ihre Gliedmaßen befinden sich in Leichenstarre. Ihre Finger sind besonders heftig verdreht, und aus ihrer rechten Hand ragen Knochensplitter. Die Schützen reagieren als Erste und senken ihre Waffen ein wenig. Ein oder zwei schnappen sogar laut nach Luft, versuchen das Geräusch aber schnell zu ersticken. Der Oberst steht schweigend und unbeweglich da und sieht einfach nur hin. Nach einem langen Moment blinzelt er.

»Ist das die, für die ich sie halte?«, fragt er heiser.

Ich nicke. »Elara aus dem Haus Merandus, Königin von Norta. Mutter des Königs. Getötet von Neublütern und Silbernen in dem Gefängnis, das sie für sie errichtet hat.« Diese Erklärung müsste ihn erst einmal zufriedenstellen.

Sein rotes Auge funkelt. »Was haben Sie mit ihr vor?«

»Der König und dieses Land verdienen die Gelegenheit, sich von ihr zu verabschieden, finden Sie nicht?«

Wenn er lächelt, sieht der Oberst genau wie Farley aus.

»Noch mal!«, blafft Oberst Farley und geht wieder in Position.

»Mein Name ist Mare Barrow«, erkläre ich der Kamera und versuche dabei nicht allzu dämlich zu klingen. Immerhin ist es schon das sechste Mal, dass ich mich in den letzten zehn Minuten vorgestellt habe. »Ich wurde in Stilts geboren, einem Dorf im Capital Valley. Mein Blut ist rot, aber wegen dem hier« – ich strecke meine Hände aus und lasse zwei Funkenbälle entstehen – »wurde ich an den Hof von König Tiberias VI. gebracht, bekam einen neuen Namen, ein neues Leben, und wurde in eine Lüge verwandelt. Sie nannten mich Mareena Titanos und erklärten der Welt, ich sei als Silberne geboren. Das bin ich nicht.« Widerstrebend ziehe ich das Messer über meine bereits zerschnittene Handfläche. Im grellen Licht des leeren Hangars funkelt mein Blut wie Rubin. »König Maven hat euch gesagt, dies hier sei ein Trick.« In der Schnittwunde tanzen Funken. »Das ist es nicht. Und auch die anderen, die so sind wie ich, tricksen nicht – diejenigen von euch, die als Rote geboren wurden, aber merkwürdige, silberne Fähigkeiten besitzen. Der König weiß, dass ihr existiert, und macht Jagd auf euch. Ich sage euch: flieht. Schließt euch mir an. Kommt zur Scharlachroten Garde.«

Neben mir richtet sich der Oberst stolz auf. Er hat sich ein rotes Tuch vors Gesicht gebunden, so als würde man ihn nicht schon an seinem blutigen Auge erkennen. Aber ich beklage mich nicht. Er hat seinen Irrtum eingesehen und nimmt die Neublüter auf. Er weiß um den Wert – und die Stärke – von Menschen wie mir. Er kann es sich nicht leisten, auch uns zum Feind zu haben.

»Im Gegensatz zu den silbernen Königen sehen wir keine Spaltung zwischen uns und anderen Roten. Wir werden für euch kämpfen, und wir sind bereit, für euch zu sterben, wenn das eine neue Welt bedeutet. Legt eure Äxte, Schaufeln, Nadeln und Besen nieder. Nehmt ein Gewehr. Schließt euch uns an. Kämpft. Erhebt euch, rot wie die Morgendämmerung.«

Bei dem, was nun kommt, dreht sich mir der Magen um. Es fühlt sich völlig verkehrt an. Während sich meine Finger in ihr verfilztes Haar klammern, ihren Kopf hochziehen und ihr Gesicht in die klapprige alte Kamera halten, kämpfe ich mit den Tränen. Sosehr ich sie auch hasse, das hier ist noch schlimmer. Es fühlt sich widernatürlich an und widerspricht allem Guten, das vielleicht noch in mir verblieben ist. Ich habe Cal schon verloren – ihn weggestoßen –, aber jetzt kommt es mir so vor, als würde ich auch meine Seele verlieren. Und doch spreche ich die Worte aus, die ich aussprechen muss. Ich glaube an sie, und sie helfen mir ein wenig.

»Kämpft und siegt! Das ist Elara, die Königin von Norta, und wir haben sie getötet. Dieser Krieg ist nicht sinnlos, und mit eurer Hilfe können wir ihn gewinnen.«

Ich bleibe in Position und versuche, nicht zu blinzeln. Denn wenn ich es tue, rollen Tränen über meine Wangen. Ich denke an alles außer der Leiche, die ich halte. »Noch während ich spreche, verlassen Gardisten ihre Stützpunkte, um diejenigen in Empfang zu nehmen, die unserem Aufruf folgen.«

»Brüder und Schwestern, bewaffnet euch!«, sagt der Oberst und tritt vor. »Ihr seid gegenüber euren Unterdrückern in der Überzahl, und das wissen sie auch. Sie haben Angst. Sie haben Angst vor *euch* und vor dem, was aus euch wird. Sucht nach den Pfeifern im Wind. Sie werden euch zu uns führen.«

Bei diesem sechsten Versuch schließen wir endlich in perfektem Einklang: »Erhebt euch, rot wie die Morgendämmerung!«

»An die Silbernen von Norta«, schiebe ich noch schnell nach und halte Elara noch fester. »Euer König und eure Königin haben euch belogen und betrogen. Die Scharlachrote Garde hat heute Morgen ein Gefängnis gestürmt, und darin haben wir sowohl Rote als auch Silberne gefunden. Verschwundene Mitglieder der Häuser Iral, Lerolan, Osanos, Skonos, Jacos und anderer. Sie wurden unrechtmäßig eingesperrt und mit Stiller-Stein gefoltert, um wegen irgendwelcher vorgegebenen Verbrechen langsam und qualvoll zu sterben. Sie sind jetzt bei uns und sie leben. Eure Verschollenen leben. Erhebt euch, um ihnen beizustehen. Erhebt euch, um die zu rächen, die wir nicht retten konnten. Erhebt euch und schließt euch uns an. Denn euer König ist ein Monster.« Ich schaue mit festem Blick in die Kamera, weil ich weiß, dass er es sehen wird. »Maven ist ein *Monster.*«

Der Oberst starrt mich verärgert an. Die Kamera wird ausgeschaltet. Voller Wut reißt er sich das Tuch vom Gesicht. »Was soll das, Barrow?«

Ich starre zurück. »Ich mache Ihnen das Leben wesentlich leichter. Teile und herrsche ist die Devise, Oberst.« Ich zeige auf die Gardisten, die die Kamera bedienen. »Geht in die Baracke der Silbernen und filmt ein paar von ihnen. Zeigt aber nicht die Wachen. Merkt euch meine Worte: Das wird das Land in Brand setzen, und nicht einmal Maven kann dieses Feuer noch löschen.«

Sie brauchen nichts zu sagen, es ist deutlich zu sehen, dass sie mir zustimmen. Ich drehe mich abrupt um. »Ich bin hier fertig.«

Der Oberst kommt mir nach, während ich mich aus dem Hangar dränge. »Barrow, ich habe nicht gesagt, dass wir fertig sind –«, knurrt er, aber als ich mit einem Fauchen herumwirbele, bricht er ab. Ich brauche keine Blitze mehr, um Leuten Angst einzujagen. Der Ausdruck auf meinem Gesicht genügt vollkommen.

»Dann zwingen Sie mich doch umzukehren.« Ich strecke ihm meinen Arm hin und fordere ihn heraus, mich wegzuziehen. Mich auf die Probe zu stellen. »Na los!«

Dieser Mann hat Cal einmal in eine Zelle eingesperrt. Er ist der Befehlshaber von unzähligen Soldaten und hat sicherlich noch mehr Menschen getötet. Ich weiß nicht, in wie vielen Schlachten er gekämpft hat und wie oft er dem Tod entronnen ist.

Er sollte vor einem Mädchen wie mir keine Angst haben, aber er *hat* Angst. Ich bin als Ebenbürtige nach Tuck zurückgekehrt, bin sogar *mehr* als ebenbürtig, und er weiß es.

»Was hat Sie so verändert, Oberst? Ich weiß, dass es weder Ihre Einsicht noch der Befehl Ihres Oberkommandos war.«

Nach einem überlangen Zögern nickt er. »Folgen Sie mir. Sie wollen mit Ihnen sprechen.«

28

Tuck kommt mir kleiner vor als in meiner Erinnerung, jetzt wo sich die dreihundert aus Corros und auch die Verstärkung des Obersts auf der Insel drängen. Er führt mich an ihnen allen vorbei und geht dabei so schnell, dass ich Mühe habe, Schritt zu halten. Viele der Soldaten sind Lakelander, die aus dem fernen Norden hierhergeschmuggelt wurden, genauso wie die Waffen und die Nahrungsmittel, die von den Decks hereinströmen, aber es sind auch eine ganze Menge Nortaner dabei. Bauern, Dienstboten, Deserteure, ja sogar ein paar tätowierte Bastler werden auf dem betonierten Platz in der Mitte der Baracken gedrillt. Die meisten sind in den letzten Monaten angekommen. Sie sind die Ersten von vielen, die vor den Maßnahmen geflohen sind, und ihnen werden mit Sicherheit noch mehr folgen. Normalerweise würde ich bei dem Gedanken lächeln, aber das fällt mir inzwischen schwer. Mir tun dabei meine Narben und mein Kopf weh. Über die Startbahn rast ein vertrauter Jet; die Blackrun steigt in den Himmel auf. Ich wette, sie fliegt zur Höhle, mit Cal am Steuer. Umso besser. Ich kann es jetzt nicht gebrauchen, dass er hier herumschleicht, jede meiner Bewegungen beobachtet und darüber urteilt.

Baracke eins. Beim letzten Mal habe ich sie heimlich betreten. Jetzt komme ich am helllichten Tag, mit dem Oberst an meiner Seite. Wir gehen durch die engen Flure des Unterwasserbunkers, und an jeder Kreuzung treten seine Lakelander-Soldaten zur Seite, um mich passieren zu lassen. Dieser Ort lässt mich nicht kalt – ich war hier einst Gefangene –, aber hier unten gibt es nichts mehr, was ich fürchte. Wir folgen den Leitungen an der Decke zum pulsierenden Herzen der Baracken und der ganzen Insel. Der Kommandoraum ist eng und voll, überall sind Bildschirme und Funkgeräte, und auf jeder ebenen Fläche liegen Landkarten. Ich erwarte, dass Farley hier lautstark Befehle erteilt, aber sie ist nirgends zu sehen. Stattdessen erblicke ich eine gesunde Mischung aus Lakelander-Blau und dem Rot der Garde. Zwei Männer, die beide vor komplizierten Funkanlagen sitzen, tragen dicke, ausgebleichte grüne Uniformen mit schwarzen Verzierungen. Ich habe keine Ahnung, welches Land oder Königreich sie vertreten.

»Ich brauche den Raum«, murmelt der Oberst. Er muss nicht schreien, alle gehorchen auch so.

Außer den beiden Männern in Grün. Offensichtlich haben sie auf das hier gewartet. Sie bewegen sich merkwürdig synchron und drehen sich in perfektem Einklang von ihren Funkgeräten weg. Beide tragen ein Abzeichen an ihrer Uniform, einen weißen Kreis mit einem dunkelgrünen Dreieck darin. Dasselbe Symbol habe ich auf den geschmuggelten Kisten gesehen, als ich zuletzt hier war.

Die Männer sind Zwillinge, und irgendwie verstörend. Sie sehen absolut identisch aus, aber da ist noch mehr. Beide haben schwarzes Lockenhaar, das wie eine enge Mütze auf dem Kopf sitzt, schlammfarbene Augen, dunkle Haut und makellose Bärte. Der einzige Unterschied zwischen ihnen ist eine Narbe – einer hat eine gezackte Linie auf seiner rechten Wange, der andere auf seiner linken. *Damit man sie unterscheiden kann.* Mit einem Schaudern bemerke ich, dass sie sogar gleichzeitig blinzeln.

»Miss Barrow, freut mich, Sie endlich kennenzulernen.« Der mit der Narbe rechts streckt mir die Hand entgegen, aber ich verspüre keine Neigung, sie zu schütteln. Das scheint ihm nichts auszumachen, und er fährt fort: »Mein Name ist Raj, und mein Bruder –«

»Tahir, zu Ihren Diensten«, fällt der andere ein. Sie neigen anmutig die Köpfe, erneut in verblüffender Eintracht. »Wir sind weit gereist, um Sie und die Ihren zu treffen. Und wir haben lange –«

»– sehr lange gewartet«, beendet Raj den Satz für ihn. Er beäugt den Oberst, und ich bemerke einen Hauch von Ekel in seinem Blick. »Wir bringen Ihnen eine Nachricht und ein Angebot.«

»Von wem? Und woher?« Ich bin atemlos, mir ist fast ein wenig schwindelig. Bestimmt sind diese Männer Neublüter – die Verbindung zwischen ihnen ist nicht natürlich –, doch sie sind weder Nortaner noch Lakelander. *Weit gereist.*

Sie sprechen im Chor: »Von der Freien Republik Montfort.«

Mit einem Mal wünschte ich, Julian wäre bei mir und würde mir helfen, mit seinen Lektionen und den Landkarten, die er stets bei der Hand hatte. Montfort, das Land in den Bergen, ist so weit entfernt, dass es auf der anderen Seite der Welt sein könnte. Aber Julian hat mir erklärt, dass es, wie Piedmont im Süden, von einer Gruppe von Fürsten beherrscht wird, lauter Silberne. »Ich verstehe nicht.«

»Das hat Oberst Farley auch nicht –«, beginnt Tahir.

Raj mischt sich ein: »– denn die Republik ist gut gesichert, versteckt hinter Bergen –«

»– Schnee –«

»– Mauern –«

»– und durch gezielte Maßnahmen.«

Das ist wirklich nervig.

»Bitte entschuldigen Sie«, fügt Raj hinzu, der meinen Unmut bemerkt. »Unsere Mutation verbindet unsere Gehirne. Das kann ziemlich –«

»– verstörend sein«, beende ich den Satz an seiner Stelle und ernte dafür ein Lächeln von beiden. Doch der Oberst schaut immer noch finster drein, sein rotes Auge glitzert. »Also sind Sie Neublüter? Wie ich?«

Ein doppeltes Nicken. »In Montfort nennt man uns die Stürmer, aber das ist von Land zu Land verschieden. Es gibt keine Einigkeit darüber, wie man die merkwürdigen Silber-Roten nennen soll«, meint Tahir. »Wir sind viele, überall auf der Welt. Manche leben offen, wie in der Republik, und manche im Verborgenen, wie in Ihrem Land.« Er sieht den Oberst an und seine nächsten Worte haben eine tiefere Bedeutung. »Doch unsere Verbindung ist wichtiger als nationale Grenzen. Wir stehen füreinander ein, weil es sonst niemand tut. Montfort hat sich zwanzig Jahre lang verborgen gehalten, während wir unsere Republik aus den Trümmern einer brutalen Diktatur errichteten. Ich nehme an, Sie verstehen, was das bedeutet.« Das tue ich, und ich muss grinsen, trotz der Schmerzen, die es mir bereitet. »Aber jetzt verbergen wir uns nicht mehr. Wir haben eine Armee und eine eigene Flotte, und sie werden nicht länger abwarten. Nicht, solange Königreiche wie Norta, die Lakelands und der ganze Rest weiterexistieren. Nicht, solange Rote sterben und Stürmer sogar noch schlimmere Schicksale erleiden.«

Aha. Der Oberst beherbergt uns nicht aus Güte oder Notwendigkeit, sondern aus Angst. Ein neuer Spieler, den er nicht einschätzen kann, hat die Arena betreten. Sie haben mindestens einen gemeinsamen Feind, so viel steht fest. *Die Silbernen. Menschen wie Maven.*

Auch sie und ich haben einen gemeinsamen Feind. Dennoch durchrieselt mich ein Schauder, den ich nicht ignorieren kann. *Cal ist ein Silberner, Julian ist ein Silberner. Was denken die beiden hier über sie?* Wie der Oberst muss ich erst einmal abwarten und herausfinden, was diese Leute wirklich vorhaben.

»Premierminister Davidson, das Staatsoberhaupt der Republik, hat uns als Botschafter gesandt, um der Scharlachroten Garde die Hand der Freundschaft zu reichen«, sagt Raj, dessen eigene Hand auf seinem Oberschenkel zuckt. »Oberst Farley hat diese Allianz vor zwei Wochen bereitwillig akzeptiert, wie auch seine Vorgesetzten, die Roten Generäle des Oberkommandos.«

Oberkommando. Das, was sich hinter Farleys geheimnisvollem Wort verbirgt, scheint plötzlich zum Greifen nah. Sie hat nie erklärt, was sie damit meint, aber jetzt fange ich an, etwas mehr von der Garde zu begreifen. Ich habe noch nie von den Roten Generälen gehört, verziehe aber keine Miene. Die Zwillinge wissen nicht, wie viel – oder wenig – man mir gesagt hat. Aus der Art, wie sie mit mir reden, schließe ich, dass sie mich auch für eine Anführerin halten, die Kontrolle über die Scharlachrote Garde ausübt. *Dabei habe ich kaum die Kontrolle über mich selbst.*

»Wir haben uns mit ähnlichen Gruppen und Minderheiten in Ländern überall auf dem Kontinent zusammengeschlossen und so ein komplexes Netzwerk gebildet. Sie sind wie die Speichen eines Rades, und die Republik ist die Nabe.« Raj wirft mir einen stechenden Blick zu. »Wir bieten allen hiesigen Stürmern sicheres Geleit in ein Land, das sie nicht nur schützt, sondern ihnen auch die Freiheit gibt. Sie brauchen nicht zu kämpfen, sie brauchen nur zu leben, frei zu leben. Das ist unser Angebot.«

Mir schlägt das Herz bis zum Hals. *Du brauchst einfach nur zu leben.* Wie viele Male habe ich mir genau das gewünscht? *Zu oft, um es zu zählen.* Sogar damals in Stilts, als ich noch dachte, ich wäre schmerzlich normal, als ich ein Nichts war. Ich wollte einfach nur leben. Stilts hat mich den Wert und die Seltenheit eines ganz normalen Lebens gelehrt. Aber es hat mich auch etwas anderes gelehrt, eine noch wertvollere Lektion. *Alles hat seinen Preis.*

»Und was wollen Sie dafür?«, frage ich, obwohl ich seine Antwort lieber nicht hören möchte.

Raj und Tahir werfen einander bedeutungsvolle Blicke zu. Ich bezweifle nicht, dass sich die Brüder ohne Worte unterhalten können, dass sie geräuschlos flüstern, so wie Elara es getan hat. »Premierminister Davidson bittet darum, dass *Sie* sie begleiten«, bringen sie schließlich synchron hervor.

Eine »Bitte«. So etwas existiert nicht.

»Sie sind eine Brandfackel aus eigener Kraft und werden im kommenden Krieg eine wichtige Größe sein.« *Sie brauchen nicht zu kämpfen.* Ich hätte wissen sollen, dass das für mich nicht gilt. »Sie werden Ihre eigene Einheit bekommen, mit von Ihnen selbst ausgesuchten Stürmern an Ihrer Seite –«

Ein Neublüter-König wird auf dem Thron sitzen, den du ihm errichtet hast. Das hat Cameron vor ein paar Tagen zu mir gesagt, als ich sie dazu gezwungen habe, mit uns zu kommen. Jetzt weiß ich genau, wie sie sich gefühlt hat und wie furchtbar wahr ihre Worte werden könnten.

»Ausschließlich Stürmer?«, frage ich und stehe auf. »Ausschließlich Neublüter? Sagen Sie mir, wie ist es wirklich in Ihrer Republik? Haben Sie lediglich die silbernen Herren gegen neue ausgetauscht?«

Die Brüder bleiben sitzen und mustern mich aufmerksam. »Sie missverstehen uns«, bringt Tahir vor. Er tippt auf die Narbe unter seinem linken Auge. »Wir sind wie Sie, Mare Barrow. Wir haben dafür gelitten, dass wir so sind, und wünschen uns, dass niemand mehr dieses Schicksal erleiden muss. Wir bieten den Unsrigen eine Zuflucht. Insbesondere Ihnen.«

Lügner, alle beide. Das Einzige, was sie mir anbieten, ist eine neue Bühne, auf der ich auftreten soll.

»Mir geht es gut, wo ich jetzt bin.« Ich sehe den Oberst an und konzentriere mich auf sein gesundes Auge. Er macht kein finsteres Gesicht mehr. »Ich werde nicht weglaufen. Nicht jetzt. Ich muss mich hier um einige Dinge kümmern. Probleme der Roten, die Sie nicht betreffen. Sie können jeden Neublüter mitnehmen, der sich Ihnen anschließen will, aber nicht mich. Und wenn Sie mich zu irgendwas zwingen wollen, werde ich Sie beide meinen Blitz spüren lassen. Es ist mir gleich, welche Farbe Ihr Blut hat oder wie frei Sie zu sein behaupten. Sagen Sie Ihrem Anführer, dass man mich nicht mit bloßen Versprechungen kaufen kann.«

»Und was ist mit Taten?«, fragt Raj und hebt fragend eine gezupfte Augenbraue. »Würden die Sie auf die Seite unseres Anführers ziehen?«

Dieses Spiel kenne ich schon. Ich habe genug Könige erlebt, auch wenn sie nicht immer so genannt wurden. Aber es führt zu nichts, wenn ich die Zwillinge gegen mich aufbringe, also zucke ich die Achseln. »Zeigen Sie mir, was Sie unter Taten verstehen, dann sehen wir weiter.« Mit einem kleinen Lachen wende ich mich zum Gehen. »Wenn Sie mir den Kopf von Maven Calore bringen, darf Ihr Anführer mich gern als Fußschemel benutzen.«

Bei Tahirs Antwort gefriert mir das Blut in den Adern. »Sie haben die Wölfin getötet. Jetzt ist es überhaupt kein Problem mehr, den Welpen zu töten.«

»Sehr merkwürdig, Miss Barrow.«

»Was?«, knurre ich, weil der Oberst mir wieder folgt. Nicht einmal diese Baracke kann ich in Frieden verlassen. Doch seine offene Miene überrascht mich; er signalisiert so etwas wie Verständnis. Dabei ist er der letzte Mensch, von dem ich *Verständnis* erwartet hätte.

»Sie sind hier mit vielen neuen Anhängern erschienen, aber wo sind die, mit denen Sie aufgebrochen sind?« Er zieht eine Augenbraue hoch und lehnt sich an die kalte, feuchte Wand des Ganges. »Der Junge aus Ihrem Dorf, Ihr Prinz und meine Tochter – alle scheinen Ihnen aus dem Weg zu gehen. Und natürlich Ihr Bruder ...« Mit einem schnellen, bedrohlichen Schritt nach vorn stoppe ich ihn. »Mein Beileid«, murmelt er nach einem langen Augenblick. »Es ist nie leicht, ein Familienmitglied zu verlieren.«

Mir fällt das Foto in seinem Quartier wieder ein. Er hat noch eine andere Tochter und eine Frau, zwei Menschen, die nicht mehr hier sind. »Wir brauchen alle ein bisschen Zeit«, antworte ich und hoffe, dass das reicht.

»Aber geben Sie ihnen nicht zu viel. Es ist nicht gut, sie zu lange über Ihre Sünden grübeln zu lassen.«

Ich habe keine Kraft, zu widersprechen, denn er hat Recht. Ich habe die Menschen verletzt, die mir am nächsten stehen, und ihnen das Monster gezeigt, das in mir steckt.

»Und was sind das für Probleme der Roten, die Sie erwähnt haben?«, fährt er fort. »Irgendetwas, das ich wissen sollte?«

Im Flugzeug habe ich Cal erklärt, dass ich in den Norden ziehen würde. Die eine Hälfte von mir hat das aus Wut gesagt, um ihm etwas zu beweisen. Die andere Hälfte hat es gesagt, weil es das Richtige ist. Denn ich habe die Situation dort schon viel zu lange verdrängt.

»Vor ein paar Tagen haben wir einen Marschbefehl abgefangen. Sie schicken die erste von den Kinderlegionen zum Todesstreifen.« Als mir wieder einfällt, was Ada gesagt hat, stockt mir der Atem. »Sie sind bloß Kanonenfutter. Sie werden sie ganz gezielt aus den Schützengräben direkt in die Todeszone marschieren lassen. Fünftausend Kinder, die abgeschlachtet werden.«

»Neublüter?«, hakt der Oberst nach.

Ich schüttele den Kopf. »Nicht, dass ich wüsste.«

Er legt eine Hand auf seine Pistole, richtet sich auf und spuckt auf den Boden. »Nun, das Oberkommando hat mir ja befohlen, Sie zu unterstützen. Ich finde, es ist höchste Zeit, dass wir gemeinsam etwas Nützliches tun.«

In der Krankenstation ist es ruhig, sie ist ein guter Ort zum Warten. Sara durfte die den Silbernen zugeteilten Baracken verlassen und konnte allen Verletzten schnell helfen. Jetzt sind bis auf eines alle Betten leer. Ich liege auf der Seite und starre durch das hohe Fenster vor mir. Der trügerisch blaue Himmel ist zu einem Stahlgrau verblasst. Vielleicht zieht ein Unwetter auf, vielleicht sind auch nur meine Augen verdunkelt. Ich kann heute einfach kein Sonnenlicht mehr sehen. Die Laken sind vom vielen Waschen weich, und ich muss gegen den Impuls ankämpfen, sie mir über den Kopf zu ziehen. Als ob das die Erinnerungen abhalten könnte, die über mich hereinbrechen wie eiserne Wellen. Shades letzter Moment, wie er mit geweiteten Augen eine Hand nach mir ausgestreckt hat, bevor das Blut aus seiner Brust hervorquoll. Er ist zurückgekommen, um mich zu retten, und das hat ihn das Leben gekostet. Ich fühle mich wieder wie vor vielen Monaten, als ich mich in den Wäldern versteckt hatte, weil ich es nicht aushalten konnte, Gisa und ihre gebrochene Hand zu sehen. Jetzt ertrage ich den Gedanken nicht, zu meiner Familie zurückzukommen und die Lücke zu sehen, die Shade hinterlässt. Sie fragen sich mit Sicherheit, wo ich bin, das Mädchen, das sie einen Sohn gekostet hat. Doch es ist niemand aus der Barrow-Familie, der mich hier aufspürt.

»Soll ich später wiederkommen, oder bist du damit fertig, dir selbst leidzutun?«

Ich setze mich ruckartig auf und stelle fest, dass Julian am Fußende meines Bettes steht. Er hat wieder Farbe im Gesicht, und auch seine fehlenden Zähne sind dank Sara wieder da. Abgesehen von den zusammengewürfelten Kleidungsstücken aus den Lagerräumen von Tuck wirkt er wieder wie er selbst. Ich erwarte ein Lächeln, vielleicht sogar Dank, aber keine Schelte. Nicht von ihm.

»Hat man denn hier keine einzige ruhige Minute?«, schnaube ich und lasse mich auf das dünne Kissen zurückfallen.

»Soweit ich weiß, versteckst du dich schon seit fast einer Stunde. Das sind sehr viele ruhige Minuten, Mare.« Mein alter Lehrer gibt sich alle Mühe, nett zu sein. Aber es funktioniert nicht.

»Wenn du es unbedingt wissen musst, ich warte auf den Oberst. Wir müssen eine Mission planen, und er rekrutiert gerade die Freiwilligen dafür.« *So.* Aber Julian lässt sich nicht so leicht abwimmeln.

»Also hast du entschieden, dass du deine Zeit besser für ein Nickerchen nutzt, statt mit den anderen Neublütern zu sprechen, eine Menge ziemlich nervöser Silberner zu beruhigen, vielleicht einen

Heiler aufzusuchen oder einfach nur mit deiner trauernden Familie zu reden?«

»Deine Belehrungen haben mir nicht gerade gefehlt, Julian.«

»Du bist eine gute Lügnerin, Mare.« Er lächelt.

Dann setzt er sich neben mich, und das geht mir beinahe zu schnell. Er riecht frisch gewaschen; offenbar kommt er gerade aus der Dusche. Aus der Nähe bemerke ich, wie dünn er geworden ist und seinen leeren Blick. Nicht einmal Sara kann eine Seele heilen. »Außerdem machen Belehrungen nur Sinn, wenn da jemand ist, der zuhört, und *du* hörst mir *nicht* mehr zu.« Er senkt die Stimme und greift nach meinem Gesicht, so dass ich ihn ansehen muss. Ich bin zu müde, um Widerstand zu leisten. »Oder sonst irgendwem. Nicht einmal Cal.«

»Willst du mich jetzt auch anschreien?«

Er lächelt betrübt. »Habe ich das jemals getan?«

»Nein«, flüstere ich und wünsche mir, das wäre nicht nötig. »Nein, hast du nie.«

»Dann fange ich jetzt auch nicht damit an. Ich bin nur gekommen, um dir zu sagen, was du hören musst. Ich zwinge dich nicht, darauf zu hören. Ich zwinge dich nicht, zu gehorchen. Ich lasse dir die Wahl. So, wie es sein soll.«

»In Ordnung.«

»Ich habe dir einmal erklärt, dass jeder jeden verraten kann. Ich weiß, dass du dich daran erinnerst.« *Und wie ich mich erinnere.* »Und ich wiederhole es. Jeder, *alles*, kann jeden verraten. Sogar dein eigenes Herz.«

»Julian –«

»Niemand wird böse geboren, so wie auch niemand allein geboren wird. Man *wird* dazu, durch eigene Entscheidungen und die Umstände. Letzteres kannst du nicht kontrollieren, aber deine Entscheidungen … Mare, ich habe große Angst um dich. Dir sind Dinge angetan worden, die kein Mensch erleiden sollte. Du hast Furchtbares gesehen, Furchtbares getan, und das verändert dich. Ich habe solche Angst davor, was aus dir werden könnte, wenn du die falschen Chancen ergreifst.«

Das geht mir genauso.

Ich lege meine Hand über seine. Die Berührung ist beruhigend, aber nicht so wie früher. Unsere Bindung ist im besten Fall belastet, und ich weiß nicht, wie ich sie wieder stärken kann. »Ich werde es versuchen, Julian«, murmele ich. »Ich werde es versuchen.«

Insgeheim frage ich mich, ob Julian eines Tages Geschichten über mich erzählen wird. Wenn aus mir etwas Erbärmliches geworden ist, jemand wie Elara, eine, die nichts und niemanden hat, der sie liebt. Bin ich dann lediglich das Mädchen, das es versucht hat? *Nein. So darf ich nicht denken. So* werde *ich nicht denken. Ich bin Mare Barrow. Ich bin stark genug.* Ich habe Dinge getan, schreckliche Dinge, für die ich keine Vergebung verdiene. Aber trotzdem sehe ich sie in Julians Augen. Und das erfüllt mich mit solcher Hoffnung. Ich werde nicht zu einem Monster, ganz gleich was ich in den kommenden Tagen tun muss. Ich werde nicht das verlieren, was mich ausmacht, nicht einmal, falls es mich töten sollte.

»Also, soll ich dich jetzt zu deiner Familie bringen, oder findest du allein hin?«

Ich schnaube unwillkürlich. »Kennst du überhaupt den Weg?«

»Es ist unhöflich, Ältere und ihr Wissen in Frage zu stellen, Blitzwerferin.«

»Ich hatte einen Lehrer, der mir beigebracht hat, *alles* in Frage zu stellen.«

Seine Augen leuchten und sein schwacher Brustkorb schwillt vor Stolz. »Dein Lehrer war ein schlauer Mann.«

Sein Blick verharrt auf mir, und ich sehe, wie das Licht darin verlischt. Er starrt mein nacktes Schlüsselbein an und das Brandmal darauf. Ich frage mich, ob ich es verhüllen soll, entscheide mich aber dagegen. Ich werde das *M*, das mir eingebrannt wurde, nicht verstecken. Nicht vor ihm.

»Sara kann das wegmachen«, murmelt er. »Soll ich sie rufen?«

Ich stehe mit wackeligen Beinen auf. Ich habe viele Narben, die ich von ihr heilen lassen will, aber nicht diese. »Nein.« *Sie soll uns allen eine Mahnung sein.*

Arm in Arm verlassen wir die leere Krankenstation. Unsere Schritte hallen durch den weißen Raum, der langsam, aber sicher zu Grau verblasst. Draußen hat sich ein Vorhang vor die Welt geschoben. Auf unserer Türschwelle wartet der Winter – er wird bald anklopfen. Aber ich bin froh über die kühle Luft. Sie macht mich wach.

Während wir auf dem Weg zu Baracke drei den Platz überqueren, schaue ich mich auf dem Gelände um. In den verschiedenen Gruppen, die trainieren, Waren transportieren oder einfach herumlaufen, befinden sich ein paar vertraute Gesichter. Ich erspähe Ada, die mit einer Bedienungsanleitung in der Hand bei einem defekten Gefährt steht. Neben ihr kniet Lory und durchwühlt einen Haufen Werkzeuge. Ein paar Meter weiter schließt sich Darmian einer Schar Gardisten bei ihrem Lauftraining an. Außer ihnen sehe ich niemanden aus der Höhle, und mir dreht sich der Magen um. *Cameron, Nix, Nanny, Gareth, Ketha, wo sind sie?* Mir ist ziemlich übel, aber ich beiße die

Zähne zusammen. Ich habe nur Kraft, um den Menschen zu trauern, von dem ich mit Sicherheit weiß, dass er tot ist.

Julian darf Baracke acht nicht betreten, wie er mir mit einem dürren Lächeln erklärt; seine Worte triefen von Verachtung. Es ist unmöglich, das Verbot durchzusetzen, aber er befolgt es trotzdem. »Ich bemühe mich nur, ein ›guter‹ Silberner zu sein«, bemerkt er trocken. »Der Oberst ist schließlich schon so *freundlich* gewesen, uns aus unseren Baracken herauszulassen. Da werde ich sein Vertrauen doch nicht missbrauchen.«

»Ich komme anschließend zu dir.« Ich drücke seine Schulter. »Da drinnen bei euch ist es wahrscheinlich nicht ganz einfach.«

Julian zuckt nur die Achseln. »Sara lässt sich Zeit mit dem Heilen – wir können auf diesem engen Raum hier nicht zu viele kraftstrotzende, hungrige und wütende Silberne gebrauchen. Aber sie wissen, was du für sie getan hast. Sie haben keinen Grund, Ärger zu machen – noch nicht.«

Noch nicht. Eine einfache, aber effektive Warnung. Der Oberst weiß nicht mit so vielen silbernen Flüchtlingen umzugehen und macht bestimmt bald einen Fehler.

»Ich tue mein Bestes«, seufze ich und füge das Entschärfen eines möglichen Aufstands zu meiner stetig wachsenden Aufgabenliste hinzu. *Weine nicht vor Ma. Entschuldige dich bei Farley. Finde heraus, wie du fünftausend Kinder retten kannst. Pass auf einen Haufen Silberne auf. Renn mit dem Kopf durch die Wand.* Kein Problem.

Die Baracke ist ebenso labyrinthisch, wie ich sie in Erinnerung habe. Ein- oder zweimal verlaufe ich mich, aber schließlich finde ich die Tür, an deren Klinke ein purpurnes Tuch geknotet ist. Die Tür ist geschlossen, so dass ich klopfen muss.

Bree macht auf. Sein Gesicht ist vom Weinen gerötet, und deshalb verliere ich beinahe auf der Stelle die Fassung. »Hat ja lange genug gedauert«, grummelt er und tritt zurück, damit ich hineingehen kann. Sein barscher Ton trifft mich, aber ich lasse mir nichts anmerken, sondern lege eine Hand auf seinen Arm. Er zuckt zusammen, schüttelt mich aber nicht ab.

»Es tut mir leid«, sage ich. Und dann, lauter, zu den anderen im Raum: »Es tut mir leid, dass ich nicht eher gekommen bin.«

Gisa und Tramy sitzen auf Stühlen, die nicht zusammenpassen. Ma kauert auf einem der Betten, Pa auf seinem Rollstuhl an ihrer Seite. Während sie sich abwendet und das Gesicht in einem Kissen vergräbt, ist er so großzügig mich anzusehen. »Du warst beschäftigt«, sagt Pa ruppig wie immer, doch der Unterton ist beleidigender denn je. Ich habe ihn verdient. »Wir verstehen schon.«

»Ich hätte hier sein müssen.« Ich gehe weiter in den Raum hinein. Wie kann man sich in einem so kleinen Raum so verloren fühlen? »Ich habe seine Leiche mit zurückgebracht.«

»Wir haben ihn schon gesehen«, sagt Bree unwirsch und setzt sich auf die Liege gegenüber von Ma. Sie sinkt unter seinem enormen Gewicht ein. »Ein kleiner Nadelstich, und er ist tot.«

»Ich weiß es nur zu gut«, murmele ich, bevor ich mich zurückhalten kann.

Gisa zuckt auf ihrem Stuhl. Sie hat ihre dünnen Beine hochgezogen. Um sich abzulenken, streckt sie die Finger ihrer kranken Hand. »Weißt du, wer ihn getötet hat?«

»Ptolemus Samos. Ein Magnetor.« Damals in der Arena hätte Cal den furchtbaren Mann töten können. Aber er war gnädig. Und seine Gnade hat nun meinen Bruder getötet.

»Ich kenne diesen Namen«, sagt Tramy in die angespannte Stimmung hinein. »Er war einer deiner Henker. Dich hat er nicht bekommen, dafür aber Shade.« Es klingt wie eine Anklage. Ich muss den Blick abwenden und studiere meine Schuhe an Stelle des Schmerzes in seinen Augen.

»Hast du ihn wenigstens erledigt?« Bree kann nicht sitzen bleiben und steht wieder auf. Er überragt mich und versucht, einschüchternd zu wirken. Er vergisst, dass mich rohe Gewalt nicht mehr erschrecken kann. »Hast du?«

»Ich erinnere mich nicht.« Meine Stimme bricht, doch ich spreche tapfer weiter. »Ich habe unzählige Menschen getötet, ich weiß nicht mal, wie viele. Ich weiß nur, dass die Königin eine davon war.«

Ma richtet sich auf dem Bett auf. Also hat sie sich entschlossen, mich doch noch anzusehen. Ihre Augen stehen voller Tränen. »Die Königin?«, flüstert sie atemlos.

»Ihre Leiche haben wir auch mitgebracht«, antworte ich beinahe etwas zu eifrig. Über ihren toten Körper zu reden, ist leichter, als meinen Bruder zu betrauern. Also erzähle ich von der Sendung und was wir vorhaben.

Die schreckliche Übertragung soll heute Abend während der Hauptnachrichten stattfinden. Die sind jetzt Pflicht – ein Zusatz zu den Maßnahmen, der jeden im Königreich zwingt, zum Abendessen auch Lügen und Propaganda zu schlucken. Ein jugendlicher, beflissener König, ein weiterer Sieg in den Schützengräben, und mehr – aber morgen nicht. Stattdessen wird ganz Norta seine tote Königin sehen. Und die Welt wird unseren Ruf zu den Waffen vernehmen. Bree geht auf und ab; bei dem Gedanken an einen bevorstehenden Bürgerkrieg grinst er breit. Tramy tut es ihm nach, wie immer. Sie tuscheln miteinander, wahrscheinlich träumen sie schon davon, wie sie gemeinsam in Archeon einmarschieren und unsere rote Fahne auf den Ruinen des Whitefire-Palasts hissen. Gisa ist weniger enthusiastisch.

»Bestimmt bleibst du wieder nicht lange«, sagt sie verzweifelt. »Du wirst auf dem Festland gebraucht, um weiter Leute zu rekrutieren.«

»Nein, ich werde nicht rekrutieren, jedenfalls vorerst nicht.«

Ich halte die Hoffnung nicht aus, die das bei ihnen und vor allem bei Ma weckt. Darum sage ich beinahe nichts, aber ich bin letztes Mal schon so plötzlich verschwunden. Das will ich ihnen nicht noch mal antun. »Ich reise zum Todesstreifen, und zwar bald.«

Pa schreit so laut, dass ich Angst bekomme, er könnte aus seinem Rollstuhl fallen. »Das tust du *nicht*! Nicht, solange ich noch atme!« Er keucht, um seine Aussage zu unterstreichen. »Keines meiner Kinder wird jemals an diesen Ort zurückkehren. *Niemals.* Und wage es nicht, mir zu sagen, dass ich dich nicht aufhalten kann, denn glaub mir, ich kann es und ich *werde* es.«

Der Todesstreifen hat Pa einst ein Bein und einen Lungenflügel gekostet. Er hat diesem Ort so viel gegeben und erwartet nun wohl, auch mich dort zu verlieren. »Da bin ich mir sicher, Pa.« Ich versuche, ihn bei Laune zu halten. Das funktioniert normalerweise.

Aber diesmal lässt er sich nicht beruhigen und rollt so energisch zu mir her, dass er mich mit seinem gesunden Bein anstößt. Wutentbrannt fuchtelt er mir mit einem ausgestreckten Finger vor dem Gesicht herum. »Versprich es mir, Mare Barrow!«

»Du weißt, dass ich das nicht kann.« Und ich erkläre ihm, warum. Fünftausend Kinder, fünftausend Söhne und Töchter. Rote, Neublüter, das hat keine Bedeutung mehr. Cameron hatte die ganze Zeit

Recht. Die Trennung nach Blutfarbe ist immer noch sehr real, aber sie darf nicht mehr toleriert werden.

»Soll jemand anders gehen«, knurrt er und ringt um Fassung. Ich wollte meinen Vater nie weinen sehen, und jetzt wünschte ich, ich könnte den Anblick wieder vergessen. »Der Oberst, dieser Prinz, *irgendwer* sonst kann es machen.« Er krallt sich an meinem Arm fest wie ein Ertrinkender.

»Daniel.« Mas Stimme ist leise, beruhigend, eine einzelne weiße Wolke in einem leeren Himmel. »Lass sie gehen.«

Erst als ich seine Hand von meinem Arm losmache, fällt mir auf, dass auch ich weine.

»Wir gehen mit ihr.«

Bree hat diese Worte kaum ausgesprochen, da lehne ich schon ab. Pas Gesicht läuft knallrot an, während sich seine Trauer in Wut verwandelt. »Willst du, dass ich an einem Herzinfarkt sterbe?«, faucht er und dreht sich zu meinem ältesten Bruder um.

»Sie war noch nie im Todesstreifen, sie weiß nicht, wie es da ist«, wirft Tramy ein. »Aber wir. Zusammen haben wir fast ein Jahrzehnt in den Schützengräben verbracht.«

Ich schüttele den Kopf und hebe eine Hand, damit er aufhört, bevor Pa wirklich ausrastet. »Der Oberst kommt mit, er kennt den Todesstreifen auch, also braucht ihr nicht –«

»Er kennt vielleicht die Lakelander-Seite.« Bree hat schon seine Truhe geöffnet und durchwühlt seine Sachen. *Er sucht nach Dingen, die er mitnehmen muss.* »Aber die Schützengräben von Norta sind anders aufgebaut. Er wird binnen Sekunden die Orientierung verlieren.«

Das ist wahrscheinlich das Intelligenteste, was ich Bree jemals habe sagen hören. Er ist nicht unbedingt für seinen Verstand bekannt, aber andererseits hat er fast fünf Jahre an der Front überlebt, vier Jahre mehr als die meisten. Das kann nicht nur Glück gewesen sein. Mir wird klar, dass sie beide tapfer sind, tapferer, als ich mir vorstellen kann. Früher habe ich mir oft überlegt, wie viel meine älteren Brüder von meinem Leben verpasst haben – aber umgekehrt geht es mir genauso. Sie sind nicht mehr so, wie ich sie in Erinnerung habe. Sie sind ebenso Krieger, wie ich eine Kriegerin bin.

Mein Schweigen genügt ihnen, um mit dem Packen anzufangen. Ich wünschte, ich könnte ihnen sagen, dass sie hierbleiben sollen. Wenn ich das wirklich wollte, würden sie es akzeptieren. Aber ich tue es nicht. Ich brauche sie, genau wie ich Shade gebraucht habe.

Ich kann nur hoffen, dass ich nicht noch einen Bruder ins Grab bringe.

Nach einem endlosen Augenblick merke ich, dass ich zittere. Also klettere ich zu meiner Mutter ins Bett und lasse mich von ihr halten. Ich tue mein Bestes, um nicht zu weinen. Doch mein Bestes ist nicht gut genug.

29

Die Kantine ist voller Menschen, aber nicht wegen einer Mahlzeit. Der Oberst hat vor einer Stunde zu einer »Mission mit höchster Priorität« aufgerufen, und der Raum platzt aus allen Nähten, so viele Leute hat er dafür ausgewählt oder haben sich freiwillig gemeldet. Die Lakelander sind still, gut ausgebildet, stoisch. Die Gardisten sind viel ungehobelter, auch wenn das auf Farley nicht zutrifft. Sie ist wieder als Hauptmann eingesetzt, doch es scheint sie nicht zu interessieren. Sie sitzt schweigend da und windet sich abwesend ein rotes Tuch um die Hände. Als ich die Kantine mit meinen Brüdern zusammen betrete, lässt der Lärm nach und alle Augen richten sich auf mich. Außer die von Farley. Sie blickt nicht einmal auf. Lory und Darmian klatschen, als ich an ihnen vorbeigehe, und ich werde rot. Ada tut es ihnen gleich, dann steht zu meiner Freude auch Nanny auf, und nach ihr Cameron. *Sie haben es geschafft.* Ich atme auf und versuche, mich erleichtert zu fühlen. Doch ich habe nach wie vor kein Lebenszeichen von Nix, Gareth und Ketha. *Vielleicht wollten sie einfach nicht kommen. Sie müssen die ständige Gefahr langsam leid sein.* Das rede ich mir ein, als ich mich neben Farley setze. Sie reagiert noch immer nicht, obwohl sie jedes Recht hätte, mich zu schlagen. Bree und Tramy folgen mir und lassen sich wie Leibwächter direkt hinter mir nieder.

Wir sind nicht die Letzten, die eintreffen. Harrick, der gerade erst von der Höhle zurück ist, kommt herein und nickt mir kurz zu. Er hält die Tür für Kilorn auf. Mein Herz schlägt schneller, als Cal dicht auf Kilorns Fersen folgt, hinter sich Julian und Sara. Mein Auftritt war von Stille begleitet – das hier ist das Gegenteil. Beim Anblick der drei Silbernen springen viele auf, überwiegend Lakelander. Bei dem ganzen Lärm ist es schwierig, ihre Rufe zu verstehen, aber die Bedeutung ist klar: *Wir wollen euch hier nicht.*

In diesem Tumult treffen sich Cals und mein Blick, wenn auch nur für eine Sekunde. Er schaut als Erster weg und sucht sich einen Sitzplatz im hinteren Teil des Raums. Julian und Sara ignorieren die Rufe und bleiben dicht bei ihm, während Kilorn sich nach vorn durcharbeitet. Er zieht einen Stuhl hinter sich her, lässt sich neben mir nieder und nickt mir beiläufig zu, als würden wir uns zum Mittagessen hinsetzen.

»Also, worum geht es hier eigentlich?«, fragt er laut genug, dass ich ihn trotz des Lärms verstehen kann.

Ich sehe meinen Freund verblüfft an. Bei unserer letzten Begegnung hat er mich von Farley losgerissen und angewidert geschaut. Jetzt lächelt er beinahe. Er holt sogar einen Apfel aus seiner Jacke und bietet mir den ersten Bissen an. Zittrig, aber gern, nehme ich sein Geschenk an.

»Du warst nicht du selbst«, flüstert er mir ins Ohr. Er nimmt mir den Apfel wieder weg und beißt ebenfalls hinein. »Also Schwamm drüber. Aber wenn du so was noch mal machst, klären wir das wie auf die Stilts-Art. Okay?«

Meine Narben ziepen, als ich lächele. »Okay«, sage ich und füge dann leiser, so dass nur er mich hören kann, »Danke« hinzu.

Er wird kurz ganz still und wirkt merkwürdig versonnen. Dann wedelt er feixend mit der Hand. »Also bitte, ich hab dich schon viel schlimmer erlebt.« Eine Lüge, um mich zu trösten, aber ich lasse sie ihm durchgehen. »So, was ist das jetzt für eine Sache mit höchster Priorität? Deine Idee oder die des Obersts?«

Wie aufs Stichwort betritt der Oberst die Kantine und bittet mit weit ausgebreiteten Armen um Ruhe. »Meine«, flüstere ich Kilorn ins Ohr, während die Unmutsbekundungen abebben.

»Ruhe!«, brüllt der Oberst mit einer Stimme wie ein Peitschenschlag. Die Lakelander gehorchen sofort und nehmen wieder ihre Plätze ein. Oberst Farleys stechender Blick reicht aus, um auch die übrigen Unzufriedenen einzuschüchtern. »Ja, diese drei sind Silberne, aber sie haben gezeigt, dass sie unserer Sache verbunden sind. Sie haben meine Erlaubnis, hier zu sein.«

Das bringt sie endgültig zum Schweigen. Erst einmal.

»Ihr seid hier, weil ihr euch freiwillig für eine Mission gemeldet habt, ohne zu wissen, worum es sich handelt. Das ist wahre Tapferkeit, und dafür gebührt euch allen meine Anerkennung.« Er nimmt seine Position ganz vorn im Raum ein. Ich habe den Eindruck, dass er das schon öfter gemacht hat. In diesem Umfeld verleihen ihm die kurz geschorenen Haare und das rote Auge Autorität; seine gebieterische Stimme tut das Ihrige dazu. »Wie ihr wisst, hat das gesenkte Einberufungsalter zu jüngeren Soldaten geführt, jetzt gibt es schon Fünfzehnjährige in der Armee. Im Augenblick befindet sich eine solche Legion auf dem Weg an die Front. Es sind fünftausend, sie sind alle fünfzehn und sie haben nur eine zweimonatige Ausbildung.« Durch die Menge geht ein wütendes Gemurmel. »Wir schulden Mare Barrow und ihren Leuten Dank für diese Information.«

Ich kann nicht anders, als zusammenzuzucken. *Meine Leute.* Sie haben zu Farley oder vielleicht sogar Cal gehört, aber nicht zu mir.

»Miss Barrow ist auch die Erste, die sich freiwillig gemeldet hat, um diese Tragödie zu verhindern.«

Kilorn dreht sich so abrupt zu mir um, dass sein Hals knackt. Seine grünen Augen weiten sich, aber ich kann nicht sagen, ob er wütend ist oder beeindruckt. Vielleicht ein wenig von beidem.

»Sie haben den Spitznamen ›Kleine Legion‹ bekommen«, sage ich und zwinge mich zum Aufstehen, damit ich die Menge richtig ansprechen kann. Sie starren erwartungsvoll zu mir, jedes Auge ist wie ein Messer. Der Unterricht bei Lady Blonos wird mir jetzt wieder einmal zugutekommen. »Soweit wir wissen, werden die Kinder an den Schützengräben vorbei direkt zum Todesstreifen geschickt. Der König will, dass sie sterben, und das wird ihm gelingen, wenn wir nicht etwas tun. Ich schlage eine zweigleisige Aktion vor, die von Oberst Farley und mir geleitet wird. Mit Soldaten, die als Fünfzehnjährige durchgehen können, werde ich die Legion vor Corvium infiltrieren, um die Silber-Offiziere von den Kindern zu trennen. Dann ziehen wir direkt zum Todesstreifen weiter.« Ich bemühe mich, die hintere Wand anzusehen, aber mein Blick sucht immer wieder Cal. Diesmal bin ich es, die als Erste wegsehen muss.

»Das ist Selbstmord!«, ruft jemand.

Der Oberst stellt sich neben mich und schüttelt den Kopf. »Meine eigene Einheit wartet im Norden, an den Schützengräben der Lakelander. Ich habe in deren Armee Kontakte und kann Miss Barrow genügend Zeit verschaffen, damit sie durchkommt. Sobald sie mich erreicht, ziehen wir uns zum Lake Eris zurück. Zwei Kornfrachter müssten genügen, um alle überzusetzen, und von dort aus rücken wir dann in die umkämpften Bereiche vor.«

»Absurd.«

Ich brauche nicht hinzusehen, um zu wissen, dass Cal aufgestanden ist. Er ist wahrscheinlich silbern angelaufen und hat die Fäuste geballt, weil er sich über einen derart unsinnigen Plan aufregt. *Volltreffer.* Ich muss beinahe lächeln.

»Hundert Jahre Krieg, und noch nie hat eine Armee aus Norta den Todesstreifen durchquert. *Niemals.* Und ihr glaubt, ihr schafft das mit einem Haufen Kinder?« Er wendet sich beschwörend an mich. »Da wäre es immer noch besser, du bringst sie nach Corvium zurück und versteckst sie in den Wäldern, als sie die verdammte Todeszone durchqueren zu lassen.«

Das bringt den Oberst nicht aus der Ruhe. »Wann sind Sie zuletzt in den Schützengräben gewesen, Hoheit?«

Cal zögert nicht. »Vor sechs Monaten.«

»Vor sechs Monaten hatten die Lakelander neun Legionen an der Front, genauso viele wie Norta. Heute haben sie noch zwei dort. Der Todesstreifen ist offen, aber Ihr Bruder hat das noch nicht gemerkt.«

»Soll das eine Falle sein? Oder ein Ablenkungsmanöver?« Cal lässt sich wieder auf seinen Stuhl nieder.

Der Oberst nickt. »Die Lakelander wollen über den Lake Tarion vorstoßen, während eure Armeen damit beschäftigt sind, einen Landstrich zu verteidigen, den niemand will. Miss Barrow könnte da mit verbundenen Augen durchspazieren, ohne einen Kratzer abzubekommen.«

»Und genau das beabsichtige ich zu tun.« Langsam, aber stetig wappne ich mein Herz dafür. Ich hoffe, ich sehe mutig aus, denn ich fühle mich ganz sicher nicht so. »Wer kommt mit?«

Wie erwartet erhebt sich Kilorn als Erster. Viele andere tun es ihm nach – Cameron, Ada, Nanny, Darmian, sogar Harrick. Aber nicht

Farley. Sie sitzt wie angewurzelt da und lässt nur ihre Leutnante aufstehen. Das Tuch ist so fest um ihr Handgelenk gewickelt, dass ihre Hand bläulich anläuft.

Ich bemühe mich, nicht in Cals Richtung zu schauen. Ich gebe mir wirklich alle Mühe.

Im hinteren Teil des Raumes erhebt sich der verbannte Prinz. Er begegnet meinem Blick, als ob er nur mit seinen Augen ein Feuer in mir entzünden könnte. *Was für eine Verschwendung.* In mir ist nichts mehr, was noch brennen könnte.

Die Gräber auf dem Friedhof von Tuck sind frisch, erkennbar an der kürzlich aufgeworfenen Erde und ein bisschen verwobenem Strandhafer. An Stelle von Grabsteinen haben Angehörige Steine gesammelt und mühevoll mit Namen versehen. Als wir Shades einfachen Sarg in die Erde senken, während alle Barrows um die Grube versammelt sind, wird mir klar, wie viel Glück wir hatten. Immerhin haben wir eine Leiche, die wir beerdigen können. Viele andere haben dieses Privileg nicht. So wie bei Nix, Ketha und Gareth. Ada zufolge haben sie es weder in die Blackrun noch in das Frachtflugzeug geschafft. Sie sind in Corros gestorben, gemeinsam mit zweiundvierzig Weiteren. Sie kennt die Zahl natürlich genau. Aber dreihundert haben überlebt. Dreihundert im Austausch gegen fünfundvierzig. *Ein guter Handel*, rede ich mir selbst ein. *Ein vernünftiges Verhältnis.* Die Worte tun weh, sogar in meinem Kopf.

Farley hat die Arme um sich geschlungen, um sich gegen den kalten Wind zu schützen, will aber keinen Mantel überziehen. Der Oberst ist auch gekommen, bleibt jedoch in respektvoller Entfernung stehen. Er ist nicht wegen Shade hier, sondern wegen seiner trauernden Tochter, auch wenn er keine Anstalten macht, sie zu trösten. Zu meiner Überraschung stellt sich Gisa neben Farley und legt einen Arm um ihre Taille. Als Farley das zulässt, bin ich so erstaunt, dass es mich fast umwirft. Ich hatte nicht gewusst, dass die beiden sich überhaupt kennen, aber sie sind so vertraut miteinander. Irgendwie verspüre ich tief unter meiner Trauer ein wenig Eifersucht. Mich versucht keiner zu trösten, nicht einmal Kilorn. Shades Begräbnis ist zu viel für ihn. Er sitzt auf einem Hügel in der Nähe, weit genug entfernt, dass man seine Tränen nicht erkennen kann. Ab und zu lässt er den Kopf sinken, um nicht mit ansehen zu müssen, wie Bree und Tramy damit beginnen, das Grab zuzuschütten.

Niemand sagt etwas. Es fällt zu schwer. Der Wind pfeift direkt durch mich hindurch, und ich sehne mich nach Wärme. Ich wünsche mir eine angenehme Hitze. Aber Cal ist nicht hier. Mein Bruder ist tot, doch Cal ist zu stur, um zu seinem Begräbnis zu kommen.

Ma schaufelt mit trockenen Augen die letzten Reste Erde in das Grab. Sie hat all ihre Tränen bereits vergossen. Wenigstens das haben wir gemeinsam.

Shade Barrow steht auf dem Grabstein. Die Buchstaben wirken wie von einem wilden Tier hineingekratzt, und nicht von meinen Eltern. Es fühlt sich falsch an, ihn hier zu begraben. Er sollte zu Hause sein, am Fluss oder in den Wäldern, die ihm so viel bedeutet haben. Nicht hier, auf einer kargen Insel, umringt von Dünen und Beton, nur mit dem leeren Himmel als Gesellschaft. Das hat er nicht verdient. *Jon hat gewusst, dass das geschehen würde. Jon hat es geschehen lassen.* Mir kommt ein dunkler Verdacht. *Vielleicht ist das auch ein Handel, ein Tauschgeschäft. Vielleicht war das das beste Schicksal, das er haben konnte.* Mein klügster, mitfühlendster Bruder, der immer kam, um mich zu retten, und der immer die richtigen Worte fand. *Wie konnte er so enden? Ist das fair?*

Besser als die meisten anderen weiß ich, dass in dieser Welt nichts fair ist.

Mir verschwimmt alles vor den Augen. Ich starre so lange auf die festgestampfte Erde, bis nur noch Farley und ich auf dem Friedhof übrig bleiben. Als ich den Blick hebe, starrt sie mich an. In ihr tobt ein Sturm aus Wut und Trauer. Der Wind zerzaust ihr Haar. Es ist in den letzten Monaten länger geworden und reicht ihr jetzt fast bis zum Kinn. Sie schiebt es so heftig beiseite, dass ich fürchte, sie könnte es sich ausreißen.

»Ich komme nicht mit.« Sie presst die Worte hervor.

Ich kann nur nicken. »Du hast schon genug für uns getan, mehr als genug. Ich verstehe.«

Sie verzieht höhnisch das Gesicht. »Tust du nicht. Meine eigene Sicherheit ist mir völlig egal, im Moment jedenfalls.« Ihr Blick fällt wieder auf das Grab. Ohne dass sie es zu bemerken scheint, rinnt eine einzelne Träne ihre Wange hinab. »Die Antwort auf meine Frage«, murmelt sie. Sie ist mit den Gedanken nicht mehr bei mir. Dann schüttelt sie den Kopf. »Es war eigentlich keine richtige Frage. Ich hab es gewusst, tief in mir drin. Und ich glaube, Shade auch. Er ist – *war* – sehr einfühlsam. Im Gegensatz zu dir.«

»Es tut mir für alle leid, die du verloren hast«, bringe ich hervor. Es klingt unverblümter, als ich will. »Es tut mir leid –«

Sie wischt die Entschuldigung mit einer Hand beiseite. Sie fragt nicht einmal nach, woher ich es weiß. »Shade, meine Mutter, meine Schwester. Und mein Vater. Er lebt zwar noch, aber ich habe auch ihn verloren.«

Mir fällt die sorgenvolle Miene des Obersts wieder ein, dieser kurze Anflug von Sorge, als wir nach Tuck zurückkamen. Er hatte Angst um seine Tochter. »Da wäre ich mir nicht so sicher. Kein echter Vater kann für ein Kind, das er liebt, jemals wirklich verloren sein.«

Der Wind weht ihr die Haare übers Gesicht und verbirgt fast den Schock, der sich in ihren Augen widerspiegelt. Den Schock – und die Hoffnung. Dann streicht sie sich seltsam zart über den Bauch und klopft mir mit der anderen Hand auf die Schulter. »Ich wünsche dir Glück, Blitzwerferin. Du bist kein Zuckerschlecken, aber du bist auch keine Katastrophe.«

Das ist wahrscheinlich das Netteste, was sie je über mich gesagt hat.

Dann geht sie, den Blick nach vorn gerichtet. Als ich mich ein paar Minuten später auch auf den Weg mache, tue ich es ihr gleich.

Wir haben keine Zeit, Shade und die anderen ordentlich zu betrauern. Zum zweiten Mal innerhalb von vierundzwanzig Stunden muss ich die Blackrun besteigen, mein Herz vergessen und mich auf den Kampf vorbereiten. Es war Cals Vorschlag, bis zum Abend zu warten und die Insel zu verlassen, während die Sendung mit unserem eingeschmuggelten Film die Nation erreicht. Wenn Mavens Jagd nach uns beginnt, sind wir schon in der Luft und auf dem Weg zu der versteckten Landebahn außerhalb von Corvium. Währenddessen zieht der Oberst nach Norden weiter und nutzt den Schutz der Dunkelheit, um die Seen zu überqueren und sich von hinten an die Lakelander-Armee heranzuschleichen. Wenn unser Plan aufgeht, haben wir am Morgen beide das Kommando über eine Legion übernommen, eine auf jeder Seite der Grenze. Und dann marschieren wir los.

Als ich meine Eltern das letzte Mal verlassen habe, geschah es ohne Vorwarnung. Irgendwie war das einfacher. Mich von ihnen zu verabschieden, fällt mir so schwer, dass ich fast zur Blackrun und ihrer vertrauten Sicherheit renne. Aber ich zwinge mich, sie beide zu umarmen und ihnen zumindest das bisschen Trost zu spenden, das ich kann, selbst wenn es eine Lüge sein sollte.

»Ich passe auf sie auf«, flüstere ich und lege meinen Kopf an Mas Schulter. Ihre Finger fahren durch mein Haar und flechten es hastig zu einem Zopf. Das Grau der Spitzen hat sich ausgebreitet und erreicht jetzt fast meine Schultern. »Auf Bree und Tramy.«

»Und auf dich«, flüstert sie zurück. »Schütze auch dich selbst, Mare. Bitte.«

Ich nicke an ihrer Schulter und will mich plötzlich gar nicht mehr von ihr losmachen.

Pas Finger greifen nach meinem Handgelenk und ziehen sanft daran. Trotz seines Wutausbruchs zuvor ist er es, der mich daran erinnert, dass ich gehen muss. Sein Blick fällt über meine Schulter auf die Blackrun. Die anderen sind schon an Bord, nur die Barrows stehen noch auf der Startbahn. Ich nehme an, sie wollen mir wenigstens einen Hauch von Privatsphäre geben, obwohl mir das gleichgültig ist. Ich habe die vergangenen Monate in einem Loch gehaust, und davor in einem Palast voller Überwachungskameras und Wachen. Mir ist es egal, ob jemand zuguckt.

»Das ist für dich«, platzt Gisa heraus und hält mir ihre gute Hand hin. Daran baumelt ein schwarzes Seidentuch. Es fühlt sich kühl und geschmeidig an, wie gewobenes Öl. »Es ist noch von früher.«

Der Stoff ist mit roten und goldenen Blumen verziert, die mit meisterlicher Hand gestickt sind. »Ich kenne es noch«, murmele ich und fahre mit einem Finger über die unglaubliche Perfektion. Sie hat das Tuch vor langer Zeit gemacht, in der Nacht, bevor der Soldat ihr die Hand brach. Es ist unvollendet, wie ihr früheres Schicksal. Wie Shade. Bebend schlinge ich es mir ums Handgelenk. »Danke, Gisa!«

Ich greife in meine Tasche. »Ich hab auch was für dich, meine Liebe.«

Ein einfaches, billiges Schmuckstück. Der einzelne Ohrring passt zu dem winterlichen Ozean, der uns umgibt.

Sie muss schlucken, als sie ihn annimmt. Tränen folgen auf dem Fuße, aber ich will sie nicht sehen. Ich wende mich von ihnen allen ab und besteige die Blackrun. Hinter mir schließt sich die Luke, und als mein Herz zu rasen aufhört, sind wir bereits in der Luft und steigen hoch über das Meer auf.

Ich habe nur wenige Soldaten verglichen mit den vielen, die dem Oberst in die Lakelands folgen. Denn schließlich kann ich nur die nehmen, die jung genug aussehen, um als Kämpfer in der Kleinen Legion durchzugehen, und die möglichst auch schon gedient haben und wissen, wie man sich als Soldat verhalten muss. Achtzehn Gardisten erfüllen diese Bedingungen und sind bei uns im Flugzeug. Kilorn sitzt bei ihnen und bemüht sich, sie in unsere enge Gemeinschaft einzubinden. Ada ist nicht hier, auch Darmian und Harrick nicht. Da sie nicht als Fünfzehnjährige durchgehen würden, sind sie dem Obersts gefolgt, um unserer Sache nach Kräften zu dienen. Nanny ist trotz ihres fortgeschrittenen Alters nicht so eingeschränkt. Ihr Aussehen wechselt immer wieder zwischen verschiedenen Versionen junger Gesichter. Cameron ist natürlich bei uns – das hier war schließlich ursprünglich ihre Idee, und sie ist unglaublich aufgeregt. Sie denkt an ihren Bruder, den sie an die Legion verloren hat. Ich beneide sie ein wenig. Sie hat noch eine Chance, ihm das Leben zu retten.

Am schwierigsten wird es sein, Cal und meine Brüder zu tarnen. Bree hat ein junges Gesicht, aber er ist ein wenig zu massig für einen Fünfzehnjährigen. Tramy ist zu groß und Cal zu bekannt. Aber ihr Wert liegt nicht in ihrem Erscheinungsbild oder ihrer Kraft, sondern in ihrem Wissen über den Verlauf der Schützengräben. Sie allein können uns durch dieses Labyrinth in die Einöde des Todesstreifens führen. Ich kenne den Todesstreifen nur von Fotos und Nachrichtensendungen, und aus meinen Träumen. Als meine Fähigkeit zu Tage trat, hatte ich gedacht, dass ich niemals dorthin müsste. Ich glaubte, diesem Schicksal entronnen zu sein. Wie unrecht ich hatte.

»Drei Stunden bis Corvium«, gibt Cal durch, ohne von seinen Instrumenten aufzusehen. Der Platz neben ihm ist auffällig leer, er ist für mich reserviert. Aber ich will mich nicht zu ihm setzen, nicht, nachdem er mich bei Shades Begräbnis alleingelassen hat.

»Erhebt euch, rot wie die Morgendämmerung!« Die Gardisten sprechen im Chor und klopfen mit den Kolben ihrer Gewehre auf den Boden. Wir sind alle überrascht, doch Cal gibt sich Mühe, nicht darauf zu reagieren. Trotzdem sehe ich ihm seinen Abscheu an. »Ich habe mit eurer Revolution nichts zu tun«, hat er einmal gesagt. *Tja, aber jetzt sieht es ganz danach aus, Hoheit.*

»Erhebt euch, rot wie die Morgendämmerung!«, wiederhole ich leise und bestimmt.

Cal verzieht jetzt offen das Gesicht und starrt aus dem Fenster. Mit dieser Miene sieht er seinem Vater ähnlich, und ich stelle mir vor, was aus ihm hätte werden können. Ein nachdenklicher Krieger-

Prinz, verheiratet mit der Schlange Evangelina. Maven behauptet, er hätte die Nacht seiner Krönung nicht überlebt, aber das glaube ich eigentlich nicht. Metall wird im Feuer geschmiedet, nicht umgekehrt. Er hätte überlebt und regiert. Auf welche Art, das weiß ich allerdings nicht. Ich habe einmal gedacht, ich würde Cals Herz kennen, aber inzwischen ist mir klar geworden, dass das unmöglich ist. Kein Herz kann man je wirklich begreifen. Nicht einmal das eigene.

Die Zeit vergeht in bedrückendem Schweigen. Im Jet sitzen wir still, aber unten auf der Erde sind die Dinge in Bewegung. Meine Botschaft schallt von Bildschirmen überall im Königreich.

Ich wünschte, ich wäre in Archeon und stünde mitten im Geschäftsviertel, um dabei zusehen zu können, wie sich die Welt verändert. Werden die Silbernen so reagieren, wie ich hoffe? Werden sie Mavens Verrat als das durchschauen, was er ist? Oder werden sie einfach wegsehen?

»In Corvium brennt es.«

Cal lehnt sich mit offenem Mund vor an die Cockpitscheibe. »Im Stadtzentrum und in den Slums von River Town.« Unsicher fährt er sich mit der Hand durch die Haare. »Ausschreitungen.«

Mein Puls beschleunigt sich, aber mir wird auch ein wenig bang ums Herz. *Der Krieg hat begonnen. Und ich habe keine Vorstellung davon, was er uns kosten wird.*

Der Rest des Jets bricht in Jubel und Applaus aus, und es werden mehr Hände geschüttelt, als ich vertragen kann. Ich stehe wankend von meinem Sitz auf und stolpere über meine eigenen Füße. Ich stolpere sonst nie. Nie. Aber ich schaffe es kaum, heil im hinteren Teil des Flugzeugs anzukommen. Mir ist schwindlig und übel, das Abendessen, das ich nicht hatte, kommt mir hoch. Mit einer Hand lehne ich mich an die kühle Wand und lasse mich von der Kälte beruhigen. Es hilft ein wenig, doch noch immer dreht sich mir alles. *Du hast das gewollt. Du hast auf das hier gewartet. Du hast dafür gesorgt, dass es geschieht. Das ist der Preis. Das ist der Handel.*

Die Selbstbeherrschung, an der ich so hart gearbeitet habe, beginnt zu bröckeln. Ich spüre jede Vibration des Jets, jede Umdrehung seiner Triebwerke. Mein Kopf ist eine Landkarte aus weißen und purpurnen Adern, die zu grell sind, um sie auszuhalten.

»Mare?« Kilorn erhebt sich aus seinem Sitz und kommt mit ausgestreckter Hand zu mir. Er sieht aus wie Shade in seinen letzten Momenten.

»Alles in Ordnung«, lüge ich.

Das ist, als hätte ich eine Glocke geläutet. Cal dreht sich auf seinem Sitz um und sein Blick findet mich sofort. Er kommt mit großen, gezielten Schritten durch das Flugzeug auf mich zu; seine Stiefel hallen laut auf dem Metallboden. Die anderen lassen ihn vorbei, sie wagen es nicht, den Feuerprinzen aufzuhalten. Ich habe keine solchen Ängste und wende mich von ihm ab. Doch er dreht mich unsanft zu sich um.

»Beruhige dich«, herrscht er mich an. Er hat keine Zeit für Wutanfälle. Ich verspüre den überwältigenden Drang, ihn von mir zu stoßen, aber ich verstehe, warum er hier bei mir ist. Ich nicke, versuche zuzustimmen und zu tun, was er sagt. Das entspannt ihn ein wenig. »Beruhige dich, Mare«, wiederholt er – diesmal leise und nur für mich, sanft, wie ich ihn in Erinnerung habe. Wären da nicht die Schwingungen des Jets, könnten wir wieder in der Höhle sein, in unserem Zimmer, auf unserer Pritsche, eingehüllt in unsere Träume. »Mare.«

Der Alarm schrillt los, Sekunden bevor das Heck des Flugzeugs explodiert.

Die Druckwelle wirft mich mit solcher Wucht zu Boden, dass ich Sterne sehe. Ich schmecke Blut und spüre eine sengende Hitze. Wäre da nicht Cal, würde mich das Feuer in Asche verwandeln. Doch es züngelt nur an seinen Armen und seinem Rücken entlang, harmlos wie die Berührung einer Mutter. So schnell, wie es sich aufgebaut hat, zieht es sich durch Cals Fähigkeiten auch wieder zurück, bis nur noch Glut übrig bleibt. Aber nicht einmal er kann das Heck eines Flugzeuges wiederherstellen – oder uns vor dem Absturz bewahren. Der Lärm ist ohrenbetäubend, dröhnend wie die Tunnelbahn, kreischend wie tausend Heuler auf einmal. Ich halte mich an allem fest, was mir in die Quere kommt, Metall oder Mensch.

Als ich wieder etwas erkennen kann, sehe ich schwarzen Himmel und bronzefarbene Augen. Wir klammern uns aneinander – zwei Kinder, die in einer Sternschnuppe gefangen sind. Um uns herum zerfällt die Hülle der Blackrun. Stück für Stück bricht mit markerschütterndem Quietschen weg, bis nur noch ein dünnes Metallskelett übrig bleibt. Es ist eiskalt, das Atmen fällt schwer, und ich kann mich nicht bewegen. Ich halte mich mit aller Kraft an einer Strebe fest. Mit zusammengekniffenen Augen sehe ich den Boden unter mir, der mit jeder schreckenerregenden Sekunde näher kommt. Ein Schatten fliegt an uns vorbei. Er hat ein elektrisches Herz und leuchtende Flügel. *Ein Snapdragon.*

Mein Magen rebelliert. Ich bringe nicht einmal die Kraft zum Schreien auf. Aber die anderen sehr wohl. Ich höre sie rufen, flehen, um Gnade vor der Anziehungskraft der Erde betteln. Da erbebt die Struktur um uns herum, begleitet von einem vertrauten Dröhnen.

Metall, das auf Metall trifft. *Es formt sich um.* Als ich begreife, was mit uns passiert, schnappe ich nach Luft.

Der Jet ist kein Jet mehr. Er ist ein Käfig, eine stählerne Falle.

Eine Grabstätte.

Wenn ich sprechen könnte, würde ich Cal sagen, dass es mir leid tut, dass ich ihn liebe, dass ich ihn brauche. Aber der Luftzug und der Sturz rauben mir den Atem. Ich finde keine Worte mehr. Seine Berührung ist schmerzlich vertraut, eine Hand liegt in meinem Nacken und beschwört mich, ihn anzusehen. Wie ich kann auch er nicht sprechen. Aber ich verstehe seine Entschuldigung auch so, und er meine. Wir sehen nichts außer einander. Nicht die Lichter von Corvium am Horizont und auch nicht den Boden, der auf uns zurast, oder das Schicksal, das uns nun bestimmt ist. Da ist nichts außer seinen Augen. Sie glühen sogar in der Dunkelheit.

Der Luftzug ist zu stark, er zerrt mir an Haut und Haaren. Der Zopf, den meine Mutter geflochten hat, löst sich auf, und der letzte Überrest von ihr verschwindet. Ich frage mich, wer ihr berichten wird, wie ich gestorben bin, ob überhaupt jemand erfahren wird, welches Ende uns beschieden war. Ein Tod ganz nach Mavens Geschmack. Das muss seine Idee gewesen sein – uns beide zusammen zu töten und uns dabei die Zeit zu geben, uns dessen bewusst zu werden.

Als der Käfig plötzlich zum Stehen kommt, schreie ich auf.

Unter meinen herabhängenden Armen spüre ich hartes Gras. Es reicht gerade bis an meine Fingerspitzen. *Wie?*, frage ich mich und versuche mich wegzudrehen. Doch ich verliere dabei das Gleichgewicht und falle. Der Käfig schwankt mit meiner Bewegung, wie eine Schaukel an einem Ast.

»Nicht bewegen«, knurrt Cal und legt eine Hand auf meinen Rücken. Mit der anderen greift er nach einer Stahlstrebe, die in seiner Faust rot zu glühen beginnt.

Ich folge seinem Blick. Am Rande der Waldlichtung stehen Menschen in einem weiten Kreis um uns herum. Ihr silbernes Haar ist nicht zu übersehen. Magnetoren aus dem Hause Samos. Sie strecken gleichzeitig ihre Arme aus, und der Käfig senkt sich langsam. Die letzten Zentimeter fällt er einfach und wir kreischen auf.

»Lass los.«

Die Stimme fühlt sich wie ein Blitzschlag an. Ich befreie mich aus Cals Griff, springe auf und renne zum Rand des Käfigs. Kurz bevor ich ihn erreiche, fallen die Stäbe weg und mein Schwung trägt mich zu weit. Ich stolpere in das halb gefrorene Gras und rutsche ein Stück auf den Knien. Irgendwer tritt mir ins Gesicht, so dass ich der Länge nach im Matsch lande. Ich schicke einen gezackten Blitz in seine Richtung, aber mein Angreifer ist zu schnell. Stattdessen zersplittert ein Baum und stürzt mit ohrenbetäubendem Krachen um.

Der Starkarm drückt sein Knie so fest in meinen Rücken, dass ich keine Luft mehr bekomme. Finger, die sich merkwürdig anfühlen, so als wären sie in Plastik gehüllt, oder vielleicht in Handschuhe, schließen sich um meinen Hals. Ich kralle mich in diese Hände und sprühe Funken, aber es scheint nichts zu nutzen. Er hebt mich völlig mühelos hoch und zwingt mich auf die Zehenspitzen, wenn ich mich nicht selbst erdrosseln will. Ich versuche zu schreien, aber es hat keinen Zweck. Panik erfasst mich, meine Augen weiten sich, ich suche nach einem Ausweg. Aber ich sehe nur meine Freunde, die noch immer in dem Käfig eingesperrt sind und vergeblich an den Gitterstäben rütteln.

Das Metall kreischt erneut, dreht und windet sich. Jede Strebe wird zu einem eigenen Gefängnis. Mit einem geschwollenen Auge sehe ich, wie sich eiserne Schlangen um Cal, Kilorn und die anderen winden, ihre Handgelenke, Knöchel und Hälse fesseln. Sogar Bree, der so groß ist wie ein Bär, hat keine Chance gegen diese Metallschlingen. Cameron kämpft so gut sie kann und blockiert einen Magnetor nach dem anderen. Aber es sind zu viele. Sobald einer ausfällt, nimmt ein anderer dessen Stelle ein. Cal ist der Einzige, der wirklich Widerstand leisten kann, indem er jede Stange, die ihm nahe kommt, durchbrennt. Aber er ist gerade vom Himmel gefallen. Er ist desorientiert und blutet aus einer Schnittwunde über dem Auge. Dann trifft ihn eine Stange am Hinterkopf, und er sinkt bewusstlos zu Boden. Seine Lider flattern, und ich versuche ihn mit der Kraft meiner Gedanken aufzuwecken. Doch die silbernen Ranken winden sich um ihn und ziehen sich mit jeder Sekunde fester zu. Die an seiner Kehle ist die schlimmste, sie gräbt sich tief genug ein, um ihn zu erwürgen.

»Aufhören!«, keuche ich und wende mich der Stimme zu. Jetzt kämpfe ich mit meinen schwachen Muskeln und versuche mich auf die altmodische Art dem Griff des Starkarms zu entwinden. Nichts könnte nutzloser sein. »Aufhören!«

»Du bist in einer schlechten Verhandlungsposition, Mare.«

Maven ist scheu, er bleibt im Dunkeln, in seinen Schatten. Ich sehe, wie seine Silhouette sich nähert, und bemerke die Zackenkrone auf seinem Kopf. Als er ins Sternenlicht tritt, verspüre ich einen kurzen Hauch von Befriedigung. Denn seine Miene steht im Widerspruch zu seinem selbstsicheren Ton. Er hat dunkle Ringe unter den Augen, fast wie Blutergüsse, und auf seiner Stirn glänzt Schweiß. Der Tod seiner Mutter hat einen Tribut gefordert.

Die Hände an meiner Kehle lockern ihren Griff ein wenig, so dass ich sprechen kann. Aber ich hänge immer noch halb in der Luft; meine Zehen rutschen auf kaltem Gras und eisigem Schlamm.

Kein Verhandeln, keine Abmachungen. »Er ist dein Bruder«, sage ich, ohne nachzudenken. *Nichts könnte Maven gleichgültiger sein.*

»Ja und?« Er zieht eine dunkle Braue hoch.

Auf dem Boden windet sich Kilorn in seinen Fesseln, die sich daraufhin aber nur fester zuziehen. Er ringt keuchend nach Luft. Neben ihm liegt Cal, seine Lider flattern. Er kommt zu sich – und dann wird Maven ihn bestimmt töten. Mir bleibt keine Zeit, überhaupt keine Zeit mehr. Ich würde alles geben, damit diese beiden weiterleben können, alles.

In einer letzten Explosion aus Wut, Angst und Verzweiflung werfe ich alles in die Waagschale. Ich habe Elara Merandus getötet. Dann sollte ich ja wohl in der Lage sein, ihren Sohn und dessen Soldaten zu töten. Aber der Starkarm ist darauf vorbereitet und drückt zu. Die Handschuhe schützen seine Haut vor meinen Blitzen, denn dazu sind sie gedacht. Ich schnappe nach Luft und versuche den Himmel heraufzubeschwören. Doch ich sehe bereits Sternchen, und in meinen Ohren dröhnt das Blut. Er wird mich erwürgen, bevor sich Wolken sammeln können. Und die anderen werden mit mir sterben.

Ich tue alles, damit er weiterlebt. Damit er bei mir bleibt. Damit ich nicht allein bin.

Meine Blitze haben noch nie so schwach und verloren gewirkt. Die Funken werden langsam schwächer, so wie das Schlagen eines sterbenden Herzens. »Ich mache euch ein Angebot«, flüstere ich heiser.

»Aha?« Maven geht noch einen Schritt auf mich zu. In seiner Nähe bekomme ich Gänsehaut. »Ich höre.«

Wieder lockert sich der Würgegriff. Aber der Starkarm presst drohend einen Daumen gegen meine Halsschlagader.

»Ich werde dich bis zum letzten Atemzug bekämpfen«, sage ich. »Das werden wir alle, und wenn wir dafür sterben müssen. Vielleicht reißen wir dich ja mit in den Tod. Dann siehst du deine Mutter wieder.«

Mavens Augenlider flattern – das einzige Anzeichen seines Schmerzes. »Dafür wirst du deine Strafe bekommen, merk dir meine Worte.«

Der Daumen reagiert sofort und drückt kräftiger zu. Wahrscheinlich bekomme ich einen eindrucksvollen Bluterguss. Aber das hat Maven nicht gemeint, als er von Strafe sprach, nicht im Traum. Was er mit uns vorhat, wird viel, viel schlimmer sein.

Die Stahlfesseln um Cals Handgelenke glühen rot vor Hitze. In seinen Augen spiegelt sich das Sternenlicht, und er sieht mich mit angehaltenem Atem an. Ich wünschte, ich könnte ihm sagen, dass er stillhalten soll, damit ich tun kann, was ich tun muss. Damit ich ihn retten kann, wie er mich so viele Male gerettet hat.

An seiner Seite hält Kilorn inne. Er kennt mich besser als alle anderen und versteht mich ohne Worte. Langsam verfinstert sich seine Miene und er schüttelt kaum merklich den Kopf.

»Lass sie frei, lass sie leben«, flüstere ich. Die Hände des Starkarms fühlen sich wie Ketten an, und ich stelle mir vor, dass sie wie eiserne Schlangen über jeden Quadratzentimeter meines Körpers kriechen.

»Mare, ich bin mir nicht sicher, ob du die Bedeutung des Wortes *Angebot* verstanden hast«, spottet Maven. »Du musst *mir* etwas geben.«

Ich gehe nicht zu ihm zurück. Für niemanden. Das habe ich zu Cal gesagt, nachdem ich das Echolot überlebt hatte und ihm klar wurde, worum es bei alldem ging. *Ergib Dich*, hatte Maven in seinem Brief verlangt und mich angefleht zurückzukehren.

»Wir werden nicht kämpfen. *Ich* werde nicht kämpfen.« Als der Starkarm mich fallen lässt, bricht mein Widerstand in sich zusammen. Ich senke den Kopf, denn ich bin außer Stande, den Blick zu heben. Es fühlt sich wie eine Verbeugung an. *Das ist mein Angebot.* »Du lässt die anderen frei – und ich bleibe deine Gefangene.«

Ich konzentriere mich auf meine Hände im Gras. Die Kälte des Frosts ist mir vertraut. Sie passt zu meinem Herzen und dem Loch darin, das immer größer wird. Mavens Hand unter meinem Kinn ist warm, sie brennt mit einer kränklichen Hitze. Dass er es wagt, mich anzufassen, ist ein deutliches Zeichen. Er hat keine Angst vor der Blitzwerferin, oder wenigstens versucht er den Eindruck zu erwecken. Er zwingt mich, ihn anzusehen, und ich erkenne in ihm nichts mehr von dem Jungen, der er einmal war. Da ist nur Finsternis.

»Mare, sei kein Dummkopf!« Ich höre Kilorn kaum, der mich jetzt anfleht. Das Winseln in meinem Kopf ist so laut und schmerzhaft. Nicht das Zischen der Elektrizität, sondern etwas anderes in mir. Es sind meine eigenen Nerven, die protestieren. Doch gleichzeitig verspüre ich eine kranke, verquere Erleichterung. So viele Opfer sind um meinetwillen, auf Grund meiner Entscheidungen, gebracht worden. Es ist nur fair, dass ich jetzt auch an der Reihe bin und die Strafe akzeptiere, die das Schicksal für mich vorgesehen hat.

Maven sieht mich forschend an, er kennt mich gut. Er sucht nach einer Lüge, die nicht existiert, und ich tue das Gleiche. Trotz seines Auftretens *hat* er Angst vor dem, was ich getan habe, vor den Worten der Blitzwerferin und deren Wirkung. Er ist hierhergekommen, um mich zu töten, mich ins Grab zu bringen. Jetzt hat er einen größeren Gewinn erhalten. Und den habe ich ihm freiwillig gegeben. Verrat ist seine Natur, aber das hier ist eine Abmachung, die er einhalten will. Ich kann es in seinen Augen sehen; ich habe es in seinen Briefen gespürt. Er will *mich* und würde alles tun, um mich wieder an seiner Leine führen zu können.

Kilorn windet sich in seinen Fesseln, aber das ist nutzlos. »Cal, tu etwas!«, ruft er und schlägt nach dem Körper neben sich. Ihre Fesseln schlagen klirrend aneinander. »Lass das nicht zu!«

Ich kann ihn nicht ansehen. Ich möchte, dass er mich anders in Erinnerung behält. Auf meinen eigenen Füßen, selbstbestimmt. Nicht so.

»Nimmst du mein Angebot an?« Ich bin nur noch eine Bettlerin, die Maven anfleht, sie wieder in seinen goldenen Käfig zu sperren. »Stehst du zu deinem Wort?«

Als ich ihn zitiere, lächelt Maven über mir. Seine Zähne blitzen.

Die anderen schreien jetzt, sogar Cal, sie betteln, kreischen und beben in ihren Fesseln. Ich höre davon nichts. Mein Geist hat sich allem verschlossen außer dem Handel, den ich einzugehen bereit bin. Ich nehme an, Jon hat das kommen sehen.

Mavens Hand fährt von meinem Kinn an meine Kehle. Er packt zu – weniger fest als der Starkarm, aber um so viel schmerzhafter.

»Ich nehme dein Angebot an.«

EPILOG

Tage ziehen ins Land. Jedenfalls glaube ich, dass es Tage sind. Ich verbringe meine Zeit in stumpfer Blindheit, in der Gewalt des Echolots. Der Schmerz hat nachgelassen. Meine Gefängniswärter haben die sogenannte Dosierung perfektioniert; sie halten mich bewusstlos, aber ohne die rasenden Kopfschmerzen. Wann immer ich aufwache und mein verschwommener Blick die Männer in weißen Kitteln wahrnimmt, drehen sie an einem Schalter, und das Gerät macht weiter *Klick*. Das Insekt gräbt sich in mein Hirn, immer mit diesem Ton. Manchmal habe ich den Eindruck, dass ich etwas mitbekomme, doch nie genug, als dass ich völlig wach würde. Manchmal höre ich Mavens Stimme. Dann färbt sich das weiße Gefängnis schwarz und rot ein, und beide Farben sind zu heftig, um sie zu ertragen.

Als ich diesmal zu mir komme, bleibt das Geräusch aus. Die Welt ist zu hell und leicht unscharf, doch ich tauche nicht gleich wieder ab. Ich wache wirklich auf.

Meine Ketten sind durchsichtig, wahrscheinlich aus Plastik oder sogar Diamantglas. Sie fesseln mich an den Hand- und Fußgelenken, unangenehm eng, aber locker genug, damit mein Blut zirkulieren kann. Die Handschellen sind am schlimmsten, denn sie scheuern scharf an meiner empfindlichen Haut. Aus den offenen, brennenden Wunden sickert Blut. Das Rot kontrastiert stark mit meinem hellen Kleid, und niemand fühlt sich zuständig, es wegzuwischen. Nun, da Maven nicht mehr verheimlichen kann, was ich bin, will er es anscheinend der ganzen Welt vorführen. Ich frage mich, was für einen verqueren Plan er jetzt haben mag. Die Ketten klirren, und mir wird klar, dass ich mich in einem gepanzerten Gefährt befinde und irgendwo hingebracht werde. Das Fahrzeug wird vermutlich für Gefangene benutzt, denn es hat keine Fenster und an den Wänden sind Ringe angebracht. An einem davon sind meine leicht schwingenden Ketten festgemacht.

Mir gegenüber sitzen die Männer in Weiß, beide sind kahlköpfig. Sie haben verblüffende Ähnlichkeit mit Lehrer Arven. Wahrscheinlich seine Brüder oder Cousins. Das erklärt das dumpfe Gefühl und meine Probleme mit der Atmung. Diese Männer blockieren meine Fähigkeit und halten mich als Geisel in meinem eigenen Körper. Merkwürdig, dass sie dazu auch Ketten brauchen, denn ohne meine Blitze bin ich nur ein siebzehnjähriges, jetzt fast achtzehnjähriges Mädchen. Ich muss lächeln. Ich werde meinen Geburtstag als freiwillige Gefangene verbringen. Vergangenes Jahr um diese Zeit hatte ich erwartet, dass ich dann an der Front sein würde. Jetzt bringt man mich an irgendeinen unbekannten Ort, eingesperrt in einem schwankenden Gefährt mit zwei Männern, die mich am liebsten töten würden. Nicht wirklich ein Fortschritt.

Ich schätze, Maven hatte Recht. Er hat mich gewarnt, dass wir meinen nächsten Geburtstag zusammen verbringen würden. Anscheinend steht er *tatsächlich* zu seinem Wort.

»Welcher Tag ist heute?«, frage ich, bekomme aber keine Antwort. Die beiden verziehen keine Miene. Ihre Konzentration auf mich, darauf, das zu unterdrücken, was mich ausmacht, ist vollständig und unangreifbar.

Draußen höre ich ein merkwürdiges, dumpfes, immer lauter werdendes Tosen. Ich kann es nicht zuordnen und will auch keine Kraft darauf verschwenden, es zu versuchen. Sicher finde ich es noch früh genug heraus.

Damit liege ich nicht falsch. Nach ein paar Minuten hält das Gefährt an und die Hecktür wird aufgerissen. Das Tosen kommt von einer aufgeregten Menschenmenge. Eine schreckliche Sekunde lang frage ich mich, ob ich in die Knochenarena zurückgeschickt werde, die Arena, in der Maven mich töten lassen wollte. *Offensichtlich will er die Sache ordentlich zu Ende bringen.* Jemand löst meine Ketten und zerrt mich daran vorwärts. Beinahe falle ich aus dem Gefährt, doch einer der Arven-Stiller fängt mich im letzten Moment auf – nicht aus Freundlichkeit, sondern aus Notwendigkeit. Ich soll gefährlich aussehen, wie das alte Blitzmädchen. Eine schwache Gefangene interessiert niemanden. Keiner verhöhnt einen wehleidigen Feigling. Sie wollen sehen, wie eine Eroberin gestürzt wird, eine lebendige Trophäe. Denn das bin ich jetzt. Ich bin freiwillig in diesen Käfig gegangen. Das tue ich immer.

Als mir klar wird, wo ich mich befinde, überläuft mich ein Schauder.

Die Brücke von Archeon. Ich habe sie einmal brennen und einstürzen sehen, aber das Symbol von Macht und Stärke ist wiederaufgebaut worden. Und ich muss sie überqueren, mit nackten, verletzten Füßen, in Ketten und mit meinen Wärtern dicht hinter mir. Ich bin nicht in der Lage, den Blick zu heben, und starre auf den Boden. Ich will die Gesichter so vieler Menschen nicht sehen, auch nicht die vielen Kameras. Ich werde nicht vor aller Augen zusammenbrechen. Denn das ist es, was Maven will, und ich werde es ihm niemals geben.

Ich dachte, es wäre leicht, mich so vorführen zu lassen – immerhin habe ich mich inzwischen daran gewöhnt. Aber das hier ist so viel schlimmer als alles Bisherige. Die Erleichterung, die ich auf der Waldlichtung verspürt hatte, weicht jetzt der Furcht. Tausende Augen kriechen über mich und suchen nach Rissen in meiner berühmten Fassade. Sie finden viele. Ich versuche ihre Schreie zu überhören, und für ein paar Sekunden gelingt es mir sogar. Dann begreife ich, was die meisten von ihnen rufen, und sehe die schrecklichen Dinge, die sie mir entgegenhalten. *Namen. Fotos. All die toten und vermissten Silbernen.* Ich war an ihrer aller Schicksale beteiligt. Sie schreien mich an, schleudern mir Worte entgegen, die mehr Schaden anrichten als irgendwelche Gegenstände.

Als ich die andere Seite der Brücke und damit den überfüllten Cäsarplatz erreiche, kommen mir die Tränen zu schnell und mit zu großer Wucht, als dass ich sie zurückhalten könnte. Alle sehen sie. Mit jedem Schritt verkrampft sich mein Körper noch mehr. Ich greife nach etwas, das ich nicht haben kann, nach meiner Fähigkeit, die mich nicht zu retten vermag. Ich kann kaum atmen, so als läge die Schlinge schon um meinen Hals. *Was habe ich nur getan?*

Auf den Stufen des Whitefire-Palastes hat sich eine Menge versammelt, die meinen Untergang sehen will. Die Adeligen und Generäle sind alle in schwarzer Trauerkleidung, diesmal wegen der Königin. Das Kleid von Evangelina ist schwer zu übersehen; die mitternachtsschwarzen Kristallnadeln glitzern bei jeder Bewegung.

Nur ein Mensch trägt Grau, die einzige Farbe, die ihm steht. *Jon.* Seine blutunterlaufenen Augen signalisieren mir eine Entschuldigung, die ich niemals annehmen werde. *Ich hätte ihn nicht gehen lassen dürfen*, werfe ich mir selbst vor.

Er hat einmal gesagt, dass ich mich allein über alles erheben würde. Jetzt weiß ich, dass er gelogen hat. Denn ich bin zweifellos gestürzt.

Die Vorderseite der Bühne ist leer und überragt alles andere. Ein guter Platz für eine Hinrichtung, falls Maven das vorhat. Er sitzt geduldig da, auf einem Thron, den ich noch nie gesehen habe.

Meine Wärter zerren mich zu ihm hin, zwingen mich, dem König entgegenzutreten. Ich frage mich, ob er mich vor aller Augen töten und die Stufen seines Palastes mit meinem Blut färben will. Als er aufsteht, zucke ich zusammen. Mir wird bewusst, dass wir aussehen wie zwei Verlobte, entblößt und allein vor einer Masse von Gesichtern. Aber das hier ist keine Hochzeit. Das hier könnte mein Begräbnis werden, mein Ende.

In seiner Hand blitzt etwas auf. *Das Schwert seines Vaters? Die Klinge eines Henkers?* Aber stattdessen verspüre ich einen eiskalten Schauer, als er mir etwas um den Hals legt. *Ein Halsband.* Mit Juwelen besetzt, vergoldet und scharfkantig – ein schönes Ding des Grauens. Durch meine Tränen kann ich kaum etwas erkennen. Ich bin mir nur noch des Königs bewusst, in seiner schwarzen Rüstung, und des heißen Brandmals auf meinem Schlüsselbein.

An dem Halsband ist eine Kette befestigt. Eine Leine. *Ich bin nichts als ein Hund.* Er hält sie fest in seiner Faust, und ich rechne damit, dass er mich von der Bühne herunterzerrt. Doch er bleibt stehen.

Dann ruckt er daran, testet die Kette, und ich stolpere auf ihn zu. Die Spitzen des Halsbands graben sich ein und es schnürt mir fast die Kehle zu.

»Du hast ihren toten Körper zur Schau gestellt.« Seine Lippen berühren mein Ohr, als er diese Worte zwischen zusammengebissenen

Zähnen hervorpresst. In seiner Stimme schwingt Schmerz mit. »Dasselbe mache ich jetzt mit dir.«

Seine Miene ist undurchdringlich, aber es ist klar, was er von mir will. Mit einer Hand zeigt er auf den Boden zu seinen Füßen. Seine Finger sind weißer, als ich sie in Erinnerung habe.

Ich gehorche.

Und knie nieder.

DANK

Bevor ich irgendwem danke, möchte ich erst mal der übrig gebliebenen Pizza danken, die ich gerade esse. Sie ist nämlich echt gut.

Wie schon beim letzten Mal schulde ich sehr vielen Menschen Dank und werde mir Mühe geben, sie alle hier unterzubringen. In erster Linie danke ich meinen Eltern, Heather und Louis, die mich weiterhin in einem solchen Ausmaß unterstützen, dass es schon fast unanständig ist. Ganz ehrlich, ohne euch beide hätte ich das hier nicht geschafft und könnte auch nicht damit weitermachen. Ebenso danke ich natürlich meinem kleinen Bruder Andrew, der irgendwie inzwischen erwachsen geworden ist. Ich weiß nicht, wann das passiert ist, aber ich bin wahnsinnig stolz auf dich und freue mich, dir noch länger beim Älterwerden zusehen zu können. Eine Fülle von Liebe und Dank gilt zudem meinen Großeltern – George und Barbara, Mary und Frank. Ihr alle seid etwas Besonderes und ich vermisse zwei von euch sehr. Auch dem Rest der großen Familie, Tanten, Onkeln, Cousinen und Cousins etc., möchte ich für die Unterstützung und Freundschaft danken. Ein besonderes Dankeschön und Glückwünsche an Michelle, die ebenfalls Autorin ist und der eine Veröffentlichung winkt.

Die Danksagung im letzten Jahr ist ziemlich lang geraten, daher versuche ich diesmal, mich etwas kürzerzufassen. Ich danke allen meinen Freunden an der West- und an der Ostküste. Tut mir leid, dass ich ein wenig seltsam bin. Ein aufrichtiges Dankeschön an Morgan und Jen, die meinen Unsinn ertragen und mich manchmal dazu ermuntern.

Vielen Dank auch an das Team bei Benderspink, das weiterhin großartige Fortschritte dabei macht, *Die rote Königin* auf die Leinwand zu bringen, ganz zu schweigen davon, dass es meine Karriere als Drehbuchschreiberin am Laufen hält: Ich danke Christopher Cosmos, Daniel Vang, den Jakes, JC, David und allen Praktikanten. Und natürlich danke ich auch Gennifer Hutchinson und Sara Scott; ich kann es kaum erwarten zu sehen, wohin der Weg uns noch führt. Und Dank gilt auch meinem Anwalt Steve Younger, der mir immer den Rücken freihält, egal worum es geht.

Ich könnte ganze Seiten mit dem Dank füllen, den ich dem Team bei New Leaf Literary schulde, aber ich verschone euch damit und fasse zusammen: Sie sind ohne Frage die Besten. Jeder in meiner Agentur, von ganz oben bis ganz unten und an allen Seiten, ist wahnsinnig gut und ich danke meinem Schicksal, dass ich bei ihnen gelandet bin: Jo, Pouya, Danielle, Jackie, Jaida, Jess, Kathleen und Dave – danke, dass ihr da seid und euch mit mir abgebt. Suzie, ich sage das andauernd, aber nur, weil es stimmt: Du bist großartig und einmalig und der Grund dafür, dass ich das tun kann, was ich tue.

Für den Fall, dass meine Lobhudelei noch nicht abstoßend genug war, mache ich noch ein bisschen weiter. Ich betrachte den Erfolg von *Die rote Königin* ehrlich als ein kleines Wunder, und das bedeutet dann wohl, dass die Leute bei HarperTeen Heilige sind. In erster Linie danke ich Kari Sutherland, meiner ersten Lektorin und meinem ersten und einzigen Angebot; sie hat an mein Manuskript geglaubt und es so zu dem gemacht, was es ist. Daneben gilt mein Dank meiner anderen brillanten Lektorin Kristen Pettit; sie ist eine

Hirtin in tollen Klamotten und mit einem noch tolleren Gespür für Geschichten. Danke für deine unablässige Arbeit und die Beharrlichkeit, mit der du meine groben Ideen zu feinen Geschichten formst. Und ich bedanke mich auch bei Elizabeth Lynch(pin). Du arbeitest so hart und erträgst mich so tapfer. Mit den anderen aus dem Harper-Team ist es nicht anders: Kate Jackson (auch wenn dein Food Blog mich verfolgt), Susan Katz, Suzanne Murphy, Jen Klonsky: Ihr alle seid Zauberer. Ich danke den unermüdlichen Leuten im Marketing, Elizabeth Ward, Kara Brammer, Promi-Superstar Margot Wood und den anderen von Epic Reads. *Die rote Königin* hätte ohne euch niemals solche Furore gemacht. Und ich danke Gina, meiner tollen Presseagentin, die es mir ermöglicht, noch mehr tolle Leser zu treffen. Außerdem danke ich Alexandra Alexo, Lillian Sun, Stephanie Evans, Erica Ferguson, Gwen Morton und Josh Weiss aus der Herstellung. Wenn ihr nicht wärt, wären *Die rote Königin* und *Gläsernes Schwert* ein zusammenhangloser Klumpatsch. Mein Dank gilt ebenso Andrea Pappenheimer, Kerry Moynagh, Kathy Faber, Susan Yeager und Jen Wygand vom Vertrieb. Und Kaitlin Loss, die bei der Abstimmung mit meinen internationalen Verlagen hilft. Zu guter Letzt danke ich dem Design-Team, das, so vermute ich, aus lauter Zauberwesen bestehen muss. Mal im Ernst, habt ihr meine Buchcover gesehen? Die können unmöglich von Menschen gemacht sein. Aber danke für eure Kunst und ich bleibe euch auf der Spur: Sarah Kaufman, Alison Donalty, Barb Fitzsimmons und Toby & Pete.

Jetzt, wo ich ein Buch veröffentlicht habe und offiziell ein Teil des Literaturbetriebs geworden bin, weiß ich erst, wie riesig er ist – und wie viel Angst er einem einjagen kann. Ich danke allen, die mir den Übergang von der kleinen Nachwuchsautorin zur veröffentlichten

Autorin so leicht und angenehm gemacht haben. Und danke, danke, danke an alle Blogger und Vlogger, Twitterer, Leser und Brieftauben, die *Die rote Königin* und *Gläsernes Schwert* weiterhin pushen. An all meine Autorenkollegen, die mich unterstützen, wo es nur geht: Ich bin sehr dankbar für eure Freundschaft. Ich würde ja Namen nennen, aber ihr seid zu zahlreich und ehrlich gesagt fühlt es sich ein bisschen wie Prahlerei an, euch als meine Freunde zu bezeichnen. Und wieder einmal möchte ich Emma Theriault danken, die ganz versessen auf *Die rote Königin*, großzügig mit Hinweisen und immer für einen Plausch zu haben ist.

Traditionsgemäß bedanke ich mich nicht nur bei Personen, sondern auch Dingen. Obwohl, als Erstes kommt eine Gruppe von Personen, nämlich die New England Patriots. Letztes Jahr habe ich mich bei euch bedankt und ihr habt den Super Bowl gewonnen. Diese Tradition sollten wir beibehalten. *Free Brady.* Ich danke Wikipedia, dem National Park Service, Schottland, Target, der San Diego Comic-Convention, dem Wechsel der Jahreszeiten, Kaschmirschals, meinem tollen neuen Drucker, Globen, Kaffee mit zu viel Milch, meinen Delta-Prämien-Punkten und dem Brunch. Auch meinen persönlichen Inspirationsquellen danke ich: Tolkien, Rowling, Martin, Spielberg, Lucas, Jackson, Bay. Jawohl, ich habe Michael Bay gesagt, lasst mich in Ruhe.

Fast fertig. Ich wiederhole mich an dieser Stelle, aber sie sind nun mal wichtig. Wenn ihr also schon mal bis hierhin gekommen seid, könnt ihr gerade so gut auch noch weiterlesen. Ich danke Morgan. Und Suzie. Und noch einmal meinen Eltern. Ich fange mit euch an und höre mit euch auf.